金吾憲錄

의금부의 청헌廳憲,

# 금오헌록

김진옥 역주

보고사

# 들어가며

《金吾憲錄》은 조선의 사법기관인 義禁府의 職制, 職掌, 故事, 廳規 등을 포괄하고 있는 典籍으로, 이러한 성격의 의금부 자료로는 현재까지 발견된 유일한 자료이다. 이 자료는 미국 버클리대학교 아사미문고에 유일본으로 소장되어 있는데, 1995년 이 학교를 방문한 우리나라 학자들에 의해 처음 소개되었다. 이를 계기로 국사편찬위원회에서 《各司謄錄》 안에 포함시켜 영인하였으나, 본서가 본격적으로 주목받게 된 것은 2009년에 고려대학교 해외한국학자료센터에서 해제와 원문 이미지를 제공하면서부터라고 할 수 있다. 본서는 의금부라는 조선의 중요한 사법기관을 이해하려면 우선적으로 검토되어야 할 자료이나 1995년 이후 아직까지 정밀한 분석이 이루어지지 못했다. 이에 본서는 그간 주목 받지 못하였던 《금오헌록》을 譯注하고 해제를 제공함으로써 이 자료가 조선의 사법기관인 의금부를 이해하는데 유의미한 자료임을 보이고자 한다.

본서는 영조 20년(1744)에 박명양 등 의금부 도사들이 주축이 되어 편찬한 〈金吾廳憲〉 부분과 그 이후 增補된 부분으로 나눌 수 있다. 〈금오청헌〉에는 設立, 官府, 拿押, 開坐, 設鞫, 頒稟, 出使, 侍衛, 進排, 封祟, 座次, 入仕, 許參, 差任, 重來, 上直, 回公, 糾檢, 操切, 受由, 式暇, 禮木, 分兒, 褒貶, 報仕, 先生, 長房, 古蹟, 追錄, 工房節目, 完議, 그리고 목록에는 보이지 않는 節目이 더 있어 32개 항목 218조목이 있다. 후대에 증보된 부분은 의금부 관사 벽에 걸어두었던 揭板과 詩板의 내용들로, 追附揭板,

金吾廨宇節目, 大門節目, 罰例記, 詩板이며 47개 조목이 포함되어 있다.

본서는 문장의 호흡이 짧고, 문장의 結辭는 "事"로 마감하는 경우가 대부분이다. 겉으로 보기에는 번역의 난이도가 높지 않은 것으로 보일 수 있으나 문제는 여러 곳에 있다. 우선, 오랜 시간에 거쳐 누적된 기록을 필사한 자료이어서 전체적으로 통일된 편차 방식을 가지지 못하였다. 또 법률, 제도, 경제 등에 아직 규명되지 않은 제도용어가 빈번하게 출현하여 조목의 명확한 의미를 파악하기 어려웠다. 게다가 하나하나의 조목이 생기게 된 시대적 배경을 이해해야 그것이 무엇을 의미하는지 정확하게 알 수 있는데, 본서에 실린 조목들은 분명한 성립 연도가 제시되어 있지 않았고 그나마 제시된 것들도 干支로 되어 있어 정확한 연도를 확정하기 어려웠다.

이에 필자는 우선 體裁面에서 정연한 모습을 보이고자 1부 譯注의 항목명과 조목명에 일련번호와 假題目을 붙였다. 또 항목명 밑에 평설(※)을 달아 해당 항목 전체의 내용을 정리하고, 이해를 돕기 위한 관련 내용, 연구 성과 등을 기술하였다. 飜譯은 가능한 정확하고 간결하게 하고, 注釋을 통해 각 조목이 내포하고 있는 함축적인 의미를 보이려고 노력하였다.

2부 解題에서는 《금오헌록》의 편찬 과정, 전체 내용의 개괄, 그리고 본서의 자료 가치에 대하여 기술하였다. 먼저 본서와 유사한 전적들이 조선의 다른 관사에서도 출현하는 시대적 배경을 추적하여 그 속에서 본서가 가지는 위상을 가늠해 보았다. 그 결과 본서의 편찬이 이루어진 18세기 전후로 조선의 중앙 관사에서 재직하던 관원들 사이에서 자신들이 근무하던 관사의 典故와 規例 등을 정리 편찬하여 서책으로 만들어 둠으로써 합리적인 관사 운영을 추구하는 특별한 동향이 있었다는 점에 주목하였다. 이러한 움직임의 결과는 숙종 말엽부터 등장하는 일련의 官署志들로 가시화되었으며 英, 正祖 대의 命撰 官署志 편찬으로 이어졌던 것으로 보인다. 본서도 그러한 동향 하에 편찬되었으나 명찬 관서지로 연결되지는 않고 의금부 내에 남아 19세기 중엽까지 계속 변화하는 규정들을 添記해가며 業務便覽書 역할을 한 것으로 추정된다.

마지막에 부록으로 본서에 등장한 이두 어휘와 특수용어들을 정리하여 제시하였고, 본서 외의 의금부 관련 자료들을 모아 표로 정리하고 간략한 해제를 제시함으로써 향후 의금부에 관심 있는 연구자들이 초보적인 자료 조사에 들이는 시간을 줄일 수 있기를 기대하였다.

여러 가지 어려움과 필자의 능력 부족이 가져오는 미흡함에도 불구하고, 《금오헌록》이란 자료의 의미는 크다. 우선, 본서는 의금부의 職制, 職掌, 廳規 등을 전적으로 다룬 유일한 자료라는 점이다. 본서는 이전에 다른 자료에서 산발적으로 파악해야 했던 의금부에 대한 典故와 規例 등을 한데 모아 놓음으로써 의금부의 조직과 운영을 일목요연하게 파악하게 해준다. 또한 한 번에 편찬된 것이 아니라 19세기 중엽까지 계속 전고와 규례를 添記해나가는 중이었으므로 의금부의 400년 이상의 변천 과정을 파악하는데 도움을 준다. 두 번째, 본서는 재직 중이던 의금부 도사들이 관사 내부에서 자발적으로 편찬하였다. 따라서 국왕의 명령으로 편찬된 命撰 官署志와는 달리, 우리에게 당시 관원들이 현실적으로 어떤 문제를 가지고 있었고 이를 어떻게 해결해나갔는지 등에 대한 정보를 주는 자료가 될 수 있다. 세 번째, 의금부 내부에서 자치적으로 만든 협약 즉 完議가 본서의 3할 이상이라는 점에서 본서는 조선시대 각 관사에서 운용되던 共同規約의 내용을 검토하는데 유용한 자료가 될 수 있다. 나아가 본서 안에 실린 免新禮 때의 分帖 의식, 罰禮 등의 징계 조치 등을 통하여 조선 시대 관원들 사이에 존재하였던 僚契의 모습을 연구하는데도 유의미한 자료로 활용될 수 있을 것이다.

# 목차

## 2부 解題



## 3부 부록

## 표차례



## 그림차례

# 1부
# 譯注

# 역주의 목적과 방법

## 1. 역주의 목적

본서는 미국 버클리대학교 아사미문고에 소장되어 있는 《金吾憲錄》을 역주한 것이다. '金吾'는 의금부의 별칭이므로, 《금오헌록》이란 '의금부의 廳憲에 대한 기록'이라는 의미이다.

의금부는 왕명을 받들어 逆謀 등 국가의 치안을 위협하는 重罪를 다스리는 국왕 직속의 法司였다. 국왕 직속이라 하여 王府라고도 불렸으며, 국왕의 명령을 받아 죄인을 가둔다 해서 의금부의 옥을 詔獄이라고도 하였다. 하지만 그 연혁을 살펴보면 의금부는 본래 사법기관이 아니라 고려 말에 치안 유지를 위해 元이 설치했던 巡馬所에서 비롯되었다. 조선 건국 초기에도 巡衛府, 義勇巡禁司 등 병조에 속한 관사로서 변천되다가 태종 14년(1414)에 와서 義禁府로 개편되었다. 이때부터 의금부는 사법기능만을 전담하게 되어 형조, 한성부, 사헌부와 함께 조선 오백 년 동안 사법기관으로 운용되었다. 특히 일반 백성의 범죄를 대상으로 하던 형조와 달리, 왕명을 받아 주로 관원들의 범죄를 다루었다는 점에서 주목되는 관사이다.

의금부 관련 자료로는 《義禁府謄錄》[1], 《肅宗庚申逆獄推案》[2], 《英祖

1) 《義禁府謄錄》(奎15150)은 6책으로 된 필사본으로, 仁祖～高宗에 걸쳐 의금부에서 설

戊申逆獄推案》[3], 《推鞫日記》[4], 《鞫廳日記》[5], 《推案及鞫案》[6] 등이 있다.[7] 이들 자료들은 정치적으로 중요한 사건의 관련자나 국가에 중대한 죄를 지은 죄인을 심문·처벌하는 親鞫, 推鞫, 庭鞫, 三省推鞫에 관련된 기록들로, 의금부가 다루었던 獄事를 연구하는 데는 유용하나 의금부가 어떻게 조직되고 운영되었는지를 파악하는 자료로 보기는 어렵다. 이런 상황이다 보니 의금부의 조직과 운영에 관한 보다 체계적이고 심도 있는 정보를 알아내기 위해서는 여러 자료들을 검토하고 용례를 분석해야 하는 번거로움이 있었다. 이러한 제약 때문에 의금부에 관한 연구 성과는 타 관사에 비해 상대적으로 부족하였다.

그동안에 이루어진 의금부에 대한 학계의 연구 성과를 소개하면 다음과 같다. 해방 이후 의금부에 대한 연구는 조선의 의금부는 어디에서 유래하였는가 하는 연혁에 대한 문제와 처음에는 군사적 기능을 가졌던 의금부가 어떻게 사법기관으로 변화하게 되었는가에 대한 검토에서부터 시작되었다. 의금부의 前身, 職制 등에 대한 韓㳓劤의 논문[8]과, 의금부의

행한 국청의 추국 절차나 죄인의 처벌에 대한 승정원과 의금부의 계사, 국왕의 전교 등을 날짜별로 기록한 謄錄이다.

2) 《肅宗庚申逆獄推案》(奎15081)은 4책의 필사본으로, 1680년(숙종6)에 西人에 의해 南人이 정치적으로 축출된 庚申換局에 관한 推鞫案이다.

3) 《英祖戊申逆獄推案》(奎15082)은 10책으로 된 필사본으로, 1728년(영조4)에 정권에서 배제된 少論과 일부 南人이 중심이 되어 일으킨 戊申亂(李麟佐亂)에 관한 추국안이다.

4) 《推鞫日記》(奎12795)는 30책으로 된 필사본으로, 1646년(인조24)~1882년(고종19)까지 惡逆罪人에 대한 추국의 내용을 국청 설치일, 座目, 국왕의 전지에 따른 죄인 심문 내용 순으로 정리한 일기이다.

5) 《鞫廳日記》(奎12797)는 19책의 필사본으로, 1646년(인조24)부터 1804년(순조4) 사이에 국가에 중죄를 지은 죄수들의 鞫問 내용을 기록한 책이다.

6) 규장각에 소장(奎15149)되어 있으며, 1601년(선조34)~1892년(고종29)까지 약 300년간의 變亂, 逆謀, 邪學, 凶疏 등에 관련된 중죄인들을 심문한 기록으로 이른바 詔獄에 연루된 죄인들의 供招 기록이다. 총 331책의 거질이다. 1978년 아세아문화사에서 30책으로 영인 출간하였으며, 2014년에 전주대 한국고전학연구소에서 번역 출간하였다.

7) 이외에 의금부에서 편찬하였거나 의금부와 관련된 典籍에 대한 것은 〈부록3〉에 표로 제시하고 그 중 중요한 자료는 간략해제를 덧붙였다.

연혁·구성, 기능의 변천 등을 고찰한 李相寔의 논문[9]이 그에 해당하는 연구라 할 수 있다. 두 연구는 기존의 연구 성과가 없는 상황에서 사료속의 단편적인 기록에 의지하여 의금부의 연혁이나 기능에 대해 검토한 소중한 성과이기는 하나, 한우근의 연구는 의금부의 前身인 巡軍萬戶府의 군사적 기능에 집중하고 있어 정작 조선시대의 의금부까지는 다루지 못하였고, 그 뒤를 이은 이상식의 연구는 조선 개국 후 순군만호부가 의금부로 개편되는 과정과 사법기관으로서의 성격을 고찰하였으나 주로 왕권 확립과의 관계에 집중하느라 의금부를 심층적으로 고찰하지는 못하였다. 1990년대에 들어 사법기관으로서의 의금부의 기능에 주목한 吳甲均의 연구[10]가 있는데, 이 연구도 조선시대의 형조, 사헌부, 한성부, 포도청 등 사법기관 전체 속에서 의금부의 구성과 추국 운영의 실제에 대해 기술하고 있어 의금부에 대한 깊이 있는 내용을 파악하는 데는 아쉬운 점이 많았다.

이후 의금부에 대한 연구에 별다른 진전이 없다가, 최근 2010년대에 들어 法史學 연구 쪽과 역사 문헌을 번역하는 쪽에서 의금부에 주목한 일련의 연구가 있었다. 우선, 법사학 분야에서는 의금부의 국왕주재 추국절차에 관한 田中俊光의 논문[11]과 전반적인 의금부의 조직과 운영을 다룬 金泳奭의 논문[12]이 있었다. 田中俊光은 조선 전기의 형사절차 정비 과정에서 의금부의 국왕 주재 추국 절차를 다루었는데, 형사절차법이 따로 존재하지 않는 조선시대의 사법 절차를 분석하였다는 점에서 시사하는 바가 크다. 김영석은 사법기관으로서의 의금부의 전반적인 운영과

8) 한우근, 〈麗末鮮初 巡軍硏究〉, 《震檀學報》 22집, 진단학회, 1962.

9) 이상식, 〈義禁府考〉, 《법사학연구》 제4호, 한국법사학회, 1977.

10) 오갑균, 《朝鮮時代司法制度硏究》, 삼영사, 1995.

11) 田中俊光, 〈朝鮮 初期 斷獄에 관한 硏究: 刑事節次의 整備過程을 中心으로〉, 서울대학교대학원박사학위논문, 2011.

12) 김영석, 〈義禁府의 조직과 추국에 관한 연구〉, 서울대학교대학원박사학위논문, 2013.

추국에 대해 본격적으로 검토하였는데, 이 과정에서 《금오헌록》의 내용을 적극 활용한 점이 주목된다. 2010년대에 나온 또 다른 연구 성과는 사료를 번역하는 과정에서 나왔다. 김우철의 연구[13]는 《추안급국안》을 번역하는 과정에서 조선 후기 추국 운영과 結案의 변화를 검토한 것이라 할 수 있고, 필자의 推考와 禁推에 대한 연구[14] 또한 《승정원일기》나 《일성록》 등을 번역하는 과정에서 調査나 審問을 의미하는 '推考'가 관원을 處罰하는 방식의 일종으로 변화하는 것에 주목한 연구라 할 수 있다. 이상에서 기술한 내용을 보면, 의금부라는 관사의 位格에 비해 상대적으로 연구 성과가 많지 않다는 것을 알 수 있다.

본서에서 다루고자 하는 《金吾憲錄》은 사법기관인 義禁府의 職制, 職掌, 故事, 廳規 등을 기록한 典籍으로, 의금부의 전반적인 구조와 운영을 알기 위해서는 우선적으로 검토되어야 할 자료이다. 하지만, 본서가 학계에 소개된 것은 1995년 이후의 일이다. 본서는 미국 버클리대학교 아사미문고에 유일본으로 소장되어 있어 국내 학계에 알려지지 않고 있다가, 1995년에 버클리대학교를 방문한 우리나라 연구자들에 의해 서지자료집이 소개됨으로써 학계에 알려졌다. 이를 계기로 국사편찬위원회에서 이 버클리대본을 《各司謄錄》 안에 포함시켜 影印하였으나 본서가 어떤 성격의 자료인지, 어떠한 자료 가치가 있는지에 대해서는 그간 그다지 규명되지 못하였다. 본서가 본격적으로 주목받게 된 것은 2009년에 고려대학교 해외한국학자료센터에서 해제와 원문 이미지를 제공하면서부터라고 할 수 있다.

필자가 《금오헌록》을 주목하게 된 데에는 몇 가지 이유가 있다. 우선,

---

13) 김우철, 〈조선 후기 推鞫 운영 및 結案의 변화〉, 《민족문화》 제35집, 한국고전번역원, 2010.

14) 김진옥, 〈'禁推'의 성격과 특징〉, 《민족문화》 제36집, 한국고전번역원, 2010. ; 〈'推考'의 性格과 運用〉, 《고전번역연구》 제3집, 고전번역학회, 2012.

본서는 의금부의 典故와 規例 등을 전적으로 다룬 것으로는 현재까지 발견된 유일한 자료이므로 의금부의 조직과 운영을 종합적으로 파악하게 해줄 수 있으리라는 기대 때문이었다. 또한 본서가 군주의 명령으로 편찬된 것이 아니라 의금부에 재직 중이던 소속 관원들의 필요에 의해 편찬된 자료이며, 본서의 편찬이 한 번에 이루어진 것이 아니라 19세기 중반까지 계속 添記되던 중이었으므로 400년 이상의 의금부 내부의 변천 과정도 추적하게 해줄 수 있으리라는 기대 또한 컸다. 게다가 전체 조목의 1/3 이상이 소속 관원들의 合議에 의한 共同規約集의 성격을 보여주는 자료라는 점에도 주목하였다. 따라서 본서에 대한 분석과 역주가 이루어진다면, 조선시대의 대표적인 사법기관인 의금부의 내부 조직과 운영을 종합적으로 파악할 수 있게 될 것이고, 조선시대의 사법제도를 이해하는데도 一助할 수 있을 것이라 기대하였다.

이에 譯注를 제공함으로써 향후 《朝鮮王朝實錄》, 《承政院日記》, 《日省錄》 등 조선시대 사료에 관심 있는 다양한 계층의 독자들이 손쉽게 접근하고 활용할 수 있는 참고자료로 제공하고, 解題를 통하여 《금오헌록》의 편찬과 그 내용을 분석함으로써 본서가 의금부의 조직과 운영을 파악하는데 의미 있는 자료임을 보이고자 한다.

## 2. 역주의 방법

본서는 37개 항목과 260 여 개의 조목들로 이루어져 있으며, 문장의 호흡이 짧고 문장의 結辭는 "事"로 마감하는 경우가 대부분이다. 그러나 문장의 호흡이 짧다는 것이 번역의 난이도가 낮다는 것을 의미하는 것은 아니다. 본서의 역주 과정에서 가장 어려웠던 점은, 본서에는 아직 규명되지 않은 제도용어가 빈번하게 출현하여 조목의 명확한 의미를 파악하기 어렵다는 것이었다. 또 조목이 생기게 된 시대적 배경을 이해해야 그 조목이 의미하는 것이 무엇인지 정확하게 알 수 있는데, 본서에 실린 조목들은 분명한 성립 연도가 제시되어 있지 않다. 그나마 제시된 것들도 干支로 되어 있어 정확한 연도를 단언하기 어렵다는 문제를 안고 있었다. 또한 본서의 내용들은 《승정원일기》나 《조선왕조실록》 등과 같은 자료에서도 관련 내용을 찾기가 어려워 참고자료의 도움을 받기가 쉽지 않았다. 이러한 어려움이 있지만, 이 자료가 譯注되면 조선 시대 사료를 이용하는 다양한 연구자나 번역가, 조선시대의 제도에 관심 있는 독자들이 본서에 좀 더 쉽게 접근할 수 있지 않을까 하는 기대를 가지고 다음과 같은 방법으로 역주를 진행하였다.

우선 體裁面에서 가능한 간결하고 일목요연한 형식을 취하고자 원문에 없는 기사번호를 붙였다. 본서는 체재가 통일되어 있지 않으나 소항목을 중심으로 구분해 보자면 약 37개의 항목으로 구성되어 있다고 할 수 있다. 그런데 각 항목의 제목만 보아서는 그 안에 담긴 내용을 가늠하기 어렵고 상세한 설명이 없이는 어떤 취지가 담겨 있는지 알기 어려웠다. 이에 각 항목마다 내용 전체를 압축하는 假題目을 붙여 해당 항목의 내용을 소개하는 한편, 그에 해당하는 법조문이나 관련 자료, 나아가 오늘날 연구 현황 등을 보강하는 평설을 붙였다. 이 과정에서 항목명이 없는 경우에는 假題目을 만들어 넣어 전체적으로 체재를 통일시켰다.

또한 본서는 이야기의 맥락을 따라가는 서적이 아니라 典故와 規例를 다루고 있는 만큼 최대한 번역과 원문을 밀착시키는 형식이 내용을 이해하는데 효과적이라고 생각하였다. 그래서 각 조목마다 번역문 아래에 바로 원문을 제시하였다. 이렇게 하여 본 역주는 항목번호 및 항목명-평설(※)-조목번호-번역문-원문의 형식으로 진행된다.

飜譯面에서는, 가능한 간결하고 정확하게 번역하는 것을 목표로 하였다. 본서에는 제도용어의 비중이 상당히 높은데, 번역이 간결해지려면 용어를 풀지 않고 그대로 사용하는 것이 효과적이나, 그렇게 되면 내용이 너무 어려워져서 史料에 대한 전문적인 지식을 풍부하게 가진 독자 이외에는 이해하기가 쉽지 않게 된다. 그렇다고 누구나 읽어서 알 수 있는 수준으로 용어를 풀어서 번역하게 되면 본서의 절제된 형식을 보여주기 어렵다는 단점이 생기게 된다. 어쩌면 용어를 다 풀어 번역한다는 것은 애초에 불가능한 일에 가깝다고 할 수 있다. 역사용어나 제도용어는 시대에 따라 변화하기 때문에 한 가지로 개념을 정의하기 어렵기 때문이다.

또 용어를 쉽게 풀어서 번역하려고 하면 용어 사전 등의 전문적인 工具書가 구비되어 있어야 하고, 같은 용어를 사용하는 관련 분야의 연구성과 등이 축적되어 있어야 하는데, 현재는 이러한 여건이 갖추어지지 못한 실정이라 개념 정립이 되지 않은 용어가 부지기수이다. 더구나 필자의 능력 부족은 기본 전제에 속한다. 결국 용어는 필자가 지닌 정보 수준에서 적절한 번역어로 대체가 가능한 경우에는 풀어서 번역하고, 아직 연구가 되지 않아 개념 정립이 되지 못한 용어나 좀 더 연구가 필요한 경우에는 용어 그대로 사용하여 번역하였다.

注釋面에서는 번역문에 각주를 다는 형식을 취하였다. 번역문만으로 전달하지 못하는 취지나 해석, 성립 시기 추정에 대한 설명을 주로 주석에 의존하였다. 특히 본서의 1/3 이상을 차지하는 것이 의금부 내에서 이루어진 협약 즉 完議인데, 완의가 만들어진 연도는 干支로 표시되어 있어 정확한 연도를 단언하기 어려웠다. 당시에는 甲子니 乙未니 하는 간지만으로도 어느 해를 말하는지 알 수 있었을지 모르나, 오랜 세월이 흐른 지금에 와서 보면 똑같은 간지 연도가 60년을 주기로 돌기 때문에 자칫하면 60년의 몇 곱씩 연도가 달라진다. 이에 필자는 정확한 연도를 확정하기 어려운 경우에는 대략적인 성립 연대를 추정하였고 이 추정의 근거와 추정연도를 주석으로 제시하였다. 많은 오류가 예상되는 부분이지만, 그래도 다음에 검토할 연구자에게 같은 실수를 반복하게 하지 않으려는

성의로 보아 주길 바란다.

부록에서는 본서에 나온 이두어휘와 특수용어를 제시하였다. 비록 완벽하지는 않더라도 후일의 다른 연구자나 독자들에게 조금이라도 도움이 되지 않을까 하는 바람을 담아 용기를 내본 부분이다. 이러한 과정에서 사전에 실리지 않은 수많은 제도용어, 사전에 실렸으나 오류를 담고 있는 용어들에 대한 검토는 한 개인의 힘으로는 도저히 감당하기 어려워서 한국고전번역원 역사문헌번역실에서 공유하는 어휘집의 성과를 다수 반영하였음을 밝혀둔다.

용어 사용이나 完議 성립 연대 추정 등의 문제 외에도 본서에 실린 규례들이 언제, 왜 만들어졌고, 어떤 절차를 거쳐 시행되었으며, 어떤 문제 때문에 변화하는지 등 산재한 의문들은 많았다. 본서 자체에서 해결하지 못한 이들 문제들을 혹시 다른 자료를 통해 해결할 수 있지 않을까 하는 기대를 품고 《승정원일기》, 《일성록》, 《조선왕조실록》 등의 편년체 사료와 《경국대전》이나 《속대전》, 《대전회통》, 각종 수교집 등의 법전 자료를 뒤졌으나, 본서에 실린 내용이 의금부의 內規에 해당하여서 인지 관련 내용을 찾기가 어려웠다. 그나마 다른 관사의 전고와 규례 등을 다룬 서적들이 본서를 이해하는데 도움을 주었다. 그 중에서도 三法司인 형조, 사헌부, 한성부를 다룬 《秋官志》, 《司憲府掌故》, 《京兆府誌》가 유용하였고, 그밖에 戶曹의 《度支志》에 실린 官制나 雜儀 등의 내용도 일부 도움이 되었다. 향후에 다른 관사에서 편찬된 유사한 성격의 전적들에 대한 검토가 이루어져 관련 내용을 비교할 수 있는 날이 오길 기대해본다.

# 일러두기

1. 본서는 미국 버클리대학교 아사미문고에 소장된《金吾廳憲》(청구기호 18.59)을 저본으로 삼아 譯注하였다.
2. 원문에는 번호가 없으나 각각의 항목과 조목을 쉽게 파악할 수 있도록 번역문에 일련번호를 부여하였다.
3. 각 항목명 아래에 평설(※)을 붙여 해당 항목의 내용을 정리하고 관련 정보를 추가하여 텍스트를 이해하기 쉽게 하였다.
4. 항목명이 없는 傳教나 完議 등에는 [ ] 안에 假題目을 넣어 전체적으로 체재를 통일시켰다.
5. 각각의 항목은 ①항목번호 및 항목명 ②평설(※) ③조목번호 ④번역문 ⑤원문의 순서로 실었다.
6. 干支의 연도가 확실한 경우에는 괄호 안에 서기 연도를 제시하였고, 불확실한 경우에는 각주로 추정 연도와 추정 근거를 제시하였다.
7. '事'로 끝나는 문장은 규정임을 고려하여 '-한다'로 번역하였다.
8. 용어는 가능한 풀어서 번역하되, 연구가 필요한 용어는 그대로 사용하였다.
9. 주석은 번역문에 각주를 다는 형식을 택하였다. 원문에 교감이 필요한 경우에는 원문에 교감주를 달았다.
10. 각주에서는 각종 사전과 기존 연구서 등을 통해 파악한 역사용어나 제도용어에 대한 설명과 연구 성과,《승정원일기》나《조선왕조실록》등을 통해 찾은 전거와 사례, 필자의 견해 등을 제시하였다.

11. 표점에 사용된 부호는 다음과 같다. 문장의 종지부호로는 마침표(.), 물음표(?), 느낌표(!)를 사용하였다. 휴지부호로는 반점(,)을 사용하였다. 인용부호로는 큰따옴표(" ")를 사용하였다. 명사의 병렬이 중층적일 때 상층의 병렬에는 모점(、)을 쓰고 하층의 병렬에는 가운뎃점(·)을 사용하였다. 복문에서 병렬되는 문장 사이에는 쌍반점(;)을 사용하였고, 인용부호 앞에는 쌍점(:)을 사용하였다. 묶음표(【 】)는 원문에서 小字로 기록된 부분을 표시할 때 사용하였다. 내용의 생략을 표시할 때는 말줄임표(……)를 사용하였다. 서명을 표시할 때는 겹꺽쇠표(《 》), 편명을 표시할 때는 홑꺽쇠표(〈 〉)를 사용하였다. 人名, 地名, 國名, 建築物名, 年號 등의 고유명사를 표시할 때는 밑줄(___)을 사용하였다.

12. 표점은 한국고전번역원의 교감 표점 지침을 준용하였다. 단, 의미를 분명히 전달하기 위한 경우나 지침을 그대로 적용하기 어려운 경우에는 사례별로 판단하여 처리하였다.

    ○한국고전번역원의 표점 지침에서는 종지부호를 고리점(。)으로 사용하나, 본서에서는 편의상 마침표(.)로 대체하였다. 예) 距今已餘八十年矣。 → 距今已餘八十年矣.

    ○한국고전번역원의 표점 지침에서는 서명의 층차를 표기할 때 가운뎃점을 사용하나, 본서에서는 번역문의 서명 표기 방식으로 통일하였다. 예) 《孟子·公孫丑上》→《孟子 公孫丑上》

13. 원문에서 강조할 부분은 굵은 글자로 표기하였다. 예) 一遵**古規**

# 금오헌록【全】

## [記] : 朴鳴陽[15)]

아, 위급함을 알리는 서찰에 허둥대고 위태로운 기미에 참담하니, 천지가 점점 진동하고 천둥 번개가 번쩍거리며 흉포하고 악독한 세력이 으르렁거리며 곁을 엿보고, 닥치는 대로 부숴버리는 세력이 숨소리가 들릴 지경까지 가까워온다. 이러한 때 주상께서 한 金吾郎[16)]에게 명령하여 저들을 결박하여 잡아오라 하시면, 금오랑은 왕명을 받고 나가 군말 없이 간다.

아, 천만 명이 있다 해도 맞서 대적할 수 있는 담대한 용기[17)]를 모든

---

15) 朴鳴陽 : 박명양은 字가 鳳兮이고 본관은 咸陽이며, 부친은 通德郞을 지낸 朴舜揆이다. 그는 숙종 35년(1709)에 서울에서 출생하였고, 영조 14년(1738) 29세 때 司馬試에서 생원 3등 11위로 합격하였다. 그의 家系에 대한 기록이나 문집 등은 보이지 않으나, 부친인 박순규가 영조 15년(1739)에 蔭官으로 처음 벼슬하는 자리인 監役官에 제수되었고, 박명양 또한 생원시 합격 명단에만 보이는 것으로 보아 음관으로 의금부 도사에 제수된 것으로 추측된다. 그는 영조 21년(1745) 4월에 수군절도사를 체포해오라는 명령을 받았으나, 이를 제대로 수행하지 못하여 平安道 安州牧에 遠竄되었다. 박명양이 의금부 도사로 재직한 기간은 영조 19년(1743) 11월에서 영조 21년(1745) 중반까지 1년 반 정도의 기간이었다.《承政院日記 英祖 24年 2月 26日, 6月 21日, 25年 3月 3日, 32年 2月 12日, 33年 11月 9日, 11月 18日, 34年 3月 25日, 39年 4月 6日》

16) 金吾郞 : 金吾는 의금부의 별칭이므로 금오랑은 義禁府 郎廳을 말한다. 낭청은 조선조 때 각 官衙 堂下官의 총칭이다. 의금부의 낭청은 참상관과 참하관을 합하여 모두 10인이 있었다.《經國大典 刑典 義禁府》《續大典 刑典 義禁府》

17) 천만……용기 : 曾子가 子襄에게 큰 용기에 대해 들려준 말로, "스스로 돌이켜서 정직

사람에게 다 가지라고 요구할 수는 없으나, 우리나라의 바꿀 수 없는 일관된 紀綱으로는 王府[18]의 오래된 규례가 있다. 그러므로 단속하면서 상호 규찰하고 戲謔하면서 격려하며, 右位[19]에 있는 사람은 시행하는데 어려움이 없고 하위에 있는 사람은 해당되어도 원망이 없어서 나이에 개의치 않고 세력에 아랑곳하지 않게 되어야 일에 닥쳤을 때 잘못될 염려가 없게 된다. 그렇게 되면 단속하는 효과는 평소에 배양한 것보다 곱절이 되고, 희학하는 풍속은 도리어 한가로이 거처하며 나누는 고상한 담론보다 낫게 되니, 일체를 평소 일이 없을 때 단속하여야 하지 생사가 달린 급박한 때로 미뤄서는 안 된다. 그러니 실로 의금부에는 규례가 없어서는 안 되며, 규례가 있다면 엄하지 않아서는 안 된다. 허나 桴鼓의 경계하는 소리가 끊기고[20] 감옥이 텅 비게 될 것 같으면, 술상을 풍성하게 차리고 화락하게 담소를 나누며 西湖[21]에 닻줄을 내리거나 北營[22]에 모여서

---

하다면 비록 천만 명이 있더라도 내가 가서 대적할 수 있다."라고 한 말에서 인용하였다. [《孟子 公孫丑上》: "子好勇乎? 吾嘗聞大勇於夫子矣. 自反而不縮, 雖褐寬博, 吾不惴焉. 自反而縮, 雖千萬人, 吾往矣."]

18) 王府 : 義禁府를 달리 이르는 말이다.

19) 右位 : 《經國大典註解》에서 "땅의 도리는 오른쪽을 높인다. 그래서 높은 직을 右職이라 한다. 옛 사람은 오른쪽을 높였다. [《經國大典註解 後集 吏典》: 地道右尊, 故高職曰右職. 古人上右.]" 라고 하여 통상적으로 우위는 '上級者' 또는 '上官'을 뜻한다. 의금부에서는 官品의 高下에 따라 右位와 下位를 구분한 것이 아니라 의금부 도사에 임명된 순서에 따라 구분하였다. 따라서 여기서 '우위'는 口傳政事로 '먼저 의금부 낭청에 임명된 사람'을 의미한다. 본서에서 右位와 상대되는 말로 빈번하게 나오는 말이 新位이다. 신위는 '낭청으로 새로 온 사람'의 의미이다. 이때 位는 벼슬아치를 세는 단위사로, '분'에 해당한다. 《金吾憲錄 操切》

20) 桴鼓의……끊기고 : 桴鼓는 '북채와 북'으로, 漢나라 때 저자 거리에 북을 설치하여 도적이 나타나면 북을 두드려 여러 사람에게 警報를 알렸던 것에서 유래하였다. 여기서 부고 소리가 끊겼다는 것은 무력을 쓸 필요가 없는 평화로운 때라는 의미이다. [《漢紀 宣帝紀》: 由此桴鼓希鳴, 世無偸盜.]

21) 西湖 : 陽川 인근의 漢江인 西江의 별칭이다. 《신증동국여지승람》에서 麻浦에서 도성 서쪽 15리 지점에 있는 西江까지를 통틀어 西湖라고 하며, 황해도·전라도·충청도·경기도 하류의 漕運이 모두 이곳에 모인다고 하였다. 《新增東國輿地勝覽 第2卷 京都下 漢城府》

온 종일 즐기고 취한 뒤에야 돌아가니, 이 또한 다른 관사에는 없는 일이다. 옛 사람이 執金吾가 되기를 원했던 것[23]은 참으로 이 때문이었다.

아, 근심과 즐거움은 일정치 않고 고생과 즐거움에는 때가 있기 마련이니, 처음에 의금부를 어찌 공연히 만들었겠는가? 그러나 한 번 전해지고 두 번 전해지는 과정에서 잘못 전해지고 틀린 것을 답습하게 되어 남은 것은 얼마 없고 보존된 것은 분명하지 않게 되어 날마다 행해야 할 모든 일에 있어서 열 개 중에 여덟아홉은 소략해지거나 탈락되었다. 황급히 처리해야 할 때에 닥쳐서 단지 下吏의 입에만 의존해야 한다면, 후세 사람들이 무엇에 근거하여 준행하겠는가.

마침내 여러 동료들과 함께 古今에서 전해들은 것들과 그간의 完議를 널리 채록하여 綱을 만들어 분류하거나 目을 세워 條目別로 나열하고, 소략한 것은 상세하게 하고 탈락한 것은 보충함으로써 金科玉條와 같은 의금부의 규례를 다시 찬란히 천명하였다. 하지만 감히 나의 뜻이 그 사이에 섞이지 않게 하였으니, 이는 분수를 넘었다는 죄를 얻을까 염려해서이다. 이것을 영구히 준수하는 責務는 훗날의 여러 군자들이 지기 바란다.

崇禎 再甲子年(1744, 영조20) 11월 1일에 함양 박명양이 적다.

嗚呼! 急書蒼黃, 危機慘惔, 乾坤震薄, 雷霆變色, 凶鋒毒鐍, 狺狺傍伺, 觸蠆

22) 北營 : 昌德宮 북쪽에 있는 訓練都監의 分營이다. 북영 안에는 주변 경치가 좋은 夢踏亭, 활을 쏠 수 있는 掛弓亭, 연꽃을 구경하며 노닐 수 있는 君子亭이 있었다 한다. 《新增東國輿地勝覽 第2卷 京都下 漢城府》

23) 옛……것 : 여기서 옛 사람은 누구를 지칭하는지 분명치 않다. 중국의 고사를 살펴보면, 집금오는 漢武帝 元年(B.C.140)에 처음 나타난다. 집금오는 천자가 출행할 때 御駕를 앞에서 인도하며 호위하던 역할을 맡았는데 그 위용이 성대하였다. 이 모습을 보고 황제에 오르기 전의 後漢 光武帝(廟號 世祖)가 탄식하며 "벼슬길에 오르면 모름지기 집금오를 지내야 한다."라고 말하였다고 한다. 본문의 문맥과는 다소 차이가 있으나, 집금오라는 벼슬을 부러워한 일화로 많이 인용되므로 이에 제시하였다. [《山堂肆考 卷65 執金吾》: 漢世祖微時常歎曰: "仕宦當作執金吾." ; 《後漢書 志 第27 百官四》]

攖粉之勢, 廹在呼吸之間耳. 當此之時, 上命一金吾郎縛而致之, 則金吾郎承命而出, 無辭而去.

噫噫! 千萬人吾往之勇, 固不可責之於人人, 而我國家一脉綱紀之移易不得者, 則有王府之舊憲矣. 是以操切而糾檢之, 戲謔而飭勵之, 在右位而施之無難, 在下位而當之無怨, 不敢有其齒、有其勢而後, 可以無臨事做錯之患也. 然則操切之功, 有倍於平日之培養, 戲謔之習, 反勝於閑處之高談. 一切縛束於平常無事之時, 不得推諉於死生臨急之際者. 信乎府不可以無憲, 有憲則不可以不嚴也. 若夫桴皷絶警, 囹圄空虛, 盃盤淋漓, 談笑雍容, 或繫纜於西湖, 或盍簪於北營, 竟日團欒, 不醉無歸, 此又他司之所無者也. 古人之願作執金吾者, 良有以矣.

嗚呼! 憂樂無常, 苦歇有時. 自初設施之意, 夫豈偶然? 而一傳再傳, 傳訛襲謬, 餘者無幾, 存者未瑩, 凡於日用應行之事, 踈漏脫畧者, 十居八九, 當其急遽之際, 只憑下吏之口, 則後之人於何所攷據而遵行之也!

遂與諸僚, 博採於古今傳聞及前後完議, 或提綱而儔分之, 或立目而條列之, 畧者詳之, 漏者補之, 使一府之金科玉條, 燦然復明, 而不敢以己意參錯於其間者, 恐得僭妄之辜耳. 若其永久遵守之責, 竊有望於後之諸君子.

崇禎 再甲子 復月 初吉 咸陽 朴鳴陽記.

## [書] : 李宜鉉[24)]

모든 관사는 반드시 정해진 規憲이 있어 이를 謄錄에 실어 후인에게 전하니, 이것은 근거할 곳이 있게 하여 혹시라도 혼란이 없게 하고자 해서이다. 더욱이 本府는 變故에 대처하는 중요한 곳으로 평소 기강이 있다는 명성을 지닌 관사임에랴. 내가 본부에 들어온 처음에, 본부 안에 있는 규헌을 열람해보니 상세함과 원칙이 서로 연결되어 있고 크고 작은 것이 모두 거론되어 있으며 항목을 나누고 조목을 세운 것이 정연하여 볼 만하였다. 그런데 한 마디 말로 그것을 요약하면 '右位를 존중'하는 것이었다. 우위를 존중하기 때문에 명령하면 반드시 시행되고, 명령하면 반드시 시행되기 때문에 일이 결정되어 곤란해지지 않게 된다. 이리하여 변고에 대처하는 중요한 곳으로서의 체모를 얻어 기강이 선 관사가 된 것이니, 어찌 그렇게 되지 않을 수 있었겠는가. 그렇다면 그것을 기록하여 전하는 것은 비록 국법을 보조한다고 해도 될 것이니, 어찌 중요하지 않겠는가.

기록이 처음 이루어진 것이 지난 재갑자년(1744, 영조20)이었으니 지금부터 80여 년 전이어서, 애석하게도 종이는 낡아 보풀이 일고 먹 글씨는 닳아 없어져 종종 자획을 분별하기 어려웠다. 만일 이어서 새로 만들지 않으면 어찌 얼마 안 가 저절로 없어져 근거할 곳이 없게 되지 않겠으며, 꼭 그렇게 하려고 하지 않아도 어찌 저절로 혼란스러워지지 않을 수 있겠는가. 나는 이것이 염려되었다. 이에 내용을 늘이거나 줄이지 않고 前本의 종이만 바꾸어 다만 먼 훗날까지 오래 전할 방법을 생각하였으니,

---

24) 李宜鉉 : 순조 때 활동했던 문신으로, 자는 幼安이고 본관은 禮安이다. 정조 1년(1777)에 출생하였으며 거주지는 溫陽이었다. 부친 李建冑가 繕工監 假監役 벼슬을 한 정도에 그쳤다는 점도, 정조 2년에 생원진사시 합격 명부에만 이름이 보이며 大科는 합격하지 못하였던 점도 박명양과 유사하다. 《崇禎三戊午式司馬榜目》《承政院日記 純祖 26年 1月 2日, 27年 6月 25日》

즉 똑같이 그대로 준수하여 잘못되지 않게 하려는 뜻이다. 후세에서도 지금 전한 방식처럼 과거에 있었던 일에 미루어 미래에 닥칠 일에 대해 고해주어야 할 것이다. 삼가 짧은 識를 붙여 이와 같이 말할 뿐이다.

병술년(1826, 순조26) 7월 하순에 선성 이의현이 적다.

凡百官司, 莫不有定規成憲, 載爲謄錄, 傳之來後. 盖欲其有所考據, 無或壞亂也. 況本府之以待變重地, 素有廳風之名乎? 余於入府之初, 取閱其府中規憲, 則詳畧相因, 巨細畢擧, 分條立目, 井井可觀, 而一言以蔽之曰: "尊右位也." 尊右位, 故令施而必行, 令必行, 故事定而不困. 於是乎待變重地之體得, 而廳之以風名者, 不其然乎? 然則其載錄而傳來者, 雖謂之羽翼於關和, 可也. 顧不重歟?

錄之始成在於再去甲子, 距今已餘八十年矣. 惜其紙敝而毛, 墨刓而脫, 往往字畫難辨處. 苟不有以繼而新之, 幾何其不蕩無考據, 不期壞亂而自壞亂乎? 余爲是之慮. 玆庸無所損益, 易紙前本, 只圖久遠之方, 卽較若畫一, 遵而勿失之意. 後之於今, 亦猶今之於昔, 推往告來, 謹附小識如是云爾.

歲丙戌孟秋下澣 宣城 李宜鉉書.

## '金吾'의 의미에 대한 기록[金吾記義[25]]

金吾라는 관명을 두게 된 것은 먼 옛날이 아니고, 그것을 王獄이라고 지칭하게 된 것은 우리나라에서 그렇게 한 것이다. 《漢書》〈百官公卿表〉를 살펴보면, "中尉는 秦나라 관직으로, 수도를 돌며 순찰하는 일을 맡았다."라 하였고, "武帝 太初 원년(B.C 104)에 다시 執金吾라고 명칭을 바꿨다."라고 하였다. 顔師古가 注解하기를 "금오는 새의 이름으로,

---

25) 金吾記義 : 국립중앙도서관에 소장(BA3648-88-58)되어 있는 河百源의 문집《圭南文集》〈雜著〉에는 제목이 '金吾攷義'로 되어 있다.

상서롭지 못한 것을 물리치는 일을 맡는다. 천자가 出行할 때 앞서 인도하며 불상사가 생기는 것을 막는 일을 주관하였으므로, 이 새를 잡고 있는 형상으로 관직을 이름하였다."[26]라 하였다. 또 《後漢書》〈百官志〉를 살펴보니, "執金吾는 궁궐 밖에서 물이나 불로 인한 불상사를 경계하고 살피는 일을 담당하며, 한 달에 세 번 行宮 밖을 순찰한다. 吾는 禦와 같다."라 하였다. 應劭는 이에 대하여, "무기를 잡고서 불상사를 막는다."[27]라 주해하였다. 胡廣은 말하기를, "衛尉는 궁궐 안을 巡行하고 금오는 궁궐 밖을 돌아, 서로 안과 밖에서 간교한 자들을 잡아 다스린다."[28]라 하였다. 唐나라 韋述이 편찬한 《西都雜記》[29]에는 "京城의 거리에서는 금오가 새벽에 소리쳐 전하며 야간 통행을 금하였다."[30]라

---

26) 顔師古가……이름하였다 : 顔師古는 唐나라 때 사람(581~645)으로, 《顔氏家訓》의 저자 顔之推의 손자이고, 古訓에 뛰어났던 顔思魯의 아들이다. 이름은 籀이다. 思古라는 자도 썼다. 文字訓詁, 聲韻, 校勘學에 조예가 깊었고 또 《漢書》에 정통하여 오늘날 그의 주해를 상당히 신뢰한다. 일설에는 그가 숙부인 顔遊秦의 《漢書決疑》에 많이 근거하였다고도 한다. 金吾의 어원에 대한 이 내용은 《한서》〈백관공경표〉의 "武帝太初元年更名執金吾"에 달린 안사고의 주해이다. 《漢書 卷19上 百官公卿表 第七上》

27) 應劭가……막는다 : 응소는 東漢 때 사람으로, 자는 仲遠이다. 獻帝가 于許로 천도하여 옛 기록들이 없어지자, 응소가 예전에 들었던 것을 모아 《漢官禮儀故事》, 《風俗通》을 저술하였으며, 또 《漢書集解》를 저술하였다. 인용된 내용은 《후한서》〈백관지〉의 "執金吾一人, 中二千石"에 달린 응소의 주해 내용이다. 《後漢書 志 第27 百官四》《後漢書 卷48 應劭列傳》

28) 胡廣은……다스린다 : 호광은 東漢 南郡 華容人으로, 자는 伯始이다. 安帝 때 奏章 작성에 천하제일이라는 평가를 받았다. 인용된 내용은 《후한서》〈백관지〉의 "掌宮外戒司非常水火之事"에 달린 응소의 주해 내용이다. 《後漢書 志 第27 百官四》《後漢書 卷44 胡廣列傳》

29) 《西都雜記》 : 저본에는 "西京雜記"로 되어 있는데, 《四庫全書》 子部에 있는 《說郛》, 類書部에 있는 《山堂肆考》, 《淵鑑類函》 등을 근거로 '京'을 '都'로 바로잡아 번역하였다. 저본에서 제시한 《서경잡기》는 舊說에 漢나라 사람인 劉歆이 편찬하였다고도 하고, 晉나라 葛洪이 편찬했다고도 하나 실제로는 梁나라 吳均이 편찬한 책이다. 위술이 편찬한 《서도잡기》와 서명이 유사하여, 하백원이 혼동한 것이라 생각된다.

30) 경성의……금하였다 : 위술은 唐나라 때 사람으로, 直學士·集賢學士·尙書侍郞·工部侍郞 등을 역임하며 圖書를 40년 간 다루었고, 史官을 20년 간 맡아서 史才가 있고 박식하기로 이름이 났다. 《唐職儀》 30권, 《高宗實錄》 30권, 《御史臺記》 10권, 《兩京新

하였다. 또 崔豹의 《古今注》[31]를 보니, "금오는 수레바퀴살 봉이다. 漢나라 관원은 金吾를 잡았다. 吾는 막음[止]이다. 銅으로 만들고 황금으로 양쪽 끝을 도금하여 '금오'라고 하였다. 御史大夫나 司隷校尉도 금오를 잡을 수 있었다."라 하였다.[32] 이렇게 주장들이 같지 않은데, 모두 왕옥을 지칭하는 것은 아니었다.

우리나라는 고려 때 金吾衛를 설치했다. 備巡衛라고도 불렀다.[33] 巡軍獄을 두어 교활하고 간교한 자를 잡아 가두었다. 이 또한 순시하며 간교한 자를 잡아서 다스리던 한나라 제도를 모방한 것이다. 그 후 大臣과 朝士 중에 죄 지은 자가 있으면 그때마다 순군옥에 보냈기 때문에 금오위가 마침내 王獄이 되었다. 우리 왕조가 天命을 받아 건국한 뒤 義勇巡禁司를 설치하고 또 巡邏를 돌게 하던 뜻을 취하였다. 그런데 소속 관원이 많아 서로 통섭되지 않았기 때문에 封祟하는 규정을 두고, 품계가 같아 규찰할 수 없었기 때문에 罰禮를 두니, 마침내 임명된 차례에 따라 상하 위계가 엄격하게 되었다. 太宗 14년(1414)에 義禁府로 개칭하고 鎭撫官

---

記》 5권 등 200여 권의 저술이 전한다. 이 내용은 韋述이 편찬한 《西都雜記》 중 "西都京城街衢, 有金吾曉暝傳呼, 以禁夜行 ; 惟正月十五日夜敕許金吾弛村, 前后各一日." 에서 일부 인용한 것이다. 《西都雜記》《舊唐書 韋述列傳》

31) 崔豹의 《古今注》 : 최표는 西晉 燕國 사람으로, 자는 正熊이다. 《論語集義》와 《古今注》 3권을 편찬했다. 《고금주》는 古代와 당시의 모든 사물을 8개 분야로 분류하여 해설한 저작이다. 卷上은 輿服 · 都邑, 卷中은 音樂 · 鳥獸 · 魚蟲, 卷下는 草木 · 雜注 · 問答釋義로 구성되어 있다. 고대인의 자연계에 대한 인식, 고대의 典章制度와 風俗을 다루었다. 《四庫全書 子部 雜家類2》

32) 《漢書》……하였다 : 이 부분은 南宋 사람 姚寬의 문집 《西溪叢語》에 실린 〈金吾〉의 내용을 하백원이 재인용한 것으로 보인다. 《西溪叢語 卷下 金吾》 《서계총어》는 상, 하 2권 264조항으로 구성되어 있으며, 《四庫全書》子部 雜家類에 실려 있다. 《四庫全書總目》에서는 이 책이 '주로 典籍의 異同을 고찰하였는데 훌륭한 점이 많고 잘못이 적어 고증하는 자들이 많이 근거하는 책'이라고 평가하였다. 《四庫全書總目 卷118 西溪叢語》

33) 高麗……불렀다 : 금오위는 고려 때 설치했던 6衛 중 하나였다. 고려의 6위는 左右衛, 神虎衛, 興威衛, 金吾衛, 千牛衛, 監門衛이다. 나중에 鷹揚軍과 龍虎軍을 더하여 8위라 불렀다. 《燃藜室記述 別集 官職典故》

을 두었으니, 여전히 義勇을 규찰한다는 뜻이다. 이윽고 전적으로 刑獄을 전담하게 되었다.[34] 判事라는 관직을 설치한 것은 대개 고려 때의 王獄의 제도에서 기인한다.

그러나 한나라 때의 제도를 약간 보존한 것이 있으니, 주상이 動駕할 때마다 본부의 郎官이 으레 어가를 先導하던 것, 이것은 천자가 출행할 때 맡았던 선도하는 직분이었다. 본부에는 예전에 玉牌가 있어 三司의 禁令을 규찰하였으니[35], 이것은 금오가 衛尉와 더불어 궁궐 안팎에서 서로 규찰했던 것과 비슷하다. 또 故事에 본부의 낭청 1원이 으레 禁火司[36]의 別坐를 겸직한다고 했으니, 이는 물이나 불로 인한 불상사를 규찰하던 임무를 맡은 것이다.

간교한 자를 잡아 다스리는 것이야말로 본부의 고유 직분이다. 개괄적으로 말하면, 금오를 王獄이라 부르게 된 것은 이 때문이었으니, 이 관직을 맡는 자는 명분과 의리에 대해 잘 생각해야 한다.

정유년(1837, 헌종3) 3월 3일, 直宿하는 중에 내키는 대로 쓰다. 진양 하백원 치행.

金吾之立官名, 非邃古也. 稱諸王獄, 吾東卽然[37]. 按《漢書 百官公卿表》,

---

34) 전적으로……하였다 : 태종 때 의금부로 개칭하면서 군사기관으로서의 기능을 없애고 사법기관으로서만 운용되었다는 것을 의미한다. 이러한 내용은 許筠의 문집인《惺所覆瓿藁》〈惺翁識小錄上〉에서도 언급되었다.

35) 본부에는……규찰하였으니 :《연려실기술》에도 의금부에서 禁吏에게 玉牌를 내주어 三司 소속 금리의 부정 여부를 규찰하게 하였는데 임진왜란 중에 옥패가 분실되어 폐지되었다는 기록이 있다.《燃藜室記述 別集 官職典故 義禁府》

36) 禁火司 : 修城禁火司의 약칭이다. 수성금화사는 世宗 때 설립된 임시 관사인 禁火都監이 成宗 때 정식 관사로 改稱된 것으로, 宮城과 都城의 화재 진압과 예방, 건축, 하천 청소, 도로 개통, 교량 수리 등을 담당하였다. 別坐 6인 중 4인은 의금부의 經歷, 병조·형조·공조의 正郎 각 1인이 겸임하였다. 금화사는 뒤에 左·右巡廳이 되었다.《經國大典 京官職 修城禁火司》《漢京識略 闕外各司》

37) 稱諸王獄, 吾東卽然 : 국립중앙도서관에 소장(BA3648-88-58)되어 있는 河百源의 문

"中尉, 秦官. 掌徼循京師." "武帝 太初 元年, 更名執金吾." 顔師古註曰: "金吾, 鳥名, 主辟不祥. 天子出行, 職主先導, 以禦非常. 故執此鳥之象以名官." 又按《後漢書 百官志》: "執金吾掌宮外戒司非常水火之事, 月三繞行宮外. 吾, 猶禦也." 應劭註曰: "執金革以禦非常". 胡廣曰: "衛尉巡行宮中, 則金吾徼于外, 相爲表裏, 禽奸討猾." 唐 韋述《西京雜記》: "京城街衢, 金吾曉暝傳呼, 以禁夜行." 又按崔豹《古今註》曰: "金吾, 車輻棒也. 漢官執金吾. 吾, 止也. 以銅爲之, 黃金塗兩末, 謂之金吾. 御史大夫、司隷校尉, 亦得執焉." 凡玆諸說不同, 而俱非王獄之稱也.

吾東, 則高麗時設金吾衛, 亦名備巡衛. 有巡軍獄, 禽奸猾囚之. 盖亦依倣乎徼循禽討之漢制也. 其後大臣、朝士有罪, 輒下巡軍獄, 故金吾衛遂爲王獄. 我朝受命, 置義勇巡禁司, 亦取徼循之義. 而司員多額, 不相統攝, 故有封崇之規. 品秩等夷, 無以糾檢, 故有罰例之名. 遂以口傳之次, 嚴其右、下之位. 太宗十四年, 改爲義禁府, 置鎭撫官, 猶是檢察義勇之義, 仍以專掌刑獄. 設判事之官, 盖因麗氏王獄之制也. 然而漢制畧有存者, 每主上動駕, 本府郎官例爲導駕, 是則天子出行, 職主先導也.

本府舊有玉牌, 糾察三司之禁. 是則有近乎與衛尉相表裏也. 且故事, 本府郎廳一員, 例兼禁火司別坐, 此則司非常水火之事也. 至若禽奸討猾, 本府是其職也. 槩以言之, 金吾之名稱諸王獄, 盖有由也. 居是職者, 顧名思義, 可也.

丁酉季春之朏, 直中漫書. 晉陽 河百源 穉行甫.

---

집《圭南文集》〈金吾攷義〉에는 이 8字가 빠져 있다. 하백원이 〈금오기의〉를 지은 것은 1837년(헌종3)이나,《규남문집》은 그 후손들에 의해 1945년 이후에 간행되었다. 이 기간 사이에 이 문장이 삭제된 것으로 보인다.

## 金吾廳憲目錄

# Ⅰ. 金吾廳憲

【금오는 새의 이름인데, 그 새의 강하고 사나움에서 뜻을 취한 것이다.】

金吾廳憲【金吾, 鳥名, 取其鷙悍之義.】

## 1. 設立[연혁 · 직제]

※ 본 항목에서는 義禁府의 연혁과 직제에 대해 기술하고 있다. 의금부라는 명칭은 조선에 와서 처음 나타나지만, 본래 이 관사는 高麗 말에 元이 설치한 巡馬所에서 비롯되었다. 순마소는 巡軍萬戶府, 司平巡衛府로 명칭이 달라졌다가, 朝鮮에 들어와서 巡衛府, 義勇巡禁司를 거쳐 太宗 14년(1414)에 의금부로 개편되었다. 《金吾憲錄》에서는 의금부의 연혁을 태종 14년부터 기술하여 마치 조선에서 의금부가 처음 설치된 것으로 보일 수 있다. 의금부의 前身에 대한 본 항목의 소략함을 보완하려면 卷首에 실려 있는 河百源이 지은 〈金吾記義〉와 같이 보면 유익하다. 하백원은 '金吾'의 語源과 '執金吾'의 유래, 고려 시대의 王獄 등에 대해 기술하였다. 이외에도 의금부의 前身에 대해 언급한 先人의 기록이 여러 편 존재한다. 그중 일부만 제시해보자면 《新增東國輿地勝覽 第2卷 京都下 文職公署》, 《六先生遺稿 柳先生遺稿 義禁府題名記》, 《林下筆記 第22卷 文獻指掌編 義禁府》, 《燃藜室記述 別集 第6卷 官職典故 義禁府》, 許筠의 《惺所覆瓿藁 識小錄》 등에서 의금부의 전신이 고려 때부터 있었음을 밝히고 있다. 이들 기록은 부록4로 권말에 첨부하였다.

태종 14년(1414)에 의용순금사를 의금부로 바꾸고, 제조 · 진무 · 지사 · 도사를 두었다.[38)]

一. 太宗朝十四年, 改義勇巡禁司爲義禁府, 置提調、鎭撫、知事、都事.

1–1

국왕의 명령을 받아 推鞫[39)]하는 일과 士人과 庶人이 제기한 申訴[40)], 告牒[41)] 등의 일을 담당한다.

一. 掌奉敎推鞫及士 · 庶申訴、告牒等事.

1–2

판사는 종1품, 지사는 정2품, 동지사는 종2품이다. 4원인데, 모두 다른 관직을 겸직한다.[42)]

---

38) 태종……두었다 : 의용순금사는 節制使, 簽節制使, 護軍, 司直, 副司直으로 구성되었는데, 의금부로 개칭하면서 祿官을 없애고 당상관을 提調라 불렀으며, 鎭撫(정3품) 2員, 副鎭撫(종3품) 2원, 知事(4품) 2원, 都事(5,6품) 4원을 두었다. 《太宗實錄 3年 6月 29日(乙亥), 14年 8月 21日(辛酉)》

39) 推鞫 : 조선 전기에는 죄인을 심문하거나 조사하는 것을 뜻하는 포괄적인 말이었다. 《경국대전주해》에서 "推는 그 죄를 살피는 것이다. 鞫은 죄인을 끝까지 다스리는 것인데, 말로 죄인을 다스리는 것이다. [《經國大典註解 後集 吏典》: 推, 審其罪也. 鞫, 窮理罪人也, 以言鞫之也.]"라고 정의한 것이 근거가 될 수 있다. 조선 후기에 가면 鞫問의 한 형태로, 임금의 위임을 받은 大臣이 鞫廳을 설치하여 죄인을 鞫問하는 것을 뜻하는 말로 쓰였다. 조선 후기의 추국은 庭鞫과 마찬가지로 의금부에서 주관하였고, 거행하는 장소도 주로 의금부가 이용되었다. 추국을 거행할 때는 宮城을 호위하지 않았고, 問事郎廳은 4명을 차출하였다. 그에 비해 庭鞫은 문사낭청이 6명, 親鞫은 8명인 점이 다르다.

40) 申訴 : 이미 전에 그 사안으로 판결을 받았으나 그 처분에 불복하여 다시 처리해주기를 요구하며 자신의 의견을 진술하는 것을 말한다. 요즘으로 말하면 抗告에 해당한다 할 수 있다. 조선시대의 경우, 관찰사나 형조 등에서 이미 판결을 받았으나 不服하고 국왕에게 직접 사정을 호소하려면 대궐 앞에 설치한 의금부의 當直廳을 거치거나 대궐 안에 설치한 申聞鼓를 쳐야 했다. [《經國大典 刑典 訴冤》: 訴冤抑者, 京則呈主掌官, 外則呈觀察使, 猶有冤抑, 告司憲府, 又有冤抑則擊申聞鼓.]

41) 告牒 : 告發하는 문서 또는 고발하는 행위를 말한다.

42) 4원인데……겸직한다 : 의금부 당상관의 구성을 설명하고 있다. 태종 14년(1414) 개편

一. 判事, 從一品 ; 知事, 正二品 ; 同知事, 從二品. 凡四員, 皆以他職兼帶.

1–3

낭청 10員[43] 가운데 참상관은 經歷[44]이라 하고, 참하관은 都事[45]라고 한다.[46] 옛 규례에서는 참상관과 참하관이 각각 5원씩이었는데 중간에 참상관 8원, 참하관 2원으로 바뀌었다. 현재의 주상이 경술년(1730, 영조6) 국옥[47] 때 "참상관을 수시로 이동[48]시키고 있어 久任[49]에게 책임을 맡

에서 당상관이었던 都提調, 提調가 없어지고, 대신 判事, 知事, 同知事 도합 4원으로 바뀌었음을 알 수 있다. 이러한 당상관 구성은 조선 말기까지 그대로 유지되었다.

43) 員 : 벼슬아치를 세는 데 쓰는 말이다. 본서에는 사람을 세는 단위사로 位, 員, 人, 名이 나온다. 位는 '분'이라고 높여서 표현할 때 사용하였는데, 본서 내에서는 의금부 당상과 낭청을 세는 데 쓰였다. 그에 반해 人은 주로 書吏를 세는 데 쓰였으며, 名은 羅將, 使喚, 使令, 廳直, 茶母 등과 같이 신분이 낮은 사람을 세는 데 쓰였다. [《金吾憲錄 先生》: 堂、郎先生就理時, 許入長房, 使喚、使令、廳直、茶母各一名差定, 柴、油、炭亦爲上下事. ; 先生之父・母・己・妻喪, 書吏、羅將各一人, 限成服定送, 發引前, 羅將一名, 亦爲定送. 而返虞時, 書吏一人定送, 以表尊先生之本意.]

44) 經歷 : 종4품직으로 문서의 出納을 맡았다. 忠勳府, 儀賓府, 義禁府, 開城府의 屬官으로 두었다. 원래는 관찰사의 보좌관으로 外官에도 파견되었으나 세조 12년(1430)에 外官 經歷은 모두 혁파되었다. [《世祖實錄 12年 1月 15日(戊午)》: 革兩界兵馬都節制使、經歷所都事, 置評事, 秩正六品.] 의금부의 경우에는 경력과 도사가 각 5명씩이었다가 도중에 경력은 혁파하고, 영조 6년(1730)에 도사를 참상과 참하 각 5명으로 정하였다. [《增補文獻備考 職官考四 義禁府》: 經歷五員, 都事五員. 後革經歷, 增置都事五員, 其八以參上差, 其二以參外差. 英祖六年, 改定參上、參外各五員.]

45) 都事 : 종5품직으로 중앙에서는 忠勳府, 儀賓府, 忠翊府, 義禁府, 開城府의 屬官으로 두어 庶務를 주관케 하였다. 원래는 經歷과 관찰사의 보좌관으로 外官에도 파견되었으나 세조 12년(1430)에 外官 經歷이 혁파된 후 도사만이 남게 되었다.《增補文獻備考 職官考四 義禁府》

46) 낭청……한다 : 참상관은 6품 이상, 참하관은 7품 이하의 관원을 말한다.《經國大典》에는 의금부의 낭청이 참상관인 經歷과 참하관인 都事를 합하여 모두 10인으로 이루어졌다고 하였는데,《續大典》에는 참상관인 경력을 없애고 도사만으로 10인을 구성하되 참상 도사와 참외 도사 각 5인씩으로 구성되었다고 하였다.《經國大典 刑典 義禁府》《續大典 刑典 義禁府》

47) 현재의……국옥 : 군관 朴長運이 謀主가 되어 환관인 朴震建, 李太建 및 李東潤 등 약 15명과 결탁하여, 대궐에 放火하고 老論과 少論을 모두 죽인 뒤 都城을 濟州로 옮기고 南人인 宗室 중에서 현명한 사람을 가려 추대하기로 모의하였던 반역사건을 말한다.

긴다는 의미가 전혀 없으니 옛 규례를 회복하게 하라."[50]고 하여, 지금은 참상관과 참하관을 각각 5원씩 차출한다.

一. 郎廳十員中, 參上稱經歷, 參下稱都事. 古例則參上、參下各五員, 而中間變易, 參上八員, 參下二員矣. 今上庚戌鞫獄時, 以爲"參上隨卽遷轉, 而殊無久任責成之意, 俾復古規", 今則參上、參下各五員差出事.

### 1-4

별도로 대궐 밖에 當直廳[51]을 설치하여 낭청 1원이 牌를 받아 入直[52]

---

《英祖實錄 6年 4月 18~23日》

48) 이동 : 원문은 '遷轉'인데 근무일수를 채운 사람을 다른 관직으로 바꾸어 임용하는 것을 의미한다. 천전에는 같은 품계의 관직으로 옮기는 平遷, 높은 품계의 관직으로 옮기는 陞遷, 낮은 품계의 관직으로 옮기는 左遷이 있다. [《經國大典註解 吏典 遷官》 : 改任曰遷.]

49) 久任 : 조선시대의 관직제도는 벼슬자리마다 일정한 임기가 있으며 임기가 차면 仕滿 또는 瓜滿이라 하여 이동시킴으로써 한 자리에 오래 있지 못하게 하였다. 그러나 숙련이 필요한 직무와 재정관계를 담당하는 직책에는 실무에 밝은 관리가 필요하여 장기간 유임시키는 관리를 두었다. 이를 久任이라고 하였다. 또는 그러한 관직 및 그러한 관직에 제수된 관원을 가리키기도 하였다. 《경국대전》에 나타난 구임관을 둔 관청은 호조, 성균관, 승문원, 봉상시, 사옹원 등 26개 관사이며 구임관 수는 55명이었다. 《속대전》에 의하면, 각 관사의 提調와 해당 曹의 당상이 함께 상의하여 구임하도록 할 관원을 정하여 吏曹에 공문을 보내면 이조에서 왕에게 보고하고 장부를 만들어 두었다. [《續大典 吏典 考課》 : **久任**人員, 各其司提調、該曹堂上一同磨鍊, 移文本曹, 啓聞置簿. ○各司**久任**官, 遷轉安徐. ; 윤국일, 《譯註經國大典》, 여강출판사, 1991, 19면.]

50) 참상관을……하라 : 영조 6년(1730)에 반역죄인 朴長運이 推鞫을 받던 중 나졸들이 뇌물을 받고 넣어준 독약을 마시고 죽어 진상 규명에 차질을 빚게 되자, 그 원인이 실무를 담당하는 참하관이 자주 교체되어 의금부의 규율이 해이해진 때문이라고 판단하여, 다시 예전대로 참하관을 5인으로 늘려 차출하고 만 30달을 채우게 한 뒤 참상관으로 승진시켜 내보내는 것으로 정하였다. 《承政院日記 英祖 6年 4月 22日》

51) 當直廳 : 당직청은 대궐 밖에 설치한 일종의 의금부의 分所이다. 《燃藜室記述》에 "당직청에서는 백성들의 申訴와 告牒 등의 일을 맡아 하였는데, 도사 1명을 하루걸러 바꾸어 근무하게 하였다. 燕山君 때 密威廳으로 고쳤다가 中宗 초년에 옛날대로 회복하였다."라는 기록이 있다. 《燃藜室記述 官職典故 義禁府》 의금부 당직청은 昌德宮 金虎門 밖에 있었다. 《漢京識略 闕外各司》

52) 牌를 받아 入直 : 야간에 궁궐에 머물 수 있도록 하는 牌를 받아 관사 또는 궁궐 안에서 근무하는 것을 말한다. 《경국대전》에 의하면 兵曹, 刑曹, 義禁府, 漢城府, 修城禁火司,

하여 밤낮으로 자리를 떠나지 않으면서 모든 공문서를 즉시 본부에 통지하여 즉각 거행할 수 있게 한다.

一. 別設當直廳于闕外, 郞廳一員受牌入直, 晝夜不離, 凡大小公事, 卽通本府, 使卽擧行事.

1-5

본부에서 주상에게 아뢰는 크고 작은 문서를 당직청에 보내면 (당직청에) 입직한 낭청이 즉시 承政院에 직접 제출한다.

一. 本府大小入啓文書, 送于當直, 則入直郞廳卽爲親呈政院事.

1-6

만약 불시의 긴급한 일이 생기면 당직 낭청이 달려가 그 소식을 전하여 각 낭청들을 즉각 모두 모여 대령하게 한다.

一. 若有不時嚴急之事, 則自當直走, 通其幾微, 使各位卽刻齊會待令事.

---

五部의 直宿하는 관원은 한쪽에는 '通行'이라 쓰고 다른 한쪽에는 篆字로 '通行'이라 烙印한 둥근 모양의 通行標信을 승정원에서 받아 직숙하였고, 다음날 아침에 그것을 반환하였다고 한다. 이 표신은 조선 후기에는 '通符'라고 불렀다. [《經國大典 兵典 行巡》;《銀臺條例 符信》: 通符百四十七部, 十九, 內上. 十, 頒于金吾、吏·兵·刑曹、京兆、五部入直郞, 永留傳佩. 百十八, 頒于左、右捕廳從事官以下.]

## 2. 官府[관사구조]

※ 본 항목에서는 의금부의 위치가 어디였으며 의금부 내부 구조는 어떠하였는지, 각 건물의 용도는 무엇이었는지 등을 소개하고 있다. 조선시대의 의금부는 본부와 당직청이 있었다. 《漢京識略》[53]에 의하면, 의금부 본부는 漢城府 中部 堅平坊 義禁府內契에 있었고, 당직청은 昌德宮 金虎門 밖에 있었다. 의금부 건물은 지금은 남아 있지 않고, 현재 서울시 종로구 종로 1가 44번지 자리(1호선 종각역 1번 출구)에 있는 화단에 標識石이 있어 예전의 위치를 알 수 있다. [《漢京識略 闕外各司》: 義禁府, 在中部堅平坊.…… 又有當直廳, 在昌德宮金虎門外]

여기에서 다루는 것은 의금부 본부의 관사 구조이다. 이에 대해서는 의금부 낭청들이 免新日에 나누어 갖던 《金吾契帖》에 그림으로 그려진 것이 여러 건 남아 있어 그 구조를 알 수 있다. 출입의 삼엄함을 보여주는 大門·正門·望門의 삼중 구조, 좌기를 열던 곳인 大廳, 죄인을 심문하는 곳인 虎頭閣, 서리들의 거처이면서 동시에 前·現職 의금부 당상관과 낭청을 가두던 곳인 書吏長房, 당상과 낭청이 거처하던 堂上房과 郎廳房, 그리고 신입 낭청이 거처하던 新位房이 있었으며, 여가에 詩文을 짓고 노닐던 蓮亭, 조선 시대 관원과 이속들의 민간 신앙의 면모를 엿볼 수 있는 府君堂 등이 있었다.

### 2-1

본부는 중부 견평방에 있다.[54]

---

53) 《漢京識略》: 서울의 天文·沿革·形勝·城郭·都城·景福宮城·宮闕·壇壝·廟殿宮·祠廟·苑囿·宮室·闕內各司·闕外各司·驛院·橋梁·古跡·山川·名勝·各洞·市廛 등에 대하여 저자가 직접 보고들은 것과 《新增東國輿地勝覽》을 참고하여 편찬한 2권 2책의 地誌이다. 저자인 樹軒居士는 柳得恭의 아들 柳本藝로 추정되며 편찬연도는 순조 30년(1830)으로 보인다. 정의성, 〈漢京識略의 書誌的 硏究〉, 《서지학연구》 10, 한국서지학회, 1994.

54) 본부는……있다: 의금부는 漢城府 中部에 있었다. 현재 서울시 종로구 종로 1가 44번지에 해당한다. 故事에 世祖 때 成三問을 옹호하는 발언을 한 監察 鄭保의 家産을 籍沒한 뒤 그가 살던 집을 본부로 만들었다 한다. [《漢京識略 闕外各司 義禁府》: 在中部堅平坊……世祖朝監察鄭保籍沒後, 以其家爲府云.]

[그림1] 의금부 터 標識石(서울시 종로구 종로1가)

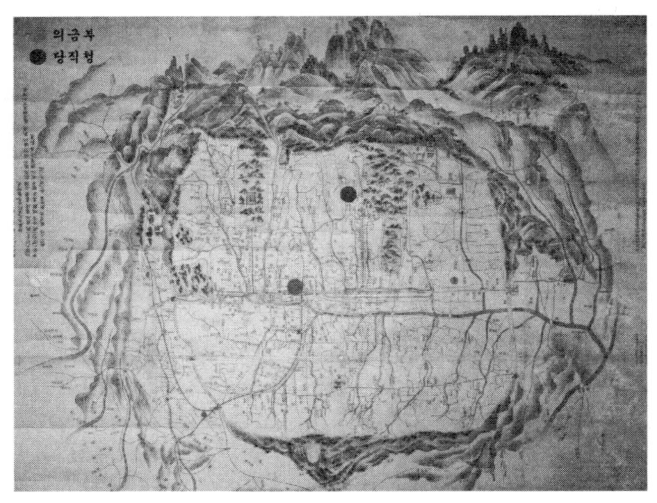


[그림2] 의금부 및 당직청 위치
(《都城圖》 서울대학교 규장각 소장)

一. 本府在中部堅平坊.

2-2

왕부는 그 위격이 다른 아문에 비할 바 아니게 중요하므로 司員[55]은 冠帶를 갖추지 않고 출입할 수 없다.

一. 王府重地, 體貌非比他衙門, 司員非冠帶, 無得出入事.

2-3

본부에는 大廳이 있는데, 15도 기운 각도로 서남쪽을 향해 있으며[56] 坐起[57]하는 곳이다. 본부 남쪽에는 虎頭閣이 있는데, 죄인의 供招를 받는 곳이다. 동쪽에는 東兒房과 西兒房이 있는데, 네 당상관이 쉬는 곳이다. 북쪽에는 蓮亭이 있는데, 하절기에 쉬는 곳이다. 서쪽에는 挾軒이 있고, 협헌 서쪽에 郎廳房과 大廳이 있는데 낭청이 한데 모이는 곳이다. 西軒이 있는데 新位[58]가 거주하는 곳이다. 서쪽 마당에는 府君堂[59]이

55) 司員 : 본 조목에서 司員은 冠帶를 않고 출입할 수 없다고 한 것을 보면, 사원은 의금부에 재직 중인 관원 즉 낭청을 의미하는 말로 쓰였음을 알 수 있다.

56) 15度……있으며 : 원문은 '癸坐丁向'인데, 正北에서 동쪽으로 15도 되는 방향을 등지고 있고, 正南에서 서쪽으로 15도 되는 곳을 정면으로 바라보는 위치라는 의미이다.

57) 坐起 : 서울과 지방의 각 관사의 관원이 출근하여 업무를 보는 것을 말한다. 출근에 대한 호칭은 관원의 지위에 따라 달라 長官 또는 堂上官 이상은 坐起, 郎官은 仕進이라 하였다. 《고법전용어집》 본서〈封祟〉 항목에 "**堂上坐起**及各位一會之日, **上經歷仕進**後追後**仕進**之員, 論罰事." 라 하여 당상관이 출근하였을 때는 '坐起', 낭청일 때는 '仕進'이라 구별한 것이 그 용례에 해당한다. 좌기는 출근 자체보다 공식적인 절차를 수반한다는 점에 중심이 있다. (《李朝實錄難解語辭典》, 사회과학원, 한국문화사, 1993, 169~170면) 따라서 각 관사에서 좌기를 개최할 때는 그 관사의 堂上官이 참석하는 것을 전제하며, 낭청과 서리, 하인들까지 모두 참여하는 공식 의례가 있다. 이러한 의례절차는 《通文館志 卷2 坐起節次》, 《京兆府志 坐衙》에 상세하다.

58) 新位 : 낭청에 새로 들어온 사람 즉 '신입 낭청'을 말한다. 位는 관원을 셀 때 쓰던 말로, 번역하자면 '분'에 해당하는 단위사이다. 조선에서는 사람을 세는 단위가 신분에 따라 달랐다. 본서에 자주 등장하는 新位, 各位, 右位, 下位 등에서의 '位'는 의금부의 정식 관원을 셀 때 쓰였다. 의금부의 당상 4명은 모두 겸직이었으므로 실제 의금부 내부에

있다. 西邊 10간 중 4間은 다락을 만들었는데, 다락 위 3칸에는 문서를 보관해두고, 1칸에는 잡물을 보관해둔다. 다락 아래는 3칸이고, 廚房은 4칸이다. 書吏長房은 2칸인데, 長房이라 하며 당상이나 낭청을 거친 先生을 가두는 곳이다. 남쪽에는 3칸의 正門이 있는데 정문은 판사, 동문은 지사, 서문은 동지사가 출입한다. 세 문 밖에 大門이 있는데, 정문은 당상관이 출입하고, 서쪽 협문은 낭청 및 선생을 거쳤던 자가 출입하며, 선생이 아니면 출입할 수 없다. 추국할 때는 문사낭청이나 兩司의 당상관 이하의 관원이 출입한다. 동쪽 협문은 하인이나 죄인이 출입하되, 선생이 아닌 각사 관원 역시 출입한다. 대문 밖에 望門이 셋 있는데, 정문

---

서 존칭의 의미를 담아 사용하는 '位'에 해당하는 대상은 의금부 낭청들이었다. 이러한 개념을 적용하여 본 역주에서는 新位를 '신입 낭청'으로, 各位를 '각 낭청'으로, 右位를 '우위 낭청'으로, 하위를 '하위 낭청'으로 번역하였다. 신위와 각위는 본서 안에서 종종 대립된 말로 나오는데, 면신례를 치르기 전의 신입 낭청이 新位, 면신례 이후 先生案에 기록된 낭청이 各位이다. [《金吾憲錄 許參》: **新位**免新日, 上經歷、公事員中, 雖有故, 公事員一員及**各位**二員進參, 則設行事 ;《金吾憲錄 操切》: **各位**毋得私詣**新位**處. 如或不遵廳憲, 任意出入, 則以護新論罰事 ;《金吾憲錄 式暇》: **各位**服制, 期年七日, 大功五日, 小功、緦麻各四日. 而**新位**, 則期、大功、外祖父母、妻父母喪, 限成服給暇事.]

59) 府君堂 : 부군당은 符君堂, 付根堂으로도 표기되는데, 부군의 정확한 어원이나 의미는 밝혀져 있지 않다. 조선시대 각 관아의 부군당에는 祭儀의 대상인 府君神들이 모셔져 있고, 목제 남근[木莖]이나 종이돈이 걸려 있었다. 《燃藜室記述》과 《林下筆記》에 의하면, 서울 안에 있는 관청에는 으레 작은 집 하나를 마련해 두고 종이돈을 빽빽하게 걸어두고는 府君堂이라 하며 서로 모여서 제사를 지냈고, 법을 담당하는 관사에서도 마찬가지였으며 새로 임명된 관원은 반드시 제사를 올렸다는 기록이 있다. 신들은 대체로 畫像으로 모셔졌으며, 모시는 신은 관사마다 달랐다. 예컨대, 형조는 宋氏婦人, 병조는 文天祥, 한성부는 恭愍王, 전옥서는 東明王, 포도청·사역원·양현고는 崔瑩과 그의 딸인 고려 禑王의 왕비를 모셨다. 燕巖 朴趾源은 이 부군당에 제사하는 행태를 비판하면서, "매년 10월에 서리와 아전들이 재물을 거두어 사당 아래에서 취하고 배불리 먹으며, 무당들이 가무와 풍악으로 귀신을 즐겁게 한다. 그러나 세간에서도 이른바 府君이라는 것이 무슨 귀신인지 알지 못한다. 그려 놓은 神像을 보면 朱笠에 구슬 갓끈을 달고 호랑이의 수염을 꽂아 위엄과 사나움이 마치 장수와 같은데, 혹 고려의 侍中이었던 崔瑩의 귀신이라고도 한다."라 하였다. 《燃藜室記述 第4卷 文宗朝故事本末》《林下筆記 第16卷 文獻指掌》《漢京識略 闕外各司 養賢庫》《燕巖集 第1卷 府君堂》《한국세시풍속전자사전 http://www.nfm.go.kr 검색일:2015.12.15.》 오문선, 〈서울지역 공동체신앙 전승과정 고찰-조선시대 各司 神堂의 존재 양상과 변화를 중심으로-〉, 《문화재》 41, 2008.

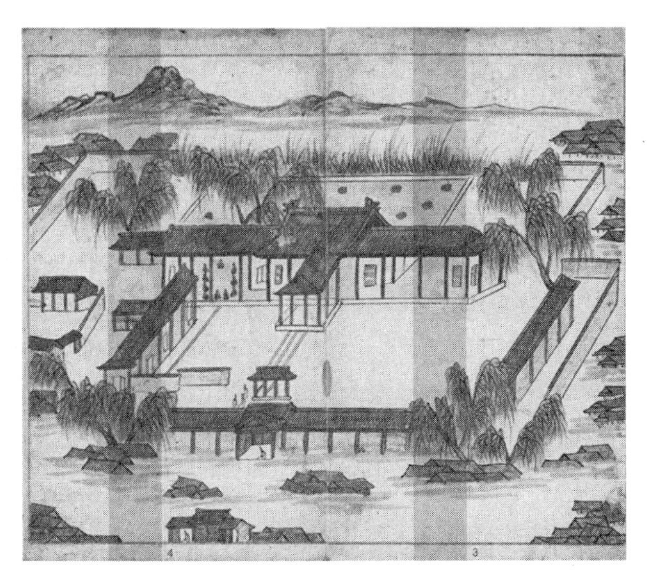

[그림3] 의금부 전경
(《金吾契帖》 미국 하버드대학 옌칭도서관 소장)

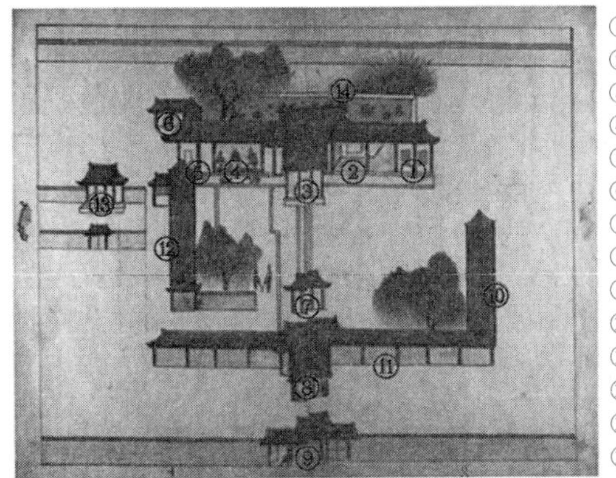

① 東·西 兒房(堂上房)
② 大廳(堂上)
③ 虎頭閣
④ 大廳(郎廳)
⑤ 郎廳房
⑥ 新位房
⑦ 正門
⑧ 大門
⑨ 望門
⑩ 東間
⑪ 南間
⑫ 西間
⑬ 府君堂
⑭ 蓮亭

[그림4] 본서 내용으로 추정해 본 의금부 내부 구조
(《金吾契帖》 국립중앙도서관 소장)

은 관원이 출입하고, 서쪽 협문은 하인이 출입하며, 동쪽 협문은 죄인이 출입한다.

一. 本府有大廳, 癸坐丁向, 坐起處. 南有虎頭閣, 罪人捧招處. 東有東、西兒房二處, 四堂上歇所. 北有蓮亭, 夏節歇所. 西有挾軒, 軒西有郎廳房及大廳, 郎廳一會處, 有西軒, 新位所住處. 西庭有府君堂. 西邊十間內, 四間作樓, 樓上三間, 藏置文書, 一間藏置雜物. 樓下三間, 廚房四間. 書吏長房二間, 雖稱長房, 曾經堂、郎先生所囚處. 南有三間正門：正門, 判事；東門, 知事；西門, 同知事出入. 三門外有大門：正門, 堂上出入；西挾門, 則郎位及曾經先生出入, 而非先生, 則不得出入. 推鞫時問事郎廳及兩司堂上以下官出入；東挾門, 則下人及罪人出入, 而非先生各司官員, 亦爲出入. 大門外有望門三門；正門, 則官員出入；西挾, 則下人出入；東挾, 則罪人出入.

2-4

경죄수가 있는 곳이라 하더라도 낭청은 출입할 수 없다.

一. 雖輕囚所在處, 郎廳無得出入事.

2-5

본부의 죄인을 수금하는 곳은, 서쪽의 1칸은 통3칸이고 2칸과 3칸은 각각 통2칸이며 경죄수가 있는 곳이다. 남쪽의 18칸과 동쪽의 14칸은 중죄수가 있는 곳이다.

一. 本府罪人所囚：西一間, 通三間；二間、三間, 各通二間, 輕囚所在處. 南十八間、東十四間, 重囚所在處.

2-6

누상고에 보관하는 문서는 바로 逆獄의 推案日記[60]와 謄錄冊[61]이다.

60) 推案日記：추안일기는 정식 書名이 아니며, 심문한 질문 내용과 죄인의 답변을 기록한

추안일기는 당상관이 2원을 갖춘 뒤 열람을 주관하며, 등록은 입직 낭청이 내가고 들여가는 것을 전담한다.

一. 樓上庫所置文書, 卽逆獄推案日記、謄錄冊. 推案則堂上備二員後, 主管開閉. 謄錄則入直郎廳專掌出入.

---

것을 한데 모은 推案을 지칭한 것이다. 추안과 鞫案을 한데 모아 놓은《推案及鞫案》이 현재 전해진다.《추안급국안》에 대해서는 본서 부록3에 간략 해제를 실어 놓았다. [《承政院日記 正祖 卽位年 12月 3日》: 命書傳教曰: "親鞫姑罷, 待明日爲之, 禁軍、挾輦軍、環衛軍兵, 皆依今日例." 上還內, 諸臣退出.**【問目及供辭, 在推案日記.】**]

61) 謄錄冊 :《義禁府謄錄》을 가리킨다. 현재 인조 13년(1635)부터 고종 13년(1876)까지의 기록이 남아 있다. 규장각에 소장되어 있으며, 국사편찬위원회에서 영인하여《各司謄錄》 제72 · 73에 실었다.《의금부등록》에 대해서는 본서 부록3에 간략 해제를 실어 놓았다.

## 3. 押拿[체포 · 압송]

※ 의금부는 왕의 명령을 받아 죄인을 심문하는 일을 담당한다. 따라서 죄인을 체포 압송하는 일은 의금부의 주요 업무의 하나이다. 이 항목은 죄인을 의금부로 체포해오거나 配所로 압송해가는 절차에 대한 규정이다. 拿는 拿來, 押은 押送 또는 押去의 줄임말이다. 본서에서는 拿來와 拿押을 구분하여 사용하였다. 拿來는 의금부로 잡아오는 것 즉 의금부로 체포해오는 것이고, 拿押은 죄인을 의금부에서 다른 장소로 압송해가는 것을 말한다. 이때 죄인의 官品의 높낮이에 따라 체포하거나 압송해가는 의금부 관리의 格도 낭청-서리-나장의 순으로 달라짐을 볼 수 있다. 여기에서는 항목명이 '押拿'로 되어 있으나, 目錄에는 '拿押'으로 되어 있다. 피의자를 체포해온 다음 심문 절차를 거쳐 徒刑이나 流刑으로 형량이 결정되면 배소를 정하여 압송해가므로, 체포를 의미하는 拿가 먼저 나오는 '拿押'이 '押拿'보다 합리적일 듯하다.

3-1

대체로 죄인이 감사, 병마절도사, 수군절도사, 모반대역죄인[62]이나 강상죄인[63]이면 낭청[64]이 체포해온다. 당상관 이상이면 서리[65]가 체포해

---

62) 모반대역죄인 : 원문은 '犯逆'이다. 여기서 '犯逆'의 '逆'을 무엇으로 볼 지가 문제인데 필자는 아래에 제시한 바에 따라 謀反大逆罪로 보았다. 원래 《대명률》에서 말하는 惡逆은 군주에 反하는 행위라기보다는 人倫에 反하는 행위를 말한다. [《大明律 名例律 十惡》 : 四曰惡逆【謂毆及謀殺祖父母 · 父母、夫之祖父母 · 父母, 殺伯叔父母、姑、兄、姊、外祖父母及夫者.】 그러나 조선에서는 惡逆罪人을 大逆罪人 또는 謀逆罪人의 의미로 사용하고 있다. 犯逆罪人으로 언급된 인조 때의 許杙, 현종 때의 崔○男, 숙종 때의 方燦, 경종 때의 趙聖集, 영조 때의 崔夏徵 등은 모두 군주 또는 군주의 권위에 반한 행위를 한 '謀反' 또는 '謀大逆'에 해당하는 죄인들이었다. 《承政院日記 仁祖 22年 4月 7日, 顯宗 4年 7月 6日, 肅宗 22年 7月 24日, 景宗 3年 6月 18日, 英祖 12年 11月 6日》 이러한 근거 하에 필자는 본 조목에 나오는 '逆'을 《대명률》 형률 277조에 나오는 '謀反大逆'으로 보고 번역하였다. [《大明律 刑律 盜賊 謀反大逆》 : 凡謀反謂謀危社稷. 大逆謂謀毁宗廟、山陵及宮闕, 但共謀者, 不分首從, 皆陵遲處死.]

63) 강상죄인 : 부모나 남편을 죽이거나 노비가 주인을 죽이거나 官奴가 관장을 죽인 죄인을 가리키며 이러한 죄를 지은 자들은 사형에 처한다. 강상죄인이 살던 집은 철거하고

온다. 당하관 이하이면 나장[66]이 체포해온다. 六卿 이상이면 낭청이 압송한다. 당상관으로서 가선대부인 자[67]이면 서리가 압송한다. 당하관이면 나장이 압송한다. 만약 위리안치[68]할 죄인이라면, 당상관이든 당하관이든을 막론하고 낭청이 압송한다.

一. 凡罪人, 監、兵、水使及犯逆、綱常罪人, 則郎廳拿來；堂上以上, 書吏拿來；堂下以下, 羅將拿來. 六卿以上, 則郎廳拿押；堂嘉善, 書吏拿押；堂下, 羅將拿押. 若圍籬, 則勿論堂上、堂下, 郎廳拿押事.

---

그 자리를 웅덩이나 못으로 만들며, 죄인이 살던 고을의 지위를 강등시켰다. [《續大典 刑典 推斷》: ○綱常罪人【弑父、母、夫, 奴弑主, 官奴弑官長者】結案正法後, 妻、子、女爲奴, 破家瀦澤, 降其邑號, 罷其守令.]

64) 낭청 : 조선시대에 각 관아의 정3품 통훈대부 이하의 당하관을 통틀어 지칭하는 말로, 郎官이라고도 한다. 의금부의 낭청으로는 經歷과 都事가 있었는데, 영조 6년(1730)에 경력을 없애 10명의 낭청이 모두 도사로만 구성되었다. 그 이후 도사는 參上都事와 參下都事로 구분되었다. 《大典會通 吏典 義禁府》《六典條例 刑典 義禁府》

65) 서리 : 吏는 장부를 담당하는 자를 가리키는 말이다. [《經國大典註解 後集 吏典》: 府史之屬, 亦曰吏. 掌書者也.] 조선 초기 각 관사에 京衙前의 下級吏胥로 있던 書員, 掾吏, 書吏, 令史, 司吏 등이 典吏로 통칭되었는데, 이들 전리를 세조 12년(1466)에 상급이서를 錄事로, 하급이서를 書吏로 단일화 시킨 것으로 보인다. 서리는 녹사에 비해 그 임기가 길고 종7품 또는 종8품에 去官하고 驛·渡丞 取才에 응할 기회를 주었으며, 역승취재에 入格하면 서용하였다. 서용되지 못한 자는 그대로 계속 근무하게 하여 근무일수가 많은 자를 먼저 제수하여 품계를 더해주고 타 관사로 移屬될 때는 그 근무일수를 通算하여 주게 하였다. 《成宗實錄 2年 1月 13日(丙戌)》; 신해순, 〈朝鮮初期의 下級吏胥〉, 《史學研究》 35, 1983.

66) 나장 : 조선시대 병조 소관의 京衙前으로 의금부, 형조, 사헌부, 사간원, 병조, 오위도총부, 전옥서, 평시서 등 중앙의 査正과 형사업무를 맡는 관사에 소속되어 警察, 巡邏, 獄卒로서의 使令雜役에 종사하였다. 所由, 使令, 喝道 등으로도 불렸다.

67) 당상관으로서 가선대부인 자 : 원문은 '堂嘉善'인데, 이는 당상관 중에서도 종2품 嘉善大夫에 오른 자를 말한다. [《承政院日記 顯宗 14年 8月 24日》: 自堂上升資嘉善, 亦似重難, 而其品, 無可合之人, 故以其數人備望矣.]

68) 위리안치 : 流刑의 일종으로, 울타리를 둘러치고 죄인을 그 안에 두고 다른 곳으로 가지 못하게 하는 것이다. 죄인의 자유를 제한하는 형벌이며, 가시나무[棘]로 울타리를 칠 경우에는 栫棘罪人이라고도 하였다. [《經國大典註解 刑典 安置》: 置之於此, 不得他適也.]

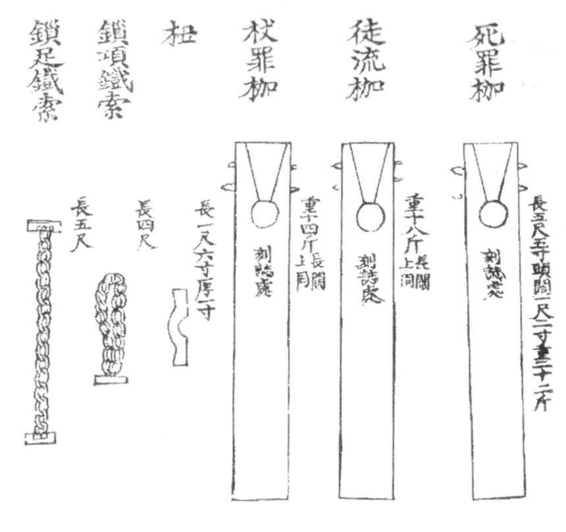


[그림5] 조선후기의 獄具
(《御定欽恤典則 刑具之圖》)

3–2

죄인을 체포해 와 가둘 때, 입직하는 낭청은 공복을 입고 관아에 앉아 있고 나장이 좌우에 줄지어 선 상태에서 규례에 따라 잡아들인다. 의친[69], 공신, 당상관으로서 가선대부인 자 외에는[70] 모두 항쇄[71]를 채워 옥에

69) 의친 : 범죄를 저질렀을 때 本律에 따라 바로 처결하지 않고 먼저 임금에게 심의를 청할 수 있게 한 군주의 친족을 말한다. 議親의 범주는 임금의 同姓 袒免 이상의 親, 왕대비·대왕대비의 緦麻(3개월복)이상 친, 왕비의 小功(5개월복) 이상 친, 태자빈의 大功(9개월복) 이상 친이다. 이들은 사법기관에 임의로 소환되지 않고[不許擅提], 임의로 추문당하지 않으며[不許擅問], 임의로 율문에 견주지 않는[不許擅擬] 등의 형사 절차상의 특권을 갖는다. 단, 十惡에 해당하는 범죄인 경우에는 이러한 특권이 적용되지 않는다. 이들에게 이러한 특례조항을 둔 것은 원칙적으로 처벌을 면제하거나 형벌을 감면하기 위해서이다. 議親처럼 죄를 범하였을 때 請議의 특전을 누릴 수 있는 여덟 종류의 특권계층을 八議라 하며, 議親 외에 議故, 議功, 議賢, 議能, 議勤, 議貴, 議賓이 있다. 《大明律 名例律 八議》《大典會通 刑典 囚禁》

가둔다. 중죄수는 칼[枷][72], 수갑[杻][73], 족쇄[74]를 채워 옥에 가둔다.

一. 罪人拿囚之際, 入直郎廳具公服坐衙, 羅將左右排立, 依例拿入. 親、功臣、堂嘉善外, 俱項鎖下獄. 重囚則俱枷、杻、足鎖下獄事.

---

70) 의친……외에는 : 원문은 '親功臣堂嘉善外'인데, 여기서 '親功臣'을 議親과 功臣으로 보았다. 《經國大典》〈囚禁〉 조에 의친, 공신, 당상관, 사족부녀자의 경우는 사형을 범했을 때에 한하여 항쇄를 채운다는 내용이 있으므로, 그에 근거하여 '親'을 '議親'으로 번역하였다. [《經國大典 刑典 囚禁》 : ○議親、功臣及堂上官、士族婦女犯死罪, 鎖項, 堂下官、庶人婦女鎖項足, 杖則鎖項, 關係宗社者, 不在此限.]

71) 항쇄 : 목에 채우는 쇠사슬로서 鐵索이라고도 하였다. 중국에서는 경죄수에게도 채우도록 하였지만, 조선에서는 당하관이나 庶人 婦女에게는 항쇄와 족쇄를 채우고 杖刑의 경우에는 항쇄만 채웠으며, 議親 · 功臣 · 堂上官 · 士族婦女 등은 死罪의 경우에만 항쇄를 채우도록 하였다. 그러나 宗社에 관계되는 國事犯에게는 이러한 제한이 없었다. 《大明律直解 獄具之圖》《經國大典 刑典 囚禁》

72) 칼[枷] : 죄수의 목에 씌우는 獄具로, 나무칼이다. 마른 나무로 만들었으며 길이 5자 5치(약 167㎝), 頭闊이 1자 5치이다. 무게는 사형수에게 씌우는 것은 25근이고, 徒刑과 流刑에 해당하는 죄수의 것은 20근, 杖刑의 죄수의 것은 15근이었고, 각각 그 길이와 무게를 나무칼 위에 새겨 놓았다. 《大明律直解 獄具之圖》《經國大典註解 後集 刑典》

73) 수갑[杻] : 죄수의 손에 채우는 수갑으로, 마른 나무로 만든다. 두께가 1치, 길이가 1자 6치(48.5㎝)이다. 《大明律直解》〈獄具之圖〉에서는 남자가 死罪를 범하면 이 나무 수갑을 채우며, 流刑 이하 해당자와 婦人에게는 이를 채우지 않는다고 규정하였으나, 특별법에 해당하는 《經國大典》의 "유형 이하의 죄수에게는 칼과 수갑을 채운다."는 규정이 일반법인 《대명률》보다 우선하므로 우리나라에서는 유형과 도형의 죄수에게도 수갑을 채웠음을 알 수 있다. 그 후 1729년(영조5)에 양손에 수갑을 채우지 못하게 하였고, 《大典通編》에서는 왼손에 수갑을 채우는 것도 폐지하였으므로 결국 《대전통편》이 반포되는 1786년(정조10) 이후에는 오른손에만 수갑을 채웠음을 알 수 있다. 《秋官志 3篇 考律部 除律 除刑》《大典通編 刑典 推斷》

74) 족쇄 : 죄수의 발에 채우는 쇠사슬로, 쇠고리를 연결하여 만들었다. 중국에서는 이를 "鐐라고도 하는데 무게는 3근이며 徒刑을 받은 죄수가 이 쇠사슬을 차고 勞役하였다."고 하여 徒刑囚에게 채운다고 한 반면, 우리나라에서는 堂下官과 庶人 부녀자를 수금할 때 족쇄와 항쇄를 사용하였다. 《大明律直解 獄具之圖》《經國大典 刑典 囚禁》

## 4. 開坐[좌기개최]

※ 본 항목의 내용은 坐起를 열 때의 절차와 처리해야 할 업무, 상·하 관원간의 상견례 의식, 좌기를 열 수 없는 날 등에 대한 규정들이다. 의금부의 업무는 鞫廳을 설치하여 추국하는 특별 업무와 좌기를 열어 처리하는 일반 업무로 구별된다. [《六典條例 刑典 義禁府 開坐》 : 拿推、拿鞫, 皆有故例, 與設鞫不同.] 본서의 〈設鞫〉 항목이 의금부의 특별한 업무를 다루고 있다면 이 항목에서는 의금부의 일반적인 업무를 다루고 있다는 차이가 있다.

坐起는 관원이 출근하여 근무하는 것을 말한다. 특히 각 관사의 당상관이 출근하여 근무하는 것을 말하는데, 이때는 관사에 소속한 관원과 吏隷들이 모두 참여하는 儀禮를 행한다. 좌기의식에는 당상관을 맞이하는 祗迎, 당상관이 청사에 도착한 뒤 上·下官과 吏屬들이 인사하는 公禮와 私禮가 있다.《度支志 官制部 雜儀》 각 관사는 좌기를 열 수 없도록 정해진 날을 제외하고는 매일 좌기를 열어야 했다. 좌기는 하루에 한 번 열게 되어 있었으나 특별 명령이 내린 경우에는 두 번도 열 수 있었으며, 처리해야 할 公事가 없더라도 규례대로 좌기를 열어야 했다. [《六典條例 刑典 義禁府 開坐》 : 開坐, 非特敎, 例不得一日再坐. 公事雖未盡下, 依例開坐.]

하지만 좌기를 열 수 없도록 규정된 날도 있었다. 宗廟大祭와 社稷大祭의 齋戒日, 國忌日의 재계일 및 당일, 親臨하거나 거둥하는 날, 왕의 誕辰 전후 각 1일, 왕비·왕세자의 생신, 親祭의 재계일 및 당일, 祈雨祭의 재계일, 日食이나 月食이 있는 날, 조회와 시장을 중지한 날, 殿試의 開場日, 죄인에게 형벌을 쓰는 날 등이다. 이 모든 날을 지키게 되면 실제로 좌기를 열 수 있는 날이 너무 적어서 仁祖 때부터 國忌의 재계일과 당일, 종묘대제와 사직대제의 재계일, 임금이 視事를 보지 않는 날만 제외하고 좌기를 열게 하였다.[75]

---

75) 仁祖……하였다 : 《승정원일기》 기사에 의하면, 당시 의금부는 上弦, 下弦, 보름, 그믐, 초하루에도 좌기를 열지 않았으나, 그 모든 날을 지키게 되면 실제로 開坐할 수 있는 날이 너무 적어서 未決囚가 너무 많아지기 때문에 仁祖 때부터 國忌의 재계일과 당일, 종묘대제와 사직대제의 재계일, 임금이 視事를 보지 않는 날만 제외하고 좌기를 열게 하였다. [《承政院日記 仁祖 13年 10月 27日》 : 禁府啓曰: "本府流來之規例, 凡弦·

### 4-1

본부에서 坐起[76]가 있는 날, 당상관이 멀리 보이면 두 차례 크게 외친 뒤 낭청이 서열대로 서서 공손히 맞이한다. 좌기가 끝난 때도 서열대로 서서 공손히 전송한다. 만약 수석 당상관이 먼저 입장할 때 이미 공손히 맞이하는 의식을 행했으면 차석 당상관에게는 의식을 행하지 않는다.[77]

一. 本府坐起之日, 堂上遠望, 二次呼唱後, 郎廳以次序立祗迎. 罷坐時, 亦以次序立祗送. 而若首堂先入, 已行祗迎, 則次堂前勿行事.

### 4-2

수석 당상관은 북쪽 벽, 지사는 동쪽 벽, 동지사는 서쪽 벽에[78] 모두 교의[79]에 앉는다. 낭청이 순서대로 먼저 수석 당상관 앞으로 나가 읍한

---

望·晦·朔、國忌·順懷世子忌日、宗廟·社稷大祭及先告事由祭、各陵祭、風雲雷雨等祭齋戒及正日, 皆不得開坐. 故一朔之內, 開坐之日甚少, 獄囚多滯, 蓋以此也. 本府罪囚, 皆士大夫, 其有罪者, 理宜早正刑章 ; 其情輕者及無罪而橫罹者, 尤當從速處決, 本府規例, 拘忌太甚, 必有中間謬例, 恐非祖宗朝恤獄囚之本意也. 臣等愚計, **國忌齋戒·正日及宗廟·社稷大祭齋戒, 自上不爲視事日外, 其餘依他各司例, 竝爲開坐, 方無滯獄之歎**. 臣等元有此意, 而今因筵中下教, 敢爲仰稟." 傳曰: "知道. 流來舊規, 盡爲更改, 殊未妥當. 其中順懷世子忌日及先呈[告]事由日, 勿爲拘忌, 似或可矣."]

76) 좌기 : 당상관 이하 모든 관원이 일제히 출근하여 근무하는 것을 말한다. 각 관사에서 좌기를 개최할 때는 그 관사의 堂上官이 참석하는 것을 전제하며, 그 아래 낭청과 서리, 하인들까지 모두 참여하는 공식 의례가 있다. 주석 57) 참조.

77) 수석……않는다 : 의금부의 당상관은 판사(종1품), 지사(정2품), 동지사(종2품)인데, 각 자리의 인원이 고정된 것은 아니고 합하여 4원을 갖추도록 정해져 있었다. 대부분 수석 당상관은 判事, 차석 당상관은 知事, 同知事를 의미하지만, 경우에 따라서는 판사는 없고 지사와 동지사만 있는 경우도 있고, 지사만 있고 판사와 동지사가 없는 경우도 있었다. 따라서 여기서의 '수당상'은 항상 '판사'를 말하는 것이 아니라, 그 당시 가장 높은 품계의 당상관을 의미한다. 차석 당상관 역시 두 번째로 품계가 높은 당상관을 의미하는 것이라 하겠다. 《六典條例 刑典 義禁府》

78) 수석……서벽에 : 관청에서 모여 앉을 경우에 1품 衙門에서는 長官이 북쪽에, 佐貳官인 종1품은 동쪽, 2품은 서쪽, 3품은 남쪽에 앉게 되어 있다. 의금부의 경우에는 종1품이 북쪽, 정2품이 동쪽, 종2품이 서쪽에 앉는다.

79) 교의 : 다리가 교차되어 접을 수 있고 등받이가 있는 1인용 나무 의자로, 팔걸이가 있는 것도 있다. 속칭 臥床이라고도 하였다. 주로 吉禮와 凶禮 등에 임금이나 3품 이상

다.[80] 동쪽 벽의 지사, 서쪽 벽의 동지사에게도 똑같이 한다.

一. 首堂上, 北壁 ; 知事, 東壁 ; 同知事, 西壁, 並交椅坐. 郎廳以次先進首堂上前揖. 東、西壁同.

4-3

좌기가 열린 뒤, 서리[81]는 호두각에 열 지어 서 있다가 무릎 꿇고 절하되[82], 북쪽 벽의 수석 당상관, 동쪽 벽의 지사, 서쪽 벽의 동지사에게 각각 한 번 절한다. 나장들은 서쪽 마당에 열 지어 서 있다가 무릎 꿇고 절한다.

---

의 당상관이 앉았다. 당하관은 繩床에 앉았다. [《經國大典 禮典 京外官會坐》 : 凡堂上官坐交椅, 三品以下繩床.]

80) 읍한다 : 揖은 공경과 겸양의 뜻을 표하는 禮로서 拜보다는 가벼운 인사법이다. 下官이 두 등급 차이 나는 上官에게 읍할 경우에는 손을 눈 높이까지 올렸다가 내려 공경을 표시하며, 한 등급 차이 나는 상관에게는 손을 입 높이까지 올렸다가 내려 공경을 표한다. 대등한 사람끼리는 손을 가슴 높이까지 올렸다가 내려 공경을 표시한다. [《經國大典註解 後集 禮典》 : 下官於上官, 隔等, 則擧手齊眼下致敬 ; 差等, 則擧手齊口下致敬. 上官於下官, 隔等, 則無答 ; 差等, 則擧手齊心答禮. 相等者, 各擧手齊心下致敬.]

81) 서리 : 書吏는 京衙前으로서 각 중앙 관사와 당상관에게 배속되어 실무를 담당하던 雜類였다. 법전에 의하면, 당상관에게는 각각 서리 1인씩이 배정되었고 의금부에는 18명～20명 정도의 서리가 있었다고 한다. 서리는 의금부 내의 온갖 잡무를 맡아 하여 書寫를 맡은 書寫書吏, 총괄 관리를 맡은 掌務書吏, 죄인을 잡아오는 拿來書吏, 압송하러 가는 押去書吏, 타 관사에 소식을 전하는 奇別書吏, 문서를 담당하는 文書書吏 등이 있었다. [《大典會通 吏典 京衙前 書吏》 : 【義禁府】 判事 · 知事 · 同知事各一 ○十八 《續》 無加減 《補》 二十]

82) 무릎 꿇고 절하되 : 원문은 '跪拜'이며, 무릎 꿇고 머리를 조아려서 하는 절이다. 磕頭라고도 한다. 절에는 머리를 땅에 대고 한참 멈춰 있는 稽首, 이마가 손에 닿으면 곧 일어나는 頓首, 머리가 손에 닿지 않은 상태에서 바로 일어나는 空首가 있다. 신하가 임금에게는 계수, 下官이 上官에게는 돈수, 상관이 하관에게 또는 동료 간에는 공수를 하였다. [《經國大典註解 後集 禮典》 : 臣之於君, 稽首. 稽首者, 引首稍久在地. 稽者, 稽留之意 ; 下官於上官, 頓首. 頓首者, 額至手卽起也 ; 上官於下官, 空首. 空首者, 頭不至手卽起也. 平交者, 亦空首.] 《沙溪全書 第25卷 家禮輯覽 通禮》 이러한 구분을 본 조목에 적용한다면, 나장들이 한 절은 하관이 상관에게 하는 頓首이므로 무릎 꿇고 이마가 손에 닿으면 바로 일어나는 절을 하였다고 보인다.

一. 開坐後, 書吏列立於虎頭閣跪拜, 而北壁、東·西壁, 各單拜. 羅將等列立於西庭跪拜事.

### 4-4

의관[83]과 율관[84]은 기둥 밖에서 절한다.[85]

一. 醫、律官拜於楹外.

### 4-5

문사도사[86]는 2원인데, 교대도사는 床[87] 동쪽에 서고, 조사도사는 상 서쪽에 선다. 죄인의 공초[88]를 받거나 전지를 읽는 일은 조사도사가 모두

---

83) 의관 : 月令醫를 말한다. 월령의는 典醫監에 소속된 당번 의사로서 여러 獄을 순회하면서 병든 죄수를 구호하는 일을 하였다. 內醫院과 전의감에서는 매년 4계절의 첫 달에 醫書로 講시험을 보여 성적에 따라 우등자에게는 遞兒職을 주고 3, 4차례 수석한 자에게는 參上官으로 승진시키며 그 다음에게는 순차적으로 각 도의 審藥(종9품), 開城府와 江華府의 월령의 및 統營의 救療官, 내의원·형조·사헌부의 월령의로 보냈다. 의금부·성균관·전옥서에 파견된 월령의는 유생이나 죄수를 치료하거나 경죄수 중에 신병이 극히 중한 자를 진찰하여 保釋 여부를 판단하는 역할을 하였다.《續大典 禮典 獎勸》《禮典 惠恤》《刑典 恤囚》

84) 율관 : 檢律을 말한다. 의금부의 검률에는 律學廳에 소속한 律學兼教授를 分差하는데, 죄인의 범죄에 상당하는 처벌을《대명률》에서 찾아 照律하는 일을 하였다. 검률은 법전을 시험하는 取才를 통하여 선발되며, 합격자는 의금부 뿐 아니라 8道 4府 및 형조, 한성부, 성균관, 규장각 등에 分差되었다.《六典條例 刑典 義禁府》

85) 기둥 밖에서 절한다 : 楹은 입구의 기둥이므로, 실외에서 절하는 것이다.《校註 大典會通 禮典 京外官相見》

86) 문사도사 : 問事郎廳을 말한다. 조선시대에 죄인의 審問書를 작성하여 읽어 주는 일을 맡았는데, 지금의 법원이나 검찰청의 書記와 비슷한 일을 하였다.《승정원일기》 등의 사료에서는 주로 問事郎廳으로 검색된다.

87) 床 : 坐起를 열거나 鞫問할 때 文件이나 問目을 놓는 상을 말한다. 問事床이라고 하였다.《숙종실록》에 "죄인에게 초사를 받을 때 죄인을 廳의 問事床 앞에 앉히고, 문사낭청 등이 상의 좌우에 위치한다." 라고 하였다.《肅宗實錄 32年 7月 25日(庚辰)》

88) 공초 : 官의 審問에 대한 被疑者의 供述로, 지금의 피의자 심문조서 또는 참고인 진술조서에 해당한다. 招辭 또는 供辭와도 같은 의미이다. 供招는 口頭로 하는 경우와 書面으로 하는 경우가 있는데, 서면으로 할 경우에는 문장을 수식하여 판단을 흐리게 만드는

담당한다.

一. 問事都事二員 : 交代立於床東, 曹司立床西. 罪人捧招及讀傳旨事, 曹司皆當事.

### 4-6

좌기 했을 때, 자신이 맡은 일을 우위에게 미룬 자를 논의하여 처벌한다.[89)]

一. 坐起時, 任事推諉於右位者, 論罰事.

### 4-7

본부의 신임 당상관이 관사에 나왔을 때 낭청은 당참례[90)]를 행하는데, 낭청들은 서열대로 호두각에 선 뒤 청알[91)]하고 두 번 절한다.

---

문제가 있어 仁祖 때부터 구두로 공초를 받도록 하였다. [《仁祖實錄 3年 5月 21日(戊辰)》 : ○憲府啓曰: "罪人供招, 必以口語者, 乃是舊規, 今則不然, 皆以文字書納, 故磨礱修飾, 極其巧密, 以眩推官之眼. 罪人之倖免, 多由於此, 極爲可惡. **請令刑獄衙門, 自今凡捧招時, 悉以口語取供.**" 從之.]

89) 자신이……처벌한다 : 본서 〈設鞫〉(5-15)에 鞫獄 때 差備官으로 出使할 차례에 해당하는 관원이 혹 그 일을 회피하거나 남에게 미루면 당상관에게 보고하여 처벌하게 한다는 규정이 있고, 〈回公〉(17-3)에는 핑계를 대고 직무를 남에게 떠넘긴 관원에게 직접 찾아가 罰例를 받는다는 규정이 있다. [《金吾憲錄 設鞫》 : 鞫獄時, 差備出使當次之員, 或有厭避推諉之事, 則卽稟于堂上前, 草記拿處, 斷不饒貸事. ; 《金吾憲錄 回公》 : 在家回公當次之員, 托故推諉, 則三日內, 各位齊進其家, 定捧罰例事.]

90) 당참례 ; 相會禮 즉 相見禮를 말한다. 《경국대전》에 의하면, "각 관청에 새로 관원이 임명되었을 때 그 관원이 上官이면 新·舊官이 모두 公服을 입고 相會禮를 행하고, 보통 때는 단지 揖禮만을 행한다." 라 하였다. 《經國大典 禮典 京外官相見》

91) 청알 : 만나 뵙기를 청하는 것이다. 이때 관품이 두 등급 차이 나는 경우는 隱身請謁한다. 堂上官에게 청알할 때, 3품관 이하는 섬돌 위 서쪽으로 나아가 동쪽을 향하고, 7품관 이하는 북쪽을 향하여 서며, 말석에 있는 자는 무릎을 꿇고 뵙기를 청한다. 書吏가 전갈하면 뵙기를 청한 자는 앞으로 나아가 예를 행한다. 3품 당상관 및 사헌부, 사간원 관원에게는 동시에 만나 뵙기를 청하지 못한다. 7품관 이하는 기둥 밖 실외에서 예를 행한다. [《經國大典 禮典 京外官相見》 : ○凡請謁 : 差等者, 隱身. 於堂上官, 則三品以下, 就階上西東向 ; 七品以下, 北向立【每等差後】; 居末者, 跪請.【三品堂上官及司憲府、司

一. 本府新堂上出官時, 郎廳行堂參禮, 而諸郎廳序立虎頭閣後, 請謁再拜.

## 4-8

대개 의처하라고 지시 받은 죄인[92]에 대한 조율[93]은 수석 당상관이 하고, 금추하라고 지시 받은 죄인에 대한 조율은 차석 당상관이 한다.[94]

---

諫院, 則不同時請謁.】書吏傳告, 就前行禮.【應答者, 先入行禮. 七品以下, 則就楹外.】]

92) 의처하라고……죄인 : 본 조목에서는 '의처'를 뒤 구절과의 문맥을 살펴 '의처하라는 왕의 판하를 받은 자[以議處判下者]' 즉 '議處罪人'으로 번역하였다. [《承政院日記 正祖 3年 12月 11日》 : ○又以義禁府言啓曰:……以議處判下者, 皆以草記議處, 仍爲照律以聞事, 命下矣.] 議處는 심문 절차가 완료된 상태에서 죄인의 죄상을 심의하는 것으로, 구체적으로 적용할 법률 조문을 정하는 照律에 앞서 죄인의 처리 방향을 정하는 것이다. 의금부에서 의처하여 조율하는 일은 원칙적으로 수석 당상관이 있어야 할 수 있었다. [《承政院日記 孝宗 7年 1月 21日》 : ○義禁府啓曰: 本府罪人, 當爲議處照律者甚多, 雖有滯獄之弊, 待判義禁出仕後, 方可稟處.] 만약 의금부의 수석 당상관인 判義禁府事가 자리를 비워 議處해야 할 죄인들이 積滯되는 상황이 생기면, 임금에게 특별히 次堂上이 할 수 있도록 허락을 받아 처리하였다. [《承政院日記 正祖 17年 9月 16日》 : ○洪仁浩啓曰: "卽者義禁府都事來言, 時囚罪人柳得恭等原情公事判付內, 草記議處事命下, 而判義禁洪良浩在外, 次堂上不得擧行云, 何以爲之? 敢稟." 傳曰: "令次堂, 以草記擧行, 可也."]

93) 조율 : 죄인에게 적용할 법률을 살펴 정한다는 의미이다. 이때 근거로 삼는 법전으로는 명나라에서 제정된 《大明律》과 조선에서 편찬된 《經國大典》, 《續大典》, 《大典通編》, 《大典會通》 등이 활용되었다. 형률을 적용할 때 일반법인 대명률을 적용하되 조선의 《경국대전》이나 《속대전》에 해당 형률이 있을 경우에는 조선의 법인 특별법을 우선 적용하였다. [《大典會通 刑典 用律》 : 《原》 用大明律《續》依原典用大明律, 而原典·續典有當律者, 從二典]

94) 금추하라는……한다 : 이 조목의 함의는 왕이 禁推하라고 명령한 죄인의 照律은 차석 당상관이 담당한다는 것이며, 이것은 수석 당상관이 있어야만 조율할 수 있었던 議處罪人에 비해 중요성이 덜한 죄인의 처리 방식이다. 금추는 '禁府推考'의 줄임말로, 推考의 본래 의미는 '조사하다'이나, 조선 후기에 가면 관원의 경우에 '처벌'의 의미로 변하였다. 《續大典》에 명시된 바에 따르면, 禁推의 처벌을 받는 경우는 대개 의도적으로 왕의 부름[牌招]에 응하지 않거나 공무 수행을 거부하는 경우, 관원이 시험에서 나쁜 성적을 받았을 경우 등 비교적 가벼운 죄를 범하였을 때이다. 특히 英, 正祖 대에 왕이 금추 처분을 빈번하게 내렸는데, 이는 정치적 의도 하에 出仕하지 않는 관원을 서울로 올라오게 하여 의금부에 일시적으로 囚禁하였다가 풀어줌으로써 공무를 수행하게 하려던 목적이 있었던 것으로 보인다. [《承政院日記 英祖 30年 1月 25日》 : 禁推, 雖次官坐起爲之, 而拿處, 非長官不敢爲.] ; 김진옥, 〈'禁推'의 성격과 운용〉, 《고전번역연구》 제3집,

原情95)에 대해 공초를 받는 일이나 규례에 따른 형추96)는 차석 당상관이 2원을 갖추어 한다. 장형을 집행하는 일은 차석 당상관 1원이 한다.

一. 凡議處照律, 則首堂上爲之 ; 禁推照律, 則次堂上爲之 ; 原情捧招及例刑, 則次堂上備二員爲之 ; 決杖, 則次堂上一員爲之.

4-9

좌기를 열 때, 대문과 망문을 활짝 열고 큰 길에 잡인이 왕래하는 것을 금한다.

一. 開坐時, 洞開大門及望門, 大路上禁雜人往來事.

---

한국고전번역학회, 2012.

95) 原情 : 원정은 그 쓰임이 여러 가지인데, ① '죄의 實情이나 동기 등을 조사하다' 라는 의미로 쓰이며 이때의 原은 '조사하다'라는 뜻의 동사이다. 법전에서 이러한 의미로 쓰인 용례를 들어 보면, "임금의 傳旨를 받들어 推考하더라도 傳旨에 구애되지 말고 반드시 實情을 따져서 진술을 받아야 한다. [《續大典 刑典 推斷》 : ○凡京·外官推考, 各其司直捧公緘, 照律始啓【奉傳旨推考, 則勿拘傳旨, 須原情取招.】"는 조문을 들 수 있다. ② 죄인이나 억울한 사정을 호소하는 사람이 자발적으로 하는 '진술'이라는 의미이다. 元情이라고도 한다. 법전에서 이러한 의미로 쓰인 용례를 들어보면, "죄인의 原情은 口頭로 하게 해서 聽取하여 調書를 작성해야 하며 文字로 써내지 못하도록 한다. [《續大典 刑典 推斷》 : ○罪人原情, 口傳取招, 勿許文字書納.]"는 조문을 들 수 있다. 여기서의 원정은 ②의 의미로 사용되었다고 보고 번역하였다.

96) 규례에 따른 형추 : 원문은 '例刑'인데, 정해진 규례에 따라 杖을 치는 刑推를 말한다. 죄인에게 장을 치는 경우는 ① 죄인을 訊問하여 자백을 받아내기 위한 경우 ② 徒刑이나 流刑의 처벌에 附加刑으로 치는 경우가 있다. ①의 경우, 죄인이 순순히 죄를 자백하지 않으면 文案을 분명히 작성하고 법에 따라 형추하는데, 신중을 기하기 위해 庶人과 强盜罪를 범한 자 외에는 임금에게 보고하고 행하도록 하였다. 또 정해진 규격의 訊杖을 써서 한 차례에 30대를 넘어서는 안 되었으며, 3일 안에 형추를 2번 시행할 수 없고, 형추한 次數와 杖數를 반드시 기록하여 판결 받은 刑量에서 제해 주었다. 신장을 치는 부위는 《대명률》에는 볼기와 넓적다리를 친다고 하였으나, 우리나라에서는 무릎 아래를 치되 臁肕에 이르지는 못하게 하였다. 나이 70세 이상 15세 이하이거나 廢疾者, 또는 임산부 등은 형추 대상에서 제외되었고, 공신의 자손 또한 임금의 허락 없이는 형추할 수 없었다. 《經國大典 刑典 推斷》 《六典條例 刑典 律令》 여기서는 ①의 의미로 보고 번역하였다.

## 4-10

장형을 집행할 때, 조사낭청은 당상관에게 하직하고 망문 밖으로 걸어 나가 교의에 앉는다. 교대낭청은 당상관 앞에 앉아 (집행한) 장형의 숫자를 계산한다.[97] 장형은 망문 밖 큰 길에서 집행한다.

一. 決杖時, 曹司郎廳下直堂上前, 步出望門外, 交椅坐. 交代郎廳坐於堂上前, 畫杖數. 決杖於望門外大路上事.

## 4-11

모반대역죄인이나 강상죄인[98]을 처형할 경우[99], 해당 관사에 감결을

---

97) 교대낭청은……계산한다 : 교대낭청은 본부에 입직하는 曹司都事가 출사했을 때 본부를 지키는 역할을 맡았다. 公事交代, 交代都事라고도 한다. 장형은 〈開坐〉4-8조목에 따르면 차석 당상관 1원의 주도하에 집행된다. 장형이 의금부 망문 밖 즉 본부 밖에서 집행되므로 그날 입직한 낭청은 비록 짧은 거리이기는 하나 본부를 나가게 되는 셈이어서 당상관에게 하직 인사를 하는 것이며, 그가 자리를 비우게 되므로 본부를 지키는 교대낭청이 필요한 것이다. 단, 여기에 나오는 堂上前의 '前'은 이두로서, '앞'이라는 의미가 아니라 당상 자체를 의미하므로 원문대로라면 교대낭청이 당상관 자리에 앉는다는 것인데, 당하관인 낭청이 당상관 자리에 앉을 수는 없으므로 당상관 앞에 앉아 장형 집행 숫자를 세는 것으로 이해하였다. [《承政院日記 顯宗 5年 8月 26日》: 禁府啓曰: "本府公事, 事體重大, 不敢一刻稽滯. 故曹司都事入直之外, 又有一員, 稱以公事交代, 竝爲入直, 凡有公事之下, 公事交代, 則仍直本府, 曹司都事, 回告於諸堂上而擧行, 例也."]

98) 모반대역죄인이나 강상죄인 : 원문은 '犯逆綱常罪人'이다. '犯逆'을 謀反大逆罪로 본 근거에 대해서는 본서 〈押拿〉3-1 조목의 주석 62) 참조. 모반대역은 社稷을 위태롭게 할 것을 모의한 謀反과, 종묘·산릉·궁궐을 훼손할 것을 모의한 謀大逆을 합하여 말한 것이다. 《대명률》에서는 謀反, 謀大逆을 구분하지 않고, 또 실행했는지 실행하지 않았는지를 따지지 않고 首犯, 從犯 구분 없이 모두 陵遲處死刑에 처하게 되어 있다. [《大明律 刑律 盜賊 謀反大逆》: 凡謀反, 謂謀危社稷, 大逆, 謂謀毁宗廟、山陵及宮闕, 但共謀者, 不分首從, 皆陵遲處死.] 강상죄인은 부모나 남편을 죽이거나 노비가 주인을 죽이거나 官奴가 관장을 죽인 죄인을 가리키며 이 경우에도 사형에 처한다. [《續大典 刑典 推斷》: ○綱常罪人【弑父、母、夫, 奴弑主, 官奴弑官長者】結案正法後, 妻、子、女爲奴, 破家瀦澤, 降其邑號, 罷其守令.]

99) 처형할 경우 : 원문은 '用刑'으로, 용형은 '刑具를 사용하다'라는 의미로 쓰일 경우와 '처형하다'라는 의미로 사용할 경우가 있다. 주석 98)에 의하면 謀反大逆罪人이나 綱常罪人은 모두 사형에 해당하는 죄인이므로 여기에서의 용형은 '처형하다'로 쓰였다고 보

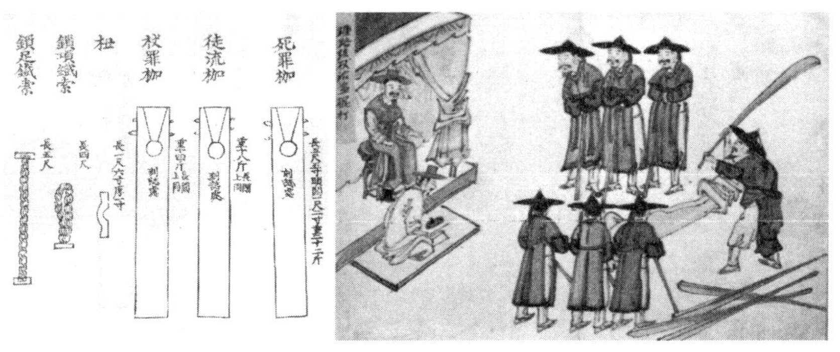


[그림6] 조선 후기의 笞杖
(《御定欽恤典則 刑具之圖》)

[그림7] 곤장형 집행 장면
(《刑政圖帖》 19세기 말 金允輔)

보내 형구들을 준비하게 한 뒤, 차석 당상관 1원이 좌기를 열어 죄인을 내주고, 전옥서 관원이 주관하여 압송해간다. 본부의 낭청도 사형 집행을 감독한다.100)

一. 犯逆·綱常罪人用刑時, 捧甘該司, 各備諸具後, 次堂上一員開坐出罪人, 典獄署官員主管押去. 本府郎廳亦爲糾檢監刑事.

4-12

좌기를 연 뒤에는 의관, 율관 및 본부의 서리, 나장, 전복, 수직하는 군사 외에 잡인은 일체 출입하지 못한다.

一. 開坐後, 醫·律官及本府書吏、羅將、典僕、守直軍士外, 凡干雜人毋得出入事.

았다.

100) 사형……감독한다 : 원문은 '監刑'인데, 이는 '監斬'과 같은 말로 斬刑의 시행을 감독하는 것을 말한다. 조선에서 죄인을 사형시키는 방법은 교수형인 絞刑과 목을 베는 斬刑, 이 두 가지가 있었는데, 그 중에서 머리와 몸통이 분리되는 참형이 더 중한 처형 방식이었다. 《大典會通 刑典 推斷》

4-13

무릇 국상이 있을 때나 주상이 正殿을 피해 다른 장소로 옮겼을 때[101] 하는 좌기는 모두 平坐[102]로 한다.

一. 凡坐起, 國恤及自上避正殿時, 皆平坐事.

4-14

추국[103]에 사용하는 신장[104]은 폭 9푼, 두께 4푼이고, 삼성추국[105]에

---

101) 正殿을……때 : 旱災나 水災 등 국가에 재해가 들거나 하면 임금이 이를 자신의 잘못으로 여겨 正殿을 피해 다른 장소로 옮겨 정사를 보는 것을 말한다. 이때 대개는 임금의 밥상에 올리는 반찬의 가짓수를 줄이고[減膳] 술을 금하는 등의 조치도 같이 취한다. [《銀臺便攷 禮房攷 陵園墓》 : 陵上失火, 則避正殿, 減膳三日, 停朝、市.]

102) 平坐 ; 보통 尊者는 交椅에 앉고 卑者는 낮게 앉는데, 평좌는 尊卑를 따지지 않고 자리에 앉는 것을 말한다. [《承政院日記 景宗 4年 8月 30日》 : 令曰: "若使余卽此位者, 去交椅平坐, 則當勉從矣." 光佐曰, "此豈臣子之所敢爲者?"]

103) 추국 : 推鞫에는 일반적인 의미와 특수한 의미가 있다. 일반적인 의미로는 죄인을 심문하여 다스리는 것이다. 《경국대전주해》에서 "推는 그 죄를 살피는 것이다. 鞫은 죄인을 끝까지 다스리는 것인데, 말로 죄인을 다스리는 것이다. [《經國大典註解 後集 吏典》 : 推, 審其罪也. 鞫, 窮理罪人也, 以言鞫之也.]"라고 정의하였다. 특수한 의미로는 鞫問의 한 형태를 말하며, 임금의 위임을 받은 大臣이 죄인을 국문하는 것이다. 추국은 庭鞫과 마찬가지로 의금부에서 주관하였고, 거행하는 장소도 주로 의금부가 이용되었다. 추국을 거행할 때 문사낭청은 4명을 차출하였다. 그에 비해 庭鞫은 문사낭청이 6명, 親鞫은 8명인 점이 다르다. 《六典條例 刑典 鞫》 여기서는 특수한 의미로 쓰였다고 보았다.

104) 신장 : 拷訊할 때 쓰는 刑具이다. 일반죄인, 추국죄인, 삼성추국죄인에게 쓰는 신장의 규격이 달랐다. 길이는 처음에 3자 3치였다가 《대전통편》이후로 3자 5치[105㎝]로 하였다. 일반죄인에게 쓰는 것은 두께가 2푼[6.6㎜], 삼성추국죄인에게 쓰는 것은 3푼[9.9㎜], 추국죄인에게 쓰는 것은 4푼[13.2㎜]이었다. 신장의 하단으로 무릎 아래를 치되 膁肕(발목)에 이르지 않아야 하고, 1차례에 30대를 넘지 못하게 하였다. [《六典條例 刑典 刑曹》: 訊杖, 長三尺三寸【《通編》, 長三尺五寸】, 上一尺三寸, 則圓徑七分, 下二尺則廣八分, 厚二分.【以下端打膝下, 不至膁肕. 一次毋過三十度以上, 並用營造尺】; 《經國大典註解 刑典 膁肕》 : 在膝下, 卽脚之梁也.]

105) 삼성추국 : 의금부가 주관하고 의정부, 사헌부, 사간원의 관원이 참여하는 추국이다. [《承政院日記 純祖 29年 4月 15日》 : 蓋此等關係綱常之獄, 名之曰三省推鞫者, 擧行則自王府爲之, 而政府與兩司合坐, 故稱以三省也.] 삼성추국의 대상은 三綱과 五常을 거스른 綱常罪人으로, 부모 · 조부모 · 시아버지 · 시어머니 · 고모 · 남편 · 백숙부모 ·

사용하는 신장은 폭 8푼, 두께 3푼이며, 본부에서 사용하는 신장은 폭 7푼, 두께 2푼이다.

一. 推鞫訊杖, 廣九分、厚四分 ; 三省訊杖, 廣八分、厚三分 ; 本府訊杖, 廣七分、厚二.

형 · 손위누이를 죽이거나 죽이려고 한 자, 노비가 주인을, 官奴가 고을 수령을, 雇工이 家長을 죽이거나 죽이려고 한 자, 後母 · 伯母 · 叔母 · 姑母 · 손위누이 · 손아래누이 · 며느리와 간음한 자, 종이 여자 상전과 간통한 자, 嫡母를 내쫓아 팔아버린 자, 부모를 구타하고 욕한 자, 아비의 시체를 불에 태운 자 등이다. 三省에 대해서는 의정부, 사헌부, 의금부 세 관사의 관원이 합좌하여 죄인을 국문하는 것이라 한 곳도 있고(《校註大典會通》, 조선총독부 중추원, 1938, 655면), 사헌부, 사간원, 형조를 三省이라 한 실록의 기사(《成宗實錄 11年 1月 7日(戊子)》)도 있어 차이가 있다. 삼성추국에 대해서는 《六典條例 刑典 義禁府 鞫》에 상세하다.

## 5. 設鞫[국청설치]

※ 設鞫은 죄인을 鞫問하기 위해 鞫廳을 설치하는 것을 말한다. 국청은 推鞫廳이라고도 불렀으며 죄인을 국문하기 위해 설치하던 임시 관사로, 국문이 끝나면 폐지되었다. 《속대전》이나 《육전조례》의 법규를 보면 국청을 설치하는 경우는 특정 범죄로 제한되었으며, 본서에서도 〈開坐〉와 〈設鞫〉 항목을 따로 두어 일상적인 업무와 특별한 경우에 국청을 설치하여 처리하는 업무를 구별하여 기술하고 있다.

국청을 설치하는 경우는 영조 21년(1745)에 내린 하교에 분명하게 명시되어 있듯이 "惡逆과 관련된 범죄, 임금을 誣陷하는 不道한 말을 한 범죄, 백성에게 내린 임금의 훈계를 거스른 범죄"로 제한하였으며, 이 외에는 국청을 설치하지 못하게 하였다. [《續大典 刑典 推斷》: ○凡關係惡逆、誣上不道、干犯大訓者外, 勿爲設鞫.【文字間非直犯惡逆, 則抉摘捏合, 毆之於犯上不道之律者, 一切禁之. 英宗乙丑下教.】]

여기서 '惡逆'의 의미가 과연 무엇인가가 문제이다. 《대명률》에 따르면, '惡逆'은 10惡 중 4번째 항목으로, 祖父母·父母·남편의 祖父母와 父母를 구타하거나 謀殺하는 것 및 父의 兄弟인 伯叔父와 그의 妻인 伯叔母, 父의 同氣인 고모, 자신의 兄과 누이, 母의 父母인 外祖父母, 자신의 남편 등을 殺害하는 反人倫的인 범죄를 말한다. 따라서 원래 악역은 君主에 反하는 행위라기보다는 人倫에 反하는 행위를 말한다. [《大明律 名例律 十惡》: 四曰惡逆【謂毆及謀殺祖父母·父母、夫之祖父母·父母, 殺伯叔父母、姑、兄、姉、外祖父母及夫者.】 그런데 《승정원일기》나 《조선왕조실록》을 찾아보면, 조선에서는 惡逆罪人을 大逆罪人 또는 謀逆罪人의 의미로 사용하고 있다. 犯逆罪人으로 언급된 인조 때의 許杙, 현종 때의 崔○男, 숙종 때의 方燦, 경종 때의 趙聖集, 영조 때의 崔夏徵 등은 모두 군주 또는 군주의 권위에 반한 행위를 한 '謀反' 또는 '謀大逆'에 해당하는 죄인들이었다. 《承政院日記 仁祖 22年 4月 7日, 顯宗 4年 7月 6日, 肅宗 22年 7月 24日, 景宗 3年 6月 18日, 英祖 12年 11月 6日》 이에 본서에 나오는 '악역'이란 《대명률》 형률 277조에 나오는 '謀反大逆'을 말한다고 보았다. [《大明律 刑律 盜

賊 謀反大逆》: 凡謀反謂謀危社稷. 大逆謂謀毁宗廟、山陵及宮闕, 但共謀者, 不分首從, 皆陵遲處死.]

또 하교 내용 중의 '不道' 역시 《大明律》에는 一家 내의 死罪에 해당되지 않은 3인을 죽이거나 他人의 4肢를 절단하거나 산 사람의 臟器를 採取하거나 사람을 해치고자 毒蟲을 키우거나 呪術로서 남을 죽이고자 하는 행위 등을 저지른 죄를 말하나《大明律直解 名例律 十惡》, 조선에서의 不道는 不道德한 것, 反人倫的인 것, 不義한 것을 의미하는 '無道'와 같은 뜻으로 쓰여, 《대명률》과는 다르게 쓰이고 있다. [이종일, 《大典會通硏究》〈刑典 推斷〉, 한국법제연구원, 461면.]

5-1

삼성추국을 할 때, 위관[106]은 주벽(북벽)에 앉고, 판사는 동벽에 앉으며, 지사 이하는 모두 서벽에 앉되, 모두 교의에 앉는다. 판사가 위관에게 나가 서로 읍하고, 지사와 동지사도 차례차례 앞으로 나가 서로 읍하고 나서 좌기를 연다. 문사낭청 2원이 청알[107]하여 앞으로 나가 위관에게 읍하고 이어서 동벽과 서벽에게 읍한다. 본부의 낭청도 마찬가지로 한 뒤, 兩司에게 자리에 나오기를 청하면 (양사가) 들어와 가선대부는 곧바로 나아가 위와 같이 서로 읍하고 서벽에 앉고, 당상관인 경우에는 은신청알[108]하여 서로 읍하고 남쪽 줄에 앉으며, 당하관의 경우에는 순서대로

106) 위관 : 推鞫을 거행할 때, 임금으로부터 추국을 주재하도록 지명 받은 관원을 말하며, 주로 三政丞이 이를 맡았다. 추국은 본래 '조사하다, 심문하다'라는 포괄적인 의미로 쓰였으나, 조선 후기로 가면서 심문 절차가 세분화되고 정형화되면서 임금의 위임을 받은 위관이 궐 밖에서 죄인을 대신 국문하는 형태를 특별히 지칭하게 되었다. 추국 장소는 주로 의금부를 이용하였다. 추국을 거행할 때 問事郎廳은 4명을 차출하였다. 《六典條例 刑典 義禁府 鞫》

107) 청알 : 만나 뵙기를 청하는 것이다. 주석 91) 참조.

108) 들어와……은신청알 : 隱身請謁은 관품이 두 등급 차이 나는 관원에게 뵙기를 청할 때 직접 청하지 못하는 것을 말한다. 대개 사람을 통하거나 서신을 보내 뵙기를 청하는데, 여기서는 서리가 전갈을 하면 차례로 나아가 뵙는다는 의미로 보인다. [《經國大典 禮典 京外官相見》: ○凡請謁 : 差等者, 隱身. 於堂上官, 則三品以下, 就階上西東向

서서 청알하여 서로 읍하고 남쪽 줄에 앉는다. 승지가 들어 와 앞으로 나가 서로 읍하고 서벽에 앉는다. 죄인의 공초를 받는 등의 일은 한결같이 본부에서 좌기를 할 때의 규례와 같이 하되, 推案을 가져오고 가져가는 일은 승지가 도맡아 관리한다.

一. 三省推鞫時, 委官, 主壁 ; 判事, 東壁 ; 知事以下, 皆西壁, 皆交椅. 判事, 委官前進前相揖 ; 知事、同知事, 亦次次進前相揖, 仍爲開坐. 問事郎廳二員, 請謁進前, 揖于委官前, 仍揖于東、西壁. 本府郎廳亦如之, 然後兩司請坐入來, 嘉善直來進前, 相揖如右, 西壁; 堂上, 則隱身請謁相揖, 南行坐 ; 堂下, 則序立請謁相揖, 南行坐. 承旨入來, 進前相揖西壁. 罪人捧招等事, 一如本府坐起例, 而推案往來, 承旨專管.

5-2

역옥때문에 본부에서 좌기를 열면[109] 삼공과 전임[110]이 모두 참석하되 平坐한다. 판사 이하가 모두 앞으로 나가 절한다. 본부의 낭청은 기둥 밖에서 절한다.[111] 동벽과 서벽에 대한 예절의식은 없다. 문사낭청은 4원인데, 본부에서도 별형방 2원, 문서색 2원을 낸다. 추문하는 일[112]은 (역옥이 아닌 경우와) 별반 다르지 않다. 추안 문서는 승지가 밀갑에 넣어 내가고

; 七品以下, 北向立【每等差後】; 居末者, 跪請【三品堂上官及司憲府、司諫院, 則不同時請謁.】. 書吏傳告, 就前行禮【應答者, 先入行禮. 七品以下, 則就楹外.】]

109) 역옥……열면 : 推鞫할 때를 말한다. 주석 103) 참조.

110) 삼공과 전임 : 時任三公과 原任大臣을 말한다. 즉 현재 領議政, 左議政, 右議政을 맡고 있는 사람이 시임삼공이고, 원임 대신은 전에 삼공을 맡았던 사람 즉 前任大臣이다.

111) 기둥 밖에서 절한다 : 원문은 '楹外'로, 室外를 말한다.

112) 추문하는 일 : 죄의 정상을 조사하고 심리하는 일이다. 추문하는 방법은 옥에 가두고 추문하는 경우와 가두지 않고 하는 경우가 있다. 가두고 추문할 경우, 우선 말로 심문하는 平問이 있고, 이 단계에서 죄를 자백하지 않으면 訊杖을 써서 고문하는 拷訊 과정으로 넘어간다. 6품 이상의 관원은 옥에 가두지 않고 추문하게 되어 있어, 이들은 관사에 출두하지 않고 진술 내용을 밀봉한 서찰[緘辭]로 작성해 제출하는 방식으로 추문을 받았다. [《大典會通 刑典 推斷》:《原》 杖以上囚禁, 文·武官及內侍府·士族婦女·僧人, 啓聞囚禁.……○凡不囚者, 公緘推問, 七品以下官及僧人, 直推.]

들인다. 모든 일은 본부가 주관한다.

一. 逆獄本府開坐, 則三公、原任, 皆參而平坐. 判事以下, 皆進前拜. 本府郎廳, 則楹外拜. 無東、西壁禮數. 問事郎廳四員. 本府亦出別刑房二員、文書色二員. 推問之擧, 別無異同. 推案文書, 則承旨以密匣出入. 凡事, 本府主管.

## 5-3

대궐 뜰에서 추국할 때[庭鞫] 재상의 자리는 동벽이고, 판사 이하는 서벽이다. 재상에게 나아가 무릎 꿇고 절한 뒤 아울러 모두 서벽에 자리한다. 다음은 승지, 대간, 그 다음은 문사낭청[113], 그 다음은 별형방, 문서색이 하되, 예절의식은 본부의 규례와 같다. 모든 일은 승정원이 주관한다. 문서는 승전색이 밀갑에 넣어 내가고 들인다.

一. 闕庭推鞫時, 相位, 東壁 ; 判事以下, 西壁. 相位前進前跪拜後, 並西壁. 其次承旨、臺官, 其次問事郎廳, 其次別刑房、文書色, 而禮數一如本府例. 凡事, 政院主管 ; 文書, 則承傳色以密匣出入.

## 5-4

국옥[114] 때 가도사를 누구로 할지를 본부에서 먼저 미리 초기[115]를

---

113) 문사낭청 : 問事郎廳은 국청이 설치될 때에만 임시적으로 설치되는 權設官職으로, 問郎이라고 약칭하기도 하였다. 국문의 형식과 규모에 따라 문사낭청을 차출하는 숫자는 각각 달랐다. 즉 親鞫에는 8명, 庭鞫에는 6명, 推鞫에는 4명, 三省推鞫에는 2명을 차출하였다. 문사낭청을 차출할 때에는 의금부 都事가 侍從의 명부를 가지고 위관 앞에 나아가서 후보 명단을 작성한 뒤에 임금의 재가를 받아 정하였다. 이들은 죄인을 심문할 조목인 問目을 작성하는 일, 문목을 죄인에게 읽어 주는 일, 죄인이 진술한 내용을 문서로 정리하는 일 등을 담당하였다. 《六典條例 刑典 逆獄》

114) 국옥 : 親鞫, 庭鞫, 推鞫 등 鞫廳을 설치하여 처리하는 獄事를 말한다.

115) 초기 : 六曹, 提調(都提調)가 있는 중앙아문 혹은 제조가 없는 아문이라 하더라도 중요한 아문, 혹은 수령 등이 정무상 그리 중요하지 아니한 일을 긴급하게 처리해야 할 때 간단하게 요지만을 기록하여 直啓하는 문서를 말한다. 기본적으로 행정절차와 문서식을 간략화시킨 略式文書라 할 수 있다. 實錄에서 문서 명칭으로 '草記'가 등장하는 것은 宣祖 때부터이다. 草記는 아뢸 사안이 있는 官司에서 承旨에게 말로 전하면

올려 계하[116] 받는다.

一. 凡鞫獄時, 假都事某員, 自本府預先草記啓下事.

5-5

친국할 때 필요한 별형방 2원, 문서색 2원, 수막[117] 1원은 상경력[118]이 수석 당상관에게 나아가 한결같이 구전정사[119]로 임명된 하위 순서에 따라서 획출한다. 그런데 순서에 해당하는 관원이 출사하여 그 후임을 아직 차출하지 못했으면 그때에도 위로 거슬러 올라가는 순서로 차출한다.[120]

---

注書가 문자로 번역하는 방식으로 작성되었다. 다른 문서와는 달리 年月日과 官銜이 기재되어 있지 않으며 踏印 또한 하지 않았다는 점이 특징이다.《典律通補》와《百憲摠要》등에 草記의 文書式이 있다.

116) 계하 : 최승희는 계하를 왕에게 啓文을 올려 裁可를 받는 것인데 왕이 '啓'字印을 찍어 내려 보내면 決裁가 끝난 것으로 보았다. 반면에 윤국일은 계하를 '임금에게 올려서 비준 받은 문건을 다시 내려 보내는 것'으로 보았고, 임금이 올라온 문건에 批答을 쓰는 것이 규례이나 만일 비답을 쓰지 않고 啓字印만 찍어 내려 보내면 그 문건을 해당 관청에 내려 보내 다시 토의하게 한 다음 임금의 비답을 받는다고 하여, 啓下 자체로는 왕의 결재가 끝난 것이 아니라고 보았다. [최승희,《韓國古文書硏究》, 지식산업사, 1999, 114면. ; 윤국일,《譯註 經國大典》, 여강출판사, 1991, 157면.]

117) 수막 : 幕를 지키는 일, 또는 막을 지키는 관원 즉 守幕都事를 말한다. 幕은 추국, 친국, 정국을 실시할 때 鞫廳에 나갈 죄인을 대기하게 하던 곳이다. [《承政院日記 英祖 9年 5月 28日》: 上曰: "此罪人下幕, 金潤龜, 更爲上鞫."]

118) 상경력 : 의금부의 업무를 총괄하는 수석 낭청을 말한다. 의금부에는 참상관인 經歷, 참하관인 都事 도합 10명의 낭청이 있었다. 상경력은 의금부의 낭청 10명이 모여 免新禮를 거친 經歷 중에서 선출하였다. [《金吾憲錄 追錄》: 本府上經歷封崇, 自是國朝古規, 且專檢一府, 而爲郎席之長, 則不可暫曠. 故如有遞易之事, 則諸郎齊會圈點, 免新經歷中從公議, 卽爲就坐, 亦是前例.]

119) 구전정사 : 원문은 '口傳'인데 이는 '口傳政事'의 줄임말이다. 조선시대의 정식 인사 절차는 이조나 병조의 당상관이 후보자 3인을 추천하여 왕의 落點을 받는 것이다. 口傳政事는 정식 政事를 열지 않고 政官들이 편의에 따라 회의하여 후보자를 추천해 곧장 승정원으로 보내 낙점 받는 정사를 말한다. 즉, 약식 인사 절차이다. [《孝宗實錄 2年 6月 3日(戊申)》: 有忙急差除, 則未遑開政, 政官會議備望, 直送于政院, 謂之口傳政事.]

120) 위로……차출한다 : 본서 〈추록〉29-8의 내용에 의하면, 鞫廳에 출사할 때는 아래에서

一. 親鞫時, 別刑房二員、文書色二員、守幕一員, 上經歷詣首堂上前, 一從下口傳劃出. 而當次之員出使, 未出代之前, 則亦爲泝次以行事.

5-6

문사낭청을 계하 받는 일은 상경력이 大臣에게 여쭈어[121] 거행한다.

一. 問事郎廳啓下事, 上經歷稟于大臣前擧行事.

5-7

별형방, 문서색에게 서리 각 2인씩을 상경력이 획출[122]해준다.

一. 別刑房、文書色, 書吏各二人式, 上經歷劃出事.

5-8

국옥 때 의금부 안에서의 모든 일은 입직 도사가 담당하고, 대궐 안에서의 모든 일은 당직청 도사[123]가 담당한다.

一. 鞫獄時, 府中凡事, 入直當之 ; 闕中凡事, 當直當之.

---

위로 올라가는 순서로 낭청을 차출하고 평상시에 출사할 때는 위에서 아래로 내려가는 순서로 차출한다. 따라서 국청에는 신입 낭청부터 위로 올라가며 출사하기 때문에 '거슬러' 올라간다고 표현한 것이다. [《金吾憲錄 追錄》: 近或不待右位之推許, 而越位劃出者, 誠是謬規之甚, 亦不無紛爭之弊. 自今以後, 一依廳規, 鞫廳出使, 自下達上 ; 平時出使, 則自上達下事, 禮吏預稟堂上前, 以爲依例差送之地.]

121) 大臣에게 여쭈어 : 여기서의 大臣은 委官을 의미한다. 문사낭청 8원에 대한 望筒은 의금부의 首都事가 侍從案을 가지고 위관 앞에 나아가 望記를 써서 입계한다. [《六典條例 刑典 義禁府》: 問事郎廳八員望, 本府首都事持侍從案, 詣委官前, 書望記入啓.]

122) 획출 : 본서에는 어떤 직무를 하도록 '뽑아내다'라는 의미로 쓰이는 말에 '劃出'과 '差出'이 나온다. '차출'은 '뽑아내다'라는 일반적인 의미로 쓰이나, '획출'은 대체로 일정한 기준이나 원칙에서 벗어나 임의로 차출하는 것을 말한다. 본서 〈出使〉7-3, 〈差任〉14-2, 〈追錄〉29-5·8·13 참조.

123) 당직청 도사 : 원문은 '當直'인데, 의금부의 分所에 해당하는 當直廳에 入番한 都事를 말한다.

5–9

별형방, 문서색, 수막 등 5원은 제외하고, 친국할 때 죄인을 압송하여 (국청에) 올리고 내리는 일은 한결같이 구전정사로 낭청에 임명된 순서[124)]에 따라 거행하고, 鞫問 직전에 편의에 따라 바꾸는 것은 허용하지 않는다.

一. 親鞫時, 罪人押領上下之役, 則別刑房、文書色、守幕五員外, 一從口傳擧行, 而不許臨時變易取便事.

5–10

국청을 설치했을 때 나졸을 통제하는 등의 일은 上·下兵房이 주관하되, 下兵房이 전담한다.

一. 鞫廳時, 羅卒檢飭等事, 上·下兵房主管, 而下兵房專當事.

5–11

중죄수가 아침과 저녁, 수시로 먹는 음식물은 입직 낭청이 반드시 직접 살피고, 그릇을 내줄 때도 그렇게 한다.

一. 重囚朝夕及無時所食之物, 入直郎廳必自看審, 器皿出給之際亦然.

5–12

국옥 때, 혹시 실낭청이 출사할 일이 있으면 막을 지키는 일이든 수직하는 일이든 간에 조사낭청을 보낸다.[125)]

---

124) 구전정사로……순서 : 의금부의 낭청은 정식 인사 절차를 거치지 않고 약식 절차인 구전정사에 의해 임명되었다. 본서에 반복되어 나오는 '一從口傳'은 '구전정사를 하여 낭청에 임명된 순서'를 의미하므로, 이후 '낭청에 임명된 순서'로 번역한다. 주석 119) 참조.

125) 막을……보낸다 : 曹司는 가장 나중에 임명되어 온 막내 도사를 말하며, 이들에게 과도하게 업무가 편중되어 문제가 되었다. [《中宗實錄 12年 6月 9日 (癸丑)》 : **六曹郎**

一. 鞫獄時, 或有實郞廳出使之役, 則勿論守幕、直, 以曹司差送事.

5-13

국옥 때, 혹 사관이 대신에게 임금의 비답을 전할 일이 있으면 올 때는 내, 외 대문의 正路를 경유하여 들어오고, 갈 때는 동쪽 협문으로 나간다. 만약 (임금에게) 복명[126]할 일이 있으면 정문의 정로를 경유하여 나간다.

一. 鞫獄時, 大臣前或有史官批答傳諭事, 則來時, 由內外大門正路而入, 去時則東挾出. 若有復命, 則自正門正路出事.

5-14

본부의 낭청이 혹 임금의 전교를 받들고 와서 본부에 전할 일이 있으면, 정문으로 들어오고 서쪽 협문으로 나간다.

一. 本府郞廳, 或有奉承傳敎, 來傳於本府之事, 則入自正門, 出自西挾事.

5-15

국옥 때 차비관으로 출사할 차례에 해당하는 관원[127]이 혹 그 일을 회피하거나 남에게 미루는 일이 있으면, 즉시 당상관에게 아뢰어 초기하여 잡아다 처벌하게 함으로써[128] 결코 용서하지 않는다.

---

**僚新授者, 謂之曹司**, 司中細務, 悉委之. 小或不順, 日飮以大鐘數三罰之, 雖盡沾衣裳, 不得辭, 固違則擯不齒列, 曰'古風', 其來久矣.]

126) 복명 : 명령 받은 일을 처리하고 그 결과를 보고하는 것이다.

127) 차비관으로……관원 : 差備는 특별한 사무를 맡기기 위하여 임시로 임명하는 것으로, 그 신분에 따라 差備官, 差備軍, 差備奴 등이 있다. 여기서 말한 차비관은 국청의 어떤 직임을 임시로 담당한 낭청을 말한다. [《承政院日記 正祖 17年 8月 8日》 : 林濟遠以義禁府言啓曰: "明日動駕時, 各差備都事, 當爲備員, 出使都事嚴思勉, 令該曹口傳相換, 以爲分排之地, 何如?"]

128) 잡아다 처벌함으로써 : 원문은 '拿處'인데, "잡아다 심문하여 처리하다. [拿問處置]"라는 의미이다. 즉 죄나 잘못을 저지른 사람을 담당 衙門에서 잡아다 심문하고, 그 심문 결과에 따라 처리하는 것을 말한다.

一. 鞫獄時, 差備出使當次之員, 或有厭避推諉之事, 則卽禀于堂上前, 草記拿處, 斷不饒貸事.

5–16

**본부에 월령 1인, 율관 1인을 둔다. 만약 국옥이 있으면 두 醫司의 치종청[129]에서 별도로 구료관 각 1인을 정하여 돌아가며 수직하게 한다.**

一. 本府有月令一人、律官一人. 若有鞫獄, 則自兩醫司治腫廳, 別定救療官各一人, 輪回守直事.

---

129) 두 醫司의 치종청 : 여기서 말하는 두 醫司는 궁궐 밖의 백성들을 치료하는 典醫監과 惠民署를 말한다. 조선에서는 의료를 담당하는 三醫司가 있었다. 즉, 內醫院, 典醫監, 惠民署이다. 이 중 내의원은 궁궐을 담당하여 內局, 전의감과 혜민서는 일반 백성을 담당하여 外局이라 하였다.《增補文獻備考 職官考 內醫院》전의감과 혜민서에는 종기를 치료하는 治腫教授 1인씩을 두어 鍼醫, 醫女와 함께 날마다 관사에 나와 병자의 外科的 疾病을 치료하거나 왕진을 가게 하였다. [《承政院日記 玄宗 3年 6月 17日》: ○李延年以禮曹言啓曰: "治腫廳教授, 與鍼醫、醫女等, 逐日會於本廳. 病人來, 則卽爲鍼治, 病家招之, 則卽爲往見, 定爲恒式.]

## 6. 頉稟[업무정지]

※ 頉稟의 頉은 변고나 사정을 말하고 稟은 여쭌다는 뜻이므로, 탈품은 탈이 생겨 視事를 일시 정지할 것을 청하는 것이다. [《光海君日記 3年 10月 1日(丁卯)》: 故事, 政院預啓翌日國忌, 請停自上視事, 謂之頉稟.] 이 항목의 첫 번째 조목에서는 정기적인 행사를 중지하는 경우 즉 視事를 頉稟하는 경우를 제시하였다. 두 번째 조목에서는 예전에는 탈품하였으나 좌기를 열도록 바뀐 경우에 대해 기술하였다.

본서에서는 모든 관사에서 좌기를 열지 않는 날의 경우와 행사가 끝난 뒤 좌기를 여는 경우를 시사탈품에 함께 실었는데, 《續大典》《秋官志》《度支志》 등에서는 모든 관사에서 좌기를 열지 않는 날, 일이 끝난 후에 사무를 보고 형구를 쓰는 날, 사무는 보되 형구를 쓰지 않는 날, 좌기를 열거나 형구를 쓰되 死刑에 관한 문서를 入啓하지 않는 날 등으로 나누어 기술한 차이가 있다. 《續大典 禮典 雜令》[130] 《銀臺條例 禮攷 視事頉稟》[131] 《度支志 內篇 雜儀 視事頉稟式》[132] 《秋官志 第一篇 雜儀 視事頉稟式》[133]

---

130) 《續大典 禮典 雜令》: 各司不得開坐日【宗廟、社稷大祭齋戒日, 國忌齋戒日及正日, 親臨、擧動日, 大殿誕辰前後各一日, 王妃誕辰日, 王世子生辰日, 親祭齋戒日及正日, 祈雨祭齋戒日, 日、月食日, 停朝、市日, 諸科殿試開場日, 罪人行刑日.】開坐不得用刑日【宗廟、社稷大祭行日, 釋奠祭日, 祈雨、祈雪、禜祭日, 各陵名日、祭日, 宗廟以下諸處先告事由祭及受香日, 無時別祭日, 風雲、雷雨、山川雩祀, 先農、先蠶祭日, 各陵、殿移·還安祭日, 陳賀日, 朔望日, 上、下弦日】事過後開坐用刑日【宗廟、社稷、永寧殿、永禧殿奉審日, 修改日, 各陵奉審日, 陵上改莎草日, 放榜日, 庭試日, 殿試日, 殿講日, 迎勅日, 拜表日, 望闕禮習儀日.】刑殺文書不得出入日【親祭齋戒七日內】公事不得出入日【親祭正日及前二日, 國忌、私忌齋戒及正日, 祈雨祭齋戒及停朝市日, 宗廟·各陵奉審、修改、改莎草事畢間及日、月食日, 誕辰正日.】

131) 《銀臺條例 禮攷 視事頉稟》: 大殿誕日、前後各一日, 各殿誕日, 凡動駕與殿座日, 親祭與酌獻禮致齋日, 皇壇·社稷·宗廟·景慕宮大享攝行、各陵酌獻禮攝行、各宮仲朔祭、祈雨·祈雪祭、近代陵·園忌辰齋日與行日, 自初伏至處暑, 自處暑至日凉, 自小寒至日暖及溫繹【七日】間, 直宿撤罷及上候平復間, 廟、宮、各陵修改畢役間, 拜表、方物封裹、望闕禮習儀、親政、啓覆、上前開坼、各項習儀、放榜、進宴、揀擇·六禮日、權停陳賀、朝見禮、日·月食、停朝·市、庭鞫、罪人行刑日.

132) 《度支志 內篇 雜儀 視事頉稟式》: 大殿誕日、前後各一日, 中宮殿誕日, 王世子生辰日, 殿試開場日, 親祭齊戒日、正日, 國忌齊戒日、正日, 日、月食日, 停朝、市日

6-1

종묘에 오향대제[134]를 지내기 전날과 실제 행하는 당일, 봉심[135]하는 날, 陵의 사초를 바꿀 때, 능이나 殿의 신주[136]를 다른 곳으로 옮겨 모셨다가 본 자리로 돌려놓는 기간[137]이나 화재 발생 보고[138]가 있는 날,

---

【以上日, 各司廢坐.】殿座日, 擧動日, 延勅日, 拜表日, 望闕禮日, 習儀日, 陳賀日, 庭試日, 殿講日, 放榜日, 宗廟、社稷、永禧殿奉審日, 各陵改莎草奉審日,【以上日, 事過後開坐】宗廟、社稷大祭齊戒日, 宗廟、永寧殿、永禧殿修改告由祭日, 各陵修改告由祭日, 釋奠祭日, 風雲·雷雨·雩祀、三角山·木覓山·漢江·先農·先蠶祭齋戒日, 朔望日, 上、下弦日.【以上日, 開坐不用刑杖】

133) 《秋官志 第一篇 雜儀 視事頉稟式》: 大殿誕日、前後各一日, 中宮殿誕日, 王世子生辰日, 殿試開場日, 親祭齊戒日、正日, 國忌齊戒日、正日, 日、月食日, 停朝、市日, **大辟日**.【以上各司廢坐.】殿座、擧動日, 延勅日, 拜表日, 望闕禮日, 習儀日, 陳賀日, 庭試日, 殿講日, 放榜日, 宗廟、社稷、永禧殿奉審日, 各陵改莎草奉審日.【以上事過後開坐用刑.】宗廟、社稷大祭齊戒日, 宗廟、永寧殿、永禧殿修改告由祭日, 春秋奉審日, 各陵修改告由祭日, 釋奠祭, 風雲·雷雨·雩祀、三角山·木覓山·漢江·先農·先蠶祭齋戒日, 朔望日, 上、下弦日.【以上開坐禁刑.】宗廟、社稷大祭正日, 各陵節日祭日, 各陵、殿移、還安祭日, 無時別祭日, 釋奠祭日, 祈雨、祈雪、祈晴祭日, 三角山、木覓山、漢江、先農、先蠶祭日.【以上開坐用刑, 而刑殺文書, 不得入啓.】

134) 오향대제 : 宗廟에 지내는 다섯 번의 제사로, 4계절의 첫 달[四孟月]인 1·4·7·10월 上旬과 12월의 臘日에 지내는 제사이다.

135) 봉심 : 왕명을 받아 陵, 園, 墓, 胎室, 影室 기타 제사할 장소에 탈이 있는지를 살피는 것을 말한다.

136) 신주 : 魂殿, 宗廟, 原廟, 家廟 및 기타 祠堂에 봉안하여 死者의 신령을 깃들이게 한 木牌를 말한다. 祠版, 位牌, 位版, 木主라고도 불렀다. 신주에는 虞主, 練主, 栗主가 있다. 虞主는 뽕나무로 만들었는데 葬地에서 小祥祭(練祭)까지 혼전에 봉안하였다가 종묘 北階에 매장하였다. 練主는 밤나무로 만들었는데 연제 때부터 봉안하였다가 禫祭 후에 宗廟에 祔廟하였다. 士庶人의 신주는 밤나무로 만든 栗主 하나로 통용하였다. 《世宗實錄 五禮 凶禮》《世宗實錄 1年 12月 19日(己丑), 4年 8月 30日(甲寅), 4年 9月 14日(戊辰)》

137) 다른……기간 : 원문은 '移還安間'인데, 移安은 陵이나 殿의 神主를 다른 곳으로 옮겨 모시는 것이고, 還安은 다른 곳으로 옮겼던 신주를 도로 본 자리로 모시는 것이다.

138) 화재 발생 보고 : 陵이나 대궐 안에 화재가 나면 탈이 생겨 국사를 행할 수 없다는 것으로 보고하였다. [《承政院日記 肅宗 13年 10月 6日》: ○政院啓曰: "今日晝講爲之事, 命下, 而以恭陵失火處奉審相値, 視事頉稟." ; 《承政院日記 英祖 27年 閏5月 10日》: ○林象老達曰: "卽者備邊司郞廳來言, 今日賓廳坐起日次, 而闕中有失火, 朝廷問安之節, 故入對未安, 頉稟." 令曰: "知道."]

사직대제[139] 2일, 국기일[140] 2일, 일식이나 월식이 있는 날, 대제를 임금이 직접 지낼 때 재계 3일, 대제를 신하에게 대행시켰을 때 2일, 各殿의 탄일, 수시로 지내는 別祭, 중국 황제의 칙서를 받는 날, 중국 황제에게 표문을 올리는 날, 사신이 가지고 갈 예물을 봉하여 싸는 날, 망궐례를 행하는 날 및 그 예행연습을 하는 날[141], 진하하는 날[142], 정시를 보이는 날, 전시를 보이는 날, 전강을 보이는 날, 과거 합격자에게 패를 주는 날, 죄인을 사형시키는 날[143], 조회나 시장을 정지하는 날[144], 기우제나

---

139) 사직대제 : 社稷에 지내는 大祀로, 사직은 국가에서 백성의 복을 위해 제사하는 土地의 神인 社와 穀食의 신인 稷에게 제사하는 곳이다. 사에는 句龍을, 직에는 后稷을 배향하였다. 군주가 나라를 세우면 먼저 사직과 宗廟를 세우는데 사직은 궁성의 왼쪽에, 종묘는 오른쪽에 세운다. 1년에 네 번 大祀로 지내는데, 정월 上辛日, 봄과 가을 仲月의 上戊日, 臘日이다.《典律通補 禮典 祭禮》

140) 국기일 : 國忌日은 왕, 왕비, 왕세자, 세자빈 등이 돌아가신 忌日, 즉 나라의 제삿날이다. 이때에는 歌舞, 飮酒, 雜戲 등의 유흥이 모두 금지되었고, 그밖에도 모든 屠殺을 금지시켰다. [《典律通補 刑典 禁制》: 國喪張樂挾娼者【勿論良賤, 不限年配】, 國忌正日及致齋日動樂者, 堂下官馬鞍用銀入絲者, 庶人墳墓石物踰制者【石人勿用, 而望柱表石, 毋過二尺】, 嚴禁科罪.]

141) 망궐례를……날 : 望闕禮는 조선의 임금이 설날, 동짓날, 중국 황제의 생일, 중국 황태자나 황후의 생일에 왕세자와 문무백관을 거느리고 중국의 수도를 향하여 北向 4拜하고 만세를 불러 축하하는 것을 말한다. 망궐례를 행하는 날 및 백관들이 의식절차를 예행연습 하는 날은 탈품한다.《國朝五禮儀 卷3 嘉禮》

142) 진하하는 날 : 나라에 경사가 있을 때 문무백관이 임금에게 나아가 賀禮드리는 날을 말한다.

143) 죄인을 사형시키는 날 : 원문은 '用刑日'인데, 用刑은 죄인에게 刑杖을 사용하여 拷訊한다는 의미로 쓰일 경우도 있고 '決刑'으로 보아 死刑을 행한다는 의미로도 쓰인다.《추관지》에서 시사탈품하는 날 중 '用刑日'에 해당하는 날을 '大辟日'로 표기한 것을 근거로 하여 여기에서는 용형일을 죄인을 사형시키는 날로 번역하였다. [《秋官志 第一篇 雜儀 視事頉稟式》: 大殿誕日、前後各一日, 中宮殿誕日, 王世子生辰日, 殿試開場日, 親祭齊戒日、正日, 國忌齊戒日、正日, 日、月食日, 停朝、市日, **大辟日.**【以上各司廢坐.】]

144) 조회나……날 : 원문은 '停朝市日'인데, 宗親 및 정2품 이상 등이 죽었을 때 애도하는 뜻으로 일정 기간 동안 朝會와 시장 거래를 정지하는 것을 말한다. 처음에 조회를 정지하는 기간은 일률적으로 3일이었으나 世宗 때 종친의 경우 期年親인 자에게는 3일, 大功親인 자에게는 2일, 小功親인 자에게는 1일로 하고 大臣인 경우에는 議政을 거친 자에게는 3일, 기타 1품 및 정2품 내에서 의정부 및 육조 판서를 거친 자에게는 2일,

기청제를 지내는 날 및 재계하는 날은 탈이 생겨 國事를 행하지 못하는 것으로 보고한다. 【대제[145]를 지낼 때 만약 왕이 직접 誓戒에 참석하면 그날부터 국사를 행하지 못하는 것으로 보고한다.】

一. 宗廟五享大祭前一日及正日, 奉審日, 陵上改莎草時, 移・還安間及有告火時, 社稷大祭二日, 國忌二日, 日・月食日, 大祭親祭・齋戒三日、攝行二日, 各殿誕日, 無時別祭、迎勅、拜表、方物封裹、望闕禮・習儀、陳賀、庭試、殿試、殿講、放榜、罪人用刑日, 停朝・市日, 祈雨・祈晴祭、齋日, 以上頉稟. 【大祭時, 若親臨誓戒, 則自其日頉稟.】

## 6-2

視事를 행하지 않는 경우 외에, 제사에 쓸 향을 받거나 제향일의 齋戒가 끝난 뒤에는 비록 刑杖은 쓰지 못하지만 상현일(음력 7, 8일 경), 하현일(음력 22, 23일 경), 초하루, 보름날, 그믐날의 예에 의거하여 모두 좌기를 열게 한다.[146]

---

그 외에는 1일로 조정하였다. 《世宗實錄 15年 6月 18日(己亥)》 停市하는 기간은 停朝하는 기간과 일치하지 않는 경우도 있었으나《世宗實錄 1年 9月 26日(戊辰)》, 조선 후기에는 이 두 기간이 일치하였다. [《銀臺條例 禮攷》: 議政、上輔國, 三日 ; 正卿以上, 二日 ; 只經判尹, 一日【外道, 則自聞訃日計.】 停朝、市.]

145) 대제 : 여기서 말하는 大祭는 곧 大祀로, 국가 祀典 중에서 가장 규모가 큰 제사이다. 조선시대에는 국가 제사에 大祀, 中祀, 小祀의 구별이 있어 이에 따라 제사의 규모나 의례절차가 달라졌다. 大祀에는 社稷, 宗廟, 永寧殿, 大報壇에 지내는 제사가 있었다. 《六典條例 禮典 祭祀》《典律通補 禮典 祭禮》

146) 상현일……한다 : 초하루, 보름날, 상현일, 하현일은 '사무는 보되 刑杖을 쓰지 않는 날[開坐不得用刑日]에 속한다. 이 날에는 각 관청에서 좌기를 열어 사무는 보되 刑杖을 사용할 수는 없다. 같은 원칙이 적용되는 날로는 종묘대제, 사직대제, 釋奠祭(공자 제사), 祈雨祭, 祈雪祭, 禜祭를 지내는 날, 각 능의 名日과 祭日, 종묘 이하 여러 곳에서 먼저 事由를 고하는 제사 및 그 제사에 쓸 香을 받는 날, 부정기적으로 있는 別祭, 風雲・雷雨・山川에 祈雨祭 지내는 날, 先農祭・先蠶祭 지내는 날, 각 陵과 殿의 移安祭와 還安祭 지내는 날, 陳賀하는 날 등이 있다. [《續大典 禮典 雜令》: 開坐不得用刑日【宗廟・社稷大祭行日, 釋奠祭日, 祈雨・祈雪・禜祭日, 各陵名日・祭日, 宗廟以下諸處先告事由祭及受香日, 無時別祭日, 風雲・雷雨・山川雩祀, 先農・先蠶祭日, 各陵・殿移・還安祭日, 陳賀日, 朔望日, 上・下弦日.】]

一. 除視事頉稟外, 受香及享祀日罷齋後, 雖不用刑杖, 依弦·望·晦·朔例, 並令開坐事.

## 7. 出使[출장]

※ 出使는 公務로 출장 나가는 것을 말한다. 《고법전용어집》에서는 "임금의 명령을 받아 지방으로 출장 가는 관원. 使臣"이라고 정의하였다. 그러나 출사는 국내안의 지방으로 갈 경우도 있고 외국으로 갈 경우도 있으며, 의금부의 경우처럼 대궐에 설치된 鞫廳에 들어갈 경우에도 出使라고 하였다. 따라서 조선에서는 자신의 소속 관사에서 다른 곳으로 공무를 행하기 위해 이동할 경우를 모두 출사한다고 하였음을 알 수 있다. 의금부에서의 출사는 鞫廳에 나가는 경우와 죄인을 체포하거나 配所로 압송하기 위해 지방에 나가는 경우로 나누어 볼 수 있다. 이 경우에 出使 순서를 정하는 원칙이 있었다. 鞫廳은 新入 都事부터 나가게 하였고, 그 밖의 출사는 舊任 都事부터 나가게 하였다. 그리고 외압에 의하여 이 순서가 흔들리지 않도록 엄격히 금하는 규정을 세웠다. 낭청의 출사 원칙은 본서 〈追錄〉항목에서 자세하게 다루고 있다.

7–1

낭청이 왕명을 받아 출사하게 되면, 2품 관원 윗자리에 선다.147)

一. 郎廳奉命出使, 則序立於二品之上.

7–2

국옥에 나가는 출사는 한결같이 낭청에 임명된 순서에 따라 차출하여 보낸다.148)

---

147) 낭청이……선다 : 비록 낭청은 낮은 품계의 관원이지만, 의금부는 종1품아문이므로 왕명을 받아 가면 2품 관원보다 상위에 서는 것이다. 《經國大典 吏典 京官職 從一品衙門》

148) 국옥에……보낸다 : 낭청에 임명된 순서라는 것은 口傳政事로 의금부 도사에 임명된 순서를 말한다. 낭청이 出使하는 순서는 위에서 아래로 내려올 경우와 아래서 위로 올라갈 경우가 있다. 평상시에 출사할 때는 위에서 아래로 내려가는 순서로 차출하였으나, 鞫廳에 나가는 出使는 아래에서 위로 올라가는 순서 즉 신입 낭청부터 나가게 하는 것이 본래 의금부의 규례였다. [《金吾憲錄 追錄》 : 鞫廳出使, 自下達上 ; 平時出使時,

一. 鞫獄出使, 一從口傳差送事.

7-3

국옥에 출사하는 것은 한결같이 낭청에 임명된 순서에 따라 차출하여 보내는 것이 본래 전해오는 불변의 옛 규례이다. 그러므로 중간에 두 차례나 획출[149]된 자가 있었으나 순서를 건너뛰어 규례에 어긋났기 때문에 사진하지 않아서 잡혀가 처벌 받을 지경에 이르렀는데도 본부에서는 끝내 교체하지 않았다. 이는 영구히 준행해야 할 규례를 하루아침에 무너뜨려서는 안 되기 때문이었다. 오늘 이후로 한결같이 옛 규례에 의거하여 낭청에 임명된 순서에 따라 차출하여 보내야 하고 획출해서는 안 된다는 것으로 堂上에게 여쭈어 이를 정식으로 삼아 시행한다.

一. 鞫獄出使, 一從口傳差送, 自是流來不易之古規. 故中間有兩次劃出者, 而以越次違規, 至於不仕拿處之境, 而終不替往. 槩永久遵行之規, 不可一朝壞損故也. 自今以後, 一依舊例, 從口傳差送, 勿爲劃出事. 稟于堂上前, 定式施行事.

7-4

국청에 출사하는 일은 낭청에 임명된 순서에 따르고 일의 고된 정도나 거리의 멀고 가까움에 합당하게 해야 한다는 정식이 분명하게 있다. 그런데 근래에 혹 하위인데도 편의를 취하는 자가 있고, 우위인데도 먼 곳에 가는 경우가 있어 특히 규정의 원칙이 없다. 지나간 것은 그렇다 치고, 앞으로는 아무리 급박하고 시급한 때라 하더라도 출사하는 사원 역시 반드시 완의[150]에 의거하여 버티고 반대해야 한다.

---

自上達下, 自是廳中前規.]

149) 획출 : 여기서 획출이란 일정한 기준이나 원칙에서 벗어나 임의로 차출하는 것을 말한다. 의금부에서는 본부와 당직청으로 나누어 2일씩 윤직하는 것으로 미리 출사 순서를 정해놓는데 이와 상관없이 차출되었다는 의미이다. 주석 122) 참조.

150) 완의 : 본서에서 完議란 구성원들이 모여 조직 운영이나 문제가 되는 사안을 합의하여

一. 鞫廳出使從口傳, 當其苦歇遠近, 明有定式. 而近來或有下位而取便者, 亦有右位而赴遠者, 殊無法意. 旣往已矣, 從今以往, 雖在蒼黃急遽之際, 出使司員, 亦必據完議爭執事.

---

결정하는 것 또는 그렇게 결정하여 지키기로 한 약속사항을 말한다. 완의에 대한 개념과 연구 성과에 대해서는 본서 31번째 항목인 〈完議〉에서 자세하게 다루었다.

## 8. 侍衛[호위]

※ 이 항목은 임금이 도성 밖으로 거둥하거나 도성 안에서 거둥할 때 시위에 차출되는 의금부 도사의 인원수, 시위할 때의 복장, 인원 교체 등에 대한 규례이다. 이 항목에 기재된 ○員의 '員'은 벼슬아치를 셀 때 쓰이는 말로, 여기서는 의금부 낭청을 가리킨다. 의금부에는 도합 10명의 낭청이 있었는데, 《경국대전》에는 낭청이 經歷과 都事로 구성되었다고 하였으나, 《續大典 吏典》과 《六典條例 刑典》에 이르면 경력은 없어지고 모두 도사로 구성된 것으로 나타난다. 그렇다고 모두 품계가 같은 것은 아니었고, 參上官과 參下官의 구별은 있었다. 여기에 나오는 導駕, 考喧, 挾輦, 駕後, 入直 등은 모두 시위할 때 도사가 맡았던 역할을 말하는 것이며, 이들이 맡아야 할 역할이 정원 10명을 초과할 경우에는 假都事를 차출할 것을 청하였다.

### 8-1

왕이 도성 밖으로 거둥[151]할 때는 도가 2원, 고훤 2원이다. 도성 안에서 거둥할 때는 도가 2원, 고훤 2원, 협련 2원, 가후 2원, 가당직 1원, 본부 입직 1원으로 한다.[152]

---

151) 거둥 : 원문은 '擧動'인데, 임금의 나들이를 말한다. 임금이 거둥할 때는 행차의 목적에 따라 정해진 예절이 있었다. 사직・종묘의 제사 등에는 大駕, 孔子의 사당, 文昭殿 등의 제사 때는 法駕, 능에 참배할 때는 小駕의 의례가 있었다. 行幸, 出駕 등으로도 불렸다. 《國朝五禮儀 嘉禮 車駕出宮》

152) 도성……한다 : 의금부 낭청은 10명으로 구성되어 있었는데. 이들은 왕의 행차가 있을 때 호위하는 역할을 분담하였다. 導駕를 맡은 낭청은 御駕를 앞에서 인도하는 역할을 맡았고, 考喧을 맡은 낭청은 좌우에서 소란하게 떠들지 못하도록 금하는 역할을 맡았으며, 挾輦은 임금이 탄 輦의 좌우에서 호위하는 역할을 맡았고, 駕後는 어가 뒤에서 호위하는 역할을 맡았으며, 淸道는 행차할 도로를 정비하는 일을 맡았다. 만일 出使 등으로 實郞廳이 부족하면 다른 관사의 낭청을 차출하여 이러한 역할을 맡겼다. [《承政院日記 英祖 41年 01月 23日》 : 朴師訥以義禁府言啓曰: "明日擧動時, 大駕左右考喧都事二員, 挾輦都事二員, 假當直都事一員, 駕後都事二員, 淸道都事二員, 本府入直都事一員, 合以十員分差, 而無以推移備數, 全羅左水營出使都事趙台鉉, 卽令該曹口傳相換, 分排之地, 何如?" 傳曰: "允."]

一. 城外擧動：導駕二員, 考喧二員. 城內：導駕二員, 考喧二員, 挾輦二員, 駕後二員, 假當直一員, 本府入直一員事.

8-2

도성 안에서 왕을 호위할 때는 흑단령을 입고 칼을 찬다. 도성 밖에서 어가를 수행하는 4원은 홍의를 입고 깃을 꽂은 갓을 쓰며 칼을 차고 활·화살을 갖춘다. 그 밖의 인원은 모두 융복을 입고 맞이하고 전송하되, 왕이 돌아올 때까지 본부에서 직숙[153]한다.

一. 城內諸侍衛, 黑團領佩劒；城外隨駕四員, 紅衣羽笠佩劒弓矢. 餘外諸員, 俱以戎服迎送, 而回鑾前直宿本府事.

8-3

모든 능행에는 병조에서 계하 받은 절목에 따라 본부의 낭청 가운데 도가와 고훤 각 2원이 모시고 따라가는 것이 옛 규례이다. 근래에 잘못된 규례가 생겨나 가까운 능에 갈 때는 본부의 모든 낭청이 다 따라가고 멀리 있는 능에 갈 때는 도가 1원으로 거행하니, 이보다 더 온당치 못한 일이 없다. 지금부터 옛 규례에 의거하여 거리의 멀고 가까운 것을 따지지 말고 도가와 고훤을 각 2원씩으로 하도록 영구히 정식으로 삼는다.

一. 陵幸遠近, 依兵曹啓下節目, 本府郞導駕、考喧各二員陪從, 是古規. 近刱謬規, 近陵則依數盡去, 遠陵導駕, 或以一員擧行, 事體未安, 莫此爲甚. 自今依古規, 毋論遠近, 導駕、考喧各二員, 永爲定式事.

8-4

호위할 때 상언 또는 격쟁이 있거나 잡인이 행로를 침범하는 일이 생기

153) 직숙：直은 낮 동안에 근무하는 것이고, 宿은 밤 동안에 근무하는 것이다. [《經國大典註解 後集 吏典》：直, 日間上直也. 宿, 夜間上宿也.]

면, 본부가 해당 부에 (상언인 또는 격쟁인을) 내줄 것을 요청한다.[154]

一. 侍衛時, 或有上言、擊錚及雜人犯路之事, 則本府責當部出付事.

## 8-5

낭청 10원 중에 1원이라도 혹 지방에 있으면 초기하여 변통하고, 혹 왕명을 받들어 출사하게 되면 초기하여 (다른 관사의 낭청으로) 서로 바꾼다.[155]

一. 十員中一員, 或值在外, 則草記變通, 或值奉命, 則草記相換事.

---

154) 호위할……요청한다 : 여기서 해당 部라고 한 것에서 거둥이 한성부 五部 내에서 있을 경우임을 알 수 있다. 호위 중에 상언 또는 격쟁하는 백성이 소란을 피우는 것을 막아야 할 책임은 해당 部와 본부의 考喧都事에게 있었다. 어가가 어떤 部를 지나갈 때 소란을 피운 사람이 있으면, 의금부에서 그 해당 부에 상언이나 격쟁을 한 사람을 내달라고 요청하게 되어 했음을 알 수 있는 규정이다. 《승정원일기》경종 대 기사에서, 의금부가 한성부에 통지하지 않고 직접 해당 부에 범인을 내달라고 요구하며 오부 소속 하례들을 거칠게 다룬다는 폐단을 호소하는 내용에서 이 규례의 부정적인 측면을 엿볼 수 있다. 정조 대에는 격쟁한 사람을 곧바로 형조로 인계하는 쪽으로 바뀌었던 것으로 보인다. [《承政院日記 景宗 4年 4月 10日》 : (漢城判事)沈壽賢所啓……而京各司, 則凡有推捉之事, 擧皆直爲分付於當部, 少或遲延, 則捉治部隷, 笞杖狼藉, 呵責當部, 困辱備至, 而部官俱以位卑之人, 惕於威令, 惟事承順, 雖是法外之事, 莫不汲汲奉行, 不暇顧恤民怨, 故都民之不能保存, 實由於此. 今後則京各司, 亦有不得已推捉之事, 必須移文漢城府, 則自本府捧甘於當部, 使之捉送, 而若無本府甘結, 則雖上司分付, 當部則毋得任自擧行之意, 亦爲定式施行, 何如? 上曰, 依爲之. ;《承政院日記 正祖 元年 2月 24日》 : 上曰: "**駕前擊錚, 依定式直付秋曹事, 分付.**"]

155) 왕명을……바꾼다 : 出使한 낭청이 있어 의금부 내의 업무를 처리하는데 지장이 있을 경우에는 상대적으로 한가한 관사의 낭청을 약식 인사 절차를 거쳐 의금부 낭청으로 오게 하는 것을 말한다. [《承政院日記 肅宗 20年 4月 12日》 : ○義禁府啓曰: "本府都事十員內, 參上四員出使, 參下三員未差, 只有三員行公. 逐日開坐之時, 非但苟艱, 前頭出使, 無以推移, **出使都事曺錫宇、金大任、李楙之代, 令該曹閑官相換, 卽爲口傳差出, 何如?**" 傳曰: "允."]

## 9. 進排[진배]

※ 이 항목은 의금부에서 진배 받는 물품의 종류와 양을 기록해놓은 것이다. 공문서를 작성하는데 사용하는 종이는 長興庫에서, 당상과 낭청이 사용할 붓과 먹은 工曹에서, 땔감은 其人에게서, 등유는 義盈庫에서, 가마니[空石]는 豊儲倉 등에서, 죄인의 약물은 典醫監에서 진배 받으며, 그 외에도 청소와 수리 등을 어디에서 담당하는 지까지 소상하게 규정하고 있다.

조선시대에는 중앙집권국가체제를 유지하기 위하여 財政의 中央集權化를 지향하였다. 재정은 왕실재정, 중앙 관부의 재정, 지방재정으로 나뉜다. 18세기 이전에는 중앙 관사와 왕실에서 필요한 물자를 지방으로부터 貢物과 進上으로 상납 받아 소비하였는데, 大同法 실시 이후에는 大同米를 수취하여 貢人에게 貢價를 지급하고 필요한 물종(약 490종)의 재화를 進排하게 하였다. 완제품으로 진배 받기 어려운 물건들은 司饔院, 尙衣院, 內醫院, 軍器寺, 造紙署 등의 관사에서 공물을 원료로 삼아 음식, 의복, 군기, 서적을 제작하였다.[156]

### 9-1

추국할 때, 국청[157]에 필요한 모든 물품은 각 해당 관사에서 진배한다. 삼성추국일 때도 같다.

一. 推鞫, 則鞫廳凡干所用之物, 各該司進排. 三省推鞫同事.

### 9-2

본부에서 쓰는 계목지[158] 4권, 공사하백지[159] 20권은 장흥고에서 매달

---

156) 18세기……제작하였다 : 이헌창, 《조선 후기 재정과 시장-경제체재론의 접근-》, 서울대학교 출판문화원, 2010, 4~74면.

157) 국청 : 죄인을 국문하기 위해 설치하던 임시 관사로 推鞫廳이라고도 불렀으며, 국문이 끝나면 폐지되었다. 鞫廳을 설치하는 경우는 惡逆과 관련된 범죄, 임금을 誣陷하는 不道한 말을 한 범죄, 백성에게 내린 임금의 훈계를 거스른 범죄로 제한하였으며, 이 이외에는 국청을 설치하지 못하였다. 《六典條例 刑典 義禁府 鞫》

진배한다. 당상관 네 분과 입직 낭청, 당직 낭청이 쓸 붓과 먹, 문사낭청이 쓸 붓과 먹은 工曹에서 매달 진배한다.

一. 本府所用啓目紙四卷、公事下白紙二十卷, 自長興庫逐朔進排. 四堂上及入直郎廳·當直郎廳所用筆·墨、問事筆·墨, 自工曹逐朔進排事.

9-3

본부에서 쓰는 땔감과 숯은 기인[160]이 진배한다. 등유 3되는 의영고에서 매달 진배한다. 신장[161]과 태장은 공물로 진배 받는다.[162]

一. 本府所用柴、炭, 其人進排 ; 燈油三升, 義盈庫逐朔進排 ; 訊、笞杖, 貢

158) 계목지 : 임금에게 上奏할 때 사용하던 종이로, 1권의 무게가 11兩 이상이라야 한다는 규정이 있다. [《大典會通 公典 雜令》: ○ 闕內外諸上司所用紙地, 長興庫、豐儲倉, 每朔定式進排, 有違定式者, 官員罷職, 下吏治罪【楮注紙, 長一尺六寸, 廣一尺四寸 ; 楮常紙, 長一尺一寸, 廣一尺.《增》啓目紙、草注紙, 一卷重十一兩以上 ; 次草注紙, 重九兩以上 ; 公事紙, 重六兩以上 ; 官敎紙, 重四斤以上.】]

159) 공사하백지 : 관청에서 일반적으로 사용하던 종이로, 1권의 무게가 6兩 이상이어야 한다는 규정이 있다.《大典會通 公典 雜令》

160) 기인 : 其人은 高麗 초에 향리의 자제를 뽑아 올려서 볼모로 서울에 두고 그 고을 일에 관한 일의 顧問에 응하게 하였던 것에서 비롯되었다. 조선에서도 각 지방 향리를 윤번제로 서울에 올라오게 하여 공물을 담당하게 하다가. 大同法 실시 이후에 이러한 제도가 혁파되어 京人에게 미리 값을 지급하고 각 관청에 공물을 담당하게 하였으며 그것을 담당하던 사람을 '其人'이라 하였다. [《續大典 工典 京役吏》: 代設其人貢物【舊例, 諸邑鄕吏每歲輪次來京, 本曹分定諸司備炭木, 大同創設後, 革其法, 使京人預受價責應如例, 謂之其人.】]

161) 신장 : 拷訊할 때 쓰는 刑具이다. 주석 104) 참조.

162) 태장은……받는다 : 笞杖은 仁祖 대 이전에는 각 관사에서 스스로 마련하도록 하였는데, 그로 인하여 서울 주변 四山의 산지기나 백성들에게 민폐가 되었다. 이후 영조 대에는 형조에 속한 典獄署에서 訊杖과 笞杖를 담당하였던 것으로 추정된다. [《承政院日記 仁祖 7年 3月 19日》: "而卽見四山監役所報, 則闕中闕外諸上司, 以笞杖進排及花木栽植等事, 多般侵責,……自今以後, 笞杖則各其衙門自進排, 花木栽植, 亦勿爲例."] ;《承政院日記 英祖 3年 12月 11日》:"小臣, 典獄署奉事金大成矣.……大成曰: 本署乃刑曹仰屬司, **而訊杖、笞杖, 自本署進排**, 一年所受價米十石, 計一朔不過十餘斗, 而所進排訊、笞杖, 則幾至二十餘駄. 以此十餘斗米, 不能准備, 不免以其朔下助備, 已爲難堪. 加以闕外五上司, 闕內三上司, 及都監排設時, 合十餘處笞杖, 亦令本署進排, 無以支當."]

物進排事.

9-4

본부에 갇힌 죄수의 깔자리로 쓸 가마니[空石][163]는 풍저창, 광흥창, 군자감에서 다달이 진배한다. 겨울철에 쓸 옥소 6동[164]은 사복시에서 진배한다.

一. 本府囚人地排空石, 豊儲倉、廣興倉、軍資監, 逐朔進排. 三冬獄巢六同, 司僕進排事.

9-5

국옥이 밤까지 이어지면 큰 횃불[炬燭]은 의영고의 기인이 진배하고, 본부의 좌기 때는 공방이 담당한다. 본부의 청소는 의금부내계의 동내에, 당직청 청소는 비변사계에 갈라준다.[165]

一. 鞫獄犯夜, 則炬燭, 義盈庫其人進排 ; 本府坐起, 則工房擔當. 修掃, 則府內洞內 ; 當直修掃, 則備邊司契劃給事.

---

163) 가마니[空石] : 空石은 '빈 섬'이라고도 한다. 원래 石은 부피의 단위로 大斗로는 10말, 小斗로는 20말을 말하는데, 여기서는 그러한 용량이 들어갈 수 있게 만들어진 빈 가마니를 말한다. 獄에 까는 용도로 쓰였다.

164) 옥소 6동 : 獄巢가 무엇인지는 정확히 알 수 없으나, 이엉이나 짚단으로 엮어 겨울철에 죄수가 얼어 죽지 않게 하는 물품으로 추정된다. 여기서 同은 단위사로서, 1동의 길이는 쓰임에 따라 다르나 대개 5~6마름(舍音)정도이며, 1마름은 짚단 10束으로 엮은 길이로 15발[把]이다.《單位語辭典》

165) 본부의……갈라준다 : 한성부는 5부로 되어 있으며, 각각의 部 아래에 여러 개의 坊, 坊 아래에 다시 여러 개의 契가 있었다. 의금부 본부는 中部 堅平坊의 義禁府內契(종로2가)에 소속되었고, 당직청은 中部 貞善坊의 備邊司契(창덕궁 서쪽)에 소속되었으므로 이같이 배정된 것이다. [《漢京識略 闕外各司》: 備邊司, 在中部貞善坊, 昌德宮西邊. ……義禁府, 在中部堅平坊.……又有當直廳, 在昌德宮金虎門外]

### 9-6

본부의 관사, 옥간, 담장에 무너진 곳이 있으면 영선사에 감결을 보내 일일이 수리 보수한다.

一. 本府官舍、獄間、墻垣頹圮處, 捧甘營繕, 這這修補事.

### 9-7

죄인에게 줄 약물은 전의감이 진배한다. 죄인에게 먹일 음식 제공 등의 일은 각 담당 관사가 진배한다. 삼성추국죄인의 경우는 해당 고을의 경주인이 진배한다.[166)]

一. 罪人藥物, 典醫監進排；罪人飮食供饋等事, 各該司進排. 省鞫罪人, 則該邑京主人進排事.

---

166) 삼성추국죄인의……진배한다 : 京主人은 고려와 조선시대에 중앙과 연계를 맺기 위하여 각 고을에서 서울로 파견한 아전이다. 京邸吏라고도 하였다. 경주인은 자기 고을을 대리하여 중앙 각 관청과의 통신사무를 맡을 뿐만 아니라 부임하여 가는 고을 수령의 뒷바라지를 하며, 공물과 부세를 대납하면서 그 대가로 고을로부터 많은 보수를 받고 또 협잡과 고리대금업으로 致富하였다. [《成宗實錄 元年 3月 17日(丙申)》 : 刑曹啓 : "諸邑**京主人**, 各其本邑貢物上納及選上奴充立等項事, 專掌應答, 所任多端, 而諸司官吏, 或以不緊事, 發差侵督, 或拿致鞭撻, 因此不勝其苦, 以至逃散." ; 《承政院日記 顯宗 13年 12月 04日》 : "三省罪人五名, 無一人衣服, 且無供饋之道, 自**京主人**供饋云矣." ; 《承政院日記 英祖 5年 2月 18日》 : 戶曹言啓曰: "逆獄供饋, 自飯米魚肉, 下至蔬菜之類, 無不給價, 則周年之間, 近百罪人之供饋, 其費不啻累千兩."]

## 10. 封崇[상경력]

※ 封崇의 封은 大, 崇은 高와 같다. 즉 '받들다'는 뜻이다. [《國語 周語下》: "封崇九山, 決汨九川." 韋昭注 : "封, 大也 ; 崇, 高也.] 본 항목은 上經歷의 선출방법, 상경력의 특권, 전임 상경력에 대한 예우 등에 관한 규례이다. 상경력은 종4품에 해당하는 의금부 낭청으로, 낭청의 우두머리이자 의금부의 실제 실무 책임자였다. 주목되는 것은 의금부에서는 상경력을 소속 관원들의 투표에 의해 선출하였다는 점이다. 상경력은 免新을 거친 參上都事 중에서도 南行(蔭官) 출신자가 대상이 되며, 대상자를 제외한 나머지 낭청들이 한 사람씩 방에 들어가 圈點하여 선출하였다. 상경력에 선출되면 出使나 做度, 輪直, 公事員 등의 일에서 제외되었다.

여기에서 의금부의 관원에 대해 짚어 보자. 의금부의 관원은 당상관 4원과 낭청 10인으로 구성되었다. 당상관 4원은 모두 다른 관직을 겸하고 있었으므로 의금부의 실제 업무 담당자들은 낭청들이었다. 낭청은 10명인데, 처음에는 經歷 5명과 都事 5명으로 구성되었다가 도중에 경력은 없애고 모두 도사만으로 구성하였다. 도사 10명은 참상관과 참하관의 비율이 8:2였다가 영조 6년(1730)에 다시 개편하여 참상 도사와 참하 도사가 각각 5명이 되었다. 《속대전》에는 경력이 이미 혁파된 것으로 나타나므로, 《속대전》이 편찬된 영조 22년(1746) 이후의 기록에서는 '經歷'이란 명칭이 보이지 않아야 하나, 正祖 대의 사료에서도 '상경력'이란 명칭이 여러 번 나타난다. 《승정원일기 정조 2년 3월 29일, 11년 6월 17일, 16년 1월 6일, 19년 5월 25일》 이것은 경력이 없어진 이후에도 참상 도사를 경력으로 불렀던 오랜 관행이 그대로 남아 있던 것이라 생각된다. [《金吾憲錄 設立》: 郎廳十員中, 參上稱經歷, 參下稱都事. ; 《吏典 · 京官職 · 義禁府》: 《增》《原典》經歷 · 都事通爲十員, 隨品陞降, 《續典》罷經歷, 以十員分作參上 · 參外都事各五員, 參上一員, 作武窠參外非生 · 進不得差. ; 《增補文獻備考 職官考四 義禁府》: 經歷五員, 都事五員. 後革經歷, 增置都事五員, 其八以參上差, 其二以參外差. 英祖六年, 改定參上、參外各五員.]

10-1

상경력을 추대하는 규정은 자급에 따른 때도 있었고, 권점[167]에 따른 때도 있었다. 도중에 낭청에 임명된 순서에 따르게 된 것은 어느 때에 그러하였는지 알 수 없다. 상경력이 본부의 낭청 가운데 수석이라는 점을 생각해 볼 때, 존중해야 하는 일의 체모가 어떠한가. 그런데 단지 자급이나 임명된 순서만 따라서 정한다면 이는 전혀 일의 체모를 중시하는 의미가 없다. 지금부터 한결같이 본부의 규정에 실려 있는 것처럼 권점으로 정하는 옛 규정을 따른다. 【임자년 완의[168]】

一. 上經歷封崇之規, 或有以資級爲之之時, 或有以圈點爲之之時. 中間之從口傳者, 未知在何時也. 第念上經歷乃一府中郎僚之首席, 其事體之尊重, 爲如何哉! 而只以資級、口傳爲之者, 殊無重事體之意. 自今一依廳憲中所載圈點之古規爲之事. 【壬子完議】

10-2

경력 중에서 이미 면신[169]한 자를 종이에 죽 써서 병풍 안 책상 위에

---

167) 권점 : 본래 뜻은 '둥근 점'인데, 관원을 임명할 때 후보자들의 성명을 죽 적어 놓고 각기 뽑고자 하는 사람의 성명 아래에 둥근 점을 찍어서 많은 수를 얻은 사람을 뽑는 선발 방식을 뜻하는 말로 쓰였다. 이러한 방식은 弘文館·藝文館·奎章閣 등의 관원을 뽑을 때도 사용되었다.

168) 임자년 완의: 임자년의 정확한 연도는 干支만으로는 알기 어렵다. 그러나 필자가 본 논문의 해제 부분에서 논증한 것에 근거하면, 이 완의는〈금오청헌〉에 속한 부분이므로 朴鳴陽 등이 본서를 편찬한 영조 20년(1744)을 넘지 않을 것이고, 본문 중에 '면신하지 않은 참상관과 참하관 5원'이 권점에 참여한다고 한 것에서 참상 도사와 참하 도사 각각 5명으로 개편한 영조 6년(1730) 이후임을 알 수 있으므로 여기서 말하는 임자년을 영조 8년(1732)으로 추정하였다. 본서 해제 248~250면 참조.

169) 면신 : 新來를 면한다는 뜻이다. 본래 신래는 과거 합격 후 처음 관직에 分屬된 자를 의미하였으나, 점차 인사이동에 의해 다른 관사로 옮긴 기존 관료들까지 의미하는 말이 되었다. 면신하려면, 선배관료들에게 피로연을 베풀어 주어야 비로소 관료사회의 일원으로 인정을 받을 수 있었다. 免新禮 때 선배 관료들이 장난으로 신입 관료들에게 온갖 곤욕을 치르게 하는 악습이 있었다. 박홍갑, 〈조선시대 면신례 풍속과 그 성격〉, 역사민속학Ⅱ, 2000. ; 윤진영,〈義禁府의 免新禮와 金吾契會圖〉, 《문헌과 해석》 통권13호,

둔 후, 면신하지 않은 참상관과 참하관 5원이 모두 권점을 하되, 한 사람씩 들어가 권점한다.【임자년 완의[170)]】

一. 經歷中已免新者, 列書于紙, 置于屛內案上後. 未免新參上及參下五員, 盡爲圈點, 而一人式入圈事.【壬子完議】

10-3

존호[171)]를 올리거나 사면령이 내리거나[172)] 진하 전문을 올렸을 때[173)] 등에 희학하는 일은 어느 때 처음 시작되었는지 모르겠으나, 지금까지 준행하고 있다.[174)]

一. 尊號、頒赦、賀箋等戱謔之事, 未知刱自何時, 而至今遵行事.

10-4

상경력은 낭청의 우두머리이다. 관사 전체를 도맡아 감독하므로 잠시도 그 자리를 비워두어서는 안 된다. 그러므로 본부의 옛 규례에, "상경력을 교체해야 할 일이 생겼는데 동벽 중에[175)] 서열로 보아 올라갈 사람이 없을 경우에는 신입 낭청 중에서 그 자리에 올라가야 할 사람을 출관은

2000.

170) 임자년 완의 : 주석 168) 참조.

171) 존호 : 尊號는 주로 임금이나 왕비의 덕을 기릴 때 올리는 칭호이다.

172) 사면령이 내리거나 : 원문은 '頒赦'인데 나라에 경사가 있을 때 임금이 특명으로 죄인들을 용서하여 형량을 감해 주거나 석방하는 것을 말한다. [《續大典 刑典 赦令》: 每赦令時, 罪人放、未放, 京則本曹、義禁府, 外則觀察使, 分等錄啓.]

173) 진하……때 : 원문은 '賀箋'인데 이는 陳賀箋文의 줄임말이다. 陳賀는 설날・동지날・초하루・보름과 임금의 생일에 경축하는 箋文을 올려 賀禮의 뜻을 표하는 것이다. 《續大典 禮典 朝儀》

174) 희학하는……있다 : 이런 몇 가지 경우에 희학한다는 것이 구체적으로 무엇을 말하는지 찾지 못하였다. 앞으로 좀 더 연구가 필요한 부분이다.

175) 동벽 중에 : 본서 〈座次〉에 따르면, 의금부 낭청들의 좌석 서열은 제수되어 온 순서에 따라 먼저 낭청에 임명되어 온 사람이 東壁에 앉았다. [《金吾憲錄 座次》: 此後則上經歷外一從口傳, 分東西, 定其座次, 以爲定式之地事.]

규례대로 하되[176] 면신하는 기간은 10일을 줄여주어 면신하도록 허용하고 이어서 상경력으로 선출한다. 상경력을 선출하기 전에는 일도사가 관사 전체를 도맡아 감독한다."고 하였다.

一. 上經歷卽郎席之長也. 專檢一司, 不可暫曠. 故廳中古例"上經歷如有遞易之事, 而東壁中無以次例陞之員, 則新位中當陞之員, 出官則依例爲之, 而當其免新之期, 計除十日, 許以免新, 仍爲上經歷封祟, 而上經歷未封祟之前, 一都事專檢一司"事.

10-5

본부의 도사 1원의 자리는 간혹 문관이나 무관으로 차출한 적이 있다. 그러나 상경력을 선출할 때에는 남행[177]으로만 의정하며, 문관이나 무관은 거론하지 않는다.

一. 本府都事一員之窠, 間有以文武差出之時. 而至於上經歷封祟之時, 則只以南行議定施行, 而文武則勿論事.

10-6

상경력의 직임은 관사 전체를 도맡아 감독하는 것이므로, 그 자리가 가볍지 않고 중요하다. 이와 같기 때문에 본부의 옛 규례에, 한 번 상경력을 선출했으면 비록 전에 상경력을 거쳤던 관원이 재임명되어 오더라도

---

176) 출관은 규례대로 하되 : 出官은 免新과 함께 의금부 낭청들이 정식 관원으로 인정받기 위한 수습과정 중 첫 번째 과정이다. 본부의 규정에 따르면, 參上都事로 임명되어 온 자는 사은숙배 한 지 45일, 參下都事로 임명되어 온 자는 3달이 되었을 때 출관례를 하였다.(본서 13-1) 재임명되어 온 낭청은 이전 근무일을 합산하여 출관하도록 우대하였고(본서 15-6·7) 小罰禮를 바치게 하였다. 出官하기 전에 규례대로 2차례의 大大罰을 바쳐야 하였다.(본서 12-3) 출관하기 전에는 '新位'로 불렸으며(본서 12-4), 본부 안의 서리나 낭청에게 예우를 받기 못하였고, 본부의 앞길로 드나들지 못하였다.(본서 13-4)

177) 남행 : 南行은 科擧를 치르지 않고 다만 조상의 혜택으로 벼슬하는 사람을 말한다. 蔭職 또는 白骨南行이라고도 한다.

교체할 수 없게 하였으니, 이는 그 자리를 중시해서이다. 간혹 자급의 높고 낮음에 구애되어 상경력을 교체한 일이 있었으니, 이보다 더 古風을 실추시키는 일은 없다. 앞으로는 한결같이 옛 규례를 준행하여 체면을 중시한다.

一. 上經歷爲任, 專檢一司, 其不輕而重也. 如此, 故廳中故例 "一經上經歷封祟之後, 則雖有曾經上經歷之員重來, 而不得陞降", 所以重其體也. 或拘於資級高下, 間有陞降之時, 墜落古風, 莫此爲大. 此後則一依古例遵行, 以重體面事.

10-7

상경력을 맡았던 사람에게는 공사원[178]이나 연속입직[179]을 시키지 않는다. 전임 상경력에게 하는 모든 접대는 한결같이 현임 상경력에게 하는 것과 같이 한다.

一. 曾經上經歷, 則勿爲公事員及做度. 凡干接待, 一依時任上經歷事.

10-8

금란관[180]에 윤직[181]할 때, 상경력은 그 일에 배정하지 않는다.

---

178) 공사원 : 公事員은 의금부 내의 다른 동료의 근무태도를 단속하는 직임으로, 참상 도사인 二經歷과 참하 도사인 一都事가 맡았다. [《金吾憲錄 糾檢》: 公事員糾檢同僚勤慢. 而各位凡有可論之失, 而公事員不卽擧論, 則並爲論罰事. ;《金吾憲錄 差任》: 二經歷爲上公司員, 一都事爲下公司員, 糾察一司, 而若無經歷位, 則一、二都事爲之事.]

179) 연속입직 : 원문은 '做度'로, 새로 관직에 임명된 사람이 일정한 날수동안 연이어 入直하는 것이다. [《弘文館志 館規4 豹直》: 做度, 新入官員限日入直之稱.] 의금부에 처음 입사한 관원의 연속입직 일수는 본부와 당직청에 각각 20일씩이고, 재임명되어 온 重來는 각각 10일씩이었다. 《金吾憲錄 上直》〈上直〉〈重來〉 다른 중앙관사에도 做度가 있었으나, 주도 기간에는 차이가 있었다. 승정원의 경우, 承旨는 10일이고 注書는 12일이었으며, 규장각의 閣臣과 홍문관의 玉堂은 下番은 20일, 上番은 30일이었다. 호조의 경우는 정랑은 3일, 좌랑은 15일 동안 연속입직하였고, 형조의 경우에 정랑은 5일, 좌랑은 15일 동안 연속입직하였다. 《六典條例 吏典 承政院 堂后》《正祖實錄 5年 2月 13日(丙辰)》《度支志 內篇 雜儀 入直式》《秋官志 第1篇 雜儀 入直式》

180) 금란관 : 과거 시험장[試場]에서의 부정행위를 방지하고 질서를 유지하기 위하여 임시

一. 凡輪直禁亂官時, 上經歷, 不敢分差事.

10-9

당상관이 좌기할 때와 각 낭청이 모두 모이는 날에 상경력이 仕進한 뒤에 나온 관원은 논의하여 처벌한다.

一. 堂上坐起及各位一會之日, 上經歷仕進後追後仕進之員, 論罰事.

10-10

상경력이 들어왔을 때 각 낭청은 모두 공복을 입고 있어야 하며, 길에서 상경력과 마주치면 말머리를 돌린다.

一. 上經歷入來之時, 各位俱公服起居, 路上相逢, 則回馬首事.

10-11

본부에 간혹 불시에 긴급한 사안이 생기면 수도사에게 명하기도 한다. 그러므로 상경력은 편의를 취하려 출사하여서는 안 된다. 【갑자년 완의[182]】

---

로 두는 벼슬이다. 의금부의 實職인 都事로 差定하였다. [《續大典 禮典 諸科》 : 試場禁亂官, 以義禁府實都事差定.]

181) 윤직 : 輪回直宿의 줄임말이다. 순번을 정해 돌아가며 근무하는 것을 말한다. 의금부의 낭청은 순번을 정해 2일씩 윤직하였다. 부모의 병환이 있거나 남에게 論斥 받는 일이 있을 경우에는 상소를 올리고 허락을 받지 않고 미리 나갈 수 있었다. [《弘文館志 館規4 豹直》 : 輪直三日【做度畢後例直之規, 有親病者及被人論斥者, 幷陳疏徑出.】]

182) 갑자년 완의 : 干支만으로는 정확한 연도를 알기 어렵다. 다만 대략 이 완의의 성립연도를 추정해보자면, 이 완의는 〈금오청헌〉에 속한 부분이므로 朴鳴陽 등이 본서를 편찬한 영조 20년(1744)을 넘기 전에 성립되었을 것이라 보았다. 그 안에 갑자년에 해당하는 연도는 1744년(영조20), 1684(숙종2), 1624년(인조2), 1564년(명종19) 등등이 있어 하한선을 정하기 어려우나 이 조목은 筆寫 순서상 본 항목 10-2에 나온 임자년보다 나중에 나온 규정이어야 하고, 그렇다면 임자년으로 추정한 1732년(영조8) 이후에 해당하는 갑자년이 되어야 하므로 여기서 말하는 갑자년을 영조 20년(1744)으로 추정해 보았다. 본 논문 해제 248~250면 참조.

一. 本府或有不時急遽之事, 則或命首都事. 故上經歷, 則不得取便出使事.
【甲子完議】

## 11. 座次[서열]

※ 座次는 앉는 자리의 순서를 말한다. 이 항목은 의금부 낭청의 좌석 서열을 정하는 원칙에 대한 것이다. 의금부에서 낭청이 회합할 때는 上經歷이 북쪽에 앉고 나머지 都事들은 구전정사로 임명된 순서에 따라 東, 西로 나누어 자리에 앉았다. 조선의 관아에서는 앉는 자리의 방향이 서열을 나타냈다. 북쪽이 가장 上席이고 동쪽→서쪽→남쪽 순서로 서열이 낮아졌다. 좌차는 관원들의 사회에서 위계질서를 나타내는 중요한 지표이자 조정의 권위를 위해서도 필요하였으므로 법으로 좌차를 규정해 놓았다.《經國大典》에 당상관이 회합할 때의 좌차, 사신과 지방관이 만났을 때의 좌차, 각 관사에서 관원들이 앉는 좌차 등에 대한 법규가 있다. 의금부 당상관의 경우, 判事가 북쪽, 知事가 동쪽, 同知事가 서쪽에 앉았다.《經國大典 禮典 京外官會坐》

11-1

각 낭청의 경우에 특별히 자급에 따라 좌석 서열을 정한다는 말은 없었고 다만 낭청에 임명된 순서에 따라 정하는 논의는 있었으니, 한결같이 임명된 순서에 따른 것은 오래전부터였음을 알 수 있다. 도중에 오로지 자급을 중시하여, 비록 새로 온 조사[183]가 면신한 뒤이긴 하였지만 바로 우위의 자리 위에 있게 한 것은 본부의 기강으로 볼 때 매우 온당치 못하였고 그간에 불편한 일도 없지 않았다. 앞으로 상경력 외에는 일체 낭청에 임명된 순서를 따라서 동, 서로 나누어 좌석의 서열을 정하는 것으로 정식을 삼는다.

---

183) 조사 : 중앙 관사의 낭청 중에 새로 임명되어 와 일의 경험이 적은 사람을 이른다. [《中宗實錄 12年 6月 9日(癸丑)》 : 六曹郎僚新授者, 謂之曹司, 司中細務, 悉委之.] 의금부에서도 새로 임명된 도사를 曹司郎廳, 曹司, 曹司都事 등으로 불렀으며 이들에게 지나치게 과중한 업무를 맡기는 것이 문제로 지적되기도 하였다. [《知守齋集 行狀》 : 金吾例以新差郎, 謂之曹司, 專管公事.]

一. 凡各位, 則別無從資級座次之語, 只有口傳次第之議, 則其一從口傳, 從古而然. 中間專以資級爲重, 雖新進曹司免新之後, 便居右位之上, 其在廳風, 殊未妥當, 其間亦不無難便之事. 此後則上經歷外一從口傳, 分東西, 定其座次, 以爲定式之地事.

## 12. 入仕[입사]

※ 入仕는 관직에 임명된 뒤 해당 관사에 나와서 처음 근무하는 것을 말한다. 都事에 임명된 자는 제수된 즉시 본부에 나와 근무하는 것이 원칙이며, 이를 어겼을 때는 罰禮, 罰直 등을 시행하였다. 벌례는 罰例 또는 罰禮가 혼용되어 쓰이고 있다. 차리는 음식의 규모에 따라 大大罰例, 大罰例, 中罰例 등의 구별이 있었다. 새로 온 도사는 2차례의 大大罰로 舊官들을 대접해야 했는데, 이를 出官禮라 하였으며, 이들은 출관례를 치르기 전에는 '新位'로 불렸다.

### 12-1

새로 임명[184]된 도사가 서울에 있으면 임명된 당일에 나와서 사진한다.[185] 새로 임명된 경력이 서울에 있으면 임명된 다음날에 숙배[186]한다. 하루를 넘기면 재임명되어 온 자라도 가리지 않고 중벌례로 시행한다. 이틀을 넘기면 대벌례로 시행한다. 3일을 넘기면, 신입[187]일 경우 면신을

---

184) 임명 : 원문은 '除授'인데, '除'는 옛 관직을 제거하고 새 관직에 취임하게 한다는 것이고, '授'는 준다, 부여한다는 뜻이다. [《經國大典註解 吏典》 : 除者, 除去舊官, 就新官也. 授, 予也, 付也.] 조선시대에 관직에 제수되는 방법은 科擧, 特旨, 門蔭, 取才, 保擧 등의 방법이 있었다. 《世宗實錄 6年 2月 17日(癸亥)》

185) 나와서 仕進한다 : 원문은 '出仕'로, 관직에 임명된 뒤 관사에 나와 근무하는 것이다. 본서에서 출근을 나타내는 말이 대상에 따라 달리 쓰이고 있는 것에 주의해야 한다. 仕進은 낭청의 경우를 말하고, 당상이 출근할 경우에는 '坐起'한다고 하였다. 동음이의어인 '出使'는 공무로 출장 가는 것을 말하므로 구별해서 보아야 한다.

186) 肅拜 : 원래 의미는 똑바로 서서 용모를 엄숙히 하고 앞으로 모은 두 손을 조금 내리는 拜禮를 말하였다. [《經國大典註解 禮典》 : 直身肅容而微下手.] 그러나 여기에서는 '謝恩肅拜'를 의미하여, 東班 9품 이상 西班 4품 이상이 새로 관직에 임명되면 대궐에 나와서 王과 王妃, 王世子 등에게 鞠躬四拜하여 감사인사를 드리는 것을 뜻한다. 資級이 올랐거나 겸직을 받았을 경우, 사신으로 나가고 들어올 때, 휴가를 받아 가고 돌아올 때 등에는 왕에게만 하였다. [《大典會通 禮典 朝儀》 : ○奉朝賀、耆老所堂上官, 只於正·至·誕日以常服肅拜. ○受東班九品、西班四品以上職者, 除授翌日, 行謝恩肅拜于大殿、王妃殿、王世子宮. 加階或兼職者, 只肅拜于大殿, 出使·受假者, 往還同.]

187) 신입 : 원문은 '新來'이다. 처음에는 새로 과거에 합격하여 처음으로 관직에 分屬된

한 달 늦추고, 재임명되어 온 자일 경우 연속입직[188] 후에 본부, 당직, 교대 중에서 10일간 벌직[189]한다. 지방에 있는 자는 가고 오는데 든 날짜를 계산해서 기한을 넘겼으면 옛 규례대로 벌을 시행한다.

一. 新除授都事在京, 則除拜日出仕 ; 經歷在京, 則除拜翌日肅拜. 而過一日, 則不計重來, 行中罰禮. ; 過二日, 則行大罰禮 ; 過三日者, 新來則免新退朔, 重來則做度後, 本府、當直、交代中, 限十日罰直. 而在鄉者, 計其往還日子, 過限則依古例施罰事.

12-2

금오는 본래 고된 곳이라 새로 임명된 사원은 즉시 나와서 사진하는 것이 정해진 규례이다. 그런데 근래에 즉시 나와 사진하지 않거나 신병을 이유로 사진하지 않아 배자[190]가 돌아오니, 이는 신입 낭청이 청규를 알지 못해서 그러한 것이다. 지금부터 새로 임명된 사원이 임명된 그날 안에 즉시 사진하지 않으면 아무리 실제 사정이 있거나 신병이 있다 하더라도 나와서 사진한 뒤에 면신을 한 달 늦추는 벌을 시행할 것이라는

---

사람을 뜻하는 말이었으나[《慵齋叢話 卷2》 : 新及第分屬者, 謂之新來.], 점차 다른 관사의 淸要職에 임명된 사람을 이르는 말로 변화하였으며, 급기야 거의 모든 관직에서 인사이동으로 다른 관사에 옮겨 온 사람으로 범위가 확대되었다. 본서에 등장하는 '신래'는 의금부 낭청에 새로 임명되어 온 사람을 말하며, 이후 본서의 번역에서는 '신입' 또는 '신입 낭청'으로 하였다.

188) 연속입직 : 원문은 '做度'이다. 주석 179) 참조.

189) 벌직 : 정상적으로 입직할 차례 외에 벌로 들게 하는 入直이다. 罰番과도 같다. 官員이나 吏屬에게 쓰던 가벼운 처벌 방식이었다. [《承政院日記 英祖 41年 5月 27日》 : 又啓曰: "各廳堂下武臣能麼兒, 一朔六次考講, 法意嚴明, 而不進不通者, 一次則罰直, 再次則推考, 三次則罷職." ;《承政院日記 正祖 6年 4月 2日》具世元段, 旣聞其喧聒作挐之事, 私施罰直, 不卽枚報於別將之狀, 亦極駭然, 以此照律罪.]

190) 배자 : 배자[牌子]는 ①지위가 높은 사람이 낮은 사람에게 보내는 서면. 관공서의 직인 따위가 찍혀 있는 문서류. 牌旨. ② 조선 전기 관청에서 발행하였던 일종의 신분증명서 ③종이로 만든 神主. ④ 軍令을 전하는 문서류 등의 의미가 있는데, 여기에서는 ①의 의미로 사용하였다.

뜻을 예방서리가 즉시 나가서 고지함으로써[191] 신입 낭청을 나와 사진하도록 재촉한다. 【신유년 완의[192]】

一. 金吾自是苦地. 新授司員, 卽刻出仕, 蓋是定式. 而近來或有不卽出仕, 身病不仕, 牌子來到, 槩緣新位未諳廳規而然. 從今以往, 新除司員, 當日內不卽仕進, 則雖有實故、身病, 出仕後免新退朔施罰之意, 禮吏卽爲進去告課, 使之催促出仕事.【辛酉完議】

12-3

신입 낭청은 출관하기 전에 규례대로 2차례의 대대벌을 바친다. 【한번은 의금부에 새로 들어와 청규를 알지 못해서이고, 다른 한번은 당직청에 높이 누워 우위 낭청을 거만하게 바라보아서이다.[193]】

一. 新位出官前, 二次大大罰, 依例進呈事.【一則新入金吾, 未諳廳規 ; 一則高臥

191) 고지함으로써 : 원문은 '告課'로, 下隷가 上司에게 아뢰는 것이나 下官이 上官에게 아뢰는 것을 말한다. 하지만 본서 안에서는 주로 禮房書吏가 의금부 내에서 당상이나 낭청의 명을 받아 이를 해당자나 다른 사람들에게 告知하거나 發表할 때 이 용어를 사용하였다. 이에 본서에서는 문맥을 살펴 '告知하다' 등으로 번역하였다. 《한국한자어사전》《한국고전용어사전》

192) 신유년 완의 : 干支만으로는 정확한 연도를 확정하기 어렵다. 다만 대략이나마 그 성립 연도를 추정해보자면 이 완의는 〈금오청헌〉에 속한 부분이므로 영조 20년(1744)을 넘지 않을 것이라 보았고, 그 안에 신유년은 1741년(영조17), 1681년(숙종7), 1621년(광해군13) 등등이 있어 정확한 하한선을 정하기 어려우나 숙종 5년(1679)에 본 조목의 내용과 유사한 기사가 《승정원일기》에 나타나는 것에서 숙종 대에 이미 이 문제가 공론화되고 있다고 보아 여기서 말하는 신유년을 1681년(숙종7)으로 추정해 보았다. [《承政院日記 肅宗 5年 5月 28日》 : ○禁府啓曰: "本府郎廳, 除拜翌日出仕者, 自是流來之規, 而都事金必振, 昨日政除授, 稱以病重, 無意行公. 雖未知疾病之如何, 而當此鞫獄方張之日, 不卽出仕, 其在事體殊甚未便. 金必振汰去, 其代, 卽爲口傳差出, 何如?" 傳曰: "允."]

193) 당직청에……바라보아서이다 : 본서 〈完議〉31-3의 내용에 의하면, 의금부 낭청이 輪直할 때 下位 4원은 당직청에 우선 배치되고 우위 4원은 본부에 배치되어, 신입 낭청은 당직청 근무부터 하게 되어 있다. 이는 본부보다 당직청 업무가 더 고되기 때문에 새로 임명된 도사를 당직청부터 근무하게 하였던 것이나, 여기서는 이를 구실 삼아 罰禮를 내게 하고 있음을 볼 수 있다. [《金吾憲錄 完議》: 本府、當直俱爲輪直, 則從口傳, 下四員, 分記當直 ; 上四員, 分記本府.]

當直, 傲視右位.】

12-4

출관하기 전에는 본부 사람들이 그를 '新位'이라고 부른다.

一. 出官前, 廳中以新位稱號事.

## 13. 許參[수습]

※ 본 항목은 정식 의금부 관원으로 인정받는 절차에 대한 것이다. 요즘으로 말하면 '修習'에 해당하는 절차를 말한다. 의금부 낭청은 제수 받은 뒤에 수습기간을 거쳤다. 그것이 바로 出官禮와 免新禮이다. 참상 도사의 경우는 숙배 후 45일 뒤에 출관례를 치르고, 다시 45일 뒤에 면신례를 치른다. 참하 도사의 경우에는 이보다 곱절의 기간이 필요하여 숙배 후 90일에 출관례, 다시 90일이 지나야 면신례를 치르고 정식 관원으로 받아들여졌다. 출관 후에는 '一新' '二新' 등으로 호칭하였다. 면신하는 날 반드시 帖을 나누어 가져야 정식 의금부 관원으로 인정받았는데 이러한 의식을 '分帖'이라 하였고 이때 나누어 갖는 帖을 '契帖' 또는 '稧帖'이라 하였다.

본래 新來는 과거 합격 후 처음 관직에 分屬된 자를 의미하였으나, 점차 인사이동에 의해 다른 관사로 옮긴 관원들까지 포함하는 말로 변화하였다. 조선 후기에 가면 의금부 뿐 아니라, 다른 중앙관사나 軍門, 각사의 書吏들에게도 모두 면신례가 있었다. 면신례는 '新來를 면하다'라는 의미로 신입이 치르던 통과의례이다. 처음에는 선임에게 음식을 대접하던 정도로 출발하였으나 나중에는 여러 폐단을 낳을 정도로 과도해졌다. 이는 관사 내의 위계질서 확립과 소속 인원들의 결속을 다진다는 장점이 있는 반면 개인에게 많은 비용을 부담시키는 등 폐단이 많다는 지적이 늘 따랐다. 그 폐단을 혁파하고자 숙종 20년(1694)에 〈各司免新禁斷事目〉, 숙종 30년(1704)에 〈永破各司免新許參〉을 만들었으나 실효가 없었던 듯하다.《秋官志 第3編 考律部 定制》 의금부 내에서는 출관과 면신을 의금부 관원이 치러야 할 필수 의례로 간주하고, 그 의례가 지나치게 과도하게 치러지지 않도록 하는 방향으로 조정한 것으로 보인다.

13-1

신입 관원이 참상관이면 사은숙배한 뒤 45일이 되었을 때 출관례를 행하고, 다시 45일이 되면 면신례를 행한다. 참하관이면 출사한 뒤 3달이 되면 출관례를 행하고 또 3달이 되면 면신례를 행한다. 단지 달수만 계산

하고 날짜로 계산하지 않는다.[194)]

一. 新來之員：參上, 則肅拜後四十五日, 而行出官禮, 又四十五日, 而行免新禮；參下, 則出仕後三朔, 而行出官禮, 又三朔, 而行免新禮. 只計朔而不計日子事.

13-2

출관례나 면신례를 하기 위한 전체 모임이 만약 국기일과 겹치면 좌기를 열 수 없다. 【국기일, 일식, 월식, 화재가 있는 날, 조회와 시장을 정지하는 날[195)] 외에, 다른 재계[196)]는 구애받지 않는다.】

---

194) 단지……않는다：《經國大典》에 의하면, 의금부 낭청에 임명된 자는 30개월을 근무해야 참상관(6품)으로 陞六할 수 있었는데, 이것은 근무 날짜를 합산하여 계산하는 방식이었다. 그런데 승륙하는 기간을 앞당기려는 풍조가 생겨 날수가 아닌 달수로 계산하는 풍조가 생겼다. 이를 영조 19년(1743)에 다시 날짜로 계산하여 승륙하게 하였고, 이것이《大典會通》에 반영되어 실렸다. [《承政院日記 英祖 19年 8月 9日》：(吏曹判書鄭)羽良曰: "蔭官參下,《大典》以三十朔出六, 而皆計日出六, 自是三百年不刊之法. 而中間有計朔之謬例, 至於禁府都事, 自辛酉年又有計朔之規, 躁進之習, 誠可慨然. 今後則參下蔭官, 毋論桂坊、禁都, 又申計日出六之令, 永爲定式, 何如?" 上曰: "依爲之." ;《大典會通 吏典 考課》：○蔭官三十朔陞六品時, 申計日之令.【桂坊參外官亦同】]

195) 조회와……날：종친 및 정2품 이상 등이 죽었을 때 애도하는 禮로서 일정 기간 동안 朝會와 市場을 정지하는 것을 말한다. 처음에 조회를 정지하는 기간은 일률적으로 3일이었으나, 世宗 때 종친의 경우 期年親(1년복)인 자에게는 3일, 大功親(9개월복)인 자에게는 2일, 小功親(5개월복)인 자에게는 1일로 하고, 大臣인 경우에는 議政을 거친 자는 3일, 기타 1품 및 정2품 내에서 의정부 및 6조 판서를 거친 자는 2일, 그 외에는 1일로 하였다.《世宗實錄 15年 6月 18日(己亥)》 시장을 열지 못하는 날이 조회를 정지하는 날과 일치하지 않는 경우도 있었으나《世宗實錄 1年 9月 26日(戊辰)》, 조선 후기에는 조회와 시장을 동시에 정지하였다.

196) 재계：제사를 지내기 전의 일정기일 동안 근신하면서 정성을 드리는 것을 말한다. 齋戒에는 致齋, 散齋, 淸齋 등의 구별이 있었다. 致齋는 제사지내기 직전의 일정기간(大·中·小祀에 따라 3일·2일·1일간)동안 통상업무를 전폐하고 오로지 齋所에서 제사에 관한 일만 보면서 정성을 드리는 것을 말한다. 散齋는 일을 종전대로 보면서 술을 함부로 마시지 않고 파·부추·마늘 등을 먹지 않으며 弔問이나 병문안을 가지 않고 음악을 듣지 않으며, 行刑을 하지 않고 刑殺文書를 작성하지 않으며 더럽고 나쁜 일에 관여하지 않는 것이다. 淸齋는 산재와 치재의 구별이 없는 간단한 재계를 가리키는 것으로, 대체로 당일에 한한다. 大祭를 임금이 직접 거행할 때에는 散齋를 4일간 하고 致齋를 3일간 하도록 하였다.《大典會通 禮典 祭禮》《典律通補 禮典 祭禮》

一. 出官、免新一會, 若値國忌, 則不得開坐事.【國忌及日·月食、火灾、停朝·市外, 他齋戒勿拘.】

13-3

출관례나 면신례 날짜가 정해지고 난 뒤, 예기치 않게 조정에 재계해야 할 일이 생기면 신입 낭청이 준비했던 음식들을 전부 폐기하는 폐해가 생기게 된다. 그러므로 간혹 개인 집에서 설행하기도 하며, 그럴 경우 호칭을 새로 정하는 일[197]은 나중에 공식 회합 때 한다.

一. 出官、免新, 旣定日子之後, 或値朝家不時齋戒, 則新位旣熟之饌, 全棄有弊. 故或於私室設行, 而待後日公會稱號事.

13-4

출관한 뒤 비로소 앞길로 출입하기 시작하며, 서리와 나장이 중도례를 행한다.[198]

一. 出官後, 始以前路出入, 書吏、羅將行重徒禮.

13-5

출관한 뒤에는 본부 사람들이 그를 '一新'이라고 호칭한다.【출관한 사원의 수가 많은 경우에는 一新, 二新 하는 식으로 선후에 따라 호칭해 나간다.】

---

197) 호칭을……일 : 본서 〈入仕〉12-4에 "出官하기 전에는 본부 사람들이 그를 '新位'라고 부른다. [《金吾憲錄 入仕》: 出官前, 廳中以新位稱號事.]"고 한 규정이 있고, 본 조목에서는 "출관하고 나면 본부 사람들이 그를 '一新'이라고 호칭한다." 라고 하였다. 따라서 출관하기 전에는 '新位'라고 부르다가, 출관한 후 정식 모임에서 '一新' 등으로 호칭을 바꿔주는 것을 말하는 것이라 보았다.

198) 서리와……행한다 : 본서에는 重徒禮에 대한 자세한 설명이 없으나, 《탁지지》에 "郎官이 아문에 나아갈 때 書吏는 中門 밖 길 북쪽에, 고지기는 중문 안 길 남쪽에, 사령은 낭관 청사의 뜰 아래에 섰다가 모두 무릎을 꿇고 공손이 맞이한다."라는 내용이 있어, 본부의 중도례 또한 이와 유사한 의례가 아니었을까 추측된다. 《度支志 官制部 雜儀》

一. 出官後, 廳中以一新稱號.【出官司員數多, 則以一新、二新, 從先後漸次稱號.】

13-6

면신하는 날에 帖을 나누는 것[199]이 본래 옛날부터의 규례이므로, 반드시 계첩을 나누어가진 뒤에 정식으로 참여하게 해준다.

一. 免新日分帖, 自是舊規, 必待分帖, 然後許參事.

13-7

신입 낭청이 면신하는 날에 상경력과 공사원 중에 비록 사정이 생겼더라도 공사원 1원과 각 낭청 2원이 나와 참석할 수만 있으면 면신례를 행한다.

一. 新位免新日, 上經歷、公事員中, 雖有故, 公事員一員及各位二員進參, 則設行事.

---

199) 면신하는……것 : 면신례를 하는 날에 나누어 갖는 帖을 契帖 또는 禊帖이라 하였다. 계첩은 계회를 갖는 장면을 그린 그림[契會圖]과 참석자 명단[座目]으로 구성되었으며, 현재 《金吾契帖》 또는 《金吾郎座目》 등의 명칭으로 전해지고 있다. 계첩을 나누는 이러한 행위를 契의 필수 요건으로 보고, 계의 조직구성과 성원자격, 구성 목적, 집회, 규제, 基金 등에 대하여 사회사적 입장에서 검토한 김필동의 연구가 있다. 이에 의하면, 의금부 내의 계는 社交契나 廳契로 볼 수 있을 것이다. 김필동, 《朝鮮社會組織史研究》, 일조각, 1992. ; 김필동, 《차별과 연대-조선사회의 신분과 조직-》, 문학과 지성사, 1999.

## 14. 差任[업무분장]

※ 差任은 下吏나 官員을 '임명하다'라는 뜻이다. 이 항목에서는 낭청을 각각의 전담 업무에 임명한다는 뜻으로 쓰였다고 볼 수 있겠다. 의금부의 낭청은 10명인데, 이 중 수석 낭청인 上經歷은 의금부 전체를 총괄하는 역할을 맡았으므로 제외하고, 나머지 9인의 낭청이 의금부 내의 각 업무를 나누어 맡았다. 公事員은 의금부 내의 糾察을 담당하였는데, 經歷이 上公事員을 맡고 一都事가 下公事員을 맡았다. 나장들을 통솔하는 上兵房은 일도사가 겸임하였고, 가장 나중에 들어 온 曹司郎廳이 下兵房과 刑房을 겸임하였다. 재정을 담당하는 工房과 奴婢色을 맡는 낭청이 별도로 있었다. 의금부 낭청들의 이러한 업무 분담은 다른 자료에서는 볼 수 없는 내용이어서 의금부 조직을 이해하는데 유용한 정보를 준다.

14-1

이경력이 上公司員이 되고, 일도사가 下公司員이 되어 관사 전체를 규찰한다. 만약에 경력이 없으면 일도사와 이도사가 한다.

一. 二經歷爲上公司員, 一都事爲下公司員, 糾察一司, 而若無經歷位, 則一、二都事爲之事.

14-2

공방과 노비색은 각 낭청을 나열하여 쓴 중에서 수석 당상관이 획출하되, 상경력이 이를 주관한다.

一. 工房、奴婢色, 則列書各位, 首堂上前劃出, 而上經歷主管事.

14-3

일도사가 으레 上兵房을 겸하고, 조사 낭청이 下兵房을 겸한다.

一. 一都事例兼上兵房, 曹司兼下兵房事.

14-4

형방의 직임은 으레 조사 낭청이 겸한다.

一. 刑房之任, 曹司例兼事.

14-5

공방은 속전[200] 받는 일을 담당하며, 본부 안에서 일상적으로 사용하는 포진[201]·병풍·장막 등에 대한 요구에 대응한다. 노비색은 본부에 속한 각처 노비의 공전[202]을 담당하며, 고지기의 삭하채, 입직 낭청의 말먹이 비용, 능행 때 왕을 모시고 가는 사원에게 드는 식량과 물자 등에 대한 요구에 대응한다.

一. 工房掌贖錢, 廳中日用鋪陳、屛帳等物, 一並酬應 ; 奴婢色掌本府各處奴婢貢錢. 庫直朔下債, 入直馬太及陵幸時陪從司員粮資等物, 一並酬應事.

---

200) 속전 : 죄인에게서 처벌 대신 속죄금으로 받는 布나 楮貨, 銅錢을 가리킨다.《經國大典》〈刑典〉에 의하면, 조선에서는 문관, 무관, 內侍府 관원, 蔭官 자손, 생원, 진사가 十惡, 竊盜, 不法殺人, 枉法受贓 이외의 죄를 범했을 경우에 贖錢을 내고 형벌을 면할 수 있었다.《전율통보》와《육전조례》에는 笞刑에서 死刑까지 처벌 단계별로 죄인에게서 거두어들이는 속전이 규정되어 있다. 의금부는 주로 관원들의 범죄를 다루는 사법기관이었으므로 이들이 형벌을 면하는 대신 내는 贖錢을 받아 公用에 사용하였다. [《典律通補 刑典 收贖》: **文·武官、內侍府、有蔭子孫**【功臣及二品以上子、孫、婿、弟、侄, 原從及實職三品之子、孫, 曾經吏·兵曹、摠府、憲府、諫院、弘文館、部將、宣傳官之子, **生員、進士, 犯十惡、姦盜、非法殺人、枉法受贓外, 笞、杖竝收贖.**】公罪徒、私罪杖百以上, 決杖.{經} ;《承政院日記 景宗 2年 5月 20日》: 趙景命以義禁府言啓曰: "本府以淸寒衙門, 大小公用, 專靠於若干贖錢, 而每患不足, 不成貌樣矣."]

201) 포진 : 바닥에 까는 자리 등속과 方席, 按石 등의 총칭이다. 본서에 의금부에서 사용하는 포진의 종류에 대해서는 기록되어 있지 않으나 형조의 경우를 예로 들어 보면, 말발굽무늬방석, 민무늬방석, 房에 까는 돗자리인 地衣, 부들로 만든 돗자리인 登梅, 벽에 대는 방석인 安息, 狗皮 방석, 豹皮 방석, 虎皮 방석, 山羊皮 방석 등이 있었다.《秋官志 經用 鋪陳》

202) 공전 : 공·사노비가 자신이 속한 관사나 私主에게 身役 대신 정기적으로 바치는 '구실'이다. 內奴婢와 各司奴婢 등 公奴婢는 純祖 元年(1801) 1月에 혁파되었으므로, 여기서 말한 貢錢 징수는 순조 대 이전 상황으로 추정된다.《純祖實錄 1年 1月 28日(乙巳)》

14-6

상경력은 서리를 관장하고, 상병방은 나장을 관장한다. 무릇 출사 등의 일은 모두 정간[203]에 적힌 대로 따르며 이를 위반해서는 안 된다.

一. 上經歷掌書吏, 上兵房掌羅將. 凡出使等事, 一從井間, 無得違越事.

203) 정간 : 井間은 바둑판의 눈과 같이 사각으로 구분한 데서 이름 붙여진 것으로, 輪番으로 맡는 업무 분담 등의 기록에 사용하는 표이다.

## 15. 重來[재임명]

※ 이 항목은 전에 의금부에 임명되었다가 免新禮를 치르기 전에 다른 관사로 옮겼던 낭청이 다시 의금부에 당상이나 낭청으로 임명되어 왔을 때 예우해주는 규례에 대한 것이다. 重來는 의금부에 두 번째 임명되어 온 것을 말하며, 重重來는 세 번째 임명되어 온 것이다. 의금부에 재임명되어 온 사람에게는 처음 의금부에 임명된 사람보다 특별대우를 해주어서 이전에 의금부에서 근무했던 날짜를 합산하여 免新하게 하며, 연속입직[仿度] 날짜를 반으로 줄여 주고 罰例의 규모를 줄여 주며, 다시 왔을 때의 관품에 따라 면신 기간을 줄여주는 등의 우대를 하였다.

15-1

신입 낭청이 재임명되어 온 자이면 이전에 근무했던 날짜를 합산하여 免新한다.

一. 新位重來, 則並計前仕免新事.

15-2

전에 임명된 적은 있으나 미처 나와 사진하기도 전에 교체되었다면, 재임명되어 온 자로 대우하지 않는다.

一. 曾雖除拜, 未及出仕而徑遞者, 勿以重來待之事.

15-3

재임명되어 온 자의 연속입직은 본부와 당직청에 각각 10일씩이다. 그러나 본부와 당직청에 모두 신입 낭청이 있으면 교대 낭청으로서 임무를 살핀다.[204] 교대 낭청에 조사가 있으면 삼조사가 면신하거든 연속입직

204) 본부와……살핀다 : 의금부 낭청은 항상 본부에 입직하는 낭청, 당직청에 입직하는 낭청, 본부 입직 낭청이 공문을 회람하러 出使했을 경우에 대신 본부를 지키는 낭청

을 한다. 면신하지 않고 떠났다가 재임명되어 온 관원은 현재 조사가 있으면 조사가 면신하거든 연속입직을 한다.

一. 重來做度, 本府、當直各十日. 而本府、當直俱有新位, 則交代察任. 交代有曹司, 則待三曹司免新後施行. 而未免新重來之員, 時有曹司, 則待曹司免新行做度事.

15-4

거듭 재임명되어 온 자의 연속입직은 본부와 당직청에 각각 5일씩이다. 그러나 본부와 당직청에 모두 조사가 있으면 교대 낭청으로 직임을 살핀다.

一. 重重來做度, 本府、當直各五日. 而本府、當直俱有曹司, 則交代察任事.

15-5

재임명되어 온 관원은 규례에 따라 연속입직을 하며, 이미 연속입직을 했으면 재임명된 자로서의 벌례가 없어서는 안 되니, 출사한 뒤에 중벌례에 의거하여 바친다. 거듭 재임명되어 온 자는 소벌례에 의거하여 바친다. 전에 상경력을 지냈으면 벌례[205]를 바치지 않는다.

一. 重來之員, 例有做直, 旣有做直, 則不可無重來之禮, 出仕之後, 依中罰禮進呈 ; 重重來, 則依小罰禮進呈 ; 曾經上經歷, 則否事.

---

이 세 사람이 필요했다. 이에 대하여는 본서〈回公〉항목에 상세하다.

205) 벌례 : 《고법전용어집》에서는 朝鮮朝 때 관아에서 벼슬아치들의 잘못이 있을 때 잘못한 자에게 술을 내게 하는 일이라 하였다. 본서에 의하면, 벌례는 大大罰禮, 大罰禮, 中罰禮, 小罰禮 등의 구별이 있었고, 벌례의 방식도 처음에는 술과 음식으로 차려내던 罰禮宴의 방식에서 돈으로 내는 罰禮錢으로 변화하였다. 본부의 정해진 규정을 따르지 않았을 때 가벼운 처벌의 의미로 시행되던 벌례(12-4, 18-5 · 7 · 11, 19-3 · 5), 새로 임명되어 온 낭청이 선배 낭청들에게 인사의 의미로 바치는 벌례(12-3, 29-19 · 21 · 23 · 24 · 29), 罰의 의미는 사라지고 접대규모만 나타내는 의미로 쓰이던 벌례(35-10 · 11 · 12 · 13 · 14 · 15)로 변화하고 있음을 볼 수 있다. 또 본서 안에서는 罰禮와 罰例가 混用되어 나타나는데 의미를 구별하여 사용한 것은 아닌 것으로 보이나 후반부에는 '罰例'가 대부분이어서 주목된다.

15-6

신입 낭청이 재임명되어 온 자이면 이전에 근무했던 날짜를 합산하여 면신하는 것이 본래 옛 규례이다. 참하관이 면신하기 전에 다른 관사로 상환되었다가 훗날 참상관으로 재임명되어 왔으면, 이전에 근무한 날짜를 합산하여 90일로 면신한다.[206)]

一. 新位重來, 並計前仕免新, 自是舊例. 而若以參下, 未免新前, 相換他司, 後日以參上重來, 則並計前仕, 以九十日免新事.

15-7

참하관인 신입 낭청이 출관하기 전에 상환되었다가 참상관으로 다시 임명되어 왔다면 이전 근무일을 합산하여 45일로 출관하고, 출관한 뒤 상환되었다가 다시 임명되어 왔다면 이전의 출관일을 계산하여 45일로 면신한다.

一. 參下新位未出官前相換, 以參上重來, 則前仕通計, 以四十五日出官 ; 出官後相換重來, 則以前出官日計, 四十五日免新事.

206) 참하관이……면신한다 : 참하관은 出官하는데 3개월, 免新하는데 다시 3개월 도합 6개월이 걸려야 의금부 관원으로 인정받을 수 있다. 참하관이 다른 곳으로 옮겼다가 본부에 참상관으로 승진하여 오면 참상관의 규정을 적용하여서 출관 45일 면신 45일 도합 90일에 면신하게 한다는 것이니, 재임명되어 온 자를 우대하는 규정이다.

## 16. 上直[근무]

※ 이 항목은 의금부 낭청의 근무수칙에 해당한다. 《경국대전주해》에 의하면, 直은 낮 동안에 근무하는 것이고, 宿은 밤 동안에 근무하는 것이다. [《經國大典註解 後集 吏典》: 直, 日間上直也. 宿, 夜間上宿也.] 直, 宿에 대한 이러한 구분은 唐律과 明律에서도 마찬가지였다. [《唐律疏議 第94條 職制 4 在官應直不直》: 諸在官應直不直, 應宿不宿, 各笞二十, 通晝夜者, 笞三十 ; 《大明律 055_吏律職制 擅離職役》: 凡官吏……其在官應直不直, 應宿不宿, 各笞二十.] 이러한 구분에 따르면 上直은 낮 근무만을 의미해야 하나 실제로는 낮 근무에 한정하지 않고 '근무하다' '근무 중'이라는 좀 더 포괄적인 의미로 사용하기도 하였다. [《唐律疏議 제67조 衛禁 10 宿衛被奏劾 : [疏]議曰, '宿衛人'……謂在宮·殿中當上直者, 宮外宿不在此限. [疏2]議曰, 應宿衛人, 謂諸衛所管應入宮·殿上番者. 注云「謂已下直者」, 未當上番人之色.] 이 《당률소의》 조문에 근거하면 上直은 곧 上番을 의미하며, 상직의 반대는 下直이 된다. 즉 上直은 '근무 중'을 의미하고 자연히 하직은 근무가 아닌 상태를 의미하게 된다. 조선에서는 보편적으로 '入直'이라는 말이 상직의 의미로 사용되었다.

이와 관련하여 '當直'이란 말이 있는데, 이는 唐律에서 '上直'과 같은 의미로 사용되었으나, 조선의 경우 다른 관사에서는 사용가능할 수 있으나 의금부에서만큼은 그렇게 사용하기 어렵다. 본서에서는 의금부의 분소에 해당하는 '당직청' 또는 '당직청 도사'를 의미하기 때문이다. [《唐律疏議 第466條 捕亡16 主守不覺失囚 : [疏2]議曰, 監當之官, 謂檢校專知囚者. 卽當直官人在直時, 其判官準令合還, 而失囚者, 罪在當直之官. ; 《金吾憲錄 設立》: 別設當直廳于闕外, 郎廳一員受牌入直, 晝夜不離. 凡大小公事, 卽通本府, 使卽擧行事.]

본 항목의 내용에 따르면, 의금부 낭청들이 근무하는 방식은 사전에 미리 가로 세로로 구획한 근무 배정표[分記冊]에 본부와 당직청에 근무할 담당자의 성명을 제수된 순서에 따라 써서 정해 놓고 그대로 따라서 근무하는 것이었다. 이를 위해 禮房書吏가 미리 上兵房인 一都事에게 가서 下位부터 시작하여 2일씩 分記冊에 배치하였다. 이외에 본부와 당직청에 입직하는 날짜와 출퇴근 시간, 새로 임명되어 온 曹司의 근무 규례에 관한 내용이 있다.

16-1

기일 하루 전날에 예방서리가 分記冊을 가지고 上兵房에게 가서 본부와 당직청에 입직할 차례에 해당하는 사원을 아래에서부터 위로[207] 2일씩 분기하되 남에게 순서를 떠넘기지 못하게 한다.

一. 前期一日, 禮吏持分記, 往上兵房前, 本府、當直入直當次司員, 自下達上, 二日式分記, 而勿推諉事.

16-2

각 낭청의 근무 교대 시간은 본부는 진시(오전 9시~11시)이고 당직청은 묘시(오전 7시~9시)이다. 시간을 넘기면 벌직[208] 1일이며 심한 경우는 2일이다.

一. 各位上直交代, 本司, 辰時 ; 當直, 卯時. 過時, 則罰直一日, 甚者二日事.

---

207) 본부와……위로 : 이것은 의금부 낭청들의 평상시 근무 원칙을 말한다. 즉, 본부와 당직청에 돌아가며 근무하는 순서는 가장 최근에 낭청이 된 사람부터 시작한다는 의미이다. 이러한 규정은 점차 가장 나중에 들어 온 막내 도사 즉 曹司에게 업무 하중이 많아지게 만들었다. 《중종실록》에서 이미 曹司에게만 모든 일을 맡기고, 따르지 않을 경우에는 온갖 방법으로 괴롭히는 풍조가 있음을 지적하였다. [《中宗實錄 12年 6月 9日(癸丑)》 : 六曹郎僚, 新授者, 謂之曹司, 司中細務, 悉委之. 小或不順, 日飮以大鐘數三罰之, 雖盡沾衣裳, 不得辭, 固違則擯不齒列, 日'古風', 其來久矣.]

208) 벌직 : 정상적으로 입직할 차례 외에 벌로 들게 하는 入直이다. 罰直을 주는 경우는 여러 가지이다. 이 조목에서 말하는 교대 시간 지각은 벌직 1~2일, 무단결근은 벌직 3일, 계속 결근하면 벌직 6일(본서 18-11), 재임명되어 온 낭청이 즉시 근무하러 나오지 않을 경우에는 벌직 10일(본서 12-1) 등이 있다.

16-3

신입 낭청은 면신한 뒤 1일 例直[209]하고 하루 건너 입직[210]한 뒤 이어서 윤직[211]한다.

一. 新來免新後, 則例直一日, 間直一日後, 仍行輪直事.

16-4

신입 관원이 삼조사가 되어 온 경우[212]는 면신한 뒤 본부와 당직청에 각각 20일씩 연속입직한다. 본부와 당직청에 만약 나중에 온 신입 낭청이 있으면 교대 낭청으로 40일을 같이 입직한다.

一. 新來之員, 得三曹司而來者, 免新後, 本府、當直, 各做度二十日. 本府、當直, 若有後來新位, 則交代四十日並行事.

209) 例直 : 규례에 따라서 하는 숙직이나 일직이다.《韓國漢字語辭典》

210) 하루 건너 입직 : 원문은 '間直'인데, 날을 걸러 입직하는 것을 말한다. [《銀臺條例 吏攷 承旨》: 東壁, 間三日直 ; 同副, 連三日直.]

211) 윤직 : 輪回直宿의 줄임말이다. 주석 181) 참조.

212) 새로…… 경우 : 三曹司의 정확한 의미에 대해서는 전거를 찾지 못하였으나, 문맥으로 볼 때 신입 낭청이 본부의 입직 낭청, 교대 낭청, 당직청의 당직 낭청 이 세 직임을 모두 맡고 온 曹司郎廳인 듯하다.

## 17. 回公[공문회람]

※ 回公은 公文을 돌리는 것을 말한다. 의금부의 낭청은 본부와 당직청으로 나누어 입직하였는데, 공문이 오면 본부에 입직하는 낭청이 당상관들에게 공문을 돌리기 위해 나가야 했다. 입직 낭청이 공문 회람을 위해 出使할 경우, 본부를 대신 지키는 역할을 맡을 낭청이 필요했다. 그것이 公事交代郎廳이다. 교대 낭청은 집에 있으면서 입직 낭청이 연락하면 언제든 입직할 수 있게 대기해야 하였다. 《승정원일기》를 보다 보면, 종종 의금부에서 소속 낭청들의 현황을 보고하면서 "본부의 도사 ○원 중에 1원은 本府, 1원은 公事交代, 1원은 當直" 운운 하는 것을 볼 수 있다. 이 경우에 '본부'는 본부에 입직하는 都事를 말하며, '공사교대'는 입직 낭청이 자리를 비울 경우 대신 본부를 지키는 도사를 말하고, '당직'은 당직청에 입직하는 도사를 말한다. [《承政院日記 孝宗 2年 10月 29日》: 義禁府啓曰: "本府都事九員內, 一員出使, 一員本府, 一員公事交代, 一員當直, 一員禁推, 餘在四員."]

17-1

본부의 공사는 긴급한 일이건 아니건 간에 사체가 매우 중요하다. 입직 낭청은 교대 낭청에게 입직할 것을 청한 뒤[213] 즉각 여러 당상관에게 공문을 회람하여 잠시라도 지체해서는 안 된다. 만일 혹시라도 지체하면 본부 사람들이 모두 모여 벌을 시행한다.

一. 本府公事, 勿論緊歇、緩急, 事體至重. 入直郎廳, 請坐交代後, 卽刻回鑑于諸堂上前, 不敢暫時濡滯. 而如或遲緩, 則廳中齊會施罰事.

213) 교대……뒤 : 의금부에서는 입직 낭청이 공무상 본부를 비우는 일이 생기게 되면 입직한 낭청 외에 또 한 사람의 낭청을 '공사교대'라고 칭하고 함께 입직하게 하여, 자리를 비운 입직 낭청 대신 본부를 지키게 하였다. [《承政院日記 顯宗 5年 8月 26日》禁府啓曰: "本府公事, 事體重大, 不敢一刻稽滯. 故曹司都事入直之外, 又有一員, 稱以公事交代, 竝爲入直, 凡有公事之下, 公事交代, 則仍直本府, 曹司都事, 回告於諸堂上而擧行, 例也."]

17-2

각 낭청은 면신한 뒤에 으레 본부와 당직청에 돌아가며 직숙하는 규례가 있다. 그러나 공사가 있게 되면 면신하기 전의 조사가 새 조사를 얻을 때까지 집에서 공문을 회람하는 일을 한다.

一. 各位免新後, 本府、當直, 例有輪直之規. 而至於公事, 則免新中曹司, 限得新曹司, 在家回公事.

17-3

집에서 공문을 회람하는 일을 할 차례인 관원이 핑계를 대고 책임을 떠넘기면, 3일 안에 각 낭청이 그 집에 함께 가서 벌례를 정하여 받는다.

一. 在家回公當次之員, 托故推諉, 則三日內, 各位齊進其家, 定捧罰例事.

## 18. 糾檢[상호규찰]

※〈糾檢〉과 〈操切〉 항목에 실린 규정들은 의금부 자체의 淨化시스템에 해당한다. 의금부가 얼마나 위계질서를 중시하고, 이를 유지하려고 했는지를 보여주는 특징적인 규정들이다. 그 중에서도 이 〈糾檢〉항목은 의금부 관원들이 자체적으로 상호 규찰하고 처벌하는 규례에 대한 것이다.

의금부에서는 公事員을 두어 의금부 전체를 규찰하는 일을 담당하게 하였다. 공사원으로는 參上官인 二經歷이 상공사원을 맡았고, 참하관 중 가장 서열이 높은 一都事가 하공사원을 맡았다. 규찰 방식은 공사원이 소속원을 단속하고, 상경력이 공사원을 문책하는 피라미드 형태였다. 司員 중에 근무 태만, 담당 업무 부실, 책임 전가, 조퇴 등의 잘못이 있으면 낭청 중 3인으로 내부징계위원회를 구성하여 罰禮, 罰直 등으로 처벌하며, 모든 공적 업무를 수행할 때는 多數의 의견에 따라 결정하였다.

18-1

본부의 기강은 극히 엄하다.

一. 本府廳風極嚴.

18-2

각 낭청 중에 혹 문책 받아야 할 자가 있으면, 상경력이 공사원[214]을 문책하고, 공사원이 문책 받아야 할 자를 문책한다. 신입 낭청 가운데 혹 문책 받아야 할 자가 있으면, 공사원이 一新을 문책하고 일신이 문책 받아야 할 자를 문책하는 식으로 차차 규찰해 나간다.

一. 各位中或有當責者, 上經歷責公事員, 公事員責當責者；新位中或有當責者, 公事員責一新, 一新責當責者, 次次糾檢事.

---

214) 공사원 : 의금부 전체를 규찰하는 일을 하며, 이경력과 일도사가 맡았다. 공사원에 대해서는 본서 〈差任〉 항목에 상세하다. [《金吾憲錄 差任》 : 二經歷爲上公司員, 一都事爲下公司員, 糾察一司, 而若無經歷位, 則一·二都事爲之事]

18-3

공사원은 동료의 근무 태도를 규찰해야 한다. 그런데 각 낭청에게 거론할 만한 잘못이 있는데도 공사원이 이를 즉시 거론하지 않으면 그 사람까지도 논의하여 처벌한다.

一. 公事員糾檢同僚勤慢. 而各位凡有可論之失, 而公事員不卽擧論, 則並爲論罰事.

18-4

좌기 및 낭청 전체 모임에 병가를 신청하는 낭청은 2원을 넘지 않아야 한다. 사람들이 모두 아는 실제 병 이외의 사유로 병가를 신청한 자는 논의하여 처벌한다.

一. 坐起及一會之坐, 各位呈病, 無過二員. 而衆所共知之實病者外, 呈病則論罰事.

18-5

무릇 본부 내의 크고 작은 공사를 맡을 차례에 해당하는 관원이 개인적인 사정을 대며 다른 관원에게 자신이 할 일을 대신 행하게 하면, 개인적인 사정을 댄 자와 대신 행한 자 모두 대벌례에 해당한다. 비록 우위 낭청이라 하더라도 논의하여 처벌한다.

一. 凡府中大小公事當次之員, 托以私故, 他員代行, 則托故者、代行者, 並大罰禮. 雖右位, 亦論罰事.

18-6

무릇 본부 내의 공사가 있을 때, 한 두 관원이 어긋난 논의를 하더라도 구애되어서는 안 되며, 다수결로 정하여 행한다.

一. 凡廳中公事時, 雖有一二員橫議, 勿爲拘礙, 從多定行事.

18-7

각 낭청 3인을 갖춘 뒤에 말투가 공손하지 못한 자, 태도가 공손하지 못한 자를 벌례나 벌직[215], 몰두[216]로 경중에 따라 논의하여 처벌한다.

一. 各位備三員後, 言語不恭者、 體貌不遜者, 或以罰禮, 或以罰直, 或以沒頭, 從輕重議罰事.

18-8

신입 낭청 중에는 간혹 견책 받은 일로 인하여 본부의 기강이 어떠한지는 생각하지 않고 도리어 견책 받았다는 것 때문에 분노하여 사진하지 않겠다고 말하는 이가 있다. 그런데 각 낭청 중에 종종 사적인 의견을 내어 화해시키려 하다가 스스로 체면을 손상시키고 본부의 기강을 무너뜨리는 일이 없지 않다. 앞으로 만일 이런 잘못된 작태를 그대로 따르는 자가 있으면 일체 처벌한다.

一. 新位中或因見責之事, 而不思廳風之有在, 反以見責爲怒, 不仕爲言. 而各位中或不無動起私意和解之際, 自損體貌, 自壞廳風. 今後如有因循謬習者, 一切施罰事.

18-9

근래 본부의 기강이 크게 무너져 혹 소견이 맞지 않는 일이 있으면 번번이 '不仕'라고 쓰고 나가는데, 왕부는 중요한 곳이므로 실로 이와 같아서는 안 된다. 지금부터 만일 사진하지 않는 일이 있으면 신입 낭청이

215) 罰直 : 정상적으로 입직할 차례 외에 벌로 하게 하는 入直이다. 주석 208) 참조.

216) 沒頭 : 몰두가 무엇인지는 확실치 않으나, 《慵齋叢話》에 면신례 때 新來가 紗帽를 거꾸로 쓰고 두 손으로 뒷짐을 진 채 머리를 낮게 하고 先生들 앞에 나아가 두 손으로 사모를 잡고 올렸다 내렸다 하는 것을 禮數라 하였다는 기록이 있는데, 이와 유사한 행위를 말하는 것이 아닌가 싶다. [《慵齋叢話 卷2》 : 新來到着紗帽, 以兩手負背低首, 至就先生前, 以兩手圍紗帽, 而上下之, 名曰禮數.]

든 구임 낭청이든을 가리지 말고 즉시 당상관에게 보고한다.

一. 近來廳風大壞, 或有所見牴牾之事. 則輒書不仕而出, 王府重地, 固不當如是. 自今以後, 如有不仕之擧, 勿論新、舊位, 卽告堂上前事.

18-10

무릇 윤직하는 일이나 공문을 회람하는 일, 교대낭청을 맡아야 할 차례가 된 관원이 다른 관원에게 책임을 미룬 경우, 사람들이 모두 아는 실제 질병 이외에 집에 있으면서 탈이 났다고 칭하다가 혹 문제를 발생시킬 염려가 있으면 차례에 해당하는 관원을 고발한다.

一. 凡輪直、回公及交代當次之員, 推諉於他員, 則衆所共知實病外, 在家稱頉, 或致生事之患, 則當次之員現告事.

18-11

근래 본부의 기강이 크게 무너져 모든 공식 석상에 이유 없이 나오지 않으니, 체모와 규례로 볼 때 이와 같아서는 안 된다. 지금부터 전체가 참석하는 좌기 및 공사를 행할 차례가 되었을 때 사정이 있다고 핑계대며 참석하지 않는 관원은 벌직 3일에 처한다. 벌을 시행한 후에도 이전 습관을 여전히 따르면, 대벌례를 바치게 하고 벌직 6일에 처한다.【무신년 완의[217]】

217) 무신년 완의 : 干支만으로는 정확한 연도를 확정하기 어렵다. 다만 대략의 성립 연도를 추정해 보자면, 이 완의는 〈금오청헌〉에 속한 부분이므로 영조 20년(1744)을 넘지 않을 것으로 보인다. 그런데 그 안의 무신년에 해당하는 연도는 1728년(영조4), 1668년(현종9), 1608년(선조41), 1548년(명종3) 등등이 있는데 관원이 이런저런 핑계 하에 공적 행사에 참여하지 않는 문제는 이미 연산군 7년(1501) 때에도 기사화 되고 있어 본 완의의 정확한 연도를 확정하기 어렵다. [《光海君日記 7年 8月 5日(己卯) : 宗親府啓曰: "近來怠慢之習日甚, 凡干公會, 以托故不參爲能事, 本月初三日望闕禮習儀時, 進參之數, 只有十餘員. 此誠前後所未有之事, 極爲可駭. 前頭連有大禮, 若不別樣處置, 萬無隨參之理. 當日不進人員, 除公故、老病外, 請竝推考."]

一. 近來廳風大壞, 凡於公座, 無故不來, 其在體例, 不當如是. 自今以後, 一會坐起及當次公事時, 如有托故不參之員, 則罰直三日. 而施罰之後, 猶踵前習, 則大罰禮進呈, 罰直六日事.【戊申完議】

18-12

의금부의 신입 낭청과 우위 낭청의 구분이 엄정한 것은 서로 공경하는 도리가 될 뿐 아니라 또한 본부 규례의 권위를 보존하기 위해서이다. 그런데 근래 술자리에서나 담소하는 과정에서 희학이 습관이 되고 음악과 여색이 더해지며 자리를 서로 뒤바꿔 앉기까지 하여 보기에 수치스럽고, 본부의 관원과 예방서리가 마치 다투는 것 같이 보여 체면이 서지 않아 보고 듣기에 모두 놀랍다. 지금부터 우위는 모든 공식 회합 자리에서 절대 희학하지 말고, 下位는 마땅히 행해야 할 체모와 규례를 감히 어겨서는 안 된다. 만일 서로 잘못이 있게 되면 모두에게 警責을 시행한다.【신유년 완의[218]】

一. 金吾新、右之嚴截, 非但爲相敬之道, 抑亦存廳憲之重. 而近來盃酒之間、言語之際, 戱謔成習, 聲色相加, 至於翻席起居, 看作羞恥, 司員、禮吏, 有若言詰, 軆貌不成, 瞻聆俱駭. 從今以往, 在右位, 則凡干公會, 切勿戱謔 ; 在下位, 則應行軆禮, 毋敢違越. 如有胥失, 俱施警責事.【辛酉完議】

218) 신유년 완의 : 주석 192) 참조.

## 19. 操切[하위단속]

※ 操切을 현대어로 바꾼다면, '단속' 또는 '통제'의 의미가 아닐까 싶다. 〈糾檢〉항목에 속한 내용이 의금부의 상·하위 관원 모두에게 적용되는 규정이라고 한다면, 〈操切〉항목에 속한 내용들은 주로 신입 낭청을 대상으로 한다는 차이가 있다. 신입 낭청과 우위 낭청의 서열은 의금부 낭청에 임명된 순서에 의한다. 신위가 우위를 대할 때의 格式을 어겼을 시에는 沒頭, 懸罰, 罰直, 罰禮 등으로 처벌한다는 협약들도 아울러 싣고 있다.

여기에서 본서에 많이 등장하는 어휘를 정리하자면, 各位는 면신례를 거쳐 정식으로 의금부 낭청으로 인정받은 각각의 낭청을 지칭하는 말이고, 이와 상대어로 등장하는 新位는 '신입 낭청' 즉 아직 면신례를 치르지 않은 낭청을 말한다. 上位는 의금부 낭청에 먼저 임명된 사람을 말하며, 下位는 나중에 임명된 사람을 말한다. 右位는 先任 郎廳에 빗댈 수 있고, 曹司는 막내 낭청으로 볼 수 있다. 각각의 어휘는 규례의 취지에 맞게 그때그때 선택적으로 사용되고 있다.

19-1

의금부의 크고 작은 직임을 맡을 때 각 낭청과 신입 낭청은 모두 임명된 순서에 따라서 편의를 취하며, 하위 낭청은 이를 어기거나 거부해서는 안 된다.

一. 凡府中大小任事, 各位、新位, 並從口傳取便, 而下位則無得違拒事.

19-2

신입 낭청이 우위 낭청을 대할 때는 먹고 마시는 태도, 언동, 행동거지 등 모든 면에서 일체 공경하고 조심해야 하며 감히 나태하거나 오만하게 대해서는 안 된다. 길에서 우위 낭청을 만나면 말머리를 돌린다.

一. 新位對右位, 凡干飮食、言動、起居, 一向恪勤, 不敢怠慢. 路逢右位, 則回馬首事.

19-3

본부의 조사 낭청의 역할을 대신 맡아달라고 신입 낭청이 혹 우위 낭청에게 부탁하였는데[219] 우위 낭청이 친분이나 사사로운 정에 얽매여 그 부탁을 들어주면, 우위 낭청은 신입을 감싸준 죄로 논의하여 처벌하고 신입 낭청에게도 대벌례를 시행한다.

一. 凡府中曹司之役, 新位或請須資於右位, 而右位拘於顏情, 許其須資, 則右位以護新論罰, 而新位亦施大罰禮事.

19-4

각 낭청은 사사로이 신입 낭청이 있는 곳에 나아갈 수 없다.[220] 만일 혹 본부의 규례를 따르지 않고 마음대로 출입하면 신입을 감싸준 죄로 논의하여 처벌한다.

一. 各位毋得私詣新位處. 如或不遵廳憲, 任意出入, 則以護新論罰事.

19-5

신입 낭청을 단속하는 의금부의 규례는 우위 낭청이 자신들을 높이기 위해 만든 것이 아니다. 대체로 이곳은 일이 힘들어서 만일 확고한 제도가 없으면 혹시 친분에 얽매이게 되는 일이 생겨 기강이 해이해질 염려가 있기 때문에 그렇게 한 것이다. 근래 우위 낭청이 비록 공적 체모에 관련된 일로라도 경책하는 말을 할 것 같으면, 하위 낭청이 번번이 저항하려는 생각을 하여 사진하지 않는 것을 제일가는 의리로 삼고 있다. 그 때문에 우위 낭청이 도리어 화해하려 해도 되지 않아 본부의 기강이 이로 인해

---

219) 대신……부탁하였는데 : 원문은 '須資'로, 입직하던 관원이 긴급한 사정이 생겼을 경우에 다른 관원에게 잠시 대신 입직하도록 하는 것을 말한다. [《弘文館志 館規 雜式》 : 入直官如有緊故, 則暫時推移於僚員, 名曰須資.]

220) 각……없다 : 본서 〈官府〉2-3에 의하면, 신입 낭청이 거주하는 곳은 의금부 내 西軒이다.

여지없이 무너졌으니 참으로 한심하다. 지금부터는 하위 낭청이 공무상 잘못한 일이 있으면 몰두[221], 현벌[222], 벌례 등 다양한 법을 시행한다. 만약 거부하는 기색이 있으면 면신하는 달을 늦추는 규례를 적용한다.[223] 하위 낭청이 끝까지 준행하지 않아 서로 심하게 대립하여 사진하지 않는 지경에 이르더라도, 우위 낭청은 똑같이 처신하려는 마음을 내서 다시는 함께 사직하려[224] 해서는 안 된다.【신유년 완의[225]】

一. 金吾新位操切之規, 非所以爲右位自尊之地. 盖此是苦役, 苟無一定之制, 或有拘顔之事, 易致解軆之患故也. 而近來右位, 雖以公軆間事, 若有相警之言, 則下位輒生頡頏之意, 必以不仕爲第一義. 故爲右位者, 乃反求解不得, 廳風由是而壞損無餘, 誠爲寒心. 從今以往, 下位以公軆有所失之事, 沒頭、懸罰、罰禮等法, 這這施行. 若有違拒之色, 加以免新退朔之規, 而下位終不遵行, 大段相較, 雖至不仕之境, 右位則不必以同去就爲心, 勿復爲一並呈旬之計事.【辛酉完議】

---

221) 沒頭 : 新來가 紗帽를 거꾸로 쓰고 두 손으로 뒷짐을 진 채 머리를 낮게 하고 先生들 앞에 나아가 두 손으로 사모를 잡고 올렸다 내렸다 하는 행위를 말하는 것으로 보았다. 주석 216) 참조.

222) 현벌 : 두 손을 묶어 나무에 달아매는 형벌을 말한다. 주로 공무 수행과 관련하여 吏屬들에게 쓰던 관례적인 처벌 방식이었으나, 여기에서는 신입 낭청에게 이것을 시행한다는 것이므로 과도한 처벌로 보인다. [《銀臺條例 故事》 : 司謁有過, 懸罰或立庭 ; 別監有過, 懸罰. ;《承政院日記 正祖 21年 7月 19日》 : 萬頃色吏, 則結縛於曝日之下, 許久懸罰, 仍爲決棍, 幾至氣塞之境.]

223) 면신하는……적용한다 : 의금부에 제수된 신입 낭청은 참상 도사는 90일, 참하 도사는 180일을 근무해야 신입을 면하고 정식 관원으로 대우를 받게 되어 호칭도 달라지고 서리나 나장들도 그에게 예우를 갖췄다. 따라서 신입 낭청의 면신을 정해진 기간보다 늦추는 것은 신입 낭청에게 있어 중대한 처벌로 여겨졌을 것이다. 본서 〈許參〉13-1 참조.

224) 사직하려 : 원문은 '呈旬'이다. 관원이 벼슬을 그만두거나 휴가를 얻으려고 할 때, 열흘마다 한 번씩 세 차례를 연이어 관아에 願書(신청서)를 제출하는 것을 말한다.

225) 신유년 완의 : 주석 192) 참조.

## 20. 受由[휴가신청]

※ 원래 受由의 '由'는 우리말로 '말미'이므로 '受由'는 '휴가를 받다'라는 뜻이다. 따라서 본 항목은 의금부 관원이 휴가를 신청하는 것에 대한 규례를 다룬 것이다. 단, 법으로 정해진 휴가의 상세한 내용은 언급하지 않고 본부 내 관원이 휴가를 신청할 때 고려해야 할 점을 주로 다루고 있다.

여기에서의 내용으로 보면, 법전에 〈給假〉항목에 명시된 것과는 달리 의금부 관원에게는 개인적인 사정으로 인한 휴가는 허용하지 않는다는 내부 방침이 있었던 것으로 보인다. 하지만 후기로 갈수록 이 방침이 느슨해져서 지방에 내려가는 휴가 신청은 일체 막았지만 서울 안에서의 휴가는 어느 정도 허용하였으며, 본부 내에서 2인 이상이 동시에 휴가신청서를 제출할 수 없고, 제출한다고 해도 당상관의 허락을 받아야 하며, 신입 낭청은 病暇를 신청할 수 없다는 등의 제한이 있었음을 보여준다.《典律通補 別編 呈辭式》에 휴가신청서[由狀] 문서식이 실려 있다.

20-1

각 낭청의 휴가신청서[226]는 제출해도 되는지를 반드시 본부 내에서 따져본 다음에 당상관에게 올리되, 2원을 넘지 못한다. 신입 낭청은 병가를 낼 수 없다.

一. 各位由狀, 必經廳中可否, 然後呈堂上, 而毋過二員. 新位則毋得呈病事.

20-2

의금부의 사원은 아무리 우위 낭청이라 하더라도 휴가를 받지 못하는 것이 본래 정식이다. 그런데 근래에 이 길이 한 번 열리자 곧 규례가 되어, 멀거나 가까운 향리로 가는 휴가를 청하는 것을 어렵게 여기지

226) 휴가신청서 : 원문은 '由狀'인데, 여기서 由는 '말미'이므로 由狀은 말미를 청하는 문서, 휴가신청서이다.

않는다. 지금부터 서울에 머무는 휴가를 청하는 것은 혹 허락할 수 있으나, 고향에 내려가는 휴가신청서는 일체 막는다. 공사원이 처리하기 전에[227] 예방서리가 먼저 규례에 근거하여 告知한다.【신유년 정식[228]】

一. 金吾司員, 雖是右位, 不敢受由, 自是定式. 而近來此路一開, 便成規例, 遠近鄕行, 無難請由. 從今以往, 在京請暇, 雖或許之, 而下鄕由狀, 一切防塞. 不待公司員前停當, 禮吏先爲據例告課事.【辛酉定式】

---

227) 공사원이 처리하기 전에 : 의금부 내에서 공사원의 역할은 의금부 전체를 규찰하는 일을 담당하였다. 상경력 다음의 참상관인 二經歷이 上公事員을 맡고, 참하관 중 가장 서열이 높은 一都事가 下公事員을 맡았다. [《金吾憲錄 差任》 : 二經歷爲上公司員, 一都事爲下公司員, 糾察一司, 而若無經歷位, 則一、二都事爲之事.]

228) 신유년 완의 : 주석 192) 참조.

## 21. 式暇[법정휴가]【服制 첨부】

※ 본 항목에서는 의금부 낭청에게 주는 祭祀와 服制에 따른 휴가 규정을 다루고 있다. 중국 및 조선, 일본 등에서는 휴가를 法令化함으로써 관료들에게 일정한 휴식을 보장하는 한편 법으로 정해진 휴가 절차와 기한을 어길 경우 律로 처벌함으로써 관료를 통제하였다. 중국의 경우는 唐代부터 이미 假寧令을 만들어 관료들의 휴가를 법제화하였고,[229] 우리나라의 경우에도 법전에 관원들이 받을 수 있는 휴가를 명시하였다.[230]

《經國大典》에 의하면, 朝鮮의 관원은 부모가 병들었을 때[親病], 부모를 방문할 때[覲親], 조상의 산소에 성묘할 때[掃墳], 자신이 과거에 급제하거나 관직에 임명되어 조상의 묘에 고할 때[榮墳]와 잔치 등으로 부모를 영화롭게 할 때[榮親], 조상의 산소에서 돌아가신 분의 追贈을 알리는 告祭를 지낼 때[焚黃], 집안에 혼인이 있을 때[婚嫁], 妻·妻父母의 喪이나 자신에게 身病이 있을 때, 늙은 부모를 봉양해야 할 때 등에 휴가를 신청할 수 있었다. 《續大典》에는 여기에 신병을 치료하기 위해 침을 맞아야 할 때[鍼灸]와 온천에 목욕 갈 때[沐浴]가 추가되었는데, 침구와 목욕은 2품 이상의 고관이 누릴 수 있는 휴가이어서 당하관들에게는 적용되지 않는 휴가였다. 《大典會通》에는 다시 歸葬과 移葬이 추가되었다. 이중에 정기 휴가는 覲親과 掃墳이며, 3년이나 5년에 한 번 7일간의 휴가가 주어졌다. 나머지는 모두 일이 생겼을 때마다 휴가를 신청하는 비정기적인 휴가였다. 대부분 법전에 '留七日'이라고 규정된 휴가 기간은 왕복에 드는 시간은 계산하지 않고 머무는 시간만 가지고 말한 것이고, 親病의 경우 거리에 따라 70일, 50일, 30일의 기간이 주어진 것은 왕복에 드는 기일을 포함한 기간이다. [《經國大典 吏典 給假》: 凡有故者, 啓達給假【宗親則宗簿寺 ○覲親〈三年一次〉·掃墳

---

229) 唐代부터……법제화하였고 : 假寧의 의미와 假寧令의 연혁에 대해서는 김택민·하원수 주편, 《천성령 역주》(혜안, 2013, 381-412면)를 참조하였고, 당대의 법령을 통해 관인들의 휴가에 대해 고찰한 논문으로는 김호, 〈唐代 官人의 휴가-法令의 규정을 중심으로-〉(동양사학연구 130, 동양사학연구회, 2015.) 등이 있다.

230) 우리나라의……명시하였다 : 조선시대 관원의 휴가에 대한 연구로는 유지영, 〈조선시대 관원의 呈辭와 그 사례〉(장서각 12, 2004.)가 있다.

〈五年一次〉·榮親·榮墳·焚黃·婚嫁並留七日, 葬妻·妻父母並留十五日 ○凡呈辭者, 親病則遠道七十日, 近道五十日, 京畿三十日, 外官則觀察使計程給假, 過限不還者並改差, 已病則卽改差.】]

관원에게 주는 服制休暇에 대해서는《속대전》에 규정되어 있다. 부모상은 3년상인데, 이때는 휴가가 아니라 사직해야 하므로 휴가규정에서 다루지 않는다. 친척들의 喪에는 휴가가 주어졌는데, 朞年親의 상에 15일, 大功親의 상에 10일, 小功親의 상에 7일, 緦麻親의 상에 4일의 휴가가 있었다. 의금부에서는 법전에 규정된 것의 1/2 수준 정도만 주어져, 기년친 7일, 대공친 5일, 소공친과 시마친의 상에는 4일의 식가가 주어졌으며 신입 낭청에게는 고작 成服 때까지만 주어졌다. 중간에 초기 규정에는 허용되지 않았던 時祭에 대한 식가 규정이 추가되었다. [《續大典 禮典 五服》: 朝臣服制朞年十五日, 大功十日, 小功七日, 緦麻四日後, 啓請出仕.【宗親不用 ○經筵官, 朞年七日, 大功以下只四日.】]

21-1

식가는 '아무개親 忌辰'이라고 쓴 배자[231]가 있어야 법전에 따른 휴가[232]를 준다. 각 낭청에게는 부모 기제사에 3일, 할아버지·할머니부터 고조할아버지·고조할머니·외할아버지·외할머니·장인·장모의 기제사에 각각 2일간 식가를 준다. 신입 낭청에게는 단지 부모 기제사에 2일을 준다.【만약 구두공초[233]를 받는 좌기와 겹치면, 아무리 부모의 기일이라도

231) 牌子 : 여러 가지 의미가 있으나 여기서는 관공서의 직인이 찍혀 있는 문서로 보았다. 주석 190) 참조.

232) 법전에 따른 휴가 : 조선시대의 관원에게는 時祭에 모든 아들들에게 2일씩의 式暇를 주고, 長孫 및 증조가 같은 손자 중 아버지가 사망한 장손들에게는 1일씩의 식가를 주며, 忌祭에는 모두 2일씩의 휴가를 주도록 법으로 정해져 있었다. [《大典會通 禮典 給假》: 《原》時祭則主祭者及衆子並給假二日, 長孫及同曾祖以下父沒衆長孫一日, 忌日則並給二日.]

233) 구두공초 : 口頭供招는 被疑者가 구두로 한 진술이다. 조선에서 공초는 口頭로 하는 경우와 書面으로 하는 경우가 있었는데, 서면으로 공초할 경우에는 문장을 수식하여 판단을 흐리게 만드는 문제가 있었으므로 仁祖 때부터 구두로 공초를 받게 하였다.

휴가를 받을 수 없다.】

一. 凡式暇, 書某親忌辰牌子, 然後依法典給暇. 而各位, 則親忌三日, 自祖考妣至高祖考妣、外祖父母、妻父母, 各限二日 ; 新位, 則只給親忌二日事.【若値口招坐起, 雖親忌不得由.】

21-2

각 낭청의 복제[234]는 기년친[235]의 상에는 7일, 대공친[236]의 상에는 5일, 소공친[237]과 시마친[238]의 상에는 4일이다. 신입 낭청은 기년친·대

---

[《承政院日記 肅宗 30年 4月 3日》 : 凡罪人供口傳取招, 乃是受敎也. 審聽其言, 作爲文字, 使之讀聽, 無少違誤, 然後繕寫入啓者, 自是定規,…… 自今以後, 更爲定奪, 罪人原情, 依受敎, 皆以口傳取招, 勿許文字書納, 似宜矣. 上曰: "依爲之."【以上刑曹謄錄.】]

234) 복제 : 親屬의 등급에 따라 착용하게 되어 있는 5가지 喪服制度 즉 斬衰, 齊衰, 大功, 小功, 緦麻를 뜻한다. 服制式暇를 이유로 朝官이 出仕하지 않는 길은 世宗 때부터 열렸다. [《世宗實錄 22年 5月 9日(庚戌)》 : "臣願自今關係大事外, 大小朝官服制式暇, 勿令出仕." 右條, 以事之緊慢, 量宜施行.] 《속대전》에는 관원의 복제로 인한 휴가기간이 기년친 15일, 대공친 10일, 소공친 7일, 시마친 4일로 규정되어 있으나, 의금부 낭청들에게는 법전 규정의 약 1/2 정도만 휴가가 보장되었다. [《續大典 禮典 給假》 : 朝臣服制朞年十五日, 大功十日, 小功七日, 緦麻四日後, 啓請出仕.]

235) 기년친 : 1년 동안 상복을 입어야 하는 관계에 있는 친속, 즉 관원 자신의 庶母, 妻, 嫡孫, 嫡長子, 적장자의 妻, 衆子, 미혼인 딸, 남의 후사가 된 아들, 伯叔父母, 친형제 및 친형제의 아들과 미혼인 딸, 祖父母, 生父母 등을 말한다. 《大明律直解 服制》

236) 대공친 : 9개월 동안 상복을 입어야 하는 관계에 있는 친속, 즉 관원 자신의 衆孫, 미혼인 孫女, 衆子婦와 이미 출가한 딸, 사촌형제와 미혼인 사촌자매, 고모 등을 말한다. 《大明律直解 服制》

237) 소공친 : 5개월 동안 상복을 입어야 하는 관계에 있는 친속, 즉 관원 자신의 할아버지의 친형제, 아버지의 사촌 형제, 再從兄弟와 미혼인 再從姊妹, 출가한 사촌자매, 사촌형제의 아들 및 미혼인 딸, 할아버지의 친자매, 아버지의 사촌자매, 형제의 처, 嫡孫婦, 형제의 손자와 형제의 미혼인 손녀, 외조부모, 어머니의 형제와 자매, 甥姪 등을 말한다. 《大明律直解 服制》

238) 시마친 : 3개월 동안 상복을 입어야 하는 관계에 있는 친속, 즉 관원 자신의 衆孫婦, 曾孫, 曾祖의 형제 및 증조 형제의 처, 아버지 再從兄弟 및 재종형제의 처, 증조의 자매, 할아버지의 사촌자매, 아버지의 再從姊妹, 할아버지의 사촌형제와 사촌형제의 처, 형제의 증손이나 형제의 미혼인 증손녀, 형제의 出嫁한 손녀, 사촌형제의 손자 및 미혼인

공친·외조부모·처부모의 상에 성복[239]때까지 식가를 준다.

一. 各位服制, 期年七日, 大功五日, 小功、緦麻各四日. 而新位, 則期、大功、外祖父母、妻父母喪, 限成服給暇事.

21-3

과거의 試場이 설치된 이후에는 시관도 복제식가를 이유로 빠질 수 없다.[240] 그런데 금란관에 배치되었을 때 대부분 복제를 이유로 그 일을 남에게 떠넘기는 폐단이 있다. 앞으로는 금란관의 경우, 기년복·대공복·외조부모복·처부모복 및 부모의 기제사 외에는 복제식가를 일체 허용하지 않는다.

一. 科擧設場之後, 服制式暇, 試官亦不得懸頉. 而禁亂官分記時, 多有緣此推諉之弊. 此後則禁亂官, 期、大功、外祖父母、妻父母喪及親忌外, 服制式暇, 一切勿許事.

21-4

본부의 식가에 대한 규례에 기제사만을 허용하고 시제[241]는 언급하지

---

사촌형제의 손녀, 재종형제의 아들과 미혼인 딸, 고모의 아들, 외숙의 아들, 이종형제, 처의 부모, 사위, 외손, 형제의 손자의 처, 사촌형제의 아들의 처, 사촌형제의 처 등을 말한다.《大明律直解 服制》

239) 성복 : 초상이 난 뒤 喪服이 만들어지면 喪制들이 일제히 상복 차림을 하는 것을 말한다.

240) 과거의……없다 : 복제를 핑계로 試官으로 나가지 않은 관원은 推考 등의 처벌을 받았다. [《承政院日記 景宗 3年 8月 28日》: 李夏源啓曰: "監試一所試官趙趾彬, 出榜後卽當復命, 而稱以服制, 不爲入來. **試官之除服制式暇, 自是事目,** 而不爲復命, 殊涉未安, 推考警責, 何如?" 傳曰: "允."] 조선시대에는 각종 과거시험의 初試와 覆試에 上試官, 參試官 약간 명씩과 監試官 한두 명씩이 임명되었으며 殿試에는 對讀官 3~5명, 試券官 3명이 임명되었다. 시관으로 임명된 자는 대궐에서 밤을 지내고 시험장으로 직행하여 외부와 연락을 하지 못하였다. 상시관과 참시관은 試場 안의 일을 주관한 반면 감시관은 시장 밖의 일을 주관하였다. [한우근 등,《譯註 經國大典》(注釋編), 한국정신문화연구원, 1985, 313면]

않은 것은 당초 어떤 뜻에서 그러했는지 알 수 없지만, 《경국대전》 급가조를 살펴보면 시제를 주재하는 아들과 나머지 아들들은 식가가 2일인데 본부의 규례에는 실려 있지 않으니, 누락된 것이 분명하다. 지금부터 《경국대전》에 의거하여 식가를 지급한다. 각 낭청의 경우 제사를 주재하는 아들은 3일, 나머지 아들들은 2일이고, 신입 낭청의 경우는 제사를 주재하는 아들에게만 2일을 허용한다.【여러 사람이 만약 일시에 모두 시사를 행할 경우, 먼저 상경력 이하 다섯 분에게 허용하며, 그 아래는 동시에 한꺼번에 행할 수 없다. 갑인년 완의[242]】

一. 本府式暇之䂓, 只許忌祀, 而不及時祭者, 雖未知當初旨意之如何, 而考見《大典》〈給暇〉條, 則時祭主祭者及衆子, 式暇二日, 府憲之不載, 明是闕文. 自今以後, 依《大典》許給式暇, 而各位則主祭者三日, 衆子則二日, 新位則只許主祭者二日事.【諸僚, 若於一時幷行時祀, 則先許上經歷以下五位, 其下毋得一時並行事. 甲寅完議】

---

241) 시제 : 철에 맞추어 지내는 제사를 가리키는 말로, 時祀 또는 時享이라고도 한다. 時祭에는 두 가지 경우가 있는데, 그 하나는 개인집에서 제사를 지내지 않게 된 4대조 이상의 조상에 대하여 매년 음력 10월에 그 묘에 찾아가서 제사하는 것을 가리키고, 다른 하나는 사계절에 사당에서 조상에게 제사하는 것을 가리킨다. 宗廟에서는 4계절의 첫 달(음력 1·4·7·10月)에, 家廟에서는 4계절의 둘째 달(음력 2·5·8·11月)에 지낸다. [《經國大典 禮典 給假》 : 時祭則主祭者及衆子並給假二日, 長孫及同曾祖以下父沒衆長孫一日, 忌日則並給二日.] 《國朝五禮儀》에 의하면 2품 이상은 上旬에, 6품 이상은 中旬에, 7품 이하는 下旬에 택일하도록 하였다. 《國朝五禮儀 吉禮 大夫士庶人 四仲月時享儀》

242) 갑인년 완의 : 干支만으로는 정확한 연도를 알기 어렵다. 그러나 본 조목의 내용이 《경국대전》의 給假 규정을 의금부에 적용하는 문제이므로 《경국대전》이 편찬된 성종 7년(1485)을 하한선으로 보고, 상한선은 필자가 해제 부분에서 논증한 것처럼 이 완의는 〈금오청헌〉에 속한 부분이므로 박명양 등이 본서를 편찬한 영조 20년(1744)을 넘지 않을 것이라고 보았다. 그 안에 갑인년은 명종 9년(1554), 광해군 6년(1614), 현종 15년(1674), 영조 10년(1734)이 있는데, 어느 해인지는 분명치 않다. 본서 해제 248~250면 참조.

## 22. 禮木[예물]

※ 이 항목은 의금부의 수입으로 들어오는 예목에 대한 규례를 다루고 있어 〈分兒〉, 〈進排〉 항목과 함께 의금부의 재정에 대한 정보를 준다. 禮木은 본부에 재직했던 관원들이 승진하여 지방관으로 나가게 되었을 때 의금부에 禮物로 바치는 布木이다. 木이란 무명을 뜻하는 것이므로, 布나 무명이 화폐로 사용되던 조선 전기에는 예물을 무명으로 냈기 때문에 禮木이라 지칭한 듯하다. 하지만 조선 후기에 가면 대개 銅錢으로 납부하였다. 예목 안에는 筆債와 鋪陳債 등이 포함된다. 본 항목 안에도 필채, 포진채 등에 대한 내용까지 모두 함께 기술하고 있다. 《度支志 官制部 雜儀 禮木式》에도 "본부의 낭관이 지방관에 제수되면 하직인사 하기 전에 筆債를 바친다. [本曹郎官外任除授, 則辭朝前筆債備納]"라 한 것 역시 그 근거가 될 수 있다.

예목은 요즘말로 하면 일종의 '찬조금'에 해당하나, 自意로 내고 안 내고를 결정하거나 액수를 조정할 수 없었다. 의금부에서는 현임 낭청이 지방관에 임명되면 廳中筆債 7냥, 西廳筆債 2냥, 鋪陳債 2냥을 내도록 규례화하였고, 그것도 하직 인사 하는 날 서리가 가서 즉시 받아오게 되어 있는 강제성 있는 찬조금이었다. 오늘날과는 달리 당시에는 관사의 재정이 궁핍하면 前任者들에게 예목을 받는 것이 일반적이었고, 이것을 수입원으로 하여 부족한 본부의 재정을 보충했던 것으로 보인다.

22-1

본부의 장방은 낭청선생이 심문을 받을 때 거처하는 곳이다. 대개 낭청 중 참상관은 90일, 참하관은 6달 뒤 허참례[243]를 행하여야 비로소 선생이라 불리며 장방에 들어가는 것이 허용되었다. 단 하루가 모자라도 선생으

243) 허참례 : 免新禮를 말한다. 의금부 낭청에 제수된 낭청은 참상 도사는 90일 후에, 참하 도사는 6개월 후에 정식으로 참여가 허용되었다. 본서 〈許參〉항목에 자세하다. [《金吾憲錄 許參》: 新來之員 : 參上, 則肅拜後四十五日, 而行出官禮, 又四十五日, 而行免新禮 ; 參下, 則出仕後三朔, 而行出官禮, 又三朔, 而行免新禮.]

로 대우하지 않고 장방에 들어가지 못하게 한 것은 바로 선생을 존중하고 청규를 엄하게 하기 위한 것이었다. 당상관의 경우는 원래 허참례가 없기 때문에 선생이란 호칭도 없었다. 그러므로 당상을 지낸 사람 중에 간혹 심문을 받는 일이 있어도 장방에 들어가 거처할 수 없는 것이 바로 300년간 이어온 오랜 규례이다. 그런데 중간에 (당상을 지낸 관원이) 본부의 규례를 위반하고 장방에 들어가 거처하는데도 낭청이 공경하는 도리에 얽매여 규례에 근거하여 막지 못하였고, 그것이 지금까지 그대로 따라하여 잘못된 규례로 굳어졌다. 그렇다면 당상의 체모가 높아 비록 허참례는 없더라도, 이미 낭청선생과 마찬가지로 장방에 들어가게 되었으니 지방관에 임명되었을 때 내는 예목 역시 달라서는 안 될 듯하다. 앞으로 당상선생 중에서 지방관이 되었을 경우, 감사·병마절도사·수군절도사로 나가는 자는 무명 10필씩을 내며, 경기 감사나 유수로 나가는 자는 그 반을 내고, 부윤·목사·부사로 나가는 자는 7필씩 내며, 군수와 현감으로 나가는 자는 5필씩 내는 것으로 수량을 정하여 이를 영구히 준행하도록 한다.[244)]【갑인년에 경기의 고을로 나간 경우는 절반만 내기로 完議하였다.】

一. 本府長房, 乃是郎廳先生就理時所處之地也. 蓋郎廳中參上, 則九十日 ; 參下, 則六朔後, 行許參禮, 始稱先生, 許入長房. 雖未滿一日者, 不以先生待之, 勿許長房者, 乃所以尊先生而嚴廳規也. 至於堂上, 則元無許參之禮, 故亦無先

244) 앞으로……한다 : 이 완의의 요점은 원래는 예목을 내지 않던 당상관에게도 낭청과 마찬가지로 예목을 내게 한다는 것이다. 당상관에게도 예목을 내게 하는 규정은 先生이 있는 다른 관사에서도 동일하게 적용되었으나 예목의 수량에는 약간 차이가 있었다. 漢城府에서는 監司·兵使·統制使·江都留守·松都留守로 나간 선생의 예목은 의금부와 마찬가지로 10필이었으나, 牧使·副使·庶尹로 나간 선생의 예목은 5필, 判官·郡守·經歷으로 나간 선생의 예목은 4필로 의금부에 비해 2필 내지 1필이 적었다. [《京兆府誌 戶房》: 堂、郎先生禮木, 曾前只以郎廳先生捧上矣, 節目啓下後, 堂、郎俱爲磨鍊, 曾經先生勿論, 自甲申十一月初九日爲始, 永爲定式, 辭朝日邸吏處卽爲捧上. 而監司·兵使·統制使·兩都留守禮木十疋、代錢二十兩, 牧使·府使·庶尹禮木五疋、代錢十兩, 判官·郡守·經歷禮木四疋、代錢八兩, 縣令·縣監·察訪禮木三疋、代錢六兩, 京畿則監司、留守以下, 因備局甘結, 一倂減半.【甲午十一月, 依外道例.】

生之稱. 而曾經堂上中, 或有就理之擧, 不得入處長房, 乃是三百年古例. 而中間違越廳憲, 入處長房, 郎廳拘於相敬之道, 不能據例防塞, 因循至今, 便成謬習. 則堂上體尊, 雖無許參之禮, 而旣與郎廳先生, 同入長房, 則至於外任禮木, 似不可異同. 此後堂上先生中爲外任, 則監、兵、水使, 木十疋；畿伯、留守, 則半之；府尹、牧·府使, 七疋；郡守、縣監, 五疋式定數, 永久遵行事.【甲寅, 畿邑則半之, 完議.】

22-2

현임 낭청이 지방관에 임명되면 청중필채 7냥, 서청필채 2냥, 포진채 2냥을 내야 하는데, 하직 인사 하는 날에 즉시 받아온다.[245]

一. 以時任郎廳, 除拜外任, 則有廳中筆債七兩、西廳筆債二兩、鋪陳債二兩, 辭朝日卽捧事.

22-3

본부의 낭청이 다른 관직으로 옮겼다가 지방관에 임명되면, 포진채 2냥만 받는다.

一. 以本府郎廳, 移他職而除拜外任, 則只捧鋪陳債二兩事.

22-4

본부의 포진·병풍·장막 등의 물건이 햇수가 오래되어 낡고 망가졌는데 工房에 남은 재물이 없으면, 예전에 선생을 지낸 각 고을의 현임 수령들에게 간찰을 보내 구청한다.[246]

---

245) 하직……받아 온다 : 의금부 내에서 포진채와 필채 등을 담당하는 것은 工房이었고, 공방낭청에게 속한 서리가 일일이 수납한다는 내용이 본서 〈工房節目〉에 나와 있다. 先生이 지방관에 임명되어 하직 인사 하는 날에 書吏가 직접 찾아가 받아 온다. [《金吾憲錄 工房節目》: 每有捧上時, 該掌羅將捧納於工房書吏, 置一樻子於長房, 一一入樻儲蓄, 而開金則該掌書吏捧受.]

246) 구청한다 : '求請'은 본래 조선에서 중국으로 사신 나가는 사람이 사행 비용에 보태기

一. 本府鋪陳、屛帳等物, 年久廢毁. 而工房無留財, 則曾經先生之時任各邑處, 發簡求請事.

22-5

당상관의 포진을 개비할 때, 각 도의 감영과 병영에 구청한다.

一. 堂上鋪陳改備時, 各道監、兵營求請事.

---

위해 미리 各道나 各郡에 서신을 보내 재물을 요청하는 것을 말한다. [《星湖僿說 人事門 私覿官》: 使价出境, 先期發書于各道各郡, 囑託務得, 謂之求請.] 그러나 여기에서는 그 관사에 전에 근무했다가 지방관으로 승진해 나간 전임자에게 禮物價를 요청하는 것을 의미한다. 내는 사람에게 선택권이 없어 강제로 징수하는 돈으로 인식되었다.

# 23. 分兒[분배]

※ 分兒는 각 관아의 소속원에게 해마다 약간의 물품이나 銅錢을 나누어 주는 것을 말한다. [《磻溪隨錄 卷3 田制後錄上 經費》: 各司該用餘物, 皆私分諸官, 名曰分兒.] 分下라고도 하였다. 분아는 본래 曆書, 제사용 초, 붓, 試紙 등의 물품을 직접 주었으나, 나중에는 역서 외의 물품은 주로 동전으로 지급하였다. 분아의 대상은 당상관과 낭청은 물론이고, 물품에 따라서는 書吏·書員·庫直 등도 해당되었다. 본 항목은 分兒하는 각 물품의 담당자만을 거론하고, 실제 누구에게 무엇을 얼마만큼 지급하는지에 대한 기술은 보이지 않는다. 분아의 구체적인 대상, 물품 종류, 수량 등에 대하여는 《度支志》와 《秋官志》의 내용을 통해 그 규모를 추정하였다. 이 항목은 본서의 〈禮木〉과 쌍을 이루는 것으로, 예목은 의금부 자체에서 마련한 수입에 해당하고 분아는 그 지출에 해당한다고 볼 수 있다.

23-1

역서의 분배[247]는 노비색이 담당한다.

一. 曆書分兒, 則自奴婢色擔當事.

23-2

각 낭청의 부모 기제사에는 무게 4냥짜리 초 1쌍을 노비색이 마련해 보낸다.

一. 郎廳各位親忌, 四兩燭一雙, 自奴婢色造送事.

---

182) 역서의 분배 : 曆書를 분배하는 담당 낭청이 노비색이라는 것만 밝히고, 누구에게 얼마나 지급하는지에 대해서는 밝히지 않았다. 호조의 경우를 들어 대략의 윤곽을 추정해보자면, 당상관에게는 靑粧曆 2건, 中曆 35건, 常曆 35건을 나누어 주었고, 낭청에게는 청장력 1건, 중력과 상력 각각 18건씩을 나누어주었으므로 의금부에서도 비슷한 양을 분배하였을 것으로 보인다. 이들 외에 서리, 서원, 고지기 등에게도 中曆이나 常曆을 소량 분배하였다. 《度支志 官制部 雜物色 分兒》

## 23-3

붓 묶음의 분배는 일도사가 담당한다.[248]

一. 束筆分兒, 則一都事擔當事.

## 23-4

정시[249], 알성시[250]에 쓰는 정초지[251]는 공방이 전담한다. 절제[252]와

248) 붓……담당한다 : 원문 '束筆'의 '束'은 10개 묶음을 나타내는 단위사이어서 붓을 1, 2자루씩 분배하는 것이 아님을 말해준다. 본서에는 붓의 분배 대상과 수량에 대한 언급이 없으나 호조의 경우를 예로 들어 대략의 윤곽을 추정해보자면, 別營의 당상관에게는 황필 100자루, 白筆 50자루를 지급하고, 낭청에게는 황필 79자루, 백필 30자루를 지급하였다. 그 외에 執吏에게도 봄가을에 抄筆 15자루, 白筆 10자루를 지급하는 규정이 있었다.《度支志 官制部 別營 分兒》

249) 정시 : 왕실에 경사가 있는 경우에 특별히 대궐 뜰에서 시행하는 科擧를 말한다. 문과, 무과만 행하고 生員, 進士, 雜科는 행하지 않았다. 初試와 殿試가 있었다.《大典會通 禮典 諸科》

250) 알성시 : 임금이 文廟(공자 사당)에 배알하는 날 成均館에서 행하는 문, 무과 시험을 말한다. 조선 太宗 14년(1414)에 처음으로 실시되었다. 謁聖文科는 문과 殿試에 해당하는 과거시험으로 策·表·箋·箴·頌·制·詔 중의 1편을 시험 보여 당일로 합격자를 발표하였으며 일정한 정원은 없었다. 謁聖武科는 初試와 殿試의 구별이 있었는데, 초시는 2개의 시험 장소에서 각각 50명을 선발하고, 전시는 임금이 참석한 가운데 木箭·鐵箭·柳葉箭·片箭·騎芻·貫革·擊毬·騎槍·鳥銃·鞭芻·講書 등을 시험했는데 합격정원은 일정치 않았다.《大典會通 禮典 諸科》

251) 정초지 : 正草는 正書한다는 뜻으로, 正草紙는 과거 볼 때 시험 답안지로 사용할 종이 즉 試紙를 말한다. 조선에서 과거 응시자는 각자 답안을 正書하여 낼 試紙를 마련해 시험장에 들어가야 했는데, 試官들에게 주목을 받기 위해 지나치게 두꺼운 종이나 특이한 종이를 사용하는 유생들이 많아 채점의 공정성을 해친다는 불만이 많았다. 그리하여 草記를 작성할 때 쓰는 닥나무로 만든 草注紙에만 관인을 찍어주도록 왕의 지시가 여러 번 내려졌으나, 지방에서 試紙를 마련해 온 유생들이 다시 서울의 紙廛에서 초주지를 사야 하는 불편이 생기는 등 잡음이 많았다. 본 조목을 통해, 의금부에서는 소속 관원들이 과거를 볼 경우에 본부에서 자체적으로 試紙를 마련하여 제공하였음을 알 수 있다. [《承政院日記 顯宗 2年 9月 14日》: 常時**謁聖及庭試, 則儒生正草紙前期踏印**, 如黃柑不時之製, 則當日踏印, 乃是前例.]《承政院日記 孝宗 元年 6月 8日, 顯宗 14年 3月 18日, 肅宗 38年 1月 5日》

252) 절제 : 節日製라고도 한다. 조선시대, 매년 정월 7일[人日], 3월 3일[上巳], 7월 7일[七夕], 9월 9일[重陽]에 성균관에서 거재유생과 지방의 유생에게 보이던 시험이다. 의정

증광시[253], 별시[254] 때는 노비색과 공방이 반씩 나누어 정초지 1장씩을 당상관과 각 낭청에게 분배한다. 회시 때는 시험을 볼 각 낭청과 당상관의 자제 중 회시에 응시하는 사람에게 1장씩 노비색과 공방이 반씩 나누어 분배한다.

一. 庭·謁聖正草, 工房專當. 節製、增·別試時, 自奴色、工房分半, 正草紙一事[255]式, 堂、郎各位前分兒. 會試則當赴各位及堂上子弟中當赴會試處, 一事式, 奴、工兩色, 分半分兒事.

23-5

본부의 필채에 대해서는 청헌에 실려 있으나, 붓 묶음을 분배하는 데 대한 규례는 분명하게 실려 있지 않다. 이전 규례가 모두 들쭉날쭉하여 매번 분배하여 보낼 때마다 번번이 착오를 일으키는 문제가 있다. 앞으로 元筆은 우위 낭청에게만 분배하고, 西廳筆은 수량의 많고 적음을 따지지 말고 모두 신입 낭청에게 준다.[256] 그러나 완의에 참여한 관원들 가운데 혹 자리를 옮긴[257] 자가 있으면 완의에 참여한 현임 관원에 비해 절반을

---

부, 육조, 예문관, 홍문관의 당상관이 試官이 되어 對策, 表, 箋, 箴, 頌, 制, 詔 중에서 1편을 제술하여 시험하였는데 이에 합격하면 문과의 殿試나 覆試에 응시할 자격을 주거나 또는 시상하기도 하였다. 《六典條例 禮典 成均館 科擧》

253) 증광시 : 국가에 큰 경사가 있거나 혹은 여러 경사가 겹쳐졌을 때 설행하던 과거이다. 경사가 특히 많이 겹쳐졌을 때에는 大增廣試를 설행하였으며 합격자 定數를 늘렸다. 《大典會通 禮典 諸科》

254) 별시 : 나라의 경사가 있을 때나 重試를 설행할 때 그에 대응하여 실시하는 科擧인데, 단 한 번의 시험인 初試만으로 합격자가 결정되어 殿試를 거쳐서 등급이 확정되었다. 《大典會通 禮典 諸科》

255) 事 : 벼루, 다리미를 셀 때나 몇 개가 짝을 이룬 물건을 셀 때 '벌'의 뜻 등으로 쓰이는 단위어이다. 여기서는 '張'의 뜻으로 쓰여 試紙나 落幅紙 따위를 세는 단위어로 쓰였다.

256) 元筆은……준다 : 여기서 말하는 원필과 서청필이 어떻게 마련되는지에 대한 명확한 근거는 없다. 본서 〈禮木〉22-2 조목에서는 현임 낭청이 지방관에 임명되었을 때 청중필채 7냥, 서청필채 2냥을 낸다고 하였고, 본서 〈대문절목〉35-19 조목에서는 서청필채는 官에서 지급한다고 하여, 붓을 마련하는 財源이 일치하지 않고 있다.

분배한다. 같은 정사에서 자리를 옮긴 자는 비록 선후가 있더라도 모두 따지지 않는다. 완의가 이루어진 후에 온 사원에게는 분배를 허용하지 않는다. 완의한 규례는 동료 관원이 지방관에 임명된 날에 예방서리가 位次를 열거하여 완의를 완결한다.

一. 本府筆債, 載於廳憲, 而分筆之規, 無分明載錄者. 前規不免參差, 每當分送之際, 輒有眩錯之患. 今後則元筆, 只分兒於右位 ; 西廳筆, 則無論多少, 盡屬新位. 而參完議諸員中, 或有遷轉者, 視完議中時任僚員, 折半分兒. 而同政遷轉, 雖有先後, 並勿論. 完議後司員, 則勿許分兒. 完議之規, 則僚員除拜外任之日, 禮吏列書位次, 以成完議者.

23-6

당상관이 낸 예목필[258]은 낭청에게 분배하며, 분배하는 규례는 서청필을 분배하는 것과 동일하다. 그런데 당상관이 내는 예목에는 서청필채가 없으므로 신입 낭청은 이 분배에 끼지 못한다.

一. 堂上禮木筆, 郎廳均分, 分兒之規, 一如廳筆. 而堂上禮木, 則旣無西廳筆債, 新位則勿預事.

---

257) 자리를 옮긴 : 원문은 '遷轉'인데, 《經國大典註解》에 "遷, 登也. 轉, 移也."라 하여 승진과 전보를 의미함을 나타내고 있다. 여기에서는 이런 경우를 모두 포괄하여 '자리를 옮기다'라고 번역하였다. 《經國大典註解 後集 吏典》 주석 11) 참조.

258) 예목필 : 예물로 낸 붓 값을 말한다. [《度支志 雜儀 禮木式》 : 本曹郎官外任除授, 則辭朝前筆債備納, 而牧使、府使五疋, 經歷、郡守四疋, 都事、判官、縣令、縣監、察訪三疋.]

## 24. 褒貶[업무평정]

※ 이 항목은 의금부에서 1년에 2번 시행하는 褒貶에 대한 것이다. 포폄은 해마다 6월과 12월에 정기적으로 관원의 근무 성적을 평가하는 제도를 가리킨다. 업무평정을 褒貶이라 부르게 된 것은, 관원의 근무 성적에 대해 上等으로 평가하는 것을 褒나 最라 하고 下等으로 평가하는 것을 貶이나 殿이라 한데서 유래하였다. 殿最라고 부르기도 하였다. 서울의 관원은 해당 관사의 당상관 提調와 屬曹의 당상관이, 지방의 관원은 관찰사 및 절도사가 1년에 두 차례 관할 관원에 대한 포폄을 행하여 왕에게 보고하였다. 포폄 결과에 따라 우수한 자는 승진시키고 불량한 자는 左遷 또는 免職시켰다. 《經國大典 吏典 褒貶》《典律通補 吏典 褒貶》

본 항목은 포폄 전날과 당일에 상경력과 조사 낭청의 역할과 낭청들의 복장, 儀式에 초점이 맞춰져 있다. 포폄이 의금부 낭청들의 考課를 매기는 일이므로 그들에게 미치는 영향은 상당히 컸을 것이나 이 항목에 실린 규정이 의외로 소략한 것은, 포폄을 하는 사람은 당상관이고 낭청들은 그 대상이었기 때문에 당상관들이 준수해야 할 규정보다는 낭청들에게 필요한 포폄 전후의 준비 절차와 의식에 대한 규정 위주로 다룬 것으로 생각된다. 포폄하는 날에는 의금부에서 모든 당상과 낭청이 참석한 가운데 행하는 公禮와 私禮가 있었다.

24-1

1년에 2번 포폄하는 달의 초하루 4경[259] 무렵(새벽 1시~3시)에 상경력이 수석 당상관에게 직접 여쭈어 날짜를 정한 뒤 조사낭청이 여러 당상관에게 回報한다.

一. 兩等褒貶當月初一日四更頭, 上經歷親稟首堂上定日後, 曹司郎廳回報諸堂上事.

---

259) 경 : 여기서의 更은 야간에 시각을 알리던 시간단위로서의 更을 말한다. 조선에서는 하룻밤의 시간을 5更으로 나누고 오후 7시부터 오전 5시까지를 2시간 단위로 구분하였는데, 4경은 새벽 1시에서 3시를 가리킨다.

24-2

포폄하기로 정해진 날 파루[260] 때(새벽 5시 경), 조사 낭청이 네 분 당상관에게 가서 나올 것을 청하여 좌기를 연 후, 낭청들이 공례와 사례를 행한다.[261] 모두 홍단령을 입고 한다.

一. 定日罷漏時, 曹司郎廳詣四堂上前, 請坐開坐後, 諸郎廳行公、私禮. 皆以紅團領爲之事.

24-3

공례는 마당에 서서 청알하며, 사례는 좌기할 때의 의례와 같다.

一. 公禮, 則立庭請謁 ; 私禮, 則與坐起禮同事.

---

260) 파루 : 5更 3點 末(새벽 5시 경)에 33번의 종을 쳐서 통행금지를 해제하는 것을 말한다. 조선시대에는 人定부터 罷漏까지는 도성 안을 통행할 수 없었다. 서울의 종각, 전국의 요충지와 큰 절에 종을 달아놓고 매일 밤 初更 3點 末(오후 9시 경) 또는 2경 3점 초(오후 10시 경)에 28宿의 의미로 종을 28번 쳐서 성문을 닫아 통행을 금지하고, 새벽에 통행금지를 해제하기 위하여 5경 3점 말(오전 5시 경)에 33天의 뜻으로 종을 33번 쳤다. 통행금지 시간 동안에는 公務나 질병으로 인한 용무 이외는 高官도 통행이 금지되었다. 《大典會通硏究 兵典 行巡》

261) 낭청들이……행한다 : 公禮와 私禮를 연이어 행하는지, 공례나 사례 중 하나만 선택하여 행하는지는 분명치 않다. 《京兆府誌》에 수석 당상관이 입장하면 禮房書吏가 公禮로 할 것인지 私禮로 할 것인지를 여쭌 뒤에 행한다고 한 것에서 한성부는 공례와 사례 중에서 선택하였음을 알 수 있고, 司譯院에서는 공례가 끝나면 다시 사례를 행한다고 한 것으로 보아 공례와 사례를 함께 행한 것을 알 수 있다. 공례와 사례의 시행 여부는 각 관사마다 약간의 차이가 있었으나, 일치한 것은 절할 때 공례는 再拜하고 사례는 單拜하였다는 것이다. 한성부나 사역원의 경우, 공례는 公服을 입고 거행하였고 사례는 時服을 입고 거행하였으나, 의금부는 모두 공복인 홍단령을 입고 거행하였다. [《京兆府志 職掌 吏房》首堂上入來後, 禮吏取稟公、私禮爲之, 則堂上各就改服所.] ; 《通文館志 卷2 坐起節次》 : 四學生徒於三門內, 分左右, 行鞠躬禮. 書員於階上, 使令於階下, 俟次再拜, 訖又行私禮, 竝時服.]

## 25. 報仕[임기만료]

※ 報仕는 '報仕滿'의 줄임말로, '仕日이 찼음을 보고하다'라는 뜻이다. 즉, 정해진 근무기간을 채웠다고 吏曹에 보고하는 것이다. 仕日은 勤務日數로, 한 관직의 임기는 실제로 근무한 日數로 계산하게 되어 있었는데, 근무 1일을 '仕' 1일로 셈하였다. 仕에는 元仕와 別仕가 있었다. 원사는 원래 정해져 있는 출근일수를 가리키고, 별사는 특별근무한 일수를 가리킨다. 보고할 때는 元仕와 別仕의 日數를 합하여 임기만료가 계산되도록 하였다.

본 항목에서 다루는 임기는 의금부 낭청의 임기를 말한다. 의금부 낭청은 조선 초기에는 無祿官이었고 임기는 360일이었다. [《경국대전 吏典 京官職》: 無祿官【義禁府堂下官及提學·提檢·別坐·別提·別檢等】仕滿三百六十而敍.] 그러나 顯宗 3년(1662) 이후 의금부 낭청의 임기는 30개월로 바뀌었다. [《受教輯錄 吏典 官職》: 義禁府都事參下, 則仕滿三十朔, 直出六品.【康熙壬寅承傳】] 본서에서 의금부 낭청의 임기를 30개월로 제시하고 있는 것에서, 이 규정이 현종 이후의 규정임을 보여준다. 의금부 낭청은 주로 蔭官이 처음 벼슬하는 자리로, 여기에서 임기를 채우면 參上官(6품)으로 승진하여 지방 수령이 되는 경우가 많았다. 그렇게 되려면 報仕가 이루어져야 했다. [《承政院日記 英祖 11年 5月 29日》: 都政之法, 報仕滿者, 竝卽出六.]

### 25-1

첫 벼슬로 도사가 된 자는 (근무 기간이) 30개월이며 날짜로 계산한다.[262] 참봉에서 옮겨 임명된 자도 같다. 다른 각사의 봉사에서 상환되어 온 자는 이전에 근무한 날짜를 합하여 계산한다.

---

262) 첫……계산한다 : 현종 3년(1662)에 내린 수교에, 참하관인 의금부 도사는 근무일수가 30개월이 차면 곧바로 6품 즉 참상관으로 올리라고 하였다. [《受教輯錄 吏典 官職》: 義禁府都事參下, 則仕滿三十朔, 直出六品.] 이 수교는 참하관인 의금부 도사는 종9품인데, 30개월 즉 900일을 근무하면 7, 8품을 거치지 않고 바로 6품으로 올려주도록 지시한 것이다.

一. 初入仕爲都事者, 三十朔, 計日. 自參奉移拜者同. 自他各司奉事相換者, 通計前仕事.

25-2

도목정사 때, 본부에서 근무한 날짜를 계산하여 이조에 공문을 보낸다.

一. 都政時, 自本府計仕, 移文吏曹事.

## 26. 先生[전·현직]

※ 이 항목의 내용은 의금부의 先生案에 이름이 오른 '先生'에 대한 우대사항에 대한 것이다. 朝鮮에서 '선생'이란 말은 현대어에서 존칭처럼 붙여 쓰는 접미사가 아니라, 일정한 자격 요건을 갖추어 先生案에 이름을 올린 관원을 의미하는 특수한 용어였다. 先生案에는 그 관사에 재직하는 관원의 姓名, 職名, 生年月日, 本貫 등을 기록하였다. 선생으로 대접 받기 위한 자격 요건은 免新禮를 거친 사람이어야 하는데, 이것은 의금부에 배치된 후 90~180일 이상 근무해야 함을 의미한다. (본서 〈許參〉 참조) 선생안에 이름이 기록된 관원은 의금부에서 심문을 받을 때 다른 죄수들과 함께 가두지 않고 書吏長房에 가두었으며, 贖錢도 50%만 내게 하였고, 선생의 子弟가 의금부에 임명되었을 때는 免新에 필요한 기간을 줄여주었으며, 喪을 당했을 때는 羅將을 보내 일을 돕게 하는 등의 우대를 받았다. 본 항목에 의하면, 免新禮를 치르는 날 모두가 모인 공식 회합 자리에서 선생안에 入錄하여야 본격적으로 의금부의 정식 관원으로 대접 받을 수 있었다. 종래에는 '선생'을 '前任'과 같은 의미로 보았으나, 면신례를 치르고 선생안에 기록되면 모두 선생이 될 수 있었으므로, 재직 중인 낭청도 선생에 포함된다는 것을 알 수 있다. 따라서 본서에서는 선생을 '前·現職'으로 이해하고 번역하였다. 先生은 의금부 뿐 아니라 중앙의 각 관사나 지방의 고을에도 있어서, 현재도 한국고전적종합목록시스템을 검색해보면 각종 先生案들이 전해지고 있다.

26-1

先生인 당상이나 낭청이 심리를 받을 때는 장방에 들어가는 것을 허용하고 사환·사령·청지기·다모 각 1명씩을 차정[263]하며 땔감·등잔기

263) 차정 : 差는 '택하다', 定은 '정하다'이므로 差定은 뽑아서 배치한다는 뜻이다. [《經國大典註解 後集 吏典》 : 差, 擇也. 言差任也. 定, 安也.] 윤국일은 정직 관리를 임명하는 것을 '除授'라 하는 것에 대한 상대되는 말로 임시적 직무의 배정을 '差定'이라고 하였다. (윤국일, 전게서, 84면)

름·숯도 지급한다.

一. 堂、郎先生就理時, 許入長房, 使喚、使令、廳直、茶母各一名差定, 柴、油、炭亦爲上下事.

26-2

비록 선생 여러 명이 심리를 받는 때라 하더라도, 상장방과 하장방에 청지기 각 1인을 고립[264]하는 것 외에 더 차정할 수 없다.

一. 雖値先生多員就理之時, 上、下長房廳直各一人雇立外, 不得加定事.

26-3

선생을 의금부에 잡아들이는 과정에서 몰아치거나 무례하게 대하지 않는다. 장형을 집행하는 것에 대한 속전[265]은 절반만 받는 것을 허락한다.

一. 拿入之際, 不敢迫促褻慢, 決杖贖錢, 折半許捧事.

---

264) 고립 : 대가를 주고 다른 사람을 대신 보내 兵役이나 賦役 따위를 치르게 하는 것이다.

265) 장형을……속전 : 贖錢은 처벌을 받아야 할 죄인에게서 처벌 대신 贖罪金으로 받는 布나 楮貨, 銅錢을 말한다. 조선에서는 笞刑에서 死刑까지 처벌 단계별로 죄인에게서 거두어들이는 속전이 법으로 정해져 있었다. 《전율통보》와 《육전조례》에 笞刑에서 死刑까지 처벌 단계별로 죄인에게서 거두어들이는 속전이 규정되어 있다. 조선 전기에는 국가의 공식 화폐로 楮貨와 布를 사용하였으므로 속전도 저화나 포로 징수하였으나, 후기에 국가의 공식 화폐로 銅錢을 사용하도록 변경한 뒤로는 동전으로 징수하였다. 예를 들면, 笞 10대에 해당하는 죄를 지은 사람에게서 태를 맞는 대신 속전 7錢을 거두고, 점차 7전씩 올려서 杖 100대에 해당하는 죄를 지은 사람에게서는 7兩을 거두는 식이었다. [《典律通補 刑典 收贖》 : 贖法 : 笞【一十, 木七尺, 代錢七錢, 遞加七尺, 至笞五十, 一匹, 代三兩五錢.】、杖【六十, 木一匹七尺, 代錢四兩二錢, 遞加七尺, 至杖百, 二匹, 代七兩.】、徒【一年, 木二匹, 代錢七兩, 每半年, 遞加一匹, 至徒三, 六匹, 代二十一兩.】、流【○二千里, 木八匹, 代錢二十八兩. 二千五百里, 九匹, 代三十一兩五錢. 三千里, 十匹, 代三十五兩.】及死刑【錢四十九兩.】有差.]

26-4

무릇 선생이 들어올 때는 크게 소리쳐 알린다.266)

一. 凡先生入來時呼望事.

26-5

선생이 본부에 내야 하는 벌례 및 선생의 하인에게 내린 부과267)는 일체 없애준다.

一. 廳中罰禮及下人附過, 一並蕩滌事.

26-6

죄의 경중을 막론하고 이미 그 죄를 없애준 뒤에는 본부 안에서 더 이상 거론하지 않는다.

一. 勿論罪之輕重, 旣令蕩滌之後, 廳中不敢更爲擧論事.

26-7

본부는 선생을 존중하는 아문이니, 선생의 아들이 본부에 와서 근무하

---

266) 크게 소리쳐 알린다 : 원문은 '呼望'인데, 여러 사람에게 들리도록 크게 소리치는 것이다.

267) 선생의……부과 : 附過란 官員의 過失을 기록해 두었다가 일정한 기간마다 이를 통계하여 인사 고과에 반영하는 것을 가리킨다. 그런데 여기에서는 附過의 대상이 관원이 아니라 下人이다. 여기에서의 하인은 본서 〈金吾廨宇節目〉34-1-3의 내용으로 볼 때, 당상과 낭청이 관사에 출입할 때 데리고 다니는 帶率下人을 가리키는 것으로 보인다. 선생의 하인이 저지른 과오에 대해서는 본서에 구체적인 사례가 나오지 않으나 다른 관사의 경우를 가지고 추정해 볼 수는 있다. 형조에서는 正郎이 내린 罰酒를 佐郎이 끝까지 거절하고 마시지 않으면 陪下人과 장무서리를 古風에 따라 治罪하는 규정이 있고, 정랑이 출입할 때 좌랑이 말머리를 돌리지 않으면 陪下人을 치죄한다는 규정이 있다. 여기에서 하인에게 내린 벌은 그 하인의 주인에 대한 처벌이었음을 짐작할 수 있다. [《秋官志 第一編 雜儀 郎官廳憲》 : 正郎前佐郎出罰時……終乃不飮, 則陪下人及掌務書吏, 依古風治罪.……正郎常時出入時, 佐郎避馬, 而若不擧行, 則陪下人治罪.]

면 더 우대하는 방도가 있어야 마땅하다. 그러나 본부의 규례를 아무리 찾아봐도 이에 대해 거론한 것이 없으니 실로 미흡한 법이다. 지금부터 낭청선생의 친자제가 참상관일 경우에는 40일이 되었을 때 출관례를 하고 또 40일이 되면 면신례를 하여 10일의 노역을 면해준다. 참하관일 경우는 2달 반에 출관하고, 또 2달 반에 면신하여 1달의 노역을 줄여준다.[268] 이것으로 영구히 정식을 삼아 시행한다. 【기미년 완의[269]】

一. 本府自是尊先生衙門, 先生之子來仕此府者, 宜有加待之道. 而考諸廳憲, 無擧論, 實爲欠典. 自今以後, 郎廳先生親子弟參上, 則四十日而行出官禮, 又四十日而行免新禮, 以除十日之役；參下, 則二朔半出官, 又二朔半免新, 以除一朔之役, 永爲定式施行事. 【己未完議】

26-8

본부가 선생을 높이는 것은 다른 관사와는 다르다. 그런데 선생의 부모·본인·처의 상을 당하였을 때 한 사람의 나장도 사환으로 정해준다는 규례가 없으니, 특히 선생을 존중하는 본래의 뜻이 아니다. 생전에는 선생으로 대접하였는데, 喪變을 만나거나 본인이 사망하면 마치 애초에 서로 알지 못한 사람인 것처럼 대하니, 그들을 존중하는 뜻이 과연 어디에 있는가. 지금부터 선생의 부모·본인·처의 상에는 서리와 나장 각 1인씩을 정하여 성복 때까지 보내주며, 마찬가지로 발인[270] 전까지 나장 1명을 정하여 보내준다. 반우[271] 때에는 서리 1인을 정하여 보내주어서 선생을

---

268) 지금부터……줄여준다 : 의금부의 면신례에 대해서는 본서 〈許參〉13-1 항목에 상세하다. 본부에 처음 온 참상관은 45일 뒤에 出官禮, 다시 45일 뒤에 免新禮를 하게 되어 있으며, 참하관은 3달 뒤에 출관례, 다시 3달 뒤에 면신례를 하게 되어 있었다.

269) 기미년 완의 : 干支만으로는 정확한 연도를 알 수 없으나 대략 이 완의의 성립 연도를 추정해보면, 본 항목은 〈금오청헌〉에 속하므로 영조 20년(1744)을 넘지 않을 것인데 기미년에 해당하는 1739년(영조15), 1679년(숙종5), 1619년(광해군11) 등 여러 가능성이 있어 분명한 연도를 추정하기 어렵다.

270) 발인 : 發靷과 같다. 喪禮에서 喪輿를 殯所에서 묘지로 옮기는 절차를 말한다.

존중하는 본래의 뜻을 드러낸다. 그러나 국옥에 일이 많을 때는 서리를 보내지 않는다.【만약 나졸이 부족할 때는 공방이나 노비색이 雇立하여 보내준다고 계해년[272]에 완의했으나, 병술년[273] 7월에 당상과 낭청이 다시 완의한 후에 서리를 정하여 보내는 것은 영구히 혁파하였다.】

一. 本府之尊先生, 異於他司. 而及其父、母、己、妻之喪, 無一羅將定使喚之規, 殊非尊先生之本意也. 生則待之以先生, 遭喪變及身死, 視若初不相識者然, 其所尊之之意, 果安在哉! 自今以後, 先生之父·母·己·妻喪, 書吏、羅將各一人, 限成服定送, 發引前, 羅將一名, 亦爲定送. 而返虞時, 書吏一人定送, 以表尊先生之本意. 而鞫獄多事之時, 則書吏勿許定送事.【若値羅卒不足時, 工房、奴色雇立定送事, 癸亥完議. 丙戌七月日, 堂、郞更爲完議後, 書吏定送, 永爲革罷事】

---

271) 반우 : 시체를 매장하고 나서 제작한 虞主(뽕나무 신주)를 집으로 되가지고 오는 의식, 또는 유교식 상례의 返哭과 虞祭를 말한다. 반곡은 시체를 매장하고 나서 집에 돌아와 곡을 하는 것이고, 우제는 땅속에 묻힌 시신의 혼령을 편안히 하기 위해 지내는 제사이다.

272) 계해년 : 干支만으로는 정확한 연도를 알기 어렵다. 단, 기술 순서로 보아 앞의 기미년 완의보다 나중에 성립되었을 것이므로 1743년(영조19), 1683년(숙종9), 1623년(인조1) 등의 가능성이 있으나 확정하기는 어렵다.

273) 병술년 : 干支만으로는 정확한 연도를 알기 어렵다. 단, 계해년 규정을 다시 수정한 내용이므로 그보다 나중에 해당하는 병술년 즉 1766년(영조42), 1706년(숙종32), 1646년(인조24) 등의 가능성이 있으나 확정하기는 어렵다.

## 27. 長房[장방]

※ 長房은 본래 관아의 書吏들이 거처하는 방으로, 의금부 뿐 아니라 刑曹 등 중앙의 다른 관사에도 있었고, 지방의 관아에도 있었다. 본서 〈官府〉와 〈先生〉항목에 따르면, 의금부의 장방은 2間이었고 上·下長房이 있었는데 선생이 죄를 지어 심리를 받을 때 囚禁處로 사용되었다고 한다. 장방에는 온돌이 설치되어 있었는데, 영조 때 禁推된 관원들이 장방에 들어가는 것을 집처럼 편안히 여기는 폐단을 없애고자 온돌을 철거하였다는 기록이 있다.《承政院日記 英祖 31年 3月 2日, 正祖 元年 5月 29日》

先生만 장방에 들어갈 수 있게 하는 이 완의가 언제 이루어졌는지는 간지만 나와 있어 정확한 연도를 알 수 없다. 하지만 본문에서 300년 동안 전해지던 오랜 규례라고 한 것으로 보아 조선 초기부터 성립된 규정으로 보인다. 영조 18년(1738)에 임금과 朴文秀의 대화에서 "의금부의 장방은 선생이 아니면 들어갈 수 없는데 名官이 모두 들어가기 때문에 吳命修가 도사였을 때 일체 엄하게 막아서 사람들이 모두 이를 싫어했다고 합니다." [《承政院日記 英祖 18年 5月 14日》: (朴)文秀曰: "……禁府長房, 非先生不入, 名官皆入. 故吳命修爲都事時, 一切嚴防, 人皆苦之云矣."]라고 한 것에서, 본 완의가 오명수가 도사로 재직하던 시기에 이루어진 것이 아니었을까 추측해 보았다. 오명수가 의금부 도사로 재직한 기간은 영조 14년(1738) 8월에서 영조 17년(1741) 1월 경까지였다.

27-1

본부 내에 있는 장방은 바로 선생을 존중하기 위한 목적이므로 선생이 아니면 들어가 거처할 수 없으며, 이것은 300년간 전해오는 오랜 규례이다. 근래 본부의 기강이 나날이 해이해져서 선생이 아닌 자가 심리를 받을 때에도 간혹 일의 체모는 생각하지 않고 장방에 멋대로 들어가 버젓이 거처하는 경우가 있다. 낭청 가운데는 혹 친분이나 사사로운 정 때문에 문을 열어주어 거처하게 하는 이가 있으니 이보다 더 한심한 일이 없다.

더구나 대신 및 전후 수석 당상관이 이 문제로 신칙한 것이 한 두 번이 아니었고 철저하게 금할 것을 경연 석상에서 임금에게 상주하고 해당 낭청의 죄를 논하기까지 하였으니, 장방 문제는 전보다 더 중요해졌다. 앞으로 선생을 거치지 않은 당상이나 낭청에게는 절대 장방에 들어가는 것을 허락하지 말며[274], 비록 낭청의 가까운 친척이나 높은 항렬이라 하더라도 감히 빌려주는 것을 허용해서는 안 된다. 함부로 들어간 자가 있을 경우에는 장무서리가 즉시 여러 당상관 및 낭청에게 급히 보고하여 금단하게 한다. 해당 낭청 및 장방에 들어가도록 허용한 관원은 중한 쪽으로 처벌을 논의하고, 형리나 외직나장[275] 등은 각별히 죄목을 정한 뒤 영구히 제명한다. 장무서리가 만약 신속하게 보고하지 않았다면 그 또한 죄목을 정하고 제명하는 것으로 완의한다.

一. 本府下長房, 乃所以尊先生者, 而非先生不得入處者, 自是三百年流來古規也. 近來廳風日壞, 非先生而就理者, 或有不顧事體, 冒入仍留者, 郎廳中或有拘於顔情, 開門許接, 事之寒心, 莫此爲甚. 況大臣及前後首堂, 以此申飭, 非

274) 앞으로……말며 : 본래 낭청선생이 심리를 받을 때 수금하던 곳이었던 장방의 허용범위가 당상선생까지 확대되었음을 보여주는 완의이다. 이 규례가 생기게 된 배경에는 영조 10년(1734) 경에 의금부 당상을 지냈던 李普赫의 사례가 있었던 것으로 추정된다. 이보혁은 숙종 42년(1716)에 禁府都事, 영조 10년(1734)~12년(1736)에 同知義禁府事로 재직하여 의금부의 낭청과 당상을 모두 거쳤다. 그의 경우는 낭청에 재직할 때 先生案에 들어갔던 것이고 그 이후에 의금부 당상관으로 다시 온 경우인데, 이보혁 이후부터는 선생안에 의금부 당상관이 入錄되는 것이 관행이 된 듯하다. [《承政院日記 英祖 29年 8月 11日》 : 上曰: "予於禁府先生之說, 亦非之矣. 郎廳先生, 三百年古規. 而今聞爲堂上, 則置付於先生案云, 豈不苟且耶! 此所謂動鈴先生也." (都監堂上李)益炡曰: "此規, 不知何時創出, 而聞李普赫, **於堂、郎皆爲先生, 故爲先生置付, 而其後似仍存矣.**"]

275) 외직나장 : 의금부의 獄間을 지키는 나장을 말한다. 의금부의 옥간은 밤에는 자물쇠를 채우나 낮에는 채우지 않고 병조의 衛軍과 외직나장이 지켰다. 이들이 뇌물을 받고 옥안에 서신을 전해주거나 형구를 풀어주는 등의 죄를 지어 처벌되는 일이 종종 있었다. [《承政院日記 肅宗 14年 3月 14日》 : 義禁府啓曰:……罪人所囚獄間之門, 夜則閉鎖, 晝則不鎖, 別定兵曹衛軍二名, 使之守直, 乃是本府規例, 故囚人等, 有此教誘軍士相通書札之事, 已極可駭, 至於松全, 則着杻嚴囚, 而**外直羅將**, 私自解杻, 且給筆墨云, 事之駭愕, 莫此爲甚.]

止一再, 至有筵奏痛禁、論罪該郎之意, 則長房事面, 尤有較重者. 今後則未經堂、郎先生之人, 切勿許入, 而雖郎廳中至親、尊行, 毋敢許借. 凡有冒入者, 則掌務書吏, 卽爲馳告于諸堂上及郎廳前, 以爲禁斷之地. 該郎及許入之員, 從重論罰 ; 刑吏、外直等, 各別科罪後, 永爲除名. 而掌務書吏, 若不馳告, 則亦爲科罪除名事完議.

## 28. 古蹟[고사]

※ 본 항목은 예전에는 있었으나 도중에 없어진 의금부의 故事를 기록한 것이다. 玉牌, 羅將의 前導, 푸줏간[屠肆], 都事의 驛馬 이용, 낭청의 禁火司 別坐 예겸, 지방관으로 나가게 된 낭청이 내던 8냥의 禮木, 본부 내 登聞鼓 설치, 본부 낭청의 儺禮廳 郎廳 겸임 등을 다루고 있다.

### 28-1

본부에는 옥패가 있었다. 무릇 삼사는 금령을 내는 시각을 반드시 본부에 첩보하게 되어 있었다.[276] 그러면 본부에서 옥패를 禁吏에게 내주어 규찰하게 하였다.[277] 정해진 시각을 넘기면 삼사의 금리를 옥에 가두거나 조지서에 도배하였다[278]. 임진왜란 때 옥패가 분실되었으므로 이 제도는

276) 三司는……있었다 : 여기서 三司는 조선의 3法司 즉 형조, 사헌부, 한성부를 말한다. 삼법사는 禁令을 낼 수 있었는데, 금령의 대상은 牛馬屠殺, 잡신을 섬기는 神祀, 投牋, 도성 안의 승려, 종이로 만든 높은 신발, 亂廛, 酒禁, 騎馬, 개인 물건의 漕船, 淫女 등이었다. 금령을 내는 데는 일정한 제약이 있었으니, 自宅에서 내거나 야간에 내거나 서울 도성 禁標 밖에서 내서는 안 되며, 금령 발효 시각을 의금부에 통보해야 했다. 여기서는 그 시각을 의금부에 문서로 알려야 함을 말한다.《六典條例 刑典 禁令》《續大典 刑典 禁制》

277) 본부에서……하였다 : 삼사에서 어떤 사안을 단속할 때는 반드시 단속 시각을 정하여 금리를 내보내게 되어 있는데, 금리들이 정해진 시각을 넘겨 백성들을 괴롭게 하여 폐단이 많았다. 여기에서 의금부가 이러한 삼사의 금리들을 규찰하는 일도 맡았던 것을 알 수 있다. [《承政院日記 英祖 17年 5月 4日》: (洪)象漢曰: "**祖宗朝出禁之規, 嚴定時刻, 報金吾, 過時則令禁吾糾察橫挐之弊矣**. 此法不行, 禁吏動經累日, 以私屠牌捉神祀, 以酒禁牌捉騎馬, 無處不侵, 法官徒知收贖, 不究虛實. 至於酒禁, 十人五人之稱, 欲禁其聚會鬪鬨, 而東逋西追, 合作名數, 尤極駭然矣." 上曰: "儒臣之言誠然, 修明舊典, 革祛新弊, 一遵先王之制, 盡除法外之法. 令大臣講確節目, 使之禁斷, 可也."]

278) 조지서에 도배하였다 : 徒配는 徒刑으로 定配하는 것을 말한다. 도형은 五刑(笞·杖·徒·流·死刑) 중 세 번째 등급의 형벌로, 죄인의 자유를 박탈하는 자유형 형벌이며, 勞役이 수반되었다. 중국에서는 소금을 굽거나 쇠를 불리는 노역에 종사하게 하였으나, 조선에서는 造紙署나 瓦署 또는 驛 등에서 일하게 하였다. [《經國大典註解 後集 刑典》: 徒, 奴役也, 以罪供徭作也. 自一年至三年爲五等, 每杖一十及半年爲一等加減. ;《大明律 五刑名義》: 徒者, 謂人犯罪稍重, 拘收在官, 煎鹽炒鐵, 一應用力辛苦之事.

그 참에 폐지되었다.

一. 本府有玉牌. 凡三司之出禁時刻, 必牒報本府, 則本府以玉牌出禁吏, 糾察三司之禁吏. 過時則囚禁其三司禁吏, 徒配于造紙署矣. 壬辰倭亂, 玉牌閪失, 故仍以廢之.

## 28-2

낭청이 공무로 출입할 때 나장이 앞에서 인도하던 규례를 아무 이유 없이 중간에 없앴다. 효종 임진년(1652, 효종3)에 본부의 당상관이 "데리고 가는 나장을 낭청 뒤에서 따라가게 하는 것은 옛 규례가 아닌데다가 존엄한 왕부의 체모도 아니니, 지금부터 옛 규례를 복구하여 낭청이 데리고 가는 나장을 앞에서 인도하게 하소서."라는 내용으로 초기를 올려 윤허를 받았다.[279] 그러나 이 규례는 다시 없어져서 근래에 시행되지 않고 있다.

一. 郎廳赴公出入, 羅將前導, 無端中廢. 至孝宗壬辰, 本府堂上草記"郎廳所帶羅將跟隨者, 旣非古例, 且非王府體貌尊嚴之意, 自今郎廳所帶羅將, 復古例前導"事允下矣. 近復廢却不行.

## 28-3

본부 안에 좌, 우 屠肆가 있었는데, 병란 후에 없어졌다.[280]

---

自一年至三年爲五等, 每杖一十及半年, 爲一等加減.]

279) 효종……받았다 : 공무로 출입할 때 나장이 낭청을 앞에서 인도하도록 청한 이 일은 효종 3년(1652) 7월 18일에 임금의 윤허를 받았던 일이다. 이 내용이 《승정원일기》에 보인다. [《承政院日記 孝宗 3年 7月 18日》: 朴吉應, 以義禁府言啓曰: "王府體面至嚴且重, 故甲子逆變以後, 六曹郎廳前導皀隷, 竝皆罷祛, 而獨本府郎廳, 仍前前導, 且丙、丁亂後, 過四五年, 亦卽還存矣. 己丑國恤之初, 皀隷、羅將皆着白衣, 故因此罷其前導, 只令隨後, 其在事體, 殊甚埋沒, 自今爲始, 府郎所帶羅將, 撤其跟隨, 使之前導之意, 敢啓." 傳曰: "知道."]

280) 본부……없어졌다 : 屠肆는 소고기를 판매하는 푸줏간으로, 고기를 매달아 판매하기 때문에 懸房이라고도 한다. 현방은 17세기 후반 또는 숙종 때 창설된 것으로 보이며, 숙종 38년(1712)에는 21곳의 현방이 있었다고 한다. 《承政院日記 肅宗 38年 9月 28日》

一. 府內有左、右屠肆, 兵亂後廢之.

28-4

공문을 회람하는 도사는 역마를 탈 수 있도록 했던 규례가 중간에 병조의 계사로 인하여 없어졌다.

一. 回公都事乘驛馬, 中間因兵曹啓辭廢之.

28-5

본부의 낭청 1원이 으레 금화사 별좌를 겸하던 규례[281]를 중간에 혁파하고 순장에게 이를 대신 살피게 하였다. 그러나 화재를 진화한 후 올린 보고서[手本]는 지금까지도 각 契에서 본부에 올리고 있다.

一. 本府郎廳一員, 例兼禁火司別坐, 中間革罷, 以巡將代察. 而燒火手本, 則各契至今呈于本府.

28-6

당직청에는 예전에 등문고가 있었는데[282], 어느 때부터 없어졌는지

---

의금부 안에 있던 푸줏간이 병란 이후에 없어졌다는 이 기록이 어느 시기를 기준으로 삼아 말하는지는 분명치 않다. 통상 병란이라고 하면 임진왜란이나 병자호란 등을 의미하므로 17세기 이후에는 의금부에 푸줏간이 없었던 것으로 볼 수 있다. 하지만, 19세기 초에 작성된 《東國輿地備考》에는 그 당시 23곳의 현방이 성업 중이었는데 그 중에 의금부의 현방도 거론되고 있어 검토가 필요하다. 송찬식, 〈懸房考〉, 《朝鮮後期 社會經濟史의 硏究》, 일조각, 1997 ; 최은정, 〈18세기 懸房의 商業活動과 運營〉, 《梨花史學硏究》 23·24, 梨花女子大學校 史學硏究所. ; 고동환, 〈18세기 서울의 상업구조〉, 《서울상업사》, 태학사, 2000, 238면.

281) 본부의……규례 : 禁火司는 修城禁火司의 약칭이다. 주석 36) 참조.

282) 당직청에는……있었는데 : 登聞鼓는 억울한 일을 임금에게 아뢸 수 있게 하기 위하여, 중국 송나라에 있었던 제도를 본 따 태종 1년(1401)에 설치한 북이다. 이듬해 申聞鼓라 개칭하였고 세종 때는 升聞鼓라고 부르기도 하였는데, 기록상으로는 등문고와 신문고가 혼용되었다. 《경국대전》에 따르면 처음에 신문고가 설치된 위치는 의금부 당직청이었다. [《經國大典 刑典》 : 訴冤抑者, 京則呈主掌官, 外則呈觀察使, 猶有冤抑, 告司憲

알 수 없다.

一. 當直古有登聞鼓, 而未知廢自何時.

28-7

낭청으로서 지방관에 임명된 자는 예전에 예목으로 8냥을 냈으나 지금은 혁파되었다.[283)]

一. 郎廳之除拜外任者, 古有禮木八兩, 而今則革罷.

28-8

중국 사신이 왕래할 때 본부의 낭청 1원이 나례청 낭청으로 차출되어 헌가를 만들었다.[284)] 이 일은 지금 혁파되었으나 등록은 지금까지 본부에 남아 있다.

一. 天使往來時, 本府郎廳一員, 差儺禮廳郎廳, 作軒架矣. 今皆革罷, 謄錄至今在府.

---

府, 又有冤抑則擊申聞鼓【鼓在義禁府當直廳】] 영조 47년(1771)에 다시 설치한 위치는 昌德宮의 進善門과 時御所의 建明門 안이었다. 《漢京識略 宮闕》

283) 낭청으로서……혁파되었다 : 본서 〈禮木〉22-2 조목에도 현임 낭청이 지방관에 임명되면 廳中筆債 7냥, 西廳筆債 2냥, 鋪陳債 2냥을 내야 한다는 규정이 있어 이 조목과 관련이 있는 것으로 보이나, 두 조목 간에는 11냥과 8냥이라는 액수 차이가 있어 혹시 시대에 따라 禮木價에 차이가 있었던 것인지 아니면 22-2 조목이 폐기되었다는 것인지 확실치 않다. [《金吾憲錄 禮木》 : 以時任郎廳, 除拜外任, 則有廳中筆債七兩、西廳筆債二兩、鋪陳債二兩, 辭朝日卽捧事.]

284) 중국……만들었다 : 儺禮는 원래 중국에서 시작된 풍습으로, 음력 섣달 그믐날 밤에 궁중에서나 민가에서 전염병 귀신을 쫓아낸다는 뜻으로 탈을 쓰고 노는 儀式이었다. 우리나라에서는 큰 경사가 있거나 귀한 손님 특히 중국 사신이 왔을 때면 으레 나례를 행하였다. 이때 迎接都監에서 左, 右 儺禮廳을 설치하고 나례를 행하는데 필요한 軒架와 雜像을 준비하였는데, 이때 의금부 낭청을 나례청에 차출하였던 것으로 보인다. [《承政院日記 仁祖 21年 3月 10日》 :自前才人, 分屬於義禁府、軍器寺, 詔使時, 別設儺禮廳, 而摠屬於迎接都監, 則**禁府都事, 分差儺禮者**, 乃是都監之屬官, 有何體面之尊重! 經亂以後, 物力品式, 一遵減省, 故減其左右儺禮廳, 而只以都監郎廳, 直爲句管, 仍假儺禮色之號矣.]

## 29. 追錄[추가기록]

※ 〈追錄〉과 〈完議〉는 〈金吾廳憲目錄〉에 표기된 마지막 두 항목이다. 앞부분의 항목들이 일정한 주제 하에 해당 조목들을 편집해 놓았던 것에 비해, 〈추록〉이나 〈완의〉에 실린 내용들은 여러 가지 주제의 조목들이 섞여 있어 수록 방식이 다르다. 또한 개중에는 앞서의 규례를 재확인하는 내용들이 있는가 하면 앞부분에 실린 내용을 변경하는 내용들도 다수 포함되어 있다. 따라서 앞부분의 항목들과 동시에 편찬된 것이 아니라 추후에 보강된 조목들로 추정된다. 〈追錄〉 항목에는 31개의 가장 많은 조목이 실려 있으며 내용 또한 다양하다. 習杖 엄수, 2품관의 부인이 올린 上言 처리, 鞫廳에 出使할 때와 평시에 출사할 때 지켜야 하는 차출 원칙, 낭청의 相避, 상경력과 先生에 대한 우대 조항, 罰禮 실시 원칙과 방법, 연속입직 등에 대해 기술하고 있다. 그 중에서 낭청의 出使 원칙은 29-4·8·13·18 조목에서 계속 재확인하였으며, 29-15 조목에서는 長房에 대한 규례를 재확인하였고, 특히 罰禮에 대한 조목이 가장 많다. (29-20~29)

### 29-1

상병방과 하병방이 직접 나장을 이끌고 매달 습장[285]을 하는 것이 곧

---

285) 習杖 : 나무를 깎아 만든 막대기로 무예를 연마하는 훈련을 말한다. 조선 초기에는 習杖이 習陣이나 習射처럼 공식적인 행사로 실시되었다. 습장의 유래는 오래되었을 것으로 짐작되나 문헌상으로 습장이 언급된 것은 세종 15년(1433)의 기사에서 처음 확인된다. 왕이 모화관에 거둥하여 다른 무예와 함께 습장을 구경했다는 기록이 그것이다. 무예를 연마할 때 막대기로 하는 것이 가장 유익한 방법의 하나로 알려지면서 습장은 步兵의 대표적인 군사 훈련에 쓰였다. 특히 조선 초기에 특수 兵種인 攝六十은 매일 훈련관에서 습장하였다는 기록이 있다. 습장은 2인 1조로 짝을 이루어 했는데 杖은 주로 붉은색 칠을 한 朱杖을 사용하였고, 원래는 둥글게 깎아 만들었으나 임진왜란 이후에는 나무에 각이 있는 稜杖을 사용하였다. [《世宗實錄 15年 5月 14日(丙寅)》: 幸慕華館, 觀騎射、擊毬、弄槍、角力、**習杖**. ; 《世宗實錄 32年 1월 15日(辛卯)》: 集賢殿副校理梁誠之上備邊十策……至於步兵, 亦令**習杖**、習陣, 而入直軍士及忠順·忠義衛, 令鎭撫所依式習射. ; 《世祖實錄 3年 10月 22日(壬子)》: 兵可千日不用, 不可一日不鍊. 往者攝六十日就訓鍊觀習杖.]

옛 규례이다. 나장 네 번에서 담력이 있는 자 각 5명씩 총 20명을 선발하여 매달 15일에【사정이 있으면 6일이나 7일 뒤로 연기한다.】 상병방과 하병방이 한적한 곳에 인솔해 가서 습장을 감독한다.[286] 병방이 입직하여 자리에 없는 때라 하더라도 이 일을 차례로 대신해야 하고 걸러서는 안 된다.【갑자년 완의[287]】

一. 上、下兵房, 親率羅將, 逐朔習杖, 乃是古規. 羅將四番中, 抄出有膽力者各五人, 合二十名, 每月十五日, 【有故則退以六日、七日.】 上、下兵房, 率往僻處, 看檢習杖, 而雖値兵房入直之時, 次次須資, 無得違越事.【甲子完議】

29-2

2품을 거친 관원의 부인이 만약 원통함을 호소할 일이 있을 경우에는 직접 당직청에 상언을 올리며[288] 당직청에서 본부에 말을 전하고 본부에

286) 상병방과……감독한다 : 상병방은 참하 도사 중 가장 우위인 一都事가 맡고, 하병방은 가장 막내 도사인 曹司가 맡았다.《金吾憲錄 差任》습장을 하던 장소는 三淸洞이나 神武門 밖(현재 청와대 근처)이었다.《승정원일기》기록에 따르면, 영조 31년(1755) 이전에 이미 습장이 없어졌다고 하였고, 이를 정조 6년(1782)에 다시 복구하라고 명령하는 기사가 실려 있다. 본서의 〈大門節目〉에는 나장들에게 習杖債를 지급하기 위한 비용을 우선적으로 확보해놓으라는 규정이 있어 습장채에 대한 해석문제가 있다. [《承政院日記 英祖 31年 5月 14日》: 上曰: "羅將之下杖, 甚不如前, 每每習杖乎?" 景祚曰: "一都事每令羅將, 習杖於三淸洞矣." 象漢曰: "三淸洞習杖, 廢之已久矣." ;《承政院日記 正祖 6年 3月 24日》: 上曰: "羅將輩近不習杖, 此係人命, 今後復舊制, 都事率往神武門後, 以爲肄習, 可也." ;《金吾憲錄 大門節目》: 節之又節, 雖一分, 置簿留置, 能至有餘, 都合爲習杖債爲齊. 官習杖債三十兩作定爲齊.]

287) 갑자년 완의: 필자가 해제에서 논증한 것에 따르면, 〈追錄〉은 〈금오청헌〉 이후에 추가된 기록이므로 본 조목은 영조 20년(1744) 이후의 갑자년이 되어야 한다. 이에 해당하는 갑자년은 1804년(순조4), 1864년(고종1)이 있는데, 1864년은 본서의 편찬 연도인 헌종 대보다 나중이므로 가능성에서 제외하면 여기서 말하는 갑자년은 순조 4년(1804)으로 추정해 볼 수 있다. 본서 해제 248~250면 참조.

288) 2품을……올리며 : 이것은 2품관 이상을 지낸 관원의 부인을 우대하는 조항이다. 일반적으로 서울에서는 主務官廳, 지방에서는 觀察使에게 상언을 올리고 그래도 억울함이 풀리지 않으면 사헌부에 호소하며, 그 다음에 當直廳에 上言을 올리게 되어 있다. 당직낭청은 사헌부의 退狀을 살펴본 다음 상언을 받아서 승정원에 올려 임금에게 보고하는 것이 정해진 절차인데, 2품 이상을 지낸 부인의 경우에는 이러한 절차를 건너뛰어 당직

서 여러 당상관에게 회람하게 한 뒤 다시 당직청에 보내면 당직 낭청이 직접 승정원에 올린다.

一. 曾經二品官夫人, 若有鳴寃之事, 則親呈上言于當直, 當直送言于本府, 本府回鑑諸堂後, 還送于當直, 則當直郎廳親呈政院事.

29-3

조사 중에 면신례를 치를 순서의 당사자가 혹 출사하여 상환할 일이 생겼는데 상환되는 날짜가 면신례를 하기 전이면, 복명한 뒤에 본부 사람들의 전체 모임, 당직, 면신례 때의 계첩 분배 등의 일을 규례대로 거행하고서 선생안에 기록한다.[289]

一. 曹司中免新當次之員, 或有出使相換之事, 而相換日子, 若在免新日限前, 則復命後廳中齊會、當直、免新分帖等事, 依例爲之, 仍書先生案事.

29-4

친국할 때 帳殿에 출사하는 일[290]은 별형방이든 문서색이든 모두 낭청에 임명된 순서를 따라 차례로 명을 받들어야 하는데 혹시라도 당상관이 차례를 건너뛰어 지명하여 차출해 보내는 일이 있으면, 본부 사람들이 규례에 의거하여 반대해야 하고 차례에 해당하였는데 가지 않게 된 자도

---

청에 직접 상언을 올릴 수 있게 한 것이다.《經國大典 刑典 訴寃》

289) 曹司……기록한다 : 의금부 낭청의 면신례에 대한 규정은 본서 〈許參〉 항목에 상세하다.

290) 親鞫할……일 : 帳殿은 임시로 꾸민, 임금이 앉는 자리이다. 임금이 직접 죄인을 심문할 경우에 임금과 가장 가까운 곳인 榻前에서 거행하는 일은 승정원의 推考房承旨가 맡아서 하고, 帳殿에서의 거행은 의금부의 判義禁이 맡아 하며, 堂下에서 거행하는 일은 의금부에서 차출한 問事郎廳, 別刑房, 文書色이 맡게 되어 있다. 따라서 여기에서 帳殿에 출사한다고 한 것은 鞫廳에 차출되는 경우를 지칭한 것이다. 의금부에서는 문사낭청, 문서색, 별형방 외에도 죄인을 압송해 올라가는 도사, 幕所를 지키는 도사 등을 국청에 내보내야 하였다. 이들은 미리 禮房書吏가 의금부 당상관에게 가서 차출하였다.《六典條例 刑典 鞫》

의리를 끌어대 스스로 처신해야 하지 감히 버젓이 공무를 행해서는 안 된다.

一. 親鞫時帳殿出使之際, 無論別刑房、文書色, 一從口傳, 次次奉命, 而或有堂上越次指名差送之擧, 則廳中據例爭執, 而當次不去者, 亦宜引義自處, 不敢晏然行公事.

29-5

별형방과 문서색을 모두 우위 낭청으로 획출[291]했다면, 하위 낭청으로서 출사할 차례에 해당했던 관원은 모두 다 장막 밖에서 대령한다.

一. 別刑房、文書色, 若皆以右位劃出, 則下位之出使當次之員, 盡爲待令於帳外事.

29-6

時囚[292]가 만약 낭청의 친부, 친형, 삼촌, 외삼촌, 장인이라면 본부나 당직청 양쪽에 입직하거나 문서를 거행할 때 일에 지장이 있으므로[293],

291) 획출 : 여기서 획출이란 의금부에서 본부와 당직청으로 나누어 2일씩 윤직하는 것으로 미리 정해 놓은 출사 순서에 상관없이 차출되었다는 의미이다. 주석 122) 참조.

292) 時囚 : 현재 옥에 갇혀 있는 죄인을 말한다. 시수는 오늘날처럼 재판이 끝나 형이 확정된 죄인을 의미하는 것이 아니라, 옥사가 아직 결말이 나지 않아 옥에 갇혀 있는 죄인 즉 未決囚를 말한다. 또는 현재 옥에 갇혀 있는 사람들의 명단인 時囚案을 의미할 때도 있다.

293) 만약……있으므로 : 相避해야 하는 관계이기 때문이다. 상피는 가까운 친인척끼리는 같은 관사나 비슷한 성격의 관사, 상하 관계에 있는 관직에 敍用하지 않는 것을 말한다. 조선에서는 권력의 집중과 부정을 방지하기 위하여 가까운 친인척끼리는 같은 관사나 비슷한 성격의 관사, 상하 관계에 있는 관직에 근무하지 못하며 소송이나 재판 때에 元隻(원고·피고)과 관련되지 않도록 법으로 규정해 놓았다. 중앙관과 지방관은 本宗의 大功(9개월복, 즉 4촌)이상의 친족과 사위·孫壻·姊兄과 妹夫, 외가 집안으로 緦麻(3개월복 즉 외4촌) 이상 친족과 장인·조부·처남 및 동서들과는 모두 상피해야 했고, 養子로 간 경우는 生家의 親族과, 婚姻한 경우에는 兩家의 家族끼리, 擧子는 試官과 相避하였다. [《大典會通 吏典 相避》 : 《原》 京外官, 本宗大功以上親及女夫、孫女夫、姊妹夫、外親緦麻以上、妻親父、祖父、兄弟、姊妹夫並相避. 【學官、軍官則

아무리 본부에 임명된 순서에 따라 신입 낭청에게 맡겨야 하긴 하나, 이 경우에는 조정하여 다른 사람이 대신하게 한다.

一. 時囚, 若於郎廳爲親父兄、內外三寸、妻父, 則兩處入直、文書擧行之際, 事體有碍, 雖新位自廳中從口傳, 推移須資事.

29-7

본부의 상경력을 추대하는 것은 본래 우리 왕조의 옛 규례이고, 또 상경력은 의금부 전체를 도맡아 감독하는 낭청의 우두머리이니 잠시도 비워두어서는 안 된다. 그러므로 만일 상경력을 교체해야 할 일이 생기면 낭청들이 모두 모여 권점하여, 면신한 경력 중에서 공의에 따라 즉시 자리에 취임하게 하는 것 역시 전례이다.[294] 그런데 매번 추대되어야 할 차례에 해당하는 관원이 간혹 사면령 반포, 尊號, 陳賀箋文 등의 일로 규피하거나[295] 서로 대치하는 폐단이 있어 본부 전체가 소란스러우니

---

勿避. 議政府、義禁府、本曹、兵曹、刑曹、都摠府、漢城府、司憲府、五衛將、兼司僕將、內禁衛將、承政院、掌隸院、司諫院、宗簿寺、部將、史官, 則並避本宗三寸叔母・姪女夫、四寸姊・妹夫、外親三寸叔母夫、妻妾親、同姓三寸叔・姪・叔母・姪女夫、四寸兄弟.】]

294) 만일……전례이다 : 이것은 본서 〈封崇〉10-2에서 이미 나왔던 규정을 재확인한 것이다. [《金吾憲錄 封崇》 : 經歷中已免新者, 列書于紙, 置于屛內案上後, 未免新參上及參下五員, 盡爲圈點, 而一人式入圈事.]

295) 추대되어야……규피하거나 : 상경력으로 선출된 자가 頒赦, 尊號, 賀箋 등의 일로 그 자리를 맡지 않으려는 것이 어떤 상황인지에 대하여는 분명한 용례를 찾지 못하였다. 다만, 국가적인 경축에 각 관사에서 올리게 되어 있는 陳賀箋文을 짓는 일이 參上官에게 부과되어 상당한 부담이 된다는 기사나 의금부 도사가 頒赦官으로 먼 지방에 가게 되는 일이 있다는 등의 기사 등으로 유추해볼 때 이러한 일들을 맡았다는 구실로 상경력의 직임을 맡지 않으려 했을 수도 있겠다고 보여진다. [《承政院日記 英祖 32年 4月 16日》 : 凡陳賀箋文, 兩都則經歷雖有故, 管下敎授及邊將, 亦爲替行, 而至於本府, 則經歷之外, 無他帽帶官員, 經歷若或有頉, 更無推移之道, 事將狼狽 ; 《承政院日記 英祖 40年 3月 3日》 : (領議政洪)鳳漢曰: "禁府都事之越海奉命者, 部・奉事換送, 初似不審, 一員乃是頒赦官, 不久當還. 只濟州出仕人李瀷, 令該曹閑官換差, 而該部事, 聞甚可悶, 使之口傳擧行, 好矣."]

체모에 맞지 않고 보고 듣기에도 불편하다. 이러한 해학은 전해오는 규례일 뿐 아니라 풍류가 있는 좋은 일이니 결코 없애서는 안 된다. 지금부터 정식을 만들어 관원들이 권점한 뒤에 선발된 관원[296]은 즉시 자리에 취임하여야지 이를 피할 계책을 내서는 안 된다. 반드시 이를 맡지 않고자 한다면 즉시 출사하지 않겠다고 해야 하고, 본부 사람들도 즉시 그 결정을 받아들여 수석의 자리를 오래 비우거나 본부 전체가 소란스럽게 되는 일이 없게 한다.

一. 本府上經歷封崇, 自是國朝古規, 且專檢一府, 而爲郎席之長, 則不可暫曠. 故如有遆易之事, 則諸郎齊會圈點, 免新經歷中從公議, 卽爲就坐, 亦是前例. 而每當封崇當次之員, 間或以頒赦、尊號、賀箋等事, 有規避相持之弊, 以致一廳紛紜, 事體乖損, 聽聞有碍. 此等戲謔, 非但流來傳規, 亦是風流好事, 則決不可廢者. 從今爲式, 諸員圈點之後, 準點之員, 趁卽就坐, 勿生圖避之計. 必欲圖避, 則卽爲不仕, 而廳中亦卽捧納停當, 俾免首席之久曠、一廳之紛紜事.

29-8

국청에 나가는 출사는 아래에서 위로 올라가는 순서로 차출하고, 보통 때의 출사는 위에서 아래로 내려가는 순서로 차출하는 것이 본래 본부의 옛 규례이다. 그런데 혹 우위 낭청이 나가지 않으려고 하거나 혹 하위 낭청이 모든 사람이 다 알만한 사정이 있으면 우위가 순서를 바꾸도록 허락할 수도 있다. 그러므로 당상관이 출사할 사람을 획출[297]하려 할 때에는 예방서리가 반드시 아무개 도사를 차출해야 한다는 내용을 여쭌 뒤 획출해야 한다. 근래에 혹 우위의 허락을 받지 않고 순서를 건너뛰어

---

296) 선발된 관원 : 원문은 '準點之員'인데, 이는 후보자의 성명 위에 둥근 고리 모양의 점을 찍어 기준 점수를 얻어 뽑힌 사람을 말한다. '準圈'과 같은 의미이다. 《韓國漢字語辭典》

297) 획출 : 여기서의 획출은 의금부에서 본부와 당직청에 2일씩 윤직하는 것으로 미리 정해놓은 출사순서와 상관없이 차출한다는 의미이다. 주석 122) 참조.

획출한 일이 있었으니, 이는 참으로 크게 규례를 그르친 것이고, 또 분쟁을 초래하는 폐단이 생길 수도 있다. 지금부터 한결같이 청규에 의거하여, 국청에 출사하는 것은 아래에서 위로 올라가는 순서로 차출하고 보통 때의 출사는 위에서 아래로 내려가는 순서로 차출하도록 예방서리가 미리 당상관에게 여쭘으로써 규례에 의거하여 차출해 보내게 한다. 앞으로 만일 순서를 건너뛰어 차출되려고 꾀하거나 차례가 되었는데 모면하려고 꾀하는 자가 있으면, 본부 사람들이 그를 출사하지 못하게 해야 한다.

一. 鞫廳出使, 自下達上；平時出使時, 自上達下, 自是廳中前規. 而或因右位不欲出去, 且或下位中情勢之衆所共知, 則右位亦或許之. 故堂上前劃出之時, 禮吏必以某都事當差事, 稟白而劃出矣. 近或不待右位之推許, 而越位劃出者, 誠是謬規之甚, 亦不無紛爭之弊. 自今以後, 一依廳規, 鞫廳出使, 自下達上, 平時出使, 則自上達下事, 禮吏預稟堂上前, 以爲依例差送之地. 此後如有越位圖差及當次圖免者, 則廳中使之不仕事.

29-9

친국할 때 차출될 관원이 혹 자리를 떠나 規避[298]하는 일이 생기면 우위 낭청이 차례를 건너 뛰어 출사하는 폐단이 생기게 된다. 지금부터 차례에 해당하는 하위 낭청은 반드시 帳殿 가까이에 있으면서 출사를 기다리고 차례차례 거행하여서 순서를 바꿔 차출하는 일이 없게 한다.

一. 親鞫時當差之員, 或有離次規避之擧, 至有右位越次出使[299]之弊. 自今爲始, 當次下位, 必近伏帳殿, 以待出使, 而次次擧行, 俾無換差事.

298) 規避 : 《六部成語》에 관원이 어려운 일을 피하고 쉬운 일로 나가고, 괴로운 일을 피하고 즐거운 일로 나가며, 해로운 일을 피하고 이로운 일로 나가고, 잘못이 되는 일을 피하고 공로가 되는 일로 나가는 것을 '規避'라고 하였다. [《六部成語 訂正吏部 規避》: 凡官員處事居心, 欲避難就易, 避苦就樂, 避害就利, 避過就功, 皆曰規避.]

299) 出使 : 저본에는 '出仕'로 되어 있는데, 본 조목이 出使에 대한 내용을 다루고 있어 '仕'를 誤字로 보아 '使'로 바로잡아 번역하였다.

29-10

상경력을 출사하지 못하게 하는 것이 본래 청규이다.[300] 이것은 대개 본부 내의 수석 자리를 잠시도 비워두지 못하게 함으로써 주상께서 顧問하는 상황에 대비하기 위함이다. 지금부터는 상경력이 비록 출사하여 편의를 취하고자 하더라도 절대로 그렇게 하도록 허용해선 안 된다.

一. 上經歷之不許出使, 自是廳規. 此盖廳中首任, 不可一時暫曠, 以備自上顧問之意. 自今以後.上經歷雖欲出使取便, 切勿許施事.

29-11

금오는 본래 先生을 존중하는 아문이다. 그런데 근래 나졸들이 점점 더 거칠고 건방져져서 司員으로 있다가 교체되고 나면 마치 길거리에 지나는 사람처럼 대하여 조금도 경외하거나 두려워하는 뜻이 없다. 지금부터 나졸의 무리가 혹 선생에게 죄를 범하는 일이 있으면 본부에 잡아들여 汰去[301]시키거나 作牌[302]에서 이름을 삭제한다. 예방서리가 이러한 내용을 본부 사람들에게 고지하고, 선생이 복속을 허락하기 전에는 비록 본부 내에 일이 있는 날이라 하더라도 현임 사원이 자기 마음대로 복속시

---

300) 상경력은……청규이다 : 상경력을 본부 밖으로 출사하지 못하게 막는 이 규정은 이미 본서〈封崇〉(10-11)조목에서 나온 것을 재확인하는 것이다. [《金吾憲錄 封崇》 : 本府或有不時急遽之事, 則或命首都事. 故**上經歷, 則不得取便出使事.**【甲子完議】]

301) 汰去 : 잘못을 저지르거나 임무를 제대로 수행하지 못한 관원을 골라 제거하는 것이다. 주로 堂下官 이하의 하위 관료와 將卒, 掖隷, 鄕任 등이 태거의 대상이었던 것으로 보인다. 罷職이나 削職 등보다는 가벼운 처벌이어서 태거되었어도 그대로 다른 직임에 임명될 수 있었고 實官의 공무는 그대로 볼 수 있었다.《大典通編 兵典 諸科 能麽兒講》《英祖實錄 15年 8月 22日(丙申)》

302) 作牌 : 본서에서 말하는 작패는 의금부 소속 羅將을 牌 단위로 만든 조직을 말한다. 본서 〈절목〉32-1에 나오는 '作頭'가 이 작패의 우두머리를 말하는 것으로 보인다. 본서 〈추록〉 항목에서 羅將이 4개의 番으로 되어 있다고 한 것으로 보면 4개의 作牌가 있었던 듯하다. [《金吾憲錄 追錄》 : **羅將四番**中, 抄出有膽力者各五人, 合二十名, 每月十五日,【有故則退以六日、七日.】上、下兵房, 率往僻處, 看檢習杖.]

킬 수 없게 함으로써 체통을 지키게 한다.【이때에 나장의 무리가 출사하려고 다투거나 국청의 苦役을 피하려고 남몰래 선생에게 청탁하여 이름을 빼버리려고 꾀하는 폐단이 없지 않았다. 이 경우에는 일이 끝난 뒤에 시행한다.】

一. 金吾自是尊先生衙門, 而近來羅卒輩悍頑轉甚, 司員一遆之後, 視若路人, 少無畏憚之意. 自今爲始, 羅卒輩或有犯罪於先生之事, 或入府治汰, 或作牌除名. 而禮吏以此告課廳中, 先生不許復屬之前, 雖値府中有事之日, 時任司員不得任意復屬, 以存體統事.【此亦中羅將輩或爭出使, 或避鞫廳時苦役, 暗囑先生, 不無圖得除名之弊. 此則竣事後施行.】

29-12

지금부터 참상관이든 참하관이든 막론하고 吏批[303]에서 후보자를 추천하여 차출한 경우에는 한결같이 이조에서 올린 망단자[304] 순서에 따라 좌차를 정하고, 본부에서 초기하여 상환한 경우에는 한결같이 본부에서 초기한 순서에 따라 좌차를 정한다.【상환한 경우이든 후임을 차출한 경우이든 간에 순서는 본부에서 초기한 것에 따라 시행한다.】

一. 自今以後, 勿論參上、參下, 吏批擬望差出, 則一從吏曹望次, 以定座次 ; 本府草記相換, 則一從本府草記次序施行事.【無論相換、差代, 次序, 本府草記施行事.】

29-13

출사하는 일은 구전정사로 낭청에 임명된 순서에 따라 차출한다는 규

303) 吏批 : 조선시대의 관직은 東班과 西班으로 나눌 수 있는데, 그중 동반의 인사 행정을 담당하던 기구가 이비이다. 이비는 궐 안에 설치된 吏批政廳에서 정사를 열었으며, 당상관으로는 이조 판서, 이조 참판, 이조 참의, 승정원의 吏房承旨가 참여하였고, 당하관으로는 이조의 낭청과 승정원의 주서가 참여하였다.《銀臺便攷 吏房攷 政事》

304) 망단자 : 吏批나 兵批에서 관원을 임명할 때는 3인의 후보자를 列記한 추천서를 받아 임금의 낙점을 받아 임명하였다. 이때 3인을 열거한 추천서를 望單子라 한다. 望記, 望簡이라고도 하였다.

례가 청규에 있다. 그러나 중간에서 획출하는 일이 생기게 되고 그것이 점점 잘못된 규례가 되어 본부 안이 소란스럽게 되는 폐단이 생겨났다. 매번 급박한 때에 닥쳐 그때마다 문건을 왕복하는 사이에 지체되고 문제가 생기는 근심이 생겼다. 그래서 그간 당상관과 낭청이 여러모로 상의하여 옛 규례를 복구하기로 하였다. 이에 다시 조약을 거듭 천명하니, 앞으로 모든 출사는 한결같이 낭청에 임명된 순서에 따라 우위에서 하위로 내려가거나 하위에서 우위로 올라가며 출사하는 방식을 따른다.[305] 만일 임박한 때에 규피하고자 꾀하는 일이 있으면 본부 안의 사람들이 한결같이 옛 규례를 따라 사진하지 않는다.

一. 出使一節, 以從口傳差出之規, 載在廳憲. 而中間有劃出之擧, 轉成謬例, 致有廳中紛挐之弊. 每當急遽之時, 輒致往復間遲滯生事之患. 故前後堂、郎爛熳相議, 以爲復舊例之地, 故更申條約, 從今以後, 緩急出使, 一從口傳, 自上達下, 自下達上之法. 而如有臨時圖避之事, 則廳中一從舊典不仕事.

29-14

거둥할 때마다 導駕, 駕後, 假當直, 挾輦 등을 막론하고 각 차비[306] 중에 혹 문제가 생기는 근심이 있으면 考喧都事가 담당하며, 고훤도사 중에서도 右考喧都事가 담당하는 것이 300년간 바뀌지 않은 옛 규례이다.[307] 그런데 간혹 각 차비 중에 사달이 났을 때 이 옛 규례를 어겨

305) 앞으로……따른다 : 본 〈追錄〉29-8 조목에 의하면, 鞫廳에 나가는 낭청은 아래에서 위로 올라가는 순서로 差出하고, 평상시에 출사하는 낭청은 위에서 아래로 내려가는 순서로 차출하는 것이 본래 의금부의 예전 규례이다. [《金吾憲錄 追錄》 : 鞫廳出使, 自下達上 ; 平時出使時, 自上達下, 自是廳中前規.]

306) 차비 : 여기서는 특별한 職任을 임시로 맡은 낭청을 말한다. 주석 127) 참조.

307) 거둥할……규례이다 : 왕이 거둥할 때 의금부의 낭청들이 侍衛에 참여한다. 의금부 낭청들의 역할 분담과 시위할 때의 복장에 대해서는 본서 〈侍衛〉 항목에 상세하다. [《金吾憲衛 侍衛》 : 城外擧動 : 導駕二員, 考喧二員. 城內 : 導駕二員, 考喧二員, 挾輦二員, 駕後二員, 假當直一員, 本府入直一錄·侍員事.]

문제가 생기는 근심이 없지 않았다. 그러므로 이와 같이 규례를 세우니, 앞으로는 한결같이 옛 규례를 따라 각 차비 중에서 문제가 생겼을 때는 우고훤 도사가 도맡아 담당한다. 혹 책임을 떠넘겨 규피하는 일이 있으면 본부 사람들이 한결같이 옛 법을 따라서 사진하지 않아야 한다.

一. 每於擧動時, 勿論導駕、駕後、假當直、挾輦等, 各差備中或有生事之患, 則考喧擔當, 考喧之中右考喧擔當者, 三百年不易之古規. 而或當各差備有事之時, 不無違古例生事之患. 故如是立議, 從今以後, 一遵古規, 各差備中生事之時, 右考喧專爲擔當. 或有推諉䂓避之擧, 則廳中一從舊典不仕事.

29-15

본부의 長房은 郎廳先生이 심리를 받으러 나올 때 거처하는 곳이기 때문에 당상관을 지낸 사람이라 할지라도 들어가는 것을 허용하지 않았다. 그 후 당상관과 낭청이 상의하여, 당상관을 지냈던 사람이 심리를 받으러 나올 때에도 장방에 들어갈 수 있도록 완의하였다. 그런데 근래 본부의 기강이 크게 변하고 법이 예전 같지 않아 堂上先生이나 郎廳先生이 아닌데도 친분에 얽매여 장방에 들어가는 것을 허용하는 폐단이 많이 있으니, 이는 실로 청규를 크게 무너뜨리는 일이다. 지금 전교로 인하여 당상선생에 대한 법은 이미 영구히 혁파되었으니[308], 다른 時囚가 함부로 장방에 들어가는 것은 더욱 거론할 수 있는 일이 아니다. 앞으로 그들이 장방에 들어가는 것을 절대 허용해서는 안 된다.

一. 本府長房, 乃是郎廳先生就理時所處之地. 故雖曾經堂上, 不得許入矣. 其後堂、郎相議, 曾經堂上就理時, 亦爲入處長房之意完議. 而近來廳風丕變, 法不如古, 雖非堂、郎先生, 拘於顏面, 間多有許入之弊, 此實大損廳䂓. 今因傳

308) 전교로…… 혁파되었으니 : 영조 43년(1767)에 당상관이 先生으로 長房에 들어가는 법을 영구히 혁파하라는 내용의 전교가 내렸다. [《承政院日記 英祖 43年 9月 29日》: 上曰:“長房先生之法, 出於何時? ” 命承旨書之曰:“金吾該堂先生之法, 卽三百年所無者, 而不過一時該堂威勢勒定之致, 此後此法永革.”【出傳教】

教, 堂上先生之法, 旣已永革, 則凡他時囚之冒入, 尤非可論. 從今以往, 切勿許入事.

29-16

낭청선생 자제에게 출관일과 면신일을 줄여주는 기미년에 완의한 청규[309]는 바로 先生을 존중하고 우대해주는 방법이다. 그런데 조카와 사위는 거론하지 않았으니 실로 미흡한 법이다. 지금부터 선생의 아들, 사위, 아우, 조카 중에서 참상관으로 본부에 온 경우는 40일이 되면 출관례를 하고 또 40일이 되면 면신례를 하여 10일의 노역을 줄여준다. 참하관으로 본부에 온 경우는 2달 반이 되었을 때 출관례를 하고 또 2달 반이 되었을 때 면신례를 하여 1달의 노역을 줄여준다.[310]

一. 己未完議中, 郎廳先生子弟出官、免新減日之法, 乃所以尊先生加待之道. 而姪與婿, 無擧論, 實爲欠典. 自今以後, 先生子、婿、弟、姪中, 參上則四十日而行出官禮, 又四十日而行免新禮, 以除十日之役；參下則二朔半出官, 又二朔半免新, 以除一朔之役事.

29-17

지금 각사의 구임 낭청을 입시하게 하라는 명령[311]이 있었는데 본부

309) 기미년에 완의한 청규 : 기미년 완의는 본서 〈先生〉 26-7 조목에 실려 있는 내용을 가리킨다. 기미년 완의에서는 의금부에 근무했던 전임자의 아들과 동생에게만 우대를 해주었다. [《金吾憲錄 先生》 : 本府自是尊先生衙門, 先生之子來仕此府者, 宜有加待之道. 而考諸廳憲, 無擧論, 實爲欠典. 自今以後, 郎廳先生親子弟, 參上則四十日而行出官禮, 又四十日而行免新禮, 以除十日之役 ; 參下則二朔半出官, 又二朔半免新, 以除一朔之役, 永爲定式施行事. 【己未完議】]

310) 지금부터……줄여준다 : 본서 〈許參〉항목에는 새로 입사한 자의 出官과 免新에 대한 규정이 제시되어 있고, 〈先生〉항목에는 先生의 子弟에 대한 우대 조치가 있다. 이 조목은 子弟뿐 아니라 사위와 조카에게까지 특별대우를 확대하는 내용으로, 앞서의 조목보다 나중에 성립된 조목이다.

311) 각사의……명령 : 久任은 자주 교체하지 않고 특정한 관직을 맡아 長期勤務하도록

역시 정미년에 비변사에서 (구임낭청아문으로) 뽑아 올린 경우[312]에 해당하나 단 한 차례도 구임관이 입시한 적은 없다. 그러므로 애초에 구임관을 획출한 적이 없다는 이유로 일에 임박하여 핑계를 대는 것은 매우 온당치 못하니, 지금부터 공방과 노비색을 장무관이라는 명색으로 정하여 혹시라도 구임관을 입시하게 하라는 명이 있으면 그들에게 거행하게 한다.【무술년(1778, 정조2) 완의[313]】

一. 今有各司久任郎廳入侍之命, 而本府亦入於丁未年備局抄啓中, 曾無一次入侍之事. 故初無久任劃出之擧, 臨時推諉, 殊欠穩當, 自今工、奴色, 定以掌務官名色, 或有久任入侍之命, 則以爲擧行之地事.【戊戌完議】

---

한 관원이나 관직을 말한다. 《육전조례》에 의하면, 구임 낭청을 대령시키라는 왕의 명이 있으면 다섯 관사씩 입시하도록 하여 職掌, 遺在, 所懷 등을 아뢰게 한다고 하였다. [《六典條例 吏典 承政院 總例》: ○各司久任郎廳待令有下敎, 則五司式【自上達下】知委, 輪次入侍.【職掌、遺在、所懷, 依輪對官例.】]

312) 정미년……경우 : 정미년에 비변사에서 올린 원래의 계사는 찾지 못하였다. 그러나 《正祖實錄》에 실린 무술년(1778, 정조2) 기사에서 그 내용을 추론할 수는 있다. 이에 따르면 《경국대전》에 久任郎廳衙門으로 지정한 28개 관사에는 의금부가 포함되어 있지 않으나, 비변사의 정미년 別單에는 의금부가 구임낭청아문으로 실려 있다는 것이다. 따라서 이 조목의 내용은 의금부에서는 이전에 한 번도 구임낭청이 입시했던 적은 없지만 비변사 별단의 내용을 인정하여 향후 구임 낭청을 입시하게 하라는 왕의 명령이 있게 되면 掌務官을 입시시키기로 한 것이다. [《正祖實錄 2年 11月 22日(戊申)》: ○吏曹以久任郎廳沿革, 考出以聞曰: "取考《經國大典》, 則漢城府、掌隷院、成均館、承文院、奉常寺、司饔院、尙衣院、司僕寺、軍器寺、內資寺、內贍寺、司䆃寺、禮賓寺、司贍寺、軍資監、濟用監、繕工監、司宰監、掌樂院、觀象監、典醫監、豐儲倉、廣興倉、宗廟署、義盈庫、長興庫、養賢庫、惠民署等二十八司, 皆爲久任郎廳衙門, 而又考本曹官案, 則丁未十二月, 自備邊司久任郎廳啓下時, 以戶曹、兵曹、刑曹、漢城府、掌隷院、成均館、司僕寺、掌樂院、廣興倉、宣惠廳、軍資監等十一司啓下. 丙辰六月引見時, 軍資監久任則革罷, 以判官以下一朔掌務官輪回久任兼行事定奪. 又**考備邊司丁未年別單, 則工曹、義禁府、司憲府, 亦以久任啓下, 而本曹久任官案, 則工曹、義禁府、司憲府, 不爲載錄, 而無他可考文跡**. 故只以《經國大典》所載久任衙門、丁未啓下久任衙門及初不入於久任衙門, 各司區別書啓."]

313) 무술년 완의 : 여기서 무술년을 정조 2년(1778)으로 확정하게 된 것은 이 해가 무술년인데, 이 해 11월에 각사의 구임 낭청들을 입시하게 하라는 명령이 있었기 때문이다. [《正祖實錄 2年 11月 21日(丁未)》: 仍敎曰: "各司久任郎廳入侍之命, 出於修復舊例之意也. 百官輪次面對, 詢咨弊瘼, 史稱貞觀之美政, 亦在列朝頻命賜對."]

29-18

우위와 하위의 좌차를 낭청에 임명된 순서에 따라 정하는 법은 대개 참하 도사가 사은숙배하지 않는 것에서 연유하였다.[314] 그런데 순서대로 승진시키는 것으로 조정한 뒤부터[315] 참하 도사 역시 사은숙배하는 규례가 생겼기 때문에 출관과 면신 역시 사은숙배한 날부터 계산하게 되었다. 그렇다면 우위와 하위의 차례를 옛 규례만 고집하여 낭청에 임명된 순서만 따라서 정해서는 안 된다. 지금부터 우위와 하위의 좌차는 사은숙배한 차례에 따라 정하되, 같이 사은숙배한 경우에는 낭청에 임명된 순서를 따랐던 옛 규례에 의거하여 정한다.【재임명되어 온 자는 이 규례에 구애받지 않고, 이전 좌차에 의거하여 시행한다. 갑인년 완의[316]】

一. 右・下位從口傳定次之法, 蓋由參下都事無肅謝之故也. 而一自序陞變通之後, 參下亦有肅謝之例. 故出官、免新, 亦自肅謝日始計, 則右、下之次, 不可

---

314) 우위와……연유하였다 : 조선에서는 東班 9품 이상, 西班 4품 이상이 새로 관직에 임명되면 임명된 다음날 대궐에 나와서 大殿과 王妃殿, 王世子宮 등에 사은숙배를 하였고, 사은숙배한 차례로 서열을 정하였다. 그런데 仁祖 이전에는 都事, 別坐, 師傅, 教官 등은 사은숙배를 하지 않고 바로 공무를 행하게 하였다. 따라서 都事는 사은숙배 순서가 아닌, 도사로 임명된 날짜 기준으로 상, 하위를 정하였다는 것을 말한다. [《經國大典 禮典 朝儀》 : 受東班九品、西班四品以上職者, 除授翌日, 行謝恩肅拜于大殿、王妃殿、王世子宮.] ; 《仁祖實錄 11年 7月 12日(壬寅)》 : 人臣除職謝恩, 禮所當然, 而**都事、別坐、師傅、教官等職, 未有肅謝之例**, 事甚未安.]

315) 순서대로……뒤부터 : 원문은 '序陞'인데, 在職年數에 따라 순서대로 승진하는 것이다. 의금부의 參下都事에게 序陞의 길이 열리게 된 것은 정조 15년(1791)에 이조 판서 洪良浩의 건의에 의해서였다. 홍양호는 의금부 도사 중 參下 다섯 자리를 參奉이 순서에 따라 승진하는 단계로 만들되, 蔭官의 벼슬길이 너무 넓어지는 것을 우려하여 生員이나 進士인 자로 임명하도록 정조에게 건의하여 허락을 받았다. [《正祖實錄 15年 4月 5日(己酉)》 : 吏曹判書洪良浩啓言 : "今因部官變通, 初仕又添五窠, 蔭路太廣. 禁府都事參下五窠, 移作參奉序陞之階, 而參下禁都, 非生進, 不得爲序陞, 中或有未生進者, 則以他司相換爲宜." 從之.]

316) 갑인년 완의 : 이 완의의 성립 연대를 단언하기는 어렵다. 하지만, 본문 안에서 언급한 의금부 참하 도사의 序陞이 정조 15년(1791)에 있었고(주석 315) 참조), 이 완의는 그것을 보완하는 내용으로서 그 이후에 성립되었을 것이라 생각하여 여기서 말하는 갑인년을 정조 18년(1794)으로 추정해 보았다.

尼於古規, 而只從口傳之規. 自今以後, 右・下位, 以肅謝先後之次, 而同爲肅謝者, 依古規從口傳之次事.【重來則勿拘此例, 依前座次施行. 甲寅完議.】

29-19

본부에 벌례가 있은 지 오래되었다. 음식으로 벌주는 것은 취하고 배부르기 위해서가 아니라, 먹고 마시는 과정에서 해학을 통하여 환담을 돕고 타이르기 위해서였다. 그러나 법이 오래되면 폐단이 생기게 마련이어서 탁자 하나에 음식을 차리던 것이 각각의 상에 차리게 되었고, 마침내는 출관과 면신 때 음식으로 내던 방식을 폐기하게 되었다. 게다가 벌례의 명목이 하나가 아니어서 신입이 내는 비용이 걸핏하면 백 여 금에 이르니, 이것이 어찌 古人이 이 의례를 만든 본래의 취지이겠는가! 이에 여러 동료와 상의하고 옛 규례를 참고하여 본부의 규례를 보존하는 한편 근래의 풍습에서 생기는 폐단을 바로잡으니 후인에게 법이 되기를 바란다. 이를 영구히 준행한다.

一. 本府之有罰禮, 古也. 以飮食相罰者, 非爲醉飽也, 善謔於盃盤之間, 以助讙笑而寓戒飭也. 法久而弊生, 一卓變而至於各卓, 以至有出官、免新時飮食之廢却. 且所謂罰禮, 不一其名, 而新入之費, 動至百餘金, 此豈古人刱出是禮之本意也哉! 玆議諸僚, 參互舊例, 一以存廳中之規, 一以矯近俗之弊, 庶幾爲法後來. 永久遵行事.

29-20

출관 하기 전에는 본래 중벌은 없고, 단지 두 가지 대벌이 있다. 하나는 금오에 새로 들어와 본부의 청규를 잘 알지 못해서이고, 하나는 당직청에 누워 우위를 오만하게 바라보아서이다.[317] 이것으로 시행하고 나머지는

317) 出官……바라보아서이다 : 이것은 앞서 나왔던 〈入仕〉12-3 조목을 재확인하는 내용이다. [《金吾憲錄 入仕》: 新位出官前, 二次大大罰, 依例進呈事.【一則新入金吾, 未諳

모두 없앤다.

一. 出官前本無中罰, 只有大罰二 : 一則曰新入金吾, 未諳廳規也, 一則曰高臥當直, 傲視右位也. 以此施行, 餘並除之事.

29-21

출관례에 들이는 비용은 대대벌례로 제한하며, 나장에게 두 개의 탁자에 음식을 마련하게 하여 본부 사람들이 모두 모였을 때 바친다.

一. 出官時所入, 限以大大罰禮, 使羅將設辦兩卓, 廳中齊會時進呈事.

29-22

출관할 때, 서리청에 1냥 반, 청지기와 고지기에게 합하여 1냥, 나장방에 1냥 반, 각 낭청의 노복에게[318] 1냥 반을 주니, 이것은 근래의 예에 의거하여 시행하는 것이다. 사은숙배할 때는 각 낭청의 노복에게 으레 동전을 주는데 옛 규례에 의거하여 1냥을 주는 것으로 정식을 삼는다.

一. 出官時, 書吏廳一兩半, 廳直、庫直處合一兩, 羅將房一兩半, 各位奴子處一兩半. 此則依近禮施行. 至於肅謝時, 各位奴子處, 例給錢, 則依舊例, 以一兩定式事.

29-23

免新 전에는 본래 정해진 명칭의 벌례가 없었다. 그러나 근래에 본부의 기강과 청규가 가면 갈수록 혼탁해져서, 면신이 멀지 않으면 자연히 두

---

廳規 ; 一則高臥當直, 傲視右位.】]

318) 각 낭청의 노복에게 : 의금부의 정식 관원 즉 品官들에게는 각각 담당 衙前이나 羅將, 奴婢들이 배속되었다. 당상관에게는 각각 書吏 1인, 羅將 2인이 배속되었고, 낭청에게는 羅將 1인, 跟隨奴 1인 등이 딸려 있었다. 여기서 말하는 낭청의 노복이란 이 跟隨奴를 가리키는 것으로 보인다. [《大典會通 · 刑典 · 諸司差備奴跟隨奴定額》 : 《續》【義禁府】 差備奴十一, 跟隨奴十.]

가지 명색의 으레 내는 벌례가 생겼다. 지금 또한 이것으로 정식을 삼되, 모두 중벌례로 시행하고 그 밖의 免新草草[319] 등의 벌명은 모두 없앤다.

一. 免新前, 本無元定罰名. 而近來有廳風、廳規, 愈往愈昧, 免新不遠, 自有例罰之兩名色. 今亦以此定式, 而並以中罰禮施行, 其外免新草草等罰名, 一並除之事.

29-24

면신할 때도 대대벌례로 나장에게 두 개의 탁자에 음식을 마련하게 하고 출관할 때의 규례와 똑같이 본부 사람들이 모두 모였을 때 바친다.

一. 免新時, 又以大大罰禮, 使羅將設辦兩卓, 一依出官例, 廳中齊會時進呈事.

29-25

면신할 때, 서리청에 1냥 반, 청지기와 고지기에게 합하여 1냥, 나장방에 1냥 반, 각 낭청의 노복에게 1냥 반을 주는 것을 모두 출관할 때의 규례에 의거하여 시행한다.【당직청 서리, 당직청 대청지기는 고생은 심한데 삭료가 너무 박하니, 본부 대청지기의 예에 의거하여 출관할 때와 면신할 때 각각 5전씩 도합 1냥씩을 원래의 벌례전 중에서 지급한다. 병신년[320] 2월 일】

一. 免新時, 書吏廳一兩半, 廳直、庫直處合一兩, 羅將房一兩半, 各位奴子處一兩半, 並依出官例施行事.【當直書吏、當直大廳直, 勤苦旣多, 朔料甚薄, 依本府大廳直例, 出官免新時, 各五錢式合一兩式, 以元罰例中錢中上下事. 丙申二月 日.】

---

319) 免新草草 : 정확한 의미는 찾지 못하였다. 다만, 문맥으로 볼 때 면신례를 치르기 전에 신입 낭청이 내는 罰例의 일종으로 생각된다.

320) 병신년 : 〈追錄〉항목은 〈금오청헌〉이후에 나온 추가기록이므로 본 조목의 성립 연대는 영조 20년(1744)이 하한선이 될 것이고, 그 이후에 해당하는 병신년은 영조 52년(1776)과 헌종 2년(1836)이 있는데, 필자는 그 중에서 1836년일 가능성이 높다고 생각한다. 그 이유는 앞에 나온 〈追錄〉29-18의 성립 시기가 정조 18년(1794) 갑인년으로 추정되므로, 순서상 뒤에 나온 본 조목은 그보다 더 나중에 성립한 조목일 것이기 때문이다.

29-26

한 차례씩 돌아가며 내는 罰이 예전에도 행해졌다. 이것은 출관과 면신을 막론하고 전후 大罰과 中罰 사이에 한 차례 시행한다.

一. 一次輪回之罰, 古亦行之. 此則毋論出官與免新, 前後大、中罰間, 一次施行事.

29-27

동료 관원 중에 집이 가난하여 이것을 마련할 수 없는 경우에는 예전에도 술 한 단지와 안주 한 접시로 그냥 면신을 허락한 사례가 있었다. 이것은 그때 가서 상의한다.

一. 僚員中家力貧素, 不可辦此者, 則古亦有一壺酒、一器肴, 白面許免之例. 此則臨時相議事.

29-28

出官이나 免新 때 바치는 벌례 및 여러 벌례를 잡다한 물건으로 바치는 것은 참으로 옛 규례가 아니다. 지금 예전 규례를 모두 복구하여 한결같이 음식으로 마련해야 한다. 그러나 만약 각자의 집에서 마련하게 되면 잘 차리고 못 차리는 것에 대한 시비가 없지 않을 듯하고, 또 더구나 동료 관원 중에는 가족이 시골에 있는 자도 있고 식기나 도구가 부족한 자도 있을 수 있으니 똑같은 식으로 요구하기는 어렵다. 한결같이 모두 나장에게 마련하여 바치게 하되, 각 상에 차리지 말고 이 역시 예전 규례대로 한 탁자에 마련하게 한다. 출관과 면신은 으레 내는 벌과는 다르니, 두 개의 탁자에 마련하게 한다.

一. 出官、免新及諸罰禮之以雜物進呈, 實非古規. 今宜悉復舊例, 一以飮食設辦. 而若自其家設辦, 則恐不無善不善是非之端, 又況僚員中或有家眷在鄕者、器具不逮者, 難以一例責之. 一並使羅將設辦以納, 而亦依舊例, 勿用各床,悉以一卓進呈. 至於出官、免新段, 有異於例罰, 以兩卓施行事.

29-29

출관하기 전에는 대벌례를 시행하고, 면신하기 전에는 중벌례를 시행함으로써 차등을 둔다.

一. 出官前, 則大罰禮施行 ; 免新前, 則中罰禮施行, 以存等殺事.

29-30

이밖에 관원을 단속하거나 통제할 경우 및 희학할 때 등에 따른 벌은 그때그때 의논하여 정한다.

一. 此外操切、糾檢及詼諧等罰, 隨時議定事.

29-31

三曹司가 되어 온 자[321]가 면신하지 않은 상태에서 본부에 입직하였으면 (입직한 날짜를) 계산하여 본부에 연속입직할 날짜에서 감해준다. 혹 당직청에 입직하였으면 계산하여 당직청에 연속입직할 날짜에서 감해준다. 만약 교대 낭청으로 수행하였으면 계산하여 본부에 연속입직할 날짜에서 감해준다. 만약 혹 당직청이나 본부에 입직하였을 때 뒤에 온 신입 낭청이 있으면, 비록 하루나 이틀을 입직하였더라도 당직청에 입직하였으면 당직청의 연속입직에서 탕감해주고 본부에 입직하였으면 본부의 연속입직에서 탕감해준다. 재임명되어 온 자도 그렇게 한다.【병자년 완의[322]】

321) 三曹司가……자 : 曹司는 가장 나중에 들어온 막내 낭청을 말한다. 여기서 三曹司는 정식 명칭으로는 사전이나 관련 자료 검색에서 그 개념을 찾지 못하여 확언하기 어렵다. 문맥에 따라 추정해보면, 본부에 입직하는 낭청, 당직청에 입직하는 낭청, 교대 낭청이 세 가지를 다 맡게 된 낭청을 의미하는 것이라 생각하고 번역하였다.

322) 병자년 완의 : 〈追錄〉항목은 〈금오청헌〉이후에 나온 추가기록이므로 본 조목의 성립

一. 得三曹司而來者, 未免新前, 或入直於本府, 則計減於本府做度日子 ; 或入直於當直, 則計減於當直做度日子. 若隨行於交代, 則計減於本府做度日. 若或入直於當直及本府時, 有後來新位, 則雖一、兩日入直, 當直則蕩減當直做度, 本府則蕩減本府做度. 重來亦然事.【丙子完議】

---

연대의 하한은 영조 20년(1744)년이 될 것이다. 그 이후에 해당하는 병자년은 1756년(영조32), 1816년(순조16)이 있는데 본 항목에 속한 규정들이 시대순으로 열거되고 있다고 보면 본 항목 29-18의 정조 18년(1794)보다 나중에 생긴 규정이어야 하므로 여기서 말하는 병자년을 순조 16년(1816)으로 추정해 보았다.

## 30. 工房節目[공방절목]

※ 본래 이 항목은 〈追錄〉 항목에 첨부되어 있었으나, 의금부의 재정에 대한 규정들을 주로 다루고 있어 별도로 분리하였다. 본 항목에서 다루는 의금부의 재정 관련 내용은 국가에서 제공하는 수입이 아닌 鋪陳債, 筆債, 罰例錢 등 관사 자체에서 마련하는 수입들에 대한 것이고, 이 수입들이 본부 내의 공식적인 지출로 사용되고 있다는 점이 주목된다. 또한 본 항목의 내용들은 구체적인 수치보다는 재정을 운용하는 과정에서 담당자들이 유념해야 할 사항에 더 중점을 두고 있다. 이러한 내용은 더 후대에 성립한 것으로 추정되는 항목인 〈大門節目〉과도 밀접한 관련이 있으므로 두 항목을 비교하여 검토할 필요가 있다.

의금부 재정에 대해 구체적인 규모와 수입, 지출 등을 파악할 수 있는 관련 자료는 상당히 부족하다. 그나마 《萬機要覽》(1808, 순조8년 편찬)과 《六典條例》(1866, 고종3년 편찬)가 유용하다. 이에 따르면, 19세기의 의금부의 공식적인 수입은 황해도의 耗作條 480냥, 清安과 抱川 등에서 들어오는 屯稅錢 44냥, 균역청에서 주는 給代錢 284냥 도합 718냥의 규모였다. 인건비에 해당하는 官員의 祿俸과 吏隷의 朔下는 호조에서 별도로 지급하였다. 《만기요람》에 나타난 당시 쌀 1섬의 공시가격이 5냥인 것으로 계산해보면, 의금부의 한 해 운용예산은 쌀 150섬 정도의 규모였다. [《六典條例 刑典 義禁府 應入》 : 海西耗作條, 四百八十兩.〈每年十月均廳受來, 以爲府吏支放〉 清安、抱川等十處屯稅錢, 合四十四兩. 均役廳給代錢, 二百八十兩.] ;《萬機要覽 財用編2 山郡田稅作木布錢》 : 元作錢, 米一石五兩, 田米一石四兩, 太一石二兩五錢.]

30-1

본부의 재정이 여유 있는가의 여부는 전적으로 현재 얼마나 절약하고 있느냐에 달려 있는데, 하리들이 중간에서 농간을 부리는 대로 내버려두는 것이 실로 폐단의 근원이다. 지금부터 엄하게 과조를 세우니 절대

어기지 말고 영구히 준행한다.

一. 府用之敷與不敷, 專係於目下之節與不節, 而一任下輩之中間舞弄者, 實是弊源. 自今爲始, 嚴立科條, 切勿違越, 永久遵行事.

30-2

매년 稅錢이 어느 곳에서 얼마나 들어왔는지, 給代錢[323]이 얼마나 되는지, 포진채는 어느 곳에서 얼마나 들어왔는지, 연체되었던 속전은 얼마나 들어왔는지, 매달 들어오는 속전은 얼마인지, 필채로 들어 온 것이 얼마인지 등을 조목조목 조사하고 소상하게 구별하여 성책하고 官印을 찍어 근무하는 곳에 비치해 두고서 담당 낭청이 직접 낱낱이 살펴서 수납하여 중간에서 없어지는 폐단이 없게 한다.

一. 每年稅錢之幾處幾數、給代錢之爲幾何、鋪陳債之幾處幾何、舊贖捧上之幾何、每朔贖錢之幾何、筆債來付之爲幾何, 逐條查實, 消詳區別, 修成冊踏印, 置之直所, 色郎廳這這親執考閱捧上, 俾無中間消融之弊事.

30-3

매번 수납할 때마다 해당 나장이 공방서리에게 납부하면, 장방에 궤 하나를 두고 일일이 그 속에 넣어 비축해두되 열쇠는 담당 서리가 받아 가지고 있다가 매월 25일에 담당 낭청이 각각 지출해야 할 항목과 원역들의 朔下[324]로 직접 나누어준다. 단, 25일에 공적인 사정이나 사적인 사정이 있으면 그믐날로 연기한다.

---

323) 給代錢 : 원래 공급하던 곳에서 인원이나 물품을 어떤 이유로 공급할 수 없게 되었을 때 다른 곳에서 대신 주는 돈을 말한다. 英祖 31년(1755)에 特教로 貢法을 개정하여 전국의 노비가 내던 貢木을 모두 半疋씩 감해주고 그 감해준 수량은 균역청에서 대신 지급해주었는데, 여기서 말하는 급대전은 감해준 공가 대신 의금부가 균역청에서 받았던 돈을 말하는 것으로 보인다. 《萬機要覽 財用編3 給代》

324) 朔下 : 하급 벼슬아치나 밑에 부리는 사람에게 다달이 내려주는 給料이며, 동전이나 무명으로 주었다.

一. 每有捧上時, 該掌羅將捧納於工房書吏, 置一樻子於長房, 一一入樻儲蓄, 而開金則該掌書吏捧受, 每月二十五日, 色郎廳躬親分給於各項應用處及員役等朔下. 而二十五日, 若值公、私故, 退定晦日事.

30-4

해당 나장이 기한에 맞춰 납부하지 않고 멋대로 빌려주었다고 핑계하거나 해당 서리가 중간에서 선지급하여[325] 관가를 속이는 행태를 일체 엄금한다. 5일마다 하는 卯酉仕[326] 및 불시에 행하는 좌기 때 직접 적발하는[327] 과정에서 이러한 사실이 드러나면, 장을 엄하게 쳐서 내쫓고 영구히 다시 소속시키지 말아서 결코 관대히 용서하지 않는다.

一. 該掌羅將之趁未捧納, 任自稱貸, 該吏之中間預下, 欺蔽官家, 一切嚴禁, 而每五日卯酉仕及不時坐起時, 現發於親摘奸, 則嚴杖汰去, 永勿復屬, 斷不饒貸事.

---

325) 선지급하여 : 원문은 '預下'인데, 기한이 되기 전에 돈이나 물품을 미리 내어 주는 것을 말한다. [《秋官志3 考律部》: "雖以鑄所文書觀之, 蔘價三萬兩, 直爲出給於江界主人, 累鉅萬公貨, 豈有無端預下之理乎!"]

326) 卯酉仕 : '卯仕酉罷'의 줄임말로, 卯時(오전 5시~7시)에 출근하였다가 酉時(오후 5~7시)에 퇴근하는 것이다. 해가 짧을 때는 辰時(오전 7시~9시)에 출근하고 申時(오후 3시~5시)에 퇴근하였다. 각 관사는 卯酉仕의 상황을 單子로 작성하여 5일마다 왕에게 보고하였고, 근태가 불성실한 자는 처벌하였다. [《六典條例 吏典 總例》: 各司卯酉仕單子, 每五日修來【戶曹、刑曹、漢城府、宣惠廳, 逐日. 兵曹、工曹、義禁府、司僕寺、平市署, 間五日.】, 以考勤慢. 或別遣摘奸, 現頉者, 論罪. 【各司闕直者, 同.】]

327) 적발하는 : 원문은 '摘奸'인데, 관원을 보내 다른 관원의 근무 상태 및 일의 진행 상황 등을 조사하여 불성실하거나 부정한 행위를 한 사람을 적발하는 것을 말한다. 비변사에서는 호조·선혜청·형조·한성부를 매일 적간하고, 병조·공조·의금부·사복시는 5일마다 적간하였다. 그 외에도 국왕이 內侍·史官·宣傳官 등을 수시로 파견하여 적간하기도 하였다. 여기서는 의금부 안에서 낭청이 나장이나 서리의 부정을 적발하는 것을 의미한다. [《銀臺便攷 吏房攷 擲奸》: 戶曹、宣惠廳、刑曹、漢城府、【以上逐日】兵曹、工曹、義禁府、司僕寺【以上每五日卯酉仕.】, 此是備邊司摘奸衙門. 若夫承傳摘奸, 不在此限.]

30-5

밤을 새서 하는 공적인 일이 아닌 경우, 당상관과 낭청이 주는 行下[328]는 이전 절목에 따라서 영구히 거론하지 않는다.

一. 除非經夜公故外, 堂、郎行下, 依前節目, 永勿擧論事.

30-6

담당자[329]를 추가로 들인 경우에 비록 朔下까지는 거론하지 못하더라도 달마다 대가를 보상해줌으로써 債가 누적되는 폐단이 없게 한다.【경진년 완의[330]】

一. 該色加入時, 則雖朔下勿爲擧論, 而逐朔報給, 俾無積債之弊事.【庚辰完議】

---

328) 行下 : 《한국고전용어사전》에서는 주인이 하인에게 품삯 이외에 주는 금품. 곧 경사나 위로조로 내리는 금품을 말하며, 놀이나 놀음이 끝난 뒤 기생이나 광대에게 준 보수도 行下라고 하였다. 《정조실록》에서는 "보통 各司에서 帖으로 지급하는 標紙를 行下라고 한다."라고 하여 行下와 行下紙를 같은 것으로 보았다. [《正祖實錄 10年 12月 7日(丙午)》 : 凡各司帖給標紙, 稱行下.] 여기서는 의금부의 당상관과 낭청들이 衙前들에게 내려주는 위로금, 또는 위로금을 주다라는 의미로 쓰였다.

329) 담당자 : 원문은 '該色'인데, 色은 '빗'으로 읽히는 이두로서 오늘날의 '담당자' 또는 '課'나 '係'에 해당한다. 또한 色은 그 자체로 色吏의 의미를 가지고 사용되는 경우도 많아, 육방과 마찬가지로 부서명이자 직명으로도 쓰인다. 김필동, 〈조선 후기 지방이서 집단의 조직구조(상·하)〉, 《한국학보》 28·29, 1982, 106면. ; 권기중, 《조선시대 향리와 지방 사회》, 경인문화사, 2010, 21면.

330) 경진년 완의 : 간지만으로는 이 완의의 성립 연대를 단언하기 어려우나, 본 항목 30-2 조목에서 언급한 給代錢이 英祖 31년(1755)에 노비가 내던 貢木 半疋을 감해주고 그 減貢된 수량만큼 균역청에서 대신 지급하게 했던 조처 이후에 받은 돈을 말하는 것이므로 여기서 말하는 경진년은 1755년 이후의 경진년 즉 1760년(영조36), 1820년(순조20)일 가능성이 높다.

## 31. 完議[협약]

※ 본 항목에서는 의금부 내에서 자치적으로 합의한 完議 16조목을 다루고 있다. 본서 전체에는 약 260 조목이 실려 있는데, 그 중에 완의임을 명시한 것이 78 조목이고, 이는 전체 규정의 1/3 이상에 해당하는 양이다. 본 항목에는 輪直에 관한 완의가 5건, 상경력에 관한 완의가 3건, 罰例나 鋪陳債 등 재정 운영에 관한 완의가 6건, 長房에 관한 완의 1건 등이 실려 있다.

完議에 대한 그간의 연구는 고문서 분야에서 주로 진행되어 官文書로서의 특성에 주목한 연구와 의사 결정 방식에 주목한 연구가 있다. 우선 관문서로서의 특성에 주목한 연구[331]에서, 완의는 16세기 무렵에 출현하여 각종 役을 면해준다고 官에서 보증해주는 '확인문서' 또는 '증빙문서'로 쓰였고, 18세기 이후에는 宗中이나 鄕校와 같은 공동체 내부에서 '처분문서'라는 의미로 쓰였다고 본다. 이 경우의 완의는 낱장으로 된 문서 형태가 대부분인데, 증빙대상, 작성시기, 발급자 표기, 署押, 官印 등이 표기되어 있다. 반면에 의사 결정 방식에 주목한 쪽에서는 완의를 鄕員과 門中에서 작성된 합의문으로 보고 검토한 연구[332]들이 있다.

그런데 《조선왕조실록》이나 《승정원일기》 등에 나타나는 完議는 圓議와 같은 의미로, 조선시대 사헌부나 사간원 등에서 당상과 당하 관원들이 국가 대소사를 논의할 때 둥글게 둘러앉아 일을 처리하는 것을 의미하였다. 전원일치로 의사를 결정하며, 여기서 결정된 내용은 임금에게 보고되었다. 《世祖實錄 9年 6月 12日(庚午)》, 《成宗實錄 12年 3月 30日(甲辰)》, 《光海君日記 11年 6月 1日(壬子)》, 《景宗實錄 卽位年 9月 28日(壬辰)》

---

331) 관문서로서의……연구 : 최승희(《한국고문서연구》, 지식산업사, 1999, 262면), 박병호(〈거래와 소송의 문서생활〉, 《호남지방 고문서 기초연구》, 한국정신문화연구원, 1999, 63~76면), 김혁(《특권문서로 본 조선사회-完文의 문서사회학적 탐색-》, 지식산업사, 2008, 30~89면)의 연구 등이 있다.

332) 의사……연구 : 鄕案의 입록절차와 鄕員들의 의사결정 구조에 주목한 김문택의 연구(〈17~18세기 김해지방 향안조직의 의사결정 구조와 절차-향록천과 완의를 중심으로-〉, 《고문서연구》 15, 고문서연구회, 1999.)와 門中에서 작성된 완의에 대해 검토한 김광억의 연구(〈통합과 결속의 문화적 장치-完議에 나타난 士族의 생활세계〉, 《조선양반의 생활세계》, 백산서당, 2004.) 등이 있다.

본서에 실린 완의는 의금부 내부에서 당상과 당하 관원이 함께 정한 자치규약으로, 문서의 특징인 증빙대상, 작성시기, 발급자 표기, 서압 등이 보이지 않는다는 점에서 고문서 쪽 연구에서 말하는 완의와 같다고 보기 어렵고, 주로 의금부 내부 규약에 해당하여 임금에게 보고될 사안이 아니라는 점에서는 사료에 나타나는 완의와 그 성격이 같다고 보기도 어렵다. 이 점에서 향후 조선 시대 관부 내에서의 완의의 성격과 의미가 검토될 필요가 있다.

31-1

본부와 당직청을 잠시도 비워서는 안 되는 것은 番次가 중요하기 때문만이 아니라, 대개 엄격하고 급박한 곳이라 어쩔 수 없어서 그런 것이다. 근래에 혹 당상관과 낭청 간에 相避[333]할 일이 생기면, 입직하지 않는 데만 급급하여 일의 체모는 생각지 않고 새로 임명된 자가 사은숙배할 때까지 기다리지 않고 함부로 미리 나갈 계책을 낸다. 계속 이와 같이 한다면 뒷날 말할 수 없이 많은 폐단이 생기게 될 것이니, 한결같이 예전 규례를 준수하여 당상관이든 낭청이든을 따지지 말고 새로 임명된 자가 나와서 숙배하기를 기다려야 한다. 그리고 우선 사진하지 않겠다는 의사를 예방서리에게 통지한 다음 낭청에 임명된 순서에 따라 차례로 대면하여 교체한 뒤[334] 비로소 사직서를 올려야 한다. 이와 같이 완의한 뒤에도 만약 이를 위반하는 자가 있으면 즉시 본부 사람들이 한데 모여 당상관에게 여쭈어 (당상관이) 草記하여 처벌하도록 한다.[335] 【避嫌[336]도 같다.】

333) 相避 : 권력의 집중과 부정을 방지하기 위하여 가까운 친인척끼리는 같은 관사나 비슷한 성격의 관사, 상하 관계에 있는 관직에 敍用하지 않는 것을 말한다. 주석 293) 참조.

334) 대면하여 교체한 뒤 : 전임자와 후임자가 대면하여 사무를 인계인수하고 교체하는 것이다. 面看交代라고도 한다.

335) 처벌하도록 한다 : 원문은 '勘罪'인데, 구체적인 법률 조문을 적용하여 죄를 다스린다는 의미를 내포하고 있다. 사료에서는 '考律勘罪'의 형태로 많이 보인다. 여기서는 '처벌하다'로 번역하였다.

一. 本府、當直之不可一刻暫曠, 非但爲番次爲重, 盖由乎嚴急之地, 而不得不乃爾也. 近或有堂、郎間相避之事, 則急於免直, 罔念事體, 不待新除之肅謝, 妄生徑出之計. 若此不已, 則後來之弊, 有不可言. 一遵舊式, 毋論堂、郎, 待其出肅, 先以不仕之意, 知委於禮吏, 從口傳次次面看交替之後, 始呈不仕狀. 如是完議之後, 若有冒犯者, 廳中卽刻一會, 論稟堂上, 以爲草記勘罪之地事.【嫌避同.】

31-2

본부와 당직청에 윤직할 때 옛날에는 番次를 전원 나오게 하는 규례가 있었으나, 이 규례가 청규에서 누락되어 단지 낭청에 임명된 순서에만 의거하고 있으니 나중에 온 관원이 윤직할 때마다 필시 혼란이 생기는 폐해가 생길 것이다. 그러므로 지금 여기에 옛 규례를 조목조목 나열하여 늘 볼 수 있게 한다.

一. 本府、當直輪直時, 古有迸出、番次之例, 而漏於廳憲, 只憑口傳而已, 後來之員每當輪直之時, 必致紛紜之弊. 故今玆條列舊規, 以爲常目之地事.

31-3

본부와 당직청에 모두 윤직할 때에는 낭청에 임명된 순서에 따르며, 하위 4원은 당직청에 分記하고 우위 4원은 본부에 분기한다. 만약 7원일 경우에는 본부에 4원, 당직청에 3원으로 정한다. 나머지는 모두 이에 준한다.【만약 한 쪽에만 윤직하게 되면 본부와 당직청을 막론하고 7원이 윤직한다.】

一. 本府、當直俱爲輪直, 則從口傳, 下四員分記當直, 上四員分記本府. 而若値七員之時, 則本府四員、當直三員爲定. 餘皆倣此事.【若只一處輪直, 則毋論本府、當直, 七員輪直.】

---

336) 避嫌 : 다른 관원의 탄핵이나 국왕의 질책을 받은 관원이 직무를 맡을 수 없다며 遞差해 주기를 청하는 것이다. [《弘文館志 式例 處置式》: 處置式【兩司官員中, 若有**引嫌**之事, 則【如被人譏斥及上旨誚責之類.】以啓辭自陳情勢, 請遞其職, 此所謂**避嫌**.]

31-4

상경력은 으레 입직하지 않고 일도사는 교대 낭청으로 편의를 취하기 때문에 입직하지 않으나, 비록 우위가 있다 해도 편의를 취해서는 안 된다.

一. 上經歷例不入直, 一都事交代取便, 故不爲入直. 而雖有右位, 勿爲取便事.

31-5

임금이 도성 밖에서 묵는 동가 때[337], 밤까지 이어지는 좌기 때【봉화를 쓸 경우에 한한다.】, 과거의 금란관에 배치되었을 때[338], 食堂到記[339] 때는 규례에 의거하여 전원 입직한다. 그 외에는 거론하지 못한다.【당일로 과거에 응시할 때도 거론하지 못한다.】

一. 經宿動駕時, 侵夜坐起時【限烽火】, 科擧禁亂官分記時, 到記食堂時, 則依

337) 임금이……때 : 본서 〈侍衛〉의 내용에 따르면, 왕이 도성 밖으로 거둥할 때는 導駕 2원, 考喧 2명을 차출한다고 하였다. 따라서 이들 4명의 도사를 제외하고 남은 인원이 본부와 당직청 입직, 공사교대낭청으로 대기해야 하고, 여기에 질병이나 喪 등의 사정으로 제외되는 자가 있었을 것이므로, 이 경우에 의금부 도사들을 모두 나오게 한 것이다.

338) 과거의……때 : 의금부 도사 10명 중 科擧의 禁亂官으로 도사 몇 명을 차출하면 남은 도사는 당직청과 본부에 입직하고 공사교대낭청으로 대기해야 하므로 의금부 도사 전원을 나오게 하는 것이다. [《承政院日記 正祖 17年 2月 9日》: 南公轍, 以義禁府言啓曰:" 明日春到記時仁政門 · 崇範門 · 光範門禁亂都事及文臣製述時協陽門禁亂都事, 當爲分排, 而本部都事五員, 受點於輪對官, 當直、本府入直都事及公事回公都事外, 皆爲赴擧, 禁亂都事, 無以推移, 假都事三員, 令該曹口傳擇差, 以爲分排之地, 何如?"]

339) 食堂到記 : 여기서의 식당 도기는 기준 점수를 얻은 유생들을 대상으로 한 科擧인 春到記나 秋到記를 의미한다. 食堂은 성균관 유생들에게 저녁 식사를 제공하는 장소이고, 到記는 성균관에서 기거하는 유생들의 식당 출석부이다. 성균관 유생들은 매일 그 물 모양의 표[井間]로 된 到記의 자기 자리에 서명과 싸인을 하였는데, 아침과 저녁에 모두 출석하면 1點을 부여하였다. 이 점수가 기준 점수[圓點]에 차면 각종 과거 시험의 참가 자격을 주었다. 성균관 유생의 제술 시험인 泮製의 경우, 기준 점수가 50점이었고 정조 1년(1776) 이후로는 30점을 얻으면 응시할 수 있었다. [《續大典 禮典 諸科》: 居齋儒生圓點【赴食堂兩時, 爲一點.】泮製則準五十點, 館試則準三百點者許赴.【《增》泮製圓點, 每年三十點, 爲準.】]

例迸直. 其外則勿爲擧論事. 【當日赴擧, 並勿論事.】

31-6

輪直할 때, 사원 중에 만약 式暇인 자가 있으면 식가 일자를 그대로 公頉로 처리하고 다음 차례의 사원이 차례로 입직하여야 하며 전원 입직하게 하지 않는다.

一. 輪直時, 諸員中若有式暇, 則式暇日子, 仍以公頉磨勘, 亞次之員次次入直, 勿爲迸直事.

31-7

본부에 윤직할 때, 만약 당직청에 입직하는 사원이 면신을 하게 되면 양쪽의 番次를 다시 배치할 수밖에 없으므로 그때 본부에 입직하는 번차 역시 전원 나오게 한다.

一. 本府輪直時, 當直司員, 若値免新, 則兩處番次, 不可不更爲分記, 伊時本府番次, 亦爲迸出事.

31-8

금오의 郎廳職은 본래 淸華職으로 불린다. 근래에 본부의 기강이 아무리 예전만 못하다고는 하나, 상경력과 일도사는 맡은 직임이 특별하므로 순차만 따라서 그 직위에 오르게 하여서는 안 된다. 상경력은 본래 圈點하여 선출하는 기존 규례가 있으니, 일도사 역시 차례를 건너뛰어서라도 인망이 있고 지체 있는 집안 출신 관원으로 公議에 따라 뽑아 그 자리에 오르게 하는 것으로 영구히 준행하는 방도를 삼는다.[340)]

340) 일도사는……삼는다 : 수석 낭청으로서 본부를 총괄하기 때문에 상경력에게 다른 업무를 맡기지 않도록 한 규정은 본서 〈封祟〉10-7에 있으나, 일도사에 대한 선발이나 우대에 대한 언급은 없었다. 그런데 본 조목에서 일도사까지도 公議에 의해 선발한다는 내용이 포함되어 있어 주목된다.

一. 金吾郎啣, 素稱淸華. 而近來官方, 雖不如舊, 至於上經歷、一都事, 爲任自別, 不可以循次陞付. 上經歷, 則自有圈點之已例, 而一都事, 亦宜以有人望地閥之員, 雖或越次, 從公議陞座, 以爲永久遵行之道事.

31-9

罰例의 본 취지는 전적으로 해학에서 나왔다. 그런데 법이 오래되면 폐해가 생기게 되니 선배들이 경계하였던 것도 그 점에 있었다. 근래 세 가지 벌이 있게 된 것은 어느 때부터 시작되었는지 모르겠다. 하지만, 당시에는 좋은 뜻의 해학이었던 것이 후일에는 고질적인 폐해로 변하였으니, 이는 실로 선배들이 만든 규례를 삼가 준수하는 것이 아니다. 앞으로는 한결같이 청규에 의거하여 영구히 준행한다.【계사년 6월 일 완의[341]】

一. 罰例本意, 亶出於諧謔, 而法久弊生, 先輩之存戒斯在. 而近來三條加罰, 未知刱自何時, 而當時善謔便成後日痼弊, 實非恪遵先輩成規. 從今以後, 一依廳憲, 永久遵行事.【癸巳六月日完議】

31-10

상경력이 교체되어 간 뒤 동벽 중에[342] 차례에 따라 상경력에 오를 만한 사람이 없으면, 신입 중에서 때맞춰 권점하여 행여 잠시라도 그 자리를 비게 해서는 안 된다. 혹 한 두 사람의 의견이 다르더라도 결코 꺾여서는 안 된다. 만약 혹 45일이나 끌었다면, 의견이 통일되지 않았더라도 한결같이 본부의 규례에 따라 즉각 상경력을 선출한다.

一. 上經歷遞去後, 東壁中若無循次例陞之員, 則新位中隨時圈點, 毋或暫曠.

341) 계사년……완의 : 干支만으로는 정확한 연도를 알기 어려우나, 본 항목을 〈금오청헌〉 이후에 추가된 기록이라고 본 필자의 견해를 따른다면 영조 20년(1744) 이후의 계사년이 되어야 하므로 여기서 말하는 계사년은 1773년(영조49)이나 1833년(순조33)일 가능성이 높다. 본서 해제 248~250면 참조.

342) 東壁 중에 : 먼저 낭청에 임명된 사람, 즉 先任者를 말한다. 주석 175) 참조.

而雖或有一二橫議, 斷不撓奪. 若或拖至四十五日, 則雖未歸一, 一依廳憲, 卽刻封祟事.

31-11

무릇 공적인 일이나 제사에 차출되었을 때, 군직 당상관에게는 대청지기가 龍脂[343] 밝히는 일을 거행하고, 낭청에게는 외직나장이 싸리횃불[344] 밝히는 일을 거행하는 것이 바로 본부의 규례이다. 그런데 낭청이 제사의 반열에 차출되어 출입할 때는 본래 용지가 없어 늘 길을 인도하기 어려울까 염려되고 창피스럽기 그지없었다. 그러므로 이번 갑오년[345]부터 매년 1월 초에 포진채 가운데 4냥을 대청지기에게 주어 낭청이 서울 안에서 지내는 제사에 차출될 때 용지 1자루씩을 밝히게 한다.

一. 凡於公故、差祭時, 軍職堂上前, 則龍脂, 大廳直擧行 ; 郞位, 則杻炬, 外直羅將擧行, 乃是府例. 而郞位差祭之班出入之際, 本無龍脂, 每患引導之爲難, 昌披莫甚. 故自今甲午爲始, 每正初鋪陳債中四兩錢, 付之大廳直處, 凡京內差祭時, 龍脂一柄式, 使之擧行爲齊.

343) 龍脂 : 솜이나 헝겊을 나무에 감아 기름을 묻혀서 초 대신 불을 켜는 물건이다.

344) 싸리횃불 : 원문은 '杻炬'인데, 싸리나무로 만든 횃불이다. 본래 궁궐 안에서는 紅染蠟으로 만든 紅大燭을 사용하였으나 太宗 때부터 처음으로 杻炬를 쓰기 시작하였다. 도중에 소나무로 만든 松炬를 쓰기도 하였으나 소나무가 집과 배를 건조하는데 필요하였기 때문에 금지하였고, 五升布에 밀랍을 발라 만든 布燭을 쓰기도 하였다. 세종 때부터는 주로 싸리나무와 도토리나무로 횃불을 만들어 사용하게 하였다. [《世宗實錄 5年 3月 3日(甲申)》: 一, 松木, 造家、造船所用最緊, 曾立禁令, 司宰監松炬, 代以杻木、橡木, 瓦窯燒木, 皆用雜木. ;《世宗實錄 11年 3月 25日(辛未)》: 古者宮禁之內, 常用紅染蠟爲燭, 謂之紅大燭. 太宗時, 始代以杻炬, 崇儉之意至矣. 然杻炬火易盛, 故頃刻不愼, 則燼焰亂落, 恐或延燒幃帳. 今不必如紅大燭, 但用蠟塗於五升布, 每一日進大殿、東殿各一枚, 名之曰布燭.]

345) 갑오년 : 干支만으로는 정확한 연도를 알기 어려우나, 본 항목을 〈금오청헌〉이후에 추가된 기록이라고 본 필자의 견해를 따른다면 영조 20년(1744) 이후의 갑오년이 되어야 하므로 여기서 말하는 갑오년은 1774년(영조50)이나 1834년(순조34)일 가능성이 높다. 본서 해제 248~250면 참조.

31-12

본부의 대청지기에게 주는 料布가 매우 박한 것이 실로 걱정스럽다. 가장 걱정스러운 것은 입직 관원의 馬草價[346]를 마련하는 것이니, 비록 공방이 給代錢으로 추후에 지급하기는 하나 저들 무리가 가난하여 날마다 진배하는 것을 감당할 수 없다. 그러므로 이제 본부에서 논의하여 이를 영구히 혁파한다. 그러나 공방이 지급하던 급대전 가운데 마초가 24냥은 그대로 대청지기의 別朔下 명목으로 삼는 것으로 정식을 삼아 저들 무리가 조금이나마 형편이 나아질 수 있게 한다.【경자년 완의[347]】

一. 本府大廳直料布甚薄, 實爲矜悶. 最是入直官馬草價名色, 雖有工房給代錢追後上下, 而以渠輩之貧殘, 無以策應於逐日進排. 故玆因廳議, 永爲革罷. 而工房給代中馬草價二十四兩段, 以大廳直別朔下名色, 仍爲定式, 俾爲渠輩一分紓力之地爲齊. 【庚子完議.】

---

346) 입직 관원의 馬草價 : 馬草價는 말이 먹는 건초에 드는 비용을 말한다. 원래 草價는 田稅와 함께 佃夫에게 부과되어 여름에는 生草, 겨울에는 穀草로 납부하게 하여 稅草라고도 불렸다. 도중에 草價가 지나치게 과도해지자 성종 6년(1475) 때 법으로 1束=米 2升으로 정하여 과도한 수취를 막았고 수납형식도 官에서 관리하는 것으로 바꾸었다. 이때부터 농민들은 초가를 포함한 모든 세를 京倉에 직접 납부하고, 담당 관사에서 이것을 京市署에서 평가하는 時價에 따라 쌀이나 콩으로 바꾸어 지급하였다. [《經國大典 戶典 諸田》 : ○職田、賜田稅, 並草價納京倉,【限來春三月初十日】以軍資監米豆換給.【草一束準米二升. ○職田、寺田, 則每一結官收二斗.】; 《成宗實錄 9年 7月 20日(己卯)》 : 戶曹據此啓: "諸田之稅, 使民幷草價自納京倉, 依祿俸例頒給." 從之.] 의금부에서 각 관원에게 얼마나 마초가를 지급하였는지는 본서에 나타나 있지 않아 정확한 액수는 알 수 없으나 다른 관사의 경우를 살펴보면, 형조에서는 1개월마다 당상 1인에게 1냥 2전의 馬草價를 지급하였고 낭청에게는 3냥의 馬太草價를 지급하였다. 《秋官志 經用》

347) 경자년 완의 : 干支만으로는 정확한 연도를 알기 어려우나, 본 항목을 〈금오청헌〉이후에 추가된 기록이라고 본 필자의 견해를 따른다면 영조 20년(1744) 이후의 경자년이 되어야 하므로 여기서 발하는 경자년은 1780년(정조4)이나 1840년(헌종6)일 가능성이 높다. 본서 해제 211~214면 참조.

31-13

先生이 수감되었을 때 隨廳書吏[348]가 대령한다는 것이 청헌에 있는데[349] 간혹 이를 폐기하고 행하지 않으니 이보다 더 유감스러운 일이 없다. 지금부터는 이를 각별히 거행하여 옛 규례를 보존한다. 수청서리 건에 대해서는, 근래 당번으로 들어간[350] 예방서리에게 수청서리 일을 시키기도 하기 때문에 공무에 서로 지장이 있고 명색만 있지 있으나마나 하다. 앞으로는 별도로 한 사람을 정하여 그로 하여금 착실하게 거행하게 하되, 만일 행여 또 전에 하던 식을 그대로 따라하면 수석 서리를 단연코 각별히 엄하게 다스리겠다.

一. 先生就囚時, 隨廳待令, 廳憲備在, 而間或廢閣不行, 事之慨然, 莫此甚焉. 從今以後, 各別擧行, 以存古規. 而至於隨廳書吏段, 近或以入番禮吏擧行, 故公務相妨, 有名無實. 此後則別定一人, 使之着實擧行, 而如或又事因循, 則首吏斷當各別嚴治事.

31-14

당상과 낭청의 先生案 및 궤을 지금 다시 만들었으니, 앞으로 이를 전담하여 지키는 일 등을 일체 예방서리에게 거행하게 한다. 그런데 당상관의 선생안은 경질이 빈번하여 임명될 때마다 기록하기 어려우니 한

---

348) 隨廳書吏 : 관청에 배속된 서리를 말한다. 錄事와 書吏는 개인에게 배속되는 부류와 관청에 배속되는 부류가 있다. 개인에게 배속되는 경우를 陪從 또는 跟隨라 하고 관청에 배속되는 경우는 隨廳이라 한다.

349) 先生이……있는데 : 본서 〈先生〉26-1에 이미 명시되어 있는 규정이다. [《金吾憲錄 先生》 : 堂、郎先生就理時, 許入長房, 使喚、使令、廳直、茶母各一名差定, 柴、油、炭亦爲上下事.]

350) 당번으로 들어간 : 원문은 '入番'이다. 여기서 '番'은 當番이란 뜻으로서 교대로 근무하거나 복무하는 것이다. 이에 반하여 당번에서 풀려나는 것을 '出番'이라 한다. 입번과 출번은 番上, 番下와 구별된다. 대체로 번상, 번하는 군사들처럼 장기적으로 복무하는 것과 관련하여 쓰는 용어이고, 출번과 입번은 관청과 자기 집을 오가면서 근무할 때 쓰는 말이다. 윤국일, 전게서, 54면.

번 임명될 때마다 차례차례 임시로 기록해두었다가 매년 1월과 7월에 정식 장부에 옮겨 기록한다. 낭청의 선생안은 면신한 후에 규례에 따라 官銜을 채우되, 그 중에 혹 면신하지 못한 사람이 있으면 그 역시 면신하는 대로 本冊에 기록한다. 열쇠는 官房에 두고 꺼내고 들일 때마다 예방 서리가 매번 상관에게 보고한다.

一. 堂、郎先生案及櫝子, 今爲重修, 此後則典守等, 一令禮吏擧行. 而堂上案, 則遆改頻數, 有難隨除隨錄, 每一除拜後次次草注後, 每年正、七兩月, 移錄於正案是遣 ; 郎廳案, 則免新後循例塡啣, 而其間或有未免新, 則亦爲隨錄於本冊是遣 ; 開金段, 置于官房, 出納時禮吏每每告課事.

31-15

포진이나 병풍·장막은 堂上先生이나 郎廳先生이 아니면 심리를 받을 때 멋대로 빌릴 수 없는 것이 본래 옛 규례이다. 그런데 근래에 점점 예전 같지 않게 되어 선생이 아닌데도 불구하고 혹 빌려주는 폐단이 있으니, 이것은 선생을 존중하고 옛 법을 준수하는 본래의 취지가 아니다. 앞으로는 관원 중에 혹 사사로운 정에 얽매여 빌려주도록 허용한 자가 있으면 본부 자체에서 中罰을 바치는 것으로 시행하고, 대청지기는 내쫓는다.【을사년 완의[351]】

一. 鋪陳、屛帳, 非堂、郎先生, 則就理時不得擅借, 自是古規. 而近來漸不如古, 雖非先生, 或有許借之弊, 此非尊先生、遵舊憲之本意也. 此後則官員中或有拘私許借者, 自廳中施以中罰, 大廳直則除汰事.【乙巳完議.】

---

351) 을사년 완의 : 본 항목을 〈금오청헌〉이후에 추가된 기록이라고 본 필자의 견해를 따른다면 영조 20년(1744) 이후의 을사년이 되어야 하므로 여기서 말하는 을사년은 1785년(정조9)이나 1845년(헌종11)일 가능성이 높다. 본서 해제 248~250면 참조.

31-16

본부에서 鋪陳債를 연례적으로 거두는 것은 훈훈한 풍습에서 유래한 바꿀 수 없는 아름다운 규례이나, 어떤 규례를 본받아서 어느 때 시작되었는지는 알지 못한다. 옛사람의 의도를 짐작해보자면, 훌륭한 의원이 병을 포기하지 않고 쫓겨나는 아녀자가 빗자루를 버리지 않는 것과 같은 세심한 마음 씀씀이에서 시작되었을 것이다. 그러므로 실로 포진채를 전해줄 때는 세심하게 전해주고 받았을 때는 꼼꼼하게 써야 한다. 그런데 어찌하여 근래에는 전해주는 쪽에서는 의원이 병을 치료하듯 하는 태도를 고치지 않았는데, 받는 쪽에서는 쫓겨나는 아녀자가 빗자루를 남기지 않는 것과 같은 태도를 볼 수 없는 것인가.

포진채를 거두고 받는 일은 매번 연말에 하는데, 이 시기는 해당 담당자가 교체되는 때이다. 그 때문에 전송하고 영접하는 데 분주하고 대충 넘어가는 데 급급하여, 장구한 계획을 지니고 있으면서 당장 급한 근심을 가지고 있기 어렵다. 이리하여 손닿는 대로 다 써버리기를 마치 민간에서 식초를 팔아 쌀에 보태는 것처럼 써버린다.[352] 해가 바뀌고 일을 인수한 뒤에 가서 전임 수령이 잘못 처리한 일을 신임 수령이 바로잡으려니 자연히 어려움이 많고 그대로 답습하여 지나가려니 번번이 군색해지는 일이 많다. 당초의 훈훈한 풍습에서 나온 유래와 바꿀 수 없는 아름다움이 과연 어디에 있단 말인가.

폐단을 말하는 것은 폐단을 구제하는 것만 못하다. 지금부터는 연례적으로 포진채를 거두면 먼저 鋪陳價 몇 냥을 덜어두고, 접수한 帖紙[353]

---

352) 손닿는……써버린다 : 당시에 식초는 제사를 지낼 때도 필요하고 음식의 맛을 내는 데도 꼭 필요한 양념으로 쓰이는 귀한 것이었다. 그런 귀한 식초를 내다 팔아 당장 먹을 쌀에 보탠다는 의미로 보고 번역하였다. 여기서는 포진채 등을 받아 장구한 계획 하에 쓰지 않고 당장 급한 불을 끄는 용도로 사용하는 것을 빗댄 말이다.

353) 帖紙 : '帖'의 음을 '체'로 읽는 경우와 '첩'으로 읽는 경우가 있다. 帖下와 같은 의미로, 下級吏隷에게 錢穀을 지급할 때 그 物品指令書에 帖字의 木印을 찍어 내려 보내면

가운데에서 경저리가 있어 거두기 쉬운 고을 몇 곳에 해당 담당과 대청지기 몫을 덜어둔 뒤[354], 남은 수량을 應下 등의 잡비에 분배한다. 만일 혹 약속한 조항을 지키지 않고 다시 종전과 같은 잘못을 하여 연초에 재용을 배분하여 쓸 때 또 모자라게 되는 근심이 생기면 그 당시 담당 서리에게 포진채를 책임지고 납부하게 한다는 것으로 영구히 준행한다.

【병오년 완의[355]】

一. 本府鋪陳債, 年例收捧者, 卽由來之厚風, 不易之美規, 未知倣甚例而刱何時也. 仰料古人意, 要在良醫不棄病、去婦不遺箒之細密心法. 固當傳也細、受也密, 而夫何挽近以來, 傳不改良醫之治病, 受不見去婦之收箒也!

鋪陳債收捧, 每値歲末, 該掌色交遆之時也. 故迎送紛忙, 捱過促急, 難保有遠慮而存近憂矣. 於是乎隨手散盡, 無異於閭里之賣醋合米. 及至歲改傳掌之後, 新令欲矯舊令之失事面, 自多難處, 因循經過, 輒有窘跆之端. 當初由來之厚風、不易之美規, 果安在哉!

說弊不如捄弊, 從今以往, 年例鋪陳債收捧時, 先除鋪陳價幾兩, 到付帖紙中, 有邸易捧邑幾處, 該色與大廳直除置後, 以餘數分排應下等褋費是矣. 如或不

---

이에 의해 現物을 지급하는 증명서이다.

354) 거두기……뒤 : 여기서 각 고을에서 무엇을 거두는 것인지에 대해서는 구체적인 정보가 없다. 하지만 다른 관사의 경우로 추정해보면, 한성부에서는 각 고을에서 雜物을 받아 당상과 낭청, 이례들에게 분배하는 관례가 400년간 이어져 왔으며, 각 고을에서 雜物價로 3냥씩을 받아 이례의 삭하와 公廨의 수리, 分兒의 비용 등으로 쓴다는 내용이 있는 것으로 보아, 의금부에서도 각 고을로부터 상납 받는 액수 중에 경저리가 있어 거두기 쉬운 곳의 몫을 우선적으로 해당 담당과 대청지기 몫으로 맡아놓는 것은 아닌가 생각된다. [《京兆府志 戶房》 : 雜物分兒, 自是四百年流來之古規, 不可全然革罷. 今雖五百兩付之公用, 尙有餘數九十邑, 則三堂上宅各八邑, 本色郞廳各八邑, 三郞廳宅各六邑, 所捧雜物, 以本色依舊例分兒.……今則役員俱有料布, 不可加料上下, 以屢朔使役之功勞, 各給七邑, 本色執吏紙俗次二邑, 六房執吏地俗次各一邑, 承發地俗次各一邑,書吏上直房塗褙次一邑, 書吏吏案次一邑, 所餘爲七邑, 則本色郞廳, 每當式年, 不無闊狹之道, 惟在臨時區處.]

355) 병오년 완의 : 본 항목을 〈금오청헌〉이후에 추가된 기록이라고 본 필자의 견해를 따른다면 영조 20년(1744) 이후의 병오년이 되어야 하므로 여기서 말하는 병오년은 1786년(정조10)이나 1846년(헌종12)일 가능성이 높다. 본서 해제 248~250면 참조.

遵約條, 復踵前謬, 歲首排用, 又有窘跲之患是去等, 其時當該色吏處, 責納鋪陳之意, 永久遵行事.【丙午完議】

## 32. 節目[세부지침]

※ 節目이란 어떤 사안이나 행사 등을 치르기 위해 마련되는 세부 시행 지침이므로, 應行節目, 釐整節目, 救弊節目, 侍衛節目, 鄕約節目 등 여러 가지 명칭의 절목이 있을 수 있다. 그런데 이 절목은 무엇에 관한 세부지침인지 설명하지 않은 채 단지 '節目'으로 되어 있다. 이것은 이전 항목들이 특정 주제를 명칭으로 삼은 것과 대조되므로, 이 점을 본 항목이 앞부분을 편차한 사람들의 손에 의해 편차되지 않았다는 근거의 하나로 볼 수 있다.

또 이 항목은 〈금오청헌〉부분의 가장 마지막 항목이다. 하지만 〈금오청헌목록〉에는 이 項目名이 없다. 아마도 〈금오청헌목록〉이 만들어진 이후에 추가되어서 미처 목록에 실리지 못한 듯하다. 추가된 시기를 추정해볼 수 있는 단서는 첫 번째 조목이다. 《승정원일기》에 의하면, 첫 번째 조목에서 언급한 정해년 기사 내용은 순조 27년(1827) 정해년 기사이다. 原注에 실린 정미년은 정해년 내용을 수정한 것이어서 당연히 그 이후가 되어야 하므로 헌종 13년(1847)으로 추정된다.

본 항목은 4개의 조목으로 이루어져 있는데, 의금부 서리들의 부정행위 근절, 罰例錢 수납, 신입 낭청의 做度, 先生案 入錄 기준 등에 대한 것이다.

### 32-1

지난 정해년(1827, 순조27)에 당상과 낭청을 처분한 일로 인하여 본부의 서리가 저지르는 폐단을 바로잡고자 擧條[356]로 계하 받아 황해도의 耗作條를 선혜청에 소속시키고 매년 10월에 이자 몫으로 400냥씩을 받아왔다.[357] 그 후 본부의 서리들이 房債[358]를 갚는다고 하면서 10년 치 또는

---

356) 擧條 : 擧行條件의 줄임말로, 신하들이 연석에서 진달한 말들 중에 朝報에 낼 만한 것을 승지가 뽑아서 반포하는 것을 말한다. [《正祖實錄 22年 11月 17日(丙子)》 : 大抵擧條云者, 卽擧行條件之謂也. 古則注書所錄之草冊, 筵退後卽爲啓下, 承旨抄出, 其當爲擧行之條件, 頒示於朝紙. 故所謂擧條, 例不過數三行.]

357) 지난……받아왔다 : 이 내용은 《승정원일기》 순조 27년(1827) 정해년 기사에 실려 있다. 그에 따르면 의금부 당상관을 지낸 적이 있는 趙鍾永이 의금부에 소속한 員役들

5년 치씩 팔아버려 지금은 6년 치가 남아 있다고 한다. 만약 이 한도를 넘으면 필시 다시 사야하는 근심이 생길 것이다. 이에 절목을 만드니, 지금 이후로는 다시는 팔아버리지 말라. 만일 팔아버리면 해당 수석 서리와 作頭[359] 중에 말을 꺼낸 자를 반드시 법사로 옮겨 엄중하게 처벌할 것이고, 팔아버린 뒤 그만둔 서리는 전해줄 액수 중에서 부족액을 계산하여 신입 서리에게 지급하게 할 것이다. 이 내용을 영구히 준행한다.【정미년(1847, 헌종13)에 새로 정하다.】

一. 去丁亥年, 因堂、郎處分, 欲矯府吏之弊瘼, 至於擧條啓下, 以海西耗作條, 付之惠廳, 每年十月, 利條四百兩式受來矣. 其後府吏輩謂報房債, 或十年、或五年條放賣, 而今則六年條餘在云. 若過此限, 必有復賣之慮. 故玆以成

---

의 料布가 매우 박한 문제를 해결하기 위하여, 균역청에서 1년 단위로 주던 급대전 15년치를 미리 받아 환곡으로 운용하여 그 이자를 料布의 재원으로 쓸 것을 청하여 허락받았다. 단, 본문에서는 선혜청이라 하였는데《승정원일기》 기사에서는 균역청이라 한 차이는 균역청이 영조 26년(1750)에 설치되었다가 영조 29년(1753)에 선혜청에 합병되었으므로 결국은 같은 관사를 지칭하는 것이므로 문제될 것이 없다. 그러나, 관사곡을 받아쓰는 기간은 차이가 있다. 즉,《승정원일기》에서는 15년이라고 한 반면 본 조목에서 받아쓴 연수를 계산하면 21년 이상이 된다. 어느 쪽의 내용이 정확한 것인지 판단하기 어려워 원문대로 번역하고 차이점만 밝혀둔다. [《承政院日記 純祖 27年 12月 20日》: (行上護軍趙)鍾永曰: "臣於頃日待罪禁堂之時, 目見該府擧行, 全不成樣, 專由於員役等料布至薄, 朝入暮出, 支保無路. 故諸僚堂亦爲之憂歎, 爛加商議, 請得均廳年例給代條, 限十五年都數預下, 依刑曹、漢城府救弊作穀之例, 每年盡分取耗, 作錢上送於均廳, 自均廳上下, 以爲添料之資, 則在該廳, 旣無所失, 在王府, 庶有小效. 而海西穀摠稍小, 別無添弊之慮, 以本錢下送該道, 使之從便作穀, 穀名則稱以義禁穀, 而此是支放給代, 則雖値歉年, 切勿混入於停蕩之意, 分付該廳及該道, 何如?" 令曰: "與備堂相議乎?" 鍾永曰: "俄於閤外, 已有所相議矣." 令曰: "依爲之."【出擧條.】]

358) 房債 : 방채가 무엇인지는 정확하지 않다. 다만 문맥으로 볼 때 '공적인 빚'을 의미하는 것으로 보인다. 조선시대에는 같은 관아 안에서 사무가 복잡하게 있을 경우에 내용별로 분담하면서 '房'이라는 명칭을 붙였다. 의금부 안에도 刑房, 工房, 禮房 등의 房이 있었다. 이들 房에서 공무 수행 과정에서 진 빚을 의미하는 것으로 보았다.

359) 作頭 : 본서 〈추록〉(29-13)에서 본부 안에 羅將 4개의 番이 있다고 하였는데, 作頭는 이 작패의 우두머리를 말하는 것으로 보인다. [《金吾憲錄 追錄》: **羅將四番**中, 抄出有膽力者各五人, 合二十名, 每月十五日,【有故則退以六日、七日.】上·下兵房, 率往僻處, 看檢習杖.]

節目爲去乎, 自今以後, 更無放賣是遣, 如或放賣, 則當該首吏及作頭出言者, 斷當移法司重繩, 賣食後退去之吏, 傳授中計減, 出給新來之吏, 而以此永久遵行事.【丁未新定】

32-2

신입 낭청의 벌례는 예전에는 익힌 음식으로 하였으나 근래에는 代錢으로 大門에 납부하며 정해진 액수가 있어 더하거나 줄일 수 없다. 비록 면신에 필요한 날수를 채웠더라도 정해진 액수대로 대문에 납부하지 않았으면 그를 신입 낭청으로 대우하고, 그는 당직청과 본부에 우위 낭청으로 윤직할 수 없다.

一. 新位罰例, 舊以熟饍, 近以代錢, 付之大門, 自有定數, 加減不得者也. 雖滿免新日子, 大門所納, 如未準數, 待之以新位, 當直、本府, 無得以右位輪直事.

32-3

신입 낭청이 면신하기 전에 당직청과 본부에 비록 공무 때문에 교체되어 나갔더라도 연속입직에서 감해주는 것을 허용하지 않는다.[360]

一. 當直、本府, 新位免新前, 雖因公替出, 不許計減於倣度事.

32-4

先生案에는 면신한 후 전체 모임 때 비로소 기록될 수 있다. 그런데

360) 신입……허용하지 않는다 : 이 규정은 〈추록〉의 마지막 조목인 병자년 완의(29-31)의 내용과 상반된다. 병자년 완의에서는 신입 낭청이 免新하기 전에 본부나 당직청에 입직하였으면, 면신 후에 입직할 倣度日數에서 제해준다는 내용이었다. 따라서 본 조목은 병자년 이후에 신입 낭청의 근무지침을 다시 조정한 것에 해당한다 할 수 있다. [《金吾憲錄 追錄》: 得三曹司而來者, 未免新前, 或入直於本府, 則計減於本府倣度日子 ; 或入直於當直, 則計減於當直倣度日子. 若隨行於交代, 則計減於本府倣度日, 若或入直於當直及本府時, 有後來新位, 則雖一、兩日入直, 當直則蕩減當直倣度, 本府則蕩減本府倣度. 重來亦然事.【丙子完議】]

근래 친분이나 사사로운 정에 얽매여 벌례를 다 납부하지 않았는데도 구차하게 선생안에 기록되도록 허용하는 폐단이 있으니, 이보다 더 본부의 규례를 크게 위반하는 것이 없다. 앞으로는 면신에 필요한 날수를 채웠더라도 벌례를 다 납부하지 않았으면 선생안에 기록되지 못하게 한다.【경술년 완의[361]】

一. 先生案, 則免新後, 因齊會始得入錄. 而近或拘於顔私, 雖未準納罰例, 亦有苟且許錄之弊, 大違廳憲, 莫此爲甚. 此後則雖滿免新日子, 未準罰例當納, 勿許入錄事.【庚戌完議】

361) 경술년 완의 : 이 완의는〈절목〉의 네 번째 조목이다. 첫 번째 조목이 헌종 13년(1847)에 성립되었으므로 이 완의는 기술 순서상 그 이후의 경술년이 되어야 하므로 여기서 말하는 경술년을 철종 1년(1850)으로 추정하였다.

# Ⅱ. 完文·詩板

## 33. 추가된 계판【완문·시판】

### 追附揭板【完文、詩板】

※ 〈追附揭板〉이하는 의금부 관사 벽에 걸어두었던 揭板의 내용들이다. 조선에는 관사마다 소속 관원들이 숙지해야 할 傳敎나 完議 등을 관사의 벽에 걸어두었다. 여기에 실린 약 47개의 조목들은 대부분 성립 연대가 분명한 내용들로, 朴鳴陽 등이 편찬한 이후에 증보된 부분이다. ①追附揭板 ②金吾廨宇節目 ③大門節目 ④罰例記 ⑤詩板으로 구성되어 있다. 규례가 성립한 시대순으로 기술하려 했으며, 이 점에서 일정한 주제를 가진 항목명 하에 관련 규례를 배치했던 〈금오청헌〉과는 다른 체계로 나열되어 있다. 〈추부계판〉에 실린 내용들은 중국의 연호를 함께 제시하고 있어 규례가 만들어진 정확한 연도를 알 수 있다. 6건의 揭板 내용이 실려 있는데, 그 중 4건은 국왕의 명령에 해당하고 2건은 의금부 내부에서 정한 完議이다. 첫 번째 계판은 정조 1년(1777) 6월 28일에 刑具의 釐整을 명령하는《欽恤典則》의 서문이 되는 전교이고, 두 번째는 조정의 명령을 받지 않고 지방에 差使를 보내 民弊를 만드는 것을 금지하도록 한 정조 12년(1788) 10월 29일의 전교이며, 세 번째는 근무 태만으로 옥사를 제 때 처리하지 못했을 때의 의금부 당상관들에 대한 처벌을 명시한 정조 18년(1794) 5월 10일의 하교이다. 네 번째와 다섯 번째 계판은 罰例의 본래 취지를 잃지 말자며 罰例錢의 액수와 절차를 명시한 정조 22년(1798) 5월의 완의와 羅將의 정원을 80명으로 고정시키는 순조 4년(1804)의 완의이다. 마지막에 실린 계판은 내시를

잡인과 같이 囚禁하지 말라는 내용의 신축년 윤5월에 내린 하교이다. 신축년 게판은 아마도 헌종 7년(1841) 신축년의 것으로 誤認하여 가장 나중에 실은 듯하다. 하지만 1841년에는 윤5월이 없고, 무엇보다도 내용 중에 등장하는 상경력 朴海壽는 정조 4년(1780)에 의금부 도사이었기 때문에 마지막 게판의 성립 연대는 정조 5년(1781) 신축년이 확실하다.

### 33-1. 정유년(1777, 정조1) 전교

정유년(1777, 정조1) 6월 28일에 좌부승지 徐有防이 입시했을 때, 주상이 다음과 같이 전교하였다.[362)]

내가 전에 宋나라의 고사를 살펴보니, 藝祖[363)]는 평범한 군주였는데도 옥에 갇힌 죄수가 병들어 죽을까 염려하여 개국한 초기에 여러 州의 長吏에게 명하여 갇힌 죄수들을 돌보게 하였고, 또 한여름에는 옥리들에게 조칙을 내려 5일에 한 번 시찰하고 獄戶를 청소하며 刑具를 세척하게 하였으며, 가난한 자에게는 먹을 것을 주고 병든 자에게는 약을 주며 사소한 죄는 즉시 처결해주게 하였으니, 이것이 그 해부터 상례가 되었다. 과인이 생각하기에 趙宋이 수 백 년 동안 기업을 이어간 것은 필시 이에 근거한 것이다. 더구나 우리나라 역대 선왕께서 백성을 돌보신 훌륭한

362) 정유년……전교하였다 : 본문에 의하면 이 전교는 정조 1년(1777) 6월 28일에 내렸으나, 《정조실록》에는 정조 2년(1778) 1월 12일 기사에 실려 있다. 그때 《欽恤典則》이 완성되어 반포되었기 때문으로 보인다. 국립중앙도서관에 소장(B.C.古朝33-22)되어 있는 《欽恤典則》 서문에도 이 전교가 실려 있다.

363) 藝祖 : 宋나라 太祖 趙匡胤(927~976)을 이른다. 河北省 固安縣 사람으로, 자는 元朗이다. 부친은 後周의 節度使를 지낸 趙弘殷이며, 모친은 杜氏이다. 後周의 恭帝가 즉위한 후 北漢 및 契丹의 연합군이 후주를 침략했을 때 어린 황제를 불안하게 여긴 장졸들이 그를 황제로 추대하였다. 경성으로 돌아와 공제에게 선양을 받고 국호를 宋, 연호를 建隆이라고 하였다. 건국 후 藩鎭의 兵權을 빼앗고, 탐욕스런 관리를 처형하는 등 기강을 세워 亂世의 재발을 막았으며, 농업과 학문을 장려하고 형벌을 경감시키는 등 태평시대를 가져와 그의 재위 17년 동안이 송왕조 300년의 번영을 가져왔다는 평가를 받았다.

덕은 곧 우리 왕가가 전수 받은 心法인데다가, 나 小子는 외람되이 왕위를 계승하였으니 어찌 감히 그것을 본받고 공경스럽게 이어서 아름다운 업적을 만분의 일이나마 드날리지 않을 수 있겠는가.

백성을 긍휼히 여기는 정사는 본래 모든 곳에서 조심하고 경계해야 한다. 지금은 더운 여름인데다가 또 三伏이 되었는데 옥에 갇혀 있는 사형수들이 여러 차례 고문을 당한 끝에 칼[枷]을 쓰고 수갑[杻]을 차고 있는 모습은 참으로 머리를 풀어헤친 귀신같은 형색이어서 짐승과 다름없는 몰골이라 할 만하다. 아, 형벌을 주어야 하는데 주지 않고 죽여야 하는데 지레 석방하는 것은 요행의 문을 열어주고 범죄의 길을 넓히기 십상이니, 형벌이 필요 없는 지경에 이르도록 하기 위해 형벌을 써야 한다는 취지에 전혀 맞지 않는다는 것은 애초에 말할 것도 없다. 그러나 백성의 형편을 살피고 보살피는 정사에 있어서 큰 죄와 작은 죄를 구별하지 말고 한결같이 宋朝의 고사에 의거하여 거행하는 것 또한 공경하는 방도의 하나가 될 것이다. 아, 너희 서울과 지방의 모든 담당 신하들은 삼가고 유념하라.

刑具에 있어서는 각각 정해진 규격이 있으니, 笞와 杖의 길이・폭・지름・두께와 칼과 쇠고랑의 길이・무게는 죄의 경중을 살펴 그 규격을 다르게 하는 것이 바로 불변의 법이다. 근래 들으니, 서울과 지방의 옥사를 처결하는 곳이 대부분 이 법제를 준수하지 않는다는 탄식이 많고 자신의 사적인 뜻에 따라 법까지도 조정하여 官長이 분을 푸는 도구로 전락했다 하니 이루 말할 수 없이 한심하다. 아, 법이라는 것은 천하에 공평한 것이다. 비록 군주가 권력을 잡고 그 권한을 쓰기는 하나 그것을 사용하는데 조금도 편파적이나 사사로움이 개입되게 해서는 안 된다. 더구나 왕이 임명한 관원은 더 말할 게 있겠는가. 서울과 지방에 모두 통지하여 죄수를 보살피고 옥사를 결단할 때 나의 정성스런 하교를 체득하여 각별히 근실하게 준행하게 하라.

내가 듣건대, 교화는 가까운 곳에서 나오고 정사는 내부에서부터 비롯된다고 한다. 서울의 옥이 저처럼 난잡하다면 지방의 고을이야 말해 무엇하겠는가. 형방승지는 法部와 法曹에 달려가 그곳의 태, 장, 칼, 쇠고랑 중에 법에 정한 규식과 같지 않은 것을 가져다 모두 수합한 뒤 法式에 비추어 보고 조목조목 열거하여 보고하라. 지방의 고을에도 차례로 어사를 파견하되 무작위로 대상읍을 선택하여 확인하라. 만일 죄를 범한 경우에는 발각되는 대로 엄중하게 처리하여 결코 너그럽게 용서하지 말라. 각 도의 방백과 유수는 우선 褊裨[364]를 보내 고을마다 적간하고 즉각 바로잡음으로써 앞으로는 적발되는 일이 없게 하라. 이전에 격식을 어긴 것에 대해서는 한 두 해에 생긴 폐해가 아니니 여러 도를 조사할 때 비록 현장에서 적발되었더라도 크게 법에 어긋난 刑杖 외에는 이 법령이 발포되기 이전에 속한 것은 일단 내게 보고하지 말고 단지 속히 폐기하라는 내용으로 일체 통지하라.

丁酉六月二十八日, 左副承旨徐有防入侍時, 傳曰: "予嘗觀諸宋時古事, 藝祖卽一中主, 慮其獄囚之瘐死, 開國之初, 命諸州長吏恤繫囚, 又以暑盛, 詔獄吏五日一檢視, 灑掃獄戶, 洗滌杻械, 貧者給食, 病者給藥, 少罪卽時決遣, 自是歲以爲常. 寡人以爲趙宋屢百年基業之綿遠者, 未必不基於斯矣. 況我列祖欽恤之盛德, 卽我家傳授心法, 而矧予小子叨承丕緖, 敢不式克欽承, 對揚休烈之萬一也哉!

凡係欽恤之政, 固當隨處惕若, 而今當暑月, 又値三伏, 死囚之滯獄者, 屢被栲掠之餘, 繫之枷而鎖以杻, 眞所謂蓬頭鬼形, 與鳥獸無異者也. 噫! 當刑而不刑, 當殺而徑放, 適足爲啓僥倖之門, 增罪戾之道, 殊非刑期無刑之義, 初不可議論. 而其於審恤之政, 勿以大罪、小罪而區別之, 一依宋朝之古事, 擧而行之, 抑或爲欽哉之一道. 咨爾京外有司之臣, 其宜惕念者!

至若刑具, 制各有度, 笞杖之長廣圓徑、枷杻之尺寸斤兩, 視罪淺深, 而異其制焉, 卽是不易之關和也. 近聞京外決獄之地, 率多不遵法制之歎, 以己之私,

364) 褊裨 : 각 營門의 副將. 編將을 말한다.

而法亦隨而低仰, 不免爲官長餙怒之具, 可勝寒心, 噫! 法者, 天下之平也. 雖以人主操其柄、御其權, 猶且不敢以一毫偏私, 干於其間. 况乎命吏哉! 可並知委京外, 恤囚斷獄之際, 軆予申勤之敎, 恪謹遵行.

予聞化自近出, 政由內始. 京師之獄, 彼其雜亂, 外邑奚論! 刑房承旨馳往法府、法曹, 取其笞、杖、枷、杻之不如法式者, 一並收聚, 照法準視, 條列以聞. 外邑亦當鱗次差遣御史, 抽柱憑驗, 如其犯者, 隨現重繩, 斷不饒貸. 諸道方伯及居留之臣, 爲先發送褊裨, 逐邑摘奸, 劃卽釐正, 俾無從後現發之事. 已前之違越格式者, 非止一、二年之弊, 則諸道査閱之時, 雖有現發者, 除非大不法之刑杖外, 屬之令前, 姑勿上聞, 只令卽速革除事, 一軆知委.

### 33-2. 무신년(1788, 정조12) 하교

이번 10월 29일에 大臣과 비변사 당상들을 불러들여 입시하게 한 자리에서 주상이 말하기를,

“朴尙春이 상소하여 진술한 北道의 폐단 8가지[365]는 모두 일리가 있었다. 어제 불러서 만나 조목조목 물어보니 대답도 상당히 상세하였다. 차대를 특별히 앞당겨 정하라고 명한 것은 대개 이 때문이다. 경들은 조목조목 내게 진술하여 처리하라.”

하였다. 영의정 金致仁이 아뢰기를,

“그중의 하나는, 銀鑛과 金穴에서 일하는 무뢰배와 稅穀을 내지 않으려고 도망한 장정들이 숲처럼 무리를 이루어 때때로 멋대로 강탈하고 있는데, 유랑하는 무리로서 촌락에서 소란을 피우는 자들은 도적과 죄가

365) 朴尙春이……8가지 : 정조 12년(1788) 10월 19일에 前 大靜縣監 朴尙春이 상소하여 北道의 폐단을 바로잡을 것을 청하였다. 북도의 폐단으로는 1)부자들의 횡포로 인해 가난한 백성들이 생업을 잃어가는 것, 2)火田이나 새 개간지에 부과하는 과도한 徵稅 3)還穀 운용 과정에서의 아전들의 지나친 농간, 4)屠殺로 인한 農牛 부족, 5)鐵店에 부과하는 店稅가 과도하여 쟁기 등 농기구 구입이 어려운 점, 6)잦은 부역 동원으로 播種 時期를 놓치는 것, 7)과도한 鹽稅 징수로 인한 소금값 폭등, 8) 金壙·銀鑛의 무뢰배들의 마을 약탈 등을 지적하였다.《承政院日記 正祖 12年 10月 19日·29日》《正祖實錄 12年 10月 19日》

같으니 특별히 금하고 찾아내 고향으로 돌려보내야 한다는 일입니다. 은광과 鐵店의 폐해는 조정에서 이미 통촉하여서 몇 해 전에 칙교를 여러 도에 두루 내렸으니, 상소에서 운운한 것은 예전의 광점을 말하는 것인 듯합니다. 흉년의 정사로는 난폭한 자제들을 엄중하게 제압하는 것이 가장 중요하니, 한결같이 그가 청한 대로 조세와 신역을 피해 도망한 무뢰배들을 각 해당 지방관에게 엄히 신칙하게 하고, 각 社나 里에 만일 무리를 이루어 강탈하거나 촌락에서 소란을 일으킨 자가 있으면 잡아다 官府에 바쳐 도적질을 한 자에게 시행하는 형률로 처벌하며, 또 관부에서 때때로 조사하여 고향으로 돌려보내거나 별도로 정착하게 하여 그들을 각기 귀속시켜야 합니다."

하였다. 좌의정 李性源이 아뢰기를,

"어사가 현재 道內에 있으니, 그에게도 금하게 해야 합니다."

하였다. 우의정 蔡濟恭이 아뢰기를,

"무뢰배들이 무리를 이루었으니 도적과 무엇이 다르겠습니까. 각별히 엄하게 단속하라는 내용으로 도신과 어사에게 신칙해야 합니다."

하였다. 주상이 말하기를,

"그리하라. 은광과 철점을 개설하는 것을 더욱 엄하게 막고자 하는 것은 바로 백성을 위하여 내가 고심한 것이다. 따지는 자들은 혹 '땅에서 나는 이익은 굳이 묵혀둘 필요가 없다'고 하는데, 이것은 사리에 맞는 의견이 아니다. 동을 구하자면 倭銅이 있고, 은을 구하자면 燕銀이 있는데, 하필 땅속에 남은 광물이 없도록 다 캐내야만 우리나라가 부유해진다고 할 수 있겠는가. 몇 해 전부터 그 일을 담당한 유사가 나의 본의를 눈치 채고 광점에 대한 일을 비록 경연 석상에서 언급하지는 않았으나, 어느 곳에서 동이 생산된다거나 어느 곳에서 은이 생산된다는 말을 들으면 자세히 조사한다는 핑계로 번번이 差人을 보내고 지방의 영읍에서도 모두 이와 같았기 때문에 이번에 박상춘의 상소에서 거론되었을 것이다.

또 상소 내용으로 보면 이미 설치된 곳을 말하는 것이 아니라 바로 앞으로 설치할 곳이 폐해가 된다는 것이니, 그 말이 옳다. 지금부터 엄하게 시행 규칙을 만들어, 품의를 거쳐 반포한 朝令이 없는데도 서울의 유사나 지방의 영읍이 모리배의 말에 넘어가 看色[366]한다고 거짓 핑계를 대며 差使[367]를 보낸 경우에는 유사와 해당 도신을 곧바로 제서유위율로 처벌하고[368] 告身[369] 5등을 추탈하며 功으로나 議로[370] 용서해주지 말라. 금지

---

366) 看色 : 물건의 좋고 나쁨을 가리기 위하여 본보기로 그 일부를 보는 것, 품질검사를 말한다.

367) 差使 : 差는 '시키다' '파견하다' '심부름하다' '일을 맡다' 등의 뜻으로 쓰이는 말인데 흔히 일정한 용무를 맡고 다른 곳에 파견되는 사람을 '差使'라고 한다. 만일 지방의 고을원이 차사가 되거나, 차사가 된 사람이 관리 신분이라는 것을 밝혀야 할 경우에는 특별히 '員'자를 붙여 '차사원'이라 하였다. [윤국일, 전게서, 147면]

368) 제서유위율로 처벌하고 : 制書有違律은 制書를 받들어 시행하는데 違背됨이 있는 행위를 처벌하는 刑律이다. 制書는 본래 황제의 명령을 말하지만, 우리나라의 경우는 王命을 의미한다. 왕명을 범하는 데는 違, 失錯, 稽緩의 세 가지가 있다. 첫째, 違는 그 명령을 따르지 않고 고의로 시행하지 않는 경우로, 이 경우는 장 100이다. 둘째, 失錯은 제서를 잘못 해석하여 본래의 뜻에 어긋나게 시행하는 경우로, 고의로 어긴 경우에 비해 3등급을 감한다. 셋째, 稽緩은 제서를 곧장 봉행하지 않아 시행 기한을 어긴 경우로, 하루를 지체한 데 대해 笞 50이고 이틀 이상이면 하루에 1등급씩 가중한다. [《大明律 吏律 制書有違》: 凡奉制書有所施行而違者, 杖一百. 違皇太子令旨者, 同罪. 違親王令旨者, 杖九十. 失錯旨意者, 各減三等. 其稽緩制書及皇太子令旨者, 一日笞五十, 每一日加一等, 罪止杖一百. 稽緩親王令旨者, 各減一等.]

369) 告身 : 관직을 받는 자에게 내어주는 授官證書(辭令書)이다. 태조 원년(1392)에 고려 때부터 전해 온 告身署經法을 개혁하여 1품에서 4품까지는 王旨를 내려 주는 官敎라 하고, 5품에서 9품까지는 門下府에서 '奉敎給牒'하는 형식으로 내려주는 敎牒이라 하여, 고신의 형식이 관교와 교첩 두 가지가 되었다. [《經國大典註解 後集 吏典》: 唐選擧志, 授官而各給以符, 謂之告身 ;《太祖實錄 1年 10月 25日(癸酉)》: 改告身式: 一品至四品, 賜王旨曰官敎, 五品至九品, 門下府奉敎給牒曰敎牒.]

370) 功으로나 議로 : 원문은 '功議'인데, 八議에 속하는 議功과 議親을 말한다. 팔의는 죄를 범하였을 때 임금께 심의를 청하는 특전을 누릴 수 있는 여덟 종류의 특권계층이다. 의공은 범죄자가 국가에 功이 있는 경우이고, 의친은 임금의 同姓 袒免(상복을 입지 않음) 이상의 親, 왕대비 · 대왕대비의 緦麻(3개월복)이상 친, 왕비의 小功(5개월복) 이상 친, 태자빈의 大功(9개월복) 이상 친족을 말한다. 팔의의 대상에는 이외에도 議故 · 議賢 · 議能 · 議貴 · 議勤 · 議賓이 있는데, 황실과 오랫동안 알고 지낸 사람[故], 큰 덕행이 있는 사람[賢], 큰 재주와 학업을 갖추어 제왕의 보좌가 되거나 인륜의 사표

하지 못했거나 스스로 죄를 범한 수령은 영문에 잡아다 중한 쪽으로 장을 치고 3년간 금고하라. 각 해당 差人에게는 엄하게 한 차례 장을 친 뒤 정배하라. 計士와 營裨에게도 같은 형률을 적용하라. 官令에 의거하든 관령이 없든 간에, 이들 지역에 머물러 있는 무뢰배에게는 각 해당 토포영에서 곧바로 도적을 다스리는 형률[371]로 처벌하고, 가장 앞장선 자는 充軍하는 것으로 정식을 삼아 처벌하라. 의금부와 호조, 형조 및 순영, 토포영에 이 내용을 게시하고, 반포한 令의 기한이 되기를 좀 기다렸다가 보내야 할 곳에 적간할 사람을 특별히 파견하라. 이 내용을 묘당에서 특별히 본도와 여러 도에 엄히 신칙함으로써 실효가 있게 하라."
하였다.

무신년(1788, 정조12) 10월 일

今十月二十九日, 大臣、備局堂上引見入侍時, 上曰: "朴尙春疏中所陳北路弊瘼八條, 皆有意見. 昨旣召見條問, 其對亦頗詳悉. 次對之特命進定, 盖爲是耳. 卿等條陳稟處, 可也." 領議政金致仁曰: "其一, 銀礦、金穴之敗徒, 逃租避穀之健兒, 成羣如林, 時肆攘奪. 流徒之作挐村閭者, 與盜同罪, 另加禁止, 刷還本土事也. 礦、店之弊, 朝家業已洞燭, 年前飭敎遍下諸道, 則疏中云云, 似是舊

---

가 될 만한 사람[能], 관원으로서 충실하게 공무를 행한 사람[勤], 爵 1品과 문무 직사관 3품 이상 및 散官 2품 이상인 사람[貴], 前 王朝의 제사를 받드는 사람으로서 國賓이 된 사람[賓] 등이 포함된다. 八議에 해당하는 사람이 범죄를 범하였을 경우에는 十惡大罪를 제외하고는 임금의 裁可를 받아 처리해야 하며, 죄를 다스리는 기관의 관리가 임의로 囚禁하거나 심문할 수 없었다. 임금의 결재로 심문을 할 경우에도 죄의 형량 결정은 임금의 결재를 받아야만 하였다. 《大明律 名例律 八議》《大典會通 刑典 囚禁》

371) 도적을 다스리는 형률 : 《대명률》에 의하면, 무기를 소지하고 사람을 살상한 경우에는 强盜를 처벌하는 형률을 적용하여 杖 100대를 치고 3000里 밖으로 유배되는 처벌에 처하고, 사람을 살상하거나 무기를 소지하지 않았을 경우에는 笞刑 50대 이상의 처벌에 처하게 되어 있다. 강도의 경우에는 영조 16년(1740)에 刺字刑이 폐지될 때까지 형벌 외에도 자자형이 부가되었다. [《大明律 刑律 盜賊 强盜》: 凡强盜已行而不得財者, 皆杖一百、流三千里. 但得財, 不分首從, 皆斬; 《大明律 刑律 盜賊 竊盜》: 凡竊盜已行而不得財者, 笞五十, 免刺. 但得財者, 以一主爲重併贓論罪. 爲從者, 各減一等.]

礦、舊店之謂. 而荒年之政, 莫先於嚴戢暴子弟, 一依所請, 避租避役無賴之類, 各其地方官嚴飭. 各其社、里如有成羣攘奪、作挐村閭者, 捉納官府, 施以行盜之律, 亦自官府, 時時詗察, 或刷還本土, 或別般奠接, 使之各有歸屬爲宜矣." 左議政李性源曰: "御史方在道內, 亦令一體禁戢爲宜矣." 右議政蔡濟恭曰: "無賴成羣, 與盜何異! 各別嚴禁之意, 申飭道臣與御史, 宜矣."

上曰: "依爲之. 開礦設店之又欲嚴防, 卽予爲民苦心. 議者或曰: '地利不必藏塞'云, 而此非達論. 求銅則有倭銅, 求銀則有燕銀, 何必地無遺利, 然後方可謂富吾國乎? 近年以來, 有司之臣, 撕得朝家本意, 礦店一事, 雖不敢發於筵席, 若聞某處産銅、某處出銀, 則稱以看審, 輒遣差人, 外方營邑亦皆如是之故, 至有此朴尙春之疏論. 且以疏語觀之, 非已設之謂, 卽將設處爲弊之乃已, 其言是矣. 自今嚴立科條, 無朝令之經稟頒示, 而京而有司, 外而營邑, 甘聽牟利之說, 假稱看色, 發送差使者, 有司之臣及該道臣, 直施制書有違律, 五等奪告身, 功議勿爲分揀. 不禁或自犯之守令, 拿致營門, 從重決杖, 禁錮三年. 各該差人, 嚴刑一次定配. 計士、營裨同律. 無賴輩之無論因官令、無官令, 逗留於此等處者, 令各該討捕營, 直施治盜之刑, 首倡人充軍事, 定式施行. 禁府、戶·刑曹及巡營、討捕營, 以此揭板, 稍俟頒令之限, 別遣摘奸於可送處. 此意自廟堂拔例嚴飭於本道及諸道, 俾有實效, 可也."

戊申十月 日

## 33-3. 갑인년(1794, 정조18) 판부

### 갑인년(1794, 정조18) 5월 10일에 時囚인 전 장령 姜鳳瑞의 原情公事에 대한 判付[372]에

372) 갑인년……判付 : 姜鳳瑞는 1746년(영조 22)~1823년(순조 23)에 생존한 문신으로, 제주 애월읍에 살던 원나라 사람 姜致璜의 후손이다. 그가 장령으로 재직하던 정조 17년(1793)에 제주도에 큰 흉년이 들었다. 강봉서는 제주도를 구제해야 한다는 상소를 올렸는데, 그의 상소에 따르면 당시 굶주려 죽는 백성들의 숫자가 몇 천에 이르는데도 濟州牧使 李喆運이 환곡을 전용하여 비단을 구입하는 것은 물론 서류를 조작하여 국고를 타내는 등 방탕한 생활을 하였고, 또 前 明月萬戶 高漢祿은 수령에 대한 포상으로 旌義縣監에 올랐으나 자신에게는 의복 한 벌만 상으로 내려졌다고 '나라에서 하는 일

"초기로 의처하여 조율하라. 근래 시수를 아무 이유 없이 옥에 오래 가두어두면서 특별히 일깨워 신칙한 경우 말고는 즉시 공초를 받지 않고 있다. 경들이 공복을 갖추어 입고 좌기에 나오는 것이 실로 수고로울 것이나, 어찌 囚人이 오랫동안 갇혀 있는 괴로움에 비하겠는가. 경들은 재계하는 날 외에 일이 없는 빈 날에는 좌기하지 않으려는 생각뿐이다. 그런데도 논책하는 묘당의 초기나 해당 房을 察推하는 승정원의 계사가 올라온 것을 오랫동안 보지 못하였으니, 이 또한 규례를 무너뜨린 일 중의 하나이다. 앞으로는 옛 법을 거듭 천명하여서 폐기되지 않게 하라. 判堂卿[373]은 녹봉 1등을 越俸[374]하고, 당상관들은 중한 쪽으로 推考하라. 아무 이유 없이 좌기하지 않은 지 3일이 넘었는데도 당상관에게 일깨워주지 않았으면, 首都事를 먼저 직임에서 내쫓은 뒤 의금부로 잡아다 처벌하고, 해당 수석 당상관은 의금부에 내려 추고하는 것으로 정식을 삼으라. 이 판부를 게판에 크게 써서 호두각에 걸어두고 항상 보면서 기억할 수 있게 하라."
라고 하교하였다.

甲寅五月初十日, 時囚前掌令姜鳳瑞原情公事判付內 "以草記議處照律爲旀,

이 가소롭다'는 불경스런 발언을 하였으니 제주목사 이철운을 삭직하고 고한록에게 내린 상도 시행하지 말 것을 청하였다. 이 일로 제주목사 이철운은 古今島로 귀양 보내졌으나, 강봉서 또한 한 지방의 城主를 논핵한 잘못이 있다는 蔡濟恭의 의견에 따라 仁川府로 귀양 보내졌다가 곧 석방되었다. 여기서의 判付는 바로 이 사건이 생겼을 때 강봉서가 바친 原情에 대한 임금의 판결문을 말한다.《承政院日記 正祖 17年 11月 11日 · 12日 · 13日》

373) 判堂卿 : 判堂은 判書 또는 判尹의 별칭이나, 여기서의 판당경은 의금부 수석 당상인 判義禁府事를 의미한다. 이때의 판의금부사는 洪良浩이었고, 나머지 당상은 閔鍾顯, 李漢豊, 柳誼였다. [《日省錄 正祖 18年 5月 10日》 : 命時囚姜鳳瑞, 以草記議處照律 ; 判義禁洪良浩, 越俸一等 ; 知義禁閔鍾顯、同義禁李漢豊 · 柳誼, 重推.]

374) 越俸 : 잘못을 저지른 관원에 대한 처벌의 일종으로, 해당 관원이 수령해야 할 녹봉을 일정 기간 지급하지 않는 것이다. 가장 가벼운 처벌인 월봉 1등은 1개월의 녹봉을 지급하지 않는 것이다. 월봉은 원칙적으로 아무리 무거워도 7등을 넘지 못하도록 하였다. [《典律通補 戶典 解由》 : **越祿毋過七等, 疊犯者, 從重論.【{續} ○等, 以朔計.】**]

近來[375]時囚無端滯囚, 除非提飭, 不卽捧供. 卿等之具公服赴, 固似勞矣, 囚人之久滯, 其苦豈比卿等之勞? 則齋日外空日, 惟意不坐, 而廟堂論責之草記、該房察推之院啓, 久未見之, 此亦壞例之一端. 此後申明舊典, 俾勿抛置爲旀. 判堂卿段, 越俸一等, 諸堂, 從重推考. 無端不坐, 過三日不爲提醒於堂上, 則首都事, 先汰後拿. 當該首堂, 下義禁府推考事定式. 以此判付, 大書揭板虎頭閣, 以爲常目着念之地爲良如敎."

33-4. 무오년(1798, 정조22) 완의

본부에는 오래 전부터 벌례가 있었다. 벌을 술과 음식으로 내게 한 것은 취하고 배 부르려고 해서가 아니니, 이는 선의의 해학에서 나온 것이고 또 우위를 존중하고 본부의 규례를 지키려는 취지 또한 그 속에 늘 담겨 있었다. 그런데 어찌하여 근래 몇 년 이래로 벌례가 빈번하고 찬품이 사치스러워져 막대한 비용이 들고 폐단이 무성하게 되었단 말인가. 종종 집이 가난하거나 타향살이하는 사람은 청화직이라는 이 직명을 기뻐하지 않고 도리어 없는 중에 마련해내야 하는 것을 괴로워하고, 심지어 陪隷[376]에게 내도록 요구하면서까지 경비를 마련하느라 고생하니, 이것이 어찌 옛사람이 "자주 모이되 예를 깍듯이 지켰다"고 한 뜻이겠는가.[377] 이와 같은 것이 병이라는 것을 알면 이와 같이 하지 않는 것이 약이라는 말이 참으로 격언이다. 지금 바로잡지 않아서는 안 되겠다고

375) 來 : 원문은 '近事'인데, 문맥이 통하지 않아 《승정원일기》 같은 날 기사에 의거하여 '事'를 '來'로 바로잡았다. 《承政院日記 正祖 18年 5月 18日》

376) 陪隷 : 貴人을 시중드는 종, 몸종을 말한다. 陪僚라고도 한다.

377) 옛사람이……뜻이겠는가 : 司馬光이 "부친이 群牧司의 判官으로 재임하실 때 손님이 오면……자주 모였으되 禮를 깍듯이 지키셨고, 풍성하게 대접하지는 못하였으나 情은 두터우셨다."라고 한 말에서 인용하였다. 아무리 친밀한 사이라 하더라도 예의를 지켜야 한다는 의미이다. [《小學集註 善行》: 先公爲群牧判官, 客至, 未嘗不置酒, 或三行, 或五行, 不過七行, 酒酤於市, 果止于梨、栗、棗、柿之類, 肴止于脯、醢、菜羹, 器用瓷、漆, 當時士大夫家皆然, 人不相非也. **會数而禮勤, 物薄而情厚**.]

생각하여 동료 낭청들에게 의논하니 모두 좋다고 하였다. 이에 옛 규례에 대략 새 규례를 덧붙여 마침내 절목을 만들어 벽에 게시함으로써 영구히 준행하게 한다.

本府之有罰例, 古也. 罰以酒食者, 非爲醉飽, 蓋出善謔, 而尊右位、守府例之義, 亦未嘗不寓於其間也. 夫何近年以來, 罰頻而品侈, 費鉅而弊滋! 往往貧窘之家、旅宦之人, 不喜職名淸華, 反苦無中辦有, 甚至於責出陪隷, 備經艱辛, 是豈古人會數禮勤之意也哉! 知如是爲病, 不如是爲藥, 眞格言也. 不可不及今改之, 議于郎僚, 僉曰: "可." 玆就舊例, 畧附新規, 遂成節目, 揭之壁上, 以爲永久遵行之地.

33-4-1

벌례는 3냥의 비용을 들여 한 탁자에 음식을 내던 것이 옛 규례이다. 중벌과 대벌이라는 명색이 그간에 혹 있긴 하였으나 지금처럼 빈번했던 적은 없었다. 그러므로 더욱 마련해내기가 어려우니, 앞으로는 대벌과 중벌 두 가지 명색을 영구히 혁파한다.

一. 罰例之以三兩備一卓饌, 卽古例也. 中罰、大罰之名, 間或有之, 而未有若今時之頻數也. 故尤無以責應, 此後則大、中兩名色, 永爲革罷爲齊.

33-4-2

출관하기 전에 있는 두 차례의 벌례는 없애서는 안 된다. 이 이외는 영구히 없앤다.

一. 出官前兩次罰例, 有不可廢. 此外則永除之爲齊.

33-4-3

출관할 때의 벌례는 배례에게 준비시켜 전체가 모였을 때 바친다. 이것은 비록 한 탁자에 차리는 것이더라도 다른 벌례와 차이가 있으니 찬품을 전에 비해 조금 후하게 하되, 10냥은 넘지 말아야 한다.

一. 出官時罰例, 使陪隷設辦, 齊會時進呈. 而此則雖是一卓, 與他罰例有間, 饌品比前稍厚, 而無過十兩爲齊.

33-4-4

면신과 출관 모두 근래에 혹 잡다한 물건으로 대신 납부하는 것은 전혀 옛 규례가 아니다. 앞으로는 한결같이 예전 규례에 의거하여 술과 음식으로 마련한다. 그런데 동료 관원 중에 혹 집식구가 시골에 있거나 식기나 도구가 부족하여 음식을 마련하기 어렵다면 모두 배례에게 맡겨 마련하여 바치게 한다. 상은 탁자 하나로 하고 절대 각 상으로 하거나 10냥을 넘지 못한다.

一. 免新與出官同, 近或以雜種代納, 甚非古規. 此後一依舊例, 以酒食設辦, 而僚員中或家眷在鄉, 或器具不逮, 難以責辦, 則一並使陪隷擔當備呈. 床則以一卓爲定, 切勿各床, 又無過十兩爲齊.

33-4-5

출관할 때와 면신할 때 서리, 나장, 각 낭청의 노복에게 주는 帖子는 예전 규례에 의거하여 각각 1냥 5전씩으로 하고, 고지기와 대청지기에게는 각각 1냥씩 주는 것으로 정한다. 사은숙배할 때 각 낭청의 노복에게 으레 지급하는 돈은 1냥으로 정한다.

一. 出官、免新時, 書吏、羅將及各位奴子處, 帖子[378]依舊例, 各以一兩五

---

378) 帖子 : '帖'의 음을 '체'로 읽는 경우와 '첩'으로 읽는 경우가 있다. 의미도 다양하여 《고법전용어집》에서는 帖子=帖紙로 보고 관아에서 吏隷를 고용할 때에 주는 임명장 즉 辭令이라 하였고, 《한자어사전》에서는 ①관아에서 구실아치와 노비를 고용할 때 쓰던 사령장 ②돈을 받은 표. 곧 영수증이라고 하였다. 《朝鮮語辭典》에서는 위의 의미 외에 帖下와 같이 쓰인다고 하였는데, 체하는 下級吏隷에게 錢穀을 지급할 때 그 物品 指令書에 帖字의 木印을 찍어 내려 보내면 이에 의해 現物을 지급하는 것이다. 여기서는 이 뜻으로 쓰였다.

錢, 庫直、大廳直各一兩爲定, 而肅謝時各位奴子例給錢, 以一兩爲定爲齊.

33-4-6

동료 관원 중에 가난하여 벌례를 마련할 수 없는 자에게는 면신을 그냥 허락해 준 사례가 있었다. 한 잔의 술과 한 그릇의 안주로 출관과 면신을 허락하는 것 역시 훈훈한 풍속이니, 이렇게 시행한다.

一. 僚員中貧寒不能辦者, 曾有白面許免之例. 一盃酒、一器肴, 許其出官、免新, 亦是厚風, 以此施行爲齊.

33-4-7

본부에서 좌기가 열리거나 관원들이 모두 모이는 때가 매달 몇 차례나 될지 모르는데, 만일 공식 회합이라 핑계 대며 그때마다 벌례를 요구한다면 비용을 대기 어렵다. 임금이 서울 밖에서 묵는 동가[379] 때와 본부에서 폄좌할 때[380]만 돌아가며 벌례를 준비하여 바치게 한다.

가경 3년 무오년(1798, 정조22) 5월 일

一. 本府開坐、諸員齊會之時, 每月不知爲幾次, 若諉以公會, 輒責罰例, 則是難繼之道. 只京外經宿動駕時、本府貶坐時叱, 使之輪回備呈爲齊.

嘉慶三年戊午五月 日

33-5. 갑자년(1804, 순조4) 완의

다음은 完議한 일이다. 나장 80명은 조정에서 정한 원래의 정원이니,

---

379) 임금이……동가 : 원문은 '經宿動駕'인데, 임금이 서울 밖으로 나가 다른 곳에서 밤을 지내는 거둥을 말한다. 이때 의금부 낭청 중에서 導駕 2원, 考喧 2원을 차출하여 侍衛하게 하였다. [《金吾憲錄 侍衛》 : 城外擧動 : 導駕二員, 考喧二員. 城外隨駕四員, 紅衣、羽笠、佩劍 · 弓矢, 餘外諸員俱以戎服迎送, 而回鑾前直宿本府事.]

380) 본부에서 폄좌할 때 : 貶坐는 관원의 근무 성적을 평가하기 위하여 모인 坐起로, 都目政事를 말한다. 의금부에서는 연 2회 6월과 12월에 전 관원의 성적을 심사하여, 우수한 자는 승진 · 승급시키고 불량한 자는 좌천 · 해임하였다. 이를 褒貶坐起라고도 하였다.

실로 본부에서 늘리거나 줄일 수 있는 것이 아니다. 그런데 몇 해 전부터 당상관과 낭청이 분부하여 추가로 차출하기도 하고, 저들 무리가 사적인 친분으로 들어오게 하기도 하여, 지금에 와서는 120여 명에 이를 정도로 많아지게 되었다. 이는 당초에 정한 규례의 본 취지에 상당히 어긋날 뿐 아니라, 무뢰배가 연줄을 타고 본부 안에 들어와 그 세력을 빙자하여 횡포를 부리니 보고 듣는 일마다 놀랍지 않은 것이 없다. 만약 폐해를 구제하기 위한 방법을 찾는다면 그들 중 불필요한 인력을 제거하여 정원을 일정하게 할 수 밖에 없기 때문에, 80명 외에는 모두 없애고 지금부터는 1명도 더 차출하지 않는다는 내용으로, 당상관과 낭청이 함께 상의하여 절목을 만들어 게판한다. 앞으로 저들 무리 중에 만약 정원 외로 더 차출하는 폐해가 있으면 나졸의 두목을 법사로 이송시켜, 조율하여 엄중하게 다스려서 절대 너그러이 용서하지 않을 것이다. 이것을 영구히 준행한다.

가경 9년 갑자년(1804, 순조4) 7월 일

右完議事. 羅將八十名, 乃是朝家之元額數, 則實非本府之所可增減. 而比年以來, 或因堂、郞分付而加出, 或因渠輩循私而許入, 今至於一百二十餘名之多, 不但大有違於當初定式之本意, 無賴之類, 夤緣投入, 憑藉橫拏, 聽聞所及, 莫不駭惋. 苟求矯弊之道, 無出於除其冗雜, 一定元額故也. 八十名外, 一並除汰, 自今以後, 雖一名, 無得加出之意, 堂、郞齊議, 成節目揭板爲去乎, 日後渠輩中, 若有額外加出之弊, 則頭目羅卒, 移送法司, 照律重繩, 斷不饒貸, 以此永久遵行事.

嘉慶九年 甲子七月 日

### 33-6. 신축년(1781, 정조5) 하교

신축년(1781, 정조5)[381] 윤5월 10일, 상경력 朴海壽[382]에게 승정원에서

381) 신축년 : 완문 게재 순서상으로 보면 여기의 신축년은 헌종 7년(1741)이 되어야 하나, 헌종 7년에는 윤5월이 없다. 윤5월이 있는 신축년은 정조 5년(1781)이다. 또 朴海壽가 의금부 도사에 임명된 것은 정조 4년(1780)이다. 따라서 여기서 말하는 신축년은 정조

패를 보냈다. 사알을 통해 구전으로 하교하기를,

"내시를 가두는 옥간이 본래 있으니 다른 죄수와 섞여 있게 해서는 안 될 뿐 아니라, 옥간의 문을 나가게 해서도 안 되고 또 다른 사람과 수작을 하게 해서도 안 되는 것이 옛 법이다. 이 법을 과연 준수하였느냐? 요즈음 몇 해 동안에 자주 내시의 옥사가 있었는데 허술함을 면치 못하였다. 그러나 일단은 크게 적발된 일이 없었기 때문에 비록 처벌하지는 않았지만, 앞으로는 더욱 죄수를 그렇게 못하도록 막으라. 혹 타인 중에 만약 내시와 섞여 거처하거나 수작하는 일이 있는데 그 사람이 관직이 높은 자인 경우에는 본부에서 우선 '어떻게 해야겠습니까?'라는 내용으로 초기하고서 사형수가 있는 옥간에 가두고, 관직이 낮고 미천한 자인 경우에는 곧바로 가두고 나서 초기하라. 이와 같이 신칙하였는데도 만에 하나 혹 제대로 단속하지 못하여 현장에서 적발되면 상경력을 반드시 엄중하게 처벌할 것이다. 이러한 내용으로 게판하여 준행하라."
하였다.

辛丑閏五月初十日, 上經歷朴海壽, 自政院發牌. 以司謁口傳下敎曰: "宦竪所囚之間, 本自有之, 不但他囚不得混處, 不得出間門, 亦不得與他人酬酌, 古法然也. 其果遵守否? 近年頻有宦獄, 未免踈虞, 而姑無大段現發之事, 故雖不處分, 此後則益加防禁罪囚. 或他人中, 若有與宦竪混處及酬酌之事, 官高者, 自本府先以何以爲之意草記, 而囚於死囚之間 ; 卑微者, 直囚後草記. 若是申飭之下, 如或不善檢察, 至於現露之境, 則上經歷, 必當重勘. 以此意揭板遵行."

---

5년을 가리킨다고 보아야 한다. 아마도 증보하던 중 누군가가 이 완의를 순조대의 신축년으로 잘못 보고 편차한 것으로 보인다.

382) 朴海壽 : 《승정원일기》에 따르면, 박해수는 정조 4년(1780) 2월에 禁府都事에 임명되어 정조 5년 6월에 鎭安縣監에 임명되기 전까지 2년간 의금부에 재직하였다. 따라서 그가 상경력의 직임을 제대로 수행하지 못하였다고 문책 받은 일도 이 기간 안에서 있었을 것이다. 《承政院日記 正祖 4年 2月 22日, 5年 6月 22日》

# 34. 金吾廨宇節目

※ 3건의 完議가 실려 있다. 첫 번째 완의는 의금부 낭청과 이례가 지켜야 할 11개의 세부 조목을 포함한 근무 지침이고, 두 번째는 羅將牌에 대한 규례이며, 세 번째 완의는 羅將의 정원을 재조정하고 근무 지침과 처벌 규례를 정한 정유년(1837, 헌종3)에 이루어진 완의이다.

본 항목의 내용들을 이해하려면, 우선 의금부에 정식 관원 이외에 어떤 인원들이 있었는지에 대해 파악할 필요가 있다. 법전에 규정된 바에 의하면, 의금부에는 書吏, 羅將, 軍士, 奴婢, 그리고 檢律과 月令醫 각 1인 등이 있었다. 書吏는 18~20명이 있어 낭청이 수시로 교체되는 중에 발생할 수 있는 행정상의 공백이 생기지 않게 하는 역할을 하였는데, 이들은 조선 초기에는 取才 시험을 보아 선발하였으나 점차 세습되었으며 朔料와 각종 債를 부수입으로 받아 생활하였다. 羅將은 《경국대전》에는 232명이었다고 하였으나 《속대전》에는 40명이라 하였는데, 본서에서는 80명에서 100명으로 증원되었고 급기야 120명으로 고정시킨다는 규례가 나온 것으로 보아, 시대에 따라 인원의 변화가 많았던 것으로 보인다. 軍士는 《속대전》부터 등장하는데 12명이었고, 奴婢는 21명이 있었다. 본 항목은 이들 중 書吏와 羅將의 관리에 필요한 규례들을 집중적으로 다루고 있다. [《經國大典 吏典 京衙前 書吏》: 【義禁府】判事、知事、同知事各一. ○十八. 《續》無加減. 《補》二十. ; 《經國大典 兵典 京衙前 羅將》: 【義禁府】判事、知事、同知事各二. 堂下官各一. ○二百三十二. 《續》四十. ; 《續大典 刑典 諸司差備奴跟隨奴定額》: 【義禁府】差備奴十一, 跟隨奴十. ; 《六典條例 刑典 義禁府》: 檢律【一人. 律學兼教授分差】, 禁刑官【一人. 以已行執吏有履歷者別定】, 吏胥【書吏二十人. 書寫書吏一人, 掌務書吏一人, 本府及當直大廳直各二人.】, 徒隸【羅將八十名, 軍士十二名.】; 김영석, 〈의금부의 조직과 추국에 관한 연구〉, 서울대학교 법학과 대학원 박사학위논문, 2013, 100~106면]

## 34-1. 完議

다음은 영구히 준행할 일이다. 왕부의 중요함은 다른 관사와는 다르니,

虎頭閣은 時囚의 죄를 심의하는 곳이요, 蓮亭은 임금이 지은 글을 봉안하는 곳이며, 東廳은 공문서를 출납하는 곳이어서 그 관계된 바가 막중하다. 그런데 요 몇 년간에 기강이 해이해져서 먼저 본부의 이속들부터 용무 없는 사람까지 시도 때도 없이 출입하고, 심지어는 노닐며 즐기기까지 하여 대청에 올라 창을 젖히고 누워있거나 연정에 올라 난간에 기대어 낚싯줄을 드리우기도 하며, 동청에 들어가 젓대를 불며 雜技를 하기도 하였다. 그런데도 소위 본부의 이속이라는 자들이 아무렇지 않게 심상하게 여기며 말류의 폐단을 금하지 않아 기왓장을 부수고 벽을 더럽히고 포진을 망가뜨리고 문건을 분실하는 지경에 이르렀으니, 보고 듣는 일마다 너무나 한심하다. 현재 본부를 수리한 뒤이니 반드시 이전의 폐해를 통렬하게 개혁하고 엄하게 규례를 세워야 비로소 감독할 수 있게 될 것이고, 본부의 이속들이 각소에 수직할 수 있게 될 것이다. 이에 절목을 만들어 써서 벽에 게시하니 한결같이 아래에 적은 각 조목대로 각별히 유념하여 시행한다.

右永久遵行事. 王府所重, 與他司有異. 虎閣乃時囚議讞之地, 蓮亭是御製奉安之所, 東廳卽公事出納之處, 則其爲關係莫重是去乙, 挽近以來, 法綱解弛, 先自府屬輩並與閑雜人, 而無常出入, 甚至遊嬉, 或登大廳, 而摘窓偃臥, 上蓮亭而憑檻垂釣, 入東廳而橫竹雜技, 而所謂府屬輩, 恬若尋常, 不爲禁斷末流之弊. 至於毁劃瓦墁, 汚穢壁宇, 破傷鋪陳, 闖失文簿之境, 瞻聆所及, 萬萬寒心. 見今府役修繕之後, 不可不痛革前弊, 嚴立禁條, 然後始可以董飭, 而府屬守直各所是如乎, 玆成節目, 書揭壁上, 一依後錄條例, 各別惕念施行者.

34-1-1

매번 卯酉仕[383]하는 날에 상경력과 일도사는 각기 관장하고 있는 자들

383) 卯酉仕 : '卯仕酉罷'의 줄임말로, 卯時(오전 5시~7시)에 출근하였다가 酉時(오후 5~7시)에 퇴근하는 것이다.

을 불러들여 맡은 일에 탈이 있는지 없는지를 조사한다. 만약 혹시라도 탈이 있는 경우에는 관장하고 있는 담당자에게 스스로 바로잡게 한다.

一. 每於卯酉仕日, 上經歷、一都事, 招致各所掌, 檢飭其有無頉. 而如或有頉者, 令該所掌自當修改事.

34-1-2

잡인을 금하는 일이다. 외직나장과 색장나장이 대령하여 대문 안팎에서 벗어나지 않고 있으면서, 공무로 왕래하는 모든 경저리와 시전상인을 우선 番官[384]에게 들어와 고하고 일일이 크게 소리쳐 알린다. 전갈이나 편지를 왕래하더라도 모두 받아서 들이고 받아서 내보내서 그 하례를 절대 본부 안에 들이지 못하게 한다.

一. 禁雜人事. 外直及色掌羅將等待, 不離於大門內外, 凡干邸吏、廛人因公往來者, 先爲入告於番官, 這這呼望. 雖往來傳喝及書札, 皆令受入受出, 其下隷, 切勿許入事.

34-1-3

용무 없는 사람이 만일 대청이나 연정에 올라갔거나 좌기할 때 데려온 하인[385]들이 대청에 앉거나 서서 시끄럽게 하였을 경우에는 적발하는 대로 번관이 엄하게 장을 친다.

一. 閑雜人, 如或上大廳、蓮亭者及坐起時帶率下人等坐立於廳上喧譁者, 自番官隨現嚴杖事.

---

384) 番官 : 入番官員 또는 當番官員의 줄임말이다. 의금부 낭청은 정해진 순서에 따라 2일씩 근무하였는데, 그 차례에 해당하여 근무 중인 낭청을 가리킨다.

385) 좌기할……하인 : 당상과 낭청이 관사에 출입할 때 데리고 다니는 帶率下人을 가리키는 것으로 보인다. 본서에는 이들이 정확하게 몇 명인지는 나타나 있지 않으나, 형조의 경우에 당상은 7인, 낭청은 4인의 하인을 데리고 다녔다는 것에서 대략 그 규모를 추측할 수는 있다. [《秋官志 第一編 經用 隨時分表》: 堂上帶率丘從七名, 郎官帶率四名, 供饋每一時七分式【七錢七分】]

34-1-4

본부의 이속들 중 공무로 거행하는 일이 아닐 경우에는 대청이나 연정에 머무를 수 없다.

一. 府屬中如非因公擧行, 則無敢逗留於廳上及亭上事.

34-1-5

근무 중인 서리가 밤을 틈타 용무 없는 사람을 불러들여 놀아서는 안 된다. 만일 혹 그렇게 하면 적발하는 대로 번관이 엄하게 다스린다.

一. 上直書吏, 不敢乘夜招致閑雜人遊嬉, 而如或犯科, 自番官隨現嚴治事.

34-1-6

東廳과 堂上房은 당번으로 들어간 서리가 주관하여 살핀다.

一. 東廳及堂上房, 則入番書吏主管看檢事.

34-1-7

좌기하는 대청 및 연정, 서청 등은 당번으로 들어간 대청지기가 주관하여 살피되, 벽 · 지붕 · 門戶[386] · 포진 등속에 탈이 있으면 보이는 대로 적발하여, 분실한 것은 관아에 보고하여 찾아내고 망가진 것은 스스로 수리 보수한다.

一. 坐起大廳及蓮亭、西廳等處, 入番大廳直主管看檢, 而壁宇、門戶、鋪陳等屬有頉, 則隨現摘發, 闕失者, 告官推索 ; 毁破者, 自當修補事.

34-1-8

東間 · 南間 · 西間의 누상고 아래 행랑, 동쪽 · 서쪽 · 북쪽의 안쪽 담장

---

386) 門戶 : 밖에 있는 것은 '門' 안에 있는 것은 '戶'라고 하기도 하고, 두 짝으로 된 것은 '門' 한 짝으로 된 것은 '戶'라 구분하기도 한다. [《經國大典註解》 : 外曰門, 內曰戶.]

은 당번으로 들어간 나장이 주관하여 살피되, 기와·나무·돌 등속에 탈이 있으면 보이는 대로 적발하여, 분실한 것은 관아에 보고하여 찾아내고 망가진 것은 스스로 수리한다.

一. 東、南、西間樓上庫以下月廊, 東、西、北內墻垣, 入番羅將主管看檢, 而瓦子、木、石等屬有頉, 則隨現摘發, 闖失者, 告官推索；毁破者, 自當修改事.

34-1-9

본부 바깥의 동쪽·서쪽·북쪽의 담장은 각각 그 집주인이 주관하여 살피되, 기와를 떨어뜨리거나 물길을 몰래 통하게 하는 등의 일을 일체 엄금한다. 만일 이러한 죄를 지으면 번관이 조사하여 다스린 뒤 그로 하여금 스스로 수리하게 한다.

一. 府外東、西、北墻垣, 各其家前主人主管看檢, 而瓦子脫落、水道潛通等事, 一切嚴禁. 而如有犯科, 則自番官推治後, 使之自當修改事.

34-1-10

각소에 비가 새거나 廳板이 부서지거나 담장이 빠진 곳은 규례에 따라 선공감 등에 통지하여 수리 보수한다.

一. 各所雨漏及廳板破落、墻垣潰缺處, 依例知委繕工等處修補事.

34-1-11

근무 중인 나장이나 군사는 대궐 뒤 동서 협문을 제외하고 자물쇠를 채우되, 만일 공무로 왕래할 일이 있으면 官에 고하고 개폐한다.

一. 上直羅將、軍士, 除闕後東、西挾門下鎖, 而如有公事往來, 則告官開閉事.

### 34-2. 完議

다음은 영구히 준행할 일이다. 羅將은 옛날에 牌가 없었는데 지금은 패가 있으니, 정해년(1827, 순조27)부터 시작된 것이다. 패의 형태는 길이와 폭이 같은데 가운데는 높고 사면으로 낮아지며 바깥은 8개의 모서리가 있었다. 앞에는 나장의 성명과 나이, 신장, 얼굴의 수염이나 상처 등을 각각 그 생김새에 따라 새겼다. 뒷면에는 연호와 연월일을 새기고 '義禁府' 세 글자가 새겨진 도장을 불로 지져 찍었으니, 이것이 예전 규격이었다. 한 번 임명되면 그때마다 고치거나 바꿨으므로 일이 혼란스럽기도 하고 폐해가 또 점점 늘게 되었다. 그 후에 예전 규격을 둥근 패로 바꿔 '義禁府羅將' 5글자만 새기고 비변사의 '備' 자 도장을 불로 지져 찍음으로써 그 사체를 중하게 하였고, 성명과 용모파기는 빼버리고 싣지 않고 '輪牌'라고 불렀다. 그 때문에 비록 새로 임명되더라도[387] 번거롭게 다시 만들지 않고 서로 바꾸어 찰 수 있어 매우 간편하였다. 그러나 성명도 없고 용모파기도 없었기 때문에 건달들이 나장인 척하며 사사로이 서로 빌려 차서 폐단이 잇달아 일어나게 되니 보고 들은 사람들이 놀라고 한탄하였다. 그래서 지금 예전 정해년(1827, 순조27) 때의 규격대로 모두 여덟 모서리가 있는 패로 다시 만들되, 윤패의 사례도 같이 준용하여 본부의 도장과 작은 '備'자 도장을 앞면과 뒷면에 함께 지져서 찍는다. 이것으로 정식을 삼아 영구히 준행한다.

右文爲永久遵行事. 羅將古無牌, 今之有牌, 自丁亥始也. 其制 : 長與廣同, 中高四殺, 外作八隅. 前刻羅將姓名及年幾甲、長幾尺、面貌髥疤, 各隨其人 ; 後面刻年號、幾年、某月日, 仍烙義禁府三字印. 此其舊式也. 一有除差, 則輒加改迹, 事或紛挐, 弊又滋長. 其後變舊制, 改作圓牌, 只刻義禁府羅將五字, 兼

---

387) 새로 임명되더라도 : 원문은 '除差'인데 '除拜'와 같은 뜻으로 쓰인 용례에 근거하여 '임명하다'라고 번역하였다. [《承政院日記 英祖 51年 6月 23日》 : 上曰: "內院扁鵲輩**除拜**, 必以近邑乎?" 麟漢曰: "古規則或有遠地**除差**者, 而近來則必以近地矣."]

烙籌司備字印, 以重其事體. 而姓名容疤, 闕而不載, 號曰輪牌 故雖有除差, 不煩改造, 自相換佩, 甚簡便也. 第以無名字、無疤記. 故閑遊之輩冒稱羅將, 私相借佩, 弊端層生, 聽聞駭惋. 故今依丁亥舊式, 一並改造八隅牌, 而兼遵輪牌例, 本府印及小備字印, 前後面並烙. 以此定式, 永久遵行爲齊.

### 34-3. 헌종 3년(1837) 완의[388]

羅將의 정원은 원래 80명이었다. 정해년(1827, 순조27)에 새로 절목을 정할 때 나장의 일이 과중하며 거행하기 어려운 점을 고려하여 특별히 實加出[389] 20명을 정하여 도합 100명으로 만들었다. 근래 정원 외로 함부로 들인 나장의 수가 날이 갈수록 점점 많아졌기 때문에 100명 외에 또 실가출 20명을 정하여 명부에 기록하고 羅將牌를 지급하여 원래 정원에 속한 나장과 똑같이 대우하여 모두 120명이 되었고, 그 나머지 함부로 나장이라고 칭하는 자는 모두 없앴다. 지금 이렇게 혁신한 뒤이니 통솔하는 방도와 단속하는 방법에 특별한 정식이 있어야 한다. 매달 날짜를 정해 한 차례 點考[390]하되, 점고할 날짜 2일 전에 명령을 내어 통지함으로써 일체 대령하여 감히 불참하는 일이 없게 한다. 만약 점고에 한 번 빠지게 되면 笞 20대를 치고, 두 번 빠지게 되면 罰錢 3냥을 받으며, 세 번 빠지게 되면 청 전체 명부에서 그를 삭제하고 영구히 복속시키지 않는다. 이것으로 완의하여 결단코 너그러이 용서하지 않는다. 앞으로 만약 죄를 지어 쫓겨난 뒤 사망한 자가 있으면 자리가 비는 대로 후임을 보충하고 시일을 넘기지 않아서 정해년의 절목 중 '그 청 자체에서 권점하

---

388) 헌종 3년(1837) 완의 : 이 완의는 항목명이 없어, 본문 마지막에 표기되어 있는 연도를 가져다 임시 항목명을 만들었다. [ ]안에 항목명이 기재된 나머지 경우도 같다.

389) 實加出 : 추가로 더 차출한 實員이라는 의미이다.

390) 點考 : 명부에 하나하나 점을 찍어 가며 수효를 點檢하는 일을 말한다. [《經國大典註解後集 戶典》: 檢, 考也.]

여 결원을 보충한다.'는 내용을 일체 거듭 천명하여 준행한다.

도광 17년 정유년(1837, 헌종3) 7월 일

羅將元額爲八十名. 丁亥新定節目時, 慮其事役煩重、擧行苟艱, 別定實加出二十名, 合爲一百名矣. 近來額外冒入日益浸廣. 故百名外, 且定實加出二十名𡊨, 錄案、給牌, 一如元額, 並爲一百二十名. 而其餘冒稱者, 一並除汰爲去乎, 今此更張之後, 統率之道, 操切之方, 宜當有別般定式是乎所, 每月某日, 定爲一次點考, 而前期二日, 出令知委, 使之一體等待, 無敢闕而不參是乎矣. 或一次見闕, 決笞二十 ; 再次見闕, 罰錢三兩 ; 三次見闕, 擧廳除案, 永勿復屬. 以此完議, 斷不饒貸是遣, 日後若有罪汰後身故者, 則隨闕塡代, 不踰時日, 丁亥節目中, 自渠矣廳, 圈點塡差, 一體申明遵行爲齊.

道光十七年丁酉七月 日.

## 35. 大門節目

※ 본 항목은 의금부의 구체적인 재정 운영에 관한 것으로 29개의 세부 조목이 있다. 제목에서 말하는 '大門'은 門 자체를 의미하는 것이라기보다 '本府'를 가리키는 것으로 보인다. 본 항목에서 다루는 본부의 재정은 공적인 재정이 아닌, 罰例錢과 같이 본부 자체에서 조달하는 재정이다. 의금부에서는 出官, 免新 해당자인 각 낭청에게서 벌례전을 받아 대문지기의 급료(35-5), 나졸들의 習杖債(35-8·21·22), 노복들에게 주는 行下(35-22), 그리고 공식 행사 때의 供饋費(35-10·12·13·14·15·16) 등에 지출하였다. 이 절목은 갑진년에 정한 규례인데, 본서의 수록 순서상 가장 나중에 실렸다. 따라서 갑진년을 1784년(정조8)으로 볼 것인지, 1844년(헌종10)으로 볼 것인지에 따라 《금오헌록》의 최종 증보 시기가 달라진다. 〈추부게판〉 이후에 실린 조목들이 시대순으로 실려 있는 것으로 볼 때, 여기서 말하는 갑진년은 1844년으로 추정된다. 내용상으로는 본서의 〈공방절목〉과 유사하나 〈공방절목〉보다 더 후대에 나온 규례로 보인다.

본 항목을 통하여 조선 관료 사회의 장난스런 관행 정도로 인식되던 벌례가 관사 자체에서 마련하는 경비 조달의 방식으로 운용되고 있음을 볼 수 있다. 최근 경제학적인 관점에서 조선 시대를 바라보는 연구자들 중에는 국가로부터 경비를 충분히 공급 받지 못한 각 관청의 자체 경비 조달 즉 '經費自辦'을 조선 왕조 재정의 경비 조달·지출구조의 다원화로 파악하는 경향이 있어 본 항목의 내용과 연결되는 부분이 있다. 손병규, 《조선왕조 재정시스템의 재발견-17~19세기 지방재정사 연구》, 역사비평사, 2008, 397~398면 ; 이헌창, 전게서, 3~16면.

### 35-1

벌례전으로 받은 66냥 3전 5푼은 일도사가 수납을 감독한다.

一. 罰例錢六十六兩三錢五分, 一都事監捧爲齊.

35-2

수납하는 대로 大門에 지급할 돈 42냥을 제외하고, 각각 行下[391]해야 할 곳에 나누어 지급하는 일을 일도사가 직접 감독함으로써 중간에서 없어져버리는 폐단이 없게 한다.

一. 隨所捧, 除給大門錢四十二兩, 各行下, 一都事親檢分給, 俾無中間乾沒之弊爲齊.

35-3

벌례전을 다 내지 못했으면 면신을 허락하지 않는다.

一. 罰例未了, 不許免新爲齊.

35-4

1월부터 6월까지는 126냥【세 낭청의 벌례】으로 비용을 삼는 것으로 책정하며, 7월부터 12월까지도 이에 의거하여 책정한다.

一. 自正月至六月, 以一百二十六兩, 【三郎位罰例】爲用作定, 自七月至十二月, 亦依此作定爲齊.

35-5

매달 20냥씩을 해당 달의 대문지기에게 지급한다.

一. 每朔二十兩式, 計給當朔大門直爲齊.

---

391) 行下 : 일정한 給料 이외에 위로조로 더 지급하는 금품을 말한다. 주석 328) 참조. 행하와 유사한 용어로 用下가 있다. 둘 다 '지급, 지출'의 의미이나, 본서에서 용하는 공식적인 예산 즉 官에서 지출하는 것을 말하고, 행하는 개인의 찬조금이나 벌금 등 비공식적으로 마련된 재원에서 지출하는 것으로 구별하여 쓰고 있다.

35-6

해당 달 묘유사 좌기【종일 또는 밤을 새서 할 때】에 벌례로 행하하는 비용은 20냥 이내의 돈으로 하되, 다 소진했으면 걸러야지 다음 달 비용을 끌어다 써서는 안 된다.

一. 當朔卯酉仕坐起【或終日, 或經夜】, 罰例行下所用, 限以二十以內錢, 已盡則闕之, 可也. 勿爲來朔所用引用爲齊.

35-7

묘유사 좌기 때 行下하도록 원래 정해놓은 벌례 외에, 동가할 때나 參謁[392]할 때 등에 쓸 비용이 없는데 반드시 추가로 주어야 하는 경우가 생기게 된다. 이럴 때는 별도로 장부에 적어 두었다가 (낭청) 6분 외에 혹 한 두 분이 교체될 때 생기는 벌례가 있으면 이것으로 지급한다.

一. 卯酉仕坐起, 元定罰例行下以外, 動駕時、或參謁等時, 旣無所用, 必致加下. 此則別置簿, 以待六位外或有一二位交替罰例, 以此計給爲齊.

35-8

절약하고 또 절약하여 한 푼이라도 남겨 장부에 기록해두었다가 여유가 있게 되면 모두 습장채로 삼는다.

一. 節之又節, 雖一分, 置簿留置, 能至有餘, 都合爲習杖債爲齊.

---

392) 參謁 : 새로 당하관에 제수된 자나 왕명을 거행하기 위해 나가는 자가 의정부, 이조, 소속 관사의 屬曹 등에 나아가 인사하는 것을 가리킨다. 참알은 제수된 지 10일 이내에 행하되, 6행의 參謁單子를 작성하여 제출하였다. 서반 4품 이상은 병조에 나아가 참알례를 하였다. 참알할 때에는 해당 관사의 서리에게 예물이나 금품 등을 주는 것이 관례였는데, 이를 堂參債라고 하였다. 수령이나 변장의 경우에는 당참채를 마련하기 위해 고을의 백성에게 부담을 전가하는 폐단이 발생하기도 하여 成宗과 明宗 때에는 당참채의 수납을 엄격히 금지하기도 하였으나 제대로 지켜지지 않았다. [《經國大典 禮典 參謁》 : 新除京外堂下官職者、出使者, 竝於議政府、吏曹、屬曹**參謁**, 毋過十日.【西班四品以上, 則兵曹.】]《成宗實錄 16年 12月 25日(壬寅)》《中宗實錄 25年 12月 28日(甲申)》

35-9

가령 1년에 2번 있는 정사에서[393] 전원이 승진하여 이동하거나 승진하여 이동하는 사람이 전혀 없더라도, 126냥은 월별 비용 외로 남겨 두어 앞으로 다가올 6달의 비용으로 삼는다.

一. 假令一年兩政, 或全數陞移, 或全無陞移, 一百二十六兩, 排朔外留置, 以爲來頭六朔排條爲齊.

35-10

묘유사 때의 벌례는 중벌【2냥】로 거행하고[394], 노복에게는 5푼을 행하한다.

一. 卯酉仕罰例, 以中罰【二兩】擧行, 奴子行下五分爲齊.

35-11

잠시 하는 좌기【공초를 받거나[395], 의처하라고 지시 받은 죄인을 조율할 때[396] 등】의 벌례는 정지하되, 노복에게는 규례에 따라 행하한다.

一. 暫時坐起【如捧供、議處照律等】罰例停止, 奴子行下依例.

---

393) 1년에……정사에서 : 都目政事를 말한다. 도목정사는 정기적인 인사 행정인데, 1년에 6월과 12월 두 차례 실시하는 경우는 兩都目, 3·6·9·12월 네 차례 실시하는 경우는 四都目이라 하였다. 都目, 都政, 都目大政이라고도 한다.

394) 묘유사……거행하고 : 본서 〈入仕〉12-4, 〈糾檢〉18-5·7·11, 〈操切〉19-3·5에 따르면, 罰禮 또는 罰例는 본부의 규례를 따르지 않았을 경우 동료 관원들을 대접하던 가벼운 처벌이었으나, 여기에서는 묘시부터 유시까지 하루 종일 근무한 관원들에게 2냥 정도의 비용으로 들여 대접하는 것을 中罰이라 하였다. 시대에 따라 용어의 의미가 변화되었음을 보여준다.

395) 공초를 받거나 : 피의자의 진술을 받는 것이다. 주석 88) 참조.

396) 의처하라고……때 : 의처하라고 지시 받은 죄인의 죄에 적용할 법조문을 정하는 일을 말한다. 주석 92), 93) 참조.

35-12

종일 또는 밤샘 좌기【구두공초[397]를 받거나 刑推할 때[398] 등】에는 중벌로 거행하고, 노복에게는 규례에 따라 행하한다.

一. 終日或經夜坐起【如口招、刑推等】, 以中罰擧行, 奴子行下依例爲齊.

35-13

동가할 때는 대벌례【3냥】로 거행하고[399], (노복에게는) 1전을 행하하는 것으로 책정한다.

一. 動駕時, 大罰例擧行【三兩】, 行下一錢作定爲齊.

35-14

아침 전에 동가하거나 아침 전에 환궁할 때는 중벌로 거행하고, (노복에게는) 5푼을 행하하는 것으로 책정한다.

一. 朝前動駕、朝前還宮時, 中罰擧行, 行下五分作定爲齊.

35-15

능행을 맞이하거나 전송할 때는 대벌로 거행하고, (노복에게는) 5푼을 행하하는 것으로 책정한다.

一. 陵行祗、送迎時, 大罰擧行, 行下五分作定爲齊.

---

397) 구두공초 : 被疑者가 구두로 한 진술이다. 주석 233) 참조.

398) 刑推 : 刑具를 써서 심문하는 것이다. 형추는 말로 심문하여서는 죄를 자백하지 않아 訊杖을 써서 고문하는 것을 뜻할 때도 있고, 徒配나 流配로 형량이 결정된 뒤에 부가형으로 杖을 치는 것을 말할 때도 있다.

399) 동가할……거행하고 : 본서 〈侍衛〉8-1에 따르면, 왕이 동가할 때 특히 도성 안에 동가할 때는 낭청 전원이 참여하였으므로, 이 경우에는 3냥 정도의 비용을 들이는 대벌례로 관원들을 대접한다는 의미이다. 벌례가 처벌이 아니라 접대의 규모를 나타내는 의미로 쓰였음을 보여준다.

35-16

6월과 12월에 참알할 때는 중벌로 거행하고, (노복에게는) 5푼을 행하한다.

一. 六月、十二月參謁時, 中罰擧行, 行下五分爲齊.

35-17

상경력에 선출되거나 일도사가 교체될 때 주는 行下는 격려하기 위해 주는 것이므로, 있으면 지급하고 없으면 '曲護債[400]가 생기면 지급한다.' 라고 써서 행하한다.[401]

一. 上經歷封崇及一都事交替時行下, 以曲護次區處, 有則因給, 無則行下書以待曲護出給爲齊.

35-18

도목정사 때의 軍價【14냥】는 大門에 돈이 있으면 지급하고, 만약 돈이 없으면 곡호채로 처리해준다.

一. 都政時軍價【十四兩】, 大門有錢, 則給之 ; 若無錢, 則曲護次處下爲齊.

35-19

서청필채는 官에서 지출하고[402], 大門의 下記에 포함시키지 못한

400) 曲護債 : 曲護의 사전상의 의미는 '법을 굽혀 죄인을 비호함'이라고 되어 있으나, 본서에서는 상관이나 윗사람이 吏屬이나 아랫사람을 '돌보아주다' '격려하다' 등의 의미로 쓰였고, 이들의 수고를 인정하여 내려주는 비용을 '曲護債'라고 불렀다.

401) 행하한다 : 行下는 노고를 위로한다는 의미로 윗사람이 아랫사람에게 비정기적으로 내려주는 물품이나 돈을 말한다. 《正祖實錄》에서 "보통 各司에서 帖(체)로 지급하는 標紙를 行下라고 한다."라고 정의하였을 때의 '행하'가 바로 이 경우에 해당한다고 볼 수 있다. [《正祖實錄 10年 12月 7日(丙午)》 : 凡各司帖給標紙, 稱行下.]

402) 官에서 지출하고 : 원문은 '自官用下'이다. 用下의 사전상의 의미는 '상급기관이나 사람이 아랫기관이나 사람에게 내려주는 돈이나 물품'을 말하여 '行下'와 구별이 없다고 하였으나, 본서에서는 用下와 行下를 구별하여 사용하고 있다. 즉 官에서 공식적으로 지출하는 經常費는 用下라고 하고, 본부 자체에서 마련한 임시적인 재원에서 지급

다.[403]

一. 西廳筆債, 自官用下, 勿入於大門下記爲齊.

35-20

곡호채는 매년 6월 20일과 12월 20일의 묘유사 때 모두 합하여, (일도사의) 임기 교체[404]와 (상경력의) 선출 때 주는 행하와 관습장채 30냥을 회계하여 모두 지급해준다.

一. 曲護債, 都合每年六、臘月二十日卯酉仕時, 會計遞等及封崇時行下及官習杖債三十兩, 並計給爲齊.

35-21

관습장채는 30냥으로 책정한다.

一. 官習杖債. 三十兩作定爲齊.

35-22

관습장채 30냥 중에서 새벽에 제공하는 술과 안주는 중별 규모로 거행하고, 낮에 제공하는 별례는 대대별 규모로 한다. 노복과 밥상지기에게

하는 것은 行下로 썼다.

403) 大門의……못한다 : 下記는 돈이나 물품을 내어 준 내용을 적어둔 문서를 말한다. [《承政院日記 英祖 4年 9月 26日》 : 次命道臣, 收聚柳瀾往來時所經各站各邑營中**下記等可考文書**] 여기에서 낭청에게 나누어줄 서청필채 비용을 대문의 下記에 포함시키지 못하게 한 것은 의금부 자체에서 마련한 재용은 손대지 말고 공식적인 의금부 재정에서 지출하게 한 것으로 볼 수 있다.

404) 임기 교체 : 원문은 '遞等'인데, 체등은 임기가 차 교체되는 것을 말하며, 이때 임기가 끝나 떠나가는 관원이 아랫사람들에게 내려주는 물품을 遞等 또는 遞等例라고 한다. 체등례는 문헌공 兪拓基(숙종17~영조43)가 재차 경상도 관찰사로 있다가 돌아갈 때에 돈을 가져가지 않고 營屬들에게 다 나누어 주고 간 것이 관례가 되었다고 한다. [《林下筆記 旬一編 嶺伯再任》 : 兪文憲拓基在任嶺伯, 臨歸, 不欲携錢, 盡散營屬, 因以爲例, 名爲遞等例.]《英祖實錄 48年 8月 16日(戊寅)》《正祖實錄 11年 10月 3日(丁酉)》

각각 1전을 행하한다. 남은 액수로는 본부가 거행하여 원역들 및 각 댁의 노복과 밥상지기 등에게 제공하는 음식과 짐꾼의 雇價까지도 아울러 부담한다.

一. 官習杖債三十兩內, 曉頭酒肴, 以中罰爲之 ; 晝罰例, 以大大罰爲之 ; 奴子、食床直, 各一錢行下. 餘數則本府擧行, 員役等及各宅奴子、食床直等供饋與負持雇價, 並擔當爲齊.

35-23

곡호채의 액수가 얼마나 될지는 미리 알 수 없으므로, 각 항목의 지출을 규례에 따라 지급한 뒤 만약 남은 액수가 있으면 필채에 취합한다. 붓 묶음을 分兒할 때 만약 부족하면, 각 항목의 지급은 행하지에 앞으로 재원이 생기기를 기다려 지급한다고 써서 준다고 한 조례[405]에 의거하여 지급한다.

一. 曲護債多寡, 未能先知, 各項用下, 依例上下後, 若有餘財, 取合於筆債. 束筆分兒時, 若不足, 則各項上下, 依條例以行下紙待日後有財上下爲齊.

35-24

먼저 한 分兒 외에 진실이 아닌 말을 듣고 그대로 믿어서는 안 된다.

一. 先下分兒外, 聽非眞, 勿爲準信爲齊.

35-25

일도사가 교체될 때, 30냥을 전례에 따라 내려주어 5명의 소임나장[406]

---

405) 行下紙에……지급한다 : 여기서 말한 條例가 본서 35-17의 내용을 말하는 것이라 보고 번역하였다. 35-17은 曲護債에 대한 규례로, "있으면 지급하고 없으면 '곡호채가 생기면 지급한다.'라고 써서 행하한다." 이다.

406) 소임나장 : 분명한 의미는 찾기 어려우나, 所任이 宮房의 구실아치, 또는 마을이나 단체의 하급 임원을 가리키는 말로 사용되고, 《속대전》에 호위청의 所任軍官이 3명이

에게 10냥, 원래의 배례에게 5냥, 추가된 배례에게 3냥, 일도사 본댁의 노복에게 5냥, 밥상지기에게 3냥, 청지기에게 1냥, 판지기에게 1냥, 군사들에게 2냥을 전례에 따라 준다.[407)]

一. 一都事遞等時, 例下三十兩 : 五所任羅將十兩, 元陪五兩, 加陪三兩, 本宅奴子五兩, 食床直三兩, 廳直一兩, 板直一兩, 諸軍士二兩爲齊.

35-26

상경력이나 일도사를 선출할 때는 대벌례로 거행하고, (본부의) 서리들, 대청지기, 5명의 소임나장 및 각 댁의 引陪[408)]나 추가된 배례, 열 분 낭청 댁의 노복, 밥상지기, 군사들, 당직청의 서리와 대청지기, 나장에게 각각 1전씩 준다.

一. 上經歷、一都事封崇時, 大罰例擧行. 諸書吏、大廳直、五所任羅將及各宅引·加陪、十宅奴子、食床直、諸軍士、當直書吏、大廳直、羅將, 各一錢爲齊.

35-27

사습장은 봄, 가을 2번 관청 앞에서 습장하며, 1달에 10냥씩 내준다.

一. 私習杖, 以春秋兩等, 官前習杖, 一月十兩式出給爲齊.

---

라고 규정해놓은 것 등으로 볼 때 전체 나장 중에서 특별히 선발된 '정해진 업무가 있는 담당 나장'으로 추정된다. [《續大典 兵典 京官職 扈衛廳》: 軍官三百五十, 所任軍官三, 堂上別付料軍官一.]

407) 전례에 따라 준다 : 원문은 '例下'인데, 규정으로 분명히 명시되어 있지는 않으나 前例에 따라 내려주는 물품 또는 돈을 말하는 것으로 보인다.

408) 引陪 : 徒隷의 일종으로, 정3품 이상의 당상관이 출입할 때에 그 앞을 인도하는 官奴의 일종이다. [《六典條例 禮典 奎章閣》: 徒隷 〈使令十五名 : 引陪四名, 間陪四名, 近仗軍士一名, 房直六名, 水工一名, 軍士七名, 驅從六名.〉]

35-28

각각 행하할 때의 서압은 반드시 일도사의 화압[409]을 받아 시행한다.

一. 各行下署押, 必以一都事花押施行爲齊.

35-29

관습장은 봄에는 3월 15일, 가을에는 9월 15일에 하는 것으로 책정한다.[410]

一. 官習杖, 以春秋三、九月十五日作定爲齊.

갑진년(1844, 헌종10) 4월 일

甲辰四月 日.

---

409) 화압 : 문서 등에 본인임을 증명하기 위하여 직접 붓으로 쓰는 署名이다. 그 모양이 꽃과 같다 하여 '花'라는 명칭을 붙였다. 대개는 붓으로 직접 서명하였으나, 임금의 경우에 아예 도장에 서명을 새겨서 한 용례도 보인다. 정약용은 '署'와 '押'을 구분하여서, '花署'는 署名, 화압은 '手例'라 하였으며, 書目에는 화서만 하고 화압은 하지 않는다고 하였다. 그러나 본서의 이 조목에서는 서명과 화압을 구분하지 않고 'sign'의 의미로 사용하고 있다. [《英祖實錄 卽位年 9月 1日(辛丑)》: 承政院以標信所刻押字, 政府公卿會議事, 仰稟. 上謂李光佐曰: "予所用花押, 卽先朝所賜, 實墨尙在, 如何他求?" 光左曰: "何字也?" 上曰: "通字也."] ;《牧民心書 奉公六條 文報》: 書目者, 原狀之大概也. 監司題判在於書目, 而原狀留爲憑考. 凡原狀之末具花署【俗所云署名】、花押【方言云手例】. 書目有署而無押.]

410) 관습장은……정한다 : 習杖은 몽둥이[杖]를 다루는 훈련을 하는 것으로, 의금부에서 정기적으로 실시하던 의금부 나장들의 훈련행사로 보인다. 주석 285) 참조. 본서에 기록된 내용을 근거로 보면, 습장은 우선 관습장과 사습장으로 구분되는데, 관습장은 봄가을 2회에 걸쳐 3월 15일과 9월 15일에 시행하며 이때 드는 비용을 30냥으로 책정해놓았다. 사습장 역시 1년에 2회 봄가을에 시행한다고 정해놓았고 그에 따른 비용은 1달에 10냥으로 정해놓았다.

## 36. 罰例記【현재 준행 중】

### 罰例記【今遵行】

※ 본 항목은 일종의 '내역서' 형식을 띠고 있다. 총액이 71냥 7전으로 표기되어 있는데, 이는 14건의 細目價를 합계한 액수이다. 문제는 그것을 수입 내역으로 볼 것인가, 지출 내역으로 볼 것인가이다. 大大罰·大罰·出官·免新 등의 명칭으로 보면 당연히 낭청들이 낸 돈이라고 볼 수 있으나, 書吏·羅將·軍士 등에게 例下한 것으로 보면 지출 내역으로 볼 수도 있다. 그런데 본서〈大門節目〉10~16번째 조목들의 내용으로 보면, 卯酉仕·종일 근무·밤샘좌기 및 도목정사 때의 參謁禮 등에는 2냥의 비용을 들인 中罰 규모로 거행하고(35-10·12·16), 動駕·陵幸 등에는 3냥 비용의 대벌(35-13·15) 규모로 거행한다고 하여, 벌례를 본부에 행사가 있을 때 지출하는 비용으로 기술하였다. 草價는 관원들이 출퇴근용으로 타는 말의 사료값이니, 오늘날 공무원들에게 지급되는 교통비에 해당한다.《秋官志 經用》에 따르면, 형조에서는 1개월마다 당상 1인에게 1냥 2전의 馬草價를 지급하였고, 낭청에게는 3냥의 馬太草價를 지급하였다. 그렇다면 여기에 기재된 罰例錢이나 草價는 본부에서 낭청에게 지급한 비용이다. 따라서 필자는 본서의 〈大門節目〉 및《추관지》등의 관련 내용을 근거로 이 항목을 일단 '지출내역서'로 파악하였다. 항목명 옆에 '今遵行'이라고 懸註되어 있는데, '지금[今]'이 언제인지 분명치 않으나 〈大門節目〉이 추가된 시기인 憲宗 대 이후일 것으로 생각된다.

| | |
|---|---|
| 숙배전[411] 1냥 3전 | 肅拜錢一兩三錢 |
| 대대벌 15냥 | 大大罰十五兩 |

411) 숙배전 : 본서 무오년 완의(33-4)에서 "사은숙배할 때 각 낭청의 노복에게 으레 지급하는 돈은 1냥으로 정한다."라는 것이 이에 해당하는 것으로 보인다. 따라서 여기서의 숙배전은 각 낭청이 사은숙배할 때 데리고 다니는 노복에게 본부에서 전례에 따라 주는 돈을 말하는 것으로 보았다. [《金吾憲錄 追附揭板 戊午年完議》: 肅謝時各位奴子例給錢, 以一兩爲定爲齊.]

| | |
|---|---|
| 대벌례 9냥 | 大罰例九兩 |
| 출관전 10냥 | 出官錢十兩 |
| 면신전 10냥 | 免新錢十兩 |
| 출관초가[412] 2냥 7전 | 出官草價二兩七錢 |
| 면신초가[413] 2냥 7전 | 免新草價二兩七錢 |
| 계첩가 3냥 | 稧帖價三兩 |
| 서리들에게 전례대로 내려준 돈 3냥 | 諸書吏例下三兩 |
| 나장들에게 전례대로 내려준 돈 3냥 | 諸羅將例下三兩 |
| 본부 대청지기 2냥 | 本府大廳直二兩 |
| 군사들 1냥 | 諸軍士一兩 |
| 호신벌 5냥 | 護新罰五兩 |
| 노자전[414] 4냥 | 奴子錢四兩 |
| 이상 71냥 7전이다. | 已上七十一兩七錢 |

412) 출관초가 : 의금부에 제수되어 온 참상관은 45일, 참하관은 90일이 지나 출관례를 치르는데, 출관한 낭청에게 지급되는 말먹이 비용[馬草價]으로 추정된다. 요즘으로 치면 공무원에게 지급되는 교통비와 유사하다 할 수 있다. 본서 〈許參〉13-1과 〈완의〉 31-12 참조.

413) 면신초가 : 출관례를 치른 낭청이 다시 참상관은 45일, 참하관은 90일이 지나면 면신례를 거쳐 정식 동료로 인정받게 되는데, 이들 면신례를 치른 관원에게 지급되던 馬草價로 추정된다. 《秋官志 經用》에 따르면, 형조에서도 1개월마다 각 당상에게 1냥 2전, 낭청에게는 3냥의 마초가를 지급하였다.

414) 노자전 : 본서 〈大門節目〉35-11~16에서 당상이나 낭청이 坐起할 때나 陵幸이나 擧動에 시위할 때 데리고 가는 奴僕에게 행하하는 돈을 말하는 것으로 보인다.

## 37. 詩板

※ 의금부 내 蓮亭에 걸린 5편의 시를 가장 마지막에 실었다. 성종 때 의금부에 근무했던 김종직의 〈書金吾會飮圖〉, 숙종 10년(1684) 때 지은 박계현의 〈題金吾廳事〉, 정철의 〈獨坐金吾蓮亭〉, 그리고 그의 6대손인 정방의 차운시, 마지막이 정유길의 차운시이다. 모두 의금부에 재직할 때 지은 시이다.

연정에 御製 현판이 있으나 붉은 색 비단이 시커멓게 되어 제대로 보이지 않아, 단지 현판에 기록되어 있는 여러 재신의 시를 권말에 싣는다.

蓮亭有御製懸板, 而絳紗黯黑, 無以奉覽, 只錄諸宰臣詩于板上, 列于卷末.

| 37-1. 〈금오회음도〉에 쓰다[415] | 書金吾會飮圖 |
| --- | --- |
| 청명한 시대에 집금오 벼슬을 하니 | 淸時仕宦執金吾 |
| 남들의 천장부란 조롱은 면하겠구려 | 庶免人嘲賤丈夫 |
| 날마다 호두각에서 죄인 심문에 참여하고 | 日向虎頭參淑問 |
| 행렬에선 어가 따라 맨 앞에서 호위하지 | 行隨豹尾戒前驅 |
| 동료의 정은 관품의 고하에 개의치 않고 | 朋情不關資高下 |
| 王事에 어찌 녹봉의 유무를 따지겠는가 | 王事奚論俸有無 |
| 다행이 한가한 틈에 담소 나눌 수 있으니 | 幸托餘閑供笑語 |
| 술병 들고 서호에서 취한들 무슨 지장 있으리 | 何妨携酒醉西湖 |

김종직[416] 숭정 갑신년(1644, 인조22) 41년 뒤 갑자년(1684, 숙종10) 10월

415) 〈금오회음도〉에 쓰다 : 김종직은 성종 16년(1485)에 동지의금부사에 제수되었으므로, 이 시는 그 당시에 지은 것으로 보인다. 《成宗實錄 16年 11월 8日(乙卯)》

416) 김종직 : 세종 13년(1431)~성종 23년(1492)까지 생존한 인물로, 본관은 善山, 자는 孝盥 · 季昷, 호는 佔畢齋이다. 鄭夢周와 吉再의 학통을 계승하여 金宏弼, 趙光祖로

일에 새기다.

<u>金宗直</u> <u>崇禎</u>甲申後四十一年甲子十月 日刻

**37-2. 금오청사에 부치다** **[題金吾廳事]**[417]

부들과 버들은 물가와 흡사하고 菰蒲楊柳似汀洲
유월의 바람은 가을 마냥 서늘하구나 六月淸風凜欲秋
게다가 연잎 향기 누각에 가득한데 更有碧荷香滿閣
관아에 술 없어 시름만 읊으니 애석타 恨無官酒寫幽憂
지의금부사 박계현[418] 知事 <u>朴啓賢</u>

**37-3. 홀로 의금부 蓮亭에 앉아** **獨坐金吾<u>蓮亭</u>**

이보게 이내 몸 바쁘다고 말하지 말게 傍人莫道此身忙
명소를 술자리로 바꿔 놓고 싶네 그려 欲把名場換酒場
때때로 난간 향해 홀로 앉아 있노라면 時向曲欄成獨坐
玉池의 연꽃 향기 소매에 가득 차오네 玉池荷氣滿襟香
송강 정철[419] <u>松江</u> <u>鄭澈</u>

---

이어지는 조선시대 도학의 중추적 역할을 하였다. 생전에 지은 〈弔義帝文〉은 훗날 제자 金馹孫이 사관으로서 사초에 수록하여 戊午士禍의 단서가 되었다. 문장에 뛰어나 많은 시문과 일기를 남겼다. 저서로는 《佔畢齋集》, 《遊頭流錄》, 《靑丘風雅》, 《堂後日記》 등이 있으며, 편저로는 《一善誌》, 《彝尊錄》, 《東國輿地勝覽》 등이 전해지고 있다.

417) 題金吾廳事 : 저본에는 題名이 없으나, 그의 후손이 편찬한 《密山世稿》(국립중앙도서관 古朝43-가36)에 포함된 그의 문집 《灌園集》에 근거하여 보충하였다.

418) 박계현 : 중종 19년(1524)~선조 13년(1580)까지 생존한 인물이다. 본관은 密陽, 자는 君沃, 호는 灌園이다. 명종 7년(1552)에 급제해 사헌부 장령, 교서관 교리 등 여러 관직을 거쳤다. 權臣 尹元衡이 그를 포섭하고자 혼인을 청했으나 거절당하자, 명종 15년(1560)에 滿浦鎭兵馬僉節制使로 내보냈다. 부친 朴忠元의 문집인 《駱村集》과 그의 문집인 《灌園集》이 합쳐진 《密山世稿》가 전해진다.

419) 정철 : 중종 31년(1536)~선조 26년(1593)까지 생존한 조선 중기의 문신으로, 본관은

37-4. 삼가 차운하다 謹次

| | |
|---|---|
| 성은이 치우쳐 중한 직임 맡아 바쁜 중에 | 聖恩偏重任奔忙 |
| 달 비치는 강가 누각 왜가리 내려앉은 곳 | 月上江樓鷺下場 |
| 외람되이 세 직함[420] 받아 옛 난간에 기대 | 猥帶三啣凴古檻 |
| 우리 선조 玉池 읊은 시구에 느껴 읊노라[421] | 感吟吾祖玉池香 |

성상 즉위 8년 갑진년(1784, 정조8) 6월 6대손 동지의금부사 鄭枋[422]
聖上卽位八年甲辰季夏 六代孫 同知事 枋

37-5. 차운하다 次

| | |
|---|---|
| 인간 세상 어느 곳이 바쁘지 않으랴만 | 人間何地不奔忙 |
| 마음 한가한 곳이면 어디나 도량이지 | 到處心閑是道場 |
| 창가에 하릴 없이 우두커니 앉아 있자니 | 端坐小窓無一事 |
| 바람이 담장 너머로 백련 향기 보내주네 | 隔墻風送白蓮香 |

---

延日, 자는 季涵, 호는 松江, 시호는 文淸이다. 仁宗의 후궁인 누이와 桂林君의 부인이 된 막내 누이로 인해 어려서부터 궁중에 출입했고 동갑인 慶源大君(훗날 明宗)과 친하게 지냈다. 계림군이 乙巳士禍에 연루돼 父兄이 유배당하자 아버지를 따라 유배지에서 생활을 했다. 명종 17년(1562) 27세에 과거에 급제하여 벼슬길에 나아가 관찰사, 대사헌 등까지 올랐다. 임진왜란이 일어났을 때는 왕을 평양에서 의주까지 호종하였고, 謝恩使로 명나라에 다녀왔으며 동인의 모함으로 사직하고 강화에 寓居하다가 58세로 별세했다. 시문집인 《松江集》과 시가 작품집인 《松江歌辭》가 있다.

420) 세 직함 : 이 시를 지은 정조 8년(1784) 6월에 정방이 세 직함을 맡고 있었음을 말한다. 오위도총부 부총관, 의금부 동지의금부사, 한성부 좌윤이다. 《승정원일기》에 의하면, 정방은 정조 8년 4월 26일, 4월 30일, 5월 23일에 이들 관직에 연이어 제수되었다. 《承政院日記 正祖 8年 4月 26日, 4月 30日, 5月 23日》

421) 우리……읊노라 : 鄭枋은 앞의 시를 지은 鄭澈의 6대손이기 때문에 이렇게 말한 것이다.

422) 鄭枋 : 1707년(숙종33)~1788년(정조13)까지 생존한 인물로, 본관은 迎日, 자는 土直, 季直이다. 증조부는 鄭光演, 조부는 鄭瀁, 부친은 鄭敏河이고, 申壬士禍때 金一鏡일파를 공격했던 승지 鄭宅河가 숙부다. 영조 29년(1753)에 과거에 급제하여, 사간원 사간, 사헌부 집의, 세자시강원 필선·보덕, 승정원 승지를 역임하였다. 정방은 정조 8년(1784)에 동지의금부사였으므로, 이 시는 그 당시에 지은 것이다.

지의금부사 임당 鄭惟吉[423]이 문사낭청으로 상직방에 앉아 짓다.

知事 鄭【林塘公】 以問事郎廳 坐上直房題

423) 鄭惟吉 : 1515년(중종 10)~1588년(선조 21)까지 생존한 인물로, 본관은 東萊, 자는 吉元, 호는 林塘이다. 鄭蘭宗의 증손으로, 조부는 영의정 鄭光弼이고, 부친은 강화 부사 鄭福謙이다. 金尙憲, 金尙容의 외조부이기도 하다. 宣祖 때 우의정에 올랐다. 詩文에 뛰어났으며, 서예에도 능해 林塘體라는 평을 받았다. 작품에 〈韓琦碑〉가 있고, 문집에 《林塘遺稿》가 있다. 정유길은 45세 때인 명종 15년(1560)에 知義禁府事에 임명되었으므로 이 시는 그 당시에 지은 것으로 보인다.《林塘遺稿, 林塘鄭相國年譜, 韓國文集叢刊 35.》

# 2부
# 解題

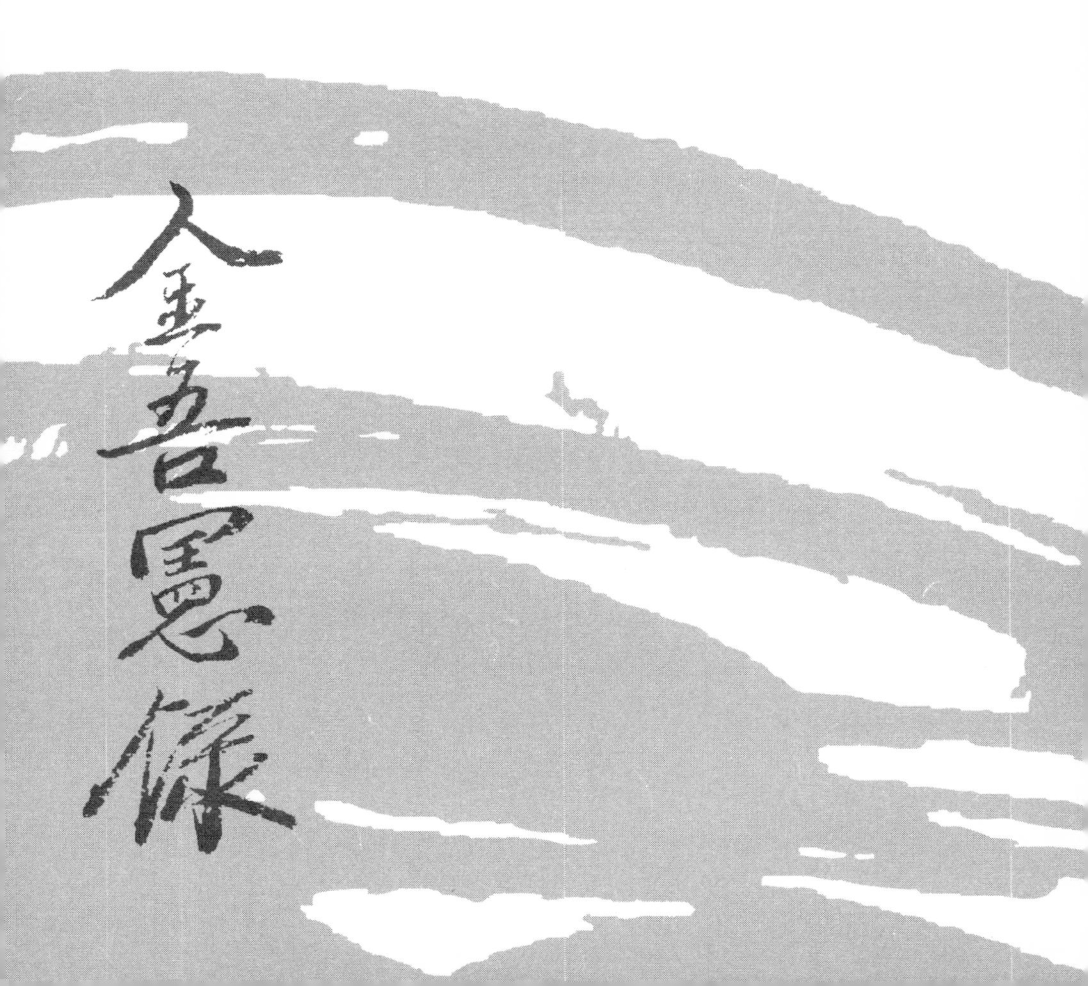

# 《金吾憲錄》 해제*

《금오헌록》은 義禁府의 典故와 規例를 다루고 있다. 이에 본서의 내용에 들어가기에 앞서 의금부라는 관사에 대하여 대략 살펴보고자 한다.

의금부는 王命을 받아 謀逆 등 重罪를 다스리는 국왕 직속의 特別司法機關이었다. 囚禁부터 형률 적용, 형벌 집행에 이르기까지 모두 왕의 명령을 받아 시행하여 王府라고 불렸으며, 국왕의 教旨를 받아 죄인을 가둔다 해서 의금부의 옥을 詔獄이라고 하였다. 하지만 그 연혁을 살펴보면 의금부는 본래 사법기관이 아니라 高麗 말에 치안 유지를 위해 元이 설치했던 巡馬所에서 비롯되었다. 순마소는 몽고의 巡軍制에서 비롯된 기구로, 지방의 防盜巡邏를 위한 군사조직이었다. 이 순마소가 충렬왕 3년(1277)에 巡軍萬戶府, 恭愍王 18년(1369)에 司平巡衛府가 되었다가 禑王 때에 다시 순군만호부로 복귀하였다. 순군만호부는 태종 대에 巡衛府, 義勇巡衛府로 몇 차례 개편을 거듭하면서 捕盜, 禁亂의 치안 유지와 親衛軍으로의 역할을 하였다.[1] 병조의 속아문이었던 의용순금사는 태종 14년(1414)에 義禁府라 개칭하면서부터 병조에서 독립하여 점차 고려 때부터의 군사적 기능이 없어지고 사법기관으로 정착하게 되었다.

---

* 본 해제는 《민족문화》 제45집(한국고전번역원, 2015년)에 〈《金吾憲錄》의 자료적 가치〉란 제명으로 실린 것을 수정 보완한 것이다.

1) 한우근, 〈麗末鮮初巡軍研究〉, 《震檀學報》 22집, 1962. ; 오갑균, 《朝鮮時代司法制度研究》, 三英社, 1995, 15~23면 참조.

의금부의 職制는 太宗~世宗 연간에 기본 골격이 이루어졌다. 법전에 나타난 의금부의 官員 및 吏隷의 구성을 보면 다음과 같다. 성종 2년(1471)에 편찬된 《經國大典》은 의금부의 직제가 확립된 15세기의 모습을 반영하고 있으며, 영조 22년(1746)에 편찬된 《續大典》과 정조 9년(1785)에 편찬된 《大典通編》은 18세기, 고종 3년(1866)에 편찬된 《六典條例》는 19세기 때의 의금부의 인원 구성을 반영한다고 볼 수 있다.

**[표1] 의금부의 官員 및 吏隷**

<table>
<tr><th colspan="2"></th><th>經國大典</th><th>續大典</th><th>大典通編</th><th>六典條例[2]</th></tr>
<tr><td rowspan="3">관원[3]</td><td>당상관<br>4</td><td>判事(종1)<br>知事(정2)<br>同知事(종2)</td><td>左同</td><td>左同</td><td>左同</td></tr>
<tr><td>당하관<br>10</td><td>經歷(종4)<br>都事(종5)</td><td>經歷 혁파<br>參上都事5(종6)<br>參下都事5(종9)</td><td>參上 1인<br>武官으로 임명<br>參下는 生員·<br>進士科 출신으로 임명</td><td>都事(종6) 5<br>都事(종8) 5</td></tr>
<tr><td></td><td>月令醫 1<br>檢律 1</td><td>左同</td><td>左同</td><td>檢律 1</td></tr>
<tr><td colspan="2" rowspan="2">吏隷[4]</td><td>書吏 18<br>羅將 232</td><td>書吏 18<br>羅將 40</td><td>書吏 20</td><td>禁刑官1<br>書吏20<br>書寫書吏1<br>掌務書吏1<br>本府大廳直2<br>當直廳大廳直2<br>羅將80<br>軍士12</td></tr>
<tr><td></td><td>差備奴11<br>跟隨奴10</td><td></td><td></td></tr>
</table>

2) 《六典條例 刑典 義禁府》: 判事【從一品】 知事【正二品】 同知事【從二品. ○以上或一或二, 以備四員. 皆他官兼帶.】 都事五員【從六品】 都事五員【從八品】 檢律【一人. 律學兼教授分差.】 禁刑官【一人. 以已行執吏有履歷者別定.】 吏胥【書吏二十人, 書寫書吏一人, 掌務書吏一人, 本府及當直大廳直各二人.】 徒隷【羅將八十名, 軍士十二名.】《六典條例 刑典 義禁府》

3) 《大典會通 吏典 京官職 從一品衙門 義禁府》: 《原》掌奉教推鞫之事【堂上官四員,

표에서 보이듯이, 의금부의 관원으로는 堂上官과 堂下官이 있었다. 당상관 4인은 兼職이었으므로 실제 실무는 당하관 즉 郎廳이 주도하였다. 郎廳의 정원은 10명이었으며, 이들은 죄인의 체포, 압송, 심문 및 문서 작성, 거둥 시 임금 호위, 禁亂, 당직청 근무 등의 업무를 담당하였다. 吏隷로는 18~20명의 書吏, 21명의 奴婢 등이 있었다. 羅將은 《경국대전》에서는 232명이었으나 《속대전》에서는 40명으로 축소되었다. 하지만 본서 안에서는 100명, 120명 등으로 인원이 증가한 것으로 나타난다. 여기에 형률 적용을 위한 律官 1인과 죄인의 救護를 위한 月令醫 1인이 있었다.

태종 14년(1414) 이후 의금부의 前身에서 수행하였던 순찰의 임무와 군사적 기능은 兵曹, 漢城府 등 다른 관사로 이관되었고 다만 왕명을 받아 推鞫하는 일을 고유 업무로 하는 기관으로 정착되었다. 刑曹가 일반 잡범에 대한 治罪을 담당한 반면 義禁府는 반역 및 綱常에 관련된 사건과 官吏의 범죄를 전담하였으며, 형조의 판결에 不服한 사건이 의금부에 移管되는 것으로 볼 때 형조보다 상급기관의 역할을 하였던 것으로 보인다. 이러한 기능은 義禁司로 개편되는 고종 31년(1894)까지 유지되었다.[5]

以他官兼. 堂下官十員.《續》原典經歷、都事, 今並作參上、參外都事, 參外仕滿九百陞六品.《增》原典經歷、都事通爲十員, 隨品陞降, 續典罷經歷, 以十員分作參上、參外都事各五員, 參上一員, 作武窠參外非生、進不得差《補》參外依奉事例, 序陞七品】判事【從一品】知事【正二品】同知事【從二品】《增》以上或一或二, 以備四員.】經歷【從四品《續》減】都事五員【從六品《原》從五品《續》降品】都事五員【從八品《續》從九品《補》陞品】

4) 《大典會通 吏典 京衙前 書吏》:《原》【義禁府】判事、知事、同知事各一. ○十八《續》無加減.《補》二十.;《大典會通 禮典 惠恤》:《原》○義禁府、成均館、典獄署, 各定月令醫一員, 治療諸生及罪囚之有疾者.《大典會通 兵典 京衙前 羅將》;《原》【義禁府】判事、知事、同知事各二, 堂下官各一. ○二百三十二.《續》四十.;《大典會通 刑典 諸司差備奴 跟隨奴定額》:《續》【義禁府】差備奴十一, 跟隨奴十.

5) 오갑균, 전게서, 24~36면 ; 김영석, 〈義禁府의 조직과 추국에 관한 연구〉, 서울대학교 대학원박사학위논문, 2013, 15~29면.

의금부는 조선의 전 시대에 걸쳐 왕권의 확립과 존속을 대변하는 중요한 사법기관이었다.

## 1. 《금오헌록》의 편찬

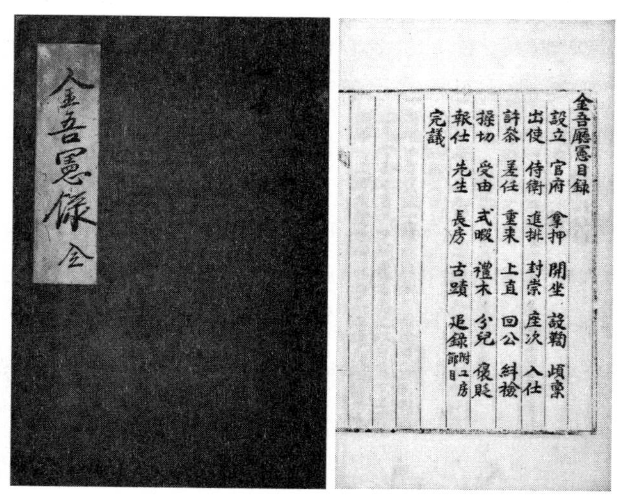


[그림8] 《금오헌록》의 표제와 목록 (고려대 해외한국학자료센터 제공 이미지)

본서는 34.5*22.3(㎝)의 크기에 반곽은 24.5*17(㎝)이며 罫線紙에 쓴 筆寫本이다. 한 면에 10행 20자로 필사되었으며, 각 면 위쪽에 黑魚尾가 있다. 고려대학교 해외한국학자료센터에는 '金吾廳憲'으로 제목이 잡혀 있고, 한국고전적종합목록시스템에는 '金吾憲錄'으로 검색된다. 혹자는 書名의 차이로 인하여 이 두 책을 별개의 자료로 생각할 수 있다. 하지만 이것은 겉표제가 '金吾憲錄'이고 목록의 卷首題가 '金吾廳憲'인데서 온 같은 전적의 다른 표기이다.

겉표제와 목록의 권수제가 다른 것은 무엇을 의미하는 것일까. 어떤 의도가 있어 다르게 표기한 것일까, 아니면 '의금부의 廳憲[金吾廳憲]'이나 '의금부의 청헌에 대한 기록[金吾憲錄]'이나 별반 큰 차이가 없다고 생각하여 같은 의미로 쓴 것일까. 이에 대해서는 《금오헌록》 안에 언급이 없어 단언하기 어렵다. 하지만, 목록이 〈金吾廳憲目錄〉으로 표기되었을 뿐 아니라 본문이 시작되는 첫 항목 〈設立〉의 권수제 역시 "金吾廳憲"으로 되어 있는 것에서, 처음에 이 전적의 근간이 되는 初本의 명칭이 〈金吾廳憲〉이었다고 추정할 수 있다.

또 본서의 내용을 검토해보면, 한 번에 완성된 것이 아니라 영조 20년(1744)에 朴鳴陽 등이 편찬한 〈금오청헌〉을 기반으로 하고 그 뒤에 계속 후대의 의금부 관련 규례들을 추가해 나갔다. 따라서 표제와 목록의 권수제 차이는 의도적인 것이라 할 수 있다. 즉, "금오청헌"을 근간으로 하였으나 여기에 후대의 규례들이 추가되었으므로 이를 구별하기 위하여 표제를 "금오헌록"이라 명명한 것이 아니었을까. 이에 필자는 본서 전체를 아우르는 제목을 《金吾憲錄》으로 정하고 본고를 기술하였다.

### 1) 편찬 배경

우선 본서처럼 한 관사의 沿革, 職制, 廳規 등을 담고 있는 서적들은 언제, 어떤 필요에 의해 편찬되게 되었나를 검토하여 본서의 편찬 배경과 그에 따른 본서의 位相을 살펴보겠다.

통상적으로 어떤 관사의 沿革, 職掌, 故事 등을 다룬 서적들을 官署志라고 부른다.[6] '志'는 어느 한 분야에 대해 종합적이고 전문적인 기술을

6) '官署'라는 어휘는 《조선왕조실록》이나 《승정원일기》 등에서 䕺官署, 掖庭署 등 하위 관사명에 포함된 형태로 나타나거나 '官署文記' 등의 형태로 나타난다. 官署文記에서의 '官署'는 '官에서 書名하여 확인해주다'라는 의미이고, 이때 '署'는 '서명하다'라는 의미의 동사이다. [《成宗實錄 3年 7月 16日(辛亥)》 : 漢城府啓 : "凡京外田宅傳係買賣文記, 官署時, 財主、證、筆人供招, 例事也." ; 《成宗實錄 20年 5月 26日(癸未)》 : 《大

할 때 사용되는 서술 방식으로, 紀傳體 歷史敍述이 발달하였던 중국에서는 正史를 보조하는 자료로 인식하였다. 志에는 食貨志, 地理志, 刑法志, 藝文志, 天文志, 曆象志 등 다양한 분야가 있다. 그런데 이렇게 다양한 志가 발달한 중국에서도 官署志라는 명칭은 보이지 않는다. 중국에서 관서지는 전적분류에 등장하는 독립된 지가 아니기 때문이다. 중국의 藝文志나 經籍志를 검토해보면 어떤 관사에 대한 전문적인 기록에 해당하는 서적들은 주로 職官類나 故事類에 속해 있다.

우리나라의 경우는 어떠한가. 우리나라는 중국과 달리 《조선왕조실록》이나 《승정원일기》 등과 같이 주로 編年體 歷史敍述이 발달하였다. 따라서 紀傳體 正史를 보강하기 위해 각종 志가 발달하였던 중국과 달리 애초에 전문적인 志가 발달할 수 있는 여건이 아니었다. 서적의 목록에 해당하는 예문지나 경적지도 드물어 조선시대 이전의 관서지의 존재나 규모 등을 파악하기 어려웠다.[7]

---

典》 用文記條云: "父母、祖父母、外祖父母、妻父母外, 用官署文記."] '官署志'라는 명칭도 전근대 이전의 典籍分類에 사용되던 명칭이 아니었다. 현대에 와서 규장각 한국학연구원에서 2002년부터 《弘文館志》 이하 여러 중앙 관서의 영인본 자료를 펴낼 때 '官署志篇'이라 命名하였다. 이때 관서지의 개념을 어떻게 설정하고 영인할 자료를 선정하였는지에 대해 밝히지 않았지만, 그간에 나온 영인서를 보면 官司名에 '志'가 붙은 전적 중에서 중앙 관사 위주로 선정하였던 것으로 생각된다. 조선에서 5품 또는 6품 衙門의 명칭에 '署'를 붙인 관사가 상당수 있으므로 '관서'를 관공서 전체를 포괄하는 의미로 쓸 수는 있다. 하지만 사료에서 정작 이러한 의미로 쓰인 경우는 극히 드물기 때문에 '관서지'라는 말의 개념과 관서지에 속하는 전적의 범위를 어디까지로 정할지에 대한 검토가 필요하다. 김진옥, 〈조선 후기 官署志에 대한 고찰-관서지의 정의, 범주, 편찬 특징을 중심으로-〉, 《고전번역연구》 제7집, 고전번역학회, 2016.

7) 우리나라의 正史에는 일반적으로 經籍志나 藝文志가 실려 있지 않다. 李種徽(1731~1797)의 《東史》 안에 〈高句麗 藝文志〉 정도가 있을 뿐이고, 그밖에 몇몇 別史類, 紀事本末類, 政法類 서적 속에 예문지가 있는데, 韓致奫(1765~1841)의 《海東歷史》, 朴周鍾(1813~1887)의 《東國通志》, 그리고 《增補文獻備考》에 있는 藝文考 등이다. 이것들은 중국이나 일본 등 동아시아에 있어서의 서적 교류라는 측면에서 서적들의 목록을 기술하고 있어 우리나라에서 편찬한 관서지 성격의 전적을 고찰하는데 있어서는 그다지 도움이 되지 못하였다. 張伯偉, 〈조선의 書目을 통해 본 동아시아의 한문 서적 교류〉, 《한국문화》 54, 2011, 228~229면.

우리나라에서 특정 관사에 대한 沿革, 職制, 職掌 등을 다룬 서적이 나타나기 시작한 것은 18세기 이후부터로 알려져 왔다. 肅宗 말엽에 司譯院에서 《通文館志》, 惠民署에서 《惠局志》, 홍문관에서 《弘文館志》가 편찬되었고, 영조 20년(1744)에는 예조에서 《春官志》가 편찬되고 의금부에서 《金吾憲錄》이 편찬되었다. 중앙 관사 안에서 나타난 이러한 일련의 편찬 작업은 어떻게 이루어지게 되었을까.

일부 연구자들은 숙종 후반부터 英, 正祖 시기에 특별히 관서지가 많이 편찬된 것을 이 시기의 뛰어난 군주가 정치 문화를 재정립하고 제도를 정비하려던 노력에 힘입은 결과라고 평가하기도 하나[8], 필자가 보기에는 兵亂을 거치면서 소실된 각 관사의 職掌이나 職制, 故事 등에 관한 기록을 정리하여 成冊하려는 노력이 王命 이전에 이미 내부에서 먼저 이루어지고 있었던 것으로 보인다.

사역원의 연혁·직장·인물·고사 등을 내용으로 하는 《통문관지》는 譯官 金指南과 金慶門 父子가 편찬한 것이고, 혜민서의 沿革·率局·考課·式例·支供등에 대해 기록한 《혜국지》도 혜민서의 久任官인 姜渭聘이 편찬한 책이다.[9] 《통문관지》가 사역원에 근무하던 역관들에 의해 정리 편찬되고, 《혜국지》가 혜민서에 오래 근무하던 구임관에 의해 편찬된 것은, 《금오헌록》이 의금부에 근무하던 都事들에 의해 편찬된 것과 맥을 같이 한다. 이들이 각자 자신들이 근무하던 관사의 관서지 편찬에 참여하게 되는 것은 '典故에 대한 갈급함' 때문이었다.

김지남은 《통문관지》의 서문에서 "사역원의 '志'를 기록한 문헌이 없

8) 18세기~19세기의 서적 출판 부흥을 영, 정조 시기의 제도 정비와 관련하여 파악한 연구로는 정재훈, 〈19세기 조선의 출판문화-官撰書의 간행을 중심으로-〉, 《한국문화》 54, 2011 ; _____, 〈18세기 국가운영체제의 재정비〉, 《정조와 정조시대》, 서울대학교출판문화원, 2011, 201~233면 ; 우경섭, 〈영조 전반기(1724~1744)의 書籍政策〉, 《규장각》 24, 2001 ; _____, 〈영·정조대 홍문관 기능의 변화〉, 《한국사론》 39, 1998 등이 있다.

9) 박인순 , 〈혜국지연구-연혁 및 직제를 중심으로-〉, 《복지행정논총》 20-1, 2010, 51면.

어서 오로지 입과 귀로써 서로 전하여 그 내용이 산만하고 체계가 없어서 고증할 수가 없고, 새로 설치한 廳과 오래전에 설치한 청의 규례가 각기 달라 복잡다단하였기 때문"[10]에 편찬하게 되었다고 하였다. 禮曹의 상황도 마찬가지였다. 《春官志》의 凡例에 "《禮曹謄錄》은 오로지 下吏에게만 맡겼기 때문에 소략하다. 가장 상세한 부분은 上疏·啓辭·批旨 등을 실은 곳일 뿐이고 말초적인 일은 缺落되어서 시행되었는지 안 되었는지, 쓰였는지 안 쓰였는지에 대하여 한 마디도 언급된 적이 없다. 게다가 누차 병란을 겪어서 선조와 인조 이전의 것은 하나도 남아 있지 않으며 효종과 현종 때의 일은 백에 두셋 정도가 남아 있을 뿐이다."[11]라고 《春官志》를 편찬하게 된 동기를 기술하였다.

이처럼 각 관사에서 느끼는 典故 整備에 대한 필요성은 의금부에서도 마찬가지로 느끼고 있었다. 의금부 도사 朴鳴陽도 〈金吾廳憲〉을 편찬하게 된 동기를 적은 서문에서 "한 번 전해지고 두 번 전해지면서 잘못 전해지고 틀린 것을 그대로 답습하게 되어 남은 것은 얼마 없고 보존된 것은 분명하지 않게 되어" "단지 下吏의 입에만 의존해야 한다면, 후세 사람들이 무엇에 근거하여 준행하겠는가."라고 한탄하였다. 이런 상황은 비단 사역원, 예조, 의금부만의 문제가 아니었을 것이다. 그리하여 각 관사에서는 이에 대한 해결책으로 해당 관사의 典故를 정리 편찬하게 되었던 것으로 보인다.[12]

---

10) 《通文館志 序文》: 院之建置, 垂今三百有餘年, 而曾無紀志文字, 惟以口耳相郵傳, 散漫無統, 不可考證, 而廳有新舊之設, 規例各異, 聚雜多端.

11) 《春官志 凡例》: 禮曹謄錄, 專付下吏, 疏漏活略, 其最詳處, 只載疏、啓、批旨之屬, 而至末梢缺落, 行不行、用不用, 未嘗一語及焉. 且累經兵亂, 自宣、仁以前無一存者, 孝、顯間事, 百存二三.

12) 각 관사의 관서지 편찬이 과연 譯官이나 都事와 같은 하위 관원의 힘만으로 가능했을까 하는 문제는 좀 더 검토가 필요하다. 《통문관지》 편찬에는 당시 사역원 도제조였던 崔錫鼎의 독려가 있었다. 《승정원일기 영조 2년 1월 22일》 《혜국지》 편찬에도 혜민서의 姜渭聘에게 前 提調 趙泰耉가 편찬을 지시했다. 《惠局志 序》 《춘관지》 편찬에도 예조 판서

각 관사에서 편찬한 이러한 서책들은 국왕의 지원을 받아 命撰 官署志로 간행되는 경우도 있었고, 그렇지 못할 경우에는 그대로 筆寫本의 형태로 관사에 남아 계속 添記되었다. 정조 2년(1778)에 나온 《통문관지》 중간본은 역관 김지남과 김경문 부자가 편찬한 것을 가지고 증보한 것이고[13], 《弘文館志》의 경우에도 가장 먼저 나온 영조 20년(1744) 간행본은 숙종 말에 崔昌大가 편찬한 것[14]을 증보한 것이다. 이들 전적들은 국왕의 지원을 받아 정식 관서지로 간행된 경우라 할 수 있다. 반면에 본고에서 다루는 《금오헌록》은 정식으로 간행되지 못한 채 筆寫本으로 남아 있는 경우라 할 수 있다.

본서 외에도 각 관사에는 정식 관서지로 간행되지 못하고 필사본 형태로 전해진 자료들이 더 있었던 것으로 추정된다. 현재도 전해지고 있는 본서와 유사한 성격의 자료들이 이러한 추론을 뒷받침해준다. 일례로, 3대 法司 중의 하나로 꼽혔던 司憲府에도 完議와 成憲을 수록한 《司憲府掌故》가 지금까지 전해진다.[15] 이 자료는 여러 가지 점에서 《금오헌록》과 유사점이 많다. 우선 法司에 속한 관사의 職制 · 職掌 · 故事 · 廳規 등을 담고 있는 자료라는 점, 정식 관서지로 간행되지 못한 필사본이라는 점, 내용 안에 관사 내부의 자치 규약인 完議와 국왕의 傳敎 등이 혼재되어 있다는 점, 전반부는 항목별로 한 번에 편차되었고 그 뒤에 시대순으로

---

李宗城이 정랑 李孟休를 국왕에게 추천하여 일을 맡겼다. 《영조실록 20년 6월 1일(정미)》 따라서 각 관사의 실무자들이 이처럼 관서지를 편찬할 수 있었던 배경에는 그러한 작업이 가능하도록 독려하고 힘을 실어 준 책임자들이 있었던 것으로 추정된다.

13) 김윤제, 〈奎章閣所藏 《通文館志》의 간행과 판본〉, 《규장각》 29, 2006, 64면.

14) 최창대는 《통문관지》 편찬을 독려했던 崔錫鼎의 아들이다. 그가 《弘文館志》를 편찬한 것은 숙종 18년(1692)에서 숙종 44년(1718) 사이로 본다. 우경섭, 弘文館志 해제, 《奎章閣資料叢書 官署志篇 弘文館志》, 2002, 18면.

15) 《司憲府掌故》는 필사본으로 규장각(규18564)에 소장되어 있으며, 사헌부의 職掌 · 職制 · 故事 · 坐起儀 · 署經 · 奔競 · 禁制 · 公故 · 吏屬 · 傳敎 등을 기록한 책이다. 《사헌부장고》에 대한 해제는 《규장각도서한국본종합목록 상》, 서울대학교도서관, 1981, 379~380면 참조.

계속 添記되었다는 점 등이 그렇다. 또 漢城府에도 이와 유사한 자료가 있는데, 《京兆府誌》[16]가 그것이다. 《경조부지》는 그간 地理志로 분류되어 왔으나, 이 자료는 여러 가지 점에서 《금오헌록》과 유사한 부류의 전적이다. 한성부라는 관사의 基地·公廨·坐衙·職掌 등에 대해 기술한 필사본이라는 점, 故事와 完議·節目이 혼재되어 있다는 점, 한꺼번에 편차된 뒤 계속 추가 사항을 添記하는 체재라는 점에서 그렇다. 더 나아가면 현존 자료 중에는 각 관사의 완의에 의한 규약만 집중적으로 모아놓은 《三曆廳完文》[17], 《宣傳官廳完議》[18], 《司譯院完議》[19], 병조와 예조 등에서 나온 《完議》들도 있다. 이들 자료들은 당시에 정식 관서지로 간행되지 못한 채 관사에 남아 계속 添記되면서 후대에 전해진 업무편람서로 추정된다.

이상의 내용을 통해 볼 때, 《금오헌록》의 편찬이 이루어지는 18세기를 전후하여 조선시대의 중앙 관사의 관원들 간에 일련의 특별한 動向이 있었음을 볼 수 있었다. 즉, 肅宗 말엽 이후 중앙 관사에서 재직하던 관원들 사이에서 자신들이 근무하던 관사의 典故를 정리 편찬하여 업무편람을 만들어 둠으로써 합리적인 관사 운영을 추구하는 움직임이 그것이다.

---

16) 《京兆府志》는 한성부 판관인 李承敬이 판윤 權大肯의 독려로 철종 3년(1852)에 한성부의 基地·公廨·坐衙·職掌 등에 대해 기술한 필사본으로, 규장각한국학연구원에 소장(奎6599)되어 있다. 이것을 저본으로 서울특별시사편찬위원회에서 1992년에 국역하였다.

17) 《三曆廳完文》은 삼력청의 관원이던 金啓宅이 정조 19년(1795)에 편찬한 삼력청 관원들의 규례집이다. 필사본이며 규장각에 소장(古5120-134)되어 있다. 여기서의 三曆은 曆法을 주로 담당하는 관상감 안의 三曆官을 가리킨다. 또 이와 유사한 자료로, 金馨汝가 순조 26년(1826)에 편찬한 《삼력청헌》이 있다. 모두 삼력관 및 修述官의 額數와 職任 등을 기록하고 이행치 않았을 경우의 처벌 규례 등을 적었다.

18) 《宣傳官廳完議》는 宣傳官廳의 규례 100여 조가 실린 正祖 20년(1796)에 편찬된 筆寫本으로, 규장각한국학연구원에 소장되어 있다. 이 책에는 선전관청의 관원 上·下位 間의 관계가 자세히 규정되어 있고, 업무 처리 과정에 대한 慣行 규례가 실려 있다.

19) 《司譯院完議》는 사역원의 漢學 年少聰敏廳의 완의만을 모아 놓은 필사본으로, 순조 7년(1807)에 편찬되었고 국립중앙도서관(古朝31-232)에 소장되어 있다.

이러한 움직임은 각 관사의 책임자들의 독려 하에 실무를 담당했던 관원들의 편찬 작업으로 연결되었고, 그 성과가 숙종 말엽부터 등장하는 일련의 관서지들로 可視化된 것이다. 그리하여 사역원에서는 《통문관지》, 홍문관에서는 《홍문관지》, 혜민서에서는 《혜국지》, 예조에서는 《춘관지》가 편찬되었으며, 본고에서 다루려고 하는 《금오헌록》도 의금부에서 편찬되었던 것이다.

### 2) 편찬 과정

《금오헌록》은 어떤 과정을 거쳐 현재의 모습을 갖추게 되었을까. 우선 卷首에 실린 3편의 글을 통해 본서의 편찬 의도와 편찬 과정을 살펴보겠다. 본서는 卷首에 3편의 글이 있다. 영조 20년(1744)에 朴鳴陽이 지은 記, 순조 26년(1826)에 李宜鉉이 지은 書, 그리고 헌종 3년(1837)에 河百源이 쓴 〈金吾記義〉이다. 이 3편의 글은 같은 시기에 쓰인 것이 아니다. 특히 박명양이 쓴 서문과 이의현이 쓴 글과는 80여 년의 시간차가 있다. 이것만 보아도 본서가 영조 대부터 헌종 대까지 오랜 시간에 걸쳐 이루어졌다는 것을 알 수 있다.

가장 먼저 본서의 편찬에 대한 정보를 주는 것은 朴鳴陽[20]의 글이다. 그는 본서를 편찬하게 된 의도와 편찬 방식에 대하여, 의금부의 規憲이 사라져가는 것을 안타깝게 여겨 동료들과 함께 本府에 대대로 전해지던 故事와 完議 등을 수집하여 다시 分類 再編하는 방식으로 편찬하였다고 기술하였다.[21] 《승정원일기》에 의하면 그가 의금부 도사에 임명된 것은

20) 英祖 때의 관원으로, 1743년(영조19)~1745년(영조21)까지 義禁府 都事로 근무하였다. 1부 주석 15) 참조.

21)《金吾憲錄》朴鳴陽 (記): 自初設施之意, 夫豈偶然? 而一傳再傳, 傳訛襲謬, 餘者無幾, 存者未瑩, 凡於日用應行之事, 踈漏脫畧者, 十居八九. 當其急遽之際, 只憑下吏之口, 則後之人, 於何所攷據而遵行之也? 遂與諸僚, 博採於古今傳聞及前後完議, 或提

영조 19년(1743) 11월 5일이고, 이 서문을 쓴 것은 영조 20년(1744) 11월 1일이니, 《금오헌록》의 모태가 된 〈금오청헌〉은 박명양이 의금부 도사로 재직 중에 이루어졌음이 확실하다.

두 번째 글을 쓴 李宜鉉[22]이 〈금오청헌〉을 접하게 된 것도 그가 의금부 도사에 임명되어서였다. 그는 蔭官으로 순조 26년(1826) 1월에 의금부 도사가 되었고, 그 이듬해 6월 禧陵 直長에 제수될 때까지 약 1년 반 동안 의금부 도사로 재직하였다. 이의현이 서문을 지은 것은 1826년이니, 이 기간은 바로 그가 의금부 도사로 재직하던 때였다. 이의현은 의금부에 出仕한 처음에 본부 내에 비치되어 있던 박명양 등이 편찬한 〈금오청헌〉을 보았던 것 같다. "내가 본부에 들어온 처음에, 본부 안에 있는 규헌을 열람해보니…… 그 기록이 처음 이루어진 것이 지난 再甲子年(1744, 영조 20)이었으니 지금부터 80여 년 전"이라는 것에서 이를 분명히 알 수 있다. 당시에 〈금오청헌〉은 "종이는 낡아 보풀이 일고 먹 글씨는 닳아 없어져 종종 자획을 분별하기 어려운"[23] 상태였다. 그의 말대로라면, 이의현은 80년 전에 박명양과 그의 동료들이 편찬한 〈금오청헌〉의 "내용을 늘이거나 줄이지 않고 단지 前本의 종이만 바꾸어 먼 훗날까지 오래 전하는 방법"을 취하여 그대로 베껴 筆寫하였다.[24]

---

綱而儔分之, 或立目而條列之, 畧者詳之, 漏者補之, 使一府之金科玉條, 燦然復明.

22) 純祖 때 활동했던 문신으로, 1826년(순조26) 1월부터 1827년(순조27) 6월까지 약 1년 반 정도 의금부 도사로 재직하였다. 1부 주석 24) 참조.

23) 《金吾憲錄》 李宜鉉 (書): 余於入府之初, 取閱其府中規憲……錄之始成在於再去甲子, 距今已餘八十年. 惜其紙敝而毛, 墨刓而脫, 往往字畫難辨處, 苟不有以繼而新之, 幾何其不蕩無考據, 不期壞亂而自壞亂乎? 余爲是之慮. 玆庸無所損益, 易紙前本, 只圖久遠之方, 卽較若畫一, 遵而勿失之意.

24) 이의현이 영조 때 편찬된 〈금오청헌〉의 편차 방식을 바꾸거나 내용을 수정할 의도가 없었다고 하더라도, 박명양이 처음 이 책을 편찬한 시기와 이의현이 필사한 시기 사이는 약 80년의 간격이 있었다. 그 사이 의금부 규례에 달라진 내용이 없을 수 없었을 것이므로 이의현이 달라진 규례이나 새로 만들어진 完議 등을 본서에 추가하여 필사하지는 않았을까 하는 의심이 드나, 이 의심에 대한 분명한 근거는 찾지 못하였다.

마지막에 실린 河百源[25]이 지은 〈金吾記義〉는 의금부가 '金吾'라는 별칭을 갖게 된 연원을 밝힌 글이다. 하백원이 이 글을 지은 때도 의금부 도사로 재직 중이었다. 글 말미에 "丁酉年 3월 3일에 晉陽河氏 河百源 穉行이 근무 중에 쓰다."라 한 것에서 이를 알 수 있다. 본서 〈設立〉에도 의금부의 연원에 대한 내용이 있긴 하나 조선 이후부터 서술하였으므로, 하백원은 본서에 기술된 의금부의 연혁이 상세하지 못하다고 여겼던 것 같다. 그리하여 이를 보완하는 내용으로 〈금오기의〉를 지었는데, 筆寫 과정이나 增補 과정에서 누군가 이를 卷首에 두었던 것으로 보인다.[26]

이상에서 살펴본 바에 의하면, 《금오헌록》은 朴鳴陽이 英祖 20년(1744)에 함께 재직하던 義禁府 都事들과 함께 그간 전해오던 의금부의 고사와 완의들을 정리하여 편찬한 〈金吾廳憲〉이 근간이 되었고, 이를 순조 대의 李宜鉉이 다시 필사하여 전했으며, 여기에 河百源의 글인 〈金吾記義〉가 추가되었다고 볼 수 있다.

이러한 사실들은 본서의 근간이 되는 〈금오청헌〉의 편찬 과정에 대해서는 설명해줄 수 있으나, 그 이후에 성립된 것으로 추정되는 내용들이 언제 누구에 의해 증보되었는지에 대해서는 설명하지 못한다.[27] 하지만

---

25) 하백원은 1781년(정조5)부터 1844년(헌종10)까지 생존했던 조선시대의 실학자로, 본관은 晉州이고 전라도 和順에서 출생하였다. 자는 穉行, 호는 圭南이며 宋煥箕의 문인이다. 1803년(순조3)에 小科에 합격하였으나 大科를 포기하고 학문에 전념하였고, 1810년에 농민들을 위하여 물을 뿜어 올리는 自升車를 제작하였으며, 그 이듬해에는 東國地圖를 완성하였다. 이러한 업적이 세상에 알려져 1834년(순조34)에 음관으로 昌陵 參奉에 처음 임명되었고, 1836년(헌종2)에 의금부 도사가 되었다.

26) 〈금오기의〉는 하백원의 문집인 《圭南文集》〈雜著〉에 〈金吾攷義〉라는 제목으로 실려 있는데, 약간의 글자 출입이 있으나 내용은 별 차이가 없다.

27) 증보된 부분에 대한 정확한 연대 추정이 어려운 데에는 본서의 연도 기재 방식에 이유가 있다. 본서에 실린 규례들은 모두 干支 年度로 되어 있는데, 干支란 60년마다 돌아오는 것이므로 정확한 편찬 연도를 알기 어렵다. 또한 이들 규례들은 의금부의 內規에 해당하여서인지 《승정원일기》나 《조선왕조실록》 등에서 검색되지 않아 다른 사료를 통해 규례의 성립 연도를 찾기도 쉽지 않다.

본서의 내용을 검토해가는 과정에서, 필자는 〈設立〉부터 〈古蹟〉까지 28개의 항목은 동시에 편찬되었으며, 〈追錄〉 이후의 내용들은 이후에 增補된 것으로 추정하였다.

이러한 추정의 근거로 우선 〈追錄〉 이후 달라진 편차 방식을 들 수 있다. 박명양 등이 처음에 편찬할 때는 "古今에서 전해들은 것들과 그간의 完議를 널리 채록하여 綱을 만들어 분류하거나 目을 세워 조목별로 나열"하였다고 하였다. 실제로 〈金吾廳憲〉의 28개 항목은 의도적으로 〈設立〉, 〈出仕〉, 〈先生〉, 〈長房〉 등의 項目名으로 되어 있고, 그 항목명에 걸맞는 條目을 실었다. 반면에 〈追錄〉과 〈完議〉 항목에는 내용상으로 분류하면 〈封崇〉, 〈重來〉, 〈先生〉, 〈長房〉 등 앞부분의 항목에 포함되어야 할 만한 다양한 주제의 조목들이 혼재되어 나타난다. 낭청의 出仕 원칙은 앞부분의 〈入仕〉나 〈出使〉 항목에서 이미 제시되었는데 〈추록〉 4·8·13·18번째 조목에서 이를 계속 재확인하였으며, 〈추록〉 15번째 조목에서는 先生이 아닌 자를 長房에 들이지 못하게 하는 〈長房〉 항목의 조목을 재확인하였다. 특히 罰禮에 대한 내용은 원래대로라면 〈入仕〉나 〈許參〉항목에서 다루어졌어야 할 것들인데, 거의 10여 개의 조목이 〈추록〉 항목에 실려 있다. (〈追錄〉 20~29) 만약 박명양 등이 〈금오청헌목록〉에 실린 모든 항목을 편찬했다고 한다면, 앞부분은 綱과 目을 세워 주제별로 싣다가 뒷부분에 가서 갑자기 기존의 편차 방식을 무시하고 한꺼번에 온갖 주제를 실었다는 것이 되므로 납득하기 어렵다.

또한 〈추록〉 이하의 내용들이 증보되었다는 의심을 갖게 하는 두 번째 근거는 〈추록〉이나 〈완의〉의 내용 안에서 앞의 항목의 내용을 '古規' 또는 '舊典'[28], '舊例'[29]라고 칭하고 있어 앞부분에 나온 내용들과 시간차

28) 《金吾憲錄 追錄》: 從今以後, 一遵**古規**, 各差備中生事之時, 右考喧專爲擔當. 或有推諉規避之擧, 則廳中一從**舊典**不仕事.

29) 《金吾憲錄 追錄》: 且所謂罰禮, 不一其名, 而新入之費, 動至百餘金, 此豈古人刱出是

가 많음을 보여준다는 것이다. 예를 들면,

> 先生이 수감되었을 때 隨廳書吏가 待令한다는 것이 廳憲에 있는데 간혹 이를 폐기하고 행하지 않으니 이보다 더 유감스러운 일이 없다. 지금부터는 각별히 거행하여 古規를 보존한다.[30]

에서, 근거로 삼은 '廳憲'과 '古規'는 바로 본서 〈先生〉 항목의 내용을 말한다.[31] 또 앞부분의 조목을 변경한 내용도 상당수 있는데, 그 중 罰例에 관한 조목이 좋은 예이다. 벌례는 원래 신입 낭청이 선임 낭청들을 술과 음식으로 접대하던 통과의례였으며 본서 〈許參〉 항목에서도 이를 입증하고 있다.[32] 하지만, 〈완의〉 항목에서는 "신위의 罰例는 예전에는 익힌 음식으로 하였으나 근래에는 代錢으로 大門에 납부하며"[33] 라고 하여, 新·舊 조목의 차이를 분명하게 보여준다. 무엇보다 가장 마지막에 있는 〈節目〉은 〈금오청헌목록〉에 들어 있지도 않은 것에서, 이 항목은 〈금오청헌목록〉이 작성된 이후에 추가되었음을 보여준다. 이러한 몇 가지 근거에 의해, 〈금오청헌〉의 마지막 부분에 실린 〈追錄〉·〈完議〉·〈節目〉은 영조 20년(1744)에 처음 편찬할 때 실린 내용들이라기보다는 그 이후에 증보된 내용으로 볼 수 있다. 단, 목록은 처음부터 만들어진 것이 아니라 중간에 필사 또는 증보 과정에서 실리게 된 것으로 보인다.

---

禮之本意也哉? 玆議諸僚, 參互**舊例**, 一以存廳中之規, 一以矯近俗之弊, 庶幾爲法後來, 永久遵行事.

30) 《金吾憲錄 完議》: 先生就囚時, 隨廳待令, 廳憲備在, 而間或廢閣不行, 事之慨然, 莫此甚焉. 從今以後, 各別擧行, 以存古規.

31) 《金吾憲錄 先生》: 堂、郎先生就理時, 許入長房, 使喚、使令、廳直、茶母各一名差定, 柴、油、炭亦爲上下事.

32) 《金吾憲錄 許參》: 出官、免新, 旣定日子之後, 或値朝家不時齋戒, 則新位旣熟之饌, 全棄有弊. 故或於私室設行, 而待後日公會稱號事.

33) 《金吾憲錄 完議》: 新位罰例, 舊以熟饍, 近以代錢, 付之大門, 自有定數, 加減不得者也.

〈追附揭板〉 이하가 박명양 등이 편찬한 이후에 증보되었다는 것에는 의심의 여지가 없다. 우선 〈금오청헌목록〉에 아예 나타나 있지 않을 뿐 아니라 각 조목의 성립 연도가 분명히 밝혀져 있어서인데, 모두 正祖 이후에 추가된 내용들이다. 대체로 성립 시대 순서로 실려 있으며, 마지막 부분에 실린 甲辰年에 만든 절목인 〈大門節目〉이 가장 마지막 무렵에 증보된 내용으로 보인다.

그런데 갑진년을 정조 8년(1784) 갑진년으로 볼 것인지, 헌종 10년(1844) 갑진년으로 볼 것인지에 따라 본서의 최종 증보 시기가 달라진다. 〈추부게판〉 이후에 실린 조목들이 시대순으로 실려 있으므로, 가장 마지막에 있는 〈대문절목〉은 순서상 바로 앞에 실린 정유년(1837, 헌종3)의 〈金吾廨宇節目〉보다 나중에 추가된 내용이라 할 수 있다. 따라서 〈대문절목〉의 갑진년은 정유년(1837) 이후의 갑진년인 1844년이 된다. 이렇게 본다면, 하백원이 1837년에 〈금오기의〉를 지은 이후인 1844년에도 《금오헌록》은 의금부 내에서 계속 添記되고 있었다고 볼 수 있다.

이상의 내용을 정리해보면, 《금오헌록》은 朴鳴陽이 함께 재직하던 義禁府 都事들과 함께 의금부의 전고와 완의들을 정리하여 英祖 20년(1744)에 편찬한 〈金吾廳憲〉이 근간이 되었고, 그 이후 憲宗대까지 의금부 내에서 새로 만들어지거나 변경되는 규례들을 添記하여 만들어진 것이다. 그 과정에서 〈金吾廳憲目錄〉, 純祖 26년(1826) 때 의금부 도사로 재직하던 李宜鉉이 영조 때의 初本을 필사할 때 지은 글, 憲宗 때 의금부 도사로 재직한 河百源이 헌종 3년(1837)에 지은 의금부의 연혁을 보완하는 내용의 〈金吾記義〉가 추가되었다고 볼 수 있다.

## 2. 《금오헌록》의 구성과 내용

본서는 不分卷 1책인데, 그 내용은 크게 세 부분으로 나누어 볼 수 있다. 卷首의 3편의 글, 〈金吾廳憲〉, 〈追附揭板〉 以下이다. 앞에서 권수에 실린 3편의 글에 대하여는 이미 기술하였으므로, 여기에서는 〈금오청헌〉과 〈추부게판〉 이하로 나누어 주요 내용을 기술하겠다.

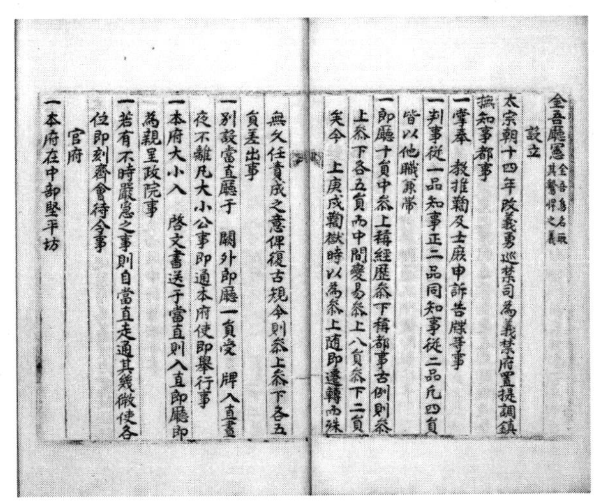

金吾廳憲 金吾爲名取其警捍之義
設立
太宗朝十四年改義勇巡禁司爲義禁府置提調鎭
撫知事都事
一掌奉　教推鞫及士庶申訴告牒等事
一判事從一品知事正二品同知事從二品凡四員
皆以他職兼帶
一郎廳十員中叅上稱經歷叅下稱都事古例則叅
上叅下各五員而中間變易叅上八員叅下二員
矣今　上庚戌鞫獄時以爲叅上隨即遷轉而殊
無久任責成之意俾復古規今則叅上叅下各五
員差出事
一別設當直廳于　闕外郎廳一員受　牌入直晝
夜不離凡大小公事即通本府使即擧行事
一本府大小入　啓文書送于當直則入直郎廳即
爲親呈政院事
一若有不時嚴急之事則自當直走通其幾微使各
位即刻齊會待令事
官府
一本府在中部堅平坊

[그림9] 《금오헌록》 본문 (고려대 해외한국학자료센터 제공 이미지)

### 1) 金吾廳憲

맨 앞에 目錄이 있다. 목록명은 〈金吾憲錄目錄〉이 아니라, 〈金吾廳憲目錄〉이다. 목록에는 다음과 같이 31개 항목이 열거되어 있다. 設立(6), 官府(6), 拿押(2), 開坐(14), 設鞫(16), 頃稟(2), 出使(4), 侍衛(5), 進排(7), 封祟(11), 座次(1), 入仕(4), 許參(7), 差任(6), 重來(7), 上直(4), 回公(3), 糾檢(12), 操切(5), 受由(2), 式暇(4), 禮木(5), 分兒(6), 褒貶(3), 報仕(2),

先生(8), 長房(1), 古蹟(8), 追錄(31) 工房節目(6)[34], 完議(16)이다. 괄호안의 숫자는 포함된 조목수이다. 목록에 실려 있지는 않으나 마지막에 〈節目〉 4조목이 더 있어 〈금오청헌〉에 포함된 내용은 32개 항목 218조목에 이른다. 각 항목별 내용을 간략히 소개하겠다.

우선, 〈設立〉에서는 의금부의 管掌業務, 設置沿革, 職制에 대해 기술하였다. 이 항목에서는 의금부의 연혁에 대하여 太宗 代부터 기술하고 있어 조선에서 의금부가 처음 설치된 것으로 보일 수 있다. 하지만, 본래 이 관사는 高麗 말에 元이 설치한 巡馬所에서 비롯되었고, 순마소는 巡軍萬戶府, 司平巡衛府, 巡軍萬戶府, 巡衛府, 義勇巡禁司 등으로 개편되다가 太宗 14년(1414)에 의금부가 된 것이다. 의금부의 연혁과 변천에 대한 소략한 설명을 보강하기 위해서는 河百源이 '金吾'의 어원과 의금부의 前身에 대해 기술한 〈金吾記義〉를 참조하면 유익하다.

〈官府〉에서는 漢城府 中部 堅平坊(서울시 종로구 종로 1가 44번지)에 위치한 의금부 관사의 위치, 관사 내부 구조, 각 건물의 용도에 대해 기술하였다. 의금부는 본부와 당직청이 있었는데, 본부는 漢城府 中部 堅平坊 義禁府內契에 위치하였고, 당직청은 中部 貞善坊 備邊司契에 있었다. 여기에서 주로 다룬 것은 의금부 본부의 관사 구조이다. 출입의 삼엄함을 보여주는 大門·正門·望門의 삼중 구조, 좌기를 열던 곳인 大廳, 죄인을 심문하는 곳인 虎頭閣, 서리들의 거처이면서 동시에 前·現職 의금부 당상관과 낭청을 가두던 곳인 書吏長房, 당상과 낭청이 거처하던 堂上房과 郎廳房, 그리고 신입 낭청이 거처하던 新位房이 있었으며, 여가에 詩文을 짓고 노닐던 蓮亭, 조선 시대 관원들의 민간 신앙의 면모를 엿볼 수 있는 府君堂 등이 있었음을 알 수 있다.

〈拿押〉은 죄인을 의금부로 체포해오거나 配所로 압송해가는 절차에

34) 공방절목은 〈追錄〉 항목에 첨부되어 있으나, 뚜렷한 주제 하에 6조목의 세부 조목을 포함하고 있어 편의상 〈추록〉과 분리하여 독립적인 항목으로 계산하였다.

대한 항목이다. 본서에서는 拿來와 拿押을 구분하여 사용하였다. 나래는 의금부로 잡아오는 것 즉 의금부로 체포해오는 것이고, 나압은 죄인을 유배지로 압송해가는 것을 의미한다. 이때 죄인의 官品의 높낮이에 따라 체포하거나 압송해가는 의금부 관리의 格도 郎廳-書吏-羅將의 순으로 달라짐을 볼 수 있다.

〈開坐〉는 坐起를 열 때의 절차와 처리해야 할 업무, 上·下官 公參禮 의식, 좌기를 열수 없는 날 등을 다룬 항목이다. 좌기는 관원이 출근하여 근무하는 것을 말하는데, 이때는 관사에 소속한 관원과 吏隷들이 모두 참여하는 儀禮를 행하였다. 좌기의식에는 당상관을 맞이하는 祗迎, 당상관이 청사에 도착한 뒤 상·하관과 吏屬들이 인사하는 公禮와 私禮가 있었으며, 좌기를 열었을 때 처리하는 업무는 議處罪人이나 禁推罪人에 대한 刑量 검토, 죄인의 供招를 받는 일, 刑訊하는 일 등에 대해 기술하였다.

〈設鞫〉은 鞫廳을 설치하여 죄인을 鞫問하는 절차와 업무 분장을 다룬 항목이다. 특히 이때 의금부 낭청들이 담당하는 일들, 유념해서 처리해야 할 사항 등을 명시해 놓았다. 국청을 설치하는 경우는 惡逆과 관련된 범죄, 임금을 誣陷하는 不道한 말을 한 범죄, 백성에게 내린 임금의 훈계를 거스른 범죄로 제한하였으며, 이 이외에는 국청을 설치하지 못하였다. 본서에서는 〈開坐〉와 〈設鞫〉을 따로 두어 일상적인 업무와 국청을 설치하여 처리하는 특별한 업무를 구별하여 기술하고 있다.

〈頉稟〉에는 의금부에서 視事를 임금에게 여쭙지 않는 날, 즉 공무를 정지하는 날에 대해 다루었다. 頉稟의 頉은 변고나 사정을 말하고, 稟은 여쭌다는 뜻이므로, 탈품은 '탈이 생겨 국사를 행할 수 없게 되었음을 보고하다'라는 의미이다. 이 항목의 첫 번째 조목에서는 정기적인 행사를 중지하는 경우 즉 視事頉稟하는 경우를 제시하였고, 두 번째 조목에서는 예전에는 탈품하였으나 의금부에서는 좌기를 열도록 바뀐 경우에 대해 기술하였다.

〈出使〉는 낭청이 公務로 출장 가는 것에 관한 내용이다. 의금부에서의 출사는 鞫廳에 나가는 경우와 죄인을 체포하거나 配所로 압송하기 위해 지방에 나가는 경우 등이 있었는데, 이 경우에 鞫廳은 新入 都事부터 나가고 그 밖의 출사는 舊任 都事부터 나가는 것이 원칙이었음을 보여준다.

〈侍衛〉는 임금이 성 밖이나 성 안에서 거둥할 때 의금부 도사 중에서 시위에 차출되는 인원수, 시위할 때의 복장, 인원 교체 등에 대한 내용이다. 導駕, 考喧, 挾輦, 駕後 등은 모두 시위할 때 도사가 맡았던 역할을 말하는 것이며, 이들이 맡아야 할 역할이 정원 10명을 초과할 경우에 假都事 차출을 청하는 것 등에 대해 알 수 있다. 이 항목의 내용은 《경국대전》, 《육전조례》, 《전율통보》 등에서 다루고 있는 내용들보다 상세하다.

본서가 특히 다른 자료와 차별화된 내용을 보여주는 부분은 의금부의 財政을 보여주는 항목들이다. 〈進排〉도 그 중 하나인데, 의금부 내에서 소비되는 종이, 붓, 먹, 땔감, 등유, 그리고 獄에 까는 가마니[空石], 죄인에게 주는 약물 등 각 담당 관사에서 進排 받는 물품의 종류와 양을 기록하고 있다. 특히 "본부의 청소는 義禁府內契의 洞內가 담당하고, 당직청 청소는 備邊司契에 갈라준다."[35]라고 하여 세밀한 데까지 기술하고 있다.

다음의 항목들은 의금부만의 독특한 職制와 職掌, 運營 原則들을 보여주는 것들이다. 〈封崇〉은 의금부의 수석 낭청인 上經歷을 선출하는 방식과 상경력의 특권, 전임 상경력에 대한 예우 등에 대한 것이다. 상경력은

35) 의금부 본부는 中部 堅平坊 義禁府內契 소속이었고, 당직청은 中部 貞善坊 備邊司契 소속이었으므로 이같이 분담한 것이다. [《金吾憲錄 進排》 : 修掃, 則府內洞內, 當直修掃, 則備邊司契劃給事.]

종4품에 해당하는 의금부 낭청으로, 의금부 낭청들의 우두머리를 말한다. 주목되는 것은 의금부에서는 상경력을 소속 관원들의 투표에 의해 선출하였다는 점이다[36]. 상경력은 免新을 거친 參上都事 중에서 南行(蔭官) 출신자가 대상이 되며, 상경력에 선출되면 出使나 做度, 輪直, 公事員 등의 일에서 제외되었음을 보여준다.

〈座次〉는 의금부 낭청의 좌석 서열을 정하는 원칙에 대한 것이다. 의금부 당상관의 경우, 判事가 북쪽, 知事가 동쪽, 同知事가 서쪽에 앉는다고 《經國大典》에 규정되어 있는데, 본서에서는 당상관의 좌차에 대해서는 기술하지 않고 낭청의 좌차만 언급하였다. 이에 따르면 의금부에서 낭청이 회합할 때는 上經歷이 북쪽에 앉고 나머지 都事들은 구전정사로 임명된 순서에 따라 東, 西로 나누어 자리에 앉았다.

〈入仕〉는 낭청에 임명된 뒤 처음 근무하는 것에 대한 것이다. 都事에 제수된 자는 제수된 즉시 본부에 나와 근무하는 것이 원칙이었다. 이를 어긴 사람에게는 罰例(罰禮), 罰直 등으로 처벌하였고, 차리는 음식의 규모에 따라 大大罰例, 大罰例, 中罰例 등의 구별이 있었으며, 새로 온 도사는 2차례의 大大罰로 舊官들을 대접한다는 등의 내용이다.

〈許參〉은 정식으로 의금부 관원으로 인정받는 절차 즉 出官禮와 免新禮에 대한 내용이다. 요즘으로 말하면 '修習'에 해당한다. 참상 도사와 참하 도사의 출관례와 면신례, 출관 전후에 부르는 호칭, 면신하는 날 동료간에 나누어 갖는 '契帖(또는 稧帖)' 등에 대한 내용을 싣고 있다. 면신례는 관사 내의 위계질서 확립과 소속 관원들의 결속을 다진다는 장점이 있는 반면에 개인에게 많은 비용을 부담시켜 폐단에 대한 지적이 많았는데 의금부 내에서는 그 의례가 지나치게 과도하게 되지 않도록 하는 방향으로 조정하였음을 보여준다.

---

36)《金吾憲錄 封崇》: 經歷中已免新者, 列書于紙, 置于屛內案上後, 未免新參上及參下五員, 盡爲圈點, 而一人式入圈事.【壬子完議】

〈差任〉은 낭청이 맡은 각각의 전담업무에 대한 내용이다. 의금부의 낭청은 10명인데, 이 중 수석 낭청인 上經歷을 제외한 나머지 9인의 낭청이 담당했던 업무에 대해 기술하였다. 의금부 내의 糾察을 담당한 公事員, 나장들을 통솔하는 上兵房, 재정을 담당하는 工房과 奴婢色은 어느 낭청이 맡아야 하는지에 대한 규례들을 싣고 있다. 의금부 낭청들 간의 이러한 업무 분담은 다른 자료에서는 볼 수 없는 내용이어서 의금부 조직을 이해하는데 유용한 정보를 준다.

〈重來〉는 전에 의금부에 제수된 후 免新禮를 치르기 전에 다른 관사로 옮겼다가 다시 의금부에 온 관원의 우대에 관한 내용들이다. 重來는 의금부에 재임명되어 온 것을 말하며, 重重來는 다시 재임명되어 온 것이다. 의금부에 재임명되어 온 사람에게는 처음 임명되어 온 사람보다 특별대우를 해주어서, 이전에 의금부에서 근무했던 날짜를 합산하여 免新하게 하며, 연속입직[做度] 날짜를 반으로 줄여 주고, 罰例의 규모를 줄여 주며, 다시 왔을 때의 관품에 따라 면신 기간을 적용해주는 등의 우대를 해준다는 등의 내용이 실려 있다.

〈上直〉은 의금부 낭청의 근무지침에 해당한다. 의금부 낭청들이 근무하는 방식은 사전에 미리 禮房書吏가 上兵房인 一都事와 함께 근무 배정표[分記]에 임명 순서에 따라 본부와 당직청에 근무할 낭청의 성명을 써서 정해 놓는 식이었다. 이외에 본부와 당직청에 입직하는 날짜와 출퇴근 시간, 새로 임명되어 온 曹司의 근무에 대한 수칙 등에 대한 내용이 있다.

〈回公〉은 公文을 회람하는 일에 대한 수칙이다. 의금부의 낭청은 본부와 당직청으로 나누어 입직하였는데, 공문이 내려오면 본부에 입직하는 낭청이 당상관들에게 공문을 회람하기 위해 나가야 했다. 본 항목은 입직 낭청이 당상관들에게 공문을 회람하기 위해 出使한 경우에 본부를 대신 지키는 역할을 맡았던 公事交代郎廳이 지켜야 할 수칙과 이를 제대로 수행하지 못했을 경우의 처벌 등을 내용으로 하고 있다.

〈糾檢〉과 〈操切〉 항목의 내용들은 의금부가 얼마나 위계질서를 중시하고, 이를 유지하려고 했는지를 보여주는 특징적인 것들이다. 그 중에서도 〈규검〉항목에는 의금부에서는 공사원이 소속원을 규찰하고, 상경력이 공사원을 문책하는 피라미드 형태의 규찰방식으로 운영되었으며, 司員 중에 근무태만, 담당 업무 부실, 책임 전가, 조퇴 등의 잘못이 있으면 낭청 중 3인으로 내부징계위원회를 구성하여 罰禮, 罰直 등으로 처벌하며, 모든 공적 업무를 수행할 때는 多數의 의견에 따라 결정한다는 등의 내용이 실려 있다.

〈操切〉은 新位가 右位를 대할 때의 의례를 정하고 이를 어겼을 시에는 沒頭, 懸罰, 罰直, 罰禮 등의 처벌을 한다는 약속 조항들이다. 〈糾檢〉이 의금부 관원 상호간에 모두 적용되는 규율이라고 한다면, 〈操切〉은 주로 신입 낭청을 통제하기 위한 규례라는 차이가 있다.

〈受由〉와 〈式暇〉는 의금부 관원이 받는 휴가를 다룬 항목들이다. 〈受由〉는 의금부 낭청이 휴가를 신청할 때 준수해야 할 내용이고, 〈式暇〉는 祭祀와 服制가 있을 시 주어졌던 법정휴가에 대한 내용이다. 이에 의하면, 의금부 관원에게는 원칙적으로 개인적인 사정에 따른 휴가 신청은 허용되지 않았다. 하지만 실제에 있어서는 지방에 내려가는 受由는 일체 막았지만 서울 안에서의 수유는 어느 정도 허용하였는데, 2인 이상이 동시에 휴가원[由狀]을 낼 수 없고, 제출한다고 해도 당상관의 허락을 받아야 하며, 新位는 病暇를 낼 수 없다는 등의 제한이 있었다. 〈式暇〉에 의하면, 각 낭청에게는 부모 忌祭祀에 3일, 증조부모·조부모· 장인장모의 기제사에는 2일의 식가가 주어졌다. 服制의 경우에는 朞年親의 상에는 7일, 大功親의 상에는 5일, 小功親과 緦麻親의 喪에는 4일의 식가가 주어졌는데, 이는 법전에 규정된 기간의 절반 수준이었고, 신입 낭청은 고작 成服 때까지였다.

〈禮木〉과 〈分兒〉는 앞에서 거론한 〈進排〉와 함께 의금부의 재정에 대해 알 수 있는 항목들이다. 〈예목〉은 의금부 수입으로 들어오는 財用에 대한 내용으로, 의금부에 근무했던 전임 당상이나 낭청이 승진하여 나갈 때 내는 禮木價, 낭청이 지방관으로 나갈 때 내는 筆債와 鋪陳債 등을 다루고 있다. 예목은 요즘말로 하면 일종의 '찬조금'에 해당하나, 自意로 내고 안 내고를 결정하거나 액수를 조정할 수 없었으며, 하직 인사 하는 날 서리가 가서 즉시 받아오게 되어 있는 강제성 있는 찬조금이었다.

〈分兒〉는 소속 관원에게 해마다 약간의 물품이나 돈을 나누어 주던 慣例에 대한 내용이다. 분아의 대상은 당상관과 낭청은 물론이고, 물품에 따라서는 書吏·書員·庫直 등도 해당되었다. 처음에는 曆書, 제사용 초, 붓, 試紙 등을 물품으로 직접 주었으나, 나중에는 역서 외의 물품은 주로 돈으로 지급하였다. 본서의 〈禮木〉과 쌍을 이루는 항목으로, 예목은 의금부 자체에서 마련한 수입에 해당하고 분아는 그 지출에 해당한다고 볼 수 있다.

〈褒貶〉은 의금부에서 1년에 2번 실시하는 포폄 즉 도목정사의 준비 절차에 대한 내용을 다루고 있다. 이 항목은 포폄 전날과 당일에 상경력과 조사 낭청의 역할과 낭청들의 복장, 儀式에 초점이 맞춰져 있다. 포폄이 의금부 낭청들의 근무성적을 평가하는 일이므로 그들에게 미치는 영향은 상당히 컸을 것이나 이 항목에 담긴 규례가 의외로 소략한 것은, 포폄을 하는 사람은 당상관이고 낭청들은 그 대상이었기 때문에 당상관들이 준수해야 할 규례보다는 낭청들에게 직접적으로 필요한 포폄 전후의 준비 절차와 의식에 대한 규례 위주로 다룬 것으로 생각된다. 포폄하는 날에는 의금부에서 모든 당상과 낭청이 참석한 가운데 행하는 公禮와 私禮가 있었다.

〈報仕〉는 낭청의 임기 만료에 대한 것이다. 의금부 낭청 자리는 주로 蔭官이 처음 벼슬하는 자리로, 임기는 30개월이었으며 여기에서 임기를 채우면 대개 參上官(6품)으로 승진하여 지방 수령이 되었다.

〈先生〉은 先生案에 기재된 前·現職 의금부 관원에 대한 우대 사항을 다룬 내용들이다. 조선에서 '선생'이란 말은 오늘날 존칭처럼 붙여 쓰는 접미사가 아니라, 일정한 자격 요건을 갖추어 先生案에 이름을 올린 관원을 의미하는 특수한 용어였다. 선생으로 대접받기 위한 자격 요건은 免新禮를 거친 사람이어야 하며, 이는 의금부에 배치된 후 90~180일 이상 근무해야 함을 의미한다. 이 항목에서는 구체적인 先生案의 내용과 선생안에 이름이 기록된 관원이 받는 여러 가지 우대사항 등을 싣고 있다.

〈長房〉은 본래 관아의 書吏들이 거처하는 곳이던 長房을 의금부의 전·현직 당상과 낭청이 본부에서 審理를 받을 때 囚禁하는 곳으로 사용한다고 명시한 항목이다.

〈古蹟〉은 예전에 있었으나 〈금오청헌〉이 편찬되던 당시에는 없어진 의금부의 예전 사실을 기록한 항목이다. 玉牌, 羅將의 前導, 屠肆, 都事의 驛馬 이용, 낭청의 禁火司 別坐 겸직, 지방관으로 나가게 된 낭청이 내던 8냥의 禮木, 본부 내 설치되었던 登聞鼓, 본부 낭청의 儺禮廳 郎廳 겸임 등에 대한 내용이 실려 있다.

〈追錄〉과 〈完議〉는 〈금오청헌목록〉에 표기된 마지막 두 항목이다. 앞부분의 항목들이 일정한 주제 하에 해당 규례들을 실어 놓았던 것에 비해, 〈추록〉이나 〈완의〉에 실린 내용들은 여러 가지 주제의 것들이 섞여 있다. 〈추록〉에는 31건이나 되는 가장 많은 내용이 실려 있는데, 習杖, 出使 원칙, 낭청의 相避, 상경력과 先生에 대한 우대, 侍衛時 右考喧都事의 역할, 長房 허용 대상 제한, 先生 子弟에 대한 우대, 면신례에 대한 古規 확인, 罰禮 폐단, 做度 등에 대한 규례들이 혼재되어 있다. 개중에는 앞서의 규례를 재확인하는 내용들이 있는가 하면 앞부분에 실린 내용을 변경하는 내용들도 다수 포함되어 있는 것으로 보아, 앞부분의 항목과 동시에 편찬된 것이 아니라 추후에 보강된 내용들로 추정된다.

〈工房節目〉은 〈追錄〉 항목에 첨부되어 있으나, 의금부의 재정에 대한 규례들을 주로 다루고 있어 별도로 분리하여 검토할 필요가 있다. 〈工房節目〉에서 다루는 의금부의 재정 관련 내용은 국가에서 제공하는 수입이 아닌 鋪陳債, 筆債, 罰例錢 등 자체에서 마련하는 수입들에 대한 것이다. 그런데 이 수입들이 본부 내의 공식적인 지출로 사용되고 있다는 점이 주목되며, 여기에 실린 규례들은 구체적인 수입·지출에 관한 수치보다는 재정을 운용하는 과정에서 담당자들이 유념해야 할 사항에 더 중점을 두고 있다.

〈完議〉는 구성원들이 모여 조직 운영이나 문제가 되는 사안을 合議하여 결정한 약속 규례들만 모아놓은 항목이다. 본서 전체에는 약 260 여조의 세부 조목이 실려 있는데, 그 중에 완의임을 명시한 것이 78건이다. 이는 전체 규례의 1/3이 넘는 양으로, 본서 안에 관원 간의 상호합의에 의해 이루어진 조목이 많다는 것을 보여준다. 이미 앞에 나온 항목 중에도 다수의 완의가 포함되어 있는데 다시 〈完議〉라는 본 항목을 별도로 설정하여 실은 것을 보더라도, 이 항목이 앞부분의 항목들과 별도로 편찬되었음을 짐작하게 한다. 輪直에 관한 규례가 5건, 상경력에 관한 규례가 3건, 罰例나 鋪陳債 등 재정 운영에 관한 것이 6건, 長房에 관한 내용 등이 실려 있다.

마지막 항목인 〈節目〉은 목록에 실려 있지 않은 것으로 보아 목록이 만들어진 이후에 추가되었을 것으로 추정된다. 節目이란 어떤 사안이나 행사 등을 치르기 위해 마련되는 세부지침이다. 이 항목의 명칭을 무엇에 관한 세부지침인지를 설명하지 않은 채 단지 '節目'으로 세운 것은 이전 항목들이 특정 주제를 명칭으로 삼은 것과 대조된다. 이 점 역시 이 항목이 앞부분을 편차한 사람들의 손에 의해 이루어지지 않았다는 근거로 볼 수 있다. 본 절목은 4개의 조목으로 이루어져 있는데, 의금부 書吏들의 부정행위 근절, 罰例錢 수납, 신입 낭청의 倣度, 先生案 入錄 기준 등에 대한 것이다.

## 2) 追附揭板 이하

〈追附揭板〉 이하는 의금부 관사 벽에 걸어두었던 揭板의 내용들이다. 조선에는 관사마다 소속 관원들이 숙지해야 할 傳敎나 完議 등을 관사의 벽에 걸어두었다. 여기에 실린 약 47개의 조목들은 대부분 성립 연대가 분명한 내용들로, 正祖 대 이후에 증보된 부분이다. ①追附揭板 ②金吾廨宇節目 ③大門節目 ④罰例記 ⑤詩板으로 구성되어 있다. 조목이 성립한 時代順으로 기술하려 했으며, 이 점에서 일정한 주제를 가진 항목명 하에 관련 조목을 배치했던 〈금오청헌〉과는 다른 체계로 나열되어 있다.

### ① 追附揭板

추부게판에 실린 내용들은 중국의 年號를 함께 제시하고 있어 조목이 만들어진 정확한 연도를 알 수 있다. 대체로 조목이 만들어진 순서로 실려 있다. 6건의 게판 내용이 실려 있는데, 그 중 4건은 국왕의 명령에 해당하고 2건은 의금부 내부에서 정한 完議이다. 첫 번째 게판은 정조 1년(1777) 6월 28일에 刑具의 釐整을 명령하는 《欽恤典則》의 서문이 되는 전교이고, 두 번째는 조정의 명령을 받지 않고 지방에 差使를 보내 民弊를 만드는 것을 금지하도록 한 정조 12년(1788) 10월 29일의 전교이며, 세 번째는 근무 태만으로 옥사를 제 때 처리하지 못했을 시의 의금부 당상관들에 대한 처벌을 명시한 정조 18년(1794) 5월 10일의 하교이다. 네 번째 게판은 罰例의 본래 취지를 잃지 말자며 罰例錢의 액수와 절차를 명시한 정조 22년(1798) 5월의 완의이고, 다섯 번째 게판은 羅將의 정원을 80명으로 고정시키는 순조 4년(1804)의 완의이다. 마지막에 실린 게판은 內侍를 雜人과 같이 囚禁하지 말라는 내용의 신축년 윤5월에 내린 하교이다. 신축년 계판은 아마도 헌종 7년(1841)의 것으로 誤認하여 가장 나중에 실은 듯하다. 하지만 1841년에는 윤5월이 없고, 무엇보다도 내용 중에 등장하는 상경력 朴海壽는 정조 4년(1780)에 의금부 도사였기 때문에 마지막 계판의 성립 연대는 정조 5년 신축년이 확실하다. 시대순으로 배치한다면 두 번째로 실렸어야 한다.

② 金吾廨宇節目

3건의 完議가 실려 있다. 첫 번째 완의는 의금부 낭청과 吏隷가 지켜야 할 11개의 세부 조목을 포함한 근무 지침이고, 두 번째는 羅將牌에 대한 내용이며, 세 번째는 80명이었던 羅將의 정원을 120명으로 증원하고 근무 지침과 처벌 규례를 정한 정유년(1837, 헌종3)에 이루어진 완의이다. 본 항목의 내용들을 이해하려면, 우선 의금부에 정식 관원 이외에 어떤 인원들이 있었는지에 대해 파악할 필요가 있다. 법전에 의하면, 의금부에는 書吏, 羅將, 軍士, 奴婢, 그리고 檢律과 月令醫 등이 있었다. 서리는 18~20명이 있어 낭청이 수시로 교체되는 중에 발생할 수 있는 행정상의 공백이 생기지 않게 하는 역할을 하였는데, 이들은 조선 초기에는 取才시험을 보아 선발하였으나 점차 세습되었으며 朔料와 각종 債를 부수입으로 받아 생활하였다. 나장은 《경국대전》에는 232명, 《속대전》에는 40명이라 하였는데, 본서에서는 80명이었다가 100명으로 증원되었고 급기야 120명으로 고정시킨다는 내용이 나오고 있는 것으로 보아, 시대에 따라 인원의 변화가 많았던 것으로 보인다. 軍士는 《속대전》부터 등장하며, 12명이었다. 노비는 21명이 있었다. 본 항목은 이들 중 書吏와 羅將의 관리에 필요한 수칙들을 집중적으로 다루고 있다.

③ 大門節目

의금부의 구체적인 재정 운영에 관한 것으로, 29개의 세부 조목이 있다.

제목에서 말하는 '大門'은 門 자체를 의미하는 것이라기보다 '本府'를 가리키는 것으로 보인다. 본 항목에서 다루는 본부의 재정은 공적인 재정이 아닌, 罰例錢과 같이 본부 자체에서 조달하는 재정이다.(35-17·18·19·20) 의금부에서는 出官이나 免新 해당자인 각 낭청에게서 벌례전을 받아 대문지기의 급료(35-5), 나졸들의 習杖債(35-8·21·22), 노복들에게 주는 行下(35-22), 그리고 공식 행사 뒤의 식사비(35-10·12·13·14·15·16) 등에 지출하였다. 이 절목은 규례로서는 가장 마지막에 실렸다. 甲辰年에 정한 조목인데, 갑진년을 1784년(정조8)으로 볼 것인지, 1844년(헌종10)으로 볼 것인지에 따라 《금오헌록》의 최종 증보 시기가 달라진다. 〈추부게판〉 이후에 실린 조목들이 시대 순으로 실려 있는 것으로 볼 때, 여기서 말하는 갑진년은 1844년으로 추정된다. 내용상으로는 본서의 〈공방절목〉과 유사하다. 다만 〈공방절목〉보다 더 후대에 나온 규례로 보인다.

④ 罰例記

본 항목은 일종의 '내역서' 형식을 띠고 있다. 총액이 71냥 7전으로 표기되어 있는데, 이는 14건의 細目價를 합계한 액수이다. 문제는 그것을 수입 내역으로 볼 것인가, 지출 내역으로 볼 것인가이다. 大大罰·大罰·出官·免新 등의 명칭으로 보면 낭청들이 낸 돈이라고 보아 수입 내역이라고 생각할 수 있으나, 書吏·羅將·軍士 등에게 例下한 것으로 보면 지출 내역으로 보인다. 본서〈大門節目〉10~16번째 조목들의 내용으로 보면, 卯酉仕·종일근무·밤샘좌기 및 도목정사 때의 參謁禮 등에는 2냥의 비용을 들인 中罰로 거행하고(35-10·12·16), 動駕·陵幸 등에는 3냥 비용의 대벌(35-13·15)로 거행한다고 하였다. 그렇다면 본 항목 내의 대대벌이나 대벌례는 각각의 경우에 본부에서 지출한 비용으로 볼 수 있다. 草價는 관원들이 출퇴근용으로 타는 말의 사료값이니, 오늘날 공무원들에게 지급되는 교통비에 해당한다. 《秋官志 經用》에 따르면, 형조에서는 1개월마다 당상 1인에게 1냥 2전의 馬草價를 지급하였고, 낭청에게는 3냥의 馬太草價를 지급하였다. 그렇다면 여기에 기재된 草價 역시 본부에서 낭청에게 지급한 지출로 보인다. 따라서 필자는 본서의 〈大門節目〉 및 《추관지》 등의 관련 내용을 근거로 이 항목을 '지출내역서'로 파악하였다. 항목명 옆에 '今遵行'이라고 懸註되어 있는데 '지금[今]'이 언제인지 분명치 않으나 〈大門節目〉이 추가된 시기인 憲宗 대 이후일 것으로 생각된다.

⑤ 詩板

의금부 내 蓮亭에 걸린 5편의 시를 가장 마지막에 실었다. 成宗 때 의금부에 근무했던 金宗直의 〈書金吾會飮圖〉, 숙종 10년(1684) 때 지은 朴啓賢의 시, 鄭澈의 〈獨坐金吾蓮亭〉, 그리고 그의 6대손인 鄭枋의 次韻詩, 마지막이 林塘 鄭惟吉의 차운시이다. 모두 의금부에 재직할 때 지은 시이다. 이상 《금오헌록》의 전체 구성을 표로 나타내면 다음과 같다.

[표2] 《금오헌록》의 전체구성

<table>
<tr><th></th><th></th><th colspan="2">내용</th><th>원문면수</th><th>비고</th></tr>
<tr><td></td><td>표제</td><td colspan="2">金吾憲錄</td><td>1</td><td></td></tr>
<tr><td>1</td><td>卷首</td><td colspan="2">朴鳴陽의 記(1744, 영조20)<br>李宜鉉의 書(1826, 순조26)<br>河百源의 〈金吾記義〉(1837, 헌종3)</td><td>3~9</td><td></td></tr>
<tr><td rowspan="2">2</td><td rowspan="2">金吾廳憲</td><td colspan="2">目錄,. 設立, 官府, 拿押, 開坐, 設局, 頉稟, 出仕, 侍衛, 進排, 封崇, 座次, 入仕, 許參, 差任, 重來, 上直, 回公, 糾檢, 操切, 受由, 式暇, 禮木, 分兒, 褒貶, 報仕, 先生, 長房, 古蹟</td><td>11~61</td><td>박명양과 동료 낭청들이 편찬</td></tr>
<tr><td colspan="2">追錄(附 工房節目), 完議, [節目]</td><td>61~87</td><td rowspan="6">증보된 부분</td></tr>
<tr><td rowspan="5">3</td><td rowspan="5">追附揭板 이하</td><td rowspan="4">揭板</td><td>追附揭板</td><td>89~101</td></tr>
<tr><td>金吾廨宇節目</td><td>101~107</td></tr>
<tr><td>大門節目(1844, 헌종10)</td><td>107~113</td></tr>
<tr><td>罰例記</td><td>113~114</td></tr>
<tr><td>詩板</td><td>金宗直, 朴啓賢, 鄭澈, 鄭枋, 鄭惟吉의 詩</td><td>115~117</td></tr>
</table>

## 3. 《금오헌록》의 자료 가치

본서는 의금부의 職制, 職掌, 廳規 規例 등을 전적으로 다루고 있다는 점에서는 유일한 자료이다. 이전에는 의금부의 조직과 운영을 파악하려면 다른 자료에 산발적으로 나타난 관련 내용을 수집 분석하여야 했으나, 본서가 등장함으로써 의금부의 조직과 운영을 일목요연하게 파악할 수 있게 되었다. 특히 의금부 내부의 운영을 보여주는 〈封祟〉·〈許參〉·〈差任〉과 의금부 소속 관원들 간의 통제를 보여주는 〈糾檢〉·〈操切〉, 그리고 의금부 前·現職 관원들의 결속과 연대를 파악하게 하는 〈重來〉·〈先生〉, 의금부 관원과 吏隷의 경제 상황을 추정하게 해주는 〈禮木〉·〈分兒〉 등의 항목들은 기존 자료들이 보여주지 못한 의금부의 운영체계를 파악할 수 있게 해주는 내용들이다.

게다가 본서는 한 번에 편찬된 것이 아니라 19세기 중엽까지 계속 규례를 添記해나가는 중이었던, 아직 완성되지 않은 진행형의 전적이다. 본서에 수록된 내용의 상한선은 의금부로 개칭된 太宗 14년(1414)부터이고 하한선은 19세기 중반까지이다. 따라서 조선 시대 전체에 걸쳐 운영되었던 의금부 내부의 근무 수칙, 禁府都事들의 위계질서 유지 방식, 신입 낭청의 수습 과정, 전·현직 당상과 낭청에 대한 우대 규례, 吏屬들에 대한 관리 등등 기존자료에서 볼 수 없던 내용들을 접하게 해주고 이들이 어떻게 변화되고 있는지를 이 자료를 통해 볼 수 있다.

上經歷을 예로 들어 본 자료가 얼마나 기존 자료에 없는 정보를 주는지 보겠다. 상경력은 의금부의 首席 郎廳으로, 의금부라는 조직이 어떻게 운영되는지 이해하기 위해서는 반드시 파악해야 할 중요한 직임이다. 그런데 《조선왕조실록》이나 《승정원일기》 등을 통해서는 알 수 없었던 상경력에 대한 내용이 본서 〈封祟〉에 자세히 실려 있다. 본서를 통해 우리는 상경력이 낭청들의 투표에 의해 선출되며, 蔭官 출신 중에서 선출하고, 일체 다른 업무를 맡지 않고 총괄만 하며, "당상관이 좌기할 때나 各位가 모두 모이는 날, 상경력이 출근한 이후에 출근한 관원은 論罰한다."[37]는 등에 대해 파악할 수 있다.

변화해가는 내부 규례의 모습을 보여주는 예로는 罰禮[38]를 들 수 있겠다. 《조선왕조실록》이나 文集 등에서 벌례를 말할 때는 그 폐단을 주로 거론하는데, 실제 어떤 목적으로 행해졌으며, 어떻게 변화해갔는지에 대해서는 파악하기가 쉽지 않다. 하지만 본서에는 적어도 의금부 내의 벌례에 대해서는 취지에서 변천까지 상당한 정보가 있다. 〈糾檢〉에서는 "음식으로 벌주는 것은 취하고 배부르기 위한 것이 아니라, 먹고 마시는 과정에서 잘 諧謔을 하여 환담을 돕고 戒飭을 하기 위해서"[39] 시작되었다고 하였으며, 말씨가 공손치 못하거나 태도가 불손한 관원들을 대상으로 자체에서 처벌하는 방식의 일종임을 밝혔고[40], 〈追錄〉에서는 본래 조리한 음식으로 내던 것이 일정 금액을 돈으로 내는 방식으로 변화[41]하는 모습을 보여주며, 〈大門節目〉에 이르면 처벌이라기보다는 대접하는 음식의 규모를 표시[42]하는 용어로 변했음을 볼 수 있다.

두 번째, 《금오헌록》은 재직 중이던 의금부 도사들이 중심이 되어 관사 내부에서 자발적으로 편찬하였다는 점에서 의미가 있다. 본서는 국왕의 명령으로 편찬된 命撰 官署志와는 여러 면에서 다른 모습을 보여준다.

---

37) 《金吾憲錄 封崇》: 堂上坐起及各位一會之日, 上經歷仕進後追後仕進之員, 論罰事.

38) 罰禮는 본서 안에서 '罰例'와 混用되어 쓰이고 있다.

39) 《金吾憲錄 追錄》: 本府之有罰禮, 古也. 以飮食相罰者, 非爲醉飽也. 善謔於盃盤之間, 以助讙笑, 而寓戒飭也.

40) 《金吾憲錄 糾檢》: 各位備三員後, 言語不恭者、體貌不遜者, 或以罰禮, 或以罰直, 或以沒頭, 從輕重議罰事.

41) 《金吾憲錄 追錄》: 新位罰例, 舊以熟饍, 近以代錢, 付之大門, 自有定數, 加減不得者也. 雖滿免新日子, 大門所納, 如未準數, 待之以新位, 當直、本府, 無得以右位輪直事.

42) 《金吾憲錄 大門節目》: 陵行祗、送迎時, 大罰擧行, 行下五分作定爲齊. 六月、十二月參謁時, 中罰擧行, 行下五分爲齊.

우선, 기술방식에서 본서에 실린 260 여 조목의 첫머리는 주로 "一"으로 시작하고, 문장의 結辭는 거의 "事"로 마감한다. 〈설립〉의 첫 조목이 "一掌奉教推鞫及士庶申訴告牒等事"로 시작하는 것이 전형적인 예이다. 이러한 기술 방식은 본서와 유사한 성격의 다른 관사의 전적에서도 나타난다. 한성부의 전고와 규례들을 담고 있는 미정리된 필사본인 《경조부지》나 공동 규약을 모아 놓은 몇몇 완의집도 이러한 형식을 취하고 있다.

또 吏讀가 섞여 있다. 〈절목〉에 '爲去乎'와 '是遣'이 등장하고, 〈추부게판〉 이후에 등장하는 完議에도 '爲齊' 등의 이두가 군데군데 섞여 있다. 《규장각지》나 《춘관지》 등 명찬 관서지에는 이러한 식의 문장이나 이두가 보이지 않는 것과는 대조적이다. 이것은 《금오헌록》이 국왕의 열람을 염두에 두고 편찬된 자료가 아니라, 의금부 소속 관원들의 업무참고용 서적이기 때문이었을 것이다. 본서가 국왕의 지원을 받아 명찬 관서지로 거듭나게 되었다면, 지금처럼 앞, 뒤가 다른 체재가 아니라 전체를 아우를 수 있는 체재로 재편집되고, 문장에서도 이두 등이 제거되었을 것이다.

아직 완성되지 않은 업무편람서로서의 《금오헌록》은 우리에게 명찬 관서지와는 달리 관원 입장에서 어떤 규례들이 필요하였는지를 보여준다. 본서를 통해 우리는 당시 관원들이 재직 중에 현실적으로 어떤 문제를 가지고 있었고 이를 어떻게 해결해나갔는지 등에 대하여 알 수 있다. 書吏長房에 대한 내용을 예로 들어 보겠다. 사료를 접하다 보면 전임 의금부 관원이 長房에 들어갔다는 기사[43]를 접할 때가 있는데, 그것이 무엇을 의미하는 것인지 알기 어렵다. 하지만, 본서를 통해 書吏長房이란 의금부의 先生案에 기재된 전·현직 당상과 낭청들을 獄에 가두어야 할 상황이 되었을 때 囚禁하는 장소로 대신 사용되던 곳[44]이며, 원래는 낭청

43) 《承政院日記 英祖 18年 5月 14日》: 禁府長房, 非先生不入, 名官皆入. 故吳命修爲都事時, 一切嚴防, 人皆苦之云矣.

44) 《金吾憲錄 官府》: 書吏長房二間, 雖稱長房, 曾經堂、郎先生所囚處.

들만 이용할 수 있었으나[45] 의금부에 근무했던 堂上官이나 전혀 근무하지 않았던 高官들까지도 장방을 이용하고자 했던 것이 큰 문제였음을 알 수 있다. 본서의 여러 내용들을 종합해보면, 이 문제는 결국 의금부에 근무했던 堂上까지는 장방을 이용하는 것을 허용하되 의금부에 근무한 적이 없는 高官들에게는 이를 허용하지 않는 선에서 조정되었던 것으로 보인다.[46] 이외에도 본서에는 鋪陳債라든가 罰例의 시행 등에 있어 무엇이 문제가 되고, 이를 어떤 방식으로 조정해나갔는지에 대한 정보가 실려 있다. 이러한 문제들은 의금부에만 있던 문제가 아닐 것이므로 향후 본서의 내용을 다른 관사의 관서지들과 연계하여 비교 검토한다면 조선시대의 관료사회의 내면을 이해하는데 일조할 수 있으리라 기대된다.

《금오헌록》의 또 다른 자료로서의 가치는 본서가 지닌 共同規約集의 성격이다. 본서 안에는 '完議'로 명시된 조목이 상당수 실려 있다. 표로 나타내면 다음과 같다.

**[표3] 《금오헌록》안의 完議**

| 항목명 | 완의 | 건수 |
|---|---|---|
| 封崇 | 壬子完議(2), 甲子完議(1) | 3 |
| 入仕 | 辛酉完議(1) | 1 |
| 糾檢 | 戊申完議(1), 辛酉完議(1) | 2 |
| 操切 | 辛酉完議(1) | 1 |
| 受由 | 辛酉定式(1) | 1 |
| 式暇 | 甲寅完議(1) | 1 |

45) 《金吾憲錄 禮木》: 至於堂上, 則元無許參之禮, 故亦無先生之稱. 而曾經堂上中, 或有就理之擧, 不得入處長房, 乃是三百年古例.

46) 《金吾憲錄 追錄》: 本府長房, 乃是郎廳先生就理時所處之地. 故雖曾經堂上, 不得許入矣. 其後堂、郎相議, 曾經堂上就理時, 亦爲入處長房之意完議. 而近來廳風丕變, 法不如古, 雖非堂、郎先生, 拘於顔面, 間多有許入之弊, 此實大損廳規. 今因傳敎, 堂上先生之法, 旣已永革, 則凡他時囚之冒入, 尤非可論, 從今以往, 切勿許入事.

| 禮木 | 甲寅完議(1) | 1 |
|---|---|---|
| 先生 | 己未完議(1), 癸亥完議(1), 丙戌完議(1) | 1 |
| 追錄 | 甲子完議(1), 戊戌完議(1), 甲寅完議(1), 丙申完議(1), 丙子完議(1), 庚辰完議(1) | 6 |
| 完議 | 癸巳完議(1), 庚子完議(1), 乙巳完議(1), 丙午完議(1) 등 | 16* |
| 節目 | 丁未新定(1), 庚戌完議(1) | 2 |
| 追附揭板 | 戊午完議(7), 甲子完議(1) | 8 |
| 金吾廨宇節目 | 節目(11), 丁酉完議(1) | 12 |
| 大門節目 | 節目(29) | 29 |
| | | 78 |

*〈완의〉 항목에 속한 전체 조목 수를 제시한 것이다.

《금오헌록》 전체에는 약 260 여건의 條目이 실려 있는데, 그 중에 完議임을 명시한 것이 전체의 1/3에 해당하는 78건이다. 박명양도 본서를 "古今에서 전해들은 것들과 그간의 완의를 널리 채록하여" 만들었다고 서문에서 말한 바 있다. 完議란 무엇인가?[47] 완의란 구성원들이 모여 조직 운영이나 문제가 되는 사안을 합의하여 결정하는 것 또는 거기서 결정된 사항을 지키기로 약속한 규약이다. 본서에 포함된 완의는 바로 집단 내에서 자치적으로 합의한 규약이며, 본서에 완의의 비중이 높다는

47) 완의에 대해서는 官文書로서의 특성에 주목한 연구와 意思決定方式에 주목한 연구가 있다. 우선 관문서로서의 특성에 주목한 연구에서, 완의란 完文과 같은 의미로, 16세기 무렵에 출현하여 각종 役을 면해준다고 官에서 보증해주는 '확인문서' 또는 '증빙문서'로 쓰였고, 18세기 이후에는 宗中이나 鄕校와 같은 공동체 내부에서 '처분문서' 라는 의미로 쓰였다고 본다. (최승희, 《한국고문서연구》, 지식산업사, 1999, 262면 ; 박병호, 〈거래와 소송의 문서생활〉, 《호남지방 고문서 기초연구》, 한국정신문화연구원, 1999, 63~76면 ; 김혁, 《특권문서로 본 조선사회-완문(完文)의 문서사회학적 탐색-》, 지식산업사, 2008, 30~89면) 반면에 의사 결정 방식에 주목한 연구로는, 鄕案의 입록절차와 鄕員들의 의사결정 구조에 주목한 김문택(〈17~18세기 김해지방 향안조직의 의사결정 구조와 절차-향록천과 완의를 중심으로-〉, 《고문서연구》 15, 고문서연구회, 1999)의 연구와 門中에서 작성된 완의에 대해 검토한 김광억(〈통합과 결속의 문화적 장치-완의(完議)에 나타난 사족(士族)의 생활세계〉, 《조선양반의 생활세계》, 백산서당, 2004)의 연구가 있다. 이들은 구성원들이 모여 조직 운영이나 문제가 되는 사안을 合議하여 결정하는 것이 완의이며, 여기서 결정된 사항을 기재한 것이 完文이라고 본다.

것은 구성원 간 합의에 의해 이루어진 조목이 많다는 것을 의미한다. 완의에 참여한 사람들은 누구인가. 〈追錄〉에 "堂上과 郎廳이 신중하게 상의하여 옛 규례를 복구하기로 하였으므로 條約을 更申하였다."[48]는 내용이나 〈追附揭板〉에 "郎僚에게 의논하니 모두 좋다고 하였으므로, 이에 예전 규례에 새 규례를 첨부하여 마침내 節目을 만들어 벽에 게시함으로써 영구히 준행하도록 한다."[49] 는 등의 내용으로 볼 때, 의금부의 堂上과 郎廳이 완의에 참여하였다는 것을 알 수 있다. 이들은 논의 과정에서 설사 한 두 사람이 반대 의견을 내더라도 다수의 의견을 따라 결정하는 방식으로 규약을 만들었다.[50]

현존하는 다른 자료 중에도 완의를 포함하고 있는 것들이 남아 있고, 심지어는 완의만 모아 놓은 전적들도 상당수 있다. 본서의 내용을 다른 관사에서 편찬한 업무편람 성격의 자료들과 비교 검토한다면 조선시대의 중앙 및 지방의 행정체계를 파악하는 데도 유의미한 성과를 낼 수 있으리라 기대한다.

나아가, 본서는 郎廳간에 존재하였던 僚契의 모습을 풍부하게 보여준다. 〈許參〉에는 帖을 나누어 가져야만 비로소 정식 의금부 관원으로 인정을 받는다는 내용이 있다.[51] 免新하는 날의 이러한 分帖 의식은 契조직에서 흔히 나타나는 入團의식과 유사하다. 〈追錄〉에는 새로 의금부 낭청에 제수된 사람이 의금부에 받아들여지려면 치러야 하는 免新禮와 내야 하는 禮木이 규정되어 있는데,[52] 이것은 계조직에서 財源을 마련하는

48) 《金吾憲錄 追錄》: 故前後堂、郎爛熳相議, 以爲復舊例之地, 故更申條約.

49) 《金吾憲錄 追附揭板》: 議于郎僚, 僉曰: "可." 玆就舊例, 畧附新規, 遂成節目, 揭之壁上, 以爲永久遵行之地.

50) 《金吾憲錄 糾檢》: 凡廳中公事時, 雖有一二員橫議, 勿爲拘礙, 從多定行事.

51) 《金吾憲錄 許參》: 免新日分帖, 自是舊規, 必待分帖然後許參事.

52) 《金吾憲錄 追錄》: 免新時, 又以大大罰禮, 使羅將設辦兩卓, 一依出官例, 廳中齊會時進呈事.

방식과 닮았다. 또 본서의 1/3에 해당하는 完議에 의한 규약은 契조직에서 통상적으로 나타나는 契員의 總意에 의해 約束된 完議의 형태로 볼 수 있으며,[53] 계조직에서 계원간의 자체 처벌 규약을 가진 것처럼 의금부에도 罰禮, 罰直 등 자체 징계 규약을 포함하고 있다.[54] 계원 간의 相互扶助하는 규약도 있어, 〈先生〉에는 선생의 부모, 본인, 처의 喪에 羅將이나 書吏를 보내 인력을 제공하는 규약이 있다.[55] 본서의 이러한 내용들은 契조직에서 나타나는 전형적인 특징들로,[56] 의금부 내에 僚契 또는 廳契로 보이는 조직이 존재하였음을 말해준다. 그간 의금부에 존재하는 契의 존재에 대해서는 주로 免新禮와 관련된 《金吾契帖》을 중심으로 검토되었다는 한계가 있었다.[57] 하지만 본서는 중앙 관사 내의 관원들의 契조직에 대하여 契會圖나 座目을 통하여 알 수 있는 것 이상의 정보를 담고 있다. 이런 점에서 《금오헌록》은 향후 이 분야에 관심을 가진 연구자들에게 의미 있는 정보를 제공해줄 수 있는 자료가 될 것이다.

---

53) 《金吾憲錄 先生》 : 若値羅卒不足時, 工房奴色雇立定送事, 癸亥完議, 丙戌七月日, 堂、郎更爲完議後, 書吏定送, 永爲革罷事.

54) 《金吾憲錄 糾檢》 : 各位備三員後, 言語不恭者、體貌不遜者, 或以罰禮, 或以罰直, 或以沒頭, 從輕重議罰事.

55) 《金吾憲錄 先生》 : 自今以後, 先生之父母、己、妻喪, 書吏、羅將各一人, 限成服定送, 發引前, 羅將一名, 亦爲定送. 而返虞時, 書吏一人定送, 以表尊先生之本意, 而鞫獄多事之時, 則書吏勿許定送事.

56) 契帖을 기본자료로 하여 조선시대의 각종 계의 종류와 조직구성, 조직과정, 계의 기능 등을 사회학적으로 연구한 것에 金弼東, 《한국사회조직사연구-계조직의 구조적 특성과 역사적 변동-》(일조각, 1992)이 있다.

57) 이에 대한 연구로는 윤진영의 〈義禁府의 免新禮와 金吾契會圖〉(《문헌과해석》 통권 13호, 2000)와 〈조선시대 관료사회의 新參禮와 契會圖〉(역사민속학 제18호, 한국역사민속학회, 2004) 등이 있다.

# 3부
# 부록

부록

# 부록1 : 이두어휘

[표4] 본서 내 이두어휘

| | 독음 | 뜻풀이 | 본서 안의 용례 |
|---|---|---|---|
| 段 | 딴 | 은. 는. -인즉. 딴은. | 31-13 而至於隨廳書吏**段**, 近或以入番禮吏擧行, 故公務相妨, 有名無實.<br>☞**본서 29-28, 31-12 · 14, 33-3** |
| 叱分 | 뿐 | -뿐 | 34-3 故百名外, 且定實加出二十名叱分,<br>☞**본서 33-4-7** |
| 是去等 | 이거든 | -이거든<br>-이었는데 | 31-16 又有窘跆之患**是去等**, 其時當該色吏處, 責納鋪陳之意, 永久遵行事. |
| 是去乙 | 이거늘 | -이거늘 | 34-1 東廳卽公事出納之處, 則其爲關係莫重**是去乙**, 挽近以來, 法綱解弛, |
| 是遣 | 이고 | -이고 | 31-14 每年正、七兩月, 移錄於正案**是遣**<br>☞**본서 34-3** |
| 是如乎 | 이다온 | -이라고 하는.<br>-이다하는. -이라고 하더니 | 34-1 嚴立禁條, 然後始可以董飭, 而府屬守直各所**是如乎**, 玆成節目, 書揭壁上, 一依後錄條例, 各別惕念施行者. |
| 是矣 | 이의, 이되 | 이의('의'의 관형격조사). 이되. | 31-16 該色與大廳直除置後, 以餘數分排應下等襍費**是矣**, |
| 是乎所 | 이온바 | -인 바.<br>-이온 바. | 34-3 統率之道, 操切之方, 宜當有別般定式**是乎所**, 每月某日, 定爲一次點考, |
| 是乎矣 | 이오되 | -이오되. | 34-3 前期二日, 出令知委, 使之一體等待, 無敢闕而不參**是乎矣**. |
| 亦中 | 여히 | 에게. 때에 기회에. 경우에. 에. | 29-11 此**亦中**羅將輩或爭出使, 或避鞫廳時苦役, 暗囑先生, 不無圖得除名之弊. |
| 爲去乎 | ᄒᆞ거늘 | ~하거늘. | 32-1 若過此限, 必有復賣之慮. 故玆以成節目**爲去乎**<br>☞**본서 33-5, 34-3** |
| 爲良如敎 | ᄒᆞ아산이샨/<br>ᄒᆞ야라이사/ | -하라고 하신.<br>-하라고 하심. | 33-3 以此判付, 大書揭板虎頭閣, 以爲常目着念之地**爲良如敎**. |

| | | | |
|---|---|---|---|
| 爲齊 | ᄒᆞ져 | -한다. -함의.<br>-하라. -할 일. | 33-4-2 出官前兩次罰例, 有不可廢. 此外則永除之**爲齊**.<br>☞**본서** 31-11 · 12, 33-4, 34-3, 35-1~29 |
| 矣 | 의 | 의. | 34-3 丁亥節目中, 自渠**矣**廳, 圈點塡差, 一體申明遵行爲齊. |
| 這這 | ᄀᆞᆮᄀᆞᆮ | 낱낱이. 일일이.<br>갖가지로. | 9-6 本府官舍、獄間、墻垣頹圮處, 捧甘營繕, **這這**修補事.<br>☞**본서** 19-5, 30-2, 34-1-2 |
| 次次 | ᄎᆞᄎᆞ/차차 | 차차(차례대로).<br>점점<br>(되어 나아감). | 29-1 而雖值兵房入直之時, **次次**須資, 無得違越事.<br>☞**본서** 5-1, 18-2, 29-1 · 4 · 9, 31-1 · 6 · 14 |
| 上下 | ᄎᆞ아/ᄎᆞ하 | 치러주다.<br>지출하다.<br>대 주다. | 26-1 堂、郎先生就理時, 許入長房, 使喚、使令、廳直、茶母各一名差定, 柴、油、炭亦爲**上下**事.<br>☞**본서** 29-25, 31-12, 35-23 |
| -色 | 빗 | 課. 課主任<br>관청이나 모든 기관에 사무의 구별을 따라 나누어진 기구. | 14-2 工房、**奴婢色**, 則列書各位, 首堂上前劃出, 而上經歷主管事.<br>☞**본서** 5-3 · 5 · 7 · 9, 14-5, 23-1 · 2, 26-8, 29-4 · 5 · 17 · 23, 30-2 · 3 · 6, 31-12 · 16, 34-1-2 |
| 捧上 | 밧자/받자 | 받아들이다.<br>수입하다. | 30-2 置之直所, 色郎廳這這親執考閱**捧上**, 俾無中間消融之弊事.<br>☞**본서** 30-3 |
| 除置 | 덜어두다 | 덜어두다 | 31-16 該色與大廳直**除置**後, 以餘數分排應下等裸費是矣. |
| -直 | -지기 | | 35-26 諸書吏、大廳**直**、五所任羅將及各宅引 · 加陪、十宅奴子、食床**直**、諸軍士、當直書吏、大廳**直**、羅將, 各一錢爲齊.<br>☞**본서** 14-5, 26-1 · 2, 29-22 · 25, 31-11 · 12 · 15, 33-4-5, 34-1-7, 35-5 · 22 · 25 |
| 帖子 | 뎨ᄌᆞ/체자 | 증명서. 전표 | 33-4-5 出官、免新時, 書吏、羅將及各位奴子處, **帖子**依舊例, 各以一兩五錢, |
| 帖紙 | 뎨지 | 증명서, 전표 | 31-16 到付**帖紙**中, 有邸易捧邑幾處, 該色與大廳直除置後 |

# 부록 2 : 특수용어

## ㄱ

**看色** : 물건의 좋고 나쁨을 가리기 위하여 본보기로 그 일부를 살펴보는 것을 말한다. ☞본서 33-2

**勘罪** : 죄를 다스리다, 처벌하다의 뜻인데, 구체적인 법률 조문을 적용하여 죄를 다스린다는 의미를 내포하고 있다. 사료에서는 '考律勘罪'의 형태로 많이 보인다. [《承政院日記 孝宗 10年 4月 13日》: 又所啓:"佐明所爲, 不可推考而止, 請令有司考律勘罪, 仍令改去其非."] ☞본서 31-1

**綱常罪人** : 三綱五倫을 무너뜨리는 부도덕한 죄를 범한 자이다.《續大典》에는 강상죄인을 '父·母·남편을 죽이거나, 노비가 주인을 죽이거나, 官奴가 官長을 죽인 경우'라고 정의하였다. 강상죄인이 살던 집은 철거하고 그 자리를 웅덩이나 못으로 만들며, 죄인이 살던 고을의 지위를 降等시켰다. [《續大典 刑典 推斷》: 綱常罪人【弑父、母、夫, 奴弑主, 官奴弑官長者】結案正法後, 妻、子、女爲奴, 破家瀦澤, 降其邑號, 罷其守令.] ☞본서 3-1, 4-1

**開坐** : '坐起를 열다'라는 의미이다. 坐起는 당상관 이하 모든 관원이 일제히 출근하여 근무하는 것을 말한다.《고법전용어집》에 따르면, 출근에 대한 호칭이 지위에 따라 달라 長官 또는 당상관 이상은 坐起,

낭청은 仕進이라 하였다. 본서 〈封崇〉 항목에 "堂上坐起及各位一會之日, 上經歷仕進後追後仕進之員, 論罰事." 라 하여 당상관이 출근하였을 때는 '坐起', 낭청일 때는 '仕進'이라 구별한 것이 그 용례에 해당한다. ☞본서 4-3·9·11·12, 5-1·2, 6-2, 13-2, 24-2, 33-4-7

**거둥** : 원문은 '擧動'인데, 임금의 나들이를 말한다. 임금이 거둥할 때는 행차의 목적에 따라 정해진 예절이 있었다. 사직·종묘의 제사 등에는 大駕, 孔子의 사당, 文昭殿 등의 제사 때는 法駕, 능에 참배할 때는 小駕의 의례가 있었다. 行幸, 出駕 등으로도 불렸다.《國朝五禮儀 嘉禮 車駕出宮》 ☞본서 8-1, 29-14

**擧條** : 擧行條件의 줄임말로, 신하들이 연석에서 진달한 말들 중에 朝報에 낼 만 한 것을 말하며, 거조로 하라는 명이 내리면 승지가 뽑아서 朝紙에 반포한다. [《正祖實錄 22年 11月 17日》: 大抵擧條云者, 卽擧行條件之謂也. 古則注書所錄之草冊, 筵退後卽爲啓下, 承旨抄出, 其當爲擧行之條件, 頒示於朝紙. 故所謂擧條, 例不過數三行.] ☞본서 32-1

**經歷** : 從4品職으로 문서의 出納을 맡았다. 忠勳府, 儀賓府, 義禁府, 開城府의 屬官으로 두었다. 원래는 관찰사의 보좌관으로 外官에도 파견되었으나 世祖 12년(1430)에 外官 經歷은 모두 혁파되었다. [《世祖實錄 12年 1月 15日(戊午)》: 革兩界兵馬都節制使、經歷所都事, 置評事, 秩正六品.] 의금부의 경우에는 경력과 도사가 각 5명씩이었다가 도중에 경력은 혁파하고, 영조 6년(1730)에 도사를 참상과 참하 각 5명으로 바꾸었다. [《增補文獻備考 職官考四 義禁府》: 經歷五員, 都事五員. 後革經歷, 增置都事五員, 其八以參上差, 其二以參外差. 英祖六年, 改定參上、參外各五員.] ☞본서 1-3, 10-2, 12-1, 14-1, 29-7

**經宿動駕** : 임금이 서울 밖으로 나가 다른 곳에서 밤을 지내는 거둥을 말한다. 이때 의금부 낭청 중에서 導駕 2원, 考喧 2원을 차출하여 侍衛하게 하였다. [《金吾憲錄 侍衛》 : 城外擧動 : 導駕二員, 考喧二員. 城外隨駕四員, 紅衣、羽笠、佩劍·弓矢, 餘外諸員俱以戎服迎送, 而回鑾前直宿本府事.] ☞본서 31-5, 33-4-7

**京主人** : 고려와 조선시대에 각 고을에서 서울로 파견한 향리이다. 京邸吏라고도 한다. 경주인은 자기 고을을 대리하여 중앙 각 관청과의 통신 사무를 맡을 뿐만 아니라 부임하여 가는 고을 수령의 뒷바라지를 하며, 공물과 부세를 대납하면서 그 대가로 고을로부터 많은 보수를 받고 또 협잡과 고리대금업으로 致富하였다. [《成宗實錄 元年 3月 17일(丙申)》 : 刑曹啓: "諸邑京主人, 各其本邑貢物上納及選上奴充立等項事, 專掌應答, 所任多端, 而諸司官吏, 或以不緊事, 發差侵督, 或拿致鞭撻, 因此不勝其苦, 以至逃散." ; 《承政院日記 顯宗 13年 12月 04日》 : "三省罪人五名, 無一人衣服 且無供饋之道, 自京主人供饋云矣." ; 《承政院日記 英祖 5年 2月 18日》 : 戶曹言啓曰: "逆獄供饋, 自飯米魚肉, 下至蔬菜之類, 無不給價, 則周年之間, 近百罪人之供饋, 其費不啻累千兩."] ☞본서 9-7

**啓下** : 최승희는 계하를 왕에게 啓文을 올려 裁可를 받는 것이라 하고, 왕이 계문을 보고 '啓'字印을 찍어 내려 보내면 決裁가 끝났다고 보았다. 반면에 윤국일은 계하를 '임금에게 올려서 비준 받은 문건을 다시 내려 보내는 것'이라 하였다. 그는 원래 관리나 백성의 글을 임금에게 올리면, 임금이 올라온 문건에 批答을 쓰는 것이 규례이나 만일 비답을 쓰지 않고 啓字印만 찍어 내려 보내면 그 문건을 해당 관청에 내려 보내 다시 토의하게 한 다음 임금의 비답을 받는다고 하여, 啓下 자체

로는 왕의 결재가 끝난 것이 아니라고 보았다. [최승희, 《韓國古文書研究》, 지식산업사, 1999, 114면. ; 윤국일, 《譯註 經國大典》, 여강출판사, 1991, 157면.] ☞본서 5-4·6, 8-3, 32-1

**契帖** : 면신례를 하는 날에 契員끼리 나누어 갖는 帖을 契帖 또는 稧帖이라 하고, 이를 나누어 갖는 것을 分帖이라 하였다. 이러한 모임을 갖는 장면을 그린 契會圖와 참석자 명단[座目]으로 구성된 계첩이 현재 10여 종 이상 현존한다. 명칭은 《金吾契帖》 또는 《金吾郎座目》이다. 계첩을 나누는 이러한 행위를 契의 필수 요건으로 보고, 계의 조직구성과 성원자격, 구성 목적, 집회, 규제, 基金 등에 대하여 사회사적 입장에서 검토한 김필동의 연구가 있다. 이에 의하면, 금오계첩으로 대표되는 의금부 내의 계는 권위나 특수집단에의 소속이 조직기반이 되는 社交契나 廳契로 볼 수 있을 것이다. [김필동, 《朝鮮社會組織史研究》, 일조각, 1992 ; 《차별과 연대-조선사회의 신분과 조직-》, 문학과 지성사, 1999.] ☞본서 13-6, 29-3

**告課** : 사전상으로는 '下隷가 上司에게 아뢰는 것. 下官이 上官에게 아뢰는 것'을 말한다. 하지만 《금오헌록》에서는 반드시 상관이나 상사에게 아뢰는 것에 그치지 않고, 주로 禮房書吏가 의금부 내에서 당상이나 낭청의 명을 받아 이를 해당자나 다른 사람들에게 告知하거나 發表할 때 이 용어를 사용하였다. 본서에서는 문맥을 살펴 '告知하다' '보고하다' 등으로 번역하였다. 《한국한자어사전》 《한국고전용어사전》 ☞본서 12-2, 20-2, 29-11, 31-14

**告身** : 관직을 받는 자에게 내어주는 授官證書(辭令書)이다. 태조 元年에 고려 때부터 전해 온 告身署經法을 개혁하여 1품에서 4품까지는 王旨

를 내려 주는 官敎라 하고, 5품에서 9품까지는 門下府에서 '奉敎給牒' 하는 형식으로 내려주는 敎牒이라 하여, 고신의 형식이 관교와 교첩 두 가지가 되었다. [《經國大典註解 後集 吏典》: 唐選擧志, 授官而各給以符, 謂之告身. ;《太祖實錄 1年 10月 25日(癸酉)》: 改告身式: 一品至四品, 賜王旨曰官敎, 五品至九品, 門下府奉敎給牒曰敎牒.] ☞본서 33-2

**曲護**: 사전상의 의미는 '법을 굽혀 죄인을 비호하는 것'이라고 되어 있으나, 본서에서는 상관이나 윗사람이 吏屬이나 아랫사람을 '돌보아주다' '격려하다' 등의 의미로 쓰였다. 이들이 수고를 인정하는 의미에서 내려주는 비용을 '曲護債'라고 불렀다. [《金吾憲錄 大門節目》: 上經歷封祟及一都事交替時行下, 以曲護次區處, 有則因給, 無則行下書以待曲護出給爲齊.] ☞본서 35-17·18·20·23

**公事員**: 공사원은 의금부 내의 다른 동료의 근무태도를 단속하는 직임으로, 參上都事인 二經歷과 參下都事인 一都事가 맡았다. [《金吾憲錄 糾檢》: 公事員糾檢同僚勤慢. 而各位凡有可論之失, 而公事員不卽擧論, 則並爲論罰事.;《金吾憲錄 差任》: 二經歷爲上公司員, 一都事爲下公司員, 糾察一司, 而若無經歷位, 則一、二都事爲之事.] ☞본서 13-7, 18-2·3, 20-2

**功·議**: 八議에 속하는 議功과 議親을 말한다. 의공은 범죄자가 국가에 功이 있는 경우이고, 의친은 임금의 同姓 袒免(상복을 입지 않음) 이상의 親, 왕대비·대왕대비의 緦麻(3개월복)이상 친, 왕비의 小功(5개월복) 이상 친, 태자빈의 大功(9개월복) 이상 친을 말한다. 팔의의 대상에는 議親·議故·議賢·議能·議功·議貴·議勤·議賓이 있는데, 황실의 친족[親], 황실과 오랫동안 알고 지낸 사람[故], 국가에 지대한 공을 세운 사람[功], 큰 덕행이 있는 사람[賢], 큰 재주와 학업을 갖추어 제왕의 보좌가 되거나 인륜의 사표가 될 만한 사람[能], 관원으로서 충실하게 공무를 행한 사람[勤], 爵 1品과 문무 직사관 3품 이상 및 散官 2품 이상인 사람[貴], 前 王朝의 제사를 받드는 사람으로서 國賓이 된 사람[賓] 등이 포함된다. 八議에 해당하는 사람이 범죄를 범하였을 경우에는 十惡大罪를 제외하고는 임금의 裁可를 받아 처리해야 하며, 죄를 다스리는 기관의 관리가 임의로 囚禁하거나 심문할 수 없다. 임금의 결재로 심문을 할 경우에도 죄의 형량 결정은 임금의 결재를 받아야만 한다. 《大明律 名例律 八議》《大典會通 刑典 囚禁》 ☞본서 33-2

**貢錢** : 公·私奴婢가 자신이 속한 관사나 私主에게 身役 대신 정기적으로 바치는 '구실'이다. 內奴婢와 各司奴婢 등 公奴婢는 純祖 元年(1801) 1月에 혁파되었으므로, 여기서 말한 공전 징수는 순조 대 이전 상황임을 알 수 있다. 《純祖實錄 1年 1月 28日(乙巳)》 ☞본서 14-5

**供招** : 官의 심문에 대한 被疑者의 供述로, 지금의 피의자 심문조서 또는 참고인 진술조서에 해당한다. 招辭 또는 供辭와도 같은 의미이다. 공초는 口頭로 하는 경우와 書面으로 하는 경우가 있었는데, 서면으로 할 경우에는 문장을 수식하여 판단을 흐리게 만드는 부작용이 있었으므로 仁祖 때부터 구두로 공초를 받도록 하였다. ☞본서 2-3, 4-5·8, 33-3, 35-11

**交代郎廳** : 公事交代, 交代都事, 交代라고도 한다. 교대낭청은 公事가 내려와 본부에 입직하던 曹司都事가 출사했을 때 본부를 지키는 역할을 하였다. [《承政院日記 顯宗 5年 8月 26日》: 禁府啓曰: "本府公事, 事體重大, 不敢一刻稽滯. 故曹司都事入直之外, 又有一員, 稱以公事

交代, 竝爲入直, 凡有公事之下, 公事交代, 則仍直本府, 曹司都事, 回告於諸堂上而擧行, 例也."] ☞본서 4-5·10, 12-1, 15-3·4, 16-4, 18-10, 29-31

**口頭供招[口招]** : 죄인이 범죄 행위에 대해 구두로 진술한 말이다. 죄인에게서 供招를 받을 때에는 서면으로 받기도 하고, 죄인이 직접 글로 써서 바치기도 하였지만, 조선 후기에 와서는 구두로 진술하도록 하고 이를 관리가 받아 적었다. ☞본서 21-1, 35-12

**久任** : 관원의 잦은 교체로 인하여 생기는 업무 공백이나 업무 미숙 등을 방지하기 위해 특정한 관직은 일정 기간을 교체하지 않고 의무적으로 근무하도록 정하였는데, 이를 구임이라고 하였다. 또는 그러한 관직 및 그 관직에 제수된 관원을 가리키기도 하였다. 조선시대의 관직제도는 벼슬자리마다 일정한 임기가 있으며 임기가 차면 仕滿 또는 瓜滿이라 하여 이동시켜 한 자리에 오래 있지 못하게 하였다. 그러나 숙련이 필요한 직무와 재정관계를 담당하는 직책에서는 실무에 밝은 관리가 필요하여 장기간 유임시키는 관리를 두었다. 《경국대전》에 나타난 구임관을 둔 관청은 호조, 성균관, 승문원, 봉상시, 사옹원 등 26개 관사이며 구임관 수는 55명이었다. 《속대전》에 의하면, 각 관사의 提調와 해당 曹의 당상이 함께 상의하여 구임하도록 할 관원을 정하여 吏曹에 공문을 보내면 이조에서 왕에게 보고하고 장부를 만들어 두었다. [《續大典 吏典 考課》: 久任人員, 各其司提調、該曹堂上一同磨鍊, 移文本曹, 啓聞置簿. ○各司久任官, 遷轉安徐. ; 윤국일, 《譯註經國大典》, 여강출판사, 1991, 19면.] ☞본서 1-3, 29-17

**口傳政事** : 이조나 병조의 당상관이 후보자 3인을 추천하여 왕의 낙점을 받는 것이 정식 인사 절차이나, 정식 政事를 열지 않고 政官들이 편의

에 따라 회의하여 후보자를 추천해 곧장 승정원으로 보내 낙점 받는 약식 인사 절차를 말한다. 본서에는 '從口傳'의 형태로 다수 등장한다. [《中宗實錄 5年 6月 15日》: 有忙急差除, 則未遑開政, 政官會議備望, 直送于政院, 謂之口傳政事.] ☞본서 5-5·9, 7-2·3·4, 10-1, 11-1, 19-1, 29-4·6·13·18, 31-1·2·3

**求請** : 원래 중국으로 사신 나가는 사람이 사행 비용에 보태기 위해 미리 各道나 各郡에 서신을 보내 재물을 요청하는 뜻으로 쓰였으나[《星湖僿說 人事門 私覿官》: 使价出境, 先期發書于各道各郡, 囑託務得, 謂之求請.] 본서에서는 지방관으로 승진해 나간 전임자에게 예물가를 요청하는 것을 '구청'한다는 의미로 쓰였다. 내는 사람에게 선택권이 없어 강제로 징수하는 값으로 인식되었던 것으로 보인다. ☞본서 22-4·5

**國忌日** : 국기일은 왕, 왕비, 왕세자, 세자빈 등이 돌아가신 忌日, 즉 나라의 제삿날이다. 이때에는 歌舞, 飮酒, 雜戱 등의 유흥이 모두 금지되었고, 그밖에도 모든 屠殺을 금지시켰다. [《典律通補 刑典 禁制》: 國喪張樂挾娼者【勿論良賤, 不限年配】、國忌正日及致齋日動樂者、堂下官馬鞍用銀入絲者、庶人墳墓石物踰制者,【石人勿用, 而望柱表石, 毋過二尺]】 嚴禁科罪.] ☞본서 6-1, 13-2

**鞫獄** : 親鞫, 庭鞫, 推鞫 등 鞫廳을 설치하여 임금이 직접, 간접으로 참여하는 재판으로서 國事犯이나 綱常犯 등 중죄인에 대한 재판을 말한다. ☞본서 1-3, 5-4·8·12·13·16, 7-2·3, 9-5, 26-8

**規避** : 《六部成語》에 관원이 어려운 일을 피하고 쉬운 일로 나가고, 괴로운 일을 피하고 즐거운 일로 나가며, 해로운 일을 피하고 이로운 일로

나가고, 잘못이 되는 일을 피하고 공로가 되는 일로 나가는 것을 '規避'라고 하였다. [《六部成語 訂正吏部 規避》: "凡官員處事居心, 欲避難就易, 避苦就樂, 避害就利, 避過就功, 皆曰規避"] ☞본서 29-7·9·13·14

**禁亂官**: 과거 시험장[試場]의 혼란을 방지하고 질서를 유지하기 위하여 임시로 두는 벼슬인데, 의금부의 實職 都事로 差定하였다. [《續大典 禮典 制科》: ○試場禁亂官, 以義禁府實都事差定.] ☞본서 10-8, 21-3, 31-5

**金吾郎**: 金吾는 의금부의 별칭이므로 금오랑은 의금부의 낭청을 말한다. 《經國大典》에서는 의금부의 낭청이 참상관인 經歷과 참하관인 都事를 합하여 모두 10인으로 이루어졌다고 하였는데, 《續大典》에는 참상관인 경력을 없애고 도사만으로 10인을 구성하되 참상 도사와 참외 도사 각 5인씩으로 구성되었다고 하였다. 《經國大典 刑典 義禁府》《續大典 刑典 義禁府》 ☞본서 朴鳴陽[記]

**禁推**: 금추는 '禁府推考'의 줄임말로, 推考의 본래 의미는 '조사하다'이나, 조선 후기에 가면 관원의 경우에 '처벌'의 의미로 변하였다. 《續大典》에 명시된 바에 따르면, 禁推의 처벌을 받는 경우는 대개 의도적으로 왕의 부름[牌招]에 응하지 않거나 공무 수행을 거부하는 경우, 관원이 시험에서 나쁜 성적을 받았을 경우 등 비교적 가벼운 죄를 범하였을 때이다. 특히 英, 正祖 대에 왕이 금추 처분을 빈번하게 내렸는데, 이는 정치적 의도 하에 出仕하지 않는 관원을 서울로 올라오게 하여 의금부에 일시적으로 囚禁하게 함으로써 공무를 수행하게 하려던 목적이 있었던 것으로 보인다. [《承政院日記 英祖 30年 1月 25日》: 禁推, 雖次官坐起爲之, 而拿處, 非長官不敢爲. ; 김진옥, 〈'禁推'의 성격과 운용〉,

《고전번역연구》제3집, 한국고전번역학회, 2012.] ☞본서 4-8

**給代錢** : 원래 공급하던 곳에서 인원이나 물품을 어떤 이유로 공급할 수 없게 되었을 때 다른 곳에서 대신 주는 돈을 말한다. 英祖 31년(1755)에 特敎로 전국의 노비가 내던 貢木을 모두 半疋을 감해주고 그 減貢된 수량은 균역청으로부터 대신 지급해주었는데 의금부는 균역청에서 給代錢으로 280냥을 받았다.《萬機要覽 財用編3 給代》☞본서 30-2, 31-12

**朞年親** : 1년 동안 喪服을 입어야 하는 관계에 있는 친속, 즉 관원 자신의 庶母, 妻, 嫡孫, 嫡長子, 적장자의 처, 衆子, 미혼인 딸, 남의 후사가 된 아들, 伯父母, 叔父母, 친형제 및 친형제의 아들과 미혼인 딸, 祖父母, 生父母 등을 말한다.《大明律直解 服制》☞본서 21-2

**其人** : 기인은 高麗 초에 향리의 자제를 뽑아 올려서 볼모로 서울에 두고 그 고을 일에 관한 일의 顧問에 응하게 하였던 것에서 비롯되었고, 조선에서도 각 지방 향리를 윤번제로 서울에 올라오게 하여 공물을 담당하게 하였다. 大同法 실시 이후에 이러한 제도가 혁파되어 京人에게 미리 값을 지급하고 각 관청에 공물을 담당하게 하였는데, 그것을 담당하던 사람을 '其人'이라 하였다. [《續大典 工典 京役吏》: 代設其人貢物【舊例, 諸邑鄉吏每歲輪次來京, 本曹分定諸司備炭木, 大同創設後, 革其法, 使京人預受價責應如例, 謂之其人.】] ☞본서 9-3·5

## ㄴ

**儺禮廳** : 儺禮는 원래 중국에서 시작된 풍습으로, 음력 섣달 그믐날 밤에 궁중에서나 민가에서 마귀와 邪神을 쫓아낸다는 뜻으로 베푸는 의식이다. 중국 사신이 왔을 때 으레 나례를 행하였는데, 이때 迎接都監에서 좌, 우 儺禮廳을 설치하고 나례를 행하는데 필요한 軒架와 雜像을 준비하였다. 이러한 물건들을 만드는 才人들을 의금부와 軍器寺에 나누어 소속시키고 이들을 관리하게 하였다. [《承政院日記 仁祖 21年 3月 10日》: 自前才人分屬於義禁府、軍器寺, 詔使時, 別設儺禮廳, 而摠屬於迎接都監, 則禁府都事, 分差儺禮者, 乃是都監之屬官, 有何體面之尊重? 經亂以後, 物力品式, 一遵減省, 故減其左右儺禮廳, 而只以都監郎廳, 直爲句管, 仍假儺禮色之號矣.] ☞본서 28-8

**羅將** : 조선시대 兵曹 소관의 京衙前으로 의금부, 형조, 사헌부, 사간원, 병조, 오위도총부, 전옥서, 평시서 등 중앙의 査正과 형사업무를 맡는 관사에 소속되어 警察, 巡邏, 獄卒로서의 使令雜役에 종사하였다. 所由, 使令, 喝道 등으로도 불렸다. ☞본서 3-1, 4-3, 29-1·24·28, 33-4-5, 34-1, 34-3

**拿處** : "죄를 지은 사람을 잡아다 신문하여 처리하다. [拿問處置]"라는 의미이다. 즉 죄나 잘못을 저지른 사람을 담당 관사에서 잡아다 심문하고, 그 심문 결과에 따라 처리하는 것이다. 이때의 담당 아문으로는 의금부, 형조, 병조 등이 있다. ☞본서 7-3

**南行** : 科擧를 치르지 않고 다만 조상의 혜택으로 벼슬하는 사람을 말한다. 蔭職 또는 白骨南行이라고도 한다. ☞본서 10-5

**杻炬** : 싸리나무로 만든 횃불이다. 본래 궁궐 안에서는 紅染蠟으로 만든 紅大燭을 사용하였으나 太宗 때부터 처음으로 杻炬를 쓰기 시작하였다. 도중에 소나무로 만든 松炬를 쓰기도 하였으나 소나무가 집과 배를 건조하는데 필요하였기 때문에 금지하였고, 五升布에 밀랍을 발라 만든 布燭을 쓰기도 하였다. 세종 때부터는 주로 싸리나무와 도토리나무로 횃불을 만들어 사용하게 하였다. [《世宗實錄 5年 3月 3日(甲申)》 : 一, 松木, 造家、造船所用最緊, 曾立禁令, 司宰監松炬, 代以杻木、橡木, 瓦窯燒木, 皆用雜木. ; 《世宗實錄 11年 3月 25日(辛未)》 : 古者宮禁之內, 常用紅染蠟爲燭, 謂之紅大燭. 太宗時, 始代以杻炬, 崇儉之意至矣. 然杻炬火易盛, 故頃刻不愼, 則燼焰亂落, 恐或延燒幃帳. 今不必如紅大燭, 但用蠟塗於五升布, 每一日進大殿、東殿各一枚, 名之曰布燭.] ☞본서 31-11

## ㄷ

**當直** : 본서에서는 1)當直廳이라는 장소의 의미로 쓰였는데, 당직청은 대궐 밖에 설치한 의금부의 分所이다. 士人과 庶人이 제기한 申訴, 告牒의 처리는 當直廳에서 담당하였다. 《燃藜室記述》에 "당직청에서는 백성들의 申訴와 告牒 등의 일을 맡아 하였는데, 도사 1명을 하루걸러 바꾸어 근무하게 하였다. (당직청은) 燕山君 때 密威廳으로 고쳤다가 中宗 초년에 옛날대로 회복하였다."라는 기록이 있다. 《燃藜室記述 官職典故 義禁府》 2)당직청에 입직하는 의금부 낭청을 가리키는 의미로 쓰였다. 1)의 의미 ☞본서 1-5, 9-5, 12-3, 15-3·4, 16-1·2·4, 17-2, 28-6, 29-2·20, 31-3·7, 31-2·3 2)의 의미 ☞본서 1-6, 5-8, 9-2, 12-1, 15-3, 29-3·25·31

**堂參禮** : 相會禮 즉 相見禮를 말한다. 《경국대전》에 의하면, "각 관청에 새로 관원이 임명되었을 때 그 관원이 上官이면 신·구관이 모두 公服을 입고 相會禮를 행하고 보통 때에는 단지 揖禮만 행한다." 라 하였다. 《經國大典 禮典 京外官相見》 ☞본서 4-7

**大功親** : 9개월 동안 상복을 입어야 하는 관계에 있는 친속, 즉 관원 자신의 衆孫, 미혼인 孫女, 衆子婦와 이미 출가한 딸, 사촌형제와 미혼인 사촌자매, 고모 등을 말한다. 《大明律直解 服制》 ☞본서 21-2

**大祭** : 여기서 말하는 대제는 곧 大祀로, 국가 祀典 중에서 가장 규모가 큰 것이다. 조선시대에는 국가 제사에 大祀, 中祀, 小祀의 구별이 있어 이에 따라 제사의 규모나 의례절차가 달라졌다. 大祀로는 社稷, 宗廟, 永寧殿, 大報壇에 지내는 제사가 있었다. 조선의 祀典體制는 중국을 모방한 高麗의 사전을 토대로 增減한 것인데, 大祀에 圓丘, 方澤, 諸陵이 배제되었다.(《高麗史 禮志》) 大祀와 中祀는 원칙적으로 왕이 親行하였다. 대사에는 散齋 4일, 致齋 3일의 齋戒와 의식의 연습이 있었다. 《六典條例 禮典 祭祀》《典律通補 禮典 祭禮》 ☞본서 6-1

**都目政事** : 도목정사는 정기적인 인사 행정인데, 1년에 6월과 12월 두 차례 실시하는 경우는 兩都目, 3·6·9·12월 네 차례 실시하는 경우는 四都目이라 하였다. 都目, 都政, 都目大政이라고도 한다. ☞본서 25-2, 35-9·18

**徒配** : 徒刑을 받아 귀양 가는 것을 말한다. 도형은 五刑(笞·杖·徒·流·死刑) 중 세 번째 등급의 형벌로, 죄인의 자유를 박탈하는 자유형 형벌이며, 勞役이 수반되었다. 중국에서는 소금을 굽거나 쇠를 불리는 노역에

종사하게 하였으나, 조선에서는 造紙署나 瓦署 또는 驛 등에서 일하게 하였다. 죄질에 따라 도 1년부터 3년까지 5등급이 있었고, 으레 杖刑을 함께 부과하였다. 장 10대와 도역 반년을 단위로 형 1등을 가감하여 徒 1년 杖 60대, 도 1년 반 장 70대, 도 2년 장 80대, 도 2년 반 장 90대, 도 3년 장 100대이며, 杖은 경우에 따라 贖錢을 내고 면할 수도 있었다. [《經國大典註解 後集 刑典 逃亡條》: 徒, 奴役也, 以罪供徭作也. 自一年至三年爲五等, 每杖一十及半年爲一等加減.;《大明律 五刑名義》: 徒者, 謂人犯罪稍重, 拘收在官, 煎鹽炒鐵, 一應用力辛苦之事. 自一年至三年爲五等, 每杖一十及半年, 爲一等加減.] ☞본서 28-1

**屠肆** : 고기를 판매하는 푸줏간으로, 고기를 매달아 판매하기 때문에 懸房이라고도 한다. 농업 국가인 조선에서 소의 도살은 철저히 금지되던 三禁(牛禁·酒禁·松禁) 중 하나였다. 그러나 필연적으로 늘어나는 쇠고기 수요를 충족시키기 위하여 懸房에 가축을 도살·판매하는 일을 독점하게 하는 대신 贖錢을 거두어 관사의 재정에 보태고 관사에 필요한 肉類를 조달하게 하는 한편, 필요한 때에는 身役도 지게 하는 방식으로 운용하였다. 현방은 17세기 후반 또는 숙종 때 창설된 것으로 보이며, 숙종 38년(1712)에는 21곳의 현방이 있었다고 한다.《承政院日記 肅宗 38年 9月 28日》 현방에 대한 연구는 송찬식, 〈懸房攷(上)〉, 《한국학논총》 제10집, 국민대학교 한국학연구소, 1988 ; 최은정, 〈18세기 懸房의 商業活動과 運營〉, 《梨花史學硏究》 23-24, 梨花女子大學校 史學硏究所 참조. ☞본서 28-3

**都事** : 從五品職으로 중앙에서는 忠勳府, 儀賓府, 忠翊府, 義禁府, 開城府의 屬官으로 두어 서무를 주관케 하였다. 원래는 經歷과 관찰사의 보좌관으로 外官에도 파견되었으나 세조 12년(1430)에 外官 經歷이 혁파된

후 도사만 남게 되었다.《增補文獻備考 職官考四 義禁府》☞본서 1-3, 10-5, 12-1, 25-1, 29-18

**登聞鼓** : 등문고는 억울한 일을 임금에게 아뢸 수 있게 하기 위하여, 중국 송나라에 있었던 제도를 본 따 태종 1년(1401)에 설치하였다. 이듬해 申聞鼓라 개칭하였고 세종 때는 升聞鼓라고 부르기도 하였는데, 기록상으로는 등문고와 신문고가 혼용되었음을 보여준다. 신문고를 칠 수 있는 사안에는 엄격한 제한이 있었다. 신문고를 치기 전에 우선 서울에서는 그 일을 주관하는 관원에게, 지방에서는 관찰사에게 먼저 호소해야 하며, 그래도 억울하면 司憲府에 호소한 다음에야 신문고를 칠 수 있었다. 이런 제약에도 불구하고 사소한 일로 신문고를 치는 자가 많아지자, 국가에 관계되는 일과 불법으로 사람을 죽인 일, 그 밖에 자신에게 刑戮이 미친 일, 父子의 分揀, 嫡妾의 분간, 良賤의 분간, 자손·아내·아우·종이 父祖·夫·兄·主人을 위한 일 등에만 북을 치게 하였다. 실록에서 신문고를 친 일이 최종적으로 검색되는 때는 영조 36년(1760) 11월이고, 그 이후 다시 복구 명령이 내린 때는 영조 47년(1771)이다. 신문고가 설치된 위치에 대해서는《경국대전》에는 의금부 당직청에 설치되었다고 했으나, 영조 때 다시 설치될 때는 昌德宮의 進善門 안에 설치하였다. [《英祖實錄 47年 11月 23日》; 《漢京識略 卷1 宮闕》;《經國大典 訴冤》: 訴冤抑者, 京則呈主掌官, 外則呈觀察使, 猶有冤抑, 告司憲府, 又有冤抑則擊申聞鼓【鼓在義禁府當直廳】; [《續大典·刑典·訴冤》: 擊申聞鼓者, 刑戮及身、父子分揀、嫡妾分揀、良賤分揀等項四件事, 及子孫爲父祖、妻爲夫、弟爲兄、奴爲主其他至冤極痛事情則例刑取招, 此外並嚴刑, 啓達勿施.] ☞본서 28-6

## ㅁ

**馬草價** : 입직 관원이 타는 말이 먹는 건초에 드는 비용을 말한다. 본서에서는 銅錢으로 낭청들에게 초가를 지급하는 것으로 나타난다. 이 비용은 공적인 비용에서 지급되긴 하였으나 추후에 지급되었으므로 대청지기가 우선 비용을 마련해야 하는 부담이 있었던 것으로 보인다. 원래 草價는 田稅와 함께 佃夫에게 부과되어 여름에는 生草, 겨울에는 穀草로 납부하게 하여 稅草라고도 불렸다. 도중에 草價가 지나치게 과도해지자 成宗 6년(1475) 때 법으로 1束=米 2升으로 정하여 과도한 수취를 막았고 수납형식도 官收官給으로 바꾸었다. 이때부터 농민들은 초가를 포함한 모든 세를 京倉에 직접 납부하고, 담당 관사에서 이것을 京市署에서 평가하는 時價에 따라 쌀이나 콩으로 바꾸어 지급하였다. [《經國大典 戶典 諸田》: ○職田、賜田稅, 並草價納京倉,【限來春三月初十日】以軍資監米豆換給.【草一束準米二升. ○職田、寺田, 則每一結官收二斗.】; 《成宗實錄 9年 7月 20日(己卯)》: 戶曹據此啓: "諸田之稅, 使民幷草價自納京倉, 依祿俸例頒給." 從之.] 의금부에서 각 관원에게 얼마나 馬草價를 지급하였는지는 본서에 나타나 있지 않아 정확한 액수는 알 수 없으나 다른 관사의 경우를 살펴보면, 형조에서는 1개월마다 당상 1인에게 1냥 2전의 馬草價를 지급하였고 낭청에게는 3냥의 馬太草價를 지급하였다. 《秋官志 經用》 ☞본서 31-12

**望闕禮** : 조선의 임금이 설날, 동짓날, 중국 황제의 생신, 중국 황태자나 황후의 생일에 왕세자와 문무백관을 거느리고 중국의 수도를 향하여 北向 4拜하고 만세를 불러 축하하는 것을 말한다. 망궐례를 행하는 날 및 백관들이 의식절차를 예행연습 하는 날은 탈품한다. 《國朝五禮儀 卷3 嘉禮》 ☞본서 6-1

**望單子** : 吏批나 兵批에서 관원을 임명할 때는 3인의 후보자를 추천 받아 임금의 落點을 받아 임명하였다. 이때 3인을 열거한 추천서를 망단자라 한다. 望記, 望簡이라고도 하였다. ☞본서 29-12

**面看交替** : 전임자와 후임자가 대면하여 사무를 인계인수하고 교체하는 것이다. 面看交代라고도 한다. ☞본서 31-1

**免新** : 新來를 면한다는 뜻이다. 본래 新來는 과거 합격 후 처음 관직에 분속된 자를 의미하였으나, 점차 인사이동에 의해 다른 관사로 옮긴 기존 관료들까지 의미하는 말이 되었다. 면신하려면, 선배관료들에게 피로연을 베풀어 주어야 비로소 관료사회의 일원으로 인정을 받을 수 있었다. 면신례 때 선배 관료들은 장난으로 신참관료들에게 온갖 곤욕을 치르게 하는 惡習이 있었다. [박홍갑, 〈조선시대 면신례 풍속과 그 성격〉, 《역사민속학》II, 2000. ; 윤진영, 〈義禁府의 免新禮와 金吾契會圖〉, 《문헌과해석》 통권13호, 2000.] ☞본서 10-2·4, 11-1, 12-1·2, 13-1·2, 15-1·3·6·7, 16-3·4, 19-5, 26-7, 29-3·7·16~29, 31-7·14, 32-2·3, 33-4, 35-3 등

**沒頭** : 몰두가 무엇인지는 확실치 않다. 그런데 《慵齋叢話》에 의하면, 면신례 때 新來가 紗帽를 거꾸로 쓰고 두 손으로 뒷짐을 진 채 머리를 낮게 하고 先生들 앞에 나아가 두 손으로 사모를 잡고 올렸다 내렸다 하는 것을 禮數로 여겼다는 기록이 있는데, 이러한 물구나무서는 것과 유사한 행위를 말하는 것인 듯하다. [《慵齋叢話 卷2》 : 新來到着紗帽, 以兩手負背低首, 至就先生前, 以兩手圍紗帽, 而上下之, 名曰禮數.] ☞본서 18-7, 19-5

**卯酉仕** : '卯仕酉罷'의 줄임말로, 卯時(오전 5시~7시)에 출근하였다가 酉時(오후 5~7시)에 퇴근하는 것이다. 해가 짧을 때는 辰時(오전 7시~9시)에 출근하고 申時(오후 3시~5시)에 퇴근하였다. 각 관사는 卯酉仕한 상황을 單子로 작성하여 5일마다 왕에게 보고하였고, 근태가 불성실한 자는 처벌하였다. [《六典條例 吏典 總例》: 各司卯酉仕單子, 每五日修來【戶曹、刑曹、漢城府、宣惠廳, 逐日. 兵曹、工曹、義禁府、司僕寺、平市署, 間五日.】, 以考勤慢. 或別遣摘奸, 現頉者, 論罪. 【各司闕直者, 同.】] ☞본서 30-4, 34-1-1, 35-6・7・10・20

**問事郎廳** : 죄인을 국문할 때 委官 등을 보좌하여 실무를 처리하는 관원을 가리킨다. 問事都事와 같은 뜻이다. 죄인을 신문할 조목인 問目을 작성하는 일, 문목을 죄인에게 읽어 주는 일, 죄인이 진술한 내용을 문서로 정리하는 일 등을 담당하였다. 문사낭청을 차출할 때에는 의금부 都事가 侍從의 명부를 가지고 위관 앞에 나아가서 후보 명단을 작성한 뒤에 임금의 재가를 받아 정하였다. 문사낭청은 국청이 설치될 때에만 임시적으로 설치되는 權設官職으로, 問郎이라고 약칭하기도 하였다. 국문의 형식과 규모에 따라 문사낭청을 차출하는 숫자도 각각 달랐다. 즉 親鞫에는 8명, 庭鞫에는 6명, 推鞫에는 4명, 三省推鞫에는 2명을 차출하였다. 《六典條例 刑典 逆獄》 ☞본서 4-5, 5-3

## ㅂ

**頒赦** : 나라에 경사가 있을 때 임금이 특명으로 죄인들을 용서하여 형량을 감해 주거나 석방하는 것을 말한다. [《續大典 刑典 赦令》: 每赦令時, 罪人放・未放, 京則本曹・義禁府, 外則觀察使, 分等錄啓.] ☞본서

10-3, 29-7

**犯逆**：謀反大逆罪를 범한 것을 말한다. 《續大典》에 나타나 있는 영조 21년(1745)의 하교를 따르면, '惡逆에 관계되거나 임금을 속이는 不道한 행위를 하거나 大訓에 위반되는 행위를 한 경우'에만 鞫問할 수 있다고 한정하였는데, 이때의 '역'은 '惡逆'이다. [《續大典 刑典 推斷》：○凡關係惡逆、誣上不道、干犯大訓者外, 勿爲設鞫【文字間非直犯惡逆, 則抉摘捏合, 毆之於犯上不道之律者, 一切禁之. 〈英宗乙丑下教〉】] 그런데 위 하교의 原注를 보면 "文字 사이에서 직접 惡逆을 범한 글이 있는 것도 아닌데 숨겨진 뜻을 찾아내어 날조해서 임금의 존엄을 해쳤다거나 不道한 짓을 했다는 형벌을 주는 것을 일체 금한다."라 하여, 惡逆을 임금의 존엄을 훼손하는 不道한 행위와 같은 것으로 기술하고 있음을 볼 수 있다. 반면 《대명률》에 따르면, '惡逆'은 10惡 중 4번째 항목으로, 祖父母·父母·남편의 祖父母와 父母를 구타하거나 謀殺하는 것 및 父의 兄弟인 伯叔父와 그의 妻인 伯叔母·父의 同氣인 고모·자신의 兄과 누님·母의 父母인 外祖父母·자신의 남편 등을 殺害하는 反人倫的인 범죄를 말한다. 즉 《대명률》에서의 악역은 君主에 反하는 행위라기보다는 人倫에 反하는 행위를 말한다. [《大明律 名例律 十惡》：四曰惡逆【謂毆及謀殺祖父母·父母、夫之祖父母·父母, 殺伯叔父母、姑、兄、姊、外祖父母及夫者.】 실제 《승정원일기》나 《조선왕조실록》을 찾아보면, 조선에서는 惡逆罪人을 大逆罪人 또는 謀逆罪人의 의미로 사용하고 있다. 犯逆罪人으로 언급된 인조 때의 許杙, 현종 때의 崔○男, 숙종 때의 方燦, 경종 때의 趙聖集, 영조 때의 崔夏徵 등은 모두 군주 또는 군주의 권위에 반한 행위를 한 '謀反' 또는 '謀大逆'에 해당하는 죄인들이었다. 《承政院日記 仁祖 22年 4月 7日, 顯宗 4年 7月 6日, 肅宗 22年 7月 24日, 景宗 3年 6月

18日, 英祖 12年 11月 6日》 이러한 근거 하에 필자는 본서에 나오는 '逆'을 《대명률》 형률 277조에 나오는 '謀反大逆'으로 보고 번역하였다. [《大明律 刑律 盜賊 謀反大逆》: 凡謀反謂謀危社稷. 大逆謂謀毁宗廟、山陵及宮闕, 但共謀者, 不分首從, 皆陵遲處死.] ☞본서3-1, 4-11

**罰禮(罰例)** : 벌례는 종래 벼슬아치들의 잘못이 있을 때 잘못한 자에게 술을 내는 것이라 알려져 왔다. 본서에 의하면, 벌례는 大大罰禮, 大罰禮, 中罰禮, 小罰禮 등의 구별이 있었고, 벌례의 방식도 처음에는 술과 음식으로 차려내던 罰禮宴의 방식에서 돈으로 내는 罰禮錢으로 변화하였다. 본부의 정해진 규정을 따르지 않았을 때 가벼운 처벌의 의미로 시행되던 벌례(12-4, 18-5·7·11, 19-3·5), 새로 임명되어 온 낭청이 선배 낭청들에게 인사의 의미로 바치는 벌례(12-3, 29-19·21·23·24·29), 罰의 의미는 사라지고 접대규모만 나타내는 의미로 쓰이던 벌례(35-10·11·12·13·14·15)로 변화하고 있음을 볼 수 있다. 또 본서 안에서는 罰禮와 罰例가 混用되어 나타나는데 의미를 구별하여 사용한 것은 아닌 것으로 보이나 후반부에는 '罰例'가 대부분이어서 주목된다. ☞본서 15-5, 17-3, 18-5·7·11, 19-3·5, 29-19·21·23·24·25·29, 31-9, 32-2·4, 33-4-1·2·3·7, 35-1

**罰直** : 정상적으로 입직할 차례 외에 벌로 들게 하는 入直이다. 罰番과도 같다. 官員이나 吏屬에게 쓰던 가벼운 처벌 방식으로, 사적인 감정으로 시행하여서는 안 되었다. [《承政院日記 英祖 41年 5月 27日》: 又啓曰: "各廳堂下武臣能麽兒, 一朔六次考講, 法意嚴明, 而不進不通者, 一次則罰直, 再次則推考, 三次則罷職." ; 《承政院日記 正祖 6年 4月 2日》 具世元段, 旣聞其喧聒作挐之事, 私施罰直, 不卽枚報於別將之狀, 亦極駭然, 以此照律罪.] 벌직을 주는 경우는 여러 가지이다. 본서에 나타

난 경우로는 교대 시간 지각은 벌직 1~2일, 무단결근은 벌직 3일, 계속 결근하면 벌직 6일, 재임명되어 온 낭청이 즉시 근무하러 나오지 않을 경우에는 벌직 10일 등이 있다. ☞본서 12-1, 16-2, 18-7・11

**服制** : 親屬의 등급에 따라 착용하게 되어 있는 5가지 喪服制度 즉 斬衰, 齊衰, 大功, 小功, 緦麻를 뜻한다. 본서에서는 父母喪이 아닌 친족의 喪事 때 입는 복을 대상으로 하였으며, 이러한 복을 입는 사람을 服人이라 하여 喪主와 구별하였다. 世宗 때부터 조관은 服制式暇 때 出仕하지 않게 하였다. [《世宗實錄 22年 5月 9日(庚戌)》 : "臣願自今關係大事外, 大小朝官服制式暇, 勿令出仕." 右條, 以事之緊慢, 量宜施行.] ☞본서 21-2・3

**附過** : 附過란 官員의 過失을 기록해 두었다가 일정한 기간마다 이를 통계하여 인사 고과에 반영하는 것을 가리킨다. 그런데 본서에서는 부과의 대상이 관원이 아니라 당상과 낭청이 관사에 출입할 때 데리고 다니는 下人이다. 선생의 하인이 저지른 과오에 대해서는 본서에 구체적인 사례가 나오지 않으나 다른 관사의 경우를 가지고 추정해 본다면, 형조에서는 正郎이 佐郎에게 罰酒를 내린 것을 끝까지 거절하고 마시지 않으면 陪下人과 장무서리를 古風에 따라 치죄하는 규정이 있고, 정랑이 출입할 때 좌랑이 말머리를 돌리지 않으면 배하인을 치죄한다는 규정이 있는 것에서, 하인에게 내린 벌은 하인의 잘못에 대한 처벌이라기보다 그 하인의 주인에 대한 처벌에 가까웠던 것임을 짐작할 수 있다. [《金吾憲錄 先生》 : 廳中罰禮及下人附過, 一並蕩滌事. ;《秋官志 第一編 雜儀》 : 正郎前佐郎出罰時……終乃不飮, 則陪下人及掌務書吏, 依古風治罪.……正郎常時出入時, 佐郎避馬, 而若不擧行, 則陪下人治罪.] ☞본서 26-5

**府君堂** : 부군당은 符君堂, 付根堂으로도 표기되는데, 부군의 정확한 어원이나 의미는 밝혀져 있지 않다. 조선시대 각 관아의 부군당에는 祭儀의 대상인 府君神들이 모셔져 있고, 목제 남근[木莖]이나 종이돈이 걸려 있었다. 《燃藜室記述》과 《林下筆記》에 의하면, 서울 안에 있는 관청에는 으레 작은 집 하나를 마련해 두고 종이돈을 빽빽하게 걸어 두고는 府君堂이라 하며 서로 모여서 제사를 지냈고, 법을 담당하는 관사에서도 마찬가지였으며 새로 임명된 관원은 반드시 제사를 올렸다는 기록이 있다. 신들은 대체로 畫像으로 모셔졌으며, 모시는 신은 관사마다 달랐다. 예컨대, 형조는 송씨 부인, 병조는 文天祥, 한성부는 恭愍王, 전옥서는 東明王, 포도청·사역원·의영고는 송씨 처녀, 養賢庫는 崔瑩과 그의 딸인 고려 禑王의 왕비를 모셨다. 朴趾源은 이 부군당에 제사하는 행태를 비판하면서, "매년 10월에 서리와 아전들이 재물을 거두어 사당 아래에서 취하고 배불리 먹으며, 무당들이 가무와 풍악으로 귀신을 즐겁게 한다. 그러나 세간에서는 또한 이른바 府君이라는 것이 무슨 귀신인지 알지 못한다. 그려 놓은 神像을 보면 朱笠에 구슬로 엮은 갓끈을 달고 호랑이의 수염을 꽂아 위엄과 사나움이 마치 장수와 같은데, 혹 고려의 侍中이었던 崔瑩의 귀신이라고도 한다."라 하였다. 《燃藜室記述 第4卷 文宗朝故事本末》《林下筆記 第16卷 文獻指掌》《燕巖集 第1卷 煙湘閣選本》《漢京識略 闕外各司 養賢庫》《한국세시풍속전자사전 http://www.nfm.go.kr 검색일: 2015.12.15.》 오문선, 〈서울지역 공동체신앙 전승과정 고찰-조선시대 各司 神堂의 존재 양상과 변화를 중심으로-〉, 《문화재》 41, 2008. ☞본서 2-3

## ㅅ

**社稷大祭** : 社稷에 지내는 大祀로, 사직은 국가에서 백성의 복을 위해 제사하는 토지의 神인 社와 곡식의 신인 稷에게 제사하는 곳이다. 社에는 句龍을, 稷에는 后稷을 배향하였다. 군주가 나라를 세우면 먼저 사직과 宗廟를 세우는데 사직은 宮城의 왼쪽에, 종묘는 오른쪽에 세운다. 1년에 네 번 정월 上辛日, 봄과 가을 仲月의 上戊日, 臘日에 大祀로 지낸다. 《典律通補 禮典 祭禮》 ☞본서 6-1

**朔下** : 다달이 내려주는 월급. 하급 벼슬아치나 밑에 부리는 사람에게 주는 給料의 한 가지이며, 돈이나 무명으로 주었다. ☞본서 30-3, 31-12

**三省推鞫** : 의금부가 주관하고 議政府, 司憲府, 司諫院의 관원이 참여하는 추국이다. [《承政院日記 純祖 29年 4月 15日》: 蓋此等關係綱常之獄, 名之曰三省推鞫者, 擧行則自王府爲之, 而政府與兩司合坐, 故稱以三省也.] 삼성추국의 대상은 三綱과 五常을 거스른 綱常罪人으로, 부모·조부모·시아비·시어미·고모·남편·백숙부모·형·손위누이를 죽이거나 죽이려고 한 자, 노비가 주인을, 官奴가 고을 수령을, 雇工이 家長을 죽이거나 죽이려고 한 자, 後母·伯母·叔母·姑母·손위누이·손아래누이·며느리와 간음한 자, 종이 여자 상전과 간통한 자, 嫡母를 내쫓아 팔아버린 자, 부모를 구타하고 욕한 자, 아비의 시체를 불에 태운 자 등이다. 三省에 대해서는 필자의 견해와 다른 견해가 있다. 《校註大典會通》에서는 의정부, 사헌부, 의금부 세 관사의 관원이 합좌하여 죄인을 국문하는 것이라고 하였고(《校註大典會通》, 조선총독부 중추원, 1938, 655면), 사헌부, 사간원, 형조를 三省이라 한 실록의 기사(《成宗實錄 11年 1月 7日(戊子)》)도 있다. 《典律通補 刑典

綱常》 ☞본서 4-14, 5-1, 9-1

**上經歷** : 종4품에 해당하는 의금부 낭청으로, 낭청의 우두머리이자 의금부의 실제 실무 책임자였다. 주목되는 것은 의금부에서는 상경력을 소속 관원들의 투표에 의해 선출하였다는 점이다. 상경력은 免新을 거친 參上都事 중에서도 南行(蔭官) 출신자가 대상이 되며, 대상자를 제외한 나머지 낭청들이 한 사람씩 방에 들어가 圈點하여 선출하였다. 상경력에 선출되면 出使나 做度, 輪直, 公事員 등의 일에서 제외되었다. [《金吾憲錄 封崇》 : 經歷中已免新者, 列書于紙, 置于屛內案上後. 未免新參上及參下五員, 盡爲圈點, 而一人式入圈事.……曾經上經歷, 則勿爲公事員及做度. ; 《金吾憲錄 追錄》 : 本府上經歷封崇, 自是國朝古規, 且專檢一府, 而爲郞席之長, 則不可暫曠. 故如有遆易之事, 則諸郞齊會圈點, 免新經歷中從公議, 卽爲就坐, 亦是前例.] ☞본서 5-5~7, 10-1·4~11, 11-1, 13-7, 14-2·6, 15-5, 18-2, 21-4, 24-1, 29-7·10, 31-4·8·10, 33-6, 34-1-1, 35-17·26

**相避** : 가까운 친인척끼리는 같은 관사나 비슷한 성격의 관사, 상하 관계에 있는 관직에 敍用하지 않는 것을 말한다. 조선에서는 권력의 집중과 부정을 방지하기 위하여 가까운 친인척끼리는 같은 관사나 비슷한 성격의 관사, 상하 관계에 있는 관직에 근무하지 못하며 소송이나 재판 때에 元隻(원고·피고)과 관련되지 않도록 법으로 규정해 놓았다. 중앙관과 지방관은 本宗의 大功(9개월복, 즉 4촌)이상의 친족과 사위·孫壻·姊兄과 妹夫, 외가 집안으로 緦麻(3개월복 즉 외4촌) 이상 친족과 장인·조부·처남 및 동서들과는 모두 상피해야 했고, 養子 간 者는 生家의 親族과, 婚姻한 兩家의 家族끼리, 擧子는 試官과 相避하였다. [《大典會通 吏典 相避》 : 《原》 京外官, 本宗大功以上親及女夫、孫女

夫、姊妹夫、外親緦麻以上、妻親父、祖父、兄弟、姊妹夫並相避.【學官、軍官則勿避. 議政府、義禁府、本曹、兵曹、刑曹、都摠府、漢城府、司憲府、五衛將、兼司僕將、內禁衛將、承政院、掌隷院、司諫院、宗簿寺、部將、史官, 則並避本宗三寸叔母·姪女夫、四寸姊·妹夫、外親三寸叔母·夫、妻妾親、同姓三寸叔·姪·叔母·姪女夫、四寸兄弟.】] ☞본서 31-1

**書吏** : 吏는 掌書者를 가리키는 말이다. [《經國大典註解 後集 吏典》: 府史之屬, 亦曰吏. 掌書者也.] 조선 초기 각 관사에 京衙前의 下級吏胥로 있던 書員, 掾吏, 書吏, 令史, 司吏 등은 典吏로 통칭되었는데, 이들 전리는 世祖 12년에 상급이서를 錄事로, 하급이서를 書吏로 단일화한 것으로 보인다. 법전에 의하면, 당상관에게는 각각 서리 1인씩이 배정되었고 의금부에는 18명~20명 정도의 서리가 있었다고 한다. 이들은 의금부 내의 온갖 잡무를 맡아 하여 書寫를 맡은 書寫書吏, 총괄관리를 맡은 掌務書吏, 죄인을 잡아오는 拿來書吏, 압송하러 가는 押去書吏, 타 관사에 소식을 전하는 奇別書吏, 문서를 담당하는 文書書吏 등이 있었다. [《成宗實錄 2年 1月 13日(丙戌)》; 《大典會通 吏典 京衙前 書吏》: 【義禁府】 判事、知事、同知事各一. ○十八《續》無加減. 《補》二十. ; 신해순, 〈朝鮮初期의 下級吏胥〉, 《史學硏究》35, 1983.] ☞본서 3-1, 4-3·12, 5-7, 13-4, 14-6, 26-8, 32-1, 33-4-5, 34-1-5·6, 35-26

**序陞** : 서승은 在職年數에 따라 순서대로 승진하는 것이다. 의금부의 參下都事에게 序陞의 길이 열리게 된 것은 정조 15년(1791)에 이조판서 洪良浩의 건의에 의해서였다. 홍양호는 蔭官의 벼슬길이 너무 넓어지는 것을 우려하여, 의금부 도사 중 參下 다섯 자리를 參奉이

순서에 따라 승진하는 단계로 만들되 生員이나 進士인 자를 임명하도록 정조에게 건의하여 허락을 받았다. [《正祖實錄 15年 4月 5日(己酉)》: 吏曹判書洪良浩啓言: "今因部官變通, 初仕又添五窠, 蔭路太廣.禁府都事參下五窠, 移作參奉序陞之階, 而參下禁都, 非生進, 不得爲序陞, 中或有未生進者, 則以他司相換爲宜." 從之.] ☞본서 29-18

**先生** : 선생이란 말은 현대어에서 존칭처럼 붙여 쓰는 접미사가 아니라, 조선에서는 일정한 자격 요건을 갖추어 先生案에 이름을 올린 관원을 의미하는 특수용어였다. 先生案에는 그 관사에 재직하는 관원의 姓名, 職名, 生年月日, 本貫 등을 기록하였다. 선생으로 대접 받기 위한 자격 요건은 免新禮를 거친 사람이어야 하는데, 이것은 의금부에 배치된 후 90~180일 이상 근무해야 함을 의미한다. 선생안에 이름이 기록된 관원은 의금부에서 심문을 받을 때 다른 죄수들과 함께 가두지 않고 書吏長房에 가두었으며, 贖錢도 50%만 내게 하였고, 선생의 子弟가 의금부에 임명되었을 때는 免新에 필요한 기간을 줄여주었으며, 喪을 당했을 때는 羅將을 보내 일을 돕게 하는 등의 우대를 받았다. 免新禮를 치르는 날 모두가 모인 공식 회합 자리에서 선생안에 入錄하여야 본격적으로 의금부의 정식 관원으로 대접 받을 수 있었던 것에서 종래에는 '선생'을 '前任'과 같은 의미로 보았으나, 재직 중인 郎廳도 선생에 포함된다는 것을 알 수 있다. 따라서 본서에서는 선생을 '前·現職'으로 번역하였다. 先生은 의금부 뿐 아니라 중앙의 각 관사나 지방의 고을에도 있어서, 현재도 한국고전적종합목록시스템을 검색해보면 각종 先生案들이 전해지고 있다. ☞본서 2-3, 22-4, 26-1~8, 27-1, 29-3·11·15·16, 31-13·15, 32-4

**小功親** : 5개월 동안 상복을 입어야 하는 관계에 있는 친속, 즉 관원

자신의 할아버지의 친형제, 아버지의 사촌 형제, 再從兄弟와 미혼인 再從姊妹, 출가한 사촌자매, 사촌형제의 아들 및 미혼인 딸, 할아버지의 친자매, 아버지의 사촌자매, 형제의 처, 嫡孫婦, 형제의 손자와 형제의 미혼인 손녀, 외조부모, 어머니의 형제와 자매, 甥姪 등을 말한다. 《大明律直解 服制》 ☞본서 21-2

**贖錢** : 처벌을 받아야 할 죄인에게서 처벌 대신 贖罪金으로 받는 布나 楮貨, 銅錢을 말한다. 조선에서는 笞刑에서 死刑까지 처벌 단계별로 죄인에게서 거두어들이는 贖錢이 법으로 정해져 있었다. 조선 전기에는 국가의 공식 화폐로 楮貨와 布를 사용하였으므로 속전도 저화나 포로 징수하였으나, 후기에 국가의 공식 화폐로 銅錢을 사용하도록 변경한 뒤로는 동전으로 징수하였다. 《전율통보》와 《육전조례》에는 笞刑에서 死刑까지 처벌 단계별로 죄인에게서 거두어들이는 贖錢이 규정되어 있다. 예를 들면, 笞 10대에 해당하는 죄를 지은 사람에게서 태를 맞는 대신 속전 7錢을 거두고, 점차 7전씩 올려서 杖 100대에 해당하는 죄를 지은 사람에게서는 7兩을 거두는 식이었다. 조선에서는 문관, 무관, 내시부 관원, 음관 자손, 생원, 진사는 十惡, 奸盜, 非法殺人, 枉法受贓을 범한 이외에는 태형이나 장형을 속전으로 대신할 수 있었다. [《典律通補 刑典 收贖》: 贖法: 笞【一十, 木七尺, 代錢七戔, 遞加七尺, 至笞五十, 一匹, 代三兩五錢.】、杖【六十, 木一匹七尺, 代錢四兩二錢, 遞加七尺, 至杖百, 二匹, 代七兩.】、徒【一年, 木二匹, 代錢七兩, 每半年, 遞加一匹, 至徒三, 六匹, 代二十一兩.】、流【○二千里, 木八匹, 代錢二十八兩；二千五百里, 九匹, 代三十一兩五錢；三千里, 十匹, 代三十五兩.】及死刑【錢四十九兩.】有差.]《經國大典 刑典 推斷》 ☞본서 14-5, 26-3, 30-2

**首都事** : '도사 중 가장 우두머리'라는 뜻으로, 본서에서는 上經歷과 같은 의미로 쓰였다. 영조 6년(1730)에 의금부의 낭청을 모두 都事로 구성하였으므로, 낭청 중 수석이라는 의미로 사용한 것으로 보인다. [《金吾憲錄 封崇》: 本府或有不時急遽之事, 則或命首都事. 故上經歷, 則不得取便出使事.【甲子完議】] ☞본서 10-11, 33-3

**守幕** : 幕를 지키는 일, 또는 막을 지키는 관원 즉 守幕都事를 말한다. 幕은 추국, 친국, 정국을 실시할 때 鞫廳에 나갈 죄인을 대기하게 하던 곳이다. [《承政院日記 英祖 9年 5月 28日》: 上曰: "此罪人下幕, 金潤龜, 更爲上鞫."] ☞본서 5-5·9·12

**須資** : 입직하던 관원이 긴급한 사정이 생겼을 경우에 동료 관원에게 잠시 대신 입직하도록 하는 것을 말한다. [《弘文館志 館規 雜式》: 入直官如有緊故, 則暫時推移於僚員, 名曰須資.] ☞본서 19-3, 29-1·6

**隨廳書吏** : 관청에 배속된 서리를 말한다. 錄事와 書吏는 개인에게 배속되는 부류와 관청에 배속되는 부류가 있다. 개인에게 배속되는 경우는 陪從 또는 跟隨라 하고 관청에 배속되는 경우는 隨廳이라 한다. [윤국일, 전게서, 73면] ☞본서 31-13

**肅拜** : 원래 의미는 똑바로 서서 용모를 엄숙히 하고 앞으로 모은 두 손을 조금 내리는 拜禮를 말하였다. [《經國大典註解 禮典》: 直身肅容而微下手.] 그러나 여기에서는 '謝恩肅拜'를 의미하여, 東班 9품 이상 西班 4품 이상이 새로 관직에 除授되면 대궐에 나와서 王과 王妃, 王世子 등에게 鞠躬四拜하여 감사인사를 드리는 것을 뜻한다. 資級이 올랐거나 겸직을 받았을 경우, 사신으로 나가고 들어올 때, 휴가를 받

아 가고 돌아올 때 등에는 왕에게만 한다. [《大典會通 禮典 朝儀》: ○奉朝賀、耆老所堂上官, 只於正·至·誕日以常服肅拜. ○受東班九品、西班四品以上職者, 除授翌日, 行謝恩肅拜于大殿、王妃殿、王世子宮. 加階或兼職者, 只肅拜于大殿, 出使·受假者, 往還同.] ☞본서 12-1, 13-1, 29-18, 31-1

**肅拜錢** : 본서 무오년 완의(33-4)에서 "사은숙배할 때 각 낭청의 노복에게 으레 지급하는 돈은 1냥으로 정한다."라는 것이 이에 해당하는 것으로 보인다. 따라서 숙배전은 각 낭청이 사은숙배할 때 데리고 다니는 노복에게 본부에서 전례에 따라 주는 돈을 말한다. [《金吾憲錄 追附揭板 戊午年完議》: 肅謝時各位奴子例給錢, 以一兩爲定爲齊.] ☞본서 33-4, 36

**習杖** : 나무를 깎아 만든 막대기로 무예를 연마하는 훈련을 말한다. 조선 초기에는 習杖이 習陣이나 習射처럼 공식적인 행사로 실시되었다. 습장의 유래는 오래되었을 것으로 짐작되나 문헌상으로 습장이 언급된 것은 1433년(세종15)의 기사에서 처음 확인된다. 왕이 모화관에 거둥하여 다른 무예와 함께 습장을 구경했다는 기록이 그것이다. 무예를 연마할 때 막대기로 하는 것이 가장 유익한 방법의 하나로 알려지면서 습장은 步兵의 대표적인 군사 훈련에 쓰였다. 특히 조선 초기에 특수 兵種인 攝六十은 매일 훈련관에서 습장하였다는 기록이 있다. 습장은 2인 1조로 짝을 이루어 했는데 杖은 주로 붉은색 칠을 한 朱杖을 사용하였고, 원래는 둥글게 깎아 만들었으나 임진왜란 이후에는 나무에 각이 있는 稜杖을 사용하였다. 습장을 하던 장소는 三淸洞이나 神武門 밖(현재 청와대 근처)이었다. 본서에 따르면, 습장에는 官習杖과 私習杖이 있고, 각각 1년에 2회 시행한다고 하였다. [《世宗實錄 15年 5月

14日(丙寅)》: 幸慕華館, 觀騎射、擊毬、弄槍、角力、習杖. ;《世宗實錄 32年 1月 15日(辛卯)》: 集賢殿副校理梁誠之上備邊十策……至於步兵, 亦令習杖、習陣, 而入直軍士及忠順·忠義衛, 令鎭撫所依式習射. ;《世祖實錄 3年 10月 22日(壬子)》: 兵可千日不用, 不可一日不鍊. 往者攝六十日就訓鍊觀習杖.] ;《承政院日記 英祖 31年 5月 14日》: 上曰: "羅將之下杖, 甚不如前, 每每習杖乎?" 景祚曰: "一都事每令羅將, 習杖於三淸洞矣." 象漢曰: "三淸洞習杖, 廢之已久矣." ;《承政院日記 正祖 6年 3月 24日》: 上曰: "羅將輩近不習杖, 此係人命, 今後復舊制, 都事率往神武門後, 以爲肄習, 可也." ;《金吾憲錄 大門節目》: 私習杖, 以春秋兩等, 官前習杖, 一月十兩式出給爲齊 ; 官習杖, 以春秋三、九月十五日作定爲齊.] ☞본서 29-1, 35-27·29

**習杖債** : 習杖에 드는 예산으로 책정해 놓은 비용인 듯하다. ☞본서 35-8·20·21·22

**試官** : 각종 과거시험의 시험감독관을 말한다. 시관으로 임명된 자는 대궐에서 밤을 지내고 시험장으로 직행하여 외부와 연락을 하지 못하였다. 상시관과 참시관은 試場 안의 일을 주관한 반면 감시관은 시장 밖의 일을 주관하였다. [한우근 등,《譯註 經國大典》(注釋編), 한국정신문화연구원, 1985, 313면] ☞본서 21-3

**緦麻親** : 3개월 동안 상복을 입어야 하는 관계에 있는 친속, 즉 관원 자신의 衆孫婦, 曾孫, 증조의 형제 및 증조 형제의 처, 아버지 재종형제 및 재종형제의 처, 증조의 자매, 할아버지의 사촌자매, 아버지의 재종자매, 할아버지의 사촌형제와 사촌형제의 처, 형제의 증손이나 형제의 미혼인 증손녀, 형제의 출가한 손녀, 사촌형제의 손자 및 미혼인 사촌

형제의 손녀, 재종형제의 아들과 미혼인 딸, 고모의 아들, 외숙의 아들, 이종형제, 처의 부모, 사위, 외손, 형제의 손자의 처, 사촌형제의 아들의 처, 사촌형제의 처 등을 말한다.《大明律直解 服制》☞본서 21-2

**時囚** : 현재 옥에 갇혀 있는 죄인을 말한다. 시수는 오늘날처럼 재판이 끝나 형이 확정된 죄인을 의미하는 것이 아니라, 옥사가 아직 결말이 나지 않아 옥에 갇혀 있는 죄인 즉 未決囚를 말한다. 또는 현재 옥에 갇혀 있는 사람들의 명단인 時囚案을 의미할 때도 있다. ☞본서 29-6·15, 33-3, 34-1

**時祭** : 철에 맞추어 지내는 제사를 가리키는 말로, 時祀 또는 時享이라고도 한다. 時祭에는 약간 다른 두 가지 경우가 있는데, 그 하나는 개인집에서 제사를 지내지 않게 된 4대조 이상의 조상에 대하여 매년 음력 10월에 그 묘에 찾아가서 제사하는 것을 가리킨다. 다른 하나는 사계절에 사당에서 조상에게 제사하는 것을 가리키기도 한다. 宗廟에서는 4계절의 첫 달(음력 1, 4, 7, 10月)에, 家廟에서는 4계절의 둘째 달(음력 2, 5, 8, 11月)에 지낸다. [《經國大典 禮典 給假》: 時祭則主祭者及衆子並給假二日, 長孫及同曾祖以下父沒衆長孫一日, 忌日則並給二日.] 《國朝五禮儀》에 의하면 2품 이상은 上旬에, 6품 이상은 中旬에, 7품 이하는 下旬에 택일하도록 하였다.《國朝五禮儀 吉禮 大夫士庶人 四仲月時享儀》☞본서 21-4

**食堂到記** : 食堂은 성균관 유생들에게 식사를 제공하는 장소이고, 到記는 성균관에서 기거하는 유생들의 식당 출석부이다. 그물 모양의 표[井間]로 된 到記의 자기 자리에 서명과 싸인을 하였는데, 아침과 저녁에 모두 출석하면 1點을 부여하였다. 이 점수가 기준 점수[圓點]에 차면

각종 과거 시험의 참가 자격을 주었다. 성균관 유생의 제술 시험인 泮製의 경우, 기준 점수가 50점이었고 정조 1년(1776) 이후로는 30점을 얻으면 응시할 수 있었다. [《續大典 禮典 諸科》: 居齋儒生圓點【赴食堂兩時, 爲一點】, 泮製則準五十點, 館試則準三百點者許赴.【《增》泮製圓點, 每年三十點, 爲準.】] ☞본서 31-5

**新來** : 처음에는 새로 과거에 합격하여 처음으로 관직에 分屬된 사람을 뜻하는 말이었으나, 점차 다른 관사의 淸要職에 임명된 사람을 이르는 말로 변화하였으며, 급기야 거의 모든 관직에서 인사이동으로 다른 관사에 옮기는 사람까지도 '신래'로 취급하였다. 본서에서 말하는 '신래'는 의금부 낭청에 새로 임명되어 온 사람을 말하며, 이후 본서의 번역에서는 '신입' 또는 '신입 낭청'으로 번역하였다. [《慵齋叢話 卷2》: 新及第分屬者, 謂之新來.] ☞본서 12-1, 16-3·4, 32-1

**申訴** : 이미 전에 그 사안으로 판결을 받았으나 그 처분에 불복하여 다시 처리해주기를 요구하며 자신의 의견을 진술하는 것을 말한다. 조선의 경우, 관찰사나 형조 등이 이미 판결을 하였으나 불복하고 국왕에게 직접 사정을 호소하려면 대궐 앞에 설치한 의금부의 當直廳을 거치거나 대궐 안에 설치한 申聞鼓를 쳐야 했다. ☞본서 1-1

**新位** : 낭청에 새로 들어온 사람 즉 '신입 낭청'을 말한다. 位는 관원을 셀 때 쓰던 말로, 번역하자면 '분'에 해당하는 단위어이다. 조선에서는 사람을 세는 단위가 신분에 따라 달랐다. 따라서 본서에 자주 등장하는 新位, 各位, 右位, 下位 등에서의 '位'는 의금부 낭청을 표시하는 단위어라 할 수 있다. 이러한 개념을 적용하여 본 역주에서는 新位를 '신입 낭청'으로, 各位를 '각 낭청'으로, 右位를 '우위 낭청'으로, 하위를 '하위

낭청'으로 번역하였다. 신위와 각위는 본서 안에서 종종 대립된 말로 나오는데, 면신례를 치루기 전의 신입 낭청이 신위, 면신례 이후 先生案에 기록된 낭청이 각위이다. [《金吾憲錄 許參》: 新位免新日, 上經歷、公事員中, 雖有故, 公事員一員及各位二員進參, 則設行事 ; 《金吾憲錄 操切》: 各位毋得私詣新位處. 如或不遵廳憲, 任意出入, 則以護新論罰事 ; 《金吾憲錄 式暇》: 各位服制, 期年七日, 大功五日, 小功、緦麻各四日. 而新位, 則期、大功、外祖父母、妻父母喪, 限成服給暇事.] ☞본서 2-3, 10-4, 12-2~4, 15-1·3·6·7, 16-4, 18-2·8, 19-1~4, 20-1, 21-1·4, 23-5·6, 29-6·31, 31-10, 32-2·3

## ㅇ

**謁聖試**: 임금이 文廟(공자 사당)에 배알하는 날 成均館에서 행하는 문·무과 시험을 말한다. 조선 太宗 14년(1414)에 처음으로 실시되었다. 謁聖文科는 문과 殿試에 해당하는 과거시험으로 策·表·箋·箴·頌·制·詔 중의 1편을 시험 보여 당일로 합격자를 발표하였으며 일정한 정원은 없었다. 謁聖武科는 初試와 殿試의 구별이 있었는데, 초시는 2개의 시험 장소에서 각각 50명을 선발하고, 전시는 임금이 참석한 가운데 木箭·鐵箭·柳葉箭·片箭·騎芻·貫革·擊毬·騎槍·鳥銃·鞭芻·講書 등을 시험했는데 합격정원은 일정치 않았다. 《大典會通 禮典 諸科》 ☞본서 23-4

**禮木筆**: 예물로 내는 붓 값을 말한다. [《度支志 雜儀 禮木式》: 本曹郎官外任除授, 則辭朝前筆債備納, 而牧使、府使五疋, 經歷、郡守四疋, 都事、判官、縣令、縣監、察訪三疋.] ☞본서 23-6

**例直** : 규례에 따라서 하는 숙직이나 일직이다. ☞본서 16-3

**例下** : 규정으로 분명히 명시되어 있지는 않으나 前例에 따라 내려주는 물품 또는 돈을 말한다. ☞본서 35-25

**預下** : 기한이 되기 전에 돈이나 물품을 미리 내어 주는 것을 말한다. [《秋官志3 考律部》: "雖以鑄所文書觀之, 蔘價三萬兩, 直爲出給於江界主人, 累鉅萬公貨, 豈有無端預下之理乎?"] ☞본서 30-4

**例刑** : 정해진 규례에 따라 杖을 치는 刑推를 말한다. 죄인에게 장을 치는 경우는 1)죄인을 訊問하여 자백을 받아내기 위한 경우 2)徒刑이나 流刑의 처벌에 附加刑으로 치는 경우가 있다. 1)의 경우, 죄인이 순순히 죄를 자백하지 않으면 文案을 분명히 작성하고 법에 따라 형추하는데, 신중을 기하기 위해 庶人과 强盜罪를 범한 자 외에는 임금에게 보고하고 행하도록 하였다. 또 정해진 규격의 訊杖을 써서 한 차례에 30度를 넘어서는 안 되었으며, 3일 안에 형추를 2번 시행할 수 없고, 형추한 次數와 杖數를 반드시 기록하여 판결 받은 刑量에서 제해 주었다. 신장을 치는 부위는 《대명률》에는 볼기와 넓적다리를 친다고 하였으나, 우리나라에서는 무릎 아래를 치되 臁肕(발목)에 이르지는 못하게 하였다. 나이 70세 이상 15세 이하이거나 廢疾者, 또는 임산부 등은 형추 대상에서 제외되었고, 공신의 자손 또한 임금의 허락 없이는 형추할 수 없었다. 《經國大典 刑典 推斷》《六典條例 刑典 律令》 ☞본서 4-8

**完議** : 완의란 구성원들이 모여 조직 운영이나 문제가 되는 사안을 합의하여 결정하는 것 또는 그렇게 결정하여 지키기로 한 약속사항을 말한다. 完議에 대한 그간의 연구는 古文書 분야에서 주로 진행되어 官文書로

서의 특성에 주목한 연구와 의사 결정 방식에 주목한 연구가 있다. 우선 관문서로서의 특성에 주목한 연구에서, 완의는 16세기 무렵에 출현하여 각종 役을 면해준다고 官에서 보증해주는 '확인문서' 또는 '증빙문서'로 쓰였고, 18세기 이후에는 宗中이나 鄕校와 같은 공동체 내부에서 '처분문서'라는 의미로 쓰였다고 본다. 이 경우의 완의는 낱장으로 된 문서 형태가 대부분인데, 證憑對象, 작성시기, 發給者 표기, 署押, 官印 등이 표기되어 있다. 반면에 의사 결정 방식에 주목한 쪽에서는 완의를 鄕員과 門中에서 작성된 합의문으로 보고 검토한 연구들이 있다. 그런데 《조선왕조실록》이나 《승정원일기》 등에 나타나는 完議는 圓議와 같은 의미로, 조선시대 司憲府나 司諫院 등에서 당상과 당하 관원들이 국가 大小事를 논의할 때 둥글게 둘러앉아 일을 처리하는 것을 의미하였다. 전원일치로 의사를 결정하며, 여기서 결정된 내용은 임금에게 보고되었다. 《世祖實錄 9年 6月 12日(庚午)》, 《成宗實錄 12年 3月 30日(甲辰)》, 《光海君日記 11年 6月 1日(壬子)》, 《景宗實錄 卽位年 9月 28日(壬辰)》 본서에 실린 완의는 의금부 내부에서 당상과 당하 관원이 함께 정한 자치규약으로, 문서의 특징인 證憑對象, 작성시기, 發給者 표기, 署押 등이 보이지 않는다는 점에서는 고문서 쪽 연구에서 말하는 완의와 같다고 보기 어렵고, 주로 의금부 내부 규약에 해당하여 임금에게 보고될 사안이 아니라는 점에서는 사료에 나타나는 완의와 그 성격이 같다고 보기도 어렵다. 이 점에서 향후 조선 시대관부 내에서의 완의의 성격과 의미가 검토될 필요가 있다. 鄭良婉 등, 《朝鮮後期漢字語檢索辭典-物名攷·廣才物譜-》, 한국정신문화연구원, 1997. ; 金赫, 〈完文의 16세기 기원과 그 특성〉, 《고문서연구》 27, 2005. ; 김문택, 〈17~18세기 김해지방 향안조직의 의사결정 구조와 절차-향록천과 완의를 중심으로-〉, 《고문서연구》 15, 고문서연구회, 1999. ☞본서 [표3] 本書 안의 完議 참조

**外直羅將** : 의금부의 獄間을 지키는 나장을 말한다. 의금부의 옥간은 밤에는 자물쇠를 채우나 낮에는 채우지 않고 병조의 衛軍과 외직나장이 지켰다. 이들이 뇌물을 받고 옥안에 서신을 전해주거나 형구를 풀어주는 등의 죄를 지어 처벌되는 일이 종종 있었다. [《承政院日記 肅宗 14年 3月 14日》: 義禁府啓曰:……罪人所囚獄間之門, 夜則閉鎖, 晝則不鎖, 別定兵曹衛軍二名, 使之守直, 乃是本府規例, 故囚人等, 有此敎誘軍士相通書札之事, 已極可駭, 至於松仝, 則着杻嚴囚, 而外直羅將, 私自解杻, 且給筆墨云, 事之駭愕, 莫此爲甚.] ☞본서 27-1

**用下** : 사전상의 의미는 '상급기관이나 사람이 아랫기관이나 사람에게 내려주는 돈이나 물품'을 말하여 '行下'와 구별이 없으나, 본서에서는 用下와 行下를 구별하여 사용하고 있다. 즉 官에서 공식적으로 지출하는 經常費는 用下라고 하고, 본부 자체에서 마련한 임시적인 재원에서 지급하는 것은 行下로 쓰고 있다. ☞본서 35-19·23

**用刑日** : 用刑은 두 가지로 쓰인다. 즉, 죄인에게 刑杖을 사용하여 拷訊한다는 의미와 '決刑'으로 보아 死刑을 행한다는 의미이다. 본서에서는 사형을 집행하는 날이란 의미로 쓰였다. ☞본서 6-1

**右位** : 《經國大典註解》에서 "땅의 도리는 오른쪽을 높인다. 그래서 높은 직을 右職이라 한다. 옛사람은 오른쪽을 높였다." [《經國大典註解 後集 吏典 褒貶》: 地道右尊, 故高職曰右職. 古人上右.] 라고 하여 통상적으로 우위는 '上級者' 또는 '上官'을 뜻한다. 의금부에서는 官品의 高下에 따라 右位와 下位를 구분한 것이 아니라 의금부 도사에 임명된 순서에 따라 구분하였다. 따라서 여기서 '우위'는 '口傳政事로 먼저 의금부 낭청에 임명된 사람'을 의미한다. 본서에서 右位와 상대되는

말로 빈번하게 나오는 말이 新位이다. 신위는 '낭청으로 새로 온 사람'의 의미이다. 이때 位는 벼슬아치를 세는 단위사로, 우리말의 '분'에 해당한다.《金吾憲錄 操切》 ☞본서 4-6, 7-4, 11-1, 12-3, 18-5·12, 19-2·3, 20-2, 29-5·8·9·18·20, 31-4, 32-2, 33-4

**原情** : 원정은 ① '죄의 實情이나 동기를 조사하다'라는 의미가 있다. 법전에서 이러한 의미로 쓰인 용례를 들어 보면, "임금의 傳旨를 받들어 推考하더라도 傳旨에 구애되지 말고 반드시 實情을 따져서 진술을 받아야 한다. [《續大典 刑典 推斷》 : ○凡京·外官推考, 各其司直捧公緘, 照律始啓.【奉傳旨推考, 則勿拘傳旨, 須原情取招.]"는 조문을 들 수 있다. ② 죄인이나 억울한 사정을 호소하는 사람이 자발적으로 하는 '진술'이라는 의미가 있다. 元情이라고도 한다. [《吏文輯覽》 : 元情, 招詞也.] 법전에서 이러한 의미로 쓰인 용례를 들어보면, "죄인의 原情은 口頭로 하게 해서 聽取하여 調書를 작성해야 하며 文字로 써내지 못하도록 한다. [《續大典 刑典 推斷》 : ○罪人原情, 口傳取招, 勿許文字書納.]"는 조문을 들 수 있다. 본서에서는 ②의 의미로 사용되었다고 보고 번역하였다. ☞본서 4-8, 33-3

**越俸** : 잘못을 저지른 관원에 대한 처벌의 일종으로, 해당 관원이 수령해야 할 녹봉을 일정 기간 지급하지 않는 것이다. 월봉의 처벌은 等을 기준으로 정하였는데, 가장 가벼운 처벌인 월봉 1등은 1개월의 녹봉을 지급하지 않는 것이다. 월봉은 원칙적으로 아무리 무거워도 7등을 넘지 못하도록 하였다. [《典律通補 戶典 解由》 : 越祿毋過七等, 疊犯者, 從重論.] ☞본서 33-3

**委官** : 推鞫을 거행할 때, 임금으로부터 추국의 주재하도록 지명 받은

관원을 말하며, 주로 三政丞이 이를 맡았다. 추국은 본래 '조사하다, 심문하다'라는 포괄적인 의미로 쓰였으나, 조선 후기로 가면서 심문 절차가 세분화되고 정형화되면서 임금의 위임을 받은 위관이 궐 밖에서 죄인을 대신 국문하는 형태를 특별히 지칭하게 되었다. 추국 장소는 주로 의금부를 이용하였다. 추국을 거행할 때 問事郎廳은 4명을 차출하였다.《六典條例 刑典 義禁府 鞫》《六典條例 刑典 義禁府 鞫》 ☞본서 5-1

**圍籬安置** : 流刑의 일종으로, 울타리를 둘러치고 죄인을 그 안에 安置하는 것이다. 죄인의 자유를 제한하는 형벌이며, 가시나무[棘]로 울타리를 칠 경우에는 栫棘罪人이라고도 하였다. [《經國大典註解 刑典 安置》 : 置之於此, 不得他適也.] ☞본서 3-1

**由狀** : 由는 '말미'이므로, 由狀은 말미를 청하는 문서이다. 오늘날의 휴가신청서에 해당한다. ☞본서 20-1

**輪直** : 輪回直宿의 줄임말이다. 순번을 정해 돌아가며 근무하는 것을 말한다. 의금부의 낭청은 순번을 정해 2일씩 윤직하였다. 부모의 병환이 있거나 남에게 論斥 받는 일이 있을 경우에는 상소를 올리고 허락을 받지 않고 미리 나갈 수 있다. [《弘文館志 館規4 豹直》 : 輪直三日.【做度畢後例直之規, 有親病者及被人論斥者, 幷陳疏徑出.】] ☞본서 10-8, 17-2, 31-3·6

**律官** : 檢律을 말한다. 의금부의 검률은 律學廳에 소속한 律學兼教授를 分差하는데, 죄인의 범죄에 상당하는 처벌을《대명률》에서 찾아 照律하는 일을 하였다. 검률은 법전을 시험하는 取才를 통하여 선발되며,

합격자는 의금부 뿐 아니라 8道 4府 및 형조, 한성부, 성균관, 규장각 등에 分差되었다. 《六典條例 刑典 義禁府》 ☞본서 4-4, 5-16

**隱身請謁** : 직접 만나뵙기를 청하지 못하고 간접적으로 청하는 것을 말한다. 관품이 두 등급 차이 나는 경우에 당상관에게 3품관 이하는 섬돌 위 서쪽으로 나아가 동쪽을 향하고, 7품관 이하는 북쪽을 향하여 서며, 말석에 있는 자는 무릎을 꿇고 뵙기를 청한다. 書吏가 전갈하면 뵙기를 청한 자는 앞으로 나아가 예를 행한다. 3품 당상관 및 사헌부, 사간원 관원에게는 동시에 만나 뵙기를 청하지 못한다. 7품관 이하는 기둥 밖 실외에서 예를 행한다. [《經國大典 禮典 京外官相見》 : ○凡請謁 : 差等者, 隱身. 於堂上官, 則三品以下, 就階上西東向 ; 七品以下, 北向立【每等差後】; 居末者, 跪請.【三品堂上官及司憲府、司諫院, 則不同時請謁.】 書吏傳告, 就前行禮【應答者, 先入行禮. 七品以下, 則就楹外.】] ☞본서 5-1

**醫官** : 月令醫를 말한다. 월령의는 典醫監에 소속된 당번 의사로서 여러 獄을 순회하면서 병든 죄수를 구호하는 일을 하였다. 內醫院과 전의감에서는 매년 4계절의 첫 달에 醫書로 講시험을 보여 성적에 따라 우등자에게는 遞兒職을 주고 3, 4차례 수석한 자에게는 參上官으로 승진시키며 그 다음 차례인 자에게는 각 도의 審藥(종9품)에 임용하고 또 그 다음 차례인 자에게는 開城府와 江華府의 월령의 및 統營의 救療官으로 보내며 또 그 다음 차례는 내의원, 형조, 사헌부의 월령의로 보냈다. 의금부, 성균관, 전옥서에 파견된 월령의는 유생이나 죄수를 치료하거나 경죄수 중에 신병이 극히 중한 자를 진찰하여 保釋 여부를 판단하는 역할을 하였다. 《續大典 禮典 奬勸》《禮典 惠恤》《刑典 恤囚》 ☞본서 4-4

**議處** : 議處는 심문 절차가 완료된 상태에서 죄인의 죄상을 심의하는 것으로, 구체적으로 적용할 법률 조문을 정하는 照律에 앞서 죄인의 처리 방향을 정하는 것이다. 의금부에서 의처하여 조율하는 일은 원칙적으로 수석 당상관이 있어야 할 수 있었다. [《承政院日記 孝宗 7年 1月 21日》: ○義禁府啓曰: 本府罪人, 當爲議處照律者甚多, 雖有滯獄之弊, 待判義禁出仕後, 方可稟處.] 만약 의금부의 수석 당상관인 判義禁府事가 자리를 비워 議處해야 할 죄인들이 積滯되는 상황이 생기면, 임금에게 특별히 次堂上이 할 수 있도록 허락을 받아 처리하였다. [《承政院日記 正祖 17年 9月 16日》: ○洪仁浩啓曰: "卽者義禁府郡事來言, 時囚罪人柳得恭等原情公事判付內, 草記議處事命下, 而判義禁洪良浩在外, 次堂上不得擧行云, 何以爲之? 敢稟." 傳曰: "令次堂, 以草記擧行, 可也."] ☞본서 4-8, 33-3, 35-11

**吏批** : 조선시대의 관직은 東班과 西班으로 나눌 수 있는데, 그중 동반의 인사 행정을 담당하던 기구가 이비이다. 이비는 궐 안에 설치된 吏批政廳에서 정사를 열었으며, 당상관으로는 이조 판서, 이조 참판, 이조 참의, 승정원의 吏房承旨가 참여하였고, 당하관으로는 이조의 낭청과 승정원의 주서가 참여하였다. 《銀臺便攷 吏房攷 政事》 ☞본서 29-12

**引陪** : 徒隷의 일종으로, 정3품 이상의 당상관이 출입할 때에 그 앞을 인도하는 官奴의 일종이다. [《六典條例 禮典 奎章閣》: 徒隷〈使令十五名 : 引陪四名, 間陪四名, 近仗軍士一名, 房直六名. 水工一名, 軍士七名, 驅從六名.〉] ☞본서 35-25

**入啓** : 임금의 재가를 받기 위해 문서를 들여보내는 것을 입계라고 하였다. 입계할 때에는 승지가 직접 들어가서 문서를 올리기도 하였고 承傳

色이나 司謁을 불러서 들여보내기도 하였다. ☞본서 1-5

**入番** : '番'은 當番이란 뜻으로서 교대로 근무하거나 복무하는 것이다. 입번은 당번이 되어 들어가는 것을 말하며, 이에 반하여 당번에서 풀려나는 것을 '出番'이라 한다. 입번과 출번은 番上, 番下와 구별된다. 대체로 번상, 번하는 군사들처럼 장기적으로 복무하는 것과 관련하여 쓰는 용어이고, 출번과 입번은 관청과 자기 집을 오가면서 근무할 때 쓰는 말이다. [윤국일, 전게서, 54면] ☞본서 31-13, 34-1-6~8

## ㅈ

**長房** : 본래 書吏가 거처하는 방이었으나 낭청이 죄인으로 의금부에서 심리를 받을 때 다른 죄수보다 특별대우를 하여 囚禁處로 사용하던 곳이었다. 상하 2間이며, 온돌이 깔려 있었다. 그 후 낭청 뿐 아니라 전·현직 당상도 들어갈 수 있게 규정이 확대되었다. 본서에 이에 대한 규정이 여러 건 실려 있다. [《金吾憲錄 官府》: 書吏長房二間, 雖稱長房, 曾經堂、郎先生所囚處. ;《金吾憲錄 先生》: 堂、郎先生就理時, 許入長房, 使喚、使令、廳直、茶母各一名差定, 柴、油、炭亦爲上下事. ;《金吾憲錄·追錄》: 本府長房, 乃是郎廳先生就理時所處之地. 故雖曾經堂上, 不得許入矣. 其後堂、郎相議, 曾經堂上就理時, 亦爲入處長房之意完議.] ☞본서 2-3, 22-1, 26-1·2, 27-1, 29-15, 30-3

**摘奸** : 관원을 보내 다른 관원의 근무 상태 및 일의 진행 상황 등을 조사하여 불성실하거나 부정한 행위를 한 사람을 적발하는 것을 말한다. 비변사가 호조·선혜청·형조·한성부를 매일 적간하고, 병조·공조·의금

부·사복시를 5일마다 적간하였으며, 그 외에도 국왕이 內侍·史官·宣傳官 등을 수시로 파견하여 적간하기도 하였다. [《銀臺便攷 吏房攷 擲奸》: 戶曹、宣惠廳、刑曹、漢城府、【以上逐日】兵曹、工曹、義禁府、司僕寺【以上每五日卯酉仕】, 此是備邊司摘奸衙門. 若夫承傳摘奸, 不在此限.] ☞본서 30-4, 33-1

**節製**: 節日製라고도 한다. 조선시대에 매년 정월 7일[人日], 3월 3일[上巳], 7월 7일[七夕], 9월 9일[重陽]에 성균관에서 거재유생과 지방의 유생에게 보이던 시험이다. 의정부, 육조, 예문관, 홍문관의 당상관이 試官이 되어 對策, 表, 箋, 箴, 頌, 制, 詔 중에서 1편을 제술하여 시험하였는데 이에 합격하면 문과의 殿試나 覆試에 응시할 자격을 주거나 또는 시상하기도 하였다.《六典條例 禮典 成均館 科擧》☞본서 23-4

**點考**: 名簿에 하나하나 점을 찍어 가며 수효를 點檢하는 일을 말한다. [《經國大典註解後集 戶典》: 檢, 考也.] ☞본서 34-3

**井間**: 바둑판의 눈과 같이 사각으로 구분한 데서 이름 붙여진 것으로, 輪番으로 맡는 업무 분담 등의 기록에 사용하는 표이다. ☞본서 14-6

**呈旬**: 관원이 벼슬을 그만두거나 휴가를 얻으려고 할 때, 열흘마다 한 번씩 세 차례를 연이어 관아에 신청서를 제출하는 것을 말한다. ☞본서 19-5

**庭試**: 왕실에 경사가 있는 경우에 특별히 대궐 뜰에서 시행하는 科擧를 말한다. 문과, 무과만 행하고 生員, 進士, 雜科는 행하지 않았다. 初試와 殿試가 있었다.《大典會通 禮典 諸科》☞본서 23-4

**停朝市** : 宗親 및 정2품 이상 등이 죽었을 때 애도하는 禮로서 일정 기간 동안 朝會와 시장의 거래를 정지하는 것을 말한다. 처음에 조회를 정지하는 기간은 일률적으로 3일이었으나 世宗 때 종친의 경우 期年親인 자에게는 3일, 大功親인 자에게는 2일, 小功親인 자에게는 1일로 하고 大臣인 경우에는 議政을 거친 자에게는 3일, 기타 1품 및 정2품 내에서 의정부 및 6조 판서를 거친 자에게는 2일, 그 외에는 1일로 하였다.《世宗實錄 15年 6月 18日(己亥)》 停市하는 기간은 停朝하는 기간과 일치하지 않는 경우도 있었으나(《世宗實錄 1年 9月 26日(戊辰)》), 조선 후기에는 이 두 기간이 일치하였다. [《銀臺條例 禮攷 停朝市弔祭》: 議政、上輔國, 三日 ; 正卿以上, 二日 ; 只經判尹, 一日【外道, 則自聞訃日計.】停朝市.] ☞본서 6-1

**正草紙** : 正草는 正書한다는 뜻으로, 과거 볼 때 쓰는 정초지는 시험 답안지로 사용할 종이 즉 試紙를 말한다. 조선에서 과거 응시자는 각자 답안을 正書하여 낼 試紙를 마련해 시험장에 들어가야 했는데, 試官들에게 주목을 받기 위해 지나치게 두꺼운 종이나 특이한 종이를 사용하는 유생들이 많아 채점의 공정성을 해친다는 불만이 많았다. 그리하여 草記를 작성할 때 쓰는 닥나무로 만든 草注紙에만 관인을 찍어주도록 왕의 지시가 여러 번 내려졌으나, 지방에서 試紙를 마련해 온 유생들이 다시 서울의 紙廛에서 초주지를 사야 하는데 따른 불편이 생기는 등 잡음이 많았다. 謁聖試나 庭試처럼 상시적인 시험에는 시험 당일 전에 정초지에 미리 官印을 찍어주고, 비상시적인 시험일 경우에는 시험 당일에 관인을 찍어 주었다. 본서에 의하면, 의금부에서는 소속 관원들이 과거를 볼 경우에 자체적으로 試紙를 마련하여 제공하였음을 알 수 있다. [《承政院日記 顯宗 2年 9月 14日》: 常時謁聖及庭試, 則儒生正草紙前期踏印, 如黃柑不時之製, 則當日踏印, 乃是前例.]《承政院

日記 孝宗 元年 6月 8日, 顯宗 14年 3月 18日, 肅宗 38年 1月 5日》
☞본서 23-4

**齋戒** : 제사를 지내기 전의 일정기일 동안 근신하면서 정성을 드리는 것을 말한다. 재계에는 致齋, 散齋, 淸齋 등의 구별이 있었다. 致齋는 제사지내기 직전의 일정기간(大·中·小祀에 따라 3일·2일·1일간) 통상업무를 전폐하고 오로지 享所에서 제사에 관한 일만 보면서 정성을 드리는 것을 말한다. 散齋는 일을 종전대로 보면서 술을 함부로 마시지 않고 파·부추·마늘 등을 먹지 않으며 弔問이나 병문안을 가지 않고 음악을 듣지 않으며, 行刑을 하지 않고 刑殺文書를 작성하지 않으며 더럽고 나쁜 일에 관여하지 않는 것이다. 淸齋는 산재와 치재의 구별이 없는 간단한 재계를 가리키는 것으로, 대체로 당일에 한한다. 大祭를 임금이 직접 거행할 때에는 散齋를 4일간 하고 致齋를 3일간 하도록 하였다. 《大典會通 禮典 祭禮》《典律通補 禮典 祭禮》 ☞본서 6-1, 13-2·3

**制書有違律** : 制書를 받들어 시행하는데 違背됨이 있는 행위를 처벌하는 刑律이다. 制書는 본래 황제의 명령을 말하지만, 우리나라의 경우는 王旨를 의미한다. 왕지를 범하는 데는 違, 失錯, 稽緩의 세 가지가 있다. 첫째, 違는 그 명령을 따르지 않고 고의로 시행하지 않는 경우로, 이 경우는 장 100이다. 둘째, 失錯은 제서를 잘못 해석하여 본래의 뜻에 어긋나게 시행하는 경우로, 고의로 어긴 경우에 비해 3등급을 감한다. 셋째, 稽緩은 제서를 곧장 봉행하지 않아 시행 기한을 어긴 경우로, 하루를 지체한 데 대해 笞 50이고 이틀 이상이면 하루에 1등급씩 가중한다. [《大明律 吏律 制書有違》 : 凡奉制書有所施行而違者, 杖一百. 違皇太子令旨者, 同罪. 違親王令旨者, 杖九十. 失錯旨意者,

各減三等. 其稽緩制書及皇太子令旨者, 一日笞五十, 每一日加一等, 罪止杖一百. 稽緩親王令旨者, 各減一等.] ☞본서 33-2

**除授** : '除'는 옛 관직을 제거하고 새 관직에 취임하게 한다는 것이며, '授'는 준다는 뜻이며 부여한다는 뜻이다. [《經國大典註解 吏典》: 除者, 除去舊官, 就新官也. 授, 予也, 付也.] 조선시대에 관직에 제수되는 방법은 科擧, 特旨, 門蔭, 取才, 保擧 등의 경로가 있었다. 《世宗實錄 6年 2月 17日(癸亥) ☞본서 12-1

**曹司** : 중앙 관사의 낭청 중에 새로 임명되어 일의 경험이 적은 사람을 이른다. [《中宗實錄 12年 6月 9日(癸丑)》: 六曹郎僚新授者, 謂之曹司, 司中細務, 悉委之.] 의금부에서도 새로 임명된 도사를 曹司郎廳, 曹司, 曹司都事 등으로 불렀으며 이들에게 지나치게 과중한 업무를 맡기는 것이 문제로 지적되기도 하였다. [《知守齋集 行狀》: 除義禁府都事, 金吾例以新差郎, 謂之曹司, 專管公事.] ☞본서 4-5·10, 5-12, 11-1, 14-3·4, 15-3·4, 16-4, 17-2, 19-3, 24-1·2, 29-3·31

**照律** : "죄인에게 적용할 법률을 살펴 정하다."라는 의미이다. 조선의 형사 절차에서 照律은 議處의 다음 단계에 행해지는 조치로, 의처를 통해 죄인의 죄상을 심의하여 처리 방향을 정한 뒤에 구체적으로 적용할 법률 조문을 정하는 절차라고 할 수 있다. 즉 法典에 규정된 조문을 살펴서 죄인의 범죄 행위에 적용하기 적합한 조문을 정하는 것이다. 이때 법전으로는 명나라에서 제정된 《大明律》과 조선에서 시대별로 편찬된 《經國大典》, 《續大典》, 《大典通編》, 《大典會通》 등이 활용되었다. ☞본서 4-8, 33-3, 35-11

**足鎖** : 죄수의 발에 채우는 쇠사슬로서 쇠고리를 연결하여 만들었다. 《대명률직해》에서는 이를 "鐐라고도 하는데 무게는 3근이며 徒刑을 받은 죄수가 이 쇠사슬을 차고 勞役하였다."고 하여 徒刑囚에게 채운다고 하였다. 《경국대전》에서는 堂下官과 庶人 부녀자를 수금할 때 족쇄와 항쇄를 사용한다고 하였다. 《大明律直解 獄具之圖》《經國大典 刑典 囚禁》 ☞본서 3-2

**坐起** : 서울과 지방의 각 관사에서 정기적 혹은 비정기적으로 모여서 공식적으로 회의나 업무를 처리하는 것을 말한다. 출근에 대한 호칭은 관원의 지위에 따라 달라 長官 또는 堂上官 이상은 坐起, 郎官은 仕進이라 하였다. 《고법전용어집》 본서 〈封崇〉 항목에 "堂上坐起及各位一會之日, 上經歷仕進後追後仕進之員, 論罰事."라 하여 당상관이 출근하였을 때는 '坐起', 낭청일 때는 '仕進'이라 구별한 것이 그 용례에 해당한다. 좌기는 출근 자체보다 공식적인 절차를 수반한다는 점에 중심이 있다. 따라서 각 관사에서 좌기를 개최할 때는 그 관사의 堂上官이 참석하는 것을 전제하며, 낭청과 서리, 하인들까지 모두 참여하는 공식 의례가 있다. 이러한 의례는 《通文館志 卷2 坐起節次》, 《京兆府志 坐衙》에 상세하다. ☞본서 2-3, 4-1·6·13, 9-5, 10-9, 13-2, 18-4·11, 24-2·3, 30-4, 31-5, 33-3, 34-1-3·7, 35-6·7·11·12

**做度** : 새로 관직에 임명된 사람이 일정한 날수동안 연이어 入直하는 것이다. [《弘文館志 館規4 豹直》 : 做度, 新入官員限日入直之稱.] 의금부에 처음 입사한 관원의 연속입직 일수는 본부와 당직청에 각각 20일씩이고, 재임명되어 온 重來는 각각 10일씩이었다. 《金吾憲錄 上直·重來》 다른 중앙관사에도 做度가 있었으나, 주도 기간에는 차이가 있었다. 승정원의 경우, 承旨는 10일이고 注書는 12일이었으며, 규장

각의 閣臣과 홍문관의 玉堂은 下番은 20일, 上番은 30일이었다. 호조의 경우는 정랑은 3일, 좌랑은 15일 동안 연속입직하였고, 형조의 경우에 정랑은 5일, 좌랑은 15일 동안 연속입직하였다.《六典條例 吏典 承政院 堂后》《正祖實錄 5年 2月 13日 (丙辰)》《度支志 內篇 雜儀 入直式》《秋官志 第1篇 雜儀 入直式》 ☞본서 12-1, 15-3·4, 16-4, 29-31, 32-3

**籌司** : 備邊司의 별칭이다. 비변사는 中宗 때 三浦倭亂의 대책으로 설치한 후 戰時에만 임시로 두었다가 13대 明宗 10년(1555)에 軍國의 사무를 맡아보는 상설 기관이 되었다. 壬辰倭亂·丁酉再亂 이후로는 의정부를 대신하여 정치의 중추 기관이 되었으며, 高宗 2년(1865)에 폐지되었다. ☞본서 34-2

**增廣試** : 국가에 큰 경사가 있거나 혹은 여러 경사가 겹쳐졌을 때 설행하던 과거이다. 경사가 특히 많이 겹쳐졌을 때에는 大增廣試를 설행하였으며 합격자 定數를 늘렸다.《大典會通 禮典 諸科》 ☞본서 23-4

**直宿** : 直은 낮 동안에 근무하는 것이고, 宿은 밤 동안에 근무하는 것이다. [《經國大典註解 後集 吏典》: 直, 日間上直也. 宿, 夜間上宿也.] ☞본서 8-2

**陳賀** : 나라에 경사가 있을 때 百官이 임금에게 나아가 賀禮드리는 것을 말한다. ☞본서 6-1, 10-3

## ㅊ

**差備** : 특별한 사무를 맡기기 위하여 임시로 임명하는 것으로, 그 신분에 따라 差備官, 差備軍, 差備奴 등이 있다. 본서에서 差備官이라 함은 낭청 중에서 어떤 직임을 임시로 담당한 경우를 말한다. [《承政院日記 正祖 17年 8月 8日》 : 林濟遠以義禁府言啓曰: "明日動駕時, 各差備都事, 當爲備員, 出使都事嚴思勉, 令該曹口傳相換, 以爲分排之地, 何如?"] ☞본서 5-5 · 15, 29-14

**差使** : 差는 '시키다' '파견하다' '심부름하다' '일을 맡다' 등의 뜻으로 쓰이는 말인데 흔히 일정한 용무를 맡고 다른 곳에 파견되는 사람을 '差使'라고 한다. 만일 지방의 고을원이 차사가 되거나 차사가 된 사람이 관리 신분이라는 것을 밝혀야 할 경우에는 특별히 '員'자를 붙여 '차사원'이라 하였다. 윤국일, 전게서, 147면. ☞본서 33-2

**差定** : 差는 '택하다', 定은 '거처하다'이므로 差定은 뽑아서 배치한다는 뜻이다. [《經國大典註解 後集 吏典》 : 差, 擇也. 言差任也. 定, 安也.] 윤국일은 정직 관리를 임명하는 것을 除授라 하는 것에 대한 상대되는 말로 임시적 직무의 배정을 '차정'이라고 하였다. 윤국일, 전게서, 84면. ☞본서 26-1

**參謁** : 새로 당하관에 제수된 자나 왕명을 거행하기 위해 나가는 자가 의정부, 이조, 소속 관사의 屬曹 등에 나아가 인사하는 것을 가리킨다. 참알은 제수된 지 10일 이내에 행하되, 6행의 參謁單子를 작성하여 제출하였다. 서반 4품 이상은 병조에 나아가 참알례를 행하였다. 참알할 때에는 해당 관사의 서리에게 예물이나 금품 등을 주는 것이 관례였

는데, 이를 堂參債라고 하였다. 수령이나 변장의 경우에는 당참채를 마련하기 위해 고을의 백성에게 부담을 전가하는 폐단이 발생하기도 하여 成宗과 明宗 때에는 당참채의 수납을 엄격히 금지하기도 하였으나 제대로 지켜지지 않았다. [《經國大典 禮典 參謁》 : 新除京外堂下官職者、出使者, 竝於議政府、吏曹、屬曹**參謁**, 毋過十日.【西班四品以上, 則兵曹.】]《成宗實錄 16年 12月 25日(壬寅)》《中宗實錄 25年 12月 28日(甲申)》 ☞본서 35-7 · 16

**遷轉** : 근무일수를 채운 사람을 다른 관직으로 전임시키는 것을 의미한다. 천전에는 같은 품계의 관직으로 옮기는 平遷, 높은 품계의 관직으로 옮기는 陞遷, 낮은 품계의 관직으로 옮기는 左遷이 있다.《經國大典註解》에 "遷, 登也. 轉, 移也."라 하여 遷轉이란 승진과 전보를 의미함을 나타내고 있다. 여기에서는 이런 경우를 모두 포괄하여 '자리를 옮기다'라고 번역하였다.《經國大典註解 後集 吏典》 ☞본서 1-3, 23-5

**請謁** : 만나 뵙기를 청하는 것이다. 만나 뵙기를 청할 때 관품이 두 등급 차이 나는 경우는 隱身請謁한다. 堂上官에게 청알할 때, 3품관 이하는 섬돌 위 서쪽으로 나아가 동쪽을 향하고, 7품관 이하는 북쪽을 향하여 서며, 말석에 있는 자는 무릎을 꿇고 뵙기를 청한다. 書吏가 전갈하면 뵙기를 청한 자는 앞으로 나아가 예를 행한다. 3품 당상관 및 사헌부, 사간원 관원에게는 동시에 만나 뵙기를 청하지 못한다. 7품관 이하는 기둥 밖 실외에서 예를 행한다. [《經國大典 禮典 京外官相見》 : ○凡請謁 : 差等者, 隱身. 於堂上官, 則三品以下, 就階上西東向 ; 七品以下, 北向立【每等差後】; 居末者, 跪請【三品堂上官及司憲府、司諫院, 則不同時請謁.】. 書吏傳告, 就前行禮【應答者, 先入行禮. 七品以下, 則就楹外.】] ☞본서 4-7, 5-1, 24-3

**請坐** : 吏隷를 보내 관원에게 자리에 나오기를 청하거나, 혼인 때에 새색시 집에서 새신랑에게 사람을 보내어 자리에 나와 行禮하기를 청하는 것을 말한다. 《京兆府志 坐衙》 ☞본서 5-1, 17-1, 24-2

**遞等** : 체등은 임기가 차 교체되는 것을 말하며, 이때 임기가 끝나 떠나가는 관원이 아랫사람들에게 내려주는 물품을 遞等 또는 遞等例라고 한다. 체등례는 文獻公 兪拓基(숙종17~영조43)가 재차 경상 감사가 되었다가 돌아갈 때에 돈을 가져가지 않고 營屬들에게 다 나누어 주고 간 것이 관례가 되었다고 한다. [《林下筆記 旬一編 嶺伯再任》: 兪文憲拓基在任嶺伯, 臨歸, 不欲携錢, 盡散營屬, 因以爲例, 名爲遞等例.] 《英祖實錄 48年 8月 16日 (戊寅)》《正祖實錄 11年 10月 3日(丁酉)》 ☞본서 35-20 · 25

**草記** : 六曹, 提調(都提調)가 있는 중앙아문 혹은 제조가 없는 아문이라 하더라도 중요한 아문, 혹은 수령 등이 정무상 그리 중요하지 아니한 일을 긴급하게 처리해야 할 때 간단하게 요지만을 기록하여 直啓하는 문서를 말한다. 기본적으로 행정절차와 문서식을 간략화시킨 略式文書라 할 수 있다. 實錄에서 문서 명칭으로 '草記'가 등장하는 것은 宣祖대부터이다. 草記는 아뢸 사안이 있는 官司에서 承旨에게 말로 전하면 注書가 문자로 번역하는 방식으로 작성되었다. 초기는 다른 문서와는 달리 年月日과 官銜이 기재되어 있지 않으며 踏印 또한 하지 않았다는 점이 특징이다. 《典律通補》와 《百憲摠要》 등에 草記의 文書式이 보인다. ☞본서 5-4 · 15, 8-5, 28-2, 29-12, 31-1, 33-3, 33-6

**推鞫** : 조선 전기에는 죄인을 심문하거나 조사하는 것을 뜻하는 포괄적인 말이었다. 《경국대전주해》에서 "推는 그 죄를 살피는 것이다. 鞫은 죄

인을 끝까지 다스리는 것인데, 말로 죄인을 다스리는 것이다. [《經國大典註解 後集 吏典》: 推, 審其罪也. 鞫, 窮理罪人也, 以言鞫之也.]"라고 정의한 것이 근거가 될 수 있다. 조선 후기에 가면 鞫問의 한 형태로, 임금의 위임을 받은 大臣이 죄인을 鞫問하는 것을 뜻하는 말로 쓰였다. 추국은 庭鞫과 마찬가지로 의금부에서 주관하였고, 거행하는 장소도 주로 의금부가 이용되었다. 추국을 거행할 때는 宮城을 호위하지 않았고, 問事郎廳은 4명을 차출하였다. 그에 비해 庭鞫은 문사낭청이 6명, 親鞫은 8명인 점이 다르다. 《六典條例 刑典 鞫》 ☞본서 1-1, 2-3, 4-14, 5-1·3, 9-1·7

**推問** : 죄의 정상을 조사하고 심리하는 일이다. 추문하는 방법은 옥에 가두고 추문하는 경우와 가두지 않고 하는 경우가 있다. 가두고 추문할 경우, 우선 말로써 심문하는 平問이 있고, 이 단계에서 죄를 자백하지 않으면 訊杖을 써서 고문하는 拷訊 과정으로 넘어간다. 6품 이상의 관원은 옥에 가두지 않고 추문하게 되어 있어, 이들은 관사에 출두하지 않고 진술 내용을 緘辭(밀봉한 서찰)로 작성해 제출하는 방식으로 추문을 받았다. [《大典會通 刑典 推斷》: 《原》 杖以上囚禁, 文·武官及內侍府·士族婦女·僧人, 啓聞囚禁.……○凡不囚者, 公緘推問, 七品以下官及僧人, 直推.] ☞본서 5-2

**推案日記** : '추안일기'는 정식 書名은 아니며, 推鞫할 때 심문한 질문 내용과 죄인의 답변을 기록한 것을 한데 모은 문건을 凡稱한 것으로 생각된다. 이런 부류의 추안과 국안을 한데 모아 놓은 《推案及鞫案》이 현재 전해진다. [《承政院日記 正祖 卽位年 12月 3日》: 命書傳敎曰: "親鞫姑罷, 待明日爲之. 禁軍、挾輦軍、環衛軍兵, 皆依今日例." 上還內, 諸臣退出.【問目及供辭, 在推案日記.】] ☞본서 2-6

**出官** : 免新과 함께 의금부 낭청들이 정식 관원으로 인정받기 위한 수습 과정 중 첫 번째 과정이다. 본부의 규정에 따르면, 參上都事로 임명되어 온 자는 사은숙배 한 지 45일, 參下都事로 임명되어 온 자는 3달이 되었을 때 출관례를 하였다.(본서 13-1) 재임명되어 온 낭청은 이전 근무일을 합산하여 출관하도록 우대하였고(본서 15-6·7) 小罰禮를 바치게 하였다. 出官하기 전에 규례대로 2차례의 大大罰을 바쳐야 하였다.(본서 12-3) 출관례를 행하기 전에는 '新位'로 불렸으며(본서 12-4), 본부 안의 서리나 낭청에게 예우를 받기 못하였고, 본부의 앞길로 드나들지 못하였다.(본서 13-4) ☞본서 10-4, 12-3·4, 13-1·2·3·4, 15-7, 26-7, 29-16·18·19·20·24·28·29, 33-4-2·3·5·6

**出仕** : 관직에 임명된 뒤 관사에 나와 仕進하는 것이다. 동음이의어인 '出使'는 공무로 출장 가는 것을 말하므로 구별해서 보아야 한다. ☞본서 12-1, 13-1, 15-2·5

## ㅌ

**汰去** : 5품 이하의 文官, 종2품 이하의 武官이나 蔭官, 雜職 등에 대한 처벌의 하나로, 왕의 재가를 받아 그 직임에서 내쫓는 것이다. 罷職이나 削職 등보다는 가벼운 처벌이어서 태거되었어도 그대로 다른 직임에 임명될 수 있었고 實官의 공무는 그대로 볼 수 있었다. ☞본서 29-11, 30-4

**通符** : 야간에 궁궐에 머물 수 있도록 하는 牌를 말한다. 《경국대전》에 의하면 兵曹, 刑曹, 義禁府, 漢城府, 修城禁火司, 五部의 直宿하는 관

원은 한쪽에는 '通行'이라 쓰고 다른 한쪽에는 篆字로 '通行'이라 烙印한 둥근 모양의 通行標信을 승정원에서 받아 직숙하였고, 다음날 아침에 그것을 반환하였다고 한다. 이 표신은 조선 후기에는 '通符'라고 불렀다. 《經國大典 兵典 行巡》[《銀臺條例 符信》: 通符百四十七部, 十九, 內上; 十, 頒于金吾、吏·兵·刑曹、京兆、五部入直郎, 永留傳佩; 百十八, 頒于左、右捕廳從事官以下.] ☞본서 1-4

## ㅍ

**罷漏**: 5更 3點 末(새벽 5시 경)에 33번의 종을 쳐서 통행금지를 해제하는 것을 말한다. 조선시대에는 人定부터 罷漏까지는 도성 안을 통행할 수 없었다. 서울의 종각, 전국의 요충지와 큰 절에 종을 달아놓고 매일 밤 初更 3點 末(오후 9시 경) 또는 2경 3점 초(오후 10시 경)에 28宿의 의미로 종을 28번 쳐서 성문을 닫아 통행을 금지하고, 새벽에 통행금지를 해제하기 위하여 5경 3점 말(오전 5시 경)에 33天의 뜻으로 종을 33번 쳤다. 통행금지 시간동안에는 公務나 질병 이외는 高官도 통행이 금지되었다. 《大典會通硏究 兵典 行巡》 ☞본서 24-2

**貶坐**: 관원의 근무 성적을 매기기 위하여 모인 坐起로, 都目政事를 말한다. 의금부에서는 연 2회 6월과 12월에 전 관원의 성적을 심사하여, 우수한 자는 승진·승급시키고 불량한 자는 좌천·해임하였다. 이를 褒貶坐起라고도 하였다. ☞본서 33-4-7

**平坐**: 보통 尊者는 交椅에 앉고 卑者는 낮게 앉는데, 평좌는 尊卑를 따지지 않고 자리에 앉는 것을 말한다. [《承政院日記 景宗 4年 8月

30日》: 令曰: "若使余卽此位者, 去交椅平坐, 則當勉從矣." 光佐曰: "此豈臣子之所敢爲者?"] ☞본서 4-13, 5-2

**鋪陳** : 바닥에 까는 자리 등속과 方席, 按石 등의 총칭이다. 본서에 의금부에서 사용하는 포진의 종류에 대해서는 기록되어 있지 않으나 형조의 경우로 대강의 윤곽을 보면, 말발굽무늬방석, 민무늬방석, 房에 까는 돗자리인 地衣, 부들로 만든 돗자리인 登梅, 벽에 대는 방석인 安息, 狗皮 방석, 豹皮 방석, 虎皮 방석, 山羊皮 방석 등이 있었다.《秋官志 經用 鋪陳》 ☞본서 14-5, 22-4·5, 31-15, 34-1, 34-1-7

**鋪陳債** : 그 관사에 전에 근무했다가 지방관으로 승진해 나간 전임자에게 鋪陳을 개비한다는 명목으로 걷던 禮物價를 의미한다. 내는 사람에게 선택권이 없어 강제로 징수하는 값으로 인식되었다. ☞본서 22-2·3, 30-2, 31-11·16

**避正殿** : 旱災나 水災 등 국가에 재해가 들거나 하면 임금이 이를 자신의 잘못으로 여겨 正殿을 피해 다른 장소로 옮겨 정사를 보는 것을 말한다. 이때 보통 임금의 밥상에 올리는 반찬의 가짓수를 줄이고[減膳] 술을 금하는 등의 조치도 같이 취한다. [《銀臺便攷 禮房攷 陵園墓》: 陵上失火, 則避正殿, 減膳三日, 停朝、市.] ☞본서 4-13

**避嫌** : 다른 관원의 탄핵이나 국왕의 질책을 받은 관원이 직무를 맡을 수 없다며 遞差해 주기를 청하는 것이다. [《弘文館志 式例 處置式》: 處置式【兩司官員中, 若有引嫌之事, 則【如被人譏斥及上旨誚責之類.】以啓辭自陳情勢, 請遞其職, 此所謂避嫌.] ☞본서 31-1

## ㅎ

**賀箋** : 陳賀箋文의 줄임말이다. 陳賀는 설날·동지날·초하루 보름과 임금의 생일에 경축하는 箋文을 올려 賀禮의 뜻을 표하는 것이다. 《續大典 禮典 朝儀》 ☞본서 10-3, 29-7

**行下** : 《한국고전용어사전》에서는 주인이 하인에게 품삯 이외에 주는 금품. 곧 경사나 위로조로 내리는 금품을 말하며, 놀이나 놀음이 끝난 뒤 기생이나 광대에게 준 보수도 行下라고 하였다. 《정조실록》에서는 "보통 各司에서 帖으로 지급하는 標紙를 行下라고 한다."라고 하여 行下와 行下紙를 같이 보았다. [《正祖實錄 10年 12月 7日(丙午)》 : 凡各司帖給標紙, 稱行下.] 본서에서도 의금부의 당상관과 낭청들이 衙前들에게 내려주는 위로금의 의미로 쓰였다. ☞본서 30-5, 35-2·6·7·13~17·20, 35-28

**行下紙** : 물품이나 돈을 직접 주지 못할 경우에 이를 증명하는 내용을 종이에 적은 일종의 수령표에 해당한다. ☞본서 35-23

**懸罰** : 두 손을 묶어 나무에 달아매는 형벌을 말한다. 주로 공무 수행과 관련하여 吏屬들에게 쓰던 관례적인 처벌 방식이었으나, 여기에서는 신입 낭청에게 이것을 시행한다는 것이므로 과도한 처벌로 보인다. [《銀臺條例 故事》 : 司謁有過, 懸罰或立庭 ; 別監有過, 懸罰. ; 《承政院日記 正祖 21年 7月 19日》 : 萬頃色吏, 則結縛於曝日之下, 許久懸罰, 仍爲決棍, 幾至氣塞之境.] ☞본서 19-5

**花押** : 문서 등에 본인임을 증명하기 위하여 직접 붓으로 쓰는 署名이다.

그 모양이 꽃과 같다 하여 '花'라는 명칭을 붙였다. 대개는 붓으로 직접 화압하였으나, 임금의 경우에 아예 화압을 도장에 새겨서 사용한 용례도 보인다. 정약용은 '署'와 '押'을 구분하여서, '花署'는 署名, 화압은 '手例'라 하였으며, 書目에는 화서만 하고 화압은 하지 않는다고 하였다. 그러나 본서의 이 조목에서는 서명과 화압을 구분하지 않고 'sign'의 의미로 사용하고 있다. [《英祖實錄 卽位年 9月 1日 辛丑》: 承政院以標信所刻押字, 政府公卿會議事, 仰稟. 上謂李光佐曰: "予所用花押, 卽先朝所賜, 實墨尙在, 如何他求?" 光左曰: "何字也?" 上曰: "通字也."]; 《牧民心書 奉公六條 文報》: 書目者, 原狀之大槪也. 監司題判在於書目, 而原狀留爲憑考. 凡原狀之末具花署【俗所云署名】、花押【方言云手例】. 書目有署而無押.] ☞본서 35-28

**劃出** : 일정한 기준이나 원칙을 벗어나 차출하는 것을 말한다. 본서에서는 이미 정해 놓은 출사 순서와 상관없이 차출되는 것을 의미하였다. ☞본서 5-5, 7-3, 14-2, 29-5·8·13

# 부록 3 : 의금부 관련 典籍

※ 부록3에서는 본 논문에서 다룬 《금오헌록》 이외의 의금부에 관련된 내용을 담고 있는 典籍들을 소개한다. 여기에 소개하는 전적들 중에는 의금부에서 직접 편찬한 것도 있고, 다른 관사에서 편찬하였으나 의금부와 밀접한 관련이 있는 것도 있으며, 편찬 주체를 알 수 없는 자료도 있다.

**[표5] 의금부 관련 전적**

| 표제 | 편저자 | 형태 | | 발행년 | 소장처 | 비고 |
|---|---|---|---|---|---|---|
| 禁启謄錄 | 義禁府 | 筆寫本 | 1冊(38張)<br>42.2×29.1cm | 미상 | 규장각 | 각사등록<br>제80책 |
| 金吾憲錄 | 義禁府 | 筆寫本 | 1冊<br>34.5×22.3cm | 영조 20(1744)<br>이후 | 미국<br>버클리대<br>아사미문고 | 고려대<br>해외한국학<br>자료센터 |
| 密启 | 義禁府 | 筆寫本 | 1冊(63張)<br>41.1×28.0 cm | 정조 6(1782) | 규장각 | 각사등록<br>제80책 |
| 戊申逆獄初 | 미상 | 筆寫本 | 1冊(81張)<br>31.4×21.2cm | 영조 연간 | 규장각 | 각사등록<br>제80책 |
| 肅宗庚申逆獄推案 | 鞫廳 | 筆寫本 | 4冊<br>46.3×28.8cm | 숙종 6(1680) | 규장각 | 각사등록<br>제81책 |
| 連坐案 | 義禁府 | 筆寫本 | 4冊<br>35.2×22.8cm.<br>(大小不同) | 고종 연간 | 규장각 | |
| 英祖戊申逆獄推案 | 鞫廳 | 筆寫本 | 10冊<br>40.4×36.6cm | 영조 4(1728) | 규장각 | 각사등록<br>제75책 |
| 義禁府決獄錄 | 義禁府 | 筆寫本 | 2冊<br>36×24.9cm | 정조 6(1782) | 미국<br>버클리대<br>아사미문고 | 고려대<br>해외한국학<br>자료센터 |
| 義禁府鞫案 | 義禁府 | 筆寫本 | 不分卷 8冊<br>27×14.6cm | 1930~40년 寫 | 장서각 | |
| 義禁府路程記 | 義禁府 | 筆寫本 | 1冊(15張)<br>39.5×24.7cm | 헌종 연간<br>(19세기 전반) | 규장각 | |

| 義禁府謄錄 | 義禁府 | 筆寫本 | 6冊<br>39.6×27㎝ | 미상 | 규장각 | 각사등록<br>제72책 |
|---|---|---|---|---|---|---|
| 丁酉新刊時囚冊 | 義禁府 | 筆寫本 | 13冊<br>34.5×23cm<br>(大小不同) | 미상 | 규장각 | |
| 罪人方萬規推案 | 義禁府 | 筆寫本 | 1冊(19張)<br>27×19.6㎝ | 1930~40년 寫 | 장서각 | |
| 推案及鞫案 | 義禁府 | 筆寫本 | 331冊<br>50.8×34.4㎝<br>(大小不同) | 미상 | 규장각 | 아세아문화사<br>(1978) |
| 八道都罪案 | 義禁府 | 筆寫本 | 4冊<br>42×27.3㎝<br>(大小不同) | 영조4(1728)<br>~고종32(1895) | 규장각 | |
| 鞫廳日記 | 承政院 | 筆寫本 | 1冊(42張)<br>23.0×13.5㎝ | 미상 | 국립<br>중앙도서관,<br>규장각 | |
| | 承政院 | 筆寫本 | 1冊<br>36.6×27.6㎝ | 영조17(1741) | 규장각 | |
| | 承政院 | 筆寫本 | 19冊<br>35.0×26.0㎝<br>(大小不同) | 미상 | 규장각 | 각사등록<br>제79책 |
| | 承政院 | 筆寫本 | 19冊<br>27.0×19.6 | 1929년 寫 | 장서각 | |
| 三省推鞫日記 | 承政院 | 筆寫本 | 2冊<br>27.0×19.6㎝ | 순조29(1892)<br>~고종3(1886) | 장서각 | |
| 推鞫日記 | 承政院 | 筆寫本 | 30冊<br>37.6×27.8㎝ | 미상 | 규장각<br>(12795) | 각사등록<br>제78책 |
| | 承政院 | 筆寫本 | 1冊(39張)<br>37.5×29.1㎝ | 미상 | 규장각<br>(26697) | |
| | 承政院 | 筆寫本 | 2冊<br>37.4×29.0㎝ | 순조26(1826)<br>~고종5(1868) | 규장각<br>(12806) | |
| | 崔星煥 | 筆寫本 | 1冊(43張)<br>22.5×15.7㎝ | 1929년 寫 | 국립<br>중앙도서관 | 고종 3(1866)<br>추국일기 |
| 親鞫日記 | 承政院 | 筆寫本 | 22冊<br>35×27㎝ | 미상 | 장서각,<br>규장각 | 각사등록<br>제80책 |

《鞫廳日記》

19책의 필사본으로, 1646년(인조24)에서 1804년(순조4) 사이에 국가에 중죄를 지은 죄인들의 鞫問과정을 기록한 책이다.

기록은 鞫問한 日時, 참석한 관원의 명단, 사건의 내용 순서로 수록되었다. 인조 연간에서 영조 연간까지만 남아 있는 落帙本이다. 卷次나 合輟상에 약간의 혼동이 있으나, 기본적으로 내용이 많든 적든 1件1冊으로 되어 있다.

주요 내용은 다음과 같다. 제1책은 1646년(인조24) 瑞山의 趙時應 誣告 사건, 역모죄인 林慶業 등의 親鞫에 대한 내용이고, 제2책은 1652년(효종3) 貴人 趙氏가 崇善君의 부인 申氏를 저주한 사건, 제3책은 1660년(현종1) 海州의 金斗榮 誣告 사건, 제4책은 1670년(현종11) 李世直의 무고 사건, 제5~6책은 1680년(숙종6) 尹鑴·許積 등이 福善君을 왕으로 추대하려는 역모를 꾀한다고 誣告한 鄭元老·姜萬鐵 등의 사건, 제7책은 1682년(숙종8) 盧繼信이 유배중인 吳始恒을 무고한 사건, 제8책은 1682년(숙종8) 金重夏의 告變 사건, 제9책은 1709년(숙종35) 李銊이 병조판서 尹世紀 등을 誣告한 사건, 제10책은 1712년(숙종38) 李檼이 白尙福형제를 무고한 사건, 제11책은 1712년(숙종38) 徐宗哲 등이 兪彦任을 무고한 사건, 제12책은 1728년(영조4) 戊申亂에 대하여 각도의 監司·守令·營將 등이 올린 狀啓, 제13책은 같은 해에 각 지역의 괴수에 대한 問招 및 結案, 제14책은 1729년(영조5) 黃熽의 상소 사건, 제15책은 1733년(영조9) 萬福寺 掛書 사건의 주모자 李蔵 등을 심문한 기록, 제16책은 1804년(순조4) 淸州의 韓海玉 凶言 사건, 제17책은 1752년(영조28) 李亮濟의 掛書 사건, 제18책은 1762년(영조38) 大逆不道罪人 李引範 사건, 제19책은 1763년(영조39) 李義培가 朱永興에 대해 告變한 사건 등이다.

《推案及鞫案》, 《推鞫日記》와 함께 참조한다면 조선 후기 정치사와 사회사 연구에 유용한 자료로 이용될 수 있다. 규장각(奎12797)에 원본이 있고, 1929년에 朴鎬陽에 의해 後寫된 것이 장서각(K2-3426)에 있으며, 연도가 다른 1책으로 된 것은 국립중앙도서관과 규장각에 있다.

출처: 《奎章閣圖書韓國本圖書解-史部1-》(서울대학교도서관, 1981), 각사등록 제79책 해제(국사편찬위원회)

《禁啓謄錄》

1703년(숙종29) 1월부터 8월 사이에 의금부에서 처리한 사건들을 日字順으로 정리한 謄錄으로, 42.2*29.1㎝ 크기의 1책 38장으로 된 필사본이다. 수록된 주요 내용은 위 기간의 綱常罪人이나 죄를 지은 관원에 대한 것으로, 남편을 죽인 婢에 대한 治罪, 전라좌수영 禁松 지역 내에서의 濫伐 사건, 吳始復·吳道一 사건, 試官 獄事, 朴世堂 사건 등이다. 규장각(奎19567)에 소장되어 있는데, 원본에 草書가 많고 상태가 좋지 않아 국사편찬위원회에서 이를 대본으로 정리하고 구두점을 찍어 《각사등록》 제80책에 포함시켜 영인하였다.

출처: 《각사등록》 제80책 해제(국사편찬위원회), 《규장각한국본도서해제 史部2》(서울대학교규장각, 1982)

《金吾契帖》

《금오계첩》은 의금부 낭청들이 친목과 결속을 다지기 위하여 免新하는 당사자가 10부를 만들어 免新日에 나누어 갖는 일종의 기념물이었다. 계첩의 구성은 契會 장면을 그림으로 그린 〈契會圖〉와 참석한 의금부 낭청의 관직, 이름, 字, 生年, 科擧 사항, 本貫 등을 기재한 〈座目〉으로 되어 있다. 규장각에 2점, 한국학중앙연구원에 2점, 국립중앙도서관에

2점, 미국버클리대학도서관에 1점, 미국하버드옌칭도서관에 1점 등이 있으며, 그 중 일부는 한국고전적종합목록시스템( www.nl.go.kr/korcis)에 접속하여 이미지를 확인할 수 있다.

계회도는 契會를 가졌던 장소를 그린 것인데, 17세기 이전에는 두루마리 형식의 軸에 한양 주변의 山水를 그렸으나 17세기 이후로는 주로 의금부 관아의 全景을 그린 帖으로 변화하였다. 계회도에는 의금부의 望門과 大門, 그리고 正門의 三重構造와 죄인을 심문하던 곳인 虎頭閣, 그 좌우에 堂上房과 郎廳房, 뒤편에 있던 휴식공간인 蓮亭, 그리고 서쪽편의 부속건물인 府君堂과 罪囚拘禁處 등의 위치가 그려져 있어 의금부 관아의 전체구조 및 경관 등을 파악할 수 있다. 또 좌목에 계회에 참석한 인물들의 생년과 과거에 합격한 시기 등을 기록해놓아 조선 후기 관료사회의 일면을 살피는데 이용할 수 있다.

**[표6] 《금오계첩》 소장처**

| 표제 | 편찬시기 | 소장처 |
|---|---|---|
| 金吾契帖 | 숙종24(1698) | 국립중앙도서관 |
| | 숙종30(1704) | 성암고서박물관 |
| | 경종1(1721) | 전남대도서관 |
| | 영조15(1739) | 미국 하버드대학옌칭도서관 |
| | 순조12(1812) | 고려대도서관, 한국학중앙연구원도서관 |
| | 未詳年 | 한국학중앙연구원도서관, 고려대도서관,<br>서울대규장각한국학연구원 |
| 金吾稧帖 | 순조5(1805)<br>순조17(1817)<br>고종2(1865) | 미국 버클리대 동아시아도서관 |
| 金吾郎座目 | 순조 연간 | 국립중앙도서관 |
| | 고종13(1876) | 성암고서박물관 |
| 金吾座目 | 숙종26(1700) | 동국대학교중앙도서관 |
| | 숙종35(1709) | 성암고서박물관 |
| | 숙종37(1711) | 성암고서박물관 |

| | | |
|---|---|---|
| | 숙종38(1712) | 성암고서박물관 |
| | 숙종41(1715) | 성암고서박물관 |
| | 영조6(1730) | 성암고서박물관 |
| | 영조15(1739) | 단국대율곡기념도서관 |
| | 영조26(1750) | 서울대규장각한국학연구원 |
| | 영조35(1759) | 국립중앙도서관 |
| | 영조45(1769) | 국립중앙도서관 |
| | 정조14(1790) | 국립중앙도서관 |
| | 未詳年 | 계명대학교 동산도서관, 서울대규장각한국학연구원, 서울대규장각한국학연구원, 단국대학교 율곡기념도서관 |

《密啓》

1책 63장의 필사본으로, 크기는 41.1*28.0㎝이다. 규장각(奎19566)에 소장되어 있다. 表題가 "壬寅 原春道密啓 平安道密啓 咸鏡道密啓"라고 되어 1782년(정조6) 임인년에 강원도, 평안도, 함경도에서 올라온 밀계를 수록한 책임을 알 수 있다. 매 장마다 義禁府印이 찍혀 있다. 내용은 강원도관찰사 金熹가 平昌郡에 유배되어 있던 金丁采 등을 點考하고 보고한 것, 의금부 가도사 具紞이 도망한 죄인 李京來 등을 追捕한 경위와 죄상을 보고한 것, 평안도관찰사 徐浩修가 金廷彦 일당을 취조하고 죄상을 보고한 것, 함경도관찰사 徐有寧이 역모죄인 文仁邦 등의 죄상을 보고한 것 등이 수록되어 있다. 《추국일기》 제16책에도 문인방을 친국한 기사가 있어 비교 검토할 필요가 있다. 규장각본에 구두점을 찍어 영인한 것이 《각사등록》 제80책에 들어 있다.

출처: 《각사등록》 제80책 해제(국사편찬위원회)

《戊申逆獄抄》

1책 81장의 필사본으로, 크기는 31.4*21.2㎝이며 규장각(奎17601)에 소장되어 있다. 表題는 "英祖時獄案"이고 그 내용은 1728년(영조4)의 무신란에 대한 기사가 주 내용을 이루고 있으며, 이후 1755년(영조31)까지의 각종 옥사들도 실려 있다. 첫머리에 무신란의 주모자 중 하나인 李熊佐가 거창현감에게 보낸 편지와 연루자 30여 명에 대한 심문기록 및 처벌, 宮女 順丁 등에 대한 심문 기록 등이 실려 있다. 《推案及鞫案》, 《英祖戊申逆獄推案》 등에 실린 무신란 관련 기록과 비교 검토할 필요가 있다. 대체로 본 자료는 무신란의 전모를 밝혀주는 자료는 아니고, 후대에 참고의 편의를 위해 정리한 자료로 보인다. 규장각본에 구두점을 찍어 영인한 것이 《각사등록》 제80책에 들어 있다.

출처: 《각사등록》 제80책 해제(국사편찬위원회)

《肅宗庚申逆獄推案》

1680년(숙종6)에 西人에 의해 南人이 정치적으로 대거 축출된 庚申換局에 관한 推鞫案이다. 4책의 필사본으로, 크기는 46.3*28.8㎝이다. 규장각(奎15081)에 소장되어 있으며, 卷頭의 書名은 《庚申閏八月初八日卯時推鞫廳開坐》로 되어 있다.

경신환국은 1680년 3월 南人의 領袖인 영의정 許積이 그의 조부 許潛의 諡號를 받는 잔칫날에 궁중의 帷幄을 가져다 쓴 사건(일명 유악사건)을 계기로 西人政權이 들어섬과 동시에 남인이 대거 축출당하고 일시에 모든 軍權이 서인에게 넘어간 사건이다. 이와 더불어 허적의 서자인 許堅이 麟坪大君의 세 아들 福昌君·福善君·福平君과 함께 역모하여 복선군을 왕으로 추대하려 한다는 鄭元老, 姜萬鐵의 告變이 있었다. 이로 인해 남인 중진의 다수가 추국을 당한 결과 허견과 복창군은 사형을 당하고, 許積·尹鑴·吳挺昌·李元楨·柳赫然 등은 역모와 직접 관련이 없는 것으로 판명되어 관직이 삭탈되거나 유배되는 정도에 그쳤다.

《숙종경신역옥추안》은 날짜순으로 되어 있지 않아 국사편찬위원회에서 영인할 때 3, 4, 2, 1의 순서로 다시 재배치하였다. 내용은 경신년(1680, 숙종6) 4월 5일에서 16일, 4월 17일에서 26일, 윤8월 1일에서 7일, 윤8월 8일에서 19일까지의 추국 내용을 담고 있다. 본서의 1, 2, 3은 《추안급국안》(奎15149)의 권80·86·83의 내용과 같다. 본서의 1·2의 표제는 《逆挺昌元老等推案》이고, 3·4의 내용은 三福의 變에 관한 것이다.

출처: 《각사등록》 제81책 해제(국사편찬위원회)

《連坐案》

4책으로 된 필사본으로 크기는 35.2×22.8cm.(大小不同)이다. 1728년(영조4)부터 1886년(고종23) 사이에 連坐法에 해당되는 罪人과 連坐된 일가·가족들을 처벌한 내용을 기록한 책이다. 편자는 미상이나 내용으로 보아 義禁府에서 기록했을 것으로 보인다. 各冊의 시기는 제1책은 1728년-1746년, 제2책은 1776년-1811년, 제3책은 1812년-1881년, 제4책은 1884년-1886년이다.

각 罪人別로 구분하여 죄인의 성명과 처형일자를 먼저 밝힌 다음 이에 연좌된 人物들을 項別로 나누어 적고 있는데, 여기에는 유배지·죄인과의 관계·이름(또는 姓名)·처벌내용·처벌일자·物故日字·기타의 내용이 순서에 따라 기재되어 있다. 연좌된 인물들의 처벌은 주로 爲奴·爲婢·安置 등이다. 復權(伸寃)되었을 때는 죄인의 성명아래 복권된 날짜·사유를 적어 넣었다. 수록된 죄인의 명단을 《조선왕조실록》의 諸記事와 비교하여 본 자료와 관련된 중요한 정치적 사건만을 간추려 정리하면 다음과 같다. 〈1〉李麟佐亂(1728년), 〈2〉正祖 즉위초 時派·辟派間의 諸事件, 〈3〉1782년의 李沈·申享夏·白天湜등의 謀反, 〈4〉1784년의 金夏材伏誅事件, 〈5〉純祖朝의 辛酉邪獄, 〈6〉洪景來亂, 〈7〉蔡壽永의 謀反

事件(1817년), (8)李遠德·閔晋鏞등의 不軌圖謀事件(1844년), 〈9〉1851년의 黃海道民 蔡喜載·金應道등의 謀反事件, 〈10〉 五衛將 李載斗의 李夏銓 등에 대한 謀害(1862년), 〈11〉 丙寅迫害(1866년), 〈12〉光陽縣民의 民亂(光陽賤變)의 관련자 閔晦行·李在文·田讚文 등의 처형(1869년), 〈13〉李弼濟의 鳥嶺亂 圖謀事件과 관련자 처형(1871년), 〈14〉海州民 吳潤根 등의 謀返事件(1872년), 〈15〉大賊과 通謀한 前兵使 申哲均 등의 處斬(1876년),〈16〉謀反大逆罪人 李秉淵 등의 처형(1877년), 〈17〉安驥泳·權鼎鎬 등이 大院君의 庶子 李載先을 推載하여 不軌를 圖謀하려다 잡혀 처형된 사건(1881년), 〈19〉壬午軍亂의 선동자였던 金春永의 처형(1885년), 〈19〉甲申政變의 관련자 尹景純 등의 처형(1885년), 〈20〉 謀叛罪人 浪昌寬의 처형(1886년), 이외에 陵園의 放火犯, 弑父 또는 弑母의罪 등의 대소 사건에 관련된 각종의 重罪人 및 그의 連坐人이 본 자료에 수록되어 있다. 장서각에도 같은 이름의 전적이 있다.

출처 : 서울대학교 규장각한국학연구원 해제

《英祖戊申逆獄推案》

10책으로 된 필사본으로, 크기는 40.4*36.6㎝이다. 1728년(영조4) 戊申年에 정권에서 배제된 少論과 일부 南人이 중심이 되어 일으킨 李麟佐亂에 관한 추국안이다. 규장각(奎15082)에 소장되어 있으며, 表紙의 書名은 《戊申逆獄推案》이다.

숙종 연간에 격화되기 시작한 老論과 少論 간의 대립은 숙종과 노론의 李頤命 사이에 진행된 丁酉獨對로 인하여 왕위계승을 둘러싼 노, 소 간의 갈등이 더욱 깊어지게 되었고, 드디어는 景宗을 지지하는 소론에 의하여 왕세제 延礽君(후에 英祖)을 지지하던 노론이 대부분 역적으로 몰려 죽임을 당하였다. 영조가 왕위를 계승하자 申壬士禍 이후 失勢하였던 노론이 老論四大臣(李頤命·李健命·金昌集·趙泰采)의 伸寃과 討逆을 명분으로 노론 金一鏡, 남인 睦虎龍 등을 처형하자, 위기를 맞게 된 소론의 朴弼顯·李有翼·沈維賢 등이 정권에서 오랫동안 배제되어 온 일부 南人과 함께 영조와 노론정권을 타도하기 위해 난을 계획하게 되었다. 이들은 경종의 死因과 영조의 정통성 문제를 내세워 昭顯世子의 증손인 密豐君 坦을 왕으로 추대하고 각 지방의 동조세력들을 규합하였다. 여기에 참여한 대부분은 당대 명문세족의 후손들로서 사실상 노론에 의해 정치참여가 제도적으로 불가능한 데 불만을 품고 있던 자들이었다. 이들은 무신년(1728, 영조4) 3월 15일에 李麟佐의 清州城 함락을 시작으로 鎭川을 거쳐 서울을 향해 올라오던 중 安城, 竹山에서 관군에게 대패하였고, 영남지방의 鄭希亮은 居昌, 安陰, 陜川, 咸陽 지역을 장악하였다가 결국 관군에 패하였으며, 호남지역에서는 泰仁縣監 박필현 등이 거사하였으나 尙州와 興德에서 관군에 체포되었다. 《영조무신역옥추안》은 바로 이 난에 관련되어 체포된 죄인을 추국한 기록으로서, 무신난의 전모를 밝혀 줄 수 있는 자료 중 하나이다.

구성은 날짜, 假都事·罪人의 單子, 捧招, 口招, 原情, 結案, 刑推, 處決, 議啓 등으로 되어 있다. 권1은 무신년 3월 12일에서 3월 26일, 권2는 3월 27일에서 4월 6일, 권3은 4월 7일에서 4월 16일, 권4는 4월 17일에서 4월 30일, 권5는 5월 1일에서 5월 12일, 권6은 5월 13일에서 5월 23일, 권7은 5월 24일에서 6월 21일, 권8은 6월 22일에서 8월 4일, 권9는 8월 5일에서 12월 25일, 권10은 12월 26일에서 기유년(1729) 9월 15일까지의 기록이다. 본서의 권2·3·4·6·7·9는 《추안급국안》의 권138~143의 내용과 같다. 이 자료는 다른 官撰史料에 실리지 않은 基底層의 동향이나 사상이 반영되어 있어 조선 후기 정치사와 사회사 연구에 유용하다.

출처: 《각사등록》 제75책 해제(국사편찬위원회)

《義禁府決獄錄》

이 자료는 正祖 6년(1782)에 작성된 2冊의 筆寫本으로, 크기는 36*24.9cm이다. 표제는 모두 《義禁府決獄案》이라고 되어 있으며 한 책은 원판 번호가 95-210이고 또 한 책은 95-212이다. 미국 버클리대학교 동아시아도서관 아사미문고(청구기호 19.25, 19.27)에 소장되어 있다.

이 자료는 두 책 모두 정조 6년 1월부터 12월에 이르기까지 의금부에서 다룬 사건을 기재하고 있다. 형태서지만 보면 작성주체와 작성연대가 같아 같은 책인 것처럼 보이나, 실제 내용을 검토해보면 한쪽은 囚禁日字 순서에 따라 기재되었고, 다른 한쪽은 處決日字 중심으로 기재되었다. 따라서 수록된 옥사의 건수도 다르고 기재된 囚人의 수에도 차이가 있다. 또 처결일자 순서로 기록된 책에는 赦免한 죄수 명단과 집행, 사후관리까지 포함되었다는 점이 주목된다. 분량도 33장, 48장으로 달라서 한 쪽이 다른 한쪽보다 상세하다.

이 자료는 실제 의금부에서 이루어지는 囚禁, 照律, 執行, 事後管理로 이어지는 刑事節次를 파악하는데 도움을 준다. 또한 수록된 獄事의 대상이 거의 1품에서 9품까지의 관료들이라는 점에서 朝官들과 지방 관리들이 저질렀던 범죄는 어떠한 유형이었는지에 대한 범죄 내용 분석이 가능하고 이에 대한 처벌 정도를 살필 수 있어 당시 18세기 조선시대에 있어서 어떤 사회적인 문제가 발생했는지를 추론해 볼 수 있다. 또 이들에게 내려진 형률의 검토를 통해 당시 조선에서 일반적으로 형벌 적용의 기준이 되었던 《大明律》의 실제 적용 현황에 대한 검토도 가능하다.

출처: 고려대한국학자료센터 해제, 필자 검토

《義禁府鞫案》

이 자료는 不分卷 8冊으로서 고종 20년(1883)부터 29년(1892)까지의 推鞫案이다. 冊1은 大逆不道罪人 煌 등, 冊2는 죄인 樂寬, 冊3은 대역부도죄인 喜貞 등, 冊4는 謀反大逆不道罪人 景純 등, 冊5는 대역부도죄인 春永 등, 冊6은 謀叛逆不道罪人 仁默 등, 冊7은 죄인 申箕善, 冊8은 모반부도죄인 弘根 등의 국안이다. 李王職實錄編纂會에서 1930~1940년 사이에 李王職實錄編纂用紙(400자 원고지)에 轉寫한 寫本이 장서각에 소장(k2-3444)되어 있다.

《義禁府路程記》

1冊 15張의 필사본으로, 크기는 39.5*24.7cm이다. 규장각(奎19531)에 소장되어 있다. 편찬 시기는 19세기 전반 헌종 연간이고 義禁府에서 죄인의 配所로 지정된 곳을 기록한 것이다. 각 도별 지명아래 서울에서 며칠거리, 소속 驛, 絶島, 山, 浦口 이름 등을 기입하였다. 각 도별로 보면 경기도(37官), 황해도(23官), 강원도(26官), 충청도(54官), 전라도(56官), 경상도(71官), 평안도(42官), 함경도(24官) 등의 순으로 기재되어 있다.

《義禁府謄錄》

6책으로 된 필사본으로, 크기는 39.6*27㎝이다. 1635년(仁祖13)부터 1876년(고종13)까지 날짜별로 기록한 의금부의 謄錄이다. 원래 의금부등록은 매 년마다 작성되었을 것이나 대부분 散佚되어 현재는 6책만 남아 있다. 규장각(奎15150)에 소장되어 있다. 제1책은 1635년(인조13), 제2책은 1675년(숙종1), 제3책은 1771년(영조47), 제4책은 1772년(영조48), 제5책은 1779년(정조3), 제6책은 1876년(고종13)의 기록이다. 수록 내용은 鞫廳 開

坐 日時, 추국시의 座目, 추국절차 등 세부적인 일과, 죄인의 처벌에 대한 승정원 · 의금부의 啓辭, 국왕의 傳教 등이다. 주로 죄를 지은 官人들에게 推考 · 押送 · 拘禁 · 放送 · 水軍充定 등을 시행하는 내용이 대부분인데, 특이한 것은 추국 절차나 처벌만 기록하고 사건의 상세한 내용은 싣지 않았다는 것이다. 이 점이 推案이나 鞫案과 다르다. 이외에 의금부 관원의 교체 및 그에 대한 이유나 처리 방향 등 의금부 운영에 대한 내용과, 직접 의금부가 주체가 되는 일이 아니더라도 의금부의 업무에 대한 논의라면 형벌에 대한 조정에서의 논의, 암행어사의 장계, 상소문 등도 수록하였다. 이두를 이용한 한문으로 기록되었으며, 매 면마다 義禁府印을 찍어 착오를 방지하였다. 대개 行書體로 기록되었으나 草書體로 쓰인 부분도 있다. 이를 대본으로 국사편찬위원회에서 영인하여 《各司謄錄》제72 · 73책에 실었다.

출처: 한국민족문화대백과(한국학중앙연구원) ; 《각사등록》 제72책 해제(국사편찬위원회) ; 《奎章閣韓國本圖書解題 史部2》(서울대학교 규장각, 1982)

《丁酉新刊時囚冊》

13冊의 필사본으로, 1810年(純祖10) 9月-1895年(高宗32) 3월 사이에 義禁府에 囚禁 · 被罪된 前 · 現職 官員들의 被罪 관계사항을 수록한 자료이다. 表紙의 書名은 《時囚冊》이다. 규장각에 소장(奎17288)되어 있다.

제1책(一天)은 1810년 9월~1813년 2월, 1821년 2월~1822년 1월의 시수책이다. 제2책(二天)은 1837년 9월~1839년 4월, 제3책(三天)은 1839년 4월~1842년 5월, 제4책(四天)은 1842년 5월~1844년 8월, 제5책(六天)은 1846년 6월말~1850년 7월중, 제6책(九天)은 1857년 윤5월~1861년 7월, 제7책(十天)은 1861년 7월~1865년 10월, 제8책(一地)은 1865년 10월~

1873년 12월, 제9책(二地)은 1873년 12월~1877년 6월, 제10책(三地)은 1877년 6월~1881년 5월, 제11책(四地)은 1881년 5월~1883년 12월말, 제12책(五地)은 1884년 1월~1887년 3월말, 제13책(七地)은 1893년 1월~1895년 3월 8일의 시수책이다.

### 《罪人方萬規推案》

이 자료는 1冊 19張으로 된 필사본으로, 영조 원년(1725)의 罪人 方萬規의 推案이다. 표지에 '英宗元年乙巳'라 되어 있다. 1930~1940년에 李王職實錄編纂會에서 400자 원고지에 轉寫한 것이 장서각에 소장(k2-3451)되어 있다. 李王家圖書之章이 찍혀 있다.

상소에 흉역한 말을 쓴 방만규를 잡아다 국청을 설치하라는 영조 원년 1월 16일의 備忘記를 시작으로, 날짜별로 국청에 참여한 관원 명단, 방만규가 바친 공초 내용, 尹鳳朝 등과의 대질 내용 등을 상세히 기록한 추국안이다.

### 《推鞫日記》

30책으로 된 필사본으로, 크기는 37.6*27.8㎝이다. 1646년(인조24)~1882년(고종19)까지 惡逆罪人에 대한 추국의 내용을 일기 형태로 기록한 것이다. 규장각(奎12795)에 소장되어 있다.

체재는 먼저 날짜 및 시각을 적은 뒤, 추국에 참여하는 관원의 座目을 두어 推官·問事郎廳·別刑房·文書色 등의 관직과 성명, 참석 여부를 기록하였고, 불참한 경우에는 그 사유를 기록하였다. 이어 국왕의 傳敎을 받아 심문하는 죄인의 심문내용을 기록했는데, 개인별로 審問日字·身分·姓名·年齡 등을 적었다. 鞫廳에서 계를 올린 경우에는 그 내용과 국왕의 답을 수록하였다. 개인별 推考가 대부분이나, 面質하거나 2, 3차에 걸쳐 再考한 경우도 보인다. 일단 국문이 끝나면 각 죄인의 죄목과 사후 처형 내용이 왕에게 보고되며, 이에 대한 왕의 의견도 첨부되어 있다.

이 책에 실린 내용이 조선 후기에 시행된 추국의 전부는 아니며, 하나의 사건에 대한 내용을 한 권의 책으로 엮는 것을 원칙으로 하였다. 책별 수록 내용은 다음과 같다. 제1책에 1646년(인조24) 역모죄인 柳濯의 역모 사건, 제2책에 1647년(인조25) 궁인 辛生의 逆獄, 제3책에 1656년(효종7) 天安郡守 徐忭의 告變 사건, 제4책에 1657년(효종8) 李光弼의 獄中 告變 사건, 제5책에 1734년(영조10) 大邱 掛書 사건, 제6책에 1786년(정조10) 具善復·具明謙의 凶論 사건이 수록되었다. 제7책에 1736년(영조12) 不道罪人 李觀厚의 사건과 1760년(영조36) 죄인 卞致遠의 林德良 誣告 사건, 제8책에 1801년(순조1) 邪學罪人 丁若鏞, 李承薰 등의 推鞫 기록이 들어 있다. 제9책에 1804년(순조4) 李達宇·張義綱 사건, 제10책에 1807년(순조7) 德山縣 殿牌作變 사건, 제11책에 같은 해 李光郁 등의 사건, 제12책에 1813년(순조13) 亂言犯上罪人 李晦直의 사건이 수록되었다. 제13책에 1817년(순조17) 李希祖 등의 사건, 제14책에 1819년(순조19) 掛書한 金在默 등의 사건, 제15책에 1829년(순조29) 李魯近의 凶書 사건, 제16책에 같은 해 상인인 金守溫 등의 募兵作亂 사건, 제17책에 1836년(헌종2) 姜時煥의 상소 사건, 제18책에 1840년(헌종6) 許晟·金陽淳 등의 사건, 제19책에 1866년(고종3) 邪學罪人 南鍾三·洪鳳周 등의 사건이 수록되었다. 제20책에 1868년(고종5) 사학죄인 曺演承·曺準承 등의 사건, 제21책에 같은 해 謀叛罪人 鄭德基 등의 사건이 있다. 제22책에 1869년(고종6) 光陽 民亂을 일으킨 閔晦行 등의 사건, 제23책에 같은 해 殺母罪人 金文成 등의 사건, 제24책에 1870년(고종7) 晉州에서 惑世誣民하여 민란을 일으키려 한 鄭晩植 등의 사건, 제25책에 1871년(고종8) 逆謀罪人 李弼濟 등의 사건이 수록되었다. 제26책에 1873년(고종10) 崔益鉉 상소 사건, 제

27책에 1874년(고종11) 군주를 협박한 孫永老 상소 사건, 제28책에 1876년(고종13) 明火賊 申哲均 사건, 제29책에 1877년(고종14) 李秉淵·李啓豊 등이 병자수호조약을 반대해 의병을 일으킨 사건, 제30책에 1882년(고종19) 尹相和의 應旨上疏 사건 등이 수록되었다. 제17책의 뒷부분에는 1827년(순조27) 각 도에서 보고된 放火 등의 괴변 사실이 첨부되어 있다.

대체로, 조선 후기의 역모·고변·괘서·전패작변·천주교·동학·상소·민란 등과 관련된 죄인을 심문한 것으로, 이 시기의 정치사, 사상의 동향, 사회사 등을 연구하는 데 도움이 되는 자료이다. 《推案及鞫案》과 일부 중복되는 부분이 있으나, 《추안급국안》이 당시 추국의 내용을 그대로 쓴 것이라고 한다면 《推鞫日記》는 추국을 담당한 관청의 일기 형태로 되어 있어 서로 보완할 수 있는 자료이다. 규장각과 장서각에 있다.

출처: 한국민족문화대백과(한국학중앙연구원) ; 《각사등록》 제78책 해제(국사편찬위원회)

## 《推案及鞫案》

1601년(선조34)~1892년(고종29)까지 약 300년간의 變亂, 逆謀, 邪學, 凶疏 등에 관련된 중죄인들을 심문한 기록으로 이른바 詔獄에 연루된 죄인들의 供招 기록이다. 총 331책의 거질로 규장각(奎15149)에 소장되어 있다.

각 책별로 수록 내용을 살펴보면 다음과 같다. 제1~6책은 宣祖 대, 제7~11책은 光海君 대, 제12~65책은 仁祖 대, 제66~73책은 孝宗 대, 제74·75책은 顯宗 대, 제76~128책은 肅宗 대, 제129~133책은 景宗 대, 제134~223책은 英祖 대, 제224~243책은 正祖 대, 제244~286책은 純祖 대, 제287~294책은 憲宗 대, 제295~299책은 哲宗 대, 제300~331책은 高宗 대의 순으로 나누어져 있다.

체재는 앞에 委官과 問事郎廳 등의 명단이 있고, 다음에 추국내용·議啓·비답결과 등의 순으로 기재되어 있다. 내용은 逆謀에 관련되는 것이 가장 많고, 그 밖에 凶疏·竊盜·邪學·掛書·御史詐稱 그리고 노비 반란, 당쟁 관계 등이 포함되어 있다. 그 중에서도 臨海君 추대 음모, 광해군 연간의 謀逆, 李适의 반란 사건, 金自點의 逆獄, 尹鑴 관련 사건, 숙종 연간의 당쟁관계 사실인 경신년 문제, 경종 연간의 老·少論의 옥사, 영조 연간의 戊申亂과 그 뒤의 역옥, 정조 연간의 邪學罪人, 순조 연간의 사학 죄인과 각종 변란관련 사건, 고종 연간의 李弼濟 역모와 유생들의 萬人疏 및 임오군란·갑신정변의 사실들이 비중 있게 다루어지고 있다.

본서는 죄인의 심문 조사 또는 판결 기록으로는 가장 상세하고 풍부한 내용을 가지고 있어, 간단한 개략만 기재한 《조선왕조실록》이나 《일성록》, 《승정원일기》의 1차 사료 또는 보조 자료가 되어준다. 그러나 정치 상황이나 당쟁 관계에 따라 반란이나 역적의 기준이 달라지고, 공초 기록이다 보니 죄인들이 사실을 糊塗하거나 은폐하는 진술들이 많다는 단점이 있다. 이러한 부분적 결함에도 불구하고 이 자료는 조선 중기·후기의 정치사, 사회사, 민중운동사 그리고 풍속사에 귀중한 자료이며 또, 법제도의 변천과 그 적용 범위를 알아보는 데 있어서도 귀중한 사료로 평가된다. 1978년 아세아문화사에서 30책으로 영인 출간하였으며, 2014년에 전주대 한국고전학연구소에서 번역 출간하였다.

출처: 한국민족문화대백과(한국학중앙연구원)

《親鞫日記》

조선 후기 중대 범죄인을 국왕이 직접 鞫問한 내용을 승정원에서 기록하여 만든 책으로, 1651년(효종2)부터 1861년(철종12)까지를 다루고 있다. 22책의 필사본으로 크기는 35*27㎝이다. 장서각(K2-3457)과 규장각(奎

12796)에 소장되어 있다. 규장각 소장본의 일부 책의 순서에 착오가 있어 국사편찬위원회에서 영인하면서 이를 바로잡았으며, 본 해제는 이 순서에 따른다.

각 책별 수록 사건 및 연대는 다음과 같다. 제1책은 1651년(효종2) 金自點 역모사건에 연루된 죄인의 심문 기록, 제2책은 1701년(숙종27) 禧嬪張氏가 尙宮과 계집종을 시켜 閔中殿을 저주하게 한 사건, 제3책은 1706년(숙종32) 李濳의 상소 사건, 제4책은 1737년(영조13) 金聖鐸의 상소 사건, 제5책은 1742년(영조18) 閔昌洙의 상소 사건이 수록되었다. 제6책은 1745년(영조21) 李敬中·李得中 등의 역모 사건, 제7책은 1759년(영조35) 中官, 奴子 등이 대궐에서 훔친 簾障으로 노름한 사건, 제8책은 1763년(영조39)에 掖庭軍士 有得 등이 궐내의 古器를 훔쳐 팔아먹은 사건 및 1764년에 제주에 유배 중이던 무신역변과 을해옥사 관련 자손들이 軍器와 양식을 모아 거사하려던 사건, 제9책은 1776년(정조즉위년) 李德師의 상소 및 그와 관련된 인물들의 친국 기록, 제10책은 같은 해 尹若淵 등의 護逆罪에 대한 친국 내용이 수록되어 있다. 제11책은 1777년(정조1) 李宗諤 등의 綸音僞造 사건, 제12책은 같은 해 洪啓禧 일가가 일으킨 3건의 흉모 사건, 제13책은 1778년(정조2) 尹範聖·尹文淵 등의 逆謀 사건, 제14책은 같은 해 유배 중이던 武將 張志恒과 서찰을 왕래한 內官 金應澤·全興壽의 역모 사건, 제15책은 1779년(정조3) 鄭櫟 등의 역모 사건, 제16책은 1782년(정조6) 李京來, 文仁邦 등이 結黨해 민심을 선동한 사건의 심문 기록이 수록되었다. 제17책은 1796년(정조20) 鄭好仁 등이《明義錄》에 배치되는 상소를 올린 사건, 제18책은 1808년(순조8) 康津에 圍籬安置된 죄인 李審度의 凶疏 사건, 제19책은 1809년(순조9) 趙檄의 凶書 사건이 수록되었다. 제20책은 1846년(헌종12) 金鑈 등이 언관으로 재직할 때 직무를 태만히 한 사건, 제21책은 1848년(헌종14) 李穆淵의 상소 및 李承言의 발언에 대한 심문, 제22책은 1861년(철종12) 趙萬俊이 국왕의 행차에

投石한 사건에 관한 심문 및 치죄 내용이 수록되었다.

수록 형식은 날짜별로 座目이 있고, 이어 국왕이 심문한 내용과 죄인의 공초 내용, 鞫廳에서 올린 啓, 結案 등을 수록하였다. 座目에는 時·原任大臣, 의금부 관원 이하 問事郎廳에 이르기까지 친국에 참여하는 관원의 관직과 성명, 참석 여부를 기록하였고 불참한 경우는 그 사유 등을 표기하였다.

대체로, 역모 사건과 관련하여 審問하고 처결한 내용으로 되어 있어, 이 시기 정치사 및 법제사 뿐만 아니라 사회 동향 연구에 도움이 되는 자료이다. 1601년(선조34)부터 1905년까지 중죄인의 공초 기록을 수록한 《推案及鞫案》과 수록 대상 시기와 내용이 다른 부분이 많아 서로 보완할 수 있는 자료이다.

출처: 한국민족문화대백과(한국학중앙연구원) ; 《각사등록》 제80책 해제 (국사편찬위원회)

《八道都罪案》

이 자료는 4冊으로 된 필사본으로, 영조 4년(1728)~고종 32年(1895) 간의 각종 범죄 사건을 기록한 것이다. 규장각에 소장(奎 17290)되어 있다.

제1책은 定配案, 제2책은 헌종 5年(1839)~철종 10年(1860) 10월, 제3책은 철종 10년 10月~고종 19년(1882) 11월, 제4책은 고종 19년 11월~1896년 1월까지 다루고 있다.

# 부록 4 : 의금부 관련 기록

※ 부록4에서는 文集이나 類書에서 의금부에 대하여 기술하고 있는 기록들을 뽑아내어 소개한다. 주로 의금부의 沿革이나 職掌, 職制 등에 관련된 題目위주의 글로 선별하였다. 기록된 時代順으로 배열함으로써 前代의 기록이 後代에 어떻게 수용되어 가는지에 대해서도 보여주고자 하였다. 이외에도 의금부에 관련된 詩 등이 있으나, 본서의 내용과 밀접한 관련이 없고 필자의 한계로 인하여 모두 다루지 못했음을 밝혀둔다.

## 1. 《六先生遺稿》 중 〈柳先生遺稿〉

※ 《육선생유고》는 세조 2년(1456)에 단종의 복위를 도모하다가 발각되어 처형된 6명의 신하 즉 朴彭年, 成三問, 李塏, 河緯地, 柳誠源 등 집현전 학사들과 武官인 兪應孚의 遺稿를 모은 것이다. 이 〈의금부제명기〉는 그 중에서도 유성원(柳誠源, 1426~1456)의 유고 속에 있는 글이다. 유성원은 자가 太初, 호가 琅玕이며, 본관은 文化이다. 金礩의 배신으로 거사가 실패로 돌아가자 그는 집으로 돌아와 아내 宋氏와 이별주를 마시고 사당에서 자결하였다. 숙종 때에 復官되었으며 영조 때 이조 판서로 추증되고 忠景의 시호가 내려졌다. 이것은 15세기 중엽에 이루어진 의금부 관련 기록이라 할 수 있다.

**의금부제명기 【《新增東國輿地勝覽》에 보인다.】**

官府에 題名[1]하는 것은 대개 司馬遷이 지은 《史記》 年表에서 근원하

1) 題名 : 관사의 벽에 그 관사에 근무한 사람들의 이름과 履歷을 써서 걸어 놓는 것을 말한다.

였으니, 姓氏와 승진, 임명 일자를 명기하는 것이 후대에 보는 사람으로 하여금 시간을 거슬러 그 시대를 논하고 그 사람을 알게 해주기 때문이다. 우리나라에 獄事를 관장하는 관사로는 刑曹가 있고 義禁府가 있다. 형조는 주로 도적과 난폭한 자를 처벌하고, 의금부는 옛날의 詔獄에 해당하는데 조정의 중대한 옥사와 전국에서 오랫동안 지체되어 처결하기 어려운 사건들이 모두 이곳으로 집결되기 때문에 그 소임이 더욱 막중하다.

고려 때에는 巡軍萬戶府라고 하고, 都萬戶·上萬戶·副萬戶·鎭撫·千戶·提控을 두었다. 공민왕 18년(1369)에 司平巡衛府로 고치고, 提調·判事·參詳官·巡衛官·評事官을 두었다. 우왕 때에 다시 순군만호부로 고쳤다. 조선에서도 그대로 따르다가, 태종 2년(1402)에 巡衛府로 고치고, 3년에는 다시 義勇巡禁司로 고쳤다. 14년(1414)에 지금 이름으로 바꾸고, 提調·鎭撫·知事·都事를 두었다. 이것이 의금부를 설치하여 내려온 沿革의 대략이다.

조선이 건립된 초기로부터 지금에 이르기까지 題名에 관한 記文이 아직 없어서 의금부 내에서는 이것을 안타깝게 여겨 왔다. 하루는 提調 權蹲( ? ~1459년)이 鎭撫 安位에게 예전 기록을 두루 찾게 하여 그 중에서 故 議政 朴 平度公(朴訔 1370~1422년) 이하 몇 사람의 기록을 찾았다. 그런데 거기에 巡禁 이전의 호칭은 文籍이 다 유실되어 상고할 길이 없고, 찾은 것 중에도 간간이 빠진 부분이 있었다. 우선 상고할 수 있는 것만 가려내어 책에 열거함으로써 후대에 보는 자가 참고할 수 있기를 바란다.

대개 題名은 오래전부터 있었다. 唐宋 이래로 아무리 궁벽하고 작은 고을일지라도 제명에 관한 기록이 있었으니, 더구나 법을 맡은 중요한 관사의 기록을 빠뜨려서야 되겠는가. 오늘날 여러 公들이 애쓴 뜻이 바로 여기에 있다 하겠다. 이 〈題名記〉를 보는 자가 그 사람으로 인하여 시간을 거슬러 논하게 된다면 단지 그들의 성씨와 시대를 상고할 수 있는 정도가 아닐 것이다.

**義禁府題名記【見輿地勝覽[2]】**

官府題名, 盖本於遷《史》之年表. 所以著姓氏、遷除日月, 使後之覽者, 尙論其世而有以知其人也. 國朝掌獄之官, 曰刑曹也, 曰義禁府也. 刑曹主治寇賊、刑暴亂, 禁府則古之詔獄也. 朝廷大獄及中外久滯難斷之事, 皆於是焉歸, 任尤重矣.

在高麗時, 曰巡軍萬戶府, 置都萬戶、上萬戶、副萬戶、鎭撫、千戶、提控. 恭愍十八年, 改爲司平巡衛府, 置提調、判事、參詳官、巡衛官、評事官. 辛禑時, 復改爲巡軍萬戶府. 國朝因之. 太宗二年, 改爲巡衛府, 三年又改爲義勇巡禁司, 十四年改今號, 置提調、鎭撫、知事、都事. 此建置沿革之大略也.

自國初迄于今, 題名尙未有記, 府中恨之. 一日提調權公蹲, 屬鎭撫安君位, 蒐羅故牘, 得故議政朴平度公以下若干人, 其稱巡禁以上, 文籍逸失, 漫不可考, 而所得者, 亦間有闕焉. 姑取其可考者, 聯書于冊, 庶來者有考焉.

夫題名尙矣. 唐・宋以來, 雖偏州下邑, 莫不有記, 矧伊臬事之重官, 而闕之可乎哉! 此今日諸公惓惓之意也. 覽者, 因其人而尙論之, 則不但取姓氏歲月之可見而已.

## 2. 《新增東國輿地勝覽》 제2권 〈京都下・文職公署〉

※ 《신증동국여지승람》은 중종 25년(1530)에 李荇, 洪彦弼, 尹殷輔, 申公濟, 李思鈞 등이 중종의 명에 따라 《東國輿地勝覽》을 새로 증보하여 만든 조선 전기의 종합지리지이다. 성종이 盧思愼・姜希孟・徐居正・成任・梁誠之 등에게 찬

2) 輿地勝覽 : 국립중앙도서관에 소장(B.C.古朝60-3-2)되어 있는 《新增東國輿地勝覽》의 表題가 '輿地勝覽'이다. 《신증동국여지승람》은 중종 25년(1530)에 왕명으로 편찬한 지리지인데, 성종 때 편찬한 《東國輿地勝覽》을 새로 증보하여 만든 조선 전기 지리지의 집대성판이다.

수를 명하여 성종 12년(1481)에 50권으로 완성한 《동국여지승람》을 두 차례의 교정과 보충, 그리고 중종 때의 추가 작업을 거쳐 간행한 것이 이 《신증동국여지승람》이다. 형식은 《동국여지승람》의 내용을 먼저 싣고, '新增'으로 표기하여 추가 사항을 기술하였다. '신증'으로 추가된 내용과 항목은 대개 禮文, 詩文, 風俗, 孝子, 忠義, 烈女 등 유교문화의 성격이 많이 반영된 부분이었다. 이 글은 16세기 초에 이루어진 의금부 관련 기록이라 할 수 있다.

**의금부**

中部 堅平坊에 있으며 教旨를 받아 죄인을 推鞫하는 일을 관장한다. 그 屬司로는 經歷所가 부속되어 있고 또 當直廳이 있어서, 낭청 1명씩이 하루걸러 당직하여 士·庶人의 抗告와 고발 등을 관장한다. ○판사·지사·동지사가 모두 4명인데, 모두 다른 관직에 있는 자로 겸임하게 한다. 경력과 도사가 모두 10명인데, 모두 이전의 資級을 지니고 있다.

○柳誠源이 지은 〈題名記〉에, "官府에 題名을 하는 것은 대개 司馬遷이 지은 《史記》 年表에서 근원하였으니, 姓氏와 승진·임명 일시를 명기하는 것이 후대에 보는 사람으로 하여금 시간을 거슬러 그 시대를 논하고 그 사람을 알게 해주기 때문이다. 우리나라에 獄事를 관장하는 관사로는 刑曹가 있고 義禁府가 있다. 형조는 주로 도적과 난폭한 자를 처벌하고, 의금부는 옛날의 詔獄에 해당하는데 조정의 중대한 옥사와 전국에서 오랫동안 지체되어 처결하기 어려운 사건들이 모두 이곳으로 집결되기 때문에 그 소임이 더욱 막중하다. 고려 때에는 巡軍萬戶府라고 하고서 都萬戶·上萬戶·副萬戶·鎭撫·千戶·提控을 두었다. 恭愍王 18년(1369)에 司平巡衛府로 고치고, 提調·判事·參詳官·巡衛官·評事官을 두었다. 禑王 때에 다시 순군만호부로 고쳤다. 朝鮮에서도 그대로 따르다가, 太宗 2년(1402)에 巡衛府로 고치고, 3년에는 다시 義勇巡禁司로 고쳤다. 14년(1414)에 지금 이름으로 바꾸고, 提調·鎭撫·知事·都事를 두었다. 이것이 의금부를 설치하여 내려온 沿革의 대략이다. 조선이 건립된 초기로부

터 지금에 이르기까지 題名에 관한 記文이 아직 없어서 의금부 내에서는 이것을 안타깝게 여겨 왔다. 하루는 提調 權蹲(?~1459년)이 鎭撫 安位에게 예전 기록을 두루 찾게 하여 그 중에서 故 議政 朴 平度公(朴訔 1370년~1422년 ) 이하 몇 사람의 기록을 얻었다. 그런데 거기에 巡禁 이전의 호칭은 文籍이 다 유실되어 상고할 길이 없고, 찾은 것 중에도 간간이 빠진 부분이 있었다. 우선 상고할 수 있는 것만 가려내어 책에 열거함으로써 후대에 보는 자가 참고할 수 있기를 바란다. 대개 題名은 오래전부터 있었다. 唐宋 이래로 아무리 궁벽하고 작은 고을이라도 제명에 관한 기록이 있었으니, 더구나 법을 맡은 중요한 관사의 기록을 빠뜨려서야 되겠는가. 오늘날 여러 公들이 애쓴 뜻이 바로 여기에 있다 하겠다. 이 〈題名記〉를 보는 자가 그 사람으로 인하여 시간을 거슬러 논하게 된다면 단지 그들의 성씨와 시대를 상고할 수 있는 정도가 아닐 것이다."라고 하였다.

**義禁府**

在中部 堅平坊. 掌奉教推鞫之事. 其屬經歷所附焉, 又有當直廳, 郎廳一員, 更日遞直, 掌士庶申訴、告牒等事.

○判事、知事、同知事凡四人, 皆以他官兼. 經歷、都事凡十人, 皆以前資帶.

○柳誠源〈題名記〉, "官府題名, 盖本於遷《史》之年表. 所以著姓氏、遷除日月, 使後之覽者, 尙論其世而有以知其人也. 國朝掌獄之官, 曰刑曹也, 曰義禁府也. 刑曹主治寇賊、刑暴亂, 禁府則古之詔獄也. 朝廷大獄及中外久滯難斷之事, 皆於是焉歸, 任尤重矣. 在高麗時, 曰巡軍萬戶府, 置都萬戶、上萬戶、副萬戶、鎭撫、千戶、提控. 恭愍十八年, 改爲司平巡衛府, 置提調、判事、參詳官、巡衛官、評事官. 辛禑時, 復改爲巡軍萬戶府. 國朝因之. 太宗二年, 改爲巡衛府, 三年又改爲義勇巡禁司, 十四年改今號, 置提調、鎭撫、知事、都事. 此建置沿革之大略也. 自國初迄于今, 題名尙未有記, 府中恨之. 一日提調權公蹲, 屬鎭撫安君位, 蒐羅故牘, 得故議政朴平度公以下若干人, 其稱巡禁以上, 文籍逸失, 漫不可考, 而所得者亦間有闕焉. 姑取其可考者, 聯書于冊, 庶來者有考焉. 夫題名尙矣. 唐·宋以來 雖偏州下邑, 莫不有記, 矧伊臯事之重官, 而闕之可乎哉! 此今日諸公惓惓之意也. 覽者, 因其人而尙論之, 則不但取姓氏歲月之可見而已."

## 3. 《惺所覆瓿藁》 제22권 〈說部 識小錄 惺翁識小錄上〉

※《성소부부고》는 許筠의 시문집이다. 허균(1569~1618)은 선조 때 문장으로 이름을 떨쳤고 형조 판서, 우참찬 등에 올랐으나 광해군 때 모반죄로 처형되었다. 그는 자가 端甫, 호가 蛟山이며 惺所 또한 그의 별칭이다. 草堂 許曄의 제3자이며, 許蘭雪軒이 그의 누이였다. 그의 문집은 詩部·賦部·文部·說部로 나뉘어 있는데, 이 글은 그 중 설부에 들어 있다. 18세기 후반에 편찬된《연려실기술》이나 19세기에 편찬된《임하필기》의 의금부 관련 내용은 이 허균의 문집에서 인용한 것이나, 몇몇 글자를 잘못 필사함으로써 계속 잘못된 轉寫가 이루어진 것으로 보인다. 이것은 17세기 초에 이루어진 의금부 관련 기록이라 할 수 있다.

의금부는 옛날의 執金吾이다. 高麗에서는 巡軍府라 하였는데 上萬戶와 副萬戶를 두어 禁衛의 親軍을 관장하였다. 처음에는 獄을 설치해서 禁軍 중에 軍令을 어긴 자를 가두던 곳이었다. 中期에 와서는 간혹 국왕이 직접 죄수를 판결하여 조정의 신하로서 임금의 뜻을 거스른 자를 곧바로 이곳에 가두기도 하였다. 대개 당시 사대부는 직위의 고하를 가리지 않고 죄를 지으면 다 御史臺의 옥에서 다루었는데 王獄이나 詔獄이 없어서였다. 말엽에 와서는 이곳이 조정 관원만을 다루는 옥이 되어 관원에 처음 임명된 자 이상은 모두 여기에 들어가게 되었다.

초기에는 고려의 제도를 따르다가 얼마 안 가서 곧 義勇巡禁司라 고치고 判事·知事·同知事 4명을 두었다. 郎官은 문관과 무관을 섞어서 임용하였으며 禁衛의 親軍을 거느리는 것은 고려 때와 같았다. 그 후 義禁府라 고치면서 兵權은 없어지고 王獄으로서 죄수를 판결하는 일만을 임무로 하고, 大駕가 거둥할 때와 내외의 禁濫處에 낭관이 皁隷들을 거느리고 가서 불상사를 살피는데 그칠 뿐이었으니, 이 또한 예전에 이 관사를 설치한 뜻을 잃은 것이다.

**[義禁府沿革]**

義禁府, 古執金吾也. 在麗朝爲巡軍府, 置上、副萬戶, 專掌禁衛親軍. 初置獄以囚禁中犯軍令者, 中年國王親決其囚, 朝臣忤上旨者, 或直囚之, 蓋其時士大夫, 勿計高下, 犯罪則悉詣臺獄, 而無王獄、詔獄也. 逮末葉, 遂爲縉紳之獄, 一命以上, 皆就之. 國初因之, 旋改義勇巡禁司事, 置判、知、同知四員, 郎官雜用文武, 而統禁旅亦自若焉. 厥後改爲義禁府, 罷兵柄, 只以王獄, 決囚爲務, 而大駕行幸時及內外禁濫處, 郎官率皁隷往, 察詗非常而已, 亦失古設官之意也.

## 4. 《燃藜室記述》〈別集 第6卷 官職典故〉

※ 이 글은 李肯翊(1736~1806)이 편찬한 紀事本末體 野史인 《연려실기술》에 실린 것이다. 그는 영·정조 시기의 학자로, 자는 長卿이고 호는 燃藜室이며 본관은 全州이다. 당대의 筆家이자 문장가인 李匡師의 아들이기도 한데, 소론의 강경파인 백부 李眞儒가 영조 6년(1730)에 역모죄로 몰리자 이긍익의 부친도 그에 연루되어 20여 년간 귀양살이를 하였다. 이 때문에 이긍익은 처음부터 관직을 단념하고 오로지 학문에 힘썼고, 널리 史書를 섭렵하여 《연려실기술》을 편찬하였다. 이것은 18세기 후반에 이루어진 의금부 관련 기록이라 할 수 있다.

**의금부**

개국 초기에 고려의 제도를 따라서 巡軍萬戶府를 두었는데, 태종 2년에 巡衛府로 고치고, 3년에 또 義勇巡禁司로 고쳤다가 14년에 의금부로 고쳐 부르고, 도제조·제조·진무·지사·도사를 두었다. 이로부터 兵權을 없애고 전교를 받아 推鞫하는 일을 전담하였다. 임금이 거둥할 때

및 濫雜을 금할 곳에 낭관이 皁隷들을 이끌고 가 불상사가 있는지를 살폈다.《東國文獻備考[3]》

뒤에 고쳐서 판사 1명, 지사 1명, 동지사 2명, 경력 5명, 도사 5명을 두었고, 뒤에 다시 경력을 혁파하고 도사를 증원하였다. 영조 6년(1730)에 고쳐서 參上과 參下를 각 5명으로 정하였다.《위와 같다.》

○의금부는 옛날의 執金吾이다. 고려 때에는 巡軍府를 만들고 上萬戶, 副萬戶를 두어 오로지 禁衛의 親軍을 통솔하는 임무를 맡겼다. 처음엔 옥을 만들어 禁中에서 軍令을 범한 자를 가두었다. 중기에는 국왕이 친히 그 죄수를 판결하고 조정 관원 중에서 임금의 뜻을 거스른 자를 간혹 여기에 곧바로 가두었다. 대개 당시 사대부들은 지위의 고하를 막론하고 죄를 범하면 모두 御史臺의 옥에서 다루었으니, 이는 王獄이나 詔獄이 없어서였다. 말엽에 와서 마침내 조정 관원들의 獄이 되어서 관원에 처음 임명된 자 이상은 모두 그 옥에서 다루었다. 개국 초에 그대로 따르다가 바로 義勇巡禁司로 고쳐서 판사·지사·동지사 4명을 두었고, 낭관은 문관과 무관를 섞어 임용했으며 禁軍을 통솔하는 것은 예전과 같았다. 그 뒤에 의금부로 고쳐서 兵權은 없애고 다만 王獄으로서 죄수를 처결하는 일을 전담하였는데, 임금이 거둥할 때 및 내외의 禁濫處에 낭관이 조례를 거느리고 가서 불상사를 살피는 정도에 그쳤다.《識小錄[4]》

○故事에, 三司의 장관은 의금부의 직임을 겸하지 않았다. 宣祖 때 黃佑漢이 의금부의 직임을 겸임하였다가 부제학을 제수 받게 되자 곧 해임되었으며, 오직 광해군 때 임금의 총애를 받던 한 신하가 이 자리를 함부로 차지하였으나 교체되지 않았다고 한다.《愚伏集[5]》

---

3) 東國文獻備考 : 영조 46년(1770)에 당상 10인과 낭청 9인을 차출하여 중국의 馬端臨이 편찬한《文獻通考》를 모방하여 편찬한 책으로, 象緯·輿地·禮·樂·兵·刑·田賦·財用·戶口·市糴·選擧·學校·職官 등 모두 13개 門에 총 100권이었다.

4) 識小錄 : 허균의 문집인《惺所覆瓿藁》 제22권에 있는〈惺翁識小錄〉을 가리킨다.

5) 愚伏集 : 이 글은 愚伏 鄭經世(1563~1632)의 문집인《愚伏集》에서 인용한 것이다.

○當直廳에서는 백성들의 抗告와 고발 등의 일을 맡았는데, 都事 1명을 하루 걸러 바꿔 근무하게 하였다. 연산군 때 密威廳으로 바꿔 부르다가 中宗 초년에 예전대로 회복하였다.

○本府에 옛날에는 玉牌가 있었다. 대개 三司에서 금령을 낼 때 본부에서 또 옥패를 禁吏에게 내주어 나가서 삼사의 금리를 糾察하게 하였다. 임진란 후에 옥패가 분실되자 마침내 폐지되었다.

**義禁府**

國初仍麗制, 置巡軍萬戶府, 太宗二年改爲巡衛府, 三年又改爲義勇巡禁司, 十四年改稱義禁府. 置都提、調提調、鎭撫、知事、都事, 自是罷兵柄, 掌奉教、推鞫之事. 大駕行幸, 禁濫雜. 郎官率皁隸, 詗察非常.【文獻備考】

後改置判事一員、知事一員、同知事二員、經歷五員、都事五員, 後革經歷, 增置都事. 英宗六年, 改定參上、參下各五.【上同】

○義禁府, 古[6]執金吾也. 在麗朝爲巡軍府, 置上、副萬戶, 專掌禁衛親軍. 初置獄以囚禁中犯軍令者, 中年國王親決其囚.朝臣忤上旨者, 或直囚之, 蓋其時士大夫, 勿計高下, 犯罪則悉詣臺獄, 而無王獄、詔獄也.逮末葉, 遂爲縉紳之獄, 一命以上, 皆就之. 國初因之, 旋改義勇巡禁司[7], 置判、知、同知四員, 郎官雜用文武, 而統禁旅亦自若焉. 厥後改爲義禁府, 罷兵柄, 只以王獄決囚爲務, 而大駕行幸時及內外禁濫處, 郎官率皁隸往, 察詗非常而已.【識小錄】

○故事, 三司長官不兼禁府. 宣廟朝黃佑漢兼禁府, 及受副提學, 卽爲減下. 惟昏朝有一倖臣, 冒據而不遞云【愚伏集】

---

정경세는 16세기 말에서 17세기 초엽에 이르는 동안 우리나라 儒學史에서 뚜렷하면서도 특이한 위치를 차지하였던 인물이다.《愚伏集 第7卷 疏箚 乞減下兼帶知義禁箚》

6) 古 : 원문은 '故'이나, 이 글이 원래 실려 있는《惺所覆瓿藁》제22권에 있는〈惺翁識小錄〉에 근거하여 '古'로 수정하였다.

7) 義勇巡禁司 : 원문은 '義勇巡禁軍司'이나, 이 글이 원래 실려 있는《惺所覆瓿藁》제22권에 있는〈惺翁識小錄〉과《新增東國輿地勝覽 第2卷 京都下》에 근거하여 '軍'을 연문으로 보아 번역하지 않았다.

○當直廳掌士庶申訴、告牒等事. 以都事一員, 更日遞直. 燕山改稱密威廳, 中宗初復舊.

○本府古有玉牌. 凡三司之出禁, 本府又以玉牌出禁吏, 糾察三司禁吏. 壬辰亂後, 失玉牌, 遂廢焉.

## 5. 《與猶堂全書》〈政法集 經世遺表〉

※ 이 글은 조선 후기의 실학자인 丁若鏞(1762~1836)의 문집 《여유당전서》 가운데 《經世遺表》에 실려 있다. 정약용은 강진에 유배되었을 때인 1817년(순조 17)에 《경세유표》를 저술하였으므로, 이 글은 19세기 초에 이루어진 의금부 관련 기록이라 할 수 있다. 여기에서 정약용은 '金吾'는 의금부의 별칭이 아니며 '金吾郎'은 내병조의 낭청을 가리키는 것이라고 주장하고 있는데, 다른 기록들과는 차별화된 견해이어서 참고로 소개한다.

### ① 《與猶堂全書》〈夏官兵曹 右掖司〉

우액사란 內兵曹이다. 도궁정은 내병조에 入直하는 대부이고, 금오랑은 내병조의 낭관이다. ○살피건대, 《周禮》〈天官〉에, 宮正이라는 관직은 "늘 왕궁의 명령과 금령을 맡아 왕궁 안에 있는 官府와 숙직소에 머무는 사람을 대조한다. 名版을 만들어서 대비하고【지금의 省記와 같다.】 저녁에는 딱다기【지금의 更鼓와 같다.】를 쳐서 출입하는 것을 조사하여 왕궁 안팎의 사람들을 분별한다." 하였으니, 이는 오늘날의 내병조가 하는 직무가 아닌가. 생각건대, 당나라 제도를 보니 좌·우 金吾衛가 궁중의 순찰을 맡았으니 金吾란 宿衛하는 관직이었다. 우리나라 사람들은 의금부를 金吾라고 잘못 말하는데, 의금부란 옛날의 大理이고 秦·漢 때에는 廷尉라 일컬었다. 獄官을 금오라 하는 것을 어디에서 보았는지 모르겠다. 그렇기 때문에 내병조의 대부는 都宮正이라 해야 하고 그 낭관은 金吾郎이라

해야 마땅하니, 구차스럽게 할 것이 아니라고 생각한다.

右掖司者, 內兵曹也. 都宮正者, 內兵曹入直大夫也. 金吾郎者, 內兵曹郎官也. ○臣謹案:《周禮 天官》宮正之職, "掌王宮之戒令、糾禁. 以時比宮中之官府次舍. 爲之版以待【如今之省記】, 夕擊柝而比之【如今之更鼓】, 幾其出入, 辨其外內." 此非今內兵曹之職掌乎? 臣又按: 唐制, 左右金吾衛, 掌宮中巡警, 金吾者, 宿衛之職也. 東人誤以義禁府爲金吾, 義禁府者, 古之大理, 秦、漢謂之廷尉. 幾見獄官. 爲金吾乎? 臣故曰: "內兵曹大夫, 宜謂之都宮正. 其郎官, 宜謂之金吾郎, 不可苟也.

### ②《與猶堂全書》〈秋官刑曹 義禁府〉

判事 孤卿 1인, 知事 卿 2인, 同知事 中大夫 2인, 經歷 上士 2인, 都事 中士 4인. 副都事 下士 4인. ○書吏 18인, 皁隷 60인.

생각건대, 의금부란 周官의 士師에 해당한다. 의금부는 獄事를 다스리는 관아이고 순찰하는 책임은 본래 없었는데, 지금 풍속에 金吾라 하는 것은 그릇된 것이다.(앞의 내용에 있다.)

義禁府

判事孤卿一人. 知事卿二人. 同知事中大夫二人. 經歷上士二人. 都事中士四人. 副都事下士四人. ○書吏十八人. 皁隷六十人.

臣謹案: 義禁府者, 周官之士師也. 義禁府亦治獄之官, 本無巡警之責, 今俗謂之金吾, 謬矣.【已見前】

## 6.《林下筆記》第22卷〈文獻指掌編 義禁府〉

※ 이 글은 조선 말기의 문신 李裕元(1814~1888)이 편찬한《임하필기》에 실려 있다.《임하필기》는 39권 33책의 筆記類 저술로, 규장각에 寫本으로 소장되어 있는 것이 유일본이다. 이유원은 1871년(고종8) 겨울에 이 編의 저술을 마쳤다고

하였으므로, 이것은 19세기 후반에 이루어진 의금부 관련 기록이라 할 수 있다.

許筠이 말하기를, "義禁府는 옛날의 執金吾이다. 고려 때에는 巡軍府라 하여 上萬戶와 副萬戶를 두어 禁衛의 親軍을 도맡아 관장하였다. 처음에는 獄을 설치하여 禁中에서 軍令을 범한 자들을 가두었고, 중기에는 국왕이 죄수들을 직접 판결하여 朝官 중에 임금의 뜻을 거스른 자를 간혹 곧장 가두기도 하였다. 대개 당시의 사대부들은 지위의 高下를 막론하고 죄를 범한 경우에는 모두 御史臺의 옥에서 다루었는데 王獄이나 詔獄이 없어서였다. 말엽에 이르러 마침내 조정 관원들을 가두는 옥이 되어 관원으로 처음 임명된 자 이상은 모두 여기에서 다루었다. 國初에 이것을 그대로 따르다가 돌연 義勇巡禁司로 고쳐 判事, 知事, 同知事 4인을 두고 낭관은 文武 관원을 섞어 임용하였는데, 禁軍을 통솔하는 일은 그래도 예전과 같았다. 그 뒤 의금부로 고쳐 兵權을 없애고 王獄으로서 죄수를 판결하는 일을 전담하였는데, 大駕가 行幸할 때 및 왕궁 안팎의 禁濫할 곳에 낭관이 皂隷들을 데리고 가서 수상한 것을 살피는 데 그쳤다." 하였다.

許筠曰: "義禁府, 古執金吾也. 在麗朝爲巡軍府, 置上、副萬戶, 專掌禁衛親軍. 初置獄以囚禁中犯軍令者, 中年國王親決其囚, 朝官忤上旨者, 或直囚之, 蓋其時士大夫, 勿計高下, 犯罪則悉詣臺獄, 而無[8]王獄、詔獄也. 逮末葉, 遂爲縉紳之獄, 一命以上, 皆就之. 國初因之, 旋改義勇巡禁司[9], 置判、知、同知四員, 郎官雜用文武, 而統禁旅亦自若焉. 厥後改爲義禁府, 罷兵柄, 以王獄決囚爲務, 而大駕行幸時及內外禁濫處, 郎官率皁隷, 察詗非常而已."

---

8) 無 : 이 글이 원래 실려 있는 《惺所覆瓿藁》 제22권에 있는 〈惺翁識小錄〉에 근거하여 '王' 앞에 '無'字를 보충하였다.

9) 義勇巡禁司 : 원문은 '義勇巡禁事司'이나, 이 글이 원래 실려 있는 《惺所覆瓿藁》 제22권에 있는 〈惺翁識小錄〉과 《新增東國輿地勝覽 第2卷 京都下》에 근거하여 '事'를 삭제하였다.

## 7.《東國輿地備考 第1卷 京都》

※ 이 글은 규장각에 소장(古4790-10)되어 있는《동국여지비고》에 실려 있다.《동국여지비고》는 편찬자가 누구인지 알 수 없고, 편찬 시기는 宮闕篇 景福宮項에 실린 "今上二年乙丑復重建"이란 기사로 보아 고종 대에 편찬된 것으로 추정된다. 따라서 이 글은 19세기 후반에 이루어진 의금부 관련 기록이라 할 수 있다. 1989년 한국인문과학원에서 조선 시대 私撰邑誌를 수집하여 펴낼 때 포함되어 영인되었다.《東國輿地備考, 朝鮮時代私撰邑誌1, 1989, 韓國人文科學院》

### 의금부

개국 초기에 高麗의 제도를 따라 巡軍萬戶府를 두었다. 태종 2년(1402)에 巡衛府로 고치고, 3년에 또 義勇巡禁司로 고쳤으며, 14년(1414)에 지금 이름으로 고쳤다. 임금의 명령을 받아 推鞫하는 일을 맡았다. 中部 堅平坊에 있다. 세상에 전하기를, "世祖朝에 監察 鄭保의 가산이 몰수된 후에 그 집을 의금부로 삼았다."라고 한다. 判事·知事·同知事를 1원 또는 2원을 두어 4원을 갖추었다. 經歷所가 부속되어 있었다. 경력을 없애고 도사 10원을 두었다. 柳誠源의 〈題名記〉가 있다. 관아 정면에 大廳이 있고, 남쪽에 虎頭閣이 있으며, 북쪽에 蓮亭이 있다.

○서쪽의 1間, 2칸, 3칸은 모두 죄가 가벼운 조정 관원을 가두는 곳이요, 동쪽의 13칸과 남쪽의 15칸은 모두 죄가 무거운 逆獄罪人 및 三省罪人을 가두는 곳이다. 當直廳이 있는데, 연산군 때 密威廳으로 고쳤다가 중종 초에 예전대로 하였다. 士人과 庶人들의 抗告와 고발 등에 대한 일을 맡았다. 하나는 창덕궁 金虎門 밖에 있고, 하나는 경희궁 興化門 밖에 있다. 본부에는 옛날에 玉牌가 있었는데, 대개 三司에서 禁令을 낼 때 본부에서 또 옥패를 禁吏에게 내주어 삼사의 금리를 규찰하게 하였다. 壬辰亂 후에 옥패를 분실하여 마침내 이 일은 없어졌다.

### 義禁府

國初因麗制, 置巡軍萬戶府. 太宗二年改巡衛府[10], 三年又改義勇巡禁司, 十四年改稱今名. 掌奉教推鞫之事. 在中部堅平坊. 世傳世祖朝監察鄭保籍沒後, 以其家爲府. 置判事、知事、同知事, 或一或二, 以備四員. 其屬經歷所附. 經歷減, 都事十員. 有柳誠源〈題名記〉. 正衙大廳, 南有虎頭閣, 北有蓮亭. ○西一間、二間、三間, 並朝官輕罪者所囚；東間十三間、南間十五間, 並逆獄及三省罪人重囚所囚. 有當直廳, 燕山時改密威廳, 中宗初復舊. 掌士·庶申訴、告牒等事. 一在昌德宮金虎門外, 一在慶熙宮興化門外. 本府古有玉牌, 凡三司之出禁, 本府又[11]以玉牌出禁吏, 糾察三司禁吏, 壬辰亂後, 玉牌遂廢.

---

10) 巡衛府 : 원문은 '巡衙部'인데, 《태종실록》 등에 의거하여 '衙'를 '衛'로 수정하였다. 《太宗實錄 2년 6月 3日(乙卯)》

11) 本府又以玉牌 : 원문에는 '本府○又以玉牌'로 ○표시가 있어 별개의 문장으로 구분되어 있으나, 《금오헌록》〈古蹟〉의 내용에 근거하여 ○표시를 삭제하였다. [《金吾憲錄 古蹟》: 本府有玉牌. 凡三司之出禁時刻, 必牒報本府, 則本府以玉牌出禁吏, 糾察三司之禁吏. 過時則囚禁其三司禁吏, 徒配于造紙署矣. 壬辰倭亂, 玉牌闖失, 故仍以廢之.]

# 참고문헌


■ 원전자료

《經國大典註解》, 東洋學叢書 第7集, 단국대학교출판부, 1979.

《京兆府志》, 규장각한국학연구원(奎6599)

《校註 大典會通》, 조선총독부중추원, 보경문화사, 1990.

《舊唐書》, 鼎文書局, 臺北, 1979.

《鞫廳日記》,《各司謄錄》79, 국사편찬위원회, 1994.

《圭南文集》, 河百源, 景仁文化社, 1977.

《奎章閣志》, 서울대학교 규장각, 규장각자료총서 관서지편 1, 2002.

《金吾契帖》, 미국 하버드대학 옌칭도서관(TK4266.4-8124)

《金吾契帖》, 국립중앙도서관(BA2102-28)

《金吾稧帖》, 미국 버클리대학교 아사미문고(19.7, 19.8, 19.9)

《金吾郎座目》, 국립중앙도서관(B.C.古朝51-나173)

《金吾廳憲》, 미국 버클리대학교 아사미문고(18.59)

《金吾憲錄》,《各司謄錄》72, 국사편찬위원회, 1994.

《萬機要覽》, 徐榮輔・沈象奎 命撰, 경인문화사, 1979.

《明史》, 鼎文書局, 臺北, 1979.

《武藝圖譜通志》, 국립중앙도서관(BA0236-7)

《密山世稿》, 국립중앙도서관 (古朝43-가36)

《副輦廳完議》, 국립중앙도서관(B.C.古朝31-484)

《司譯院完議》, 국립중앙도서관(古朝31-232)

《司憲府掌故》, 규장각한국학연구원(奎10564)

《松江集》, 한국문집총간 46, 민족문화추진회, 1989.

《宋史》, 鼎文書局, 臺北, 1979.

《隋書》, 鼎文書局, 臺北, 1979.
《肅宗庚申逆獄推案》, 《各司謄錄》 74, 국사편찬위원회, 1994.
《侍講院志》, 서울대학교 규장각, 규장각자료총서 관서지편 3, 2003.
《新唐書》, 鼎文書局, 臺北, 1979.
《連坐案》, 한국학중앙연구원 장서각.
《英祖戊申逆獄推案》, 《各司謄錄》 77, 국사편찬위원회, 1994.
《迂書》, 柳壽垣, 서울대학교古典刊行會, 1971.
《六典條例》, 景文社, 1979.
《律例要覽》, 법제처, 1970.
《銀臺條例》, 법제처, 1978.
《義禁府鞫案》, 한국학중앙연구원 장서각(k2-3444)
《義禁府謄錄》, 《各司謄錄》 72, 국사편찬위원회, 1994.
《義禁府決獄案》, 미국 버클리대학교 아사미문고 (19.25)
《林下筆記》, 李裕元, 成均館大學校 大東文化硏究院, 1961.
《典律通補》, 서울대학교 규장각, 1998.
《朝鮮王朝法典集》(《大典會通》·《續大典》·《大典會通》), 경인문화사, 2000.
《罪人方萬規推案》, 한국학중앙연구원 장서각(k2-3451)
《增補文獻備考》, 弘文館(朝鮮), 古典刊行會 編, 1985.
《增正交隣志》, 서울대학교 규장각, 규장각자료총서 관서지편 7, 2007.
《淸史稿》, 趙爾巽 等撰, 中華書局, 北京, 1977.
《秋官志》, 서울대학교 규장각, 규장각자료총서 관서지편 4, 2004.
《秋曹事目》, 미국 버클리대학교 아사미문고.
《春官志》, 서울대학교 규장각, 규장각자료총서 관서지편 8, 2013.
《度支志》, 서울대학교 규장각, 규장각자료총서 관서지편 5, 2005.
《通文館志》, 서울대학교 규장각, 규장각자료총서 관서지편 6, 2006.
《漢京識略》, 한국인문과학원, 朝鮮時代 私撰邑誌 京畿道1, 1989.
《漢書》, 鼎文書局, 臺北, 1979.
《弘文館志》, 서울대학교 규장각, 규장각자료총서 관서지편 2, 2002.
《弘齋全書》, 韓國文集叢刊 262-267, 民族文化推進會, 2001.

### ▮ 단행본

강만길, 《朝鮮時代 商工業史硏究》, 한길사, 1984.
金毓黻, 《中國史學史》, 河北教育出版社, 2000.
김익현 등 공역, 《국역 增補文獻備考》, 세종대왕기념사업회, 1980.
김택민 외, 《역주 唐律疏義》, 한국법제연구원, 1994~1998.
김택민·하원수 주편, 《천성령 역주》, 혜안, 2013.
김필동, 《차별과 연대-조선사회의 신분과 조직-》, 문학과 지성사, 1999.
______, 《한국사회조직사 연구-계 조직의 구조적 특성과 역사적 변동-》, 일조각, 1992.
김혁, 《특권문서로 본 조선사회-완문(完文)의 문서사회학적 탐색 -》, 지식산업사, 2008.
나영일, 《정조시대의 무예》, 서울대학교출판부, 2003.
민족문화추진회, 《만기요람》 I · II, 민족문화추진회, 1971.
박성훈 편, 《韓國三才圖會》上下, 시공사, 2002.
박시은, 《조선후기 호조 재정정책사》, 혜안, 2008.
박찬수, 《국역 京兆府誌》, 서울특별시사편찬위원회, 1992.
법제처, 《수교정례·율례요람》, 법제자료 제38집, 1970.
______, 《추관지》 제1·2권, 법제자료 제76집, 1975.
서일교, 《朝鮮王朝 刑事制度의 硏究》, 박영사, 1968.
서울특별시 시사편찬위원회, 《서울 2천년사》, 2013.
손병규, 《조선왕조 재정시스템의 재발견-17~19세기 지방재정사 연구》, 역사비평사, 2008.
송찬식, 《朝鮮後期 社會經濟史의 硏究》, 일조각, 1997.
유본예, 《漢京識略》, 권태익 역, 탐구당, 1974.
유수원, 《국역 迂書》 1·2, 한영국 역, 민족문화추진회, 1982·1985.
윤국일, 《경국대전연구》, 과학백과사전출판사, 1986.
이강욱, 《銀臺條例》, 한국고전번역원, 2012.
이긍익, 《국역 燃藜室記述》, 이병도 등 공역, 민족문화추진회, 1966.
이유원, 《林下筆記》, 조동영 등 공역, 민족문화추진회, 1999-2000.

이인로, 《국역 破閑集·慵齋叢話》, 고려대학교민족문화연구소출판부, 1964.
이종일, 《大典會通研究》 1~4, 한국법제연구원, 1995~1999.
이태진 외, 《서울상업사》, 태학사, 2000.
이헌창, 《조선후기 재정과 시장》, 서울대학교 출판문화원, 2010.
임정기 등 공역, 《국역 弘齋全書》, 민족문화추진회, 2000.
張伯偉, 《朝鮮時代書目叢刊》, 중화서국, 2004.
정긍식·田中俊光·김영석, 《역주 經國大典註解》, 한국법제연구원, 2009.
정긍식 등 공역, 《朝鮮後期受教資料集成》 I·II, 한국법제연구원, 2009·2010.
正祖, 《국역 弘齋全書》, 임정기 등 공역, 민족문화추진회, 2000.
최승희, 《韓國古文書研究》, 지식산업사, 1999.
彭大翼 撰, 김만원 譯, 《山堂肆考 譯註》, 역락, 2014.
한우근 등, 《譯註 經國大典》, 한국정신문화연구원, 1985.
한국역사연구회중세2분과 법전연구반, 《各司受教》, 청년사, 2002.
______________________________, 《受教輯錄》, 청년사, 2001.
______________________________, 《新補受教輯錄》, 청년사, 2003.
허균, 《국역 惺所覆瓿藁》, 신호열 등 공역, 민족문화추진회, 1981.

### ▌연구논문

김광억, 〈통합과 결속의 문화적 장치-完議에 나타난 士族의 생활세계-〉, 《조선양반의 생활세계》, 백산서당, 2004.
김문택, 〈17~18세기 김해지방 향안조직의 의사결정 구조와 절차-鄕錄薦과 完議를 중심으로-〉, 《고문서연구》15, 고문서연구회, 1999.
김영석, 〈義禁府의 조직과 추국에 관한 연구〉, 서울대학교대학원박사학위논문, 2013.
김우철, 〈조선 후기 推鞫 운영 및 結案의 변화〉, 《민족문화》제35집, 한국고전번역원, 2010.
김윤제, 〈奎章閣所藏 《通文館志》의 간행과 판본〉, 《규장각》29, 규장각한국학연구원, 2006.
______, 〈《增正交隣志》의 편찬과 간행〉, 《규장각》35, 규장각한국학연구원, 2009.

김진옥, 〈'禁推'의 성격과 특징〉, 《민족문화》제36집, 한국고전번역원, 2010.
______, 〈'推考'의 性格과 運用〉, 《고전번역연구》제3집, 한국고전번역학회, 2012.
______, 〈《금오헌록》의 자료적 가치〉, 《민족문화》제45집, 한국고전번역원, 2015.
______, 〈조선 후기 官署志에 대한 고찰-관서지의 정의, 범주, 편찬 특징을 중심으로-〉, 《고전번역연구》제7집, 한국고전번역학회, 2016.
김필동, 〈조선 후기 지방이서집단의 조직구조(상·하)〉, 《한국학보》 28·29, 일지사, 1982.
김혁, 〈완문의 16세기 기원과 그 특성〉, 《고문서연구》27, 고문서연구회, 2005.
김호, 〈唐代 官人의 휴가-法令의 규정을 중심으로-〉, 《동양사학연구》130, 동양사학연구회, 2015.
김호동, 〈조선전기 경아전 「胥吏」에 관한 硏究〉, 《경남사학》1권, 경남사학회, 1984.
박병호, 〈去來와 訴訟의 文書生活〉, 《호남지방 고문서 기초연구》, 한국정신문화연구원, 1999.
박성래, 〈《서운관지》 서론〉, 《한국과학사학회지》11-1, 한국과학사학회, 1989.
박인순, 〈惠民署硏究-沿革 및 職制를 중심으로-〉, 《복지행정논총》20-1, 한국복지행정학회, 2010.
박홍갑, 〈조선시대 면신례 풍속과 그 성격〉, 《역사민속학》II, 한국역사민속학회, 2000.
신승운, 〈《홍재전서》와 군서표기의 편찬과 간행에 관한 연구〉, 《서지학연구》22, 한국서지학회, 2001.
方駿, 〈明代南京官署志槪說〉, 《南京師大學報》4, 2000.
____, 〈現存明朝南京官署志述要〉, 《陝西師範大學繼續教育學報》24, 2000.
신해순, 〈朝鮮前期의 西班京衙前「皂隷·羅將·諸員」〉, 《대동문화연구》21, 대동문화연구회, 1987.
______, 〈朝鮮初期의 下級吏胥〉, 《史學硏究》35, 한국사학회, 1983.
오문선, 〈서울지역 공동체신앙 전승과정 고찰-조선시대 各司 神堂의 존재 양상과 변화를 중심으로-〉, 《문화재》41, 국립문화재연구소, 2008.
우경섭, 〈영조 전반기(1724~1744)의 書籍政策〉, 《규장각》24, 규장각한국학연구원, 2001.
______, 〈영·정조대 홍문관 기능의 변화〉, 《한국사론》39, 서울대국사학과, 1998.
원재영, 〈朝鮮後期 京衙前 書吏 硏究-19世紀 호조서리의 사례를 중심으로-〉, 《조선시대사학보》32, 조선시대사연구회, 2005.
유지영, 〈조선시대 관원의 呈辭와 그 사례〉, 《장서각》12, 한국학중앙연구원, 2004.
윤진영, 〈義禁府의 免新禮와 金吾契會圖〉, 《문헌과해석》통권13호, 2000.
______, 〈조선시대 관료사회의 新參禮와 契會圖〉, 《역사민속학》제18호, 한국역사민속학회, 2004.
이상식, 〈義禁府考〉, 《법사학연구》제4호, 한국법사학회, 1977.
이영춘, 〈《통문관지》의 편찬과 조선후기 한중관계의 성격〉, 《역사와 실학》33, 역사실학회, 2007.
이이화, 〈奎章閣小考-奎章閣志를 중심으로 본 개관-〉, 《규장각》3, 규장각한국학연구원, 1979.
張伯偉, 〈조선의 書目을 통해 본 동아시아의 한문 서적 교류〉, 《한국문화》54, 규장각한국학연구원, 2010.
田中俊光, 〈朝鮮 初期 斷獄에 관한 硏究: 刑事節次의 整備過程을 中心으로〉, 서울대학교대학원박사학위논문, 2011.
정경목, 〈所志類의 뎨김에 나타난 '告課'의 의미에 대하여-親審과 代理審을 구별하는 방법-〉, 《고문서연구》11, 고문서학회, 1998.
정만조, 〈朝鮮正祖代《奎章總目》之編纂與其特徵〉, 《모산학보》8, 동아인문학회, 1996.
정석원, 〈조선의 중국서적수입과 연행의 기능〉, 《文鏡》제4호, 2005.
정승혜, 〈국립중앙도서관 소장 《사역원완의》〉, 《문헌과해석》65, 2013.
정의성, 〈漢京識略의 書誌的 硏究〉, 《서지학연구》10, 한국서지학회, 1994.
정재훈, 〈19세기 조선의 출판문화-官撰書의 간행을 중심으로-〉, 《한국문화》54, 규장각한국학연구원, 2011.
______, 〈18세기 국가운영체제의 재정비〉, 《정조와 정조시대》, 서울대학교출판문화원, 2011.
정호훈, 〈《奎章總目》과 18세기 후반 조선의 外來知識 集成〉, 《한국문화》57, 규장각한국학연구원, 2012.
최은정, 〈18세기 懸房의 商業活動과 運營〉, 《이화사학연구》23·24, 이화여자대학교대학원, 1996.
한영우, 〈조선초기의 상급서리와 그 지위〉, 《조선전기사회경제사연구》, 을유문화사, 1983.
한우근, 〈麗末鮮初巡軍研究〉, 《진단학보》22집, 진단학회, 1962.

▌해제

《鞫廳日記》 해제, 《各司謄錄》79, 국사편찬위원회, 1994.
《金吾憲錄》 해제, 《各司謄錄》72, 국사편찬위원회, 1994.
《肅宗庚申逆獄推案》 해제, 《各司謄錄》74, 국사편찬위원회, 1994.
《御營廳舊式例》 해제, 장서각디지털아카이브(http://yoksa.aks.ac.kr 검색일: 2015.12.15.)
《御營廳事例》해제, 장서각디지털아카이브(http://yoksa.aks.ac.kr 검색일: 2015.12.15.)
《英祖戊申逆獄推案》 해제, 《各司謄錄》77, 국사편찬위원회, 1994.
《義禁府謄錄》 해제, 《各司謄錄》72, 국사편찬위원회, 1994.
《壯勇營故事》 해제, 장서각디지털아카이브(http://yoksa.aks.ac.kr 검색일: 2015.12.15.)
《壯勇營大節目》 해제, 장서각디지털아카이브(http://yoksa.aks.ac.kr 검색일: 2015.12.15.)
《推鞫日記》 해제, 《各司謄錄》78, 국사편찬위원회, 1994.
《親鞫日記》 해제, 《各司謄錄》80, 국사편찬위원회, 1995.
권태억, 《弘文館志》 해제, 《규장각》7, 규장각한국학연구원, 1983.
김태영, 《銓注纂要》 해제, 《栖碧外史海外蒐佚本》17, 아세아문화사, 1984.
신용하, 奎章總目解題, 《규장각》4, 규장각한국학연구원, 1981.
심재우, 《秋官志》 해제, 《秋官志》, 규장각자료총서 관서지편4, 2004.
우경섭, 《弘文館志》 해제, 《弘文館志》, 규장각자료총서 관서지편2, 2002.
이현진, 《春官志》 해제, 《春官志》, 규장각자료총서 관서지편 8, 2013.

장유승, 《銀臺條例》 해제, 《銀臺條例》, 한국고전번역원, 2012.
정광호, 《推案及鞫案》 해제, 《민족문화》1, 한국고전번역원, 1975.
조윤선, 《金吾廳憲》 해제, 해외한국학자료센터(http://kostma.korea.ac.kr 검색일: 2015.12.15.).
한영국, 《迂書》 해제, 《迂書》, 민족문화추진회, 1985.
한우근, 《度支志》 해제, 《서울대학교고전총서》제10집, 서울대학교고전간행회, 1967.

▌사전 · 목록

《古法典用語集》, 법제처, 1979.
《奎章閣韓國本圖書解題》, 서울대학교 규장각, 1995.
《單位語辭典》, 박성훈, 민중서림, 1998.
《四庫全書總目》, 중화서국, 1965.
《李朝實錄難解語辭典》, 사회과학원, 한국문화사, 1993.
《藏書閣圖書韓國本解題》, 한국학중앙연구원 장서각, 2007.
《韓國漢字語辭典》 1~4 , 단국대학교출판부, 1995.
《한국민족문화대백과사전》, 정신문화연구원, 1988~1995.
《朝鮮後期漢字語檢索辭典-物名攷 · 廣才物譜-》, 鄭良婉 등, 한국정신문화연구원, 1997.
《이두자료읽기사전》, 장세경, 한양대학교출판부, 2001.
《한국고전용어사전》 1~5, 세종대왕기념사업회, 2001.
《규장각도서한국본종합목록》, 서울대학교도서관, 1981 · 1994.
《장서각도서한국본해제집》, 한국정신문화연구원, 1995~2006.

▌인터넷자료

고려대학교 해외한국학자료센터 (http://kostma.korea.ac.kr 검색일: 2015. 12.15.)
국사편찬위원회 (www.history.go.kr 검색일: 2015.12.15.)
규장각 (e-kyujanggak.snu.ac.kr 검색일: 2015.12.15.)
누리미디어 (www.nurimedia.co.kr 검색일: 2015.12.15.)

승정원일기 (sjw.history.go.kr 검색일: 2015.12.15.)
장서각 (http://yoksa.aks.ac.kr 검색일: 2015.12.15.)
조선왕조실록 (http://sillok.history.go.kr 검색일: 2015.12.15.)
한국고전종합DB (db.itkc.or.kr 검색일: 2015.12.15.)
한국고전적종합목록시스템 (www.nl.go.kr/korcis 검색일: 2015.12.15.)
한국역대인물종합정보시스템 (http://people.aks.ac.kr 검색일: 2015.12.15.)

# 찾아보기

표제어는 번역문과 원문을 대상으로 추출하였다.
단, 주석과 해제, 부록은 추출 대상에서 제외하였다.
찾아보기는 표제어, 한자, 출처로 구성하였다.
표제어와 한자의 음이 다를 경우에는 [ ]를 사용하였다.

[영인자료]

# 금오헌록

여기서부터는 影印本을 인쇄한 부분으로 맨 뒷 페이지부터 보십시오.

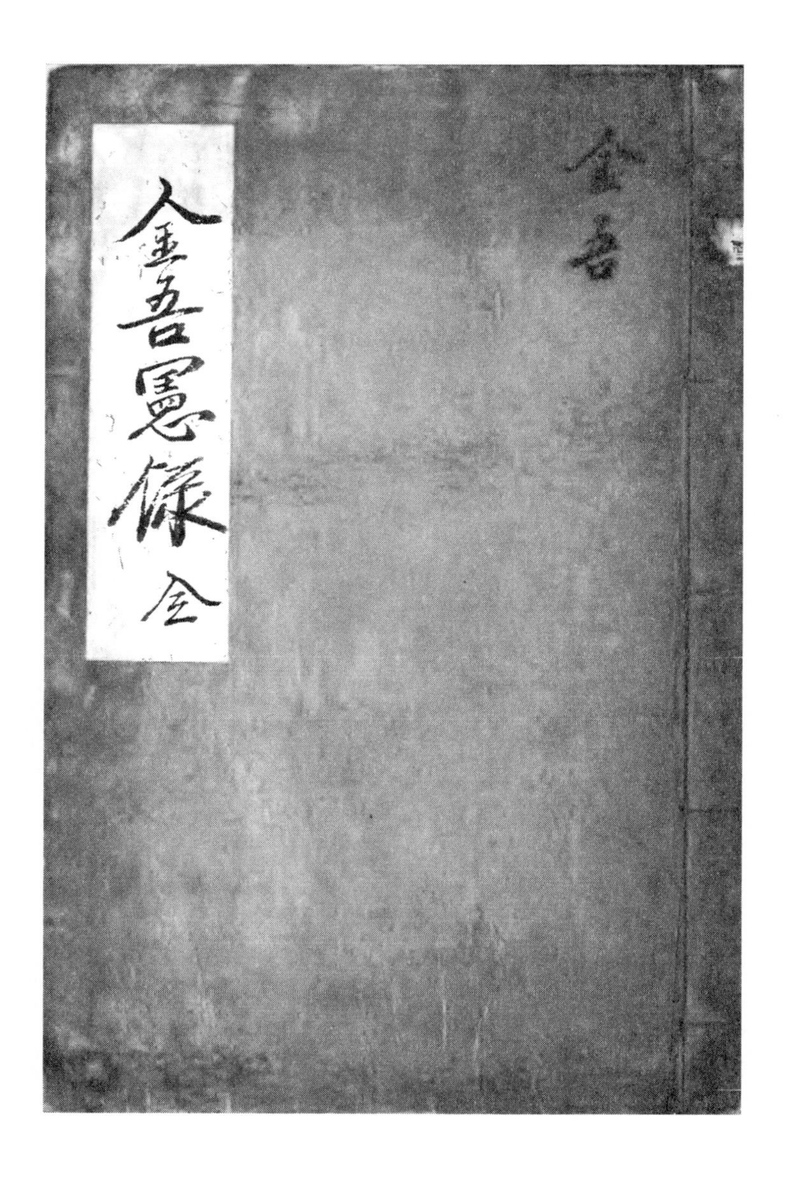
金吾憲錄 全
金吾

嗚呼急書蒼黃危機慘惔乾坤震薄雷霆變色凶鋒毒鏑狺狺傍伺觸蘢攖粉之勢迫在呼吸之間耳當此之時 上命一金吾郎縛而致之則金吾郎承命而出無辭而去噫噫千萬人吾往之勇固不可責之於人人而我國家一脉綱紀之移易不得者則有王府之舊憲矣是以操切而糾檢之戱謔而飭勵之在右位而施之無難在下位而當之無怨不敢有其齒有其勢而後可以無臨事做錯之患也然則操切之切有倍於平日之培養戱謔之習反勝於閑處之高談一切縛束於平常無事之時不得推諉於死生臨

急之際者信乎府不可以無憲有憲則不可以不嚴
也若夫桴鼓絶警囹圄空虛盃盤淋漓談笑雍容或
繫纜於西湖或盍簪於北營竟日團欒不醉無歸此
又他司之所無者也古人之願作執金吾者良有以
矣嗚呼憂樂無常苦歇有時自初設施之意夫豈偶
然而一傳再傳傳訛襲謬餘者無幾存者未瑩凡於
日用應行之事疎漏脫畧者十居八九當其急遽之
際只憑下吏之口則後之人於何所攷據而遵行之
也遂與諸僚博採於古今傳聞及前後完議或提綱
而備分之或立目而条列之畧者詳之漏者補之使

一府之金科玉条燦然復明而不敢以己意叅錯於其間者恐得僭妄之辜耳若其永久遵守之責竊有望於後之諸君子

崇禎再甲子復月初吉咸陽朴鳴陽記

凡百官司莫不有定規成憲載爲謄錄傳之來後蓋欲其有所考據無或壞亂也況本府之以待變重地素有廳風之名乎余於入府之初取閱其府中規憲則詳畧相因巨細畢擧分条立目井井可觀而一言以蔽之曰尊右位也尊右位故令施而必行令必行故事定而不困於是乎待變重地之體得而廳之以

風名者不其然乎然則其載錄而傳来者雖謂之羽
翼於閑和可也顧不重歟錄之始成在於再去甲子
距今已餘八十年矣惜其紙敝而毛墨剝而脫往往
字畫難辨處苟不有以繼而新之幾何其不蕩無考
據不期壞亂而自壞亂乎余爲是之慮玆庸無所損
益易紙前本只圖久遠之方即較若畫一遵而勿失
之意後之於今亦猶今之於昔推往告来謹附小識
如是云爾

歲丙戌孟秋下澣宣城李宜鉉書

金吾記義

金吾之立官名非邃古也稱諸 王獄吾東即然按
漢書百官公卿表中尉秦官掌徼循京師武帝太初
元年更名執金吾顔師古註曰金吾鳥名主辟不祥
天子出行職主先導以禦非常故執此鳥之象以名
官又按後漢百官志執金吾掌宮外戒司非常水火
之事月三繞行宮外吾猶禦也應劭註曰執金革以
禦非常胡廣曰衛尉巡行宮中則金吾徼于外相為
表裏禽奸討猾唐韋述西京雜記京城街衢金吾曉
暝傳呼以禁夜行又按崔豹古今註曰金吾車輻棒
也漢官執金吾吾止也以銅為之黃金塗两末謂之

金吾御史大夫司隷校尉亦得執焉凡玆諸說不同
而俱非王獄之稱也吾東則高麗時設金吾衛亦名
備巡衛有巡軍獄禽奸猾因之蓋亦依倣乎徼循禽
討之漢制也其後大臣朝士有罪輒下巡軍獄故金
吾衛遂爲王獄我 朝受命置義勇巡禁司亦取徼
循之義而司員多額不相統攝故有封崇之規品秩
等夷無以糾檢故有罰例之名遂以口 傳之次嚴
其右下之位 太宗十四年改爲義禁府置鎭撫官
猶是檢察義勇之義仍以專掌刑獄設判事之官蓋
因麗氏王獄之制也然而漢制畧有存者每 主上

動駕本府郎官例爲導駕是則天子出行職主先導
也本府舊有玉牌糾察三司之禁是則有近乎與衛
尉相表裏也且故事本府郎廳一員例兼禁火司別
坐此則司非常水火之事也至若禽奸討猾本府是
其職也槩以言之金吾之名稱諸　王獄蓋有由也
居是職者顧名思義可也
丁酉季春之朏直中漫書晉陽河百源穉行甫

金吾廳憲目錄

金吾廳憲 金吾鳥名取其鷙悍之義

設立

太宗朝十四年改義勇巡禁司爲義禁府置提調鎭撫知事都事

一掌奉　教推鞫及士族申訴告牒等事

一判事從一品知事正二品同知事從二品凡四員皆以他職兼帶

一郎廳十員中叅上稱經歷叅下稱都事古例則叅上叅下各五員而中間變易叅上八員叅下二員矣今　上庚戌鞫獄時以爲叅上隨即遷轉而殊

無久任責成之意俾復古規今則叅上叅下各五
員差出事
一別設當直廳于　闕外即廳一員受　牌入直晝
夜不離凡大小公事即通本府使即擧行事
一本府大小入　啓文書送于當直則入直郞廳即
爲親呈政院事
一若有不時嚴急之事則自當直走通其幾微使各
位即刻齊會待令事
　官府
一本府在中部堅平坊

一王府重地體貌非比他衙門司員非冠帶無得出
入事
一本府有大廳癸坐丁向坐起處南有虎頭閣罪人
捧招處東有東西兒房二處四堂上歇所北有蓮
亭夏節歇所西有挾軒軒西有郎廳房及大廳郎
廳一會處有西軒新位所住處西庭有府君堂西
邉十間内四間作樓樓上三間藏置文書一間藏
置雜物樓下三間廚房四間書吏長房二間雜稱
長房曽經堂郎先生所囚處南有三間正門正門
判事東門知事西門同知事出入三門外有大門

正門堂上出入西挾門則郎位及曾經先生出入
而非先生則不得出入推鞫時問事郎廳及兩司
堂上以下官出入東挾門則下人及罪人出入而
非先生各司官員亦爲出入大門外有望門三門
正門則官員出入西挾則下人出入東挾則罪人
出入
一雖輕囚所在處郎廳無得出入事
一本府罪人所囚西一間通三間二間三間各通二
間輕囚所在處南十八間東十四間重囚所在處
一樓上庫所置文書即逆獄推案日記謄錄冊推案

則堂上備二員後主管開閉謄錄則入直郎廳專
掌出入
押拿
一凡罪人監兵水使及犯逆綱常罪人則郎廳拿來
堂上以上書吏拿來堂下以下羅將拿來六卿以
上則郎廳拿押堂嘉善書吏拿押堂下羅將拿押
若圍籬則勿論堂上堂下郎廳拿押事
一罪人拿囚之際入直郎廳具公服坐衙羅將左右
排立依例拿入親功臣堂嘉善外俱項鎖下獄重
囚則俱枷杻足鎖下獄事

開坐

一本府坐起之日堂上遠望二次呼唱後郎廳以次序立祗迎罷坐時亦以次序立祗送而若首堂先入已行祗迎則次堂前多行事

一首堂上北壁知事東壁同知事西壁並交椅坐郎廳以次先進首堂上前揖東西壁同

一開坐後書吏列立於虎頭閣跪拜而北壁東西壁各単拜羅將等列立於西庭跪拜事

一醫律官拜於楹外

一問事都事二員交代立於床東曹司立床西罪人

捧招及讀　傳旨事曹司皆當事

一坐起時任事推諉扵右位者論罰事

一本府新堂上出官時郞廳行堂叅禮而諸郞廳序
立虎頭閣後請謁再拜

一凡議處照律則首堂上爲之禁推照律則次堂上
爲之原情捧招及例刑則次堂上備二員爲之決
杖則次堂上一員爲之

一開坐時洞開大門及壁門大路上禁雜人往来事

一決杖時曹司郞廳下直堂上前步出壁門外交椅
坐交代郞廳坐扵堂上前畫杖數決杖扵壁門外

大路上事

一祀逆綱常罪人用刑時捧甘該司各備諸具後次

堂上一員開坐出罪人典獄署官員主管押去本

府曹司郞廳亦爲糾檢監刑事

一開坐後醫律官及本府書吏羅將典僕守直軍士

外凡干雜人毋得出入事

一凡坐起　國恤及自　上避正殿時皆平坐事

一推鞫訊杖廣九分厚四分三省訊杖廣八分厚三

分本府訊杖廣七分厚二分

設鞫

一三省推鞫時委官主壁判事東壁知事以下皆西壁皆交椅判事委官前進前相揖知事同知事亦次次進前相揖仍爲開坐問事郎廳二員請謁進前揖于委官前仍揖于東西壁本府郎廳亦如之然後兩司請坐入來嘉善直來進前相揖如右西壁堂上則隱身請謁相揖南行坐堂下則序立請謁相揖南行坐承旨入來進前相揖西壁罪人捧招等事一如本府坐起例而推案往來承旨專管

一逆獄本府開坐則三公原任皆叅而平坐判事以下皆進前拜本府郎廳則楹外拜無東西壁禮數

問事郎廳四員本府亦出別刑房二員文書色二
員推問之擧別無異同推案文書則承旨以容匣
出入凡事本府主管
一闕庭推鞫時相位東壁判事以下西壁相位前進
前跪拜後並西壁其次承旨臺官其次問事郎廳
其次別刑房文書色西禮數一如本府例凡事政
院主管文書則承 傳色以容匣出入
一凡鞫獄時假都事某員自本府預先草記 啓下
事
一親鞫時別刑房二員文書色二員守幕一員上經

歷諸首堂上前一從下口傳劃出而當次之員出
使未出代之前則亦爲泝次以行事
一問事郎廳　啓下事上經歷禀于大臣前擧行事
一別刑房文書色書吏各二人式上經歷劃出事
一鞫獄時府中凡事入直當之　闕中凡事當直當
之
一親鞫時罪人押領上下之役則別刑房文書色守
幕五員外一從口傳擧行而不許臨時變易取便
事
一鞫廳時羅卒檢飭等事上下兵房主管而下兵房

專當事

一重因朝夕及無時所食之物入直郎廳必自看審

器皿出給之際亦然

一鞫獄時或有實郎廳出使之役則勿論守幕直以

書司差送事

一鞫獄時大臣前或有史官　批荅傳諭事則來時

由内外大門正路而入去時則東挾出若有復命

則自正門正路出事

一本府郎廳或有奉承　傳教来傳於本府之事則

入自正門出自西挾事

一鞫獄時差備出使當次之員或有厭避推諉之事
則即稟于堂上前草記拿處斷不饒貸事
一本府有月令一人律官一人若有鞫獄則自两醫
司治腫廳別定救療官各一人輪回守直事

頉稟

一宗廟五享大祭前一日及正日 奉審日 陵上
改莎草時移還安間及有告火時 社稷大祭二
日 國忌二日日月食日 大祭親祭齋戒三日
攝行二日 各殿誕日無時別祭迎勅拜表方物
封裹望闕禮習儀陳賀庭試殿試殿講放榜罪人

用刑日停朝市日祈雨祈晴祭齋日以上頉稟大祭時若親臨誓戒則自其日頉稟

一除視事頉稟外受 香及享祀日罷齋後雖不用刑杖依弦望晦朔例並令開坐事

出使

一郎廳奉 命出使則序立於二品之上

一鞫獄出使一從口傳差送事

一鞫獄出使一從口傳差送自是流來不易之古規故中間有兩次劃出者而以越次違規至於不仕拿處之境而終不替徃蹶永久遵行之規不可一

朝壞損故也自今以後一依舊例從口傳差送勿
為劃出事禀于堂上前定式施行事
一鞫廳出使從口傳當其苦歇遠近明有定式而近
来或有下位而取便者亦有右位而赴遠者殊無
法意既往已矣從今以往雖在蒼黃急遽之際出
使司員亦必據完議爭執事

侍衛

一城外舉動導駕二員考喧二員城内導駕二員考
喧二員挾輦二員駕後二員假當直一員本府入
直一員事

一城内諸侍衛黒團領佩劍城外隨　駕四員紅衣
羽笠佩劍弓矢餘外諸員俱以戎服迎送而回
鑾前直宿本府事
一陵幸遠近依兵曹　啓下節目本府郎導駕考喧
各二員陪從是古規近緣謬規近　陵則依數盡
去遠　陵導駕或以一員擧行事體未安莫此爲
甚自今依古規毋論遠近導駕考喧各二員永爲
定式事
一侍衛時或有上言擊錚及雜人把路之事則本府
責當部出付事

一十員中一員或値在外則草記變通或値奉 命

則草記相換事

進排

一推鞫則鞫廳凡干所用之物各該司進排三省推

鞫同事

一本府所用 啓目紙四卷公事下白紙二十卷自

長興庫逐朔進排四堂上及入直郎廳當直郎廳

所用筆墨間事筆墨自工曹逐朔進排事

一本府所用柴炭其人進排燈油三升義盈庫逐朔

進排訊笞杖貢物進排事

一本府囚人地排空石豊儲倉廣興倉軍資監遞朔
進排三冬獄巢六同司僕進排事
一鞫獄犯夜則炬燭義盈庫其人進排本府坐起則
工房擔當修掃則府内洞内當直修掃則備邊司
契劃給事
一本府官舍獄間墻垣頹圮處捧甘營繕這這修補
事
一罪人藥物典醫監進排罪人飮食供饋等事各該
司進排省鞫罪人則該邑京主人進排事
封崇

一上經歷封崇之規或有以資級爲之之時或有以圈點爲之之時中間之從口傳者未知緣在何時也第念上經歷乃一府中郞僚之首席其事體之尊重爲如何哉而只以資級口傳爲之者殊無重事體之意自今一依廳憲中所載圈點之古規爲之事 壬子完議

一經歷中已免新者列書于紙置于屛內案上後未免新叅上及叅下五員盡爲圈點而一人式入圈事 壬子完議

一尊號頒赦賀箋等戲謔之事未知緣自何時而至

今遵行事

一上經歷卽郎廳之長也專檢一司不可暫曠故廳中古例上經歷如有遞易之事而東壁中無以次例陞之員則新位中當陞之員出官則依例爲之而當其免新之期許除十日許以免新仍爲上經歷封崇而上經歷未封崇之前一都事專檢一司事

一本府都事一員之窠間有以文武差出之時而至於上經歷封崇之時則只以南行議定施行而文武則勿論事

一上經歷爲任專檢一司其不輕而重也如此故廳
中故例一經上經歷封崇之後則雖有曾經上經
歷之員重来而不得陞降所以重其體也或拘於
資級高下間有陞降之時墜落古風莫此爲大此
後則一依古例遵行以重體面事
一曾經上經歷則勿爲公事員及儆度廳干接待一
依時任上經歷事
一凡輪直禁亂官時上經歷不敢分差事
一堂上坐起及各位一會之日上經歷仕進後追後
仕進之員論罰事

一上經歷入来之時各位俱公服起居路上相逢則
回馬首事
一本府或有不時急遽之事則或　命首都事故上
經歷則不得取便出使事甲子完議
座次
一凡各位則別無從資級座次之語只有口傳次第
之議則其一從口傳從古而然而中間專以資級
為重雖新進曺司免新之後便居右位之上其在
廳風殊未妥當其間亦不無難便之事此後則上
經歷外一從口傳分東西定其座次以為定式之

地事

入仕

一新 除授都事在京則 除拜日出仕經歷在京
則 除拜翌日 肅拜而過一日則不計重來行
中罰禮過二日則行大罰禮過三日者新來則免
新退朔重來則做度後本府當直交代中限十日
罰直而在鄉者計其往還日子過限則依古例施
罰事

一金吾自是苦地新 授司貟即刻出仕盖是定式
而近来或有不即出仕身病不仕牌子来到槩緣

新位未謁廳覲而然從今以往新 除司貟當日
內不即仕進則雖有實故身病出仕後免新退朔
施罰之意禮吏即為進去告課使之催促出仕事

辛酉
完議

一新位出官前二次大大罰依例進呈事一則新入金吾未謁廳覲一則高卧當直傲視右位

一出官前廳中以新位稱號事

許叅

一新來之貟叅上則 肅拜後四十五日而行出官
禮又四十五日而行免新禮叅下則出仕後三朔

而行出官禮又三朔而行免新禮只計朔而不計日子事

一出官免新一會若值 國忌則不得開坐事 國忌及日月食火災停朝市外他齋戒勿拘

一出官免新既定日子之後或值 朝家不時齋戒則新位既熟之餞全棄有弊故或於私室設行而待後日公會稱䟹事

一出官後始以前路出入書吏羅將行重徒禮

一出官後廳中以一新稱䟹 出官司員數多則以一新二新從先後漸次稱䟹

一免新日分帖自是舊規必待分帖然後許叅事
一新位免新日上經歷公事員中雖有故公事員一
員及各位二員進叅則設行事
差任
一二經歷爲上公司員一都事爲下公司員糾察一
司而若無經歷位則一二都事爲之事
一工房奴婢色則列書各位首堂上前劃出而上經
歷主管事
一一都事例兼上兵房曹司兼下兵房事
一刑房之任曹司例兼事

一工房掌贖錢廳中日用鋪陳屛帳等物一並酬應
奴婢色掌本府各處奴婢貢錢庫直朔下債入直
馬太及　陵幸時陪從司負粮資等物一並酬應
事
一上經歷掌書吏上兵房掌羅將凡出使等事一從
井間無得違越事
重來
一新位重來則並計前仕免新事
一曾雖除拜未及出仕而徑遞者勿以重來待之事
一重來做度本府當直各十日而本府當直俱有新

位則交代察任交代有書司則待三書司免新後
施行而未免新重來之負時有書司則待書司免
新行做度事
一重重來做度本府當直各五日而本府當直俱有
書司則交代察任事
一重來之負例有做直既有做直則不可無重來之
禮出仕之後依中罰禮進呈重重來則依小罰禮
進呈曾經上經歷則否事
一新位重來並計前仕免新自是舊例而若以叅下
未免新前相換他司後日以叅上重來則並計前

仕以九十日免新事

一叅下新位未出官前相換以叅上重来則前仕通計以四十五日出官出官後相換重来則以前出官日計四十五日免新事

上直

一前期一日禮吏持分記往上兵房前本府當直入直當次司員自下達上二日式分記而勿推諉事

一各位上直交代本司辰時當直卯時過時則罰直

一日甚者二日事

一新来免新後則例直一日間直一日後仍行輪直

事
一新来之負得三曹司而来者免新後本府當直各
倣度二十日本府當直若有後来新位則交代四
十日並行事
回公
一本府公事勿論緊歇緩急事體至重入直郎廳請
坐交代後即刻回鑑于諸堂上前不敢暫時濡滯
而如或遲緩則廳中齊會施罰事
一各位免新後本府當直例有輪直之規而至於公
事則免新中曹司限得新曹司在家回公事

一在家回公當次之員托故推諉則三日內各位齊
進其家定捧罰例事
糾檢
一本府廳風極嚴
一各位中或有當責者上經歷責公事員公事員責
當責者新位中或有當責者公事員責一新一新
責當責者次次糾檢事
一公事員糾檢同僚勤慢而各位凡有可論之失而
公事員不即擧論則並爲論罰事
一坐起及一會之坐各位呈病無過二員而衆所共

知之實病者外呈病則論罰事
一凡府中大小公事當次之員托以私故他員代行
則托故者代行者並大罰禮雖右位亦論罰事
一凡廳中公事時雖有一二員橫議勿為拘礙從多
定行事
一各位備三員後言語不恭者體貌不遜者或以罰
禮或以罰直或以沒頭從輕重議罰事
一新位中或因見責之事而不思廳風之有在反以
見責為怒不仕為言而各位中或不無動起私意
和解之際自損體貌自壞廳風今後如有因循謬

習者一切施罰事

一近来廳風大壞或有所見牴牾之事則輒書不仕而出　王府重地固不當如是自今以後如有不仕之擧勿論新舊位即告堂上前事

一凡輪直回公及交代當次之員推諉扵他員則衆所共知實病外在家稱頉或致生事之患則當次之員現告事

一近来廳風大壞凡扵公座無故不来其在體例不當如是自今以後一會坐起及當次公事時如有托故不叅之員則罰直三日而施罰之後猶踵前

習則大罰禮進呈罰直六日事 戊申完議

一金吾新右之嚴截非但爲相敬之道抑亦存廳憲之重而近來盃酒之間言語之際戱謔成習聲色相加至於翻席起居看作羞恥司員禮吏有若言詰體貌不成瞻聆俱駭從今以往在右位則凡干公會切勿戱謔在下位則應行體禮毋敢違越如有昏失俱施警責事 辛酉完議

操切

一凡府中大小任事各位新位並從口傳取便而下位則無得違拒事

一新位對右位凡干飮食言動起居一向恪勤不敢
怠慢路逢右位則回馬首事
一凡府中曹司之役新位或請須資於右位而右位
拘於顔情許其須資則右位以護新論罰而新位
亦施大罰禮事
一各位毋得私請新位處如或不遵廳憲任意出入
則以護新論罰事
一金吾新位操切之規非所以爲右位自尊之地盖
此是苦役苟無一定之制或有拘顔之事易致解
體之患故也而近来右位雖以公體間事若有相

警之言則下位輒生頡頏之意必以不仕爲第一義故爲右位者乃反求解不得聽風由是而壞損無餘誠爲寒心從今以往下位以公體有所失之事沒頭懸罰罰禮等法這這施行若有違拒之色加以免新退朔之規而下位終不遵行大段相較雖至不仕之境右位則不必以同去就爲心勿復爲一並呈旬之計事 辛酉完議

受由

一各位由狀必經廳中可否然後呈堂上而毋過二負新位則毋得呈病事

一金吾司員雖是右位不敢受由自是定式而近来此路一開便成規例遠近鄉行無難請由從今以往在京請暇雖或許之而下鄉由狀一切防塞不待公司員前停當禮吏先爲據例告課事 辛酉定式

式暇 附服制

一凡式暇書某親忌辰牌子然後依法典給暇而各位則親忌三日自祖考妣至高祖考妣外祖父母妻父母各限二日新位則只給親忌二日事 若値喏招坐起雖親忌不得由

一各位服制期年七日大功五日小功緦麻各四日

而新位則期大功外祖父母妻父母喪限成服給

暇事

一科擧設場之後服制式暇試官亦不得懸頉而禁

亂官分記時多有緣此推諉之弊此後則禁亂官

期大功外祖父母妻父母喪及親忌外服制式暇

一切勿許事

一本府式暇之規只許忌祀而不及時祭者雖未知

當初旨意之如何而考見大典給暇条則時祭主

祭者及衆子式暇二日府憲之不載明是闕文自

今以後依大典許給式暇而各位則主祭者三日

衆子則二日新位則只許主祭者二日事諸僚若於一時并行時祀則先許上經歷以下五位其下毋得一時並行事甲寅完議

禮木

一本府長房乃是郎廳先生就理時所處之地也盖郎廳中參上則九十日參下則六朔後行許參禮始稱先生許入長房雖未滿一日者不以先生待之勿許長房者乃所以尊先生而嚴廳規也至於堂上則元無許參之禮故亦無先生之稱而曾經堂上中或有就理之擧不得入處長房乃是三百年古例而中間違越廳憲入處長房郎廳拘於相

51

敬之道不能擬例防塞因循至今便成謬習則堂
上體尊雖無許叅之禮而既與郎廳先生同入長
房則至於外任禮木似不可異同此後堂上先生
中為外任則監兵水使木十疋畿伯留守則半之
府尹牧府使七疋郡守縣監五疋式定數永久遵
行事 甲寅畿邑則半之完議
一以時任郎廳 除拜外任則有廳中筆債七兩西
廳筆債二兩鋪陳債二兩辭朝日即捧事
一以本府郎廳移他職而 除拜外任則只捧鋪陳
債二兩事

一本府鋪陳屛帳等物年久廢毀而工房無留財則
曾經先生之時任各邑處發簡求請事
一堂上鋪陳改備時各道監兵營求請事
分兒
一曆書分兒則自奴婢色擔當事
一郎廳各位親忌四兩燭一雙自奴婢色造送事
一束筆分兒則一都事擔當事
一庭謁聖正草工房專當節製增別試時自奴色工
房分半正草紙一事式堂郎各位前分兒會試則
當赴各位及堂上子弟中當赴會試處一事式奴

工兩色分半分兒事

一本府筆債載於廳憲而分筆之規無分明載錄者前規不免參差每當分送之際輒有眩錯之患今後則元筆只分兒於右位西廳筆則無論多少盡屬新位而參完議諸員中或有遷轉者視完議中時任僚員折半分兒而同政遷轉雖有先後並勿論完議後司員則勿許分兒完議之規則僚員除拜外任之日禮吏列書位次以成完議者

一堂上禮木筆即廳均分分兒之規一如廳筆而堂上禮木則既無西廳筆債新位則勿預事

襃貶

一 两等襃貶當月初一日四更頭上經歷親稟首堂

上定日後曹司郎廳回報諸堂上事

一 定日罷漏時曹司郎廳詣四堂上前請坐開坐後

諸郎廳行公私禮皆以紅團領爲之事

一 公禮則立庭請謁私禮則與坐起禮同事

報仕

一 初入仕爲都事者三十朔計日自叅奉移拜者同

自他各司奉事相換者通計前仕事

一 都政時自本府計仕移文吏曹事

先生

一堂郎先生就理時許入長房使喚使令廳直茶母各一名差定柴油炭亦爲上下事

一雖値先生多貟就理之時上下長房廳直各一人雇立外不得加定事

一拿入之際不敢迫促褻慢決杖贖錢折半許捧事

一凡先生入来時呼望事

一廳中罰禮及下人附過一並蕩滌事

一勿論罪之輕重旣令蕩滌之後廳中不敢更爲舉論事

一本府自是尊先生衙門先生之子来仕此府者宜
有加待之道而考諸廳憲無舉論實為欠典自今
以後郎廳先生親子弟叅上則四十日而行出官
禮又四十日而行免新禮以除十日之後叅下則
二朔半出官又二朔半免新以除一朔之後永為
定式施行事 己未完議

一本府之尊先生異於他司而及其父母己妻之喪
無一羅將定使喚之規殊非尊先生之本意也生
則待之以先生遭喪變及身死視若初不相識者
然其所尊之之意果安在哉自今以後先生之父

母已妻喪書吏羅將各一人限成服定送發引前羅將一名亦爲定送而返虞時書吏一人定送以表尊先生之本意而鞫獄多事之時則書吏勿許定送事 若值羅卒不足時工房奴色雇立定送事癸亥完議丙戌七月日堂郎更爲完議後書吏定送永爲革罷事

長房

一本府下長房乃所以尊先生者而非先生不得入處者自是三百年流來古規也近來廳風日壞非先生而就理者或有不顧事體冒入仍留者即廳中或有拘於顔情開門許接事之寒心莫此爲甚

況大臣及前後首堂以此申飭非止一再至有
筵奏痛禁論罪該郎之意則長房事面尤有較重
者今後則未經堂郎先生之人切勿許入而雖郎
廳中至親尊行毋敢許借凡有冒入者則掌務書
吏即爲馳告于諸堂上及郎廳前以爲禁斷之地
該郎及許入之員從重論罰刑吏外直等各別科
罪後永爲除名而掌務書吏若不馳告則亦爲科
罪除名事完議

古蹟

一本府有玉牌凡三司之出禁時刻必牒報本府則

本府以玉牌出禁吏糾察三司之禁吏過時則因
禁其三司禁吏徒配于造紙署矣壬辰倭亂玉牌
闖失故仍以廢之
一郎廳赴公出入羅將前導無端中廢至
孝宗壬辰本府堂上草記郎廳所帶羅將跟隨者
既非古例且非王府體貌尊嚴之意自今郎廳所
帶羅將復古例前導事 允下矣近復廢却不行
一府內有左右眉肆兵亂後廢之
一回公都事乘驛馬中間因兵曹 啓辭廢之
一本府郎廳一員例兼禁火司別坐中間革罷以巡

将代察而燒火手本則各契至今呈于本府
一當直古有登聞鼓而未知廢自何時
一郎廳之 除拜外任者古有禮木八兩而今則革
罷
一天使往来時本府郎廳一員差儺禮廳郎廳作軒
架矣今皆革罷謄錄至今在府

追錄

一上下兵房親率羅将逐朔習杖乃是古規羅将四
番中抄出有膽力者各五人合二十名每月十五
日六日七日有故則退以上下兵房率往僻處看檢習杖而

雖値兵房入直之時次次須資無得違越事甲子完議

一曾經二品官夫人若有鳴寃之事則親呈　上言于當直當直送言于本府本府回鑑諸堂後還送于當直則當直卽廳親呈政院事

一曺司中免新當次之員或有出使相換之事而相換日子若在免新日限前則　復命後廳中齊會當直免新分帖等事依例爲之仍書先生案事

一親鞫時　帳殿出使之際無論別刑房文書色一從口傳次次奉　命而或有堂上越次指名差送之擧則廳中援例爭執而當次不去者亦宜引義

自處不敢晏然行公事

一別刑房文書色若皆以右位劃出則下位之出使
當次之員盡爲待令於帳外事

一時因若於郎廳爲親父兄內外三寸妻父則兩處
入直文書擧行之際事體有碍雖新位自廳中從
口傳推移須資事

一本府上經歷封崇自是 國朝古規且專檢一府
而爲郎席之長則不可暫曠故如有遞易之事則
諸郎齊會圈點免新經歷中從公議即爲就坐亦
是前例而每當封崇當次之員間或以須赦尊揚

賀箋等事有規避相持之弊以致一廳紛紜事體
乖損聽聞有碍此等戲謔非但流来傳規亦是風
流好事則決不可廢者從今為式諸員圈點之後
準點之員趂即就坐勿生圖避之計必欲圖避則
即為不仕而廳中亦即捧納停當俾免首席之欠
曠一廳之紛紜事

一鞫廳出使自下達上平時出使時自上達下自是
廳中前規而或因右位不欲出去且或下位中情
勢之衆所共知則右位亦或許之故　堂上前劃
出之時禮吏必以某都事當差事　稟白而劃出

矣近或不待右位之推許而越位劃出者誠是謬
規之甚亦不無紛爭之弊自今以後一依廳規鞫
廳出使自下達上平時出使則自上達下事禮吏
預稟　堂上前以爲依例差送之地此後如有越
位圖差及當次圖免者則廳中使之不仕事
一親鞫時當差之員或有離次規避之擧至有右位
越次出仕之弊自今爲始當次下位必近伏　帳
殿以待出使而次次擧行俾無換差事
一上經歷之不許出使自是廳規此蓋廳中首任不
可一時暫曠以備自　上顧問之意自今以後上

經歷雖欲出使取便切勿許施事

一金吾自是尊先生衙門而近来羅卒輩悍頑轉甚司員一遆之後視若路人少無畏憚之意自今為始羅卒輩或有犯罪於先生之事或入府治汰或作牌除名而禮吏以此告課廳中先生不許復屬之前雖值府中有事之日時任司員不得任意復屬以存體統事此亦中羅将輩或爭出使或避鞫廳時苦役暗囑先生不無圖得除名之弊此則竝事後施行

一自今以後勿論叅上叅下吏批擬望差出則一從吏曹望次以定座次本府草記相換則一從本府

草記次序施行事無論相換差代次序本府草記施行事

一出使一節以從口傳差出之規載在廳憲而中間有劃出之舉轉成謬例致有廳中紛拏之弊每當急遽之時輒致往復間遲滯生事之患故前後堂郎爛熳相議以為復舊例之地故更申条約從今以後緩急出使一從口傳自上達下自下達上之法而如有臨時圖避之事則廳中一從舊典不仕事

一每於舉動時勿論導 駕駕後假當直挾輦等各差備中或有生事之患則考喧擔當而考喧之中

右考喧擔當者三百年不易之古規而或當各差
備有事之時不無違古例生事之患故如是立議
從今以後一遵古規各差備中生事之時右考喧
專爲擔當或有推諉規避之舉則廳中一從舊典
不仕事
一本府長房乃是郎廳先生就理時所處之地故雖
曾經堂上不得許入矣其後　堂郎相議曾經
堂上就理時亦爲入處長房之意完議而近來廳
風丕變法不如古雖非　堂郎先生拘於顔面間
多有許入之弊此實大損廳規今因　傳敎堂上

先生之法既已永革則凡他時因之冒入尤非可
論從今以往切勿許入事
一已未完議中郎廳先生子弟出官免新减日之法
乃所以尊先生加待之道而姪與婿無擧論實為
欠典自今以後先生子婿弟姪中叅上則四十日
而行出官禮又四十日而行免新禮以除十日之
後叅下則二朔半出官又二朔半免新以除一朔
之後事
一今有各司久任郎廳入 侍之 命而本府亦入
於丁未年備局抄 啓中曾無一次入 侍之事

故初無久任劃出之擧臨時推諉殊欠穩當自今
工奴色定以掌務官名色或有久任入 侍之
命則以爲擧行之地事 戊戌完議

一右下位從口傳定次之法盖由叅下都事無 肅
謝之故也而一自序陞變通之後叅下亦有 肅
謝之例故出官免新亦自 肅謝日始計則右下
之次不可尼於古規而只從口傳之規自今以後
右下位以 肅謝先後之次而同爲 肅謝者依
古規從口傳之次事 重來則勿拘此例依前座次施行 甲寅完議

一本府之有罰禮古也以飮食相罰者非爲醉飽也

善謔於盃盤之間以助讙笑而寓戒飭也法久而
弊生一卓優而至於各卓以至有出官免新時飲
食之廢却且所謂罰禮不一其名而新入之費動
至百餘金此豈古人刱出是禮之本意也哉玆議
諸僚參互舊例一以存廳中之規一以矯近俗之
弊廢幾為法後來永久遵行事
一出官前本無中罰只有大罰二一則曰新入金吾
未諳廳規也一則曰高卧當直傲視右位也以此
施行餘並除之事
一出官時所入限以大大罰禮使羅將設辦兩卓廳

中齋會時進呈事

一出官時書吏廳一兩半廳直庫直處合一兩羅將
房一兩半各位奴子處一兩半此則依近禮施行
至於 肅謝時各位奴子處例給錢則依舊例以
一兩定式事
一免新前本無元定罰名而近来有廳風廳規愈往
愈昧免新不遠自有例罰之兩名色今亦以此定
式而並以中罰禮施行其外免新草草等罰名一
並除之事
一免新時又以大大罰禮使羅將設辦兩卓一依出

官例廳中齊會時進呈事

一免新時書吏廳一兩半廳直庫直處合一兩羅將

房一兩半各位奴子處一兩半並依出官例施行

事當直書吏當直大廳直勤苦既多朔料甚薄依本府大廳直例出官免新時各五錢式合一兩

式以元罰例中錢中上下事月兩日申二

一一次輪回之罰古亦行之此則毋論出官與免新

前後大中罰間一次施行事

一僚員中家力貧素不可辦此者則古亦有一壷酒

一器肴白面許免之例此則臨時相議事

一出官免新及諸罰禮之以雜物進呈實非古規今

宜悉復舊例一以飮食設辦而若自其家設辦則恐不無善不善是非之端又況傔貧中或有家眷在鄕者器具不逮者難以一例責之一並使羅將設辦以納而亦依舊例勿用各床卷以一卓進呈至於出官免新段有異於例罰以兩卓施行事

一出官前則大罰禮施行免新前則中罰禮施行以存等殺事

一此外操切糾檢及訴諧等罰隨時議定事

一得三曹司而來者未免新前或入直於本府則計減於本府做度日子或入直於當直則計減於當

直做度日子若隨行於交代則計減於本府做度
日若或入直於當直及本府時有後来新位則雖
一両日入直當直則蕩減當直做度本府則蕩減
本府做度重来亦然事 丙子完議

附工房節目

一府用之數與不數專係於目下之節與不節而一
任下輩之中間舞弄者實是弊源自今爲始嚴立
科条切勿違越永久遵行事
一每年税錢之幾處幾數給代錢之爲幾何鋪陳債
之幾處幾何舊贖捧上之幾何每朔贖錢之幾何

筆債来付之爲幾何逐条查實消詳區別修成冊
踏印置之直所色郎廳這這親執考閱捧上俾無
中間消瀜之獘事
一每有捧上時該掌羅將捧納於工房書吏置一櫝
子於長房一一入櫝儲蓄而開金則該掌書吏捧
受每月二十五日色郎廳躬親分給於各項應用
處及負役等朔下而二十五日若值公私故退定
晦日事
一該掌羅將之趂未捧納任自稱貸該吏之中間預
下欺蔽官家一切嚴禁而每五日卯酉仕及不時

坐起時現發於親摘奸則嚴杖汰去永勿復屬斷
不饒貸事
一除非經夜公故外 堂郎行下依前節目永勿舉
論事
一該色加八時則雖朔下勿爲舉論而逐朔報給俾
無積債之弊事 庚辰完議
完議
一本府當直之不可一刻暫曠非但爲番次爲重蓋
由乎嚴急之地而不得不乃爾也近或有 堂郎
間相避之事則急於免直罔念事體不待新除之

肅謝妄生徑出之計若此不已則後來之弊有不
可言一遵舊式毋論　堂郎待其出肅先以不仕
之意知委於禮吏從口傳次次面看交替之後始
呈不仕狀如是完議之後若有冒犯者廳中即刻
一會論稟　堂上以為草記勘罪之地事 嫌避同
一本府當直輪直時古有逆出番次之例而漏於廳
憲只憑口傳而已後來之員每當輪直之時必致
紛紜之弊故今茲条列舊規以為常目之地事
一本府當直俱為輪直則從口傳下四員分記當直
上四員分記本府而若值七員之時則本府四員

當直三員爲定餘皆倣此事(若只一處輪直則毋論本府當直七員輪直)

一上經歷例不入直一都事交代取便故不爲入直而雖有右位勿爲取便事

一經宿 動駕時侵夜坐起時(限烽火)科擧禁亂官分記時到記食堂時則依例迸直其外則勿爲擧論事(當日赴擧並勿論事)

一輪直時諸員中若有式暇則式暇日子仍以公頉磨勘亞次之員次次入直勿爲迸直事

一本府輪直時當直司員若値免新則兩處番次不

可不更爲兮記伊時本府番次亦爲逬出事

一金吾郎啣素稱清華而近来官方雖不如舊至於上經歷一都事爲任自別不可以循次陞付上經歷則自有圈點之已例而一都事亦宜以有人望地閥之負雖或越次從公議陞座以爲永久遵行之道事

一罰例本意亶出於諧謔而法久弊生先輩之存戒斯在而近来三条加罰未知刱自何時而當時善謔便成後日痼弊實非恪遵先輩成規從今以後一依廳憲永久遵行事 癸巳六月日完議

一上經歷遞去後東壁中若無循次例陞之員則新位中隨時圈點毋或暫曠而雖或有一二橫議斷不撓奪若或拖至四十五日則雖未歸一一依廳憲即刻封崇事

一凡於公故差祭時軍職 堂上前則龍脂大廳直擧行郎位則杻炬外直羅將擧行乃是府例而郎位差祭之班出入之際本無龍脂每患引導之為難昌披莫甚故自今甲午為始每正初鋪陳債中四兩錢付之大廳直處凡 京內差祭時龍脂一柄式使之擧行為齊

一本府大廳直料布甚薄實爲矜悶最是入直官馬
草價名色雖有工房給代錢追後上下而以渠輩
之貧殘無以策應於逐日進排故玆因廳議永爲
革罷而工房給代中馬草價二十四兩段以大廳
直別朔下名色仍爲定式俾爲渠輩一分紓力之
地爲齊 庚子完議

一先生就因時隨廳待令廳憲備在而間或廢閣不
行事之慨然莫此甚焉從今以後各別擧行以存
古規而至於隨廳書吏段近或以入番禮吏擧行
故公務相妨有名無實此後則別定一人使之着

實擧行而如或又事因循則首吏斷當各別嚴治
事
一堂郞先生案及櫝子今爲重修此後則典守等節
一令禮吏擧行而堂上案則遆改頻數有難隨除
隨錄每一　除拜後次次草注後每年正七兩月
移錄於正案是遣郞廳案則免新後循例塡啣而
其間或有未免新則亦爲隨錄於本冊是遣開金
段置于官房出納時禮吏每每告課事
一鋪陳屛帳非堂郞先生則就理時不得擅借自是
古規而近來漸不如古雖非先生或有許借之弊

此非尊先生遵舊憲之本意也此後則官員中或
有拘私許借者自廳中施以中罰大廳直則除汰
事 乙巳完議

一本府鋪陳債年例收捧者即由來之厚風不易之
美規未知做甚例而刱何時也仰料古人意要在
良醫不棄病去婦不遺箒之細容心法固當傳也
細受也容而夫何挽近以來傳不改良醫之治病
受不見去婦之収箒也鋪陳債収捧每値歲末該
掌色交遆之時也故迎送紛忙推過促急難保有
遠慮而存近憂矣於是乎隨手散盡無異於閭里

之賫醋合米及至歲改傳掌之後新令欲矯舊令
之失事面自多難處因循經過輒有窘跲之端當
初由来之厚風不易之義規果安在哉說弊不如
捄弊從今以往年例鋪陳債收捧時先除鋪陳價
幾兩到付帖紙中有即易捧邑幾處該色與大廳
直除置後以餘數分排應下等禊費是矣如或不
遵約条復蹱前謬歲首排用又有窘跲之患是去
等其時當該色吏處責納鋪陳之意永久遵行事

丙午
完議

節目

去丁亥年因堂郎處分欲矯府吏之弊瘼至於舉
条　啓下以海西耗作条付之惠廳每年十月利
条四百兩式受来矣其後府吏輩謂報房債或十
年或五年条放賣而今則六年条餘在云若過此
限必有復賣之慮故玆以成郞目爲去乎自今以
後更無放賣是遣如或放賣則當該首吏及作頭
出言者斷當移法司重繩賣食後退去之吏傳授
中計減出給新来之吏而以此永久遵行事 丁未新定
一新位罰例舊以熟饍近以代錢付之大門自有定
數加減不得者也雖滿免新日子大門所納如未

準數待之以新位當直本府無得以右位輪直事

一當直本府新位免新前雖因公替出不許計减於

做度事

一先生案則免新後因齋會始得入録而近或拘於

顔私雖未準納罰例亦有苟且許録之弊大違廳

憲莫此爲甚此後則雖滿免新日子未準罰例當

納勿許入録事 庚戌完議

追附揭板詩 完文 板

丁酉六月二十八日左副承旨徐有防入 侍時
傳曰予嘗觀諸宋時古事藝祖即一中主慮其獄囚
之瘐死開國之初命諸州長吏恤繫囚又以暑盛詔
獄吏五日一檢視灑掃獄户洗滌杻械貧者給食病
者給藥少罪即時決遣自是歲以為常寡人以為趙
宋屢百年基業之綿遠者未必不基於斯矣況我
列祖欽恤之盛德即我家傳授心法而矧予小子叨
承丕緒敢不式克欽承對揚休烈之萬一也裁凡係
欽恤之政固當隨處惕若而今當暑月又值三伏死

囚之滯獄者屢被拷掠之餘繫之枷而鎖以杻真所謂蓬頭鬼形與鳥獸無異者也噫當刑而不刑當殺而徑放適足為啓侥倖之門增罪戾之道殊非刑期無刑之義初不可議論而其於審恤之政勿以大罪小罪而區別之一依宋朝之古事舉而行之抑或為欽哉之一道咨爾京外有司之臣其宜惕念者至若刑具制各有度笞杖之長廣圓徑枷杻之尺寸斤兩視罪淺深而異其制焉即是不易之関和也近聞京外決獄之地率多不遵法制之歎以己之私而法亦隨而低仰不免為官長飾怒之具可勝寒心噫法者

天下之平也雖以人主操其柄御其權猶且不敢以
一毫偏私干於其間況乎命吏哉可並知委京外恤
曰斷獄之際體予申勤之教恪謹遵行予聞化自近
出政由內始京師之獄如彼其雜亂則外邑奚論刑
房承旨馳往法府法曹取其笞杖枷杻之不如法式
者一並收聚照法準視条列以　聞外邑亦當鱗次
差遣御史抽栍憑驗如其犯者隨現重繩斷不饒貸
諸道方伯及居留之臣爲先發送褊裨逐邑摘奸劃
即釐正俾無從後現發之事已前之違越格式者非
止一二年之弊則諸道查閱之時雖有現發者除非

大不法之刑杖外屬之令前姑勿上　聞只令即速
革除事一體知委
今十月二十九日大臣備局堂上引見入　侍時
上曰朴尚春疏中所陳北路弊瘼八条皆有意見昨
既召見条問其對亦頗詳悉次對之特　命進定盖
爲是耳卿等条陳稟處可也領議政金致仁曰其一
銀礦金穴之敗徒逃租避穀之健児成羣如林時肆
攘奪流徒之作拏村閭者與盜同罪另加禁止刷還
本土事也礦店之弊朝家業已洞燭年前　飭教遍
下諸道則疏中云云似是舊礦舊店之謂而荒年之

政莫先於嚴戢暴子弟一依所請避祖避後無賴之
類各其地方官嚴飭各其社里如有成羣攘奪作挐
村閭者捉納官府施以行盜之律亦自官府時時詗
察或刷還本土或別般奠接使之各有歸屬爲宜矣
左議政李性源曰御史方在道內亦令一體禁戢爲
宜矣右議政蔡濟恭曰無賴成羣與盜何異各別嚴
禁之意申飭道臣與御史宜矣 上曰依爲之開礦
設店之又欲嚴防卽予爲民苦心議者或曰地利不
必藏塞云而此非達論求銅則有倭銅求銀則有燕
銀何必地無遺利然後方可謂富吾國乎近年以來

有司之臣撕得朝家本意礦店一事雖不敢發於
筵席若聞某處産銅某處出銀則稱以看審輒遣差
人外方營邑亦皆如是之故至有此朴尚春之疏論
且以疏語觀之非已設之謂卽将設處爲弊之乃已
其言是矣自今嚴立科条無朝令之經稟須示而京
而有司外而營邑甘聽年利之說假稱着色發送差
使者有司之臣及該道臣直施制書有違律五等棄
告身切議勿爲分揀不禁或自犯之守令拿致營門
從重決杖禁錮三年各該差人嚴刑一次定配計士
營裨同律無賴輩之無論因官令無官令逗留於此

等處者令各該討捕營直施治盜之刑首倡人充軍
事定式施行禁府戶刑曹及巡營討捕營以此揭板
稍俟須令之限別遣摘奸於可送處此意自廟堂拔
例嚴飭於本道及諸道俾有實效可也
戊申十月 日
甲寅五月初十日時因前掌令姜鳳瑞原情公事
判付內以草記議處照律爲旅近事時因無端滯囚
除非提飭不卽捧供鄕等之具公服赴坐固似勞矣
囚人之久滯其苦亘比鄕等之勞則齋日外空日惟
意不坐而廟堂論責之草記該房察推之院啓久未

見之此亦壞例之一端此後申明舊典俾勿抛置爲
旀判堂卿段越俸一等諸堂從重推考無端不坐過
三日不爲提醒於堂上則首都事先汰後拿當該首
堂下義禁府推考事定式以此 判付大書揭板虎
頭閣以爲常目著念之地爲良如教
本府之有罰例古也罰以酒食者非爲醉飽盖出善
謔而尊右位守府例之義亦未嘗不寓於其間也夫
何近年以來罰頻而品侈費鉅而獘滋往往貧窘之
家旅宦之人不喜職名清華反苦無中辦有甚至於
責出陪隷備經艱辛是豈古人會數禮勤之意也哉

知如是為病不如是為藥真格言也不可不及今改
之議于郎僚僉曰可茲就舊例畧附新規遂成節目
揭之壁上以為永久遵行之地

一罰例之以三兩備一卓饌即古例也中罰大罰之
名間或有之而未有若今時之頻數也故尤無以
責應此後則大中兩名色永為革罷為齊

一出官前兩次罰例有不可廢此外則永除之為齊

一出官時罰例使陪隷設辦齊會時進呈而此則雖
是一卓與他罰例有間饌品比前稍厚而無過十
兩為齊

一免新與出官同近或以雜種代納甚非古規此後
一依舊例以酒食設辦而僚員中或家眷在鄉或
器具不逮難以責辦則一並使陪隷擔當備呈床
則以一卓為定切勿各床又無過十両為齊

一出官免新時書吏羅將及各位奴子處帖子依舊
例各以一両五錢庫直大廳直各一兩為定而肅
謝時各位奴子例給錢以一両為定為齊

一僚員中貧寒不能辦者曾有白面許免之例一盃
酒一器肴許其出官免新亦是厚風以此施行為
齊

一本府開坐諸員齋會之時每月不知爲幾次若諉
以公會輒責罰例則是難繼之道只京外經宿
動駕時本府貶坐時己使之輪回備呈爲齋
嘉慶三年戊午五月　日
右完議事羅將八十名乃是朝家之元額數則實非
本府之所可增減而比年以來或因堂郎分付而加
出或因渠輩循私而許入今至於一百二十餘名之
多不但大有違於當初定式之本意無賴之類夤緣
投入憑藉橫拏聽聞所及莫不駭惋苟求矯弊之道
無出於除其冗雜一定元額故也八十名外一並除

汰自今以後雖一名無得加出之意堂郎齊議成節
目揭板爲去乎日後渠輩中若有額外加出之弊則
頭目難卒移送法司照律重繩斷不饒貸以此永久
遵行事
嘉慶九年甲子七月 日
辛丑閏五月初十日上經歷朴海壽自政院蒙牌以
司謁口傳 下敎曰官竪所因之閒本自有之不但
他因不得混處不得出閭門亦不得與他人酬酌古
法然也其果遵守否近年頻有官獄未免踈虞而姑
無大段現發之事故雖不處分此後則益加防禁罪

因或他人中若有與宦竪混處及酬酢之事官高者
自本府先以何以爲之意草記而因於死囚之間畢
徵者直囚後草記若是申飭之下如或不善檢察至
於現露之境則上經歷必當重勘以此意揭板遵行

金吾廨宇部目

右永久遵行事王府所重與他司有異虎閣乃時囚
議讞之地蓮亭是 御製奉安之所東廳即公事出
納之處則其爲關係莫重是去乙挽近以來法綱解
弛先自府屬輩並與閑雜人而無常出入甚至遊嬉
或登大廳而摘窓偃臥上蓮亭而凴欄垂釣入東廳

而横竹雜技而所謂府屬輩恬若尋常不爲禁斷末
流之弊至於毁劃尾壜汚穢壁字破傷鋪陳闕失文
簿之境瞻聆所及萬萬寒心見今府後修繕之後不
可不痛革前弊嚴立禁条然後始可以董飭而府屬
守直各所是如乎兹成節目書揭壁上一依後録条
例各别惕念施行者
一每於卯酉仕日上經歷一都事招致各所掌檢飭
其有無頉而如或有頉者令該所掌自當修改事
一禁雜人事外直及色掌羅將等待不離於大門内
外凡干邸吏壓人因公往来者先爲入告於番官

這這呼望雜往来傳唱及書札皆令受入受出其
下隷切勿許入事
一閑雜人如或上大廳蓮亭者及坐起時帶率下人
等坐立於廳上喧譁者自當官随現嚴杖事
一府屬中如非因公擧行則無敢逗留於廳上及亭
上事
一上直書吏不敢乘夜招致閑雜人遊嬉而如或把
科自當官随現嚴治事
一東廳及堂上房則入當書吏主管者檢事
一坐起大廳及蓮亭西廳等處入當大廳直主管者

檢兩壁宇門户鋪陳等屬有頉則隨現摘發閪失
者告官推索毁破者自當修補事
一東南西間樓上庫以下月廊東西北内墻垣入沓
羅將主管者檢兩尾子木石等屬有頉則隨現摘
發閪失者告官推索毁破者自當修改事
一府外東西北墻垣各其家前主人主管者檢兩尾
子脫落水道潛通等事一切嚴禁而如有犯科則
自沓官推治後使之自當修改事
一各所雨漏及廳板破落墻垣潰缺處依例知委繕
工等處修補事

一上直羅将軍士除闕後東西挾門下鎖而如有公
事往来則告官開閉事
右文爲永久遵行事羅将古無牌今之有牌自丁亥
始也其制長與廣同中高四殺外作八隅前刻羅将
姓名及年幾甲長幾尺面貌鬚疤各随其人後面刻
年號幾年某月日仍烙義禁府三字印此其舊式也
一有除差則輒加改述事或紛挐弊又滋長其後變
舊制改作圓牌只刻義禁府羅将五字兼烙籌司備
字印以重其事體而姓名容疤闕而不載號曰輪牌
故雖有除差不煩改造自相換佩甚簡便也第以無

名字無疤記故閑遊之輩冒稱羅將私相借佩弊端
層生聽聞駭惋故今依丁亥舊式一並改造八隅牌
而兼遵輪牌例本府印及小備字印前後面並烙以
此定式永久遵行為齊
一羅將元額為八十名丁亥新定節目時慮其事後
煩重舉行苟艱別定實加出二十名合為一百名
矣近來額外冒入日益浸廣故百名外且定實加
出二十名色錄案給牌一如元額並為一百二十
名而其餘冒稱者一並除汰為去乎今此更張之
後統率之道操切之方宜當有別般定式是乎所

每月某日定爲一次點考而前期二日出令知委
使之一體等待無敢闕而不叅是乎矣或一次見
闕決笞二十再次見闕罰錢三兩三次見闕舉廳
除案永勿復屬以此完議斷不饒貸是遣日後若
有罪汰後身故者則隨闕塡代不踰時日丁亥節
目中自渠矣廳圈點塡差一體申明遵行爲齊
道光十七年丁酉七月　日

大門節目

一罰例錢六十六兩三錢五分一都事監捧爲齊
一隨所捧除給大門錢四十二兩各行下一都事親

檢分給俾無中間乾沒之弊爲齊

一罰例未了不許免新爲齊

一自正月至六月以一百二十六兩(三郎位罰例)爲用作

定自七月至十二月亦依此作定爲齊

一每朔二十兩式計給當朔大門直爲齊

一當朔卯酉仕坐起(或終日 或經夜)罰例行下所用限以二

十以內錢已盡則闕之可也勿爲來朔所用引用

爲齊

一卯酉仕坐起元定罰例行下以外 動駕時或參

謁等時旣無所用必致加下此則別置簿以待六

位外或有一二位交替罰例以此計給爲齊
一節之又節雖一分置簿留置能至有餘都合爲習
杖債爲齊
一假令一年兩政或全數陞移或全無陞移一百二
十六兩排朔外留置以爲来頭六朔排条爲齊
一卯酉仕罰例以中罰(二兩)擧行奴子行下五分爲齊
一暫時坐起(如捧供議處照律等)罰例停止奴子行下依例
一終日或經夜坐起(如口招刑推等)以中罰擧行奴子行下
依例爲齊
一動駕時大罰例擧行(三兩)行下一錢作定爲齊

一朝前　動駕朝前　還宮時中罰擧行行下五分
作定爲齊
一陵行祗送迎時大罰擧行行下五分作定爲齊
一六月十二月叅謁時中罰擧行行下五分爲齊
一上經歷封崇及一都事交替時行下以曲護次區
處有則因給無則行下書以待曲護出給爲齊
一都政時軍價十四兩　大門有錢則給之若無錢則曲
護次處下爲齊
一西廳筆債自官用下勿入於大門下記爲齊
一曲護債都合每年六臘月二十日卯酉仕時會計

遞等及封崇時行下及官習杖債三十两並計給
為齊
一官習杖債三十两作定為齊
一官習杖債三十两內曉頭酒肴以中罰為之晝罰
例以大大罰為之奴子食床直各一錢行下餘數
則本府擧行負役等及各宅奴子食床直等供饋
與負持雇價並擔當為齊
一曲護債多寡未能先知各項用下依例上下後若
有餘財取合於筆債束筆分兒時若不足則各項
上下依条例以行下紙待日後有財上下為齊

一先下分兒外聽非真分爲準信爲齊

一一都事遞等時例下三十兩五所任羅將十兩元陪五兩加陪三兩本宅奴子五兩食床直三兩廳直一兩杖直一兩諸軍士二兩爲齊

一上經歷一都事封崇時大罰例擧行諸書吏大廳直五所任羅將及各宅引加陪十宅奴子食床直諸軍士當直書吏大廳直羅將各一錢爲齊

一私習杖以春秋兩等官前習杖一月十兩式出給爲齊

一各行下署押必以一都事花押施行爲齊

一官習杖以春秋三九月十五日作定爲齊

甲辰四月 日

罰例記 今遵行

肅拜錢一両三錢

大大罰十五両

大罰例九両

出官錢十両

免新錢十両

出官草價二両七錢

免新草價二両七錢

楔帖價三両
諸書吏例下三両
諸羅將例下三両
本府大廳直二両
諸軍士一両
護新罰五両
奴子錢四両
己上七十一両七錢

蓮亭有
御製懸板而絳紗黷黑無以奉覽只錄諸宰臣詩于
板上列于卷末
書金吾會飮圖
清時仕宦執金吾厖免人嘲賤丈夫日向虎頭衾卅
閒行隨豹尾戒前驅朋情不閑資高下王事奚論俸
有無幸托餘閑供笑語何妨携酒醉西湖
金宗直
崇禎甲申後四十一年甲子十月　日刻
菰蒲楊柳似汀洲六月清風凜欲秋更有碧荷香滿

閣恨無官酒傷幽憂

知事朴啓賢

獨坐金吾蓮亭

傷人莫道此身忙欲把名場換酒場時向曲欄成獨坐玉池荷氣滿襟香

松江鄭 澈

謹次

聖恩偏重任奔忙月上江樓鷺下場猥帶三啣憑古檻感吟吾祖玉池香

聖上卽位八年甲辰季夏六代孫同知事 枋

次

人間何地不奔忙到處心閑是道場端坐小窓無一

事隅墻風送白蓮香

知事鄭公林塘以問事郎廳坐上直房題

[영인자료]

# 금오헌록

원 소장처 : 미국 버클리대학 동아시아도서관
이미지 제공 : 고려대학교 해외한국학자료센터

여기서부터 영인본을 인쇄한 부분입니다. 이 부분부터 보시기 바랍니다.

▌김진옥
경기도 파주에서 출생하였다. 서강대학교 대학원에서 동양사학을 전공하였고, 1985년에 『세설신어』를 주제로 석사학위를 받았다. 민족문화추진회의 연수부와 상임연구원 과정을 거쳐 2002년부터 한국고전번역원에 재직하며 『한국문집총간』의 해제 작성, 『일성록』 『조선왕조실록』 등의 번역에 종사하고 있다. 2015년에 고려대학교에서 문학박사 학위를 받았다.

• 주요 저서 및 논문
『금오헌록 역주』(2015)
「조선 후기 官署志에 대한 고찰」(2016)
「《금오헌록》의 자료적 가치」(2015)
「'推考'의 性格과 運用」(2012)
「'禁推'의 성격과 특징」(2010)

**의금부의 청헌, 금오헌록**

2016년 12월 20일 초판 1쇄 펴냄

**역 자** 김진옥
**발행인** 김흥국
**발행처** 보고사

**책임편집** 이경민
**표지디자인** 손정자

**등록** 1990년 12월 13일 제6-0429호
**주소** 경기도 파주시 회동길 337-15 보고사 2층
**전화** 031-955-9797(대표)
02-922-5120~1(편집), 02-922-2246(영업)
**팩스** 02-922-6990
**메일** kanapub3@naver.com / bogosabooks@naver.com
http://www.bogosabooks.co.kr

ISBN 979-11-5516-629-1 93810


정가 28,000원